여성의 설득

THE FEMALE PERSUASION

여성의 설득

메그 월리처 장편소설
김지원 옮김

MEG WOLITZER

걷는나무
walking tree

이 책을 바칩니다.

/

로젤린 브라운
노라 에프론
메리 고든
바버라 그로스먼
레인 키더
수전 크레스
힐마 월리처
아이린 영

차례

1부
강한 여자들

1

2006년 10월, 그리어 카데츠키는 페이스 프랭크를 처음 만났다. 페이스가 강연을 위해 라일랜드 대학을 방문했을 때였다. 그날 밤 강연장은 페이스를 보기 위해 몰려든 학생들로 꽉 찼고, 그중 몇 명은 소란스럽게 자신의 존재감을 드러내 보이기도 했다. 그러나 거기 있던 모든 학생 가운데 그리어가 페이스 프랭크의 관심을 끈 유일한 사람이라는 것은 놀랍게도 사실이었다.

코네티컷주 남쪽에 위치한 이 딱히 유명하지 않은 대학의 신입생 그리어는 상대에 따라 끔찍하게 수줍음을 탔다. 그녀는 질문에 대답하는 것은 어려워하지 않았지만, 자신의 의견을 말하는 법이 거의 없었다.

"말도 안 돼. 난 의견으로 꽉 찬 사람이거든. 의견의 피냐타*라고."

---

*　과자나 장난감을 가득 넣어 만든 종이인형으로, 파티 때 아이들이 눈을 가리고 막대기로 쳐서 터뜨린다.

그리어는 대학생이 되어 서로 떨어진 이후로 매일 밤 빼놓지 않고 스카이프로 대화하는 남자친구 코리에게 말했다. 그녀는 학구열 넘치는 학생이자 독서광이었으나 거침없이 자유롭게 생각을 표현하지는 못했다. 지금까지는 그 사실이 별로 중요하지 않았지만, 이제는 중요했다.

그렇다면 페이스 프랭크가 그리어를 알아보고 호감을 갖게 된 이유는 무엇이었을까? 그리어는 어쩌면 자신의 평범하고 칙칙한 갈색 머리 한쪽을 지그재그로 가로지르는 형광 파란색 머리 한 가닥이 대담해 보였기 때문이라고 생각했다. 하지만 그리어를 포함한 수많은 대학생이 요란한 색으로 부분염색을 하고 동네 시장에서 찾아낸 독특한 장신구를 달고 다닌다. 머리 때문이 아니라면, 수십 년간 전국을 돌며 여성의 삶을 주제로 열정적인 강연을 해온 유명하고 영향력 있는 예순세 살 여성 페이스가 왜 그리어를 눈여겨보게 되었을까? 긴장하여 어물어물 말하는 열여덟 살의 그리어가 가엾어 보였을 수도 있다. 아니면 세상살이에 여전히 미숙한 젊은이를 보니 자기도 모르게 관대해지고 배려심이 솟구쳤는지도 모른다.

그리어는 페이스가 어쩌다 자신에게 관심을 갖게 되었는지 정확하게 알 수 없었다. 하지만 결국 확실하게 알게 된 것이 하나 있다. 자신과 페이스와의 만남이 모든 일의 짜릿한 시작이었다는 점이다. 말로 다 할 수 없는 결말까지는 기나긴 시간이 될 것이다.

그리어는 페이스가 오기 전인 입학 후 7주 동안 대학에 적응하기 위해 노력하고 있었다. 그 고통스러운 시간 동안 그녀의 불운은 점점 더 커져가고 있었다. 라일랜드 대학에서 그리어가 맞이한 첫 번째 금요일 밤, 건물 안쪽에서 발전기가 돌아가는 것처럼 기숙사 홀 여기저기에서 집단적인 사교활동의 고함소리가 들려왔다. 여학생들에게 소위 자기주장이 생겨나는 시기였다. 여성 축구 스타가 등장하고, 포장지 겉으로 동그란 모양으로 드러나 보이는 콘돔이 대담하게 지갑 안주머니에 들어가 있는 시절이었다. 울리홀 3층의 모든 학생이 외출 준비를 하고 있었다. 방에 남아 1학년 문학 세미나에 대비해 카프카의 책을 읽을 계획이던 그리어는 그들을 구경했다. 여자아이들은 고개를 옆으로 기울인 채 팔꿈치를 내밀어 귀걸이를 찼고, 남자아이들은 반은 소나무 수액이고 반은 A1 스테이크 소스로 만든 것 같은 스태디엄이라는 바디 스프레이를 뿌려댔다. 그러고는 지나치게 흥분해서 기숙사를 달려 나가 요란한 베이스 소리가 쿵쿵 울리는 어두컴컴한 파티장으로 향했다.

울리홀은 오래되고 낡은 초창기 건물 중 하나였다. 도착한 날 그녀가 코리에게 묘사했던 것처럼 그리어의 방 벽은 기괴한 보청기 색깔이었다. 금요일 밤 대탈주 이후에 남아 있는 사람들은 갈 곳 없고 부르는 사람 없는 영혼들뿐이었다. 촉촉한 별빛처럼 밖으로 퍼지는 모양의 속눈썹 때문에 유난히 슬퍼 보이는 이란 출신의 남자아이가 1층 라운지 구석 의자에 앉아 무릎에 올려놓은 노트북을 아련하게 응시하고 있었다. 드문 1인실인 그리어의 방은 저녁 내내 있기엔 너무 우울한 공간이었다. 그녀는 책에 집중하기 힘들어서 라운지로 나왔다가 그 이란 남자아이가 그저 움직이는 화면보호기를 쳐다보고 있을 뿐임을 알고 깜짝 놀랐다. 그가 보는 것은 먼 곳에서 그를 바라보며 웃고 있는 부모님과 여동생의 사진이었다. 가족사진이 노트북 화면을 가로질러 움직여서 한쪽에 살짝 부딪치고는 다시 천천히 반대편으로 움직였다.

움직이는 가족의 모습을 얼마나 오랫동안 보고 있었던 걸까? 그리어는 궁금했다. 그녀는 자신의 부모님이 전혀 그립지 않았다. 오히려 자신을 라일랜드 대학에 오게 만든 부모님에게 아직까지도 화가 난 상태였다. 하지만 이 남자아이는 좀 불쌍했다. 그는 집에서 멀리 떨어진 다른 대륙에, 누군가가 실수로 미국에서 알아주는 대학이라고, 배움과 발견의 중심지이자 미국 동해안에 자리한 아테네 학당이라고 말해준 곳에 있었다. 여기까지 오는 복잡다단한 위업을 달성하고 나니 이제 그는 혼자였고, 여기가 실제로 그렇게 대단한 곳이 아니라는 것을 금세 깨달았을 것이다. 게다가 향수병까지 앓고 있었다. 그리어는 누군가가 보고 싶다는 게 어떤 건지 잘 알았다. 그녀도 코리가 계속해서, 마치 그녀의 몸속에서 진동하는 요란한 베이스 음처럼 강렬하게 보고 싶었으니까. 코리는 겨우 170킬로미터 떨어진 프린스턴에 있는데도.

그리어의 동정심이 점점 더 커지는 동안에 라운지 문가에 몹시 창백한 얼굴의 여자아이가 배를 부여잡고 나타나서 물었다.

"둘 중에 설사약 가진 사람 있어?"

"미안, 없어."

그리어가 대답했고 남자아이는 그저 고개만 흔들었다.

여자아이는 완전히 지친 기색으로 달리 어쩔 수 없다는 듯 자리에 앉았다. 그 순간 갑자기 버터와 식용 방부제의 유혹적인 냄새가 벽을 타고 흘러 들어왔지만 그들의 기운을 북돋우는 데에는 별 도움이 되지 않았다. 잠시 후 냄새의 근원인 커다란 플라스틱 팝콘 통을 들고 실내용 가운에 슬리퍼 차림인 여자아이가 나타났다.

"극장용 버터를 쓴 팝콘이야."

그 여자아이는 좀 더 유혹해보려는 것처럼 말하며 팝콘 통을 내밀었다.

오늘 밤, 그리고 매주 주말 밤마다 이 친구들이 나랑 동지가 되겠지, 그리어는 그렇게 생각했다. 그녀는 이들에게 속하지 않음에도 불구하고 이들과 함께이고, 자신이 이들 중 한 명이라는 사실을 묘하게 느껴졌다. 그래서 그녀는 팝콘을 한 줌 쥐었다. 하도 축축해서 수프 속에서 건져내 쥐고 있는 느낌이었다. 그리어는 자리에 앉아서 말을 걸어볼 생각이었다. 여기 모인 모두가 자신에 대해서, 자신이 얼마나 공허한 기분을 느끼고 있는지에 대해서 서로 이야기할 수 있을 것이다. 코리가 오늘 밤에는 방에만 있지 말고 파티나 다른 캠퍼스 행사에 참여하라고 부추겼지만 말이다.

"분명히 뭔가 재밌는 일이 있을 거야. 즉흥적인 거. 대학에서는 항상 즉흥적인 일이 벌어지거든."

대학에 와서 맞는 첫 번째 주말이었고, 코리는 그리어가 시도라도 해봐야 한다고 생각했다. 하지만 그녀는 별로 그러고 싶지 않다고, 자신의 방식대로 지내고 싶다고 말했다. 주중에는 '슈퍼학생'으로 도서관 개인열람실에서 확대경을 들여다보는 보석상처럼 책 위로 머리를 구부리고 열심히 공부를 할 계획이었다. 책은 그리어에게 강력한 우울증 치료제였다. 그녀는 언제나 양말 신은 발을 몸 아래 깔고, 집중하느라 마치 마약에 취한 것처럼 입을 약간 벌리고 있는 여자아이들 중 하나였다. 종이 위의 모든 단어가 그녀의 앞에서 줄줄이 손을 잡고 춤을 추며 이란 남자의 움직이는 가족사진처럼 선명한 영상을 만들어냈다. 그녀는 유치원에도 들어가기 전, 부모님이 자신에게 별로 관심이 없다는 것을 깨달았던 그때, 읽는 법을 배웠다. 그 뒤로 뻔한 의 인화를 해놓은 아동용 책을 샅샅이 훑은 다음 기묘하고 아름다운 형식을 갖춘 19세기 책으로 갔으며, 유혈의 전쟁사를 앞뒤로 읽었고 신과 무신론에 대한 논의에 빠졌다. 그녀가 가장 강력하게, 가끔은 물리적으로 반응한 것은 소설이었다. 언젠가는 한 번도 쉬지 않고 눈이 뻑뻑해지고 충혈될 때까지 『안나 카레니나』를 읽는 바람에 과거 문학 속의 여주인공이 된 것처럼 눈 위에 수건을 덮고 침대에 누워 있어야만 했다. 소설은 긴 외로움으로 점철된 어린 시절 내내 그녀와 함께 있었고, 앞으로 성인으로서 살아가는 동안에도 아마 함께할 것이었다. 라일랜드가 아무리 끔찍하다 해도 최소한 책을 읽을 수 있다는 건 분명했다. 여기는 대학이고, 책을 읽어야만 하는 곳이니까. 하지만 오늘 밤에는 책이 별로 유혹적으로 느껴지지 않아서 손도 대지 않았다. 지금 이곳은 파티로 흥분한 아이들, 아니면 책도 없이 스스로를 벌주듯이 기숙사 라운지에 앉아 지루해하는 아이들뿐이다.

비통함은 사람을 날카롭게 만들 수 있다. 순수한 불행과는 다르다. 이렇게 비통함을 느끼는 건 그저 그녀 자신을 위한 거였다. 부모님은 보지 못할 것이다. 심지어 프린스턴에 있는 코리도 보지 못할 것이다. 함께 자란 그리어와 코리는 1년 전에 사랑에 빠졌다. 대학 생활 4년 동안 서로를 이어줄 스카이프로 매일 얼굴을 보고, 한 달에 최소한 한 번은 차를 빌려 만나기로 약속했지만, 오늘 밤 둘은 완전히 떨어져 있었다. 방에서 스카이프를 할 때 코리는 파티에 가기 위해서 멋진 스웨터로 갈아입다 말고 튀어나온 이마와 콧구멍과 모공까지 훤히 보이는 웹캠으로 다가와 말했다.

"좀 즐기려고 노력해봐."

연결이 끊겼는지 그의 말이 약간 더듬거리는 것처럼 들렸다. 그가 몸을 돌리고 카메라에 보이지 않는 룸메이트 존 스티어스 쪽으로 손가락 하나를 들어 올렸다. 문제를 해결해야 하니 잠깐만 시간을 달라고 말하는 손동작이었다. 그리어는 관계에 집착하는 사람, 해결해야 하는 '문젯거리'가 되고 싶지 않아서 재빨리 연결을 끊었다.

이제 그녀는 라운지에 앉아 팝콘을 씹어대면서 벽에 붙은 포스터들을 둘러보고 있었다. 하임리히 구급법, 인디 밴드 오디션, 비가 오나 화창하나 서쪽 뜰에서 열리는 기독교 학생 피크닉 광고. 여자아이 한 명이 라운지로 들어오다가 멈췄다. 나중에 그녀는 그들에게 관심이 있어서라기보다는 상냥한 마음으로 인한 행동이었다고 인정했다. 날씬하고 섹시한 완벽히 소년 같은 모습의 그녀는 잔다르크의 아름다움을 갖고 있었다. 다시 말해 동성애자라고 할 만한 특징들이었다. 그녀는 갈 곳을 잃은 사람들로 가득한 밝은 라운지를 둘러보고는 일부러 인상을 찌푸리면서 물었다.

"나 파티 여기저기 가보려고 하는데, 같이 가고 싶은 사람 있어?"

남자아이는 고개를 흔들고 다시 노트북을 쳐다보았다. 팝콘을 든 여자아이는 계속해서 먹기만 했고, 복통을 호소하던 여자아이는 학교 보건실에 갈지 말지를 전화 속의 누군가와 입씨름하고 있었다.

"좋은 점은, 보건실에서 나를 도와줄 수 있다는 걸 나도 안다는 거야. 하지만 나쁜 점은 거기가 어딘지를 내가 모른다는 거야."

잠깐 침묵.

"아니, 경비실에 전화해서 나를 거기까지 데려다달라고 할 수는 없어."

다시 침묵.

"그냥 긴장해서 아픈 걸 거야."

유일하게 그리어만이 소년 같은 여자아이를 보고 고개를 끄덕였고, 여자아이도 마주 고개를 끄덕이며 재킷의 목깃을 세웠다. 어두컴컴한 복도를 지나 그들은 무거운 방화문을 밀고 밖으로 나갔다. 불어오는 바람에 얇은 셔츠가 팔락이고 나서야 그리어는 스웨터를 놓고 왔음을 깨달았다. 하지만 3층까지 가서 스웨터를 가져와도 되겠느냐고 물으면 이 순간의 분위기가 깨질 거라는 것도 잘 알았다.

"두루두루 맛보면 좋을 것 같아."

뉴욕주 스카스데일에서 온 '지 아이젠스타트'라고 자신을 소개한 여자아이가 말했다.

"앞으로의 대학 생활을 위한 시식 같은 거지."

"그거지."

그리어는 자신에게도 원래 그런 계획이 있었던 것처럼 대답했다.

지는 캠퍼스 가장자리에 판자로 만들어놓은 독립 건물인 스페니시 하우스로 앞장섰다. 안으로 들어가자 문가에 서 있던 남자아이가 상그리아 잔을 건네며 말했다.

"부에나스 노체스, 세뇨리타스(안녕하세요, 여성 분들)."

남자아이는 그걸 가짜 상그리아라고 불렀지만, 그리어는 짧은 대화를 통해서 이 상그리아가 실제로는 전혀 가짜가 아닐 수도 있다는 것을 알게 되었다.

"리코르 세크레토(비밀 술인가요)?"

그리어가 나직하게 묻자 지가 그녀를 빤히 쳐다보더니 말했다.

"인텔리헨테(똑똑하네)."

똑똑하다는 말. 수년 동안은 영리한 학생인 걸로 충분했다. 처음에는 그게 선생님들이 물어보는 온갖 질문에 전부 대답할 수 있다는 의미일 뿐이었으니까. 온 세상이 사실을 기반으로 하는 것 같았고 아무나의 귀에서 동전을 꺼내는 마술사처럼 아주 쉽게 사실을 끄집어낼 수 있는 그리어에게는 그게 위안이 되었다. 사실은 자신의 앞에 존재했고, 자신은 그것을 설명하기만 하면 됐다. 이런 방법으로 그녀는 반에서 가장 영리한 아이가 되었다.

하지만 시간이 흘러 사실만으로는 부족해지기 시작하자 삶이 어려워졌다. 나의 견해, 나의 정수, 나를 형성하는 핵심, 마음속에서 부글거리는 그것을 꺼내 표현하는 것은 그리어에게 피곤하고 겁나는 일이었다. 그리어는 지와 함께 다음번 사교적 목적지인 램 아트 스튜디오로 가면서 이런 생각을 했다.

신입생인 지가 어떻게 이 파티들을 다 꿰고 있는 걸까? 라일랜드의 소식지 『라일랜드 위클리 블래스트』에는 한 줄도 실리지 않은 파티들이었다.

스튜디오의 공기는 테레빈유 냄새로 매캐했고, 이것은 마치 성적 촉매로 작용하는 것 같았다. 전원 상급생인 예술 전공 학생 모두가 서로를 유혹하는 것처럼 보였기 때문이다. 그들은 비쩍 마른 몸에 물감이 튄 바지를 입었고, 손에는 타투가 귀에는 커다란 피어싱 구멍이 가득했다. 묘할 정도로 번뜩이는 눈으로 두셋씩 짝을 지어 다녔다. 하얀 나무 바닥 한가운데에 선 어떤 남자의 어깨에 올라탄 여자아이가 비명을 질러댔다.

"베넷, 당장 내려줘. 내가 여기서 떨어져 죽으면 우리 엄마가 네 비주얼 아트적인 궁둥짝을 고소해버릴걸!"

베넷이라는 남자는 그녀를 어깨에 올린 채 비틀거리며 원을 그리며 돌았다. 그는 그녀를 이렇게 들고 있어도 될 만큼 젊고 강한 아틀라스 같았고, 여자아이는 그렇게 들려도 될 정도로 가벼워 보였다.

예술 전공 학생들은 오로지 서로에게만 관심이 있어 보였다. 숲의 공터에서 열린 그들만의 행사에 그리어와 지가 우연히 입장한 것 같았다. '남자의 시선Male gaze'이라는 단어가 계속 들렸는데, 그리어는 처음에는 그게 '남자 게이들Male gays'이라고 생각하다가 마침내 알아들었다. 그녀와 지는 들어간 지 얼마 안 돼서 빠져나왔다. 다시 밖으로 나왔을 때 또 다른 신입생 한 명이 자신만만하게, 전혀 어색한 기색 없이 그들에게 합류했다. 자신을 '클로에 새너헌'이라고 소개한 그녀는 쇼핑몰 모델처럼 꾸미고 있었다. 뾰족한 하이힐에 홀리스터 청바지를 입었고 팔목에는 스프링 장난감처럼 은팔찌가 한가득이었다. 그녀는 이 아트 스튜디오 파티에 온 건 실수였다며 세타 감마 프사이를 찾고 있었다고 했다.

"남학생 사교클럽? 왜? 걔네 완전 혐오스러운데."

지가 물었다. 클로에는 어깨를 으쓱였다.

"걔네한테는 술이랑 시끄러운 음악이 있거든. 그게 오늘 밤 나한테 필요한 전부야."

지는 그리어를 쳐다봤다. 나는 사교클럽 파티에 가고 싶은가? 다른 것보다 더 흥미가 없었지만 그렇다고 혼자 있고 싶지는 않으니까 어쩌면 거길 가야 할지도 모르겠다. 그리어는 지금 이 순간 파티장 벽에 기대고 서서 웃고 있을 코리와 그를 올려다보며 웃고 있는 다른 사람들의 모습을 떠올렸다. 코리는 어딜 가든 가장 키가 크니까.

그리어와 지, 클로에는 어울리지 않는 3인조였지만 그녀는 이게 대학 초반 몇 주 동안의 전형적인 사교생활이라는 이야기를 들은 적이 있었다. 공통점이라고는 전혀 없는 사람들이 배심원단의 일원이나 비

여성의 설득

행기 추락 사고의 생존자들처럼 잠깐 동안 감정적으로 엮이는 것이다. 클로에는 그들을 서쪽 뜰로 데려갔다. 한밤중의 24시간 마트처럼 불이 환하게 켜져 있지만 서글프게도 아무도 찾지 않는 메처 도서관의 숲 뒤쪽으로 빙 돌아갔다.

라일랜드 대학 홈페이지에서는 고글을 쓴 학생들이 실험실에서 토치를 들고 뭔가를 실험하거나 수식이 가득 쓰여 있는 화이트보드 위로 몸을 기울이고 있는 사진 몇 장을 올려두었지만 나머지 사진들은 진부한 사교에 대한 것이었다. 얼어붙은 연못에서 스케이트를 타는 오후의 풍경, 커다란 참나무 아래 학생 셋이 모여 수다를 떠는 전형적인 장면 등이었다. 사실 라일랜드 캠퍼스에 그런 나무는 딱 한 그루여서 다 닳아 없어질 만큼 수도 없이 사진에 등장했다. 낮에는 학생들이 어린이책에 나오는 성격 좋은 곰 가족의 일원처럼 종종 잠옷을 입은 채 촌스러운 캠퍼스의 길을 따라 느릿느릿 교실로 향했다.

하지만 밤이 되면 대학은 특정한 분위기를 드러냈다. 오늘 밤 그들의 목적지는 요란한 음악소리가 쿵쿵 울리는 크고 낡은 사교클럽 건물이었다. 대학 카탈로그에서는 이것을 그리스식 삶이라고 불렀다. 그리어는 나중에 코리에게 이렇게 말해주어야겠다고 생각했다. "그리스식 삶? 무슨 헛소리야? 아리스토텔레스는 어디 있어? 바클라바는?"

하지만 평소에 즐겁게 주고받던 유쾌하고도 냉소적인 이야기들이 갑자기 별로 중요하지 않게 느껴졌다. 코리는 여기에 없고, 심지어 가까운 곳에 있지도 않고, 이제 그녀는 우연히 선택된 이 두 여자아이들과 함께 해롭지만 유혹적인 냄새가 가득한 넓은 문을 향해 들어가고 있으니까. 그리고 간접적으로, 궁극적으로는 페이스 프랭크를 향해서 가고 있으니까.

'라일랜드의 정사'라고 이름 붙은 사교파티의 음료는 파스텔톤 분홍색의 싸구려 술이었으나, 체중 50킬로그램에 저녁을 샐러드 바에서 새 모이만큼 먹은 그리어에게는 강렬하고 머리가 핑 도는 효과를 선사했다. 평소 그녀는 기분 좋게 명료한 상태를 좋아했지만 지금은 정신이 또렷해봤자 다시 기분이 가라앉을 게 뻔하기 때문에 플라스틱 컵에 담긴 엄청나게 단 라일랜드의 정사 첫 잔을 바닥까지 단번에 비워버리고 두 번째 잔을 받기 위해 줄을 섰다. 이미 스페니시 하우스에서 마시고 온 알코올까지 더해져서 술의 효과는 엄청났다.

곧 그녀와 다른 두 여자아이들은 아랍 족장을 위한 의식처럼 둥근 대형을 만들어 춤추기 시작했다. 지는 엉덩이를 흔들고 어깨를 움직이면서 나머지 동작은 세심하게 최소한으로 유지하는 뛰어난 춤꾼이었다. 그녀의 옆에 있는 클로에는 손을 움직여 여러 개의 팔찌로 찰랑찰랑 소리를 냈다. 그리어는 자유롭게, 드물게 경계심 없이 움직였다. 세 명 모두 지치자 가자미 구이 냄새가 희미하게 풍기는 두툼한 검은 가죽 소파에 풀썩 앉았다. 그리어는 짜증 나는 퍼그네이셔스의 힙합곡이 나오기 시작하자 눈을 감았다.

왜 내게 불평하는지 말해봐. 내가 끝없는 고통 속에 있을 때……

"이 노래 진짜 좋아."

그리어가 막 "이 노래 진짜 싫어."라고 말하려고 할 때 클로에가 말했다. 그리어는 클로에의 취향을 공격하고 싶지 않아서 입을 다물었다. 곧 클로에가 노래를 따라 하기 시작했다.

"……끝없는 고통……"

아기천사 합창단의 일원처럼 그녀가 달콤하고 편안한 목소리로 또렷하게 발음했다.

그들의 위쪽에서 대런 틴즐러가 넓고 웅장한 계단을 걸어 내려왔다. 그가 아직 대런 틴즐러라는 사실은 밝혀지지 않았고 그 중요성도 드러나지 않았을 때다. 지금은 그저 계단참의 스테인드글라스 앞에 서 있는 또 한 명의 사교클럽 남학생일 뿐이었다. 상체가 두툼하고 거꾸로 돌려 쓴 야구모자 아래로 머리카락이 비죽 나오고 미간이 넓었다. 그는 사방을 쭉 둘러보다가 잠깐 생각한 끝에 여성성이 집중되어 있는 세 여자아이들을 향해 걸어왔다. 클로에는 수면으로 몸을 들어 올리는 인어공주처럼 몸을 세우려고 했지만, 완전히 일어나 앉지는 못했다. 그가 그다음으로 미심쩍게 지 쪽을 쳐다보자 그녀는 눈을 감고 그의 코앞에서 조용히 문을 닫는 것처럼 한 손을 들어 올렸다.

이제 그리어만 남았지만, 그녀 역시 접근 가능한 상대가 아니었다. 그녀와 코리는 확고한 커플이었고, 설령 그렇지 않다 해도 이 남학생 같은 타입에게 그리어는 지나치게 온순하고 신중했다. 물론 그녀는 작고 깜찍하고 단호해서 날다람쥐 같은 특별한 매력을 갖고 있긴 했다. 반짝이는 검은 생머리에는 고등학교 2학년 때 약국에서 파는 염색제로 집에서 색을 입힌 가닥이 섞여 있었다. 2층 화장실 세면대 앞에 서서 염색을 하다가 세면대와 러그, 샤워 커튼에 온통 파란색을 질질 흘려서 결국에는 화장실을 다른 행성의 슬래셔 영화 세트장처럼 만들었었다.

그녀는 파란 머리 한 가닥이 일시적인 일탈에 지나지 않을 거라고 생각했었다. 하지만 고등학교 3학년 때 코리와 갑자기 사귀게 되고, 그가 그 예상치 못한 머리카락을 만지는 걸 좋아하면서 계속 유지하게 되었다. 그와 사귀던 초반에 나란히 앉아 있을 때면 그는 한참 동안 그녀를 뚫어져라 쳐다봤고, 그녀는 종종 본능적으로 고개를 숙이고 시선을 옆으로 돌렸다. 그러면 코리는 이렇게 말하곤 했다.

"고개 돌리지 마. 나한테 돌아와. 돌아와."

대런 틴즐러는 자신이 마치 신사라도 되는 듯이 야구모자를 바로 쓰고 살짝 기울이며 그리어에게 인사했다. 그리고 그 강력한 라일랜드의 정사 때문에 완전히 긴장이 풀린 그리어는 일어나서 치마를 들어 올리고 마치 절을 하는 것처럼 허리 양옆으로 손을 벌리고서 고개를 까딱였다.

"아주 고급스러운 행사네."

그녀가 혼잣말을 중얼거렸다.

"뭐라고? 파란 머리, 완전히 똥 씹은 얼굴로 그런 말을 하네."

대런이 말했다.

"그 정도는 아니야. 그냥 오줌 싼 얼굴 정도지."

그는 흥미로운 듯이 그녀를 쳐다보다가 구석으로 데려갔고, 그들은 배틀쉽, 리스크, 스타워즈 트리비얼 퍼슈트, 풀 하우스 트리비얼 퍼슈트 등 오랫동안 아무도 건드리지 않은 구겨진 보드게임 더미 위쪽에 음료를 올려놓았다.

"이거 1987년 사교클럽 대홍수에서 건져낸 것들이야?"

그녀가 물었다. 그가 그녀를 쳐다보았다.

"뭐?"

그가 짜증스럽게 물었다.

"아무것도 아니야."

그녀는 자신은 울리홀에서 지낸다고 말했고, 그가 대꾸했다.

여성의 설득

"안됐네. 거기 되게 우울하잖아."

"맞아. 그리고 벽은 보청기 색깔이고. 그렇지 않아?"

그녀가 기억하기로 자신이 그렇게 말하자 코리는 웃음을 터뜨리고는 "널 사랑해."라고 말했다. 하지만 대런은 그저 짜증 난 표정으로 그녀를 다시 쳐다보기만 할 뿐이었다. 그의 표정에 혐오감도 좀 어려 있다고 생각했다. 하지만 곧 그가 다시 미소를 지었다. 그녀가 잘못 본 것일지도 몰랐다. 사람의 얼굴에는 너무나 많은 가능성이 존재하고, 차례차례 빠르게 넘어가는 슬라이드 쇼처럼 계속해서 바뀌니까.

"뭐 사실 그렇게 굉장하지는 않은 편이지. 난 라일랜드에 올 예정도 아니었어. 전부 다 엄청난 실수인데, 이미 엎질러진 물을 주워 담을 수 있는 것도 아니니까."

그녀가 솔직하게 말했다.

"그래? 다른 학교에 가기로 되어 있었던 거야?"

그가 물었다.

"그래. 훨씬 나은 곳에."

"아, 그래? 그게 어딘데?"

"예일."

그가 웃음을 터뜨렸다.

"대단한 얘기네."

"진짜야."

그녀는 좀 더 강한 말투로 덧붙였다.

"합격했었어."

"물론 그러시겠지."

"정말이야. 하지만 잘 안 됐어. 거기 들어가는 게 굉장히 복잡해졌어. 그래서 여기 오게 된 거야."

"그래, 여기 있지."

대런 틴즐러가 말했다. 그리고 특유의 방식으로 손을 내밀어 손가락으로 그녀의 셔츠 깃을 문질렀고, 그녀는 깜짝 놀라 어떻게 해야 할지 알 수 없었다. 이건 올바른 일이 아니었다. 그의 다른 손이 갑자기 그녀의 셔츠를 들어 올렸고 그리어는 그가 자신의 볼록한 젖가슴을 찾아 쥐는 동안 충격을 받아 꼼짝도 못 하고 서 있었다. 그러는 내내 그는 눈도 깜박이지 않고 그녀의 눈을 그저 쳐다보기만 했다.

그녀가 뒤로 살짝 물러나며 말했다.

"뭐 하는 거야?"

하지만 그는 그녀의 젖가슴을 고통스러울 정도로 꽉 쥐고서 살을 비틀었다. 그녀가 완전히 그에게서 떨어지자 그가 그녀의 손목을 잡고 끌어당기며 말했다.

"뭐 하는 거냐니? 넌 예일에 합격했다는 헛소리를 하면서 나한테 수작을 걸고 있었잖아."

"이거 놔."

그녀가 말했지만 그는 놓지 않았다.

"여기 있는 애들 중에 너랑 자고 싶은 남자가 하나라도 있을 것 같아? 파란 머리. 불쌍해서 자주는 거라고. 내가 2초라도 너한테 관심을 보인 걸 감사해야지. 정신 좀 차려. 넌 그렇게 섹시하지도 않아."

대런은 그리어의 손목을 놓고서 마치 그녀가 공격적으로 행동했던 쪽인 것처럼 홱 밀쳤다. 그러는 내내 그리어의 얼굴은 뜨끈뜨끈했고 입안은 천 조각처럼 바싹 말랐다. 그녀는 자신의 감정을 말하지 못하는 평소와 같은 기분 속으로 다시금 가라앉는 느낌이었다. 방 전체가 그녀를 집어삼켰다. 방과 파티와 대학과 그날 밤 전체가.

아무도 무슨 일이 벌어졌는지 알아채지 못했거나 혹은 전혀 이상한 일이라고 생각하지 않는 것 같았다. 이 상황은 누구나 볼 수 있는 곳에서 일어났다. 남자가 여자의 셔츠 안에 손을 넣어 가슴을 꽉 쥐고서는 여자를 밀어내는 그런 사건. 그녀는 수업 첫날에 공부했던 브뤼헐의 그림 한 귀퉁이에서 물에 빠져 죽어가는 이카루스만큼이나 눈에 띄지 않았다. 여기는 대학이고, 이건 대학 파티였다. 한쪽에서는 당나귀 꼬리 달기 게임을 하고 있고, 눈을 가린 여자아이가 종이 꼬리를 들고서 주춤주춤 걸어가면 사람들이 단조로운 어조로 "가라 카일라, 가라 카일라."라고 외쳤다. 한 구석에서는 남자아이 하나가 모자 안에 조용히 토하고 있었다. 그리어는 보건실에 가서 아까 설사병이 났던 여자아이가 누워 있을 침대 옆자리에 누울까도 생각했다. 둘 다 아주 재수 없게 대학 생활을 시작했으니까.

하지만 거기까지 갈 필요도 없었다. 그저 이 건물에서 나가고 싶을 뿐. 황급히 사람들을 헤치고 가는 동안 뒤에서 대런의 나직한 웃음소리가 들렸다. 그녀는 어느 두 사람이 뒤엉켜 낄낄거리는 그네가 있는 현관으로 나와 여름 날씨 덕에 아직 푹신푹신하지만 가장자리는 이미 딱딱해지기 시작한 대학의 잔디밭을 부츠 굽 아래로 느끼며 내려왔다.

몸을 떨며 빠른 걸음으로 캠퍼스를 가로지르면서 그리어는 전에는 한 번도 누가 자신을 그런 식으로 만진 적이 없다는 생각을 했다. 냉정하고 시꺼먼 밤의 어둠 속에서 낯선 길을 혼자 걸으며 자신에게 무슨 일이 있었던 건지 이해하려고 애썼다. 물론 남자애들과 남자 어른들은 그녀에게 종종 무례하거나 끔찍한 말을 던지곤 했다. 그들은 사방에서, 누구한테나 그러니까. 열한 살의 어느 여름 날, 그리어는 좋아하는 아이스크림 클론다이크 초코 타코를 사러 퀵스탑에 갔다. 주변에서 시간을 때우던 오토바이족 중 하나가 그녀 쪽으로 다가왔다. 록밴드 지지톱처럼 길게 수염을 기른 남자가 반바지와 민소매 셔츠 차림의 그녀를 위아래로 훑어보더니 평가를 내렸다.

"이 꼬마는 가슴이 없네."

그리어는 지지톱 앞에서 자신을 전혀 지킬 수가 없었다. 일침을 놓지도, 그를 막을 만한 행동을 하지도 못했고, 심지어는 욕을 하지도 못했다. 말대꾸 하나 못 하고 무방비하게 그의 앞에서 침묵을 지켰다. 그녀는 책이나 영화에서 엉덩이에 손을 올리고 화를 내는, '성질이 드센 여자', 또는 나중에 '센 언니'라고 묘사되는 종류의 여자가 아니었다. 여기 이 대학에도 다 꺼져버리라는 듯한 자신감과 세상에서 자신의 위치에 대한 확신으로 가득한 여자들이 있었다. 노골적인 성차별이나 좀 더 포괄적인 상스러운 행동을 마주하면 그들은 그런 상황을 막거나 너무 멍청해서 차마 상대조차 할 수 없다는 태도로 행동했다. 대런 틴즐러 같은 사람에게 생각을 낭비하지 않는 여자들이다.

기분을 상쾌하게 만드는 공기 속에서 사람들은 슬슬 소강상태로 접어드는 파티를 떠나거나 이제 막 시작되는 좀 더 작은 다른 파티를 향해서 함께 대학 잔디밭을 걸어갔다. 한밤중이었다. 기온이 떨어지는데 스웨터가 없으니 추웠다. 울리로 돌아와보니 팝콘을 가져왔던 여자아이는 튀겨지지 않은 옥수수 알갱이만 무당벌레 무리처럼 바닥에 남아 있는 커다란 팝콘 통을 껴안은 채 라운지에서 잠들어 있었다.

"누가 나한테 무슨 짓을 했어."

그리어는 잠든 여자아이에게 속삭였다.

그날 이후 며칠간 그리어는 이 이야기를 의식이 있는 사람 여러 명에게 반복했다. 처음에는 여전히 굉장히 화가 났기 때문이고, 이후에는 굉장히 모욕적이기 때문이었다.

"그 사람은 마치 자기가 하고 싶은 일은 뭐든 해도 된다고 생각하는 거 같았어."

그리어는 여전히 분노와 경악을 느끼며 코리에게 전화로 말했다.

"내가 어떻게 느끼는지는 전혀 상관하지 않았어. 자기한테 그럴 권리가 있다고 생각하더라고."

"지금 내가 네 옆에 있어줘야 하는데."

코리가 말했다.

지는 그를 신고해야 한다고 말했다.

"대학 행정실에서도 이 일에 대해 알아야 돼. 이건 폭행이라고."

"난 술을 마셨어. 그 문제도 있어."

그리어가 말했다.

"그래서? 그 자식이 너를 건드리지 말아야 했던 더 큰 이유지."

그리어가 대답하지 않자 지기 다시 말했다.

"여보세요? 그리어? 이건 그냥 넘길 수 없는 일이야. 너무나 끔찍한 일이라고."

"어쩌면 라일랜드의 문화일 수도 있어. 이런 일은 프린스턴에서는 일어나지 않을 거라고 생각해."

"뭐라고? 지금 농담하는 거지? 당연히 그건 말도 안 되는 소리야."

지는 선천적으로, 확고하게 정치적이었다. 그녀는 어릴 때부터 동물의 권리에 관심을 갖기 시작해서 곧 채식주의자가 되었고, 시간이 흐르며 동물에 대한 감정이 인간에게까지 확장되며 여성 인권,

LGBT 인권, 전쟁과 그로 인한 수많은 난민, 그다음에는 미래의 동물, 미래의 인간, 그들 모두가 위태로워지고 기회가 사라져서 허덕이게 되는 기후 변화에까지 이르게 되었다.

그와 반대로 그리어는 아직 정치적인 감수성을 그리 키우지 못한 상태였다. 대런을 신고하고 마스터슨홀에 있는 하케이비 학과장의 사무실에서 무릎에 클립보드를 올리고 그 깔끔하고 여성적인 글씨로 대런 틴즐러에 대한 진술을 적으며 학과장과 단둘이 앉아 있을 것을 상상만 해도 속이 울렁거리고 저항감이 들었다. 여전히 동글동글하고 통통하고 어린애 같은 그리어의 글씨체와 그녀가 쓰게 될 내용에는 엄청난 괴리가 있을 것이다. 누가 그런 걸 진지하게 받아들일까?

그리어는 성폭행 신고서에 피해자의 이름이 감추어지는 것에 대해서 생각해보았다. 아무도 대놓고 '너한테 무슨 일이 일어났다'고 말하지 않는다 하더라도 옷 아래의 어둠 속에서 살아가던 신체를 갑자기 환한 빛 아래 드러내놓는 것처럼 느껴졌다. 누군가가 성폭행에 대해 알게 되면 영원히 그 피해자는 더럽혀지고 침해당한 몸을 가진 사람이 될 것이다. 또한 영원히 생생하고 상상 가능한 몸을 가진 사람이 된다. 이런 일들과 비교할 때 여기서 벌어진 일은 사소한 것에 불과했다. 그리고 다시금 그리어는 똑같은 방식으로 묘사할 수 있는 자신의 가슴에 대해서 생각했다. 사소한 것. 그게 그녀를 총괄하는 말이었다.

"잘 모르겠어."

자신을 둘러싼 친숙한 모호함을 의식한 채로 그리어가 지에게 말했다. 사실은 알고 있을 때에도 그녀는 종종 "잘 모르겠어."라고 말하곤 했다. 그녀의 진짜 말뜻은 모호함 속에 있는 것이 거기서 나오는 것보다 더 편안하다는 거였다.

대런 틴즐러가 물러난 순간부터 그 일은 점점 더 비현실적으로 느껴졌고 결국에는 그리어가 기숙사의 몇몇 여자아이에게 여러 번 분석해서 이야기한 단순한 일화 수준이 되었다. 그들 모두 엄마가 대학에 갖고 가라고 사준 플라스틱 샤워 바구니를 들고 공용 욕실에 모여 서서 이야기를 들었고, 그 모습은 마치 놀이터의 모래밭에서 만나는 어린아이 무리처럼 보였다. 이제 모두들 끔찍한 대런 틴즐러에게 거리를 둬야 한다는 사실을 알았고, 마침내 그 주제가 힘을 다하자 사람들은 그 이야기에 질리게 되었다. 강간이 아니었다고 그리어는 지적했다. 그 근처도 가지 않았다. 이미 그것은 다른 대학에서 벌어지고 있는 럭비선수의 데이트 강간 약물 사건과 경찰 보고서, 그에 따른 분노 같은 일에 비하면 훨씬 덜 중요하게 느껴졌다.

　하지만 그날 밤 이후 2주 동안 대런 틴즐러의 사건에 얽힌 라일랜드 여자아이만 여섯이었다. 애초에 그의 이름을 알아야 할 필요도 없었다. 누군가의 말처럼 그는 야구모자를 쓰고 '잉어 같은 눈을 가진' 남자로 묘사되었다. 어느 날 밤 식당에서 친구들과 앉아 있던 대런은 느긋하게 시간을 들여서 무지방 뭔가를 숟가락으로 떠서 입으로 가져가는 2학년 여학생을 쳐다보았다. 또 다른 밤에는 도서관 열람실에서 버터스카치 색깔의 탁자에 웅크리고 앉아 맨큐의 『미시경제학』을 공부하고 있는 여학생을 뚫어져라 쳐다보았다.

　여자아이가 친구와 이야기를 하려고, 또는 접시를 치우려고, 또는 방광염을 고쳐준다는 크랜베리 주스를 마시려고, 아니면 그저 관절을 펴기 위해서 스트레칭을 하려고 일어서면, 대런 역시 일어서서 여학생과 나란히 있겠다는 일념으로 단호하게 그녀 쪽으로 걸어갔다.

　벽감이나 벽 뒤에 가린 자리, 아니면 어떤 식으로든 다른 사람 눈에서 떨어진 곳에 함께 있게 되면 그는 대화를 시작했다. 그러고는 그녀의 형식적인 예의나 상냥한 태도, 심지어는 모호한 대답을 자신에게 관심을 보이는 거라고 해석했다. 가끔은 정말 그렇기도 했다. 하지만 그러면 늘 그는 셔츠나 가랑이 사이에 한 손을 올려 이 관계를 육체적인 것으로 만들고, 한번은 손가락을 입술 위에 재빨리 스치기도 했다. 여학생이 움찔 물러나면 그는 화가 나서 그녀를 꽉 움켜쥐었고 그녀가 소리를 지르면 자기 쪽으로 끌어당기며 "뭐야, 충격이라도 받은 것처럼. 혹시 튕기는 거야? 창녀 주제에."라는 말의 변주를 늘어놓았다.

매번 여학생은 "꺼져.", "더러운 새끼." 같은 말을 하며 그 자리를 떠난 다음 나중에 룸메이트에게 무슨 일이 있었는지 말했다. 아니면 아예 아무한테도 말하지 않거나 그날 밤에 친구 전부를 붙잡고서 걱정스럽게 "나 창녀 같아 보여? 응?"하고 물어보았고, 친구들은 그녀에게 "아니, 에밀리, 넌 정말 근사해. 난 네 외모를 좋아해. 아주 자유롭게 보이거든."하고 말해주었다.

그러다가 어느 날 밤, 아직까지 '신축' 기숙사라고 불리지만 실은 1980년에 지어졌고 라일랜드 캠퍼스의 특징인 과하게 절충적인 건축 스타일을 갖고 있는 헤이버메이어에서 애리얼 디스키라는 2학년생이 아주 늦은 시간에 방으로 돌아오다가 4층 복도 전화박스에 서 있는 남학생을 발견했다. 이제 아무도 사용하지 않는 전화박스에는 공중전화기가 없었고 전화가 뜯겨나간 자리에는 씹던 껌으로 막아놓은 구멍 몇 개와 이 쓸모없는 조그만 공간에 앉을 수 있는 나무 의자만이 있었다. 그는 끽끽 소리가 나는 접이식 유리문을 열고 그녀 쪽으로 다가와서 앞을 가로막고 말을 걸었고, 심지어 재미있는 말도 몇 마디 던졌

여성의 설득

다. 하지만 곧 그는 그녀를 무례하게 만졌고 그녀를 방 쪽으로 몰아붙였다. 그녀는 그에게서 물러났고, 그 순간 그는 화가 나서 그녀의 벨트고리를 붙잡고 늘어졌다.

하지만 애리얼 디스키는 고등학교 때 이스라엘인 체육선생에게 크라브 마가를 배웠고, 완벽하게 휘두른 팔꿈치 공격으로 대런의 가슴 한가운데를 후려쳤다. 그가 고통으로 소리를 지르자, 복도 여기저기서 문이 열리고 옷을 대충 걸치고 머리가 삐죽삐죽 선 학생들이 나타났다. 잠시 후 직직거리는 워키토키를 든 경비원들이 건물로 들어왔다. 그 무렵 대런 틴즐러는 사라지고 없었지만 모두들 그를 쉽게 알아보았고, 남학생 사교클럽에서 스타워즈 트리비얼 퍼슈트를 혼자서 열심히 하는 척하던 그는 체포되었다.

곧 다른 여자들이 줄지어 나서서 고발했다. 대학에서는 처음에 어떤 식으로든 공개적인 발표를 피하려고 애썼지만 압박에 밀려 이사진은 징계위원회를 여는 데 동의했다. 모두가 이미 다가오는 주말에 관해서만 생각하고 있는 금요일 오후, 빛이 흐릿하게 들어오는 생물학 실험실에서 위원회가 열렸다. 그리어의 차례가 되자 그녀는 분젠 버너가 줄줄이 놓여 있는 반짝이는 검은 탁자 앞에 서서 대런 틴즐러가 그날 밤 파티에서 자신에게 뭐라고 하고 무슨 짓을 했는지 반쯤 속삭이는 어조로 말했다. 증언을 하느라 열병이 생긴 것 같았다. 격렬하고 열이 펄펄 끓는 열병. 성홍열일 수도 있었다.

평소처럼 야구모자를 쓰지 않은 대런의 납작하게 눌린 금발 머리가 어린이 수영장 아래쪽에 갇혀 죽어가는 원형 잔디처럼 보였다. 마침내 그가 준비해온 진술서를 읽었다.

"저 대런 스코트 틴즐러는 플로리다 키심미 출신으로, 이성의 신호를 읽는 능력이 굉장히 부족했다고 말하고 싶습니다. 저는 지금 대단히 부끄럽고, 사회적 신호를 반복적으로 착각했다는 점을 사과하고 싶습니다."

한 시간 안에 결정이 발표되었다. 징계 위원회 위원장인 젊은 여성 부학과장은 대런이 지역 행동 상담사인 사회복지학 석사 멜라니 스태프와 세 번의 상담을 거치는 데 동의한다면 학교에 계속 남아도 좋다고 선언했다. 멜라니 스태프는 충동 제어가 전문이었다. 그녀의 상담소 홈페이지에는 미친 듯이 담배를 피우는 남자와 불행한 얼굴로 도넛을 먹는 여자의 일러스트가 있었다.

캠퍼스에서는 강하지만 산발적인 항의가 나왔다.

"이건 사실상 여성혐오야."

어느 날 밤늦게 울리 라운지에 앉아서 4학년생이 말했다.

"위원장이 피해자들에게 전혀 동정심을 갖지 않았다는 거에 제일 놀랐어."

2학년생이 말했다.

"그 사람은 여자를 싫어하는 여자인 게 분명해. 완전 쌍년이야."

지가 말했다. 그러고는 부모님이 좋아했던 뮤지컬의 노래 한 곡을 개사해서 부르기 시작했다.

"여자…… 여자를 싫어하는 여자는…… 세상에서…… 가장 심한 쌍년이지……"

"너무 나갔다! 쌍년이라고 하면 안 돼."

그리어가 말했다.

"쌍년."

지가 다시 말하자 모두가 웃음을 터뜨렸다.

"아, 좀. 난 내 마음대로 말할 수 있어. 그게 에이전시*가 있다는 거야."

지가 덧붙였다.

"에이전시라고 하는 것도 안 돼. 그건 더 나빠."

그리어가 말했다.

그리어와 지는 식당에서 다른 사람들과 함께 오랫동안 대런에 대해서 이야기했다. 그들은 식당에서 쫓겨날 때까지 거기 있었다. 분노를 억누르는 것은 어려웠고, 이런 대화와 『라일랜드 클라리온』에 4학년생이 실은 논리정연한 논평에도 불구하고 피해 여성 중 두 명은 사건을 더 이상 질질 끌고 싶지 않다고 말했다.

여전히 그리어는 대런에 관해서 계속 생각했다. 머릿속에서 계속 맴도는 건 실제 사건이 아니었다. 그건 가느다란 기억 말고는 거의 사라졌다. 하지만 그가 학교에 남을 수 있다는 사실이 얼마나 불공평한지가 머리에서 사라지지 않았다. 불공평하다, 이 단어는 어린애가 부모에게 억울하게 외치는 투정처럼 들렸다.

"미안. 난 그 사람 생각은 더 이상 안 해."

어느 날 아침 학생회관에서, 그리어가 주저주저 다가가서 말을 붙였을 때 애리얼 디스키는 그렇게 대답했다.

"난 미친 듯이 바쁘고, 그 인간은 그냥 머저리거든."

애리얼이 말했다.

"저도 알아요. 하지만 좀 더 할 수 있는 일이 있을지도 몰라요. 제

---

* 개인이 독립적으로 행동하고 자유롭게 선택할 수 있는 능력을 뜻하는 사회학적 단어.

친구 지는 그렇게 생각해요."

그리어가 말했다.

"있지, 네가 아직도 이 일에 몰두하고 있는 건 알겠어. 나쁜 마음으로 이러는 건 아니고, 난 법학부 지망이라서 스트레스를 받을 상황이 못 돼. 미안, 그리어. 난 그만할 거야."

애리얼이 대답했다.

그날 밤, 지와 그리어와 클로에는 지의 방에 앉아서 전투복 같은 갈색이 도는 초록색으로 발톱을 칠했다. 약간 속이 울렁거리면서도 야성적인 기분이 들게 만드는 발효된 화학물질 냄새가 방 전체에 퍼졌다.

"여성연맹에 가는 것도 방법이야. 거기서 뭔가 조언을 해줄 수도 있어."

지가 제안했다.

"아닐지도 몰라. 내 룸메이트가 거기 모임에 한 번 갔어. 여성 할례에 대항해서 그 사람들이 하는 일이라고는 브라우니를 굽는 것뿐이었대."

클로에가 말했다.

라일랜드는 별로 정치적인 곳이 아니었지만 아주 가끔씩 예상치 못한 저항의 물결이 일어났다. 이라크전이 발발하고 몇 년이 지나자 지와 두 명의 2학년생이 가끔씩 메처의 계단에서 메가폰을 들고 인쇄물을 나눠주는 모습이 눈에 띄었다. 그리고 아주 작지만 제법 조직적인 흑인학생연합의 시위가 몇 차례 있었다. 기후변화단체는 끈질기고 음산한 존재가 되었고 지는 그쪽에도 가입되어 있었다. 뜨겁고 불타는 하늘이 무너질 거라고 그들은 모두에게 계속, 계속해서 말했다.

"어릴 때 스카스데일에서 동물 학대를 막기 위한 기금을 모으려고 티셔츠를 만들어서 판 적이 있어. 대런 틴즐러 얼굴이 박힌 티셔츠를 만들어서 그걸 나눠주는 건 어떨까? 그 밑에다가 '원치 않음'이라고 쓸 수도 있어."

돈을 모아 온라인 염가 도매상에서 싸구려 티셔츠 50장을 구매한 그리어와 지, 클로에는 자전거를 보관하고 세탁기가 돌아가며 화장실 물소리가 들리는 울리의 지하실에 밤늦게까지 모여 앉아 합성섬유 위에 대런 틴즐러의 얼굴을 다림질해서 전사했다. 그게 인쇄하는 것보다 싸기 때문이었다. 새벽 4시쯤, 야구모자를 낮게 쓰고 눈 사이가 널찍한 대런의 특징 없고 창백한 얼굴을 뜨겁고 뾰족한 모루로 누르고 또 눌렀어도 그리어의 팔에는 여전히 힘이 남아 있었다. 멍청한 얼굴이지만 그 안에는 야만적이고 교활한 본능이 자리하고 있다고 그녀는 생각했다.

잠시 후 클로에가 일어서서 팔을 쭉 뻗으면서 포기를 선언했다.

"이제 좀 자야겠어."

몇 시간 뒤 그리어와 지는 환한 식당 입구에 앉아 하품을 하며 사람들에게 티셔츠를 나눠주었다.

"공짜 티셔츠예요!"

그들은 지나가는 모두에게 말을 걸었지만 티셔츠를 받아간 사람은 겨우 다섯 명이었다. 실망스럽고 서글픈 실패였다. 그래도 그리어와 지는 가능한 한 자주 그 티셔츠를 입었다. 세탁으로 좀 줄어들어서 대런 틴즐러의 얼굴이 복사기에 밀어 넣은 것처럼 늘어나고 뒤틀렸어도 말이다.

페이스 프랭크가 연설을 하러 온 날 밤에도 그들은 그 티셔츠를 입고 있었다.

지는 『위클리 블래스트』에서 강연 소식을 보고 굉장히 흥분했다.

"내가 진짜 사랑하는 여자야!"

지가 그리어에게 말했다. 티셔츠를 만들면서 계획을 세우고, 이야기를 하고, 자유롭게 어울렸던 그날 밤 덕택에 두 사람은 순식간에 훨씬 가까워져 있었다.

"그분이 시대에 뒤떨어진 페미니즘 개념을 대변한다는 건 알아. 대체로 특권을 가진 여자들에게만 영향을 미치는 그런 주제들 말이야. 나도 그건 이해해. 하지만 그거 알아? 그분은 좋은 일을 수도 없이 했고, 그래서 그분이 정말 대단하다고 생각해."

지가 계속해서 말을 이었다.

"그리고 또 페이스 프랭크의 중요한 점은 유명하고 상징적인 존재이면서도 쉽게 다가갈 수 있는 사람처럼 보인다는 거야. 그분을 보러 가야 해, 그리어. 그분한테 무슨 일이 있었는지 이야기해야 해. 그분한테 말해. 그분이라면 뭘 해야 할지 알 거야."

그리어는 페이스 프랭크에 관해 부끄러울 만큼 조금밖에 몰랐지만, 강연 전날 밤 구글을 통해 제법 많은 지식을 쌓을 수 있었다. 온라인으로 사실을 찾아보는 건 그리어에게 위안이 되는 일이었다. 세상은 통제가 불가능할 수 있지만, 그래도 여전히 쉽게 찾아볼 수 있는 답들이 있다. 하지만 구글은 연대표와 사건들에 대해서는 알려줘도 페이스 같은 사람이 어떻게 실제로 그런 인물이 되었는지 핵심적인 것은 알려주지는 않았다.

1970년대 초에 페이스 프랭크는 여성을 위한 최초의 신문을 발간한 페미니스트이자 사회개혁가인 아멜리아 블루머의 이름을 딴 잡지

『블루머』의 창립자 중 한 명이었다. 『블루머』는 『미즈』*의 산만하고 덜 유명한 여동생 격으로 알려졌다. 『블루머』는 『미즈』처럼 세련되거나 우아하지 않고 딱히 디자인이 뛰어나지도 않았으나 종종 사람들의 관심을 사로잡고 격론을 불러일으키는 칼럼과 기사들이 실려서 처음에는 꽤 훌륭했다. 하지만 수십 년이 지나며 독자층이 줄어들더니 한때 최전선의 회보였던 잡지는 결국 소형 가전제품 매뉴얼만큼이나 얇아졌다.

하지만 '유명세에서 글로리아 스타이넘**보다 두 계단 아래'라고 일컬어지는 페이스는 여전히 눈에 띄는 존재로 남았다. 1970년대 말에 그녀는 대중을 위한 책을 여러 권 썼는데, 권한의 분산에 대한 거침없고 고무적인 내용 덕택에 굉장히 많이 팔렸다. 그리고 1984년에 『여성의 설득』이라는 책으로 엄청난 히트를 쳤다. 이것은 기본적으로 여자들에게 여성이라는 사실이 어깨 패드를 넣은 옷을 입고 터프한 척 행동하는 것 이상으로 많은 것을 의미한다는 걸 알아야 한다고 주장하는 내용이었다. 미국 경제계는 여자들이 남자만큼 형편없이 행동하도록 만들려고 하지만, 거기에 항복해서는 안 된다고 페이스는 말했다. 여성은 강인하면서도 동시에 진실과 품위도 지킬 수 있다는 것이다.

월스트리트로 갔다가 비참한 결말을 맞이한 모든 여자를 포함하여 사람들은 이 메시지를 정말로 듣고 싶었던 것 같았다. 여자들도 나

---

*   1972년에 창간한 잡지로, 미국에서 여성 관련 이슈와 사회적 발언을 하는 매체로 부상했다.

**   『미즈』를 창간한 페미니스트 저널리스트이자 사회운동가로, 20세기 페미니즘을 상징하는 아이콘이다.

설 수 있다고 페이스는 말했다. 협동조합을 만들거나 최소한 회사 내의 지배적 문화에 도전할 수 있다는 것이다. 그리고 남자들에게 오랫동안 다져진 터프함에 새로운 온화함을 더해 균형을 맞추도록 설득할 수 있다고 덧붙였다. 균형이 전부라고 그녀는 독자에게 말했다. 재판이 나올 때마다 엄청난 수정을 해야 하긴 했지만, 책은 결코 절판되지 않았다.

페이스는 인터뷰를 할 때면 늘 침착하고 자기주장을 분명히 하고 설득력이 뛰어났기 때문에 PBS의 야간 TV 쇼 「리캡」에 자신만의 짧은 코너를 얻었다. 인터뷰를 진행하던 그녀는 가끔은 인터뷰 대상으로 성차별주의자 남성을 고르기도 했다. 허영심에 가득 찼던 그 남자들은 왜 자신이 선택된 건지 전혀 몰랐다. 우쭐거리며 무례한 말을 던지는 그들의 모습은 그대로 방송에 노출되었고, 페이스는 차분하면서도 재치 있게 그들의 주장을 정정하고 가끔은 손쉽게 그들을 무너뜨렸다.

페이스의 인터뷰가 인기를 끌었음에도 불구하고, 90년대 중반에 쇼 자체가 끝이 났다. 페이스는 그 무렵 여전히 책을 쓰고 있었지만 더 이상 잘 팔리지 않았다. 이후 수년간 그녀는 『여성의 설득』의 좀 더 얌전한 후속작들을 내놓았다. (90년대 말에 나온 가장 최근작은 여성과 기술에 관한 내용으로 제목은 『이메일의 설득』이었다.) 그리고 마침내 그녀는 책 쓰는 것을 완전히 그만두었다.

그리어가 찾은 초기 사진에서 페이스는 길고 짙은 곱슬머리에 키가 크고 날씬한 여자로, 연약하고 젊고 개방적으로 보였다. 어느 사진에서 그녀는 DC에서 행진을 하고 있었고, 또 다른 사진에서는 밤늦게 하던 문화 관련 원탁 토크쇼 세트장에서 둥그런 하얀색 회전의자에 앉아 연신 담배를 피우고 소리를 질러대는 게스트들을 향해 격렬하게 손짓을 하고 있었다. 페이스는 자신만만한 남성우월주의자 소설가 홀트 레이번과 방송에서 악명 높은 논쟁을 벌였다. 그날 밤에 소설가는 고함을 질러 기선을 제압하려 했지만 그녀는 차분하고 논리적인 특유의 방식으로 대응했고, 결국에 그녀가 이겼다. 그 내용은 신문에 실렸고, 결국 그녀가 「리캡」의 인터뷰 코너를 맡는 계기가 되었다. 또 다른 사진에서 그녀는 갓 태어난 아들을 포대기로 안고서 듬성듬성 머리카락이 난 아기의 머리 위로 눈을 가늘게 뜨고 잡지 레이아웃을 보고 있었다. 사진은 시대순으로 계속되었고, 페이스 프랭크는 40대, 50대, 60대가 되도록 그 우아하고 광채가 나는 모습을 어느 정도 유지했다.

대부분의 사진에서 그녀는 자신을 대표하는 아이템인 길고 섹시한 스웨이드 부츠를 신고 있었다. 인터뷰와 소개글도 있었다. 한 군데에서는 그녀의 '놀라운 조바심'에 대해 언급했다. 페이스는 쉽게 화를 내기도 하는 모양이었고, 상대가 꼭 남성우월주의자 소설가만은 아닌 것 같았다. 그녀는 상냥하지만 인간적이고, 가끔은 까다롭지만 대부분은 관대하고 멋지다고 묘사되었다. 하지만 라일랜드 대학에 강연을 하러 올 무렵의 그녀는 아주 소수의 사람들만이 존경심을 가득 담아 인정하는 과거의 인물이 되어 있었다. 그럼에도 그녀는 여전히 사람들에게 위안을 주며 타오르는 점화용 불씨 같은 존재였다.

그날 밤 그리어와 지가 도착했을 때 강연장인 교회는 3분의 2 정도만 차 있었다. 가을치고 날씨가 유별나게 나빠서 돌풍이 거칠게 회오리쳤고, 교회는 축축한 냄새를 풍겼다. 사람들은 젖은 외투를 집어넣을 곳을 찾다가 결국 둘둘 말아 어설프게 품에 껴안고 있었다. 많은 학생이 교수가 필수로 강연을 들으라고 해서 그 자리에 참석했다.

"그분은 많은 사람에게 대단히 중요한 분이고, 나한테도 마찬가지야. 그러니까 거기 가봐."

어느 사회학 교수는 살짝 위협적인 어조로 그렇게 말했다.

행사는 7시에 시작될 예정이었지만, 페이스의 운전사가 길을 잃은 모양이었다. 라일랜드의 입구 간판은 굉장히 수수해서 어느 소도시 소아과에 달린 간판처럼 보일 정도였다. 7시 25분에 교회 맞은편에서 웅성거리는 소란이 일었다. 곧 양쪽 문이 열리고 습한 밤공기가 안쪽으로 쏟아짐과 동시에 여러 명의 사람이 들어섰다. 제일 먼저 들어온 것은 대학 학장이었고, 그다음에는 학과장, 그리고 두어 명이 뒤따라왔다. 다들 코트와 어울리지 않는 모자 차림에 흥분한 상태였다. 그러고 나서 모자를 쓰지 않고 놀랄 만큼 알아보기 쉬운 페이스 프랭크가 교무처장을 포함한 몇 명과 함께 들어와서 목에 매고 있던 핏빛 스카프를 풀기 시작했다. 그리어는 강줄기만큼 기다란 스카프가 풀리고 또 풀리는 모습을 바라보았다. 페이스의 뺨은 몹시 빨개서 누가 금방 몇 대를 때린 것 같았다. 머리는 사진에 항상 나왔던 것과 똑같이 짙은 갈색의 곱슬머리였다. 그녀가 머리를 흔들자 눈송이가 원자가 떨어져 나가는 것처럼 섬세하게 흩어져 내렸다.

수십 년 동안 촬영된 사진에서처럼 그녀는 굉장히 강하고 우아한 코를 가져서 눈에 확 띄고 호감 가는 얼굴이었다. 청중을 둘러보는 그녀는 매력적이고 중요한 사람 같았으며 진지하고 상냥한 호기심을 품고 있는 듯했다. 페이스 본인의 사고방식에 따라서 강연장이 반이나 비었네, 혹은 반이나 찼네, 라고 평가할 거라고 그리어는 생각했다.

들어온 사람들은 재빨리 앞쪽 자리에 앉았다. 곧 소파의 패브릭

같은 꽃무늬 드레스를 입은 대학 학장이 강단에 서서 심장 위에 한 손을 얹고 경배조로 소개를 했다. 마침내 페이스 프랭크가 일어섰다. 그녀는 예순세 살이고 길고 마른 몸 중간까지 오는 짙은 색 모직 원피스 차림으로 강렬한 존재감을 발산했다. 물론 스웨이드 부츠도 신고 있었다. 모든 색깔의 부츠를 다 갖고 있는 그녀가 오늘 선택한 색은 흐린 회색이었다. 이것은 모두에게 그녀가 한때 훌륭한 패셔니스타였고 성적 매력이 넘쳤으며 여전히 그렇다는 사실을 알려주었다. 양손 손가락에는 보석과 은으로 만들어진 두툼하고 예술적인 반지를 여러 개 끼고 있었다. 지각을 했음에도 불구하고 그녀는 전혀 민망해하지 않고 완벽하게 안정돼 보였다.

그녀가 강단에 올라서서 제일 먼저 한 일은 모두를 보고 미소를 지으며 이렇게 말한 거였다.

"용감하게 눈을 뚫고 와줘서 고마워요. 그 점을 특별히 칭찬해야 할 것 같군요."

그녀의 연설용 목소리는 명료했고, 약간 쉰 소리가 섞여 있는 것이 매력적이었다. 그녀는 몇 초간 침묵했고, 마치 이제서야 무슨 말을 해야 할까 생각하는 것처럼 보였다. 그녀는 아무 메모도 가져오지 않았다. 즉흥적으로 이야기할 계획이었던 모양이다. 열렬한 학창 생활 내내 색색의 파일과 노란색과 분홍색 형광펜을 백 퍼센트 활용하면서 안도감을 느끼며 살아온 그리어로서는 상상도 할 수 없는 일이었다.

그리어는 고향 매코피에서 페이스 프랭크 같은 사람을 한 번도 본 적이 없었다. 그녀의 초라하고 무능력한 부모님은 당연히 아니었고. 코리는 프린스턴에 머문 시간이 오래되지 않았지만 경험이 풍부하고 많은 곳을 여행하며 영향력 있는 사람들에게 둘러싸여 있었다. 하지만 그리어는 그런 사람을 만나본 적이 전혀 없었다. 사실 그런 가능성이 존재한다는 생각조차 해보지 못했다.

"머리가 쪼개져서 열린 것 같았어."

다음 날에 그녀가 코리에게 한 말이다.

강단에서 페이스가 말했다.

"대학에서 강연을 할 때마다 나는 '저는 페미니스트는 아니지만요……'라고 하는 젊은 여성들을 만나게 되죠. 이 말뜻은 사실 '나 자신을 페미니스트라고 부르지는 않지만 동일 임금을 원하고, 남자들과 동등한 관계를 맺고 싶고, 당연히 성적 쾌락에 있어서 동등한 권리를 갖고 싶어요. 공정하고 멋진 삶을 살고 싶고요. 내가 여자라는 이유 때문에 억압받고 싶지 않아요.'라는 뜻이죠."

나중에, 그리어는 페이스가 강연에서 실제로 한 말이 자신에게 미친 전체적인 영향 중에서 일부만을 담당했을 뿐임을 이해하게 되었다. 중요한 역할을 한 건 사실 강연 내용만이 아니었다. 또 다른 중요한 점은 그들에게 이야기하고, 의미를 부여하고, 강연장에 모인 모두에게 그런 감정을 전달한 사람이 바로 페이스라는 것이었다.

페이스가 말을 이었다.

"그러면 나는 항상 이렇게 답하고 싶어요. '그게 아니라면 페미니즘이 대체 뭐라고 생각하죠? 당신이 원하는 삶을 얻게 만들어주는 것이 유일한 목표인 정치적 운동을 부인한다면 그런 것들을 어떻게 얻을 생각이에요?'라고 말이죠."

그녀는 잠깐 말을 멈췄고 모두가 이 문제에 대해서 생각했다. 몇 명은 물론 자기 자신에 대해서 생각했다. 그들은 그녀가 일부러, 천천히 물을 마시는 것을 바라보았고, 왜인지 모르지만 그리어는 그게 꽹장히 흥미롭다는 사실을 깨달았다.

"나에게 페미니즘은 두 가지 측면이 있어요. 첫 번째는 내가 나 자신의 인생을 형성하는 데 이용한 개인주의적 페미니즘이에요. 나를 정형화된 관념에 맞춰야 할 필요가 없고, 엄마가 말하는 대로 하거나 여자가 어때야 하는지 다른 사람의 개념에 맞춰야 할 필요가 없다는 주의죠. 하지만 두 번째 측면도 있어요. 여기서는 좀 구식 표현인 '자매애'를 사용하고 싶군요. 여러분은 아마 야유하면서 우르르 출구로 달려갈지도 모르겠지만, 그럴 위험을 좀 감수할게요."

웃음소리가 울렸다. 다들 이야기에 귀를 기울이며 그녀에게 동조했고, 그녀가 그걸 알기를 바랐다.

그녀가 말을 이었다.

"자매애라는 건 모든 여성이 자신이 원하는 각각의 선택을 할 수 있게 만드는 걸 목표로 다른 여성과 연대하는 걸 말해요. 우리가 서로 분열된 채 딱 한 명만 공주가 될 수 있는 어린애들 게임 같은 경쟁에만 달려든다면, 그러면 결국 여자는 어때야 한다는 사회의 관념에 속박되고 제한되지 않는 사람은 거의 없을 거예요."

페이스가 말을 이었다.

"내가 여기서 하고 싶은 말은, 대학이 책을 읽고 탐구하고 친구를 만들고 실수를 저지르는 등 개인으로서 가질 수 있는 가장 발전적 경험이기는 하지만, 또한 여성의 평등이라는 위대한 목표에서 여러분이 사회적·정치적으로 어떤 역할을 할 수 있는지 생각해볼 기회이기도 하다는 거예요. 졸업하고서 여러분은 내가 했던 것 같은 일을 하고 싶지 않을 수도 있어요. 나는 우리 부모님 실비아와 마틴 프랭크에게서 도망치기 위해서 라스베이거스로 가서 칵테일 웨이트리스로 일했거든요. 여러분은 내가 입어야 했던 러플 달린 유니폼을 보면 아마 질색할 거예요. 아니, 좋아할 수도 있겠군요."

유쾌한 웃음소리가 더 크게 울렸다.

"라스베이거스에 간 얘기는 진짜예요. 우리 부모님은 대학에 다니는 동안 나를 집에서 통학시켰고, 난 거기서 절실하게 탈출하고 싶었죠. 그분들은 내가 처녀인 걸 확실하게 해두고 싶어 했어요. 맙소사, 정말 고리타분한 시절이었어요."

또다시 웃음이 터졌다.

"그 이래로 상황이 완전히 바뀌었다고 난 기쁘게 말할 수 있어요. 여러분 모두가 나보다 훨씬 많은 자유를 누린다는 건 정말 근사한 일이에요. 하지만 그런 자유에는 가끔씩 다른 여자들은 필요치 않다는 느낌이 따라오기도 하죠. 그런데 그건 사실이 아니에요."

그녀는 다시 말을 멈추고 청중 모두를 쭉 둘러보았다.

"그러니까 다음번에 '난 페미니스트가 아니에요.'라고 말할 때는 이 모든 것을 기억하세요. 지금도 현재진행형인 싸움에 가담하기 위해서 할 수 있는 일을 하세요."

그녀가 잠깐 말을 멈췄다.

"아, 그리고 마지막으로 생각난 게 있어요. 중요한 것들을 위해서 싸우는 와중에 당연히 여러분은 저항과 맞닥뜨리게 될 거예요. 그게 가끔은 굉장히 화가 날 수 있고 심지어는 길을 엇나가게 만들 수도 있어요. 모든 사람이 여러분에게 동의하지는 않을 거예요. 모두가 여러분을 좋아하거나 사랑하지도 않을 거고요. 맞아요, 어떤 사람들은 여러분에게 화를 낼 거고, 어쩌면 당신을 미워할 수도 있어요. 그건 받아들이기 상당히 힘들 거예요. 하지만 여러분이 나가서 중요한 일들

여성의 설득

을 하고 있다면…… 내 감정은 말이죠, 이게 위안이 될지 모르겠지만, 나는 여러분을 사랑할 거예요."

그녀가 청중을 향해서 짧게 격려의 미소를 지었고, 그걸로 충분했다. 그리어는 완전히 넘어갔다. 그녀는 완전하게 설득되었고, 사로잡혔고, 이걸 더 많이, 영원토록 원했다. 페이스는 그들을 사랑한다고 가벼운 농담을 던졌지만, 페이스의 이야기를 듣는 동안 그리어가 느낀 감정이야말로 사랑에 빠지는 것과 굉장히 닮아 있었다. 그리어는 사랑에 빠지는 것에 대해 잘 알았다. 코리를 발견하면서 그녀의 세상이 흔들리고 온몸의 세포가 엉망이 되어버렸다. 그때와 다른 것이 있다면 육체적 욕망이 빠져 있다는 것이다. 이 감각은 성적인 게 아니었지만 사랑이라는 단어는 여기서도 여전히 유효했다. 사랑이 페이스 프랭크 주위의 공기 중에서 수분(受粉) 되었다.

여기 있는 다른 사람들도 분명 느꼈을 것이다, 그렇겠지? 설령 수년 동안 십대의 혼미함 속에 잠긴 채 모든 반사되는 표면마다 자기 얼굴을 비춰보며 여드름을 짜다가 유리에 푸르뎅뎅한 액체가 철퍽 튀는 것을 찡그리며 쳐다보고, 친구들에게 멍청한 부모님 욕을 늘어놓거나, 페이스가 묘사한 것처럼 자신들은 페미니스트가 아니라고 주위에 즐겁게 말하고 다니는 그런 사람이라 해도, 오늘 밤 이 교회에 억지로 왔다고 해도, 지금은 그들의 내부에서 깨달음의 종소리가 울렸을 것이다. 그 소리는 진동하고 또 진동해서 영원히 멈추지 않을 것처럼 느껴졌다. 지금 여기에, 서서히 나타나는 이 불안한 세상에서 그들의 자리에 관해서 굉장히 흥분되는 방식으로 말하는 이 새롭고 믿음직스러운 사람이 있으니까. 지금의 자기 자신 이상이 되고 싶게 만드는 사람이 있으니까.

페이스가 말했다.

"좋아요, 음, 이제 여러분에게 하고 싶은 말이 다 떨어진 것 같군요. 지금부터 난 조용히 하고 여러분에게 이야기할 기회를 줄게요. 들어줘서 정말로 고마워요."

끓는 기름 솥으로 엄청난 높이에서 물건이 떨어지듯 요란한 박수 소리가 강연장 전체에 울려 퍼졌다. 그리어는 나중에 코리에게 말한 것처럼 즉시 '열성팬처럼' 박수를 치기 시작했다. 강연장의 그 누구보다도 크게 박수를 치고 싶었다.

뒤쪽에서 누군가가 소리를 질렀다.

"페이스, 완전 멋져요!"

그리고 다른 사람도 소리쳤다.

"환장하게 끝내주는 부츠예요!"

그 말에 페이스 프랭크가 웃음을 터뜨렸다. 웃는 것도 근사했다. 고개를 뒤로 젖혀 입을 벌리고 물고기를 삼키려 하는 늘씬하고 우아한 바다표범처럼 식도를 드러내고 웃었다.

교회는 사람들의 열기와 흥분으로 온도가 더 상승했고, 사람들과 젖은 외투 때문에 더 강하게 냄새가 났다. 공간 전체가 달아올랐다. 페이스는 사람들을 바라보고서 양손을 들어올렸다.

지루하고 표준적인 질문이 나왔다.

"요즘 젊은 사람들에게 전하고 싶은 메시지가 있나요?"

페이스가 꿈꾸는 디너파티에 관한 감상적인 질문도 나왔다.

"아무나 초대할 수 있어요. 어느 나라에 살든 어느 시대든 제한은 없어요. 그러면 누구를 고르시겠어요?"

질문자가 물었다. 페이스는 잡지의 이름을 따올 정도로 좋아한 인

여성의 설득

물인 아멜리아 블루머와 최근에 슈퍼볼 하프타임 쇼를 했던 인기 있는 젊은 여성 가수 오퍼스, 그리고 이탈리아 바로크 시대 화가 아르테미시아 젠틸레스키, 조종사 면허를 딴 최초의 아프리카계 미국인 여성 비행사 베시 콜먼, 시인 도로시 파커, 배우 오드리 헵번과 캐서린 헵번을 골랐다.

"그들의 스타일을 좋아하거든요."

후자에 대해서 그녀는 그렇게 말했다. 그리고 비틀즈 네 명 모두. 마지막으로 페이스는 이렇게 말했다.

"분위기를 띄우기 위해서 열렬한 반페미니스트도 두어 명 집어넣죠. 그들의 음식에 침을 뱉고 싶은 유혹에 시달리긴 하겠죠."

그 질문은 금세 지나갔다. 그리어도 자신이 디너파티를 연다면 초대하고 싶은 가장 중요한 인물이 페이스 프랭크일 거라고 생각하느라 바빴다. 그녀는 페이스가 그 멋지고 긴 부츠를 신고 울리의 1층 라운지에 편안하게 앉아서 그리어와 지가 그녀를 위해 전자레인지에 돌려준 즉석 라면을 먹는 모습을 상상했다.

구겨진 투사지 같은 피부를 가진 역사학과의 노쇠한 교수가 자신에게만 흥미가 있을 법한 굉장히 협소한 질문을 했다("프랭크 씨, 끔찍했던 옛 시절의 잘 알려지지 않은 법규가 하나 생각이 나는데……"). 청중이 지루해서 들썩거렸다. 사람들은 전화기 위로 몸을 구부리거나 서로를 쿡쿡 찌르며 속삭이거나 대놓고 잡담하기 시작했다.

학장이 질문을 짧게 자르고서 말했다.

"이 질문은 나중에 직접 하시죠. 시간상 다음으로 넘어가야 할 것 같군요. 질문 하나만 더 받겠습니다, 여러분, 좋은 걸로 좀 해봐요."

그리어의 손이 번쩍 올라갔다. 팔 전체가 살짝 떨렸지만 그래도 위태롭게 손을 계속 들어 올리고 있었다. 그녀는 정확하게는 질문을 하려는 게 아니었다. 질문에 한없이 가까운 걸 하려는 생각이었다. 너무 늦기 전에 페이스 프랭크와 어떤 방식으로든 접촉해야 한다는 기분이 들었다. 오늘 밤에 여기에 와서 대단하고 의지력 강한 여자의 강연을 듣는 걸로 충분할 거라고, 그 끔찍한 대런 틴즐러 사건 이후로 좀 기운이 날 수도 있을 거라고 생각했지만 이대로 밤을 끝낼 수가 없었다. 페이스 프랭크가 이대로 떠나도록 그냥 놔둘 수가 없었다.

그때 그녀의 옆자리에서 지의 팔도 위로 올라갔다. 물론 지에게는 진짜 질문이, 정치적인 질문이 있을 것이다. 심지어는 후속 질문까지 있을지도 모른다. 페이스는 그들 쪽으로 고개를 끄덕였다. 처음에는 둘 중 누구를 가리키는 건지 분명하지 않았다. 그리어는 페이스의 시선을 읽으려고 노력했다. 여성의 시선, 그녀는 현기증이 나는 기분으로 생각했다. 하지만 그때 페이스가 자신을 똑바로 쳐다보고 있는 것 같다는 생각이 들었다. 정확하게 그녀, 그리어를 말이다. 그리어는 자신이 제대로 읽은 건지 확인하기 위해서 의아한 표정으로 지를 쳐다보았다. 지는 그래, 너야, 라고 말하는 것처럼 빠르고 단호하게 고개를 끄덕였다. 심지어 그리어가 이 기회를 갖기를 바란다는 듯한 미소도 지었다.

그래서 그리어는 일어섰다. 유일하게 서 있는 사람이 된다는 건 속이 울렁거리는 일이었지만 어떻게 하겠는가?

"프랭크 선생님?"

그녀의 목소리가 이 성스러운 공간에서 작은 양의 울음소리처럼 울렸다.

"안녕하세요."

"안녕하세요."

"물어보고 싶은 게 있어서요."

"나 참. 그래서 손을 든 거 아냐."

근처에 앉은 여자아이가 나지막하게 중얼거렸다.

그리어는 무시하고서 숨을 들이켰다.

"우리가 어떻게 하면 되는 건가요?"

그녀가 물었다. 그리고 그다음에 뭐라고 말해야 할지 알 수가 없어서 거기서 멈췄다. 페이스 프랭크는 인내심 있게 기다렸다.

그리어가 더 이상 말을 하지 않으려는 게 확실해지자 페이스가 부드럽게 물었다.

"정확하게 뭘 하는 거 말이죠?"

"현재의 방식에 관해서요. 지금 느껴지는 방식이요. 마치 벽지처럼 사방에 존재하며 세상을 둘러싸고 있는 여성혐오 같은 것들이요. 제 말뜻 아시겠어요? 21세기에도 여전히 이게 용인되고 있는데, 왜 그런 거죠?"

그리어가 열심히 말했다.

"미안하지만 목소리 좀 크게 해줄래요?"

페이스가 말했고 이 요청에 그리어는 더욱 부끄러워졌다. 그녀는 지금도 제대로 말을 할 수가 없었다. 어쩌면 기절할지도 모르겠다고 생각했다. 지가 걱정스럽게 그녀를 쳐다보았다.

그리어는 앞에 있는 의자의 곡선형 나무 가장자리를 꽉 잡았다.

"여성혐오 말이에요."

그리어가 좀 더 크게 다시 말했지만 마지막 음절에서 억양이 위로 올라가는 바람에 자신감 없이 들렸다. 목소리가 이렇게 나오는 게 그녀는 정말 싫었다. 최근에 여자들이 말할 때 평서문에서도 질문처럼 말끝을 올려 말하는 현상에 대해서 읽은 적이 있었다. 업토크uptalk 라는 거였다. 난 업토킹 하는 여자가 되고 싶지 않아! 그녀는 그렇게 생각했다. 그런 말투는 멍청하게 들린단 말이야. 하지만 서술문을 질문처럼 만드는 게 언제나 훨씬 쉬웠다. 마지막에 물러나 그냥 물어본 것뿐이라고 말하면 틀렸을 때의 수치를 감당할 필요가 없으니까. 그리어는 대런 틴즐러가 다가와서 모자를 살짝 기울였기 때문에, 달리 뭘 해야 할지 몰라서 상상의 치맛자락을 들어 올리며 인사했던 것을 떠올렸다. 여자이고 자신감이 부족하면 가끔씩 문장 끝 단어를 올리게 되고, 심지어 어떤 때에는 존재하지 않는 옷자락을 들어올리기도 하는 법이다.

여성혐오에 대해서 지나치게 길게 떠들면 사람들의 머리가 가슴 쪽으로 기울어지고 드르렁드르렁 소리가 울릴 걸 잘 알기 때문에 그녀는 이제 조심했다. 이런 주제에 관해서 이야기할 때에는 분위기를 조금 띄워야 한다. 페이스 프랭크가 했던 것처럼 역동적이고 열광적인 전달자가 되어야 한다.

모든 것이 그렇게까지 가망 없는 것은 아니었다. 페이스 프랭크 시절의 여성 운동이 열에 들뜬 세상의 이마에 차가운 천을 얹어주는 엄마의 손처럼 여성혐오나 불공평한 대우를 완전히 없애지 못한 것은 사실이지만, 강간과 성차별의 소용돌이에도 불구하고, 대런 틴즐러가 받은 가벼운 처벌에도 불구하고, 여전히 불평등한 급여가 지급됨에도 불구하고, 국가나 기업의 권력 있는 자리에 있는 여성의 수가 비참할 정도로 적음에도 불구하고, 그리고 인터넷이 남성들의 연대와 분노라는 벽으로 겹겹이 막혀 있음에도 불구하고("걸레년들보다 남자동지들이 우선이지!"라는 남성연대의 외침과 여성 기자들과 여성 유명인들의 신체 일부를 자르겠다는 인터넷 찌질이들의 살벌한 묘사처럼) 많은 면에서 세상은 이제 여자들에게 훨씬 더 살기 좋은 곳이 되었다.

환상적인 목소리를 가진 멋진 가수이자 페이스의 꿈의 디너파티 초대 손님 중 한 명인 오퍼스는 최근에 「강한 여자들」이라는 노래로 히트를 쳤다. 이 노래는 창문 바깥쪽에 설치된 스피커를 통해서 캠퍼스 여기저기서 종종 들을 수 있었다.

그리고 유쾌하고, 슬프고, 애정 넘치고, 가끔은 불편하기도 한 연극 「래그타임스」는 오프브로드웨이에서 크게 흥행하고 지금은 전국의 지방 소극장과 지역 공연장에서 싼 가격에 공연되고 있었다. 이 연극은 생리를 하거나 하지 않는 것에 관해서 열두 살부터 사춘기, 그리고 성인기, 원하는 임신과 원치 않는 임신을 거쳐 몸이 달아오르고 호르몬이 뒤죽박죽되는 인생 후반기까지의 캐릭터들이 엮어가는 촌극 시리즈다. 필요한 거라고는 접이식 의자 네 개와 여성 배우 네 명뿐이었다. 유명 배우들은 뉴욕과 LA 프로덕션에서 배역을 주기를 기대했다. 이 쇼에 등장하는 것은 지위의 상징이 되었고, 이는 6학년 때부터 가장 친한 친구였던 극본가들에게 엄청난 돈을 벌어주었다.

"샤론이 먼저 생리를 했죠."

『뉴욕 타임스』에 실린 그들의 소개에 따르면 그랬다.

"매디가 일주일 뒤에 시작했고요."

그리고 페미니스트 블로그들도 줄줄이 생겼다. 지금까지는 「펨 파탈」이 가장 훌륭하고 유명하지만 말이다. 시애틀에서 탄생한 이 블로그는 무겁고 종종 비꼬는 어조의 개인 에세이로 이루어져 있으며 섹스 행위와 신체 기능에 관해 노골적으로 이야기하고, '섹스에 긍정적이고, 비판적이고, 노골적이면서 아주 끝내주는 읽을거리'라고 스스로를 설명했다. 블로그는 겉보기에 대담했고, 어떤 공격에도 개의치 않고 어떤 주제든 이야기할 수 있을 것 같았다.

그리어는 가을 내내 「펨 파탈」을 읽었다. 설령 그걸 쓰는 여자들, 즉 보디빌더, 포르노 스타, 재미있고 열정적인 젊은 문화 비평가들의 그 대담한 자신감 때문에 주눅이 들었어도 읽었다. 그들은 그녀보다 그리 나이가 많지 않았지만 벌써 자신만의 목소리를 갖고 있었다. 그녀는 그들이 어떻게 그런 걸 얻었는지 궁금했다.

그리어는 떨리는 숨을 들이켜고 페이스에게 말했다.

"제 티셔츠 혹시 보이세요? 제 친구 것도요."

그녀가 덧붙여 설명했다.

"이번 가을 캠퍼스에서 추행 사건이 있어서 이 티셔츠를 입은 거예요."

그녀는 '추행'을 '치행'에 가깝게 발음했다. 맙소사, 왜지? 업토크를 하는 것만으로도 안 좋은데, 이제는 가식적인 업토크를 하는 사람이 되었다. 이건 페이스 프랭크의 자연스럽고 자신만만한 말하기 방식과는 전혀 달랐다.

"학교에서는 쓸모없는 징계위원회만 열었어요. 거기서 내린 결정은 졸렬했고요."

그리어가 덧붙였다.

청중석에서 처음으로 뭔가 반응이 들렸다. 누군가가 머뭇머뭇 박수를 쳤고, 다른 누군가가 외쳤다.

"그건 네 의견일 뿐이야."

강연장의 어디에선가 낮게 쉿 하는 소리가 들렸다.

여성의 설득

"문제의 인물은 사소한 상담만 받으라는 얘기를 들었어요. 그리고 저를 포함해서 여러 여자들을 폭행했음에도 불구하고 여기 계속 있어도 된다는 허가를 받았죠."

그리어는 잠깐 말을 멈춰야 했다.

"그러니까 그 사람이 이 티셔츠에 있는 얼굴이에요. 티셔츠가 딱히 효과가 있었던 것도 아니에요. 아무도 이걸 원하지 않았어요. 그래서 이제 우리가 다음에 뭘 하면 될지 묻고 싶어요. 어떻게 진행을 하면 되는지요."

그리어는 재빨리 자리에 도로 앉았고 지가 그녀를 살짝 껴안았다. 강연장 전체가 이미 결정이 내려졌고 공식적으로 끝난 문제를 다시 끄집어낼 가치가 있는지 고민하는 것처럼 긴장된 침묵이 흘렀다. 대부분이 그럴 가치가 없다는 결론을 내린 것 같았다. 평일 밤이고, 축축하고 바람 부는 최악의 날씨였고, 벌써 시간도 늦었다. 신입생 세미나 수업을 위해서 마키아벨리의 『군주론』에 관해 3~5쪽 분량의 리포트도 써야 했다. 부모님에게 전화도 걸어야 했다.

"용돈이 더 필요해요."

아이들은 잘 지내셨느냐는 인사 대신 그렇게 단호하게 선언할 것이다.

페이스 프랭크는 강단 위에서 조금 더 커진 것처럼 보였고, 곧 강연대 쪽으로 몸을 기울여 그 위에 팔을 포개고서는 조용히 말했다.

"진심이 가득한 질문을 해줘서 정말 고마워요."

그리어는 움직일 수도 숨을 쉴 수도 없었다. 옆에서 지 역시 똑같이 꼼짝하지 않았다.

"나를 거듭 감탄하게 만드는 건 캠퍼스의 법적 절차가 얼마나 놀랍도록 대충대충 이뤄지는가에 대한 거예요. 그렇다면 학생이 어떻게 해야 할까요? 난 전후 상황을 잘 모르지만, 학생과 학생 친구들이 계속해서 이야기해야 한다는 것만은 분명해요."

그녀가 고개를 들어 올리고 뭔가 더 말하려고 했지만, 그때 교무처장이 일어서서 말했다.

"미안하지만 시간이 다 된 것 같군요. 이 마술 같은 저녁을 선사해준 우리의 초대손님께 감사를 표하죠."

박수 소리가 더 울렸고, 페이스 프랭크가 물러났다. 그걸로 끝이었다. 그리어는 페이스와 개인적으로 만나고 싶은 사람들이 우르르 몰려나와 자신의 시야를 가로막으며 그녀를 둘러싸는 것을 보았다. 조금 전까지 별로 대단한 인상을 받지 못했던 것 같은 사람들조차 생각이 바뀐 것 같았다. 학생과 교수들, 행정 직원과 지역 주민들이 오페라의 마을 사람들처럼 페이스를 둘러쌌고, 그리어는 바로 옆에 있는 지와 함께 뒤로 물러나 있었다. 그리어는 이미 페이스와 공개적인 대화를 나누었고, 굉장히 압도적인 경험이긴 했지만 결국에는 제대로 마무리도 하지 못했다. 실망스러웠지만 이제 어떻게 손쓸 도리가 없었다.

"이런, 1초라도 그분과 만날 수 있으면 정말 좋을 텐데. 페이스 프랭크가 바로 여기에 있잖아. 저 인파를 뚫고 가봐야 그저 팬 중 하나로만 여겨질 거야. 난 그런 건 싫어."

지가 말했다.

"나도 그래."

"올리로 돌아갈 거야?"

"응. 할 일이 있어."

그리어가 대답했다.

"넌 늘 할 일이 있잖아."

"맞아."

"최소한 우린 페이스 프랭크의 강연을 들었고, 넌 그분과 얘기도 했어. 잘했어. 피자 먹을래? 그라치아노는 늦게까지 배달해주는데."

지가 말했다.

"아, 좋지."

그리어가 대답했다. 피자는 그들의 위로상이었다. 밤늦게 여자 둘이서 따뜻한 도우의 부드러운 위로를 즐기는 것이다.

그들은 코트 소매에 팔을 넣었고 지는 비니를 쓴 다음 커다란 오트밀색 손모아장갑을 꼈다. 그녀는 남자 옷, 여자 옷 뭐든 입을 수 있었고, 전부 다 캐주얼하면서도 센스 있는 패션으로 보였다. 그들은 함께 출구를 향해 걷기 시작했다. 페이스를 둘러싸고 있던 사람들이 이제 좀 더 작은 그룹으로 제각기 나누어지거나 각자 흩어졌다. 그리어는 묘하게 공허하고 심지어는 약간 비극적인 기분을 느꼈다. 마치 잠깐 동안 페이스 프랭크의 어깨 위에 실려서 함성을 지르다가 단단하고 차가운 바닥으로 굴러 떨어진 것 같은 느낌이었다.

교회 출입문으로 나가려는 순간 그녀는 적갈색, 거의 핏빛의 무언가가 스치는 것을 힐끗 보았다. 스카프, 페이스의 스카프가 숙녀용 화장실로 펄럭이며 사라졌다. 주인인 페이스 프랭크 본인의 목에 감긴 채로 말이다. 페이스 프랭크가 21세기인 지금까지도 '숙녀용'이라는 단어가 붙어 있는 여자 화장실을 쓴다는 사실이 참 얄궂다고 그녀는 생각했다.

"저기 봐."

그리어가 조용히 말했다.

"가자. 네가 시작한 일을 끝낼 수 있을 거야. 그리고 우리 둘 다 그 분이랑 잠깐이라도 시간을 보낼 수 있을지도 모르고."

지가 말했다.

회백색 타일로 꾸며진 따뜻한 화장실에서 문이 닫힌 칸은 딱 하나였다. 지와 그리어는 공용 화장실을 사용하는 평범한 사람처럼 보이기 위해서 그 양옆으로 들어갔다. 그리어는 앉아서 고개를 숙였다. 칸막이 아래로 회색 스웨이드 부츠가 보였다. 그리어는 꼼짝하지 않았고 소리조차 내지 않았다. 누군가 아주 작은 글씨로 불안한 메시지를 적어놓은(제발 누가 나 좀 도와줘. 나 자해하고 싶어!) 벽 반대편에서 침묵이 흐르다가 당연한 소리가 났다. 몸에서 나와 기다리고 있는 물로 떨어지는 한 줄기 물소리. 유명한 페미니스트 페이스 프랭크가 평범하게 소변을 보는 소리.

바로 여기서 여성의 연약함과 실존성을 보여준 페이스가 물을 내리고는 밖으로 나왔다. 그리어는 일어섰다. 화장실 문틈 사이로 거울 앞으로 걸어가는 페이스가 보였다. 지는 아직 나오지 않았다. 그리어가 먼저 접근할 수 있도록 친절하게 기다려주고 있는 게 분명했다. 하지만 그리어는 곧 페이스가 세면대 위로 몸을 기울이고 잠시 눈을 감는 것을 발견했다. 페이스는 한숨을 쉬었다. 그리어는 페이스가 잠시 자신만의 시간을 갖고 있다는 것을 깨달았다. 꼭 필요한 시간이었을 것이다. 오늘 밤 모든 사람이 그녀에게서 뭔가를 원했고, 그게 전부 다 누적되어 있었을 것이다. 누구도 퍼주기만 하는 바닥 없는 우물일 수는 없다. 페이스 프랭크도 마찬가지였다. 그리어는 당장 뛰쳐나가 페이스와의 대화를 끝마치기 위한 만반의 준비가 되어 있었지만, 이제는 망설여졌다. 페이스의 짐을 늘려주고 싶지 않았다. 그러나 여기 영

여성의 설득

원히 있을 수도 없었다. 그녀는 문 걸쇠를 풀고 세면대 앞으로 나와서 뭔가 요구하는 사람처럼 보이지 않으려고 노력하며 머뭇머뭇 페이스를 향해 미소 지었다.

페이스가 거울로 그리어를 보고서 말했다.

"아, 반가워요. 안에서 나한테 질문을 했던 학생 맞죠? 그러다가 시간이 갑자기 끝났고요. 정말 미안해요."

그리어는 그녀를 그저 쳐다보기만 했다. 페이스는 낯선 사람인 자신과의 대화를 마무리하지 못한 것을 사과하고 있었다. 어떻게 그럴 수 있으세요? 자신의 욕구만 간신히 감당하고 코리의 욕구 일부 정도만을 겨우 채울 수 있는 그리어가 속으로 생각했다. 페이스에게는 이 모든 게 자연스럽게 이루어지는 것 같았다. 아주 오랫동안 이렇게 해 왔을 테니까.

"정말로 친절하시네요. 그게 저기…… 안에서 좀 더 크게 말하라고 하셨을 때 말이에요, 그게 저한테는 좀 어렵더라고요? 이거 보세요. 말투가 또 그냥 올라가요. 어떻게 해야 할지 정말 모르겠어요."

그리어가 솔직하게 말하고서는 입을 다물었다.

페이스가 그녀를 바라보았다.

"이름이 뭐죠?"

"그리어 카데츠키요."

"좋아요, 그리어. 그렇게 하는 방법이 하나뿐이라고 말한 사람은 없어요. 그렇지도 않고요."

"하지만 심장마비를 일으킬 것 같은 기분이 들지 않는 상태로 제가 생각하는 것, 제가 믿는 것을 말할 수 있으면 좋을 거예요."

"음, 그건 확실히 맞는 말이죠."

"남자애들한테 내면의 목소리를 사용하라고 말하곤 했던 선생님이 있었어요. 저는 아무래도 외부적 목소리를 사용해야 할 것 같다는 생각이 들어요."

"그럴지도요. 하지만 스스로에게 너무 엄격하게 굴지 말아요. 스스로를 너무 타박하지도 말고. 자기 모습을 유지하면서 그냥 학생이 할 수 있는 것, 학생이 관심 갖는 것을 이루려고 노력해요."

그리어는 재빨리 마른 입술을 핥았다. 지는 여전히 칸 안에서 그리어에게 페이스와의 시간을 주고 있었다. 이제 금방이라도 그녀가 나올 거고, 그리어는 그녀를 위해서 자리를 내주어야 했다.

"전 여기에서 일어났던 그 일에 신경이 쓰여요. 저희를 움켜잡았던 그 특권을 가진 남자요. 증언을 했지만 아무 결과도 얻지 못했어요. 제가 이 학교에 속하지 못한 것 같은 기분이에요."

그리어가 말을 이었다.

"여긴 저한테 안 맞는 장소예요. 여기가 안 맞을 줄 알았어요."

"그런데 왜 여기로 온 거죠?"

"제 학자금 융자를 부모님이 망쳐놓으셨어요. 완전히 형편없이 처리하셨어요."

그리어가 흥분해서 이야기했다. 페이스는 계속해서 그녀를 바라보았다.

"그렇군요. 그러니까 학생은 말은 하지 않아도 화가 나 있군요. 학생은 자기주장 하는 걸 몹시 어려워하는 것 같아요. 하지만 그래도 계속해서 하고 있죠. 의미를 찾고 싶으니까. 내 말이 맞나요?"

그리어는 그런 식으로 생각해본 적은 없었다. 하지만 페이스가 그 말을 하자마자 그렇다는 것을 깨달았다. 그녀는 의미를 찾고 싶었다.

여성의 설득

그게 빠진 조각이었다. 최소한 빠진 조각들 중 하나.

"난 그 점을 존경해요. 학생을 존경해요."

페이스가 말했다.

그리어가 방금 들은 말에 대해서 제대로 생각을 해보기도 전에 페이스가 손을 내밀어 마치 동요를 부르려는 것처럼 그리어의 손을 잡았다. 손가락에 끼우는 너클처럼 줄줄이 있는 페이스의 반지들이 손에 느껴졌다. 페이스는 그리어의 손을 잡고 서서 집중해서 그녀를 바라보았다.

"고마워할 줄 모르는 사람처럼 보이고 싶지는 않아요. 전 전액 장학금을 받았고, 그게 굉장히 큰 거라는 거 알아요."

그리어가 말했다. 얼마나 오래 손을 잡고 있어야 하는지 걱정되기 시작했다. 먼저 손을 놓아야 하나?

페이스가 말했다.

"자, 공정한 대우를 받지 못한다고 느낀다면 학생에게는 화를 낼 자격이 있어요. 내 말 믿어요, 나도 잘 아니까. 하지만 전액 장학금은 확실히 큰일이죠. 대부분의 여자들이 엄청난 빚을 안은 채 대학을 졸업하고, 남자들보다 훨씬 돈을 적게 벌기 때문에 결국 훨씬 오랫동안 빚을 갚게 되죠. 그게 여자들에게는 확실히 손해고요. 학생에게 그런 문제는 없을 거예요. 그걸 잊지 말아요, 그리어."

"그럴게요."

그리어가 대답했고, 그게 올바른 대답인 것처럼 페이스가 그녀의 손을 놓아주었다.

"하지만 여기요. 그리고 여기가 운영되는 방식은 공정하지 않아요. 징계위원회 이후로 대학본부는 마치, '좋아요, 플로리다 키심미의 틴즐러 가족, 우리는 기꺼이 당신들의 학비를 계속 받을 겁니다. 그리고 당신들이 예상하듯이 마지막에는 당신네 아들에게 학위를 줄 거고요. 걱정하지 말아요!'라고 말하는 것 같아요."

"그러니까 당신의 주제는 불공평함인가요?"

페이스가 물었다.

"선생님은 아닌가요?"

페이스는 이 말을 생각해보는 것 같았고, 그녀가 막 대답하려고 할 때 문 열리는 소리가 들렸다. 지가 미소를 지으며 세면대 앞으로 와서 외과의사처럼 열심히 손을 씻었다. 그리어는 페이스와 둘만의 시간이 끝났다는 사실에 실망했지만, 지가 손을 닦고 화장실 한가운데 서는 동안 용감하게 뒤로 물러섰다.

"프랭크 선생님, 강연장에서 정말 근사하셨어요."

지가 말했다.

"아, 고마워요. 정말 친절한 말이군요."

어쩌면 페이스 프랭크는 교수들의 뒷풀이 같은 행사에 가야 할지도 모른다. 교수들이 지금 이 순간에 베커링 학장의 사무실에 모여서 주빈이 도착하기를 기다리며 어색하게 서성거리고 있을 수도 있었다. 하지만 페이스는 여기를 서둘러 떠나려는 것 같지는 않았다. 그녀는 거울에 비친 자기 모습을 향해 돌아서서 잠깐 다시 살폈다. 패션위크 때『뉴욕 타임스』사설을 통해 그녀가 경고했던 여성의 자기혐오는 전혀 드러나지 않았다.

"아뇨, 제가 고맙죠."

지가 고집스럽게 말했다.

"저한테 생각할 거리를 많이 주셨어요. 전 언제나 선생님의 초특급 팬이었어요. 이게 약간 스토커스럽게 들린다는 거 아는데, 그런 뜻은 아니에요. 예전에 학교에서 '차이를 만든 여성들'이라는 프로젝트를 한 적이 있어요. 전 정말로 선생님을 고르고 싶었어요. 하지만 레이첼 카도조가 알파벳 순서로 먼저 발표해버리는 바람에 어쩔 수가 없었죠."

"아. 유감이군요. 그래서 누굴 골랐나요?"

페이스가 물었다.

"스파이스 걸스요. 그쪽도 나름대로 훌륭했거든요."

지가 대답했다.

"물론 그렇죠."

페이스가 즐거운 얼굴로 말했다.

"전 항상 선생님에게 친근감을 느꼈어요. 사회활동가가 된다는 건제 일부일 뿐이라고 생각하거든요. 전 동성애자고, 그것도 제 일부일 뿐이죠. 그리고 오늘 밤에 선생님이 여자들과 함께한 모든 일에 대해서 이야기하시는 걸 듣고, 여자들이 선생님한테 얼마나 큰 영감이 되었는지를 알고 나니까 새로운 생각이 떠올랐어요."

지는 편안하게 말을 이었다.

"그게 뭐냐 하면요, 제가 여자들을 좋아하는 게 놀랄 일이 아니라는 거예요. 우리들은 굉장하니까요."

그녀는 한 손을 내밀어 악수를 청했고 페이스가 그 손을 잡았다.

"행운을 빌어요."

페이스가 말했다. 그런 다음 그리어를 쳐다보았다.

"사실 나한테는 주제가 하나만 있지는 않아요."

페이스는 그리어와 대화를 하다가 끊긴 바로 그 자리로 이야기를 되돌렸다.

"당신도 그러지 말아야 하고요. 당신 부모님과의 사이에서 일어난 일이 뭐든 간에 그건 치명적인 게 아니에요. 그 경험을 이용해서 더 큰 사람이 될 방법을 찾아요. 그리고 여기서 일어난 성추행 사건에 대해서는……"

"거기에 대해서도 그보다 더 큰 사람이 되어야 한다고 생각하세요?"

그리어가 깜짝 놀라서 물었다. 그녀는 자신들이 여성의 평등이라는 커다란 목표에서 어떤 역할을 할 수 있을지에 대해서 페이스가 했던 연설을 떠올렸다. 그녀는 페이스가 지금 이렇게 말할 거라고 예상했다. '계속해요, 그리어 카데츠키. 절대로 싸움을 멈추지 말아요. 이 일을 걷어차고 헤치고 나아가요. 당신은 할 수 있어요.'

"아뇨, 당신은 이미 할 수 있는 일을 다 한 것 같아요. 당신이 주장하는 핵심을 보여줬어요. 당신이 그 사람을 계속해서 따라다니며 괴롭힌다면, 그에게 오히려 동정표가 쏠릴 거예요. 그건 지나치게 큰 위험이죠."

그녀가 잠깐 말을 멈췄다.

"그리고 관련된 다른 여자들은 어떻죠? 그 사람들도 이 일을 다시 논의하고 싶어 하나요?"

"두 명은 절대로 싫다고 했어요."

그리어가 솔직하게 말했다. 그 문제에 대해서 별로 생각해보지 않았었지만, 애리얼 디스키가 한 말이 기억났다.

"그냥 잊어버리고 앞으로 나아가고 싶어 했어요."

"음, 그 사람들에게도 그렇게 말할 자격이 있죠, 안 그래요? 자, 바

여성의 설득

끝에는 온 세상이 있어요. 이 캠퍼스를 벗어나면 볼 것도 많고, 화낼 것도, 울 것도, 할 것도 아주 많죠. 다른 도시와 사회들. 나가서 그런 것들을 봐요."

페이스는 뭔가 더 하고 싶은 이야기가 있는 것 같았으나 교무처장이 화장실로 들어와 말했다. 두 번째 짜증 나는 끼어들기였다.

"준비 다 됐나요? 파티에서 다들 우리를 기다리고 있어요."

"잠깐만 시간을 줘요, 수키."

페이스가 말하자 교무처장이 도로 나갔다.

그리어는 페이스가 거울 앞에서 어떻게 한숨을 쉬었는지 기억했다. 깊게 생각하지 않고서 그리어가 그녀에게 말했다.

"지금 교수 파티에 가기보다는 호텔로 돌아가고 싶으실 테죠."

페이스가 그리어에게 물었다.

"그렇게 티가 나요?"

그리어는 생각했다. 아뇨, 티가 나지는 않지만, 전 봤거든요.

"파티는 강연의 일부예요. 내가 최근 몇 년 동안 얼마나 많은 칠면 조 샌드위치 롤을 먹었는지 알아요?"

페이스가 말했다.

"얼마나 드셨는데요?"

그리어가 물었고 곧장 바보가 된 기분을 느꼈다. 그건 질문이 아니 었다.

"너무 많죠. 반쯤 상한 그 조그맣고 축축한 샌드위치 롤에 르네상 스 시대 축제에 나올 것 같은 커트글라스 잔에 따른 셰리주까지, 셀 수 없이 많이 먹었어요. 하지만 대학 강연 순례를 하면 이것도 일의 일 부예요. 어쨌든……"

그녀가 말을 이었다.

"괜찮을 거예요. 당신네 교무처장은 초기 시절부터 나와 친구였거든요. 그러니까 그간의 얘기를 하는 것도 괜찮겠죠."

"교무처장님이 친구라고요? 아, 그러시군요. 왜 라일랜드에 오셨나 궁금했어요."

그리어는 그렇게 말했지만, 마치 페이스가 꼭 자신을 만나러 온 것 같다는 기분이 들었다.

"이 젊은 남자에 관해서는 말이죠."

페이스가 말했고, 끔찍한 한 순간 그리어는 그녀가 지를 뜻하는 거라고, 오늘 밤 내내 페이스가 중성적인 지를 남자로, 화장실의 불법 침입자로 착각한 거라고 생각했다. 하지만 페이스는 지를 뜻하는 게 아니었다. 그녀는 그리어의 티셔츠에 있는 대런 틴즐러를 가리키면서 말했다.

"그냥 잊어버려요. 학생이 할 말한 일은 훨씬 더 많으니까."

"저도 동감이에요."

지가 끼어들었다.

"다음 경험을 향해서 뛰어들어요. 당신의 '외부적 목소리'를 써보려고 노력하는 게 어때요? 난 가끔 세상에서 가장 유능한 사람은 스스로 외향적이 되는 법을 익힌 내향적인 사람이라고 생각해요."

페이스가 말했다.

그러고는 뭔가를 떠올린 것처럼 커다랗고 부드러운 숄더백에 손을 넣어 큼직한 지갑을 꺼내 명함 한 장을 뽑았다. 두꺼운 크림색 종이에 볼록하게 인쇄된 글자는 다음과 같았다.

페이스 프랭크

　그 아래로 '편집자'라는 직책이 있고 『블루머』에서 쓰는 그녀의 연락처가 전부 다 쓰여 있었다. 그리어는 명함을 받고 당첨된 복권이라도 되는 것처럼 들어 올렸다. 이걸로 무슨 보상이 될까? 아마도 그 어떤 보상도 되지 않을 것이다. 하지만 명함을 받았다는 그 자체가 다소 충격적이었고, 일종의 상을 받은 기분이었다. 페이스가 그리어에게 관심을 가졌다. 심지어 그녀를 존경한다고까지 말했다. 그리고 이제 페이스는 그녀에게 승인을 해주었다. 하지만 뭘 해도 된다는 승인일까? 답이 명확하지는 않다.

　12년 후, 그리어 카데츠키가 유명해졌을 때, 그녀가 쓴 책의 1장은 오래전의 이 화장실 장면으로 시작될 것이다. 그녀는 페이스 프랭크와 함께 있는 동안 그렇게나 긴장했고 페이스가 명함을 주었을 때 엄청나게 흥분했던 너무나 미숙한 젊은 날의 자신을 장난스럽게 놀릴 것이다.

　명함 자체는 일종의 추상적인 상이자 얼굴을 붉히고 목소리는 기어들어가는 어린애로 남아 있지 말라는 암시였다. 조금 전에 앞에 서서 그리어의 손을 잡았던 페이스는 승인과 상냥함, 조언, 고급스러워 보이는 명함을 그녀에게 주었다. 그녀는 대놓고 "연락해요, 그리어."라고 말하지 않았지만, 코리를 제외하면 그 어떤 사람보다도 큰 선물을 준 것 같은 느낌이었다.

　어쩌면 페이스는 지에게도 명함을 줄지 모른다고 그리어는 생각했다. 지야말로 진짜 정치적인 인물이고 시위 참가자이자 전단지 홍보자이고 오랜 팬이니까 그건 말이 되는 행동이었다. 그렇게 되면 두 친구는 동등해질 것이다. 그들은 함께 울리로 돌아가서 그라치아노의 피자를 먹고, 오늘의 저녁시간에 대해서 이야기하고 그들이 받은 똑같은 명함에 감격할 수도 있을 것이다.

하지만 지에게 명함을 주는 대신에 페이스는 지갑을 닫고 다시 가방에 넣었다. 그리어는 갑자기 그 안을 들여다볼 수 있었으면 하고 생각했다. 어린애 같은 본능은 그 안에 뭐가 있는지를 궁금해했다. 벼락? 금박? 시나몬? 작은 파란색 병에 모아둔 1000명의 여자들의 눈물?

페이스가 말했다.

"자, 교무처장이 기다리고 있어서요. 이런 옛말도 있잖아요. '절대로 교무처장을 기다리게 해서는 안 된다.'"

"노자의 말이죠."

지가 대답했다.

페이스는 못 들은 것 같았다. 그녀는 문을 열고 스텐실로 된 화장실 표지판 글자 쪽으로 손짓을 했다.

"좋은 밤 되기를, 숙녀분들."

여성의 설득

2

지 아이젠스타트의 가족이 타는 차는 고풍스럽고 네모난 볼보였
는데 기계유 냄새가 살짝 풍겼다. 이게 누군가의 부모님 차라는 사실
을 좀 더 알려주는 것처럼 뒷자리에는 휘어지고 오래된 잡지 『사이언
티픽 아메리칸』이 펼쳐져 있고 아직까지 보호용 천을 씌워놓은 두툼
한 보라색 우산이 놓여 있었다. 뉴욕주 웨스트체스터 카운티의 제9
법원 판사인 지의 어머니와 아버지는 딸에게 절대로 친구늘이 볼보를
운전해서는 안 된다고 말한 모양이었다.

"다른 사람은 우리 보험에 들어가 있지 않으니까, 운전은 오로지
너만 할 수 있어."

그들은 그렇게 말했으나 지는 이 경고를 무시하고 대학에서 가장
친한 친구가 된 그리어에게 차를 빌려주었다. 그리어는 지난 2월의 금
요일 오후에 두 번 그랬던 것처럼 프린스턴의 코리를 만나기 위해서
남쪽으로 차를 몰았다.

곧 그리어는 사람 손으로 다듬어놓은 캠퍼스를 단호하게 가로질

러 걸어갔다. 그녀는 학교 과제가 든 배낭을 메고 있어서 꼭 프린스턴에 다니는 학생처럼 보였고, 그 생각은 그녀에게 복잡한 감정을 선사했다. 잠시 후 창밖으로 몸을 내밀고 탑에 갇힌 왕자님처럼 손을 흔드는 코리가 보였다. 그는 시끄럽게 계단을 내려와서 출입문을 열었고 그리어는 그의 지나치게 크고 마른 나무 같은 몸을 꼭 끌어안았다.

그의 방문을 열자 평소보다 더욱 엉망진창인 방이 나타났다. 옷, 책, DVD, 빈 맥주병, 하키 스틱, 오디오 장비, 모든 것이 변명의 여지가 없이 아무렇게나 쌓여 있었다.

"도둑이라도 든 거야?"

그녀가 물었다.

"만약 그렇다면 도둑이 스티어스의 비싼 물건들을 빠뜨린 것 같은데."

그가 맥주병 몇 개가 올라가 있는 클럽쉬 스피커를 가리켰다. 그 근처에는 코리에게는 너무 작아 보이는 에어조던 4 썬더가 한 짝만 있었다. 그들은 침대에 아무렇게나 쌓여 있는 빨래더미 위에 함께 누웠다. 세탁실에서 아침에 찾아온 옷들인데도 여전히 건조기의 온기가 느껴졌다.

"스티어스는 항상 나한테 파티에 입고 갈 옷들을 빌려줘. 물론 아무것도 맞지 않지만. 난 그 친구 옷보다 너무 크거든."

코리가 말했다.

"아직도 자의식을 느끼는 거야?"

그리어가 물었다.

"키가 큰 거에 대해서?"

"아니. 프린스턴에 있는 거."

"음, 난 언제나 청소부 엄마와 소파 천 씌우는 아빠를 둔 어린애일 테니까."

"여기에 그런 사람들이 더 있을 거 아냐."

그녀가 말했다.

"맞아. 할렘에 있는 보호소에서 살던 여자애가 있어. 중국의 선상 가옥에서 자란 애도 있고. 지금은 다변수 미적분 조교지. 하지만 여전히 좀 어색해. 내 비밀 산타인 클로브 윌버슨이라고 있거든?"

"누가 붙인 이름이야?"

"음, 그냥 그런 이름이야. 걔는 내가 연미복을 입어본 적이 없다는 걸 믿을 수가 없대. 여기 있는 건 좀 힘들어. 모두들 상냥하지만, 항상 사교적으로 무지해 보일 가능성이 있거든. 그런 면에서 넌 라일랜드에 있는 게 차라리 행운이야."

그녀가 그를 쳐다보았다.

"진심으로 말하는 거야?"

그가 프린스턴에 있고 그녀가 라일랜드에 있는 것은 여전히 예민한 주제였다. 그리고 그녀는 이런 일이 일어나게 만든 부모님에게 여전히 화가 나 있었다. 하지만 최근에는 주위환경이, 학교도, 그녀의 내부도 좀 다르게 느껴졌다. 평생 동안 지고 다닌 그 조그만 일부분, 절대로 떼어놓을 수 없을 것 같아서 최대한으로 활용해야 했던 그 일부. 그리어는 아주 어릴 때 똑바로 앞을 보면 항상 자신의 코 옆이 약간 보인다는 사실을 알아챘다. 그걸 깨닫고 나자 거기에 계속 신경이 쓰이기 시작했다. 그녀는 이것이 언제나 세상을 보는 자신의 시야의 일부가 될 거라는 사실을 알았다. 자기 자신에게서 도망치는 것, 자신이라는 존재로부터 느끼는 감각에서 도망치는 것이 어렵다는 것을 그녀는 잘 알았다.

대학 생활 초반에는 외롭고 화가 나 있었고 목표가 없이 막연하기만 했다. 하지만 최근에 라일랜드 캠퍼스는 더 밝고 안락하게 느껴졌다. 가끔 대화와 행사와 수업, 심지어는 친구와 동네를 걸어 다니는 것조차 짜릿하게 느껴졌다. 그리어는 이번 주말에 여기, 프린스턴에 머무는 동안 자신이 뭘 놓치게 될까 궁금했다. 뭔가를 놓치게 될 게 분명했다. 그녀는 더 이상 속을 끓이지도 마음을 졸이지도 않았다. 더 이상 좌절감 속에 울리 라운지에 앉아 있지도 않았다. 이란에서 온 남자아이조차 모형 로켓 클럽에 가입하며 자신의 길을 찾았다. 활발하고 다양한 클럽 멤버들이 종종 모터와 합판을 들고 울리에 들러서 그를 방에서 데리고 나갔다. 그는 멀리 있는 가족을 그리워하는 데에 시간을 덜 쓰고 이 역동적인 세상에 더 많은 시간을 쏟았다.

자신의 세상을 역동적으로 만들 방법을 찾아야 한다는 걸 그리어도 잘 알았다. 직접 하기는 힘든 일이다. 누군가가 당신에게서 뭔가를 보고 다른 사람은 하지 못했던 방식으로 당신에게 이야기를 해주어야만 한다. 페이스 프랭크가 나타나서 그리어에게 그런 영향을 미쳤다. 물론 페이스는 자신이 그런 일을 했다는 걸 전혀 모를 테지만, 그녀가 모른다는 사실이 이제는 불공평하게 느껴졌다. 그녀에게 말하지 않는 게 잘못된 일 같았다.

그리어는 종종 페이스가 그날 밤 어떻게 자신에게 관심을 쏟고 인내심과 상냥함, 관심과 자극을 보여주었는지 생각하곤 했다. 그녀는 페이스에게 편지를 써서 이렇게 말하는 거창한 상상을 했다.

선생님이 여기 오셨던 이래로 제가 많이 바뀌었다는 걸 알려드리고 싶

여성의 설득

습니다. 잘 설명할 수는 없지만, 정말이에요. 저는 달라졌어요. 세상에 관여하게 되었어요. 더 마음을 열고, 화를 덜 내게 되었죠. 저는 정말로 행복합니다.

"왜 편지 안 써? 그분이 명함을 주셨잖아. 거기에 이메일 주소도 있고. 하고 싶은 말을 간단히 적어서 보내."

지가 최근에 그렇게 말했다.

"아, 그게 참도 페이스 프랭크가 정말 원하고 필요로 하는 일이겠다. 방문한 기억조차 없는 삼류 대학의 신입생이랑 편지 친구가 되는 거."

"네가 잘 지낸다는 이야기를 듣고 싶어 하실지도 모르잖아."

"아니, 편지는 안 쓸 거야. 날 기억도 못 하실 거고, 그건 그분의 이메일 주소를 받았다는 특권을 남용하는 행동일 거라고."

그리어가 대답했다.

"그분의 이메일 주소를 받았다는 특권이라. 무슨 소리야? 그건 특권이 아니야, 그리어. 그분이 너한테 명함을 주셨고, 물론 나도 그게 대단한 일이라고 생각해. 그걸 이용해야지."

지가 지적했다.

하지만 그리어는 절대로 편지를 쓰지 않았다. 종종 교수들이 그녀에게 관심을 보였지만, 그건 달랐다. 1학년 영어 세미나를 가르치는 도널드 맬릭은 그녀가 새커리의 『허영의 시장』에서 베키 샤프를 안티-히로인으로 보고 쓴 리포트의 마지막 페이지에 '면담'이라고 메모를 남겼다. 수업계획서에는 이 수업에서 굉장히 다양한 종류의 소설들을 공부하게 될 거라고 적혀 있었지만 그리어는 특히 이 소설을 사랑했다. 베키 샤프의 노골적인 야망은 끔찍했으나 그 엄청난 집중력에 대해서는 인정해야 했다. 많은 사람이 자신의 욕망에 관해 혼란스러워한다. 대부분은 자신이 뭘 원하는지조차 잘 모른다. 하지만 베키 샤프는 알았다. 리포트를 돌려받은 다음 그리어는 기우뚱하게 책이 왕창 쌓여 있는 맬릭 교수의 사무실로 갔다.

"리포트를 참 잘 썼더구나. 안티-히어로, 네 경우에 안티-히로인이라는 개념은 모두가 직관적으로 이해할 수 있는 게 아니거든."

그가 말했다.

"저는 가장 흥미로운 부분은 우리가 그녀에 대한 이야기를 읽는 걸 좋아하는 점이라고 생각해요. 그녀가 좋아할 수 없는 인물임에도 불구하고요. 호감 가는 성향이라는 게 최근에 여자들에게는 중요한 문제가 되었거든요."

그리어가 약간 거만한 어조로 덧붙였다. 이제 정기적으로 구독하고 있는 『블루머』에서 비슷한 기사를 읽었다. 그녀는 잡지가 좀 더 자신의 관심을 계속 끌 수 있었으면 싶었다. 페이스 때문에 그녀도 그 잡지를 좋아하고 싶었다.

"사실 말이지, 내가 전에 안티-히어로에 관한 책을 한 권 썼거든. 그걸 너한테 빌려주고 싶구나."

맬릭 교수는 책장으로 가서 손가락으로 책등을 쓰다듬었다. 조용한 실로폰처럼 달각달각 소리가 났다.

"어디 있니, 안티-히어로? 나와서 그 안티-히어로적인 얼굴을 보여다오. 아! 거기 있구나."

그가 책을 뽑아서 그리어에게 안겨주며 말했다.

"리포트로 보고 느낀 건데 넌 아주 영리한 것 같아. 네가 그 리포트를 직접 쓴 게 분명하고 말이지. 놀랄 일도 많다니까. 어쨌든, 그래서 너한테 읽을거리가 좀 더 있으면 좋을 거라고 생각했단다."

맬릭 교수는 입에서 부추 냄새를 풍기는 부루퉁한 남자이고, 가르치고 글을 쓰는 스타일은 까다롭고 자기지시적이었다. 좋아할 만한 구석이 전혀 없었다. 가끔 수업 때 그리어는 소설 속 장면들에 푹 빠져들어 지나치게 멀리까지 가는 바람에 완전히 문학에서 벗어나 전혀 관련이 없는 데까지 흘러가곤 했다. 예를 들어 코리와 함께 침대에 있는 것이나 그날 밤 클로에, 지와 함께 캠퍼스에서 할 일 등이었다.

나중에 그리어는 교수의 책을 읽었다. 그가 주었기 때문에 읽어야만 한다고 생각하는 타입이었기 때문이다. 불행히도 책은 끔찍하게 학구적이었고, 감사의 말 부분을 넘기다가 그녀는 그가 아내 멜라니에게 '가망 없을 정도로 서툰 남편을 위해서 한 번도 불평하지 않고 기나긴 원고를 기꺼이 타이핑해줘서' 고맙다고 적어놓은 부분을 보며 짜증을 느꼈다. 그는 이렇게 덧붙였다.

"멜라니, 당신은 성녀고 나는 당신의 사랑이라는 선물 앞에 겸허해져."

그리어는 전혀 누그러지지 않는 짜증 나는 본문에 질려서 책을 쏜살같이 넘겨 보았다. 교수에게 책에 관해 뭐라고 말해야 할지 몰라서 그녀는 아무 말도 하지 않았고, 어차피 그가 책을 돌려달라고 하지 않았기 때문에 별로 문제가 되지도 않았다.

그리어는 최근에 지와 클로에와 많은 시간을 함께 보냈고, 위층에 사는 한국계 미국인 드러머인 켈빈 양과 그의 룸메이트 도그와도 함께 어울렸다. 도그dog는 그가 제일 처음 말한 단어였기 때문에 가족들이 애정을 담아 붙여준 별명이었다. 도그는 덩치가 크고, 잘생기고, 파카를 입은 야단스러운 성격의 인물이었고, 종종 "너희들을 정말로 사랑해."라고 말하면서 갑자기 솟구치는 감정에 사로잡혀 여자인 친구들을 껴안곤 했다. 그들은 다 함께 파티에 가곤 했지만 사교클럽 파티에는 절대 가지 않았다. 그들은 낙타 동물옷 안에 들어간 어린애들처럼 하나의 집단으로 뭉쳐서 다녔다. 눈 덮인 산에 하이킹을 가고, 차이나타운 버스를 타고 DC에서 열린 기후변화 행진에 참여하러 가고, 환경이나 끝없는 전쟁에 관한 미국의 관여, 여성에 대한 폭력이나 생식권 축소에 대한 기사 링크를 서로에게 보내곤 했다.

그 학기에 그리어와 지는 라일랜드 시내에 있는 '우리에게 말해요' 여성 긴급전화에서 자원봉사를 했다. 그들은 전화가 울리기를 기다리며 사무실에 앉아 단어 맞히기 게임을 하며 긴 저녁 시간을 보냈다. 가끔 가다 전화가 울리면 그들은 모호하게 슬프고 자기혐오로 가득한 이야기나 가끔은 좀 더 좌절감으로 가득한 이야기에 귀를 기울였다. 그들은 교육 받은 대로 달래는 어조로 말을 하고, 필요한 만큼 오랫동안 전화를 받고, 결국에 전화 건 사람을 적절한 복지 단체 쪽으로 연결해주었다. 한번은 전화 건 여자가 남자친구와 헤어지고서 타이레놀을 한 병 다 삼켰다고 말하는 바람에 지가 구급대에 전화를 해야 했다.

그리어는 지처럼 채식주의자가 되었다. 두부와 템페*가 나무에서 자라는 대학에서는 채식주의자가 되기 쉬웠다. 그녀와 지는 베이지색 단백질로 가득한 접시를 들고 식당에서 자리를 잡곤 했다. 밤늦은 시간에는 둘 중 한 명의 기숙사 방에 함께 앉아 그 순간 그들의 솔직한 감정을 나누는 길고 구체적인 대화를 했다. 나중에 돌이켜 보면 그들이 얼마나 젊고 경험 없고 순진했는지를 보여주는 것이었지만.

---

*   콩을 발효시켜 만든 인도네시아 음식.

여성의 설득

"남자에 대해서 성적으로 네 관심을 끄는 게 어떤 건지 말해줘."

한번은 자정 넘은 시간에 지가 말했다. 지의 룸메이트는 하키선수 남자친구와 함께 외출해 방에는 둘뿐이었다. 룸메이트가 쓰는 벽 쪽은 입에 고무를 문 야성적이고 강인한 남자 하키선수들의 포스터로 가득했다. 지의 쪽에는 평등과 정의, 특히 동물이나 여성에 관련된 송시들이 붙어 있었다.

대화에 무심하게 끼어든 남자와 여자라는 단어는 그들의 단어 목록에 최근 들어 추가된 것이었다. 몇 번 쓰고 나니까 그 단어들이 이제 좀 덜 이상하게 느껴졌다. 그들이 살아오는 동안은 늘 '여자애'라는 단어가 유용하고 지속적으로 사용된 단어였고, 별로 벗어나고 싶지 않은 확고한 상태를 암시했었다.

"왜냐하면 난 사람들이 왜 서로 그렇게 다른 건지 이해가 안 가거든. 왜 사람들이 서로 완전히 다른 것들을 원하는지 말이야."

지가 덧붙였다.

"음, 그건 유전적인 문제잖아?"

"내가 왜 동성애자인지를 말하는 게 아니야. 감정적인 면을 말하는 거지. 우리가 다른 사람에 대해서 좋아하거나 싫어하는 것들이 그저 시각적인 문제일까?"

"아니, 시각적인 것만은 아니야. 감정적인 부분도 있지. 포크너가한 말도 있잖아. 그래서 사랑하게 되는 게 아니라 그럼에도 불구하고사랑하게 되는 거라고."

"그래, 나도 그 말 좋아해. 농담이야! 난 그런 말 한 번도 들어본 적이 없어. 난 포크너를 읽어본 적도 없고 아마 앞으로도 안 읽을 거야. 하지만 감정 말인데, 뭐가 그걸 성적으로 만드는 걸까?"

지가 의문을 표했다.

"내 말은, 너 객관적으로 정말 페니스를 좋아해? 페니스. 되게 공식적인 말 같다. 세상에 페니스가 딱 한 개 있는 것 같기도 하고. 내가 너한테 이런 걸 물어봐도 되는 거야, 아니면 지나치게 사적인 질문이어서 지금 널 당황하게 만들고 있는 거야?"

"난 코리를 좋아해."

그리어가 대답했다. 그 말은 너무 쉽고, 지나치게 얌전하고, 간결하게 느껴졌다. 다른 사람에게 자신이 좋아하는 것을 왜 좋아하는지를 어떻게 설명할 수 있을까? 전부 다 굉장히 이상했다. 성적 취향은 물론이고 캐러멜을 좋아하고 민트를 싫어하는 것 같은 평범한 취향조차도. 이성애자 여자라는 사실이 코리 핀토를 사랑하는 것은 둘째치고 그에게 끌려야 한다는 뜻조차 아니지만, 그리어는 그랬다. 그러니까 그걸로 충분한 대답일지도 모른다. 캠퍼스의 모든 사람이 매주 주말마다 서로 눈이 맞았다. 그것은 인터넷 메시지를 주고받는 것처럼 끊임없는 활동이었으나 그녀는 잘 알지 못하는 사람, 함께 자라지 않은 사람과 자는 게 어떤 느낌일지 전혀 알 수 없었다.

지금 그리어는 자신의 것과 똑같이 생긴 대학 침대에 코리와 함께 누워 있었다. 두 침대 모두 대학 생활의 희한한 일부인 특대형 이불이 깔려 있었다. 대학을 졸업하고 나면 이불은 즉시 보통 길이로 짧아질 것이다.

그들은 서로 달라붙어 길게 키스를 나누었다. 그가 그녀의 셔츠를 들어 올리고 그녀를 만지기 시작할 때 자물쇠에서 열쇠 돌아가는 소리가 들렸고, 둘은 즉시 떨어졌다. 코리의 룸메이트인 스티어스가 리드미컬한 분노의 음이 희미하게 새어나오는 이어폰을 귀에 꽂은 채

여성의 설득

안으로 들어왔다. 그는 이어폰을 빼지 않고서 그리어에게 고개를 끄덕인 다음 책상에 앉아 영원히 켜져 있는 거위목 스탠드 조명 아래서 ("걔는 절대로 그걸 끄지 않아. 아무래도 걔는 KGB고 나를 무너뜨리려고 하는 거 같아." 코리는 그렇게 말했다.) 공학 교재를 꺼내 공부하기 시작했다. 그리어와 코리도 가방에서 각자의 책을 꺼냈고 곧 방은 독서실이 되었다. 코리는 경제학 수업의 두꺼운 책을 읽었고, 그리어는 『테스』를 읽으며 굉장히 자주 밑줄을 쳐서 어떤 페이지에는 전부 다 밑줄이 있을 정도였다.

"어디에 밑줄을 긋는 거야?"

그가 흥미로운 듯이 물었다.

"나를 자극하는 것들."

그녀가 자의식 없이 말했다.

나중에, 스티어스가 다시 방을 나가면 그들이 잠시 미뤄두었던 키스와 또 다른 자극적인 것, 그와 관련된 종류의 행동으로 되돌아가게 될 것임을 그녀는 잘 알았다. 사랑이 그리어가 읽는 모든 것들에서 넘쳐흘렀다. 코리와 함께 하는 모든 것들에서 사랑이 넘쳐흐르는 것처럼 언어에 대한 사랑, 캐릭터들의 사랑, 독서라는 행위에 대한 사랑 또한 넘쳤다. 책은 어린 시절 그리어를 구해주었고, 나중에 코리가 그녀를 다시 구해주었다. 물론 책과 코리도 서로에게 영향을 미쳤다.

스티어스가 나가자 그리어의 옷을 벗기는 일에 절대로 질리지 않는 코리의 손이 그리어의 애버크롬비 청바지 단추를 풀고 셔츠와 브래지어를 벗겼다. 그는 모든 옷을 다 벗긴 다음 한숨을 한 번 쉬고는 좁은 침대에서 팔꿈치를 대고 몸을 뒤로 젖히고 그녀를 찬찬히 보았고, 그녀는 이 순간을 대단히 사랑해서 말이 나오지 않을 정도였다.

이런 것들을 지에게는 전혀 설명할 수가 없었다. 남자든 여자든 자기 몸의 특정한 부분에 있어서는 도저히 어떻게 할 수가 없는 법이다. 코리의 페니스는 가끔 왼쪽으로 휘어졌다.

"이게 만약 가게에서 산 물건이었다면 아마도 환불했을 거야. 이렇게 말했겠지. '이거 휘었잖아요. 꼭…… 양치기 막대처럼 생겼어요. 더 좋은 걸로 주세요.'라고."

그는 그녀에게 그렇게 말한 적이 있었다.

"난 안 그럴 거야."

그리어는 그렇게 대답했다. 그녀는 그걸 환불하지 않을 것이다. 그의 것이니까. 그의 일부니까. 그녀는 그가 다른 사람과 의논하느니 차라리 죽음을 선택할 만한 내용을 의논하고 있다는 사실에 조금 감동받았다. 그 말은 그녀가 다른 사람이 아니라는 뜻이었다. 그들은 함께 뒤엉켜서 떼어놓을 수 없는 관계였다.

고등학교의 마지막 해 즈음 이렇게 가까워지기 전, 그리어는 고립감을 느끼고 있었다. 어린 시절 내내 그녀는 학교의 다른 애들과 똑같다는 걸 입증하려는 듯 스머프가 그려진 하늘색 비닐 필통을 갖고 다녔다. 물론 누군가가 스머프에 대해서 하나라도 아는 걸 대보라고 하면 그녀는 아무것도 모른다는 걸 인정해야 했을 것이다. 스머프는 자신에게 부분적으로 결여되어 있는 게 확실한 사교적 통화라는 사실 외에는 어떤 식으로든 전혀 흥미를 불러일으키지 못했다.

그녀의 부모님은 그들이 사는 서부 매사추세츠의 조그만 마을 공동체에 어울리는 것에 전혀 신경을 쓰지 않았다. 부모님은 콤셀 뉴트리클 단백질 바를 팔았다. 이웃의 거실에 방문해 얼마 안 되는 제품을 늘어놓으며 영업하는 것이 일이었다. 그리어의 아버지 롭은 파이오니어 밸리에서 페인트칠 일도 했는데, 늘 대충대충이어서 가끔씩 페인트 통을 남의 집 현관 앞에 덩그러니 두고 오곤 했다. 몇 달 후 말라붙은 롤러가 진달래 덤불에서 발견될 때도 있었다. 그리어의 어머니 로렐은 밸리 주위의 공립 도서관 어린이책 서가에서 '도서관 광대'로 일했다. 하지만 그리어에게는 자신의 쇼를 보러 오라고 절대로 얘기하지 않았고 그리어도 고집을 부린 적이 한 번도 없었다. 빨간색 가발을 쓰고 광대 분장을 한 엄마가 애쓰는 모습을 보는 게 고통스러울 것 같기 때문에 공연을 보러 가지 않았던 거라고, 그리어는 나이를 먹으면서 생각하게 되었다.

그리어의 어머니와 아버지는 1980년대 초에 퍼시픽 노스웨스트에서 개조한 스쿨버스에 살던 공동체에서 만났다. 이 스쿨버스에서의 삶을 선택한 사람들은 보통 사람들처럼 살아갈 수 없는 사람들이었다. 누구도 이곳에서 따로 떨어져 나가 전통적이고 엄격한 삶을 사는 것을 견딜 수가 없었다. 롭 카데츠키는 로체스터 공과대학에서 공학 학위를 땄지만 처음에는 제법 가능성이 있어 보였던 태양열 발명품들을 전혀 팔지 못하고서 그들의 말에 따르자면 그쪽에 '편승'했다. 로렐 블랭컨은 버나드를 중퇴하고 합류했지만 부모님께 말하는 것이 겁이 나서 그분들이 소인을 알아채지 못하기를 바라면서 의무적으로 매주 가짜 엽서를 보냈다.

엄마 아빠께,
수업은 근사해요. 제 룸메이트가 도마뱀붙이를 들여왔어요!
사랑을 담아,
로렐

롭과 로렐은 움직이는 버스에서 순식간에 사랑에 빠졌다. 그들은 최대한 오랫동안 버스를 타고서 비정규직 일을 하며 지역 YMCA에서 샤워를 하고 가끔은 차가운 통조림 음식을 먹었다. 처음에 그들의 삶은 자유로운 것처럼 느껴졌지만, 얼마 후 버스라는 존재의 제약을 무시할 수가 없게 되었고 창문의 긴급 레버에 기대어 자서 물결 모양 자국이 난 뺨으로 아침에 일어나는 것도, 비닐 시트에 밤새 달라붙어 있어서 다리에 발진이 생기는 것도 견딜 수 없게 되었다. 그들은 사생활을, 사랑과 섹스를, 화장실을 원했다.

버스에서의 삶이 참을 수 없게 되었지만, 보통의 삶 역시 참을 수 없어 보이기는 마찬가지였다. 전통적인 삶과 대안적 삶 사이에 끼인 롭과 로렐은 동부로 가서 그 둘을 절충했다. 로렐의 가족 돈을 조금 들여서 산 매사추세츠주 매코피의 노동계층 동네의 주택은 스쿨버스와 별로 다르지 않은 모습이 되었다. 꾸미지 않고 약간 불편한 상태로, 완전히 정착한 게 아니라 거의 움직이는 것처럼 보였다. 하지만 거기에는 화장실과 수돗물이 있고 창문에 주차위반 딱지가 덕지덕지 붙어 있지도 않았다.

롭은 다시금 자신의 발명품을 영업해보려고 했으나 실패했고, 페인트칠을 하면서 로렐과 단백질 바를 팔고, 그리어를 가졌다. 결국 로렐은 정기적으로 도서관 광대 일을 하게 되었다. 수년이 흐르며 그들은 경제적으로, 그리고 다른 면으로 너무 힘들게 고생했고, 절대로 현실을 이해하지 못했으며 마리화나를 너무 많이 피워 집 바깥까지 냄새가 흘러나가게 만들었다. 그리어는 부모님의 성생활을 인지하는 동시에 인지하지 못하는 어린애 특유의 방식으로 흐릿하고 미성숙하게 이 모든 지식을 머릿속에 집어넣었다.

하지만 그 이상의 것들이 존재했다. 그녀는 연기 자국만큼이나 강렬하게 부모님과의 삶이 평범하지 않다는 걸, 올바르지 않다는 걸 감지했다. 그렇지만 다른 사람에게 이 이야기를 해서 누군가가 정말로 사실을 알게 되면 상황은 더욱 악화될 것이다. 아동보호국에서 자신을 데려갈 것 같지도 않았다. 그건 본인도 원하지 않았다. 하지만 가족은 함께 식사를 해야 하는 법이다, 안 그런가? 부모는 음식을 마련하고 "오늘 하루 어땠니?" 같은 질문을 해야 하는 법이다.

카데츠키 가족에게는 식탁이 있었지만 그 위에는 종종 단백질 바상자와 주문서 더미가 널려 있었다. 왜 다른 가족처럼 다같이 식사를 하지 않는 거냐고 그녀가 물어보면 부모님은 '사교적'이지 않아서라고 대답했다.

"게다가 넌 먹으면서 책 읽는 걸 좋아하잖니."

그녀의 어머니는 그렇게 말했다. 그리어는 어머니가 그렇게 말한 것을 명확하게 기억하지만, 그 말이 먼저였는지 실제 사실이 먼저였는지는 잘 생각나지 않았다. 어느 쪽이든 그때부터 그녀는 자신이 먹는 동안 책 읽는 것을 좋아한다고 생각하게 되었다. 두 행동은 떼어놓을 수 없게 되었다. 그리어는 종종 모두를 위해서 저녁식사를 만들었다. 공들인 건 아니고 대체로 칠리나 수프, 콘플레이크를 입힌 닭 조각 같은 거였다. 부모님은 중간쯤 어슬렁어슬렁 들어와서 음식 접시를 집어 들고 위층으로 올라갔다. 가끔 키득거리는 소리가 들렸다. 그리어는 열기로 달아오른 얼굴로 새침하게 오븐 앞에 서 있다가 마침내 자기 접시를 차려서 식탁에 혼자 앉아서 먹거나 위층 침대에서 접시 뒤에 책을 세워놓고 책상다리를 하고 앉아서 먹었다.

그 모든 독서는 중요했다. 그것은 다른 욕구만큼이나 기초적인 것이 되었다. 소설에 푹 빠지는 건 자신의 삶에서, 바람이 숭숭 들어오고 난잡하고 느릿느릿한 버스 같은 집과 관심이 부족한 부모님으로 인해 길을 잃지 않는다는 뜻이었다.

밤이면 그녀는 침대에 누워 금세 불빛이 희미해지는 손전등에 의지해서 책을 읽었다. 빛이 희미해져도 그리어는 매년 계속되는 외로움 속에서 자신을 달래주고 불러주는 이야기와 관념의 노란 원에 사로잡힌 채 마지막 순간까지 책을 읽었다.

4학년 중반쯤 새로운 남자아이가 학교에 나타났다. 그녀는 주말에 동네에서 그 애를 본 적이 있다는 걸 깨달았다. 키가 크고, 마르고, 살짝 올리브색 피부의 코리 핀토는 길 대각선 맞은편 집으로 이사를 왔다. 그가 학교에 나타나고 며칠 안에 그리어는 그가 자신만큼이나 영리하다는 사실을 알아챘다. 그녀와 다르게 그는 자신의 의견을 말하는 걸 전혀 두려워하지 않았다. 둘은 종종 눈가리개를 하고 하루 종일 빙빙 돈 다음에 수업을 들으라는 명령을 들은 것처럼 보이는 학급의 다른 학생들 전부를 앞질렀다.

버저 선생은 학급을 독서 그룹으로 나눌 때마다 그리어를 가장 상위그룹인 퓨마팀에 집어넣는 것 말고는 거의 아무것도 해주지 못했다. 정확히 말하자면 1인 퓨마였다. 하지만 갑자기 코리가 구석에 그녀와 함께 있게 되었고, 이제 2인 퓨마, 한 쌍의 퓨마가 되었다. 몇 미터 떨어진 곳에서 두꺼운 털가죽에 다리는 땅딸막한 동물 코알라팀의 팀원인 크리스틴 벨스가 빨간색 교재 『경이의 길』의 한 행을 읽는 소리가 들렸다.

"빌리는 가구 싶었다. 로…… 로……"

그녀가 애를 썼다.

"로데오."

닉 퍼크스가 마침내 초조하게 끼어들었다.

"에휴, 그것도 못 읽어?"

그리어와 지나치게 키가 크고 진지한 남자아이는 함께 앉아 무릎 위에 『상상의 길』이라는 금색 교재를 펼쳐놓고 있었다. '5권'이라고 표지에 신중한 가라몬드 폰트로 쓰여 있었다. 『상상의 길』의 줄거리는 놀랍도록 지루했고, 그리어는 군인들이 언젠가 유용할 수도 있다고 생각하며 부족한 생활에 대비하는 것처럼 이 지루함에 익숙해지려고 연습을 했다. 코리 핀토 역시 똑같은 기분인 것 같았다. 그 역시 톨레도 출신의 재활용 소녀 타린의 실화를 꾹 참고 읽고 있었기 때문이다. 타린은 3학년 때 어떤 아이들보다 많은 병을 모아서 기네스 세계 기록에 오르고 세상을 구한 모양이었다.

코리 핀토는 새로 온 학생이라 신선한 면이 있었지만 그 이상이 있었다. 그의 목소리는 불쾌하지 않으면서도 강해서 다른 남자아이들의 목소리 사이에서 튀었다. 남자아이들 중 몇 명은 강하면서 불쾌한 목소리를 갖고 있었다. 버저 선생은 종종 남자아이들 전체에게 엄격하게 경고했다.

"내면의 목소리를 사용해!"

그리어는 내면의 목소리 말고 다른 건 가진 게 없었다. 쉬는 시간에 그녀는 화이트보드 아래쪽 바닥에 앉아서 반의 또 다른 놀랄 만큼 조용한 여학생 엘리스 보스트윅과 함께 깡통에 든 프링글스를 먹었다. 엘리스는 음울하고 약간 골치 아픈 성격을 가진 아이였다.

"선생님한테 독약을 먹일 생각을 해본 적 있어?"

엘리스가 어느 날 태연하게 물었다.

"아니."

그리어가 대답했다.

"응, 나도 해본 적 없어."

엘리스가 말했다.

하지만 비쩍 마른 코리는 쉽게 자기 견해를 말했고, 자신만만했고, 인기가 많았다. 더 나쁜 건 그가 주위에 딱히 관심을 갖는 것 같지 않고 오히려 꿈을 꾸고 있는 듯 불안정한 분위기를 풍긴다는 거였다. 그리어는 그가 매일 아침 워변가의 버스 정류장에 서 있을 때 그 모습을 보았다. 고작 아홉 살인 그는 여위고, 느긋하고, 조용하게 잘생긴 허수아비 같았다. 그녀는 심지어 그가 식수대에 다가가 눈을 감고 버튼을 누르기 전에 흘러내리는 물줄기의 모양을 그리며 입을 오므릴 때에도 그 모습을 보았다.

잘 다려진 아크릴 셔츠 차림에 스머프 필통을 가진 그리어는 그에게 도살되는 기분이었다. 그는 영리할 뿐만 아니라 놀랍게도 유쾌하고 독립적이었다. 지능과 시험 점수 때문에 둘은 매번 한 팀이 되었지만 꼭 필요한 경우가 아니면 어떤 이야기도 나누지 않았다. 그녀는 그를 알고 싶지 않았고, 그가 자신을 아는 것도 바라지 않았다. 자신의 가족에 대해서 아는 것도 바라지 않았고. 그리어는 부모님과 자신의 집이 끔찍하게 부끄러웠다. 하지만 핀토의 집은 넓고 깨끗했고, 그들의 냉장고 문은 코리의 성적표와 상장, 별을 받은 숙제들의 게시판이었다. 그가 이사 온 달에 그와 함께 나바호 전통에 관한 숙제를 함께 해야 했기 때문에 그리어는 그 모든 것을 직접 보았다.

처음 그의 집에 들어갔을 때 그녀는 집이 얼마나 깨끗한지 알았고, 더 우울하게도 코리를 위한 제단인 냉장고를 보게 되었다.

여성의 설득

"넌 여기서 완전 신이구나."

그녀가 그에게 말했다.

"그런 말 하지 마. 엄마가 화내실 거야. 엄만 굉장히 믿음이 깊으시거든."

그것은 두 가족의 또 다른 점이었다. 카데츠키 가족은 무신론자 atheist였다. 대문자로 쓰면 혹시라도 신성이 스며들까 봐 걱정되는 것처럼 그녀의 아빠는 항상 "소문자 a야."라고 말하곤 했다.

코리의 굉장히 작고 분주한 엄마 베네디타가 그들이 프로젝트를 하고 있던 부엌으로 들어와 괴상하게도 국수가 들어가 있는 따뜻한 포르투갈 디저트 알레트리아를 파란 그릇에 담아서 내주었다. 스토브 앞에서 아이와 아이의 반 친구를 위해서 부산하게 음식을 만드는 엄마, 요리를 하고 그걸 먹는 아이들을 지켜볼 만큼 오랫동안 옆에 있는 엄마의 모습을 보는 것은 고통스러웠다. 가끔 길 건너편에서 그리어는 저녁식사를 준비하는 핀토 가족을 우연히 보곤 했다. 그들이 식탁에 앉으면 식사를 하느라 그들의 머리 윗부분이 시야에 나타났다 사라졌다 했고, 그 모든 것이 그녀를 우울하게 만들었다. 그 불일치. 그 차이. 자신의 가족의 불편한 기묘함과 비교되는 길 건너편 가족의 평범함. 이제 그것을 넘어서서 알레트리아의 근사한 맛은 충격적일 정도였다. 그리어는 엄마가 요리를 하면 마술 같은 걸 만들어낼 수 있음을 알게 되었다. 핀토 부인은 디저트를 먹는 아이들을 만족스러운 표정으로 바라보았다. 자신의 요리 솜씨에 자부심을 느끼고, 아이들이 디저트를 좋아한다는 사실을 즐기는 것 같았다. 최소한 코리는 디저트를 좋아했다.

그녀가 얼마나 아들을 사랑하는지는 쉽게 알 수 있었다. 아홉 살에 엄마의 노골적인 애정을 목격한 그리어는 자신의 부모에게 애정이 부족하다는 것을 확실하게 깨달았다. 자신이 한심하게 느껴졌다. 핀토 부인은 분명히 슬프고 불쌍한 눈으로 그리어를 쳐다볼 것이다. 길 건너편에 사는 무관심 속에 자란 어린 여자아이. 그래서 부인이 이 신의 음식을 그녀에게 준 걸지도 모른다. 이게 부인이 해줄 수 있는 최소한의 일이라서. 그 생각을 하자마자 그리어는 접시를 밀어냈다. 아직 몇 숟가락이 남아 있었지만 더 이상 먹고 싶지 않았다. 나바호 숙제는 금방 끝났고, 그리어는 바로 집으로 돌아와서 이 남자아이와 그 가족들에게 관심이 없는 척했다. 하지만 뭔가 새로운 일이 일어났다. 그녀는 그가 얼마나 사랑받는지를 보았다. 소설 속이 아니라 현실에서 그런 식으로 사랑을 받는 게 가능하다는 것을 목격했다.

그리어가 핀토 가족의 집에 다시 간 것은 8년 후였고, 그때는 알레트리아가 없었다. 그때는 그녀도 더 이상 따뜻한 디저트를 원하지 않았고, 요즘 사람들이 말하는 것처럼 의식적으로 '양육받기'를 갈망하지도 않았다. 왜냐하면 마침내 그녀도 완전한 십대가 되었고, 그녀가 코리에게 말했듯이 부모님에게서 독립하는 것이 십대의 의무 중 하나이기 때문이었다. 그녀가 집에서 무시당하며 대체로 혼자 이 나이까지 살아왔다는 사실은 그다지 중요하지 않았다. 그녀는 오래전에 거기에 익숙해졌고 그걸 자신의 삶으로 받아들였다. 하지만 지금, 핀토 가족의 집에는 코리가 있었다. 다른 코리, 감정적으로 성적으로 매력적인 십대의 코리. 그녀만큼 영리할 뿐만 아니라 흥미롭고 진지한 얼굴에 긴 손과 털 없는 가슴을 가졌고, 다른 사람들과는 전혀 동떨어진 듯한 방식으로 그녀 곁에 존재하는 코리.

열일곱 살, 그 무렵에 두 사람은 그들 개인의 특징을 늘리는 데 깊이 몰두하고 있었다. 그는 농구선수였고, 매코피 맥파이 팀의 선수로 뽑혔다. 코치는 그에게 큰 기대를 하지는 않았다. 그저 그의 키를 봤을 뿐이었다. 그리어는 코리가 농구나 공부를 하지 않을 때 파이랜드 피자집의 케케묵은 미즈 팩맨 기계 앞에 서 있는 모습을 종종 발견했다. 투입구에 동전이 계속해서 들어가고, 흑백의 곡선형 디스플레이가 깜박이며 살아나면 코리는 이 세계의 지배자가 되었다. 그의 이름은 파이랜드 관리자들이 벽에 붙여놓는 최고 플레이어 순위에 항상 있었다. 사람들은 자기 점수를 썼고, 주말에 챔피언이 발표되었다. 핀토라는 이름은 초록색 펜으로 쓰여 있었다.

그가 이 세계마저 지배한다는 건 불공평하게 느껴졌다. 어쨌든 미즈 팩맨은 여성이니까. 물론 실제로 미즈 팩맨은 태양처럼 둥근 머리에 빨간 부츠를 신은 남성형 팩맨과 구분될 만한 신체 부위가 전혀 없었지만 말이다. 미즈 팩맨은 가슴도 없고 이름 앞에 '미스터'가 붙을 필요가 없는 팩맨을 흥분시킬 성적 신비가 담긴 하체도 없었다.

고등학교 때 그리어는 주말이면 가끔씩 친구들 두세 명과 파이랜드에서 시간을 보냈다. 모두가 순종적이고 착한 여자아이의 길을 걷고 있었으나 이를 벌충하듯이 약간 엇나간 미적 취향을 갖고 있었다. 그리어가 염색한 파란색 머리 한 가닥은 그 아래 있는 섬세한 이목구비를 강조하는 네온사인 같았다. 어쩌면 코리 핀토는 그녀를 알아챘을지도 모른다. 아닐 수도 있고. 하지만 그리어와 다른 아이들은 그를 알아챘고, 그가 게임을 할 때면 곁눈질로, 혹은 뒤를 힐끔거리며 그를 쳐다보았다. 그의 날개뼈가 움직이고 그의 턱에 힘이 들어갔다. 그는 완전히 집중한 상태였다.

"저 게임의 어느 부분이 저렇게까지 매력적인 걸까?"

마리사 클레이풀이 물었다.

"집중하는 걸 도와주는지도 몰라."

그리어가 대답했지만 사실 질문은 이래야 했다. 코리 핀토의 어느 부분이 저렇게까지 매력적인 걸까?

그녀는 공 모양의 미즈 팩맨이 눈앞의 모든 것들을 잡아먹는 모습을 열심히 쳐다보았다. 캐릭터가 여성인 게 중요할까? 그리어는 자신의 여성성에 그리 관심을 갖지 않으려고 노력했다. 자기 대신 세상이 관심을 가져주니까. 하지만 이제는 그녀도 잘록한 허리에 가슴이 있었고 매달 오로지 자기만이 관찰이 가능하도록 은밀하고 놀라운 방식으로 생리를 하는 질이 있었다. 퀵스탑 앞에서 오토바이족에게 들었던 것처럼 이제는 더 이상 가슴이 없지 않았다. 그러나 다른 사람들은 그녀의 안에서 무슨 일이 일어나는지 모른다. 아무도 관심을 갖지 않았다.

어느 날, 고등학교 3학년 겨울 초반에 그리어 카데츠키와 코리 핀토, 크리스틴 벨스는 워번가에서 평소처럼 버스에서 차례차례 내렸다. 그런데 이번에는 크리스틴의 뒤를 따라 내린 코리가 커다란 배낭을 추켜올리며 그리어를 똑바로 돌아보고 말했다.

"너 반덴버그 선생님 수업의 시험이 공정했다고 생각해?"

가까이서 보니 그의 입술 위쪽으로 파스텔색 콧수염이 부드럽게 돋아 있고 광대뼈 위에는 초승달 모양의 조그만 상처에 딱지가 앉는 중이었다. 그녀는 그가 얼마 전에 남자애들끼리 장난을 치다가 다쳐서 그 자리에 작은 밴드를 붙이고 다녔던 것을 기억했다.

"어떻게 공정한 거 말이야?"

그녀는 그가 갑자기 이렇게 적극적으로 말을 거는 것에 당황했다.

"전위랑 뭐 그런 것들에 대한 모든 문제 말이야. 그거 시험에 하나도 안 나왔잖아."

"추가로 좀 더 배운 거지, 뭐."

그녀가 대답했다.

"난 추가를 원하지 않아."

코리가 말했고, 그녀는 불필요한 정보가 그를 무겁게 짓누른다는 것을 깨달았다. 수영선수가 물과의 사이에 어떤 장애물도 원치 않아서 몸의 털을 전부 밀어버리는 것과 비슷했다.

어떤 양해도 구하지 않고 그는 그녀의 집으로 향하는 길을 계속 따라왔다.

"안으로 들어오고 싶은가 보네."

그녀가 냉담하게 말했다. 그것은 질문이 아니었다. 왜 그를 안으로 초대하는지, 안에서 뭘 발견하게 될지 그녀도 정확히는 몰랐지만. 문을 열자마자 지하실에서 풍기는 냄새가 그들을 맞이했다.

"우와."

코리가 그렇게 말하고 웃었다.

"왜?"

그녀가 차갑게 물었다.

"이거 완전 슈퍼대마초잖아."

그가 말했고 그녀는 아무렇지 않다는 듯 그냥 어깨만 으쓱였다.

그리어의 부모님이 피우는 대마초는 매코피 고등학교의 중독자들이 피우는 것보다 훨씬 강했다. 롭과 로렐은 버몬트에 사는 농부 친구 존과 그의 아내 클로데트로부터 질 좋은 마리화나를 구했다. 그리어는 어린 시절에 가끔 부모님을 따라 그곳으로 여행을 가곤 했다. 존이 밴조로 연주하는 「천국으로 가는 계단」을 소파에 앉아 감상했던 적도 있었다. 클로데트는 그리어와 그녀의 어머니에게 뭉친 양말 위로 스타킹을 씌우고 천을 덧붙여 만든 뉴비라는 이름의 패치워크 아기 인형들을 보여주었다. 클로데트는 그것들을 팔고 싶어 했다. 뉴비의 얼굴은 존의 최상급 물건에 취한 사람들 특유의 몽롱한 표정이었다.

코리가 집에 온 날, 마리화나는 공개적인 주제가 되었다. 벌건 대낮부터 냄새를 맡은 건 오랜만이었고, 오랫동안 은밀한 적대자였던 코리를 집에 데려온 평생 딱 한 번의 오후에 이런 일이 일어났다는 사실에 그리어는 끔찍하게 화가 났다.

"미안해. 그냥 좀 재미있어서."

코리는 코를 킁킁거리며 말했다.

"여기 있는 것만으로도 취할 것 같은 기분이야. 조만간 치토스랑 엠앤엠 초콜릿이 필요해질 테니까 준비 좀 해놔."

"닥쳐. 이게 왜 재미있는데?"

"생각해봐. 너희 부모님은 마리화나 중독자인데 너는 야심 찬 모범생이잖아. 난 그게 너무 재미있어."

"네가 날 그렇게 생각한다니 참 영광이네."

"널 모욕하려고 그런 게 아니야. 넌 맨날 대학 책자를 들여다보고 있잖아. 아이비리그에 지원하려는 거지?"

그녀는 고개를 끄덕였다.

"우리가 이번 학년에서 유일하게 지원할 사람들인 것 같아. 아마 우리뿐일걸."

그가 말했다.

"그래, 그런 것 같더라."

그녀가 조금 누그러졌다. 그들은 배워서는 익힐 수 없는 단호한 집중력을 공통으로 갖고 있었다. 그런 것은 신경계의 일환으로 갖고 있어야만 하는 법이다. 이런 집중적인 야심이 어떻게 한 사람의 체내에 들어가는지는 아무도 몰랐다. 마치 언제부터인가 집을 날아다니는 파리 같았다.

그리어의 어머니는 광대 옷을 입고 나타났다가 당황한 것 같았다.

"아, 집에 누굴 데려온 줄은 몰랐구나. 안녕, 코리. 음, 난 공연하러 가야 해서."

로렐이 그렇게 말하며 문을 열었다.

"네 아빠는 아래층 작업대에 있어."

롭은 가끔 지하실에서 낡은 워크맨으로 1980년대 밴드의 카세트 테이프를 들으며 단파에 관련된 뭔가를 만들곤 했다. 그리어와 코리는 로렐이 공연을 위해 리폼한 광대 옷을 입고 차로 걸어가는 것을 보았다.

"너희 엄마가 정확하게 뭘 하신다고?"

코리가 물었다.

"세 번 기회를 줄게."

"회계사."

"하하. 너 되게 웃긴다."

"내 말은, 나도 너희 엄마 옷차림을 봤잖아. 대충 짐작은 가는데, 그렇다고 너희 엄마가 서커스단에 출근하는 건 아니잖아. 안 그래? 코끼리랑 공중 곡예 같은 거 말이야."

"도서관 광대야."

"아. 도서관 광대가 직업인 줄은 몰랐어."

코리가 잠깐 머뭇거리다가 말했다.

"사실 아니야. 하지만 엄마가 직업으로 만들었지. 엄마 생각이었어."

"음, 굉장히 능력이 좋으시네. 그래서 도서관 광대는 정확하게 뭘 하는 거야?"

"광대 옷을 입고 도서관을 돌아다녀. 아마도 아이들에게 농담을 하고 책이나 뭐 그런 걸 읽어주겠지."

"너희 엄마 재미있으셔?"

"몰라. 아마 아닐걸."

"하지만 광대시잖아. 재미있는 게 필수조건이어야 한다고 생각하는데."

코리가 생각에 잠겨서 말했다.

그리어와 코리가 그날 오후 집에 함께 있는 내내 그녀의 아버지는 지하실에서 한 번도 나오지 않았다. 둘은 서재에 있는 오래된 격자무늬 소파에 긴장한 채 앉아 시간을 보냈다. 코리는 그리어의 부모님이 놔둔 라이터를 켜서 유리컵 속에 들어 있는 조그만 하얀 초의 심지에 불을 붙였다. 그런 다음 불이 붙은 초를 거꾸로 뒤집고서 투명한 촛농이 자신의 손등에 떨어지는 즉시 불투명하게 굳는 것을 바라보았다.

"근사해."

그가 말했다.

"취했어? 뭐가 근사한데?"

"피부에 뜨거운 촛농이 떨어져도 1초쯤은 참을 수 있잖아. 왜 이건 참을 수 있는 걸까? 차가 1초쯤 발을 밟고 지나가도 참을 수 있을까?"

"잘 모르겠지만, 부디 그걸 시험하지는 말아줘."

여성의 설득

"그리고 만약에 다른 사람이 촛농을 떨어뜨린다면, 그건 아플까? 자기 자신에게 간지럼을 태울 수 없다는 거 알아? 그거랑 비슷할까?"

코리가 말했다.

"나도 몰라. 그런 걸 생각해본 적이 없거든."

단숨에 코리가 자신의 셔츠를 들어 올려 기다란 상체를 드러냈다. 코리와 그리어는 학년에서 최고의 지능을 자랑하는 둘이었지만, 지금 그는 거의 육체, 상체일 뿐이었다. 상체라는 건 기묘한 단어다. 큰 소리로 몇 번 발음하고 나면 무의미하게 분해되는 그런 종류의 단어 중 하나였다. 상체, 상체, 상체.

코리가 나무 탁자에 등을 대고 눕자 무게 때문에 끽끽거리는 소리가 났고 그의 두 다리가 탁자 너머로 늘어졌다.

"좋아, 해봐. 촛농 말이야."

그가 말했다.

"그러다 우리 엄마 아빠 탁자가 망가질 거야."

"얼른. 한번 해봐."

그가 말했다.

"미쳤구나. 촛농을 떨어뜨리는 짓은 안 해, 코리. 인터넷에 나오는 무슨 SM 퀸 같은 게 아니라고."

"인터넷에 사도-마조히즘 퀸 같은 게 있는 건 어떻게 알아? 방금 네 비밀을 드러낸 거야."

"SM이 사도-마조히즘이라는 건 어떻게 알았어?"

"동점이네."

그가 씩 웃으며 말했다.

"닥쳐."

그녀는 그날 두 번째로 그에게 그렇게 말했다. 닥쳐, 여자애들이 남자애들에게 그렇게 말하면 남자애들은 짜릿해했다.

"얼른. 어떤 느낌인지 알고 싶은 것뿐이야. 네가 날 죽이지는 않을 거라고, 그리어."

코리가 말했다.

그리어는 불이 붙은 초를 코리의 배 위로 기울였다. 불길이 초를 말랑말랑하게 녹이자 반투명한 진주색 액체가 고였고, 그 액체는 작고 부드럽게 톡 소리를 내며 피부에 떨어졌다. 그의 배 근육이 조여들었고 그가 이를 드러내며 말했다.

"젠장!"

"괜찮아?"

그녀가 물었다. 그는 고개를 끄덕였다. 촛농은 조그맣고 움푹한 그의 배꼽 위쪽에 하얀 타원형으로 굳었다. 그녀는 이제 그만해야겠다고 생각했지만 그는 일어나지 않고 다시 한 번 해보라고 말했다. 이제 그녀는 이게 얼마만큼 아픈지에 대해서는 생각하지 않았다. 아픈 건 분명하지만, 그렇게 심한 것 같지 않았으니까. 대신에 코리 핀토를 지배한다는 느낌, 그를 책임진다는 느낌, 그를 마음대로 한다는 느낌이 새롭다는 것을 생각했다. 그건 꽤 멋진 느낌이었다.

다음 토요일에 그녀의 부모님이 버몬트의 농장으로 떠났고, 코리는 같이 공부를 한다는 핑계조차 대지 않고 오후에 찾아왔다. 그는 책이나 공책, 그래프용지나 노트북도 가져오지 않았다. 나중에 그녀는 그들이 학교에 대한 이야기를 하다가 어떻게 그다음 일로 넘어간 건지 거의 기억할 수가 없었다. 둘은 잠시 부엌 식탁 앞에 앉아 있었고, 그녀는 위층의 자기 방을 보여주겠다고 그를 불렀다. 그녀의 모든 물건들, 수집한 스노우글로브, 맞춤법 대회 트로피, 『초록 지붕의 앤』부터 『에이번리의 앤』, 엘리 위젤의 『밤』에 이르기까지 수없이 많은 책들을 30초 정도 둘러본 다음 코리가 말했다.

"그리어."

"왜."

그리고 그가 다시 말했다.

"왜인지 너도 알잖아."

그가 그녀를 보고 새롭고 음흉하게 미소를 지었고, 그녀는 놀라는 동시에 놀라지 않았다. 그가 그녀의 얼굴을 양손으로 잡고서 하도 재빠르게 키스해서 그들의 이가 부딪쳤다. 그의 혀끝을 느끼는 순간 그의 신음소리가 들렸고, 그 소리는 숟가락이 그녀의 내장을 휘젓는 듯한 느낌을 주었다. 코리가 그녀의 어깨를 잡고 뒤로 밀자 그녀는 등을 대고 쓰러졌다. 그가 그녀의 위로 엎드렸다. 둘의 심장이 경쟁하듯 뛰었다. 그리어는 하도 흥분해서 뭘 어떻게 해야 할지 알 수가 없었다.

"괜찮아?"

그녀는 어떻게 대답해야 할지 전혀 몰랐다. 어떻게 이게 괜찮을 수 있지? 그건 어울리는 단어가 아니었다. 그는 브래지어 아래로 그녀의 가슴을 만졌고, 둘 다 그 감각의 강렬함에 충격을 받아 침묵했다. 그가 그녀의 브래지어를 풀고 가슴에 키스하자 그녀는 쓰러질 것 같다고 생각했다. 누운 채로 쓰러질 수 있나? 문득 궁금해졌다. 한참 동안 애무를 하다가 그가 그녀의 청바지 단추를 벽난로에서 타닥거리는 통나무처럼 커다란 소리를 내며 풀었다.

청바지와 속옷 사이의 아주 얇은 틈 속에서 그의 손가락이 무늬를 그리듯이 움직였고, 그는 자기도 모르게 말이 많아졌다.

"네가 절정을 느끼게 만들어줄 거야."

그가 낯선 목소리로 말했다.

"네가 이걸 원하도록 만들 거야."

그가 쉬지 않고 말했다. 그러고는 약간 확신이 없는 투로 물었다.

"너도 하고 싶어?"

"왜 그런 걸 묻는 거야?"

그녀가 당황해서 물었다.

"그냥 내가 느끼는 걸 말하고 있는 거야."

그는 이제는 뭔가에 사로잡힌 것처럼 보였다.

그날 이후로 침대에 있을 때마다 그는 여전히 처음과 비슷한 방식으로 그녀에게 말을 하곤 했지만, 그녀는 대체로 금세 그를 원래의 모습으로 되돌려놓을 수 있었다. 그러나 원래의 모습이 된다고 해서 혼란스럽지 않은 건 아니었다. 행위의 자유가 있고, 자신에게 원하는 것이 있고, 그게 자신만의 것이고, 그걸 아는 게 자신과 상대방에게 달려 있다는 생각에 겁이 났다.

두 번째로 함께 침대에 누웠을 때 그가 대담하게 속삭였다.

"네 클리토리스는 어디 있어?"

자신의 신체 일부를 가리키는 그 단어를 들었을 때 그리어는 거의 두렵기까지 했다.

"뭐?"

그녀가 물었다. 그게 그녀가 생각할 수 있는 유일한 말이었다. 그녀는 시간을 끌고 있었다.

"정확히 어디야? 보여줘."

이 순간적인 허세가 지나자 그의 목소리가 작아졌다.

"여기."

그녀는 애매하게, 그리고 비참하게 손짓했다. 사실, 그녀도 잘 몰랐다. 열일곱 살이나 먹고서 자기 몸의 구조조차 제대로 모르고 있었다니. 그 이유가 너무 부끄러워서였다니. 그녀는 침대에서 수백 번쯤 절정을 맛보았지만, 그게 어디에서 촉발된 건지 정확한 위치를 가르쳐주는 지도는 그릴 수가 없었다.

그날 밤, 코리가 길 건너 자기 집으로 돌아간 후 그리어는 둘 사이에 벌어진 일의 조용한 경이 속에 잠긴 채로 인터넷에 '클리토리스 위치'라고 검색했다. 그리어가 이제 알게 된 위치를 다음번에는 코리도 알게 될 것이다. 몇 년 후에 그리어는 자기 자신을 정확하게 알고 싶다면 그저 자신이 지난 24시간 동안 인터넷에 무엇을 검색했는지 찾아보기만 하면 된다고 생각하게 되었다. 사람들은 이런 식으로 자기 모습을 직시하면 충격을 받는다.

이제 그녀와 코리는 늘 함께 있게 되었다. 그는 그녀에게 자신의 부모님에 대해서, 어릴 때 그분들이 외국 억양을 쓰고 천한 일을 하는 것이 얼마나 부끄러웠는지에 대해서 이야기했다. 그녀는 그에게 외동딸인 것에 대해서, 무관심한 부모님을 가진 것에 대해서 이야기했다.

"난 절대로 너한테 무관심해지지 않을 거야."

그녀는 그가 자신의 편이라는 걸, 자신은 이제 혼자가 아니라는 걸 깨달았다. 그들은 진지하게 서로 애착을 갖게 되었고 그들의 성행위는 숨을 들이켜는 짜릿함과 극심한 실수의 반복이었다. 가끔은 그가 실수로 그녀에게 상처를 입혔고, 가끔은 그녀의 손과 입이 날갯짓을 잘못 배운 벌새처럼 움직였다. 그들은 시도하고 또 시도했다. 서로가 잘 맞는지에 대해서 사소한 입씨름도 했다.

"아무래도 넌 나한테 딱 맞는 사람이 아닌가 봐."

코리가 한번은 떠보듯이 말했다.

"그래? 그럼 크리스틴 벨스하고 사귀든가. 책 읽는 법을 알려줄 수도 있겠네. 걔가 아마 되게 고마워할걸."

그녀가 대꾸했다.

"확신하는데 우린 책 같은 건 읽지 않을 거야."

그리어는 토라져서 몸을 돌리고 자기 몸을 껴안았다가 자신이 이런 행동을 TV 드라마와 영화에서 봤음을 깨달았다. 감정적으로 연약한 여자아이가 방어적으로 자신의 몸을 감싸고 팔짱을 끼거나 스웨터 팔을 길게 잡아당기는 것. 그녀는 왜 자신이 이런 정해진 여성의 역할을 아주 쉽게, 기꺼이 하는 건지 이해할 수 없었다. 그러다가 문득 자신이 실은 이런 행동을 좋아한다는 걸 깨달았다. 그래야 이런 행동을 했던 기나긴 여자들의 행렬의 일부가 되는 거니까.

두 사람 다 원래의 자기 모습으로 돌아오는 데에는 가볍게 주의를 분산할 거리만 있으면 충분했다. 그의 세 살 반짜리 동생 알비의 비디오게임을 한두 시간 한다거나 둘만의 농담으로 가득한 인터넷 메시지를 주고받는다거나. 둘만이 알아듣는 사적인 농담이 얼마나 빠르게 발전할 수 있는지는 놀라울 정도였다. 그러고 나면 그들은 둘이 서로 잘 맞는다는 것을 기억해냈다.

"내가 너를 사랑하는 건지 아직 잘 모르겠어."

부모님이 아래층에서 왔다 갔다 하고 있는데도 대담하게 침대에 함께 누워 있던 어느 날 오후, 그리어가 코리에게 말했다. 그녀가 그 말을 한 이유는 이미 답을 알고 있기 때문이었다.

"괜찮아."

그게 코리의 대답 전부였다. 하지만 그들은 이게 사랑이라는 걸, 또한 욕망이라는 걸, 커다란 원형 전류를 형성하는 두 개의 힘이라는 걸 잘 알았다.

그리고 일주일 후에 그리어가 말했다.

"내가 사랑에 대해서 말한 거 기억해? 그 말을 번복하기에는 너무 늦었을까?"

"시험 답안도 아닌데 뭐."

"음, 좋아. 그럼 난 널 사랑해."

그녀가 조용하게 말했다.

"정말로 사랑해."

"나도 사랑해. 우린 동등해."

그가 대답했다.

다음 날 오후 그녀의 집에서, 이제 확실하게 사랑하고 동등한 관계인 이들은 진짜 섹스라고 할 만한 것을 했다. 처음에는 부끄러웠고 확실히 미숙했다. 긴장한 코리는 콘돔 포장지를 한참이나 물어뜯어야 했다. 하지만 시간이 흐르자 점차 완벽해졌다. 그녀의 집은 탐구하는 장소로 이용되었다. 핀토의 집에서는 그의 방에 들어가도 된다는 허락조차 받지 못했기 때문에 대신 비닐 커버를 씌워놓은 거실 소파에 앉아서 시간을 보냈다. 항상 음식을 요리하는 근사한 냄새가 났고, 가끔은 이모가 들락날락했다.

그녀가 코리의 집에 있을 때 특히 좋아한 것은 알비가 소파로 와서 그들 위로 벌러덩 드러눕는 순간이었다. 알비는 핀토 가족의 늦둥이로 코리가 열네 살 때 태어났다. 핀토 가족의 차 뒷자리 여기저기에는 알비가 먹고 버린 주스 팩이 떨어져 있었고, 팔이 구부러지거나 펴져 있고 발길질을 하거나 가라데 자세로 엎어지거나 드러누워 있는 액션 피규어들도 알비가 차로 돌아와서 다시 움직이게 만들어주기를 기다리고 있었다. 알비는 재미있고 조급하고 조숙하고 굉장히 영리한 게 딱 조그만 코리 같았다. 그리고 형을 굉장히 사랑했다. 그리어도 사랑하는 것 같았다.

알비는 종종 갓 태어난 새끼양이라도 되는 것처럼 조심스럽게 상자거북을 들고 다녔다. 거북이는 몇 달 전 핀토네 마당에 몰래 들어와 먼지 낀 갈색, 금색, 초록색으로 된 골동품 법학책 같은 모습으로 햇살 아래 풀밭에 한참을 머물렀다. 알비는 녀석의 정체를 알아보고 말했다.

"저거 내 거북이야."

알비는 바로 녀석을 데려와서 느림보라고 이름 붙였다.

"왜냐하면 거북이는 느리니까."

그가 가족에게 설명했다.

알비는 거북이가 수컷이라는 걸 쉽게 알아냈다.

"남자 거북이는 눈이 빨개."

두 살 반에 이미 읽는 법을 익힌 아이는 그것을 아동용 과학책에서 읽었다. 알비는 1킬로그램짜리 상자거북을 소파에 내려놓고는 17킬로그램의 몸으로 형 위에 드러누웠다. 그러면 형이 그를 안아주었다. 알비는 그리어에게 함께 비디오게임을 하자고 말했다. 아이는 손이 빨라 게임을 잘했다. 그리고 종종 그녀에게 함께 책을 읽자고 했다. 둘 다 책에 집착하는 성격이었기 때문이다. 그리어는 알비가 자신과 한 줄씩 번갈아 큰 소리로 책을 읽으면서 함께 시리즈 전체를 독파하고 있음을 깨달았다. 알비는 한때 그녀도 굉장히 좋아했던 시리즈

여성의 설득

『과학탐정 브라운』을 가장 좋아했다.

"왜 미니의 부모님은 아들 이름을 벅스라고 지었을까?"

알비가 걱정스러운 얼굴로 물었다.

"진짜 좋은 질문이네."

"작가인 도널드 J. 소볼이 지은 걸지도 몰라. 벅스 미니*는 이미 안 좋은 성을 갖고 있잖아. 그런데 이제 이름까지 안 좋아. 이건 공정하지 않은 것 같아."

"넌 심지어 못된 애들한테도 동정심을 느끼는구나."

그리어가 말했다. 알비는 그녀의 품에 꼭 파고들었다.

어쩜 그렇게 똘똘한지. 그리어는 그 순간을 떠올리며 코리의 기숙사 방 침대에 누워서 생각했다. 코리의 동생은 그녀의 품에 파고들어서 떨어져 있을 때도 그녀가 그 아이를 기억하고 사랑하도록 만들었다. 그녀도 여전히 코리의 품에 계속 파고들었고, 그리어의 갓 어른이 된 삶에 갑작스럽게 뛰어들어 그녀가 뭔가를 원하도록 만든 페이스 프랭크의 유령 같은 존재에도 저 멀리서, 비유적으로 파고들고 있었다. 우리는 숨겨진 길을 찾아서 파고들고 또 파고들어. 우리는 인정하고 싶어 하지 않지만 사실 파고드는 데에 굉장히 뛰어나지, 그리어는 그렇게 생각했다. 기숙사 방 맞은편에서 스티어스는 밤새도록 불을 켜놓았다.

대학 생활의 중반을 지날 때쯤, 정확한 시기는 알 수 없지만 수업

* 　　벅스 미니Bugs Meany에서 성은 '심술궂다'는 뜻이고 이름은 '벌레'라는 뜻이다.

과 전공과 파티와 문학의 상징성에 대한 이야기가 취업으로 바뀌기 시작하는 때가 있다. 그 시기가 오면 언제나 취업이 승리했고, 수업과 전공과 소설과 학구적인 토론은 과거의 달콤하고 낡은 향기가 되어버렸다. 진로는 사람을 바르게 앉도록 했고, 계획을 세우게 만들었으며 그간 쌓아온 연줄에 대해서 생각하고 그걸 당장 사용할 수 있을지를 고민하게 만들었다. 모두들 죽음에 이르기 전에 행복에 이르도록 만들 거라고 여겨지는 그 길고 추상적인 길에 대해서 생각하고 조금은 걱정했다.

과학 전공자들은 의대에 지원하지 않으면 연구소에서 일할 생각을 했고, 인문계 전공자들 몇 명은 아동 교육이나 판매직 쪽으로 계획을 세웠다. 아니면 그들이 아는 이미 졸업한 사람들처럼 출판계에서 일하거나 활기 찬 목소리로 하루에 몇 번씩 "마그다 스트룀버그의 사무실입니다. 저는 베카예요!"라고 말하며 전화를 받는 상상을 했다. 실제로는 베카가 아니라 마그다 스트룀버그가 되기를 원하지만 말이다. 몇 명은 단어만으로도 인상적인 무게감을 가진 분야에서 일자리를 찾게 될 것이다. 마케팅, 경영, 금융처럼.

그들 중 누구도 캠퍼스 주변을 유령처럼 어슬렁거리는 라일랜드 졸업생이 되기를 바라지 않았다. 3년 전에 졸업한 사람 한 명은 시내 카페 메인 빈에서 바리스타로 일했고, 요즘 읽고 있는 책을 시럽 펌프와 스팀밀크 컵 옆에 제목이 보이도록 펼쳐서 엎어놓는 허세를 부리며 커피를 사는 재학생과 시선을 마주치려고 애썼다. 학생은 컵을 받아 들고 설탕을 몇 봉이나 넣으며 그날 밤까지 써야 하는 리포트를 준비했고, 바리스타는 다음 날 카운터 뒤에 서는 것 말고는 더 이상 어떤 준비도 할 필요가 없었다. 4년 동안 사람을 꼭 잡아놓았던 장소가

여성의 설득

끝에는 어떤 책임도 지지 않고 그냥 풀어준다는 것은 누구에게나 매우 혼란스러운 일이었다.

그리어는 작가가 되는 꿈을 꾸기 시작했다. 에세이와 기사를 쓰고 결국에는 강력한 페미니즘 주제의 책들을 쓰는 모습을 상상했다. 처음에는 밤늦게만 할 수 있는 종류의 일일 테지만. 글을 쓰기 위해서는 낮에 다른 일을 해서 돈을 벌어야 했다. 부모님 같은 삶을 살 수는 없었다. 하지만 진짜 직업을 갖고 가난 속으로 곤두박질치지 않으려면 할 수 있을 때에만 글을 써야 하고, 운도 좀 따라야 할 것이다.

그리어보다 지가 더 비영리 단체 타입이었지만, 이제는 그리어도 어딘가의 홍보 담당으로 일하는 것도 괜찮겠다고 생각하게 되었다. 또한 페이스 프랭크에게 이런 이야기를 써 보내는 것도 상상했다.

"제 삶에서 뭘 할 건지 알아내는 동안에 지구염려협회에서 기관 내 뉴스레터를 쓰는 일자리를 얻었어요. 이것 역시 우리가 화장실에서 나누었던 대화 때문인 것 같아요. 전 선생님이 제안하신 것처럼 의미를 만들려고 노력하고 있어요."

곧 그리어는 코리에게 이렇게 말했다.

"비영리 단체. 밤에 글을 쓰는 동안에 처음에는 그것도 괜찮을 거야. 그렇지?"

"물론이지."

그는 가볍게 대답했지만 무슨 이야기를 하는 건지 실은 잘 몰랐다. 두 사람 다 마찬가지였다.

"클로에 섀너헌의 친구가 장애가 있는 사람들에게 예술을 가르치는 단체에서 일한대. 걔네 오빠가 시각장애인이거든."

그녀는 그렇게 말하고 이 말을 덧붙여야 할 것 같은 기분을 느꼈다.

"그렇지 않았어도 걔는 어쨌든 거기서 일을 했을 수도 있지만."

"하지만 안 했을 수도 있지."

코리가 말했다.

"맞아."

수많은 방식을 통해서 사람은 결국에 하게 되는 일, 결국에 함께 있는 사람에게 도착하게 되는 것 같았다. 작가가 된다는 건 마치 불가능으로 가득한 꿈같은 일이었지만, 그녀는 어쨌든 그렇게 상상하는 걸 좋아했다. 어딘가 제대로 된 훌륭한 곳에서 일하면서 한편으로 글을 쓰는 자신의 모습을 점점 더 쉽게 그려볼 수 있게 되었다.

"마케팅은 아닐 거야. 패션도 절대로 아니고."

그녀가 코리에게 말하고서 불필요하게 덧붙였다.

"도서관 광대도 절대 아닐 거야."

코리는 프린스턴에서 경제개발 수업에서 만난 두 명과 친구가 되었다. 셋은 가난에 관한 세미나에서 열렬하게 토론하고 강의실을 나와 대학을 졸업하면 소액금융 앱을 개발하자는 계획을 세웠다. 라이오넬과 윌, 둘의 부모는 아들의 앱에 투자하는 걸 고려할 만한 정도로 부유했다. 세 사람은 그 아이디어에 푹 빠져 있었다.

"이건 진짜로 하게 될 것 같아."

코리가 그리어에게 말했다.

"제대로 끌고 가야겠지만, 어쨌든 흥미진진한 일이야. 세상에는 소액금융이나 소액대출 같은 단어들을 함부로 던지는 사람들이 많은데, 기본적으로는 이 일은 다른 사람들을 뜯어먹는 거야. 이게 효과를 발휘하면 소규모 사업주들한테는 엄청난 차이가 생길 수 있어. 하지만 이자가 엄청 높아지겠지. 그러니까 우리는 이걸 저금리로 할 생

여성의 설득

각이야. 우린 다른 사람들을 뜯어먹지 않을 거야. 그리고 여자들도 이런 종류의 대출을 되게 많이 신청해."

그가 덧붙였다. 이 말은 페미니즘에 대한 의식적인 동조, 그녀에 대한 동조이긴 했지만 그녀는 상관하지 않았다.

그리어는 코리가 브루클린 어딘가에 있는 조그만 사무실에서 와이셔츠 차림으로 앉아 있고, 대출이 통과될 때마다 그의 핸드폰에서 금전등록기의 땡땡 소리 효과가 나는 것을 상상했다. 이 상상 속에서 그녀가 주로 본 것은 행복한 코리의 모습이었다. 평일 근무가 끝나면 그는 소액금융 일을 하다가 집에 돌아오고, 그녀는 비영리 단체에서 집으로 돌아올 것이다. 그들은 정부의 정책과 그리어가 글을 쓰다가 마주한 문제들에 대해서 토론하고, 비상계단에 앉아 맥주를 마시고, 가끔씩 그 비상계단에서 도시를 흥분시키기 위한 분위기라는 목적 외에는 별다른 이유 없이 뉴욕 하늘에 종종 나타나는 불꽃놀이를 구경할 것이다. 그곳에 살고 있고 젊다는 것, 하늘을 가로지르는 색색의 불꽃을 보고 싶다는 이유 때문에. 밤이 깊어 코리가 잠이 들면 그녀는 침대에서 노트북을 펼치고 그의 옆에 앉아 출간하고 싶은 소설과 에세이와 기사에 대한 메모를 쓸 것이다. 그녀는 이미 공책에 아이디어들을 적어두기 시작했다.

대학을 졸업한 후 그들은 브루클린에서 함께 살 생각이었고 그럴 돈을 마련할 방법을 찾을 수 있기를 바랐다. 지금은 그게 계획이었다. 아무 가구도 없는 작은 아파트를 구할 것이다. 그리어는 바닥에 황마로 된 러그가 깔려 있는 모습을 떠올리고 밤에 섹스하고 나서 화장실에 갈 때, 또는 아침에 일하러 가기 전에 그 짜증나는 질감과 몇 미터 지나 느껴지는 차가운 바닥의 질감을 상상했다.

"우리 둘 다 요리는 잘 못 하잖아. 함께 사는 동안 모든 걸 다 전자레인지로 해결할 수는 없어."

그리어가 지적했다.

"배우면 되지. 내가 고기 요리를 하느라 집 안을 고기 냄새 천국으로 만드는 걸 참아줄 수 있다면."

그가 말했다.

"집에 환기 시설이 잘 되어 있어야겠네."

그녀는 완전히 채식주의자로 정착했고, 다시 고기를 먹는 생활로 돌아갈 마음이 없었다.

그리어는 잠이 안 올 때면 코리와의 반짝이는 미래를 장면장면 떠올리곤 했다. 그녀는 300밀리미터가 넘는 코리의 발이 침대 끝에 튀어나와 있는 모습을 상상했다. 그들이 마침내 매일 밤 함께 자는 침대. 더 이상 아이나 대학생을 위한 것이 아닌 침대. 두 사람 모두를 쉽고 가볍게 받아줄 수 있는 침대.

최근에 함께 살게 된 젊은 커플을 볼 때면 그들 사이에 뭔가 확고한 게 진행되고 있다는 걸 알 수 있다. 그 모든 사랑, 그 모든 섹스, 그들이 머릿속에 정확하게 그려놓은 이불과 가구와 소형가전들을 구하기 위해 카탈로그를 뒤적거리는 것. 가격은 약간 기준에서 벗어나겠지만, 잘 생각해보면 그렇지도 않을 것이다! 우린 할 수 있어, 커플은 서로에게 그렇게 말할 것이다. 우린 이걸 해낼 수 있을 거야. 가격은 이 탁자나 의자나 믹서를 산다는 행동이 얼마나 큰 진전인지를 말해주는 것이다. 남자들이 인테리어와 주방 기구를 전적으로 여자에게 맡기던 과거와는 달랐다. 살림을 합친다는 건 이제 공동 활동이었다. 심지어는 침대에서 할 수도 있었다. 따스한 몸과 몸을 맞대고, 상상력의 축제 속에서, 성인의 마음을 사로잡는 문학이라 할 수 있는 웹사이트나 카탈로그를 함께 찾아보면서 말이다. 나무와 금속과 천으로 만들어진 진짜 물건에 몰두하는 건 사랑의 모호함과 비현실성을 현실로 만들어주는 행동이었다.

하지만 지금 그들은 서로 떨어진 대학 생활을 견디는 중이었다. 그들에게는 수업이 줄줄이 있었고, 짜릿한 선거와 새로운 대통령이 있었다. 그들은 서로를 만나기 위해 주말마다 여행을 했다. 가끔 그리어는 자신과 전혀 관계 없이 이루어지는 코리의 생활 일부를 불완전하게 엿볼 수 있었고, 그런 부분 때문에 초조했다.

"스티어스와 매키와 클로브 윌버슨이 프리스비 팀에 합류하라고 나한테 강요하고 있어."

"물리적으로 강요를 한다고?"

"응. 나더러 항복해야만 할 거래."

그리어는 지나치게 자주 이름이 나오는 클로브 윌버슨이 궁금해졌다. 그래서 그녀를 인터넷에 검색해보았고, 온라인에 나오는 클로브 윌버슨의 이력을 전부 살폈다. 대부분은 클로브가 세인트 폴의 학교에서 하다가 지금은 프린스턴에서 하고 있는 필드하키에 관한 거였다. 그녀가 뛰고 있는 사진은 타원형 얼굴 피부 아래의 골격을 뚜렷하게 잘 보여주었다. 그녀는 누구나 부러워할 만한 상완근을 갖고 있었다. 하나로 묶은 머리가 흔들리는 순간 찍힌 사진이 특히 멋졌다. 클로브는 앉아서 사진을 보고 있는 그리어보다 확실하게 훨씬 나은 외모를 갖고 있었고, 그리어는 소리 없이 물었다. 클로브 윌버슨, 너 내 남자친구랑 잔 적 있어?

사실 정말로 대답을 듣고 싶은 질문은 아니었다. 그리어와 코리는 처음에 대학 때문에 떨어져 지내게 된 것이 자연스러운 일인 것처럼 행동했다. 그들이 아는 모든 커플들, 심지어는 같은 학교 출신 커플들까지도 시간이 지나자 애거서 크리스티 살인 사건의 피해자처럼 하나씩 차례로 사라졌지만 말이다.

어쩌면 갈망이라는 감정이 코리와 자신을 한데 묶어주는 데 도움을 주고 있다고 그리어는 생각했다. 사실 자신에게도 그를 거의 배신할 것 같은 순간이 있었다. 3학년 가을 어느 날 밤, 학교 밖에서 열린 파티에 앉아 있는데 친구 켈빈 양의 손이 그리어의 머리카락을 쓰다듬었다. 그들 모두 「할렐루야」를 3백만 번쯤 되풀이해서 부르고 있었고 도그는 우쿨렐레를 연주했다. 다들 어두침침한 방 안에서 러그에 앉아 젊은 시절의 사랑과 그것을 얼마나 쉽게 잃을 수 있는지를 상기시키는 장송곡 같은 노래를 흐느끼듯 불렀고, 덩치 좋은 드러머 켈빈은 그녀의 옆에 있었다. 그녀는 그가 머리카락을 쓰다듬도록 놔두고 심지어 그에게 몸을 기대며 그의 낯선 냄새를 의식했다. 그리고 자신이 그 냄새를 좋아한다는 결론을 내리고 그의 무릎을 베고 누웠다. 그는 몸을 기울여 약간 부모의 뽀뽀 같으면서도 그렇지 않은 방식으로 여기저기에 몇 번 키스했다. 그리어는 자라는 동안 아버지가 자신에게 키스를 해준 적이 거의 없었다는 걸 떠올리고, 이것 때문에 자신이 삶의 전면과 중심에 언제나 비참하리만큼 남자를 필요로 하고, 남자가 없으면 제대로 살아가지 못하는 그런 여자들 중 한 명이 되는 건 아닐까 생각했다.

지금 같은 식으로 코리를 필요로 해도 괜찮은 걸까? 페이스 프랭크는 여기에 대해서 뭐라고 말할까? 모든 사람들은 인정하든 인정하지 않든 사랑을 원하는 것 같았다. 켈빈에게 가벼운 키스를 받으면서

여성의 설득

그리어는 그 사실을 깨달았다. 친구들이 코리와의 관계가 오래 가는 것에 대해 마치 엄청나게 부자연스러운 위업이라도 되는 것처럼 말하는 게 그녀는 좀 싫었다.

"너희들 진짜 대단해. 난 연애가 두 달 이상 간 적도 없었는데."

지는 그렇게 말했다.

그녀가 아침에 보고 싶은 사람은 비틀거리는 기숙사 친구들 무리도, 조그만 철도변 아파트의 룸메이트도 아니고 오로지 코리뿐이었다. 룸메이트 문화가 유행이었다. 사람들은 인터넷과 메시지 게시판을 통해서 함께 살 사람을 쉽게 찾았고, 한 집에 들어가서 냉장고에 있는 자기 우유에 이름을 쓰고, 뭔가 자기 마음에 안 드는 방식으로 처리된 일이 있으면 서로에게 메모를 남겼다. 1년 일찍 졸업한 친구 한 명은 이런 메모를 발견하고서는 그 자리에 얼어붙어 서 있었다고 했다.

"스시 포장상자는 부디 사온 당일 밤에 버려줘. 다음 날이 되면 집에서 생선공장 같은 냄새가 난다고, 이 지저분한 새끼야."

'부디'라는 부분이 치명적이었다. 그리어와 코리는 절대로 '부디'라는 말을 쓰지 않을 것이다. 코리의 참치와 장어, 그녀의 아보카도 누드롤이 담긴 스시 포장상자는 그날 밤에 버릴 수도 있고 버리지 않을 수도 있었다. 그래서 설령 그들의 가상의 아파트에서 생선공장 같은 냄새가 난다면, 그러라지. 사랑은 생선공장 같은 것이다. 그 어두움과 악취까지 전부 다. 좁은 공간에서 상대방과 함께 살기 위해서는 그 사람을 정말로 사랑해야 하는 법이다.

"곧이야."

코리가 말했다. '곧'이라는 말은 젊을 때에만 가능한 방식으로 시간을 빠르게 흘러가게 만든다. 나중에, 그들이 마침내 함께 살게 되고 공통의 DNA와 구겨진 이불, 밤낮의 혼란이라는 수프 속에서 바싹 달라붙어 삶의 소소한 부분들을 당연히 여기게 되었을 때, 그리어는 생각하게 될 것이다. 천천히 해, 천천히. 하지만 지금, 아직 대학에서 그들의 것을 향해 달려가는 동안에는 두 사람 다 이렇게 생각했다. 서둘러.

3

코리는 두아르트 주니어라는 이름으로 태어났지만 그 이름이 이국적이고 부모님이 외국 억양을 쓰는 이민자였기 때문에 아홉 살 때 다른 이름으로 바꾸겠다고 선언했다. 그가 고른 새로운 이름은 가능한 한 미국적인 것이었다. 코리는 두아르트 주니어가 몇 년 동안 열광적으로 보았던 시트콤 「소년 세상을 만나다」의 주인공이었다. 코리는 생장히 유명하고 안심이 되고 평범한 이름이었다. 그는 부모님께 코리라고 불러달라고 애원을 했으나 아버지는 거부했다.

"두아르트는 내 이름이기도 해."

아버지는 그렇게 말했다. 어머니도 처음에는 싫어했지만 사랑 때문에 항복했다.

"너한테 그게 중요하니?"

그렇게 물으시고 그가 고개를 끄덕이자 말했다.

"알겠다."

새로운 이름이 완전히 그에게 달라붙고서 얼마 지나지 않아서 그는 TV 시트콤의 캐릭터 이름을 붙인 것이 굉장히 창피한 일임을 깨달았다. 하지만 두아르트 주니어는 학교의 다른 미국 남자아이들처럼 이제 영원히 코리라는 미국 남자아이가 되었다. 그리고 그는 매코피에 잘 어울렸다. 외향적이고, 재치 있고, 눈에 띄게 키가 큰 소년. 원래 살던 폴 리버에는 포르투갈계 인구가 눈에 띄게 많았지만 여기는 달랐다. 두아르트 1세와 베네디타가 매코피 과학박람회에 왔을 때 어머니가 응결에 관한 실험대 앞에 서서 남들을 의식하지 않는 커다란 목소리로 물었다.

"이게 뭐하는 거고?"

다음 날, 한 아이가 "이게 뭐하는 거고?"하고 어머니의 억양을 흉내 내자 다른 아이들이 낄낄 비웃었다.

코리는 화가 났다. 속이 뒤틀리고 분통이 터졌지만 단호하게 무시하고, 영리하고 강하고 재미있고 유능하고 외향적인 모습을 계속 유지해서 부모님에게 쏠리는 관심을 떨어뜨렸다. 그가 열심히 보여주었던 이런 특징들은 남과 달라 보이는 것에 대한 해결책이었다. 학교에서 집으로 돌아와 현관 바닥에 책가방을 떨어뜨린 다음에야 자신을 증명할 필요가 없다는 기분을 느꼈다. 집에서는 그 자신의 모습으로 있어도 괜찮고, 그래도 환영받는다는 것을 잘 알았으니까.

그의 어머니는 그가 태어난 순간부터 아버지처럼 절대로 억누르지 않고 그를 열렬히 사랑해주고 마치 장미꽃잎을 떨어뜨리는 것처럼 코리에게 온통 키스를 퍼부었다. 그는 자신이 이런 대접을 받을 만한 자격이 있다고 생각했고, 시간이 흐르며 언젠가 어떤 여자아이가 딱 이런 식으로 자신을 사랑해줄 거라고 생각했다. 그는 어린 시절 내내 이 점을 확신했고, 지독하게 마르고 팔다리만 길어서 민속 꼭두각시 나무인형처럼 보이던 끔찍한 시절에도 그 확신을 버리지 않았다. 몸 나머지 부분은 소년 같고 가슴은 움푹 들어가고 입술 위에만 흰곰 팡이처럼 희미한 콧수염이 자라던 때에도 확신했다. 어느 순간부터는 꼭두각시 나무인형에서 벗어나 신화 속의 반인반수 같은 모습이 되었다. 반은 성인이고 반은 소년인 수치스러운 중간 상태에 영원히 갇힌 모습이었다.

그래도 어쨌든 그는 확신을 잃지 않았다. 부모님은 평생 동안 그에게 칭찬을 아끼지 않았기 때문이다. 부모님은 코리에게 '천재 1호', 혹은 같은 뜻의 포르투갈어 '제니우 움'이라 불렀고, 동생 알비에게는 '천재 2호', 혹은 역시 같은 뜻의 포르투갈어 '제니우 도이스'라고 불렀다. 두 소년 다 비슷하게 세례를 받았고, 그들이 할 일은 그저 계속 영리하고 근면하게 지내는 것뿐이었다. 그들은 집안일을 도우라는 이야기를 한 번도 들은 적이 없었다. 그건 여자들의 일이었다. 그들이 할 일은 공부를 하고, 학구적인 능력을 입증하는 것뿐이었다. 그렇게 하면 곧 그에 걸맞은 보상을 받게 될 것이었다.

7학년 때 어느 날 폴 리버에 있는 친척 집에 크리스마스 저녁식사를 하러 갔다가 아주 어릴 때 코리의 가까운 친구였던 그의 사촌 사브, 즉 사비오 페레이라가 그를 위층으로 불렀다. 벽장 깊숙한 곳에서 사브는 『비버라마』라는 잡지를 자랑스레 꺼냈다.

"이런 걸 어디서 구했어?"

충격받은 코리가 물었지만 사브는 그저 어깨를 으쓱이고는 하드코어 포르노 잡지를 은밀하게 입수한 것을 자랑스러워할 뿐이었다. 사진 속의 여자들은 문자 그대로도, 비유적으로도 활짝 열려 있고 유연했다.

"이 여자가 정신이 나갈 정도로 박을 거야."

사브가 신이 나서 말했다. 둘은 침대에 책상다리를 하고 앉아 서로의 사이에 따뜻한 모닥불처럼 잡지를 펼쳐놓고 보았다.

"이 여자 얼굴에다가 싸버릴 거야. 이 여자는 나한테 이걸 계속 원할 거야. 내가 해주는 걸 필요로 하게 될 거야."

"넌 열세 살이야."

코리는 그 점을 지적해야 할 것 같았다.

코리의 가족이 방문할 때마다 남자아이들은 계속해서 바뀌는 사브의 포르노 수집품을 보았고, 시간이 흐르며 이미지는 점점 덜 새롭고 덜 충격적이 되었다. 그들은 사진을 보며 미래에 직접 하게 될 날을 위해서 열심히 연구했다. 어느 달에는 "그녀는 너무 화끈해 — 타오르지!"라는 멘트와 함께 실린 사진이 있었다. 사진에서 어떤 여자가 남자의 벌거벗은 상체에 촛농을 온통 떨어뜨리고 있었다. 또 어느 때에 코리와 사브는 함께 앉아서 사진 사이에 드문드문 쓰여 있는 잡지 기사를 읽었다. 『비버라마』의 상담가인 하드 해리는 이렇게 말했다.

> 그녀의 클리토리스를 찾는 법을 빨리 익히세요. 그녀에게 어디 있는지 알려달라고 하세요. 그녀도 좋아할 겁니다! 남성분들, 여러분이 그녀를 절정에 오르게 만들면 그녀는 너어어어무 고마워서 여러분에게 뭐든 해주려고 할 겁니다. 정말로 뭐든지 말이죠. 절대로 과장이 아니에요!

"'뭐든지'가 무슨 뜻이라고 생각해?"

코리가 사브에게 물었다. 사촌은 어깨를 으쓱였다. 여자아이가 달리 뭘 해줄 수 있는지, 자신의 벌거벗은 몸에 휘둘러줬으면 싶은 어떤

여성의 설득

종류의 힘을 가졌는지 생각조차 떠올릴 수 없을 정도로 그들의 상상력은 아직 부족했다. 그러나 인터넷에서 매일같이 포르노 부족분을 채우면서 마침내 그들도 배우게 되었다. 포르노의 남자배우들은 여자들에게 소리를 질러댔고, 여자들도 마주 소리쳤다.

"네가 절정에 오르게 만들 거야!"

남자들이 소리쳤다.

"그래, 그래요! 당장 해요!"

여자들이 마주 소리쳤다.

코리가 아는 학교의 여자아이들에게는 이런 능력이 전혀 없었다. 하지만 그들은 평균대를 걸을 수 있고 빛의 속도로 인터넷 메시지를 보낼 수 있었다. 시간이 흐르며 그는 그들 중 두어 명과 데이트를 하고 격렬하게 키스하고 애무했고, 나중에는 두 명의 여자아이와 그 이상의 진도를 나가며 포르노를 벗 삼아 보낸 기나긴 시간 동안 배운 말들을 써보려고 노력했다.

고등학교 3학년 때쯤 같은 학년의 많은 남자아이가 점수 매기기 게임을 했다. 이 무렵 대단히 미남에 마침내 자기 몸을 어디 악명 높은 곳에서 빌려온 게 아니라 진짜 자기 것인 듯 움직일 수 있게 된 코리가 복도를 걸어가고 있는데 저스틴 코틀린이 그의 팔을 잡고 말했다.

"핀토, 너도 낄 거야? 점수 매기기 시간이야."

코리는 남자애들이 벽에 등을 기대고 줄줄이 서 있는 것을 보았다. 여자아이가 지나갈 때마다 남자애들이 우르르 모여서 각각 그 여자애한테 점수를 매겼고, 그러면 브랜든 모너핸이 계산기로 점수를 합해서 평균을 낸 다음 종이에 재빨리 기록하고 모두가 볼 수 있게 들어 올렸다. 크리스틴 벨스는 8점이었고(성질이 더러워서 점수가 깎였다.)

엄청나게 광신도이고 수수한 점퍼를 입고 순례자 같은 버클 달린 검은 구두를 신는 제시카 로빈스는 2점이었다.

"그래, 그러든지."

그가 말했다. 그때 멀리서 그리어 카데츠키가 천천히 걸어오는 게 보였다. 그들은 여전히 똑같은 선행수업 반에 있었지만 제대로 말을 해본 적이 없었다. 그녀는 직원들이 끔찍한 의상에 끔찍한 모자를 쓰는 스케이트페스트에 있는 몰에서 일주일에 며칠씩 방과 후에 일을 했다. 그는 몇 년 동안 그녀를 계속 보긴 했지만 외모를 하나하나 뜯어본 적은 한 번도 없었다. 지금, 드디어 그는 그녀를 보았다. 그녀는 매력적이지만 불완전한 얼굴을 갖고 있었고, 갈색 머리에는 형광 파란색 염색이 한 줄 있었고, 검은 바지에 그녀의 조그만 가슴 위로 팽팽하게 당겨진 에어로포스테일 티셔츠를 입고 있었다. 하지만 수년 만에 처음으로 그는 자신의 눈으로, 치열하게 열심히 사는 그 조용한 그리어가 한편으로는 상쾌하고, 재치 있고, 진지하고, 특별하고, 그리고 어쩌면 실제로 약간은 아름다운지도 모른다는 사실을 확인했다. 이렇게 시간이 지나고서야 그 사실을 알았다는 건 거의 충격적이었다.

그의 옆에서 남자아이들이 전부 다 세금 신고 기간의 H&R 블록* 직원들처럼 계산기 주위로 몰려들었고, 마침내 숫자가 나타나자 종이 위에 재빨리 적었다. 6.

그리어 카데츠키는 6점이었다. 아니, 아니, 이건 완전히 잘못되었다고 코리는 생각했다. 그녀는 6점이 아니었다. 그건 너무 낮았고, 설령 그렇다 해도 그 숫자는 그녀의 기분을 상하게 만들 것이다. 그는 생

* 세무 대행 서비스 회사.

각할 겨를도 없이 닉 퍼크스의 손에서 종이를 낚아챘다.

"뭐 하는 거야, 핀토?"

코리가 공책을 뒤집어 돌려 6을 9로 바꾸는 것을 보며 퍼크스가 말했다.

코리는 공개적인 수치의 순간에서 그리어를 구출했지만, 그녀는 보고 있지도 않았다. 돌아봐, 그리어 카데츠키, 그는 그렇게 말하고 싶었다. 돌아서서 내가 널 위해서 뭘 했는지 봐.

하지만 그녀는 남자애들한테 좁은 등을 돌리고 있었고, 종이 울리며 모두가 흩어지기 시작했다. 코리는 손으로 종이를 구기고 걸어갔고, 닉이 슬쩍 다리를 내밀어 그의 발을 걸었다.

"이 개자식."

닉이 속삭였고, 코리는 쓰러져서 사물함 모서리의 금속이 벗겨진 날카로운 부분에 뺨을 긁혔다. 피부가 찢어졌고 보건실에 달려가 곧장 네오스포린을 발라야겠다고 생각했다. 하지만 고통은 그리 심하지 않았고 그의 머리에 계속 떠오른 것은 자신이 그리어를 구출하고 찬양했고, 이제 그녀를 위해서 상처까지 입었지만 그녀는 그 사실을 전혀 모른다는 거였다. 바로 그날 오후 버스에서, 살짝 욱신거리는 광대뼈 상처에 반창고를 붙인 그는 그녀의 바로 뒤에 앉아 그녀의 뒤통수를 응시했다. 아주 좋은 모양의 머리였다. 절대로 6점짜리 머리는 아니었다.

그리어는 『비버라마』와 웹사이트의 여자들과 공통점이 단 하나도 없었다. 그녀의 표준적인 고등학생 옷 아래에 모든 여자애들의 몸과 똑같은 방식으로 구멍이 가득한 근사한 몸이 있다는 점을 제외하면 말이다. 여자애들의 옷 아래에 구멍이 있다는 생각에 집중하다 보면 약간 정신이 이상해지는 것 같았다. 구멍이라는 건 채워질 수 있는 것이고, 그 자신이 그걸 채울 수 있었다. 그는 6을 9로 돌려놓았다. 두 숫자를 합치면 69이고, 그 생각만으로도 얼굴이 달아올랐지만 즉시 바다에 떠 있는 서로 분리된 부표처럼 침대에서 두 개의 머리가 위아래로 들썩이는 장면을 눈앞에 떠올렸다.

그의 신중하게 공들인 그리어 카데츠키에 대한 성적 대상화는 하루하루 더욱 강해졌다. 그리어 카데츠키에게 점수를 매기고 코리가 친구의 고의로 넘겨져서 사물함 모서리에 뺨을 긁히고 겨우 3주 만에, 그는 이제 이렇게까지 끊임없이 생각나는 여자애와 접촉해볼 때가 되었다는 결론을 내렸다. 어느 날 오후 버스에서 내려서 그는 그녀를 돌아보고 반덴버그의 물리학 시험이 '불공정하다'는 별 의미 없는 말을 던졌다. 그리고 가볍게 그리어를 따라 집으로 갔고, 거기서부터 모든 게 시작되었다.

사촌 사브는 거의 즉시 그의 변화를 알아차렸다. 코리가 포르노를 보자는 사브의 초대를 거절했기 때문이다.

"야, 좀 그렇게 계집애처럼 굴지 마. 그러지 말고 대신에 계집애들을 보자니까."

사브가 말했다. 하지만 코리는 더 이상 그걸 원하지 않았고 사브는 그를 동성애자 새끼라고 불렀다. 사브 역시 변해서 더 성질이 나빠졌고 화를 잘 냈으며 친구들과 뭔지 모를 일을 하고 다녔다. 마약 같은 안 좋은 일들. 코리와 사브가 만나면 길고 차가운 침묵이 흘렀다. 하지만 이제 코리는 사브와 멀리 떨어져 있었다. 그는 사브를 떠났고, 가족 모두를 떠났다.

"둘 다 대학에 가면 둘을 보러 갈 거야."

핀토네에 놀러 온 그리어가 거실에 앉아 있던 어느 날 오후, 이제 네 살이 된 알비가 말했다.

"내 슈퍼히어로 슬리핑백을 갖고 가서 형 방바닥에 깔아놓을 거야."

"잠깐만, 우리 둘 중에서 누구를 찾아올 건데, 알비?"

코리가 그리어의 머리카락 안으로 손을 넣고 나른하게 그녀의 머리를 문지르면서 물었다.

"우리가 정말로 바라는 것처럼 둘이 같은 대학에 가지 못할 경우에 말이야. 아이비리그 중 한 곳에 가면 정말 좋겠지만."

그가 무심하고 거만하게 덧붙였다.

"우선은 그리어 누나를 방문하고, 그다음에 형이야. 그리고 언젠가는 형이 내가 있는 대학으로 나를 보러 오게 되겠지."

알비가 말했다.

"그럼 그때는 내 슈퍼히어로 슬리핑백에서 잘 거야."

코리가 말했다.

"안 돼. 그건 말이 안 돼. 내가 대학에 갈 때 형은…… 서른두 살이잖아. 슬리핑백에서 자고 싶지 않을 거야. 형이랑 형 부인은 침대에서 자고 싶을 거라고."

알비가 진지하게 말했다.

"그래, 코리. 너랑 네 부인은 침대를 원할 거야."

그리어가 말했다.

"그리어 누나가 형 부인일 수도 있어. 하지만 그러려면 우리처럼 가톨릭으로 개종해야 돼."

알비가 말했다.

"개종에 대해서는 어떻게 알아?"

코리가 물었다.

"책에서 읽었어."

"무슨 책? 개종에 대한 멋진 입문서? 무섭다, 알비. 좀 천천히 해, 벌써 모든 걸 다 알아야 할 필요는 없어."

"아니, 그래야 해. 나한테 질문을 해봐. 그러면 내가 대답해줄게."

"좋아. 언제 공룡이 멸종했지?"

코리가 물었다. 알비는 이마를 철썩 쳤다.

"그건 너무 쉽잖아. 6500만 년 전이야."

"『상상의 길』을 볼 때쯤이면 얘는 아주 잘 할 거야. 순식간에 해치울걸."

그리어가 말했다.

"그래, 재활용 소녀 타린의 엉덩이를 걷어차겠지."

"얘가 학교에 다닐 때쯤엔 재활용 소녀 타린은 자기 집 현관에 앉아 어린 시절에 기네스 세계 기록에 올랐던 자기 인생의 하이라이트에 대해 생각하고 있을걸."

"사실 걘 그때쯤엔 죽었을지도 몰라. 개가 모은 그 모든 병에 있는 유독한 화학물질들 때문에 암에 걸려서 죽었을지도."

코리가 말했다.

"누가 죽어? 또 다른 질문을 해봐."

알비가 흥분으로 가득 차서 말했다.

코리는 잠깐 생각을 하더니 그리어를 보고 미소 지으며 말했다.

"좋아. 이건 어떨까? 사랑을 정의해봐."

알비가 소파 위로 일어서자, 소파의 비닐덮개가 그의 발아래에서 바스락거렸다. 아이는 코리가 물려주었지만 이미 너무 작아지고 그림과 글자는 절반쯤 떨어져 나가서 알아보기 힘든 얇고 오래된 빨간색 파워레인저 운동복을 입고 있었다.

"사랑은 말이지, 아, 아, 심장이 아파, 이렇게 느끼는 거야."

알비가 말했다.

"아니면 개를 보고서 그 머리를 꼭 쓰다듬어줘야겠다고 느끼는 그런 거."

아이가 그리어를 보았다.

"코리 형이 지금 누나 머리를 만지는 것처럼 말이야."

코리는 손동작을 멈추었다. 그녀의 머리카락 안에 손을 넣은 채 그냥 얼어붙었다.

"우와."

코리가 부드럽게 말하면서 손을 빼냈다.

"완전 달라이 라마네. 너를 바깥에 내보내는 게 걱정될 지경이야. 어떤 사람들이 널 자기네 나라로 데려가서 커다란 문이 달린 궁전에 가둘지도 몰라."

"그러면 멋지겠다. 원하면 그렇게 해도 되는데."

알비가 대답했다.

그리어는 갑자기 손을 내밀어서 알비의 조그맣고 매끄러운 머리를 쓰다듬었다. 코리는 알비가 부드러운 털에 커다란 눈을 가진 코커 스파니엘이라도 되는 것처럼 머리를 쓰다듬는 여자친구의 모습을 바라보았다.

코리와 그리어는 같은 대학에 들어가기 위해 노력할 계획이었다. 그들은 거기에 합의했고, 그렇게 될 거라고 믿었다. 대부분의 대학들이 오후 5시 이후 온라인으로 결과를 발표하는 봄날에 그들은 거의 아무 말도 하지 않고 학교에서 집으로 돌아왔다. 지역 스쿨버스의 자동문이 열리고 쉭 소리와 함께 그들은 워번가 입구에 내렸다. 그들 뒤로 멀리 크리스틴 벨스가 따라왔다. 크리스틴은 학구적인 길을 가지 않았기 때문에 그들은 요 몇 년간 그녀와 대화조차 나눠본 적이 없었다. 각기 다른 방식으로, 그들은 크리스틴이 멍청하다고 생각했고 크리스틴은 그들이 멍청하다고 생각했다. 크리스틴은 자기 집에 가서 마리화나를 피우고 낮잠이나 잘 거고, 코리와 그리어는 워번가를 따라서 카데츠키 집으로 달려갔다. 겨우 3시 반이었다. 그들은 아무 방해도 받지 않고 그리어의 침실에 한동안 있었다.

"오늘 무슨 일이 생기든 우리 관계는 확고한 거야. 맞지? 그리고 내년에도 확고할 거고."

그가 그녀에게 말했다.

"물론이지."

그녀가 잠깐 말을 멈췄다가 물었다.

"무슨 일이 있을 거라고 생각하는 건데?"

그는 어깨를 으쓱였다.

"나도 몰라. 입학위원회는 우리에 대해 모르잖아. 우리가 진짜로 어떤지 모르니까. 우리가 함께 있을 때 가장 훌륭하다는 것도 모르고."

그들은 우선 그녀의 집에서, 그다음에는 그의 집에서 대학 합격 여부를 확인해보기로 결정했다. 오후 5시에 그리어가 먼저 식탁에 앉아 웹사이트에 들어가 지원한 대학의 알파벳 순서대로 차례차례 로그인을 하기 시작했다. 비밀번호를 입력하고 기다리는 동안 그녀의 손이 떨렸다.

"우리는 엄청난 숫자의 지원자를 받았고……"

글자가 주르르 올라왔다. 거절의 충격은 엄청났다. 하버드, 땡. 프린스턴, 땡.

"아 젠장, 아 젠장."

그리어가 중얼거렸고 코리가 그녀의 손을 꼭 쥐었다.

"엄청나게 경쟁률이 높았잖아. 하지만 솔직히, 다 꺼지라 그래, 그리어. 저쪽이 틀린 거야."

그가 중얼거렸다.

"우리 관계가 확고할 거라고 말했을 때 네 말뜻이 이거였지, 안 그래?"

그리어의 목소리가 높아졌다.

"넌 내가 들어가지 못할 거라고 생각하고 마음의 준비를 시키려던 거야."

"아니, 절대로 그렇지 않아."

알파벳 순서 마지막에 아직 예일의 결정이 남아 있었지만 이 무렵 코리는 그녀를 불쌍하게 여기고 자신을 걱정하는 중이었고, 그녀가 다른 곳에 합격하지 못했다면 예일에도 별로 가망이 없을 거라고 생각했다. 그리어는 무심하게 예일 링크를 누르고 들어가서 비밀번호를 입력했고, 예일을 대표하는 노래인 "불독! 불독! 멍멍멍!"이 즉시 울려 퍼지자 둘 다 비명을 지르기 시작했다. 그리고 그리어는 울음을 터뜨렸고 그는 굉장히 안도한 채 그녀에게 팔을 두르고 말했다.

"잘했어, 스페이스 카데츠키."

그때 그녀의 부모님이 안으로 들어왔다. 그녀의 아버지는 뭔가 먹을 걸 찾고 어머니는 플립폰을 귀에 대고 콤셀 뉴트리클 바의 새 출하에 대해서 이야기하는 중이었다.

"우리한테는 이제 바나나 블래스트도 있어요."

"무슨 일이니?"

롭이 물었고, 그리어가 소식을 전하자 그가 대답했다.

"이런 젠장, 벌써 5시야? 시간 가는 줄도 몰랐네."

코리는 그리어의 부모님에게 말하고 싶었다. 시간 가는 줄을 몰라요? 농담이시죠? 이 여자애가 어떤 사람인지 전혀 모르시는 거예요? 얼마나 열심히 공부했고, 얼마나 이걸 원했는지 모르시냐고요? 왜 좀 더 딸을 자랑스럽게 여기지 못하는 거죠? 왜 딸의 능력을 인정하지 못하시는 거예요? 정말로 쉬운 일인데.

"엄마, 아빠, 나 예일에 합격했어. 합격증 읽어봐. 컴퓨터에 그냥 켜둘게."

코리와 그리어는 집을 나와 길을 건너갔고, 코리는 집에 들어가자마자 집 안에 뭔가 이상한 일이 일어나고 있다는 것을 알아챘다. 그의 부모님은 입시 과정에 적극적으로 참여했고, 오늘이 발표 날이라는 걸 당연히 알고 있었다. 그런데 두 분은 대체 어디 계신 거지? 부모님은 거의 카데츠키 부부만큼이나 무신경하게 행동하고 있었다. 문가에서 그를 기다리고 있어야 하는데. 하지만 그때 갑자기 어머니가 나타나 코리의 허리에 양팔을 둘렀다.

"허리가 아니고 다리였지."

나중에 코리는 그때를 회상하며 과장해서 말했다. 이렇게 작은 여자가 이렇게 크고 길쭉한 장대 같은 아이를 낳을 수 있었다는 건 당혹스러운 일이었다. 심지어 코리의 아버지도 키나 덩치가 중간밖에는 되지 않았다. 그들의 큰아들은 모든 면에서 그들을 능가했다.

"무슨 일이에요?"

코리가 물었고 집 안에서 다른 목소리들이 울렸다. 알비가 쿵쿵 뛰며 "형 왔어요!"하고 외치는 소리가 들렸다. 마리아 이모는 부엌에서 시트 케이크가 담긴 커다란 알루미늄 팬을 들고 거실로 나왔다. 아버지는 이모의 바로 뒤에서 두 번째 케이크를 들고 있었다. 코리는 혼란스러웠다. 파란색과 하얀색 아이싱이 두껍게 덮인 첫 번째 케이크에는 초가 꽂혀 있었다. 거실 공기에서 독특한 생일의 냄새가 풍겼다.

"그림을 보렴."

이모가 말했다. 처음에는 코리도 그리어도 왜 케이크에 동물 그림이 그려져 있는 건지 이해하지 못했다.

"소? 왜요?"

코리가 물었다. 주근깨가 있는 얼굴에 성난 표정을 한 만화풍의 소 그림이었다. 아무도 대답을 하지 않았고, 코리가 다시 말했다.

"저기요, 모두들. 지금 인터넷에 결과가 올라와 있다는 거 다들 아시죠? 케이크는 멋지지만, 전 가서 확인을 해봐야 돼요."

"형."

알비가 거북이를 잡고 있는 손을 들어 반쯤 건성으로 그를 가로막듯이 흔들었다.

"아직 모르겠어?"

"모르겠는데."

"그거 불독이야."

코리가 머뭇거리면서 "예일?"하고 묻자 그의 아버지가 두 번째 시트 케이크를 그에게 내밀었다. 하얀색과 오렌지색으로 아이싱된 케이크 한가운데에는 커다랗고 붉은 동물이 그려져 있었다. 이제 코리와 그리어 둘 다 이게 프린스턴의 호랑이라는 것을 알 수 있었다.

"형 두 군데 다 합격했어. 그것도 전액 장학금으로!"

알비는 이제야 그 중요성을 이해한 것처럼 외쳤다.

코리가 가족들을 쳐다보았다.

"어떻게 벌써 아셨어요? 전 아직 로그인도 해보지 않았는데."

"내 잘못이야. 내가 들어가서 네 비밀번호를 입력했어. 뭔지 알고 있었거든."

베네디타가 말했다.

"그리어123!."

알비가 말했다. 코리는 곁눈으로 그리어의 내심 만족스러워하는 표정을 볼 수 있었다. 어머니가 자신의 짜릿한 순간을 빼앗아간 것에 대해서 화를 내야 마땅했지만, 별로 화가 나지 않았다. 게다가 어머니는 지금 굉장히 행복했다. 부모님 두 분 다 그랬다. 오늘 밤 이 소식은 폴 리버 전역에, 포르투갈 전역에까지 퍼질 것이다.

"하버드는 형을 거부했지만, 하버드 같은 거 누가 필요로 한다고. 그렇지?"

알비가 능청스럽게 말했다.

혹시나 해서 함께 구워놓은 새빨간 케이크는 아직까지 부엌에 있었고 나중에 쓰레기통에 버릴 것이다. 베네디타는 하루 종일 마리아 이모와 함께 케이크를 구웠다. 마리아 이모의 아들 사브는 대학에 가지 않을 것이다. 사촌들 중에서 코리와 알비는 오래전부터 가장 우등생인 아이들로 여겨졌다. 코리는 이미 이렇게 능력을 증명했고, 알비도 분명 형의 뒤를 따르게 될 것이고 아마도 더 넘어설 것이다. 알비가 아직 걸음마를 하는 아기일 때 그들은 아이가 글자를 읽을 수 있다는 것을 발견했다. 어느 아침식사 자리에서 식탁에 놓인 프루티 페블스

상자를 쳐다보던 알비가 입을 떼기 시작하자 아침 부엌의 소란스러운 소리들이 서서히 잦아들었다.

"빨강 40, 노랑 6, 맛을 보호해주는 BHA."

코리는 예일과 프린스턴 중 하나를 선택해야 했다. 불독 아니면 호랑이. 엄청나게 중요한 일이었지만, 예일에 간다면 그리어와 함께 다닐 수 있었다. 그러니까 사실 딱히 선택할 것도 없었다. 그는 예일로 갈 것이다. 그리어와 코리는 식탁에 앉아서 각기 다른 색깔의 케이크 조각을 먹었다. 입에 넣으면 맛은 똑같았다. 하지만 세상 누구도 시트 케이크를 맛으로 먹지 않는다. 축하하기 위해서 먹는 거지.

"그리어도 예일에 갈 거예요."

코리가 가족들에게 말했고, 다들 상냥하게 그녀의 성공을 축하해주었다.

"전액 장학금이야?"

알비가 물었다.

"아직 그건 안 봤어. 너무 흥분해서. 집에 가서 봐야겠어."

그리어가 식탁에서 일어섰다.

"나도 갈게."

코리가 말했다.

카데츠키 집으로 돌아와서 그들은 그리어의 부모님이 컴퓨터를 응시하고 있는 것을 발견했다.

"젠장."

그들이 다가오자 그녀의 아버지가 말했다.

"이건 안 될 거야."

"무슨 말하는 거야?"

그리어가 물었다.

"지원안 말이야."

그가 무겁게 한숨을 쉬고 고개를 흔들었다.

상황을 빠르게 눈치챈 코리는 속이 울렁거렸다.

"응?"

그리어는 여전히 이해하지 못한 것 같았다.

"우린 이걸 감당할 수 없어, 그리어. 왜 이렇게 빡빡한 건지."

롭이 말했다.

"대체 무슨 말을 하는 거야?"

그녀가 물었다. 그녀와 코리는 '장학금액'이라고 쓰인 문단을 읽었다. "적절한 정보와 서류를 제출하지 않았기 때문에⋯⋯"라고 시작된 문장은 "예일이 제공할 수 있는 금액은 이 정도뿐"이라고 말하고 있었다. 학교에서 제공하는 금액은 굉장히 적었다. 학자금 융자 서류를 담당하겠다고 자원했던 롭이 미흡하게 처리한 모양이었다. 그는 너무 복잡하거나 거슬리는 부분은 빼놓은 것 같았다. 롭은 주저하면서, 하지만 차분하게 이 점을 설명했다.

"정말 미안하다, 그리어. 이렇게 될 줄은 몰랐어."

그가 말했다.

"몰랐다고?"

"학자금 융자해주는 사람들이 우리에게 다시 와서 정보가 더 필요하다고 말해줄 거라고 생각했어. 난 할 수 있는 만큼 준비했지만 뭐가 지나치게 많았어. 그쪽에서 우리에게 너무 많은 것을 요구하고, 내가 대답할 수 없는 질문을 하고, 이것저것 알아봐야 해서 짜증이 났어. 그래서 아마 대충대충 해버린 것 같아."

여성의 설득

그가 잠깐 말을 멈췄다가 이었다.

"그게 내가 일하는 식이지. 나 원래 그렇잖아."

로렐이 식탁에 놓여 있는 편지를 집어 들었다.

"그래도 하나 더 있어. 한 군데가 더 있단다. 내가 나가서 편지를 가져왔어. 라일랜드야."

"뭐라고?"

"합격이야! 여기서 너한테 정말로 굉장한 장학금을 지원해줄 거야. 방이랑 기숙사, 심지어 용돈까지. 네가 예일에 대해서 화를 낼까봐 걱정이 돼서 내가 열어봤단다. 이게 문제를 해결해줄 거야."

"그렇겠지. 라일랜드. 안전망으로 지원한 학교. 상담 선생님이 나한테 쓰라고 한 학교. 멍청이들이나 가는 그런 학교."

그리어가 이죽거렸다.

"그렇지 않아. 이 편지 읽어보고 싶지 않니? 넌 성적 우수자를 위한 라일랜드 장학금이라는 걸 받게 됐어. 이건 경제 상황하고 아무 상관 없이 오로지 성적만 보고 주는 거야."

"솔직히 상관 안 해."

"네가 화난 거 알아. 네 아빠가 일을 망쳤지."

로렐이 그렇게 말하고 롭을 성난 눈으로 날카롭게 쏘아보았다. 로렐이 얼굴이 일그러뜨리며 울기 시작했다.

"로렐, 난 그 사람들이 나중에 다시 와서 정보를 요구할 거라고 생각했어."

롭은 다시 말하고서 아내의 옆으로 다가가 함께 울기 시작했다. 그리어의 부모, 이 불운하고 약간 엉망인 모습의 사람들이 서로 부둥켜우는 동안 그리어는 코리와 식탁에 앉아서 주먹을 꽉 쥐고 있었다. 코리는 부모가 자식을 낳고 아주 친밀하게 지낸 다음, 혹은 최소한 옆에 서로 있어준 다음, 어느 순간 떨어지게 되는 것에 대해서 생각했다. 그리고 지금, 그리어는 떨어져 나왔다. 그는 그 장면을 실시간으로 목격하고 있었다. 그가 손을 내밀어 그녀의 손을 잡고 펼쳤다. 그녀는 누그러져서 그의 손가락이 자신의 손가락과 깍지를 끼도록 놔두었다. 코리의 부모님은 아들의 지시에 따라서 약간의 긴장감을 가지고 학자금 원조 서류를 완벽하게 준비했다. 코리가 부모님을 지휘했고, 어느 줄에 뭐라고 쓸지 부모님에게 세세하게 알려줬다. 그의 부모님은 아무것도 모른 채로 일을 제대로 처리했고, 좀 더 상식이 있어야 했던 그리어의 부모님은 그러지 않았다.

"내 말 좀 들어봐. 이제는 앞으로 나아가야 해. 이 라일랜드 장학금은 정말 굉장해. 넌 잘할 거야. 너와 코리 둘 다 잘할 거야. 너희 둘다 아주 똑똑하잖니. 내가 너희 둘을 어떻게 생각하는지 아니? 어떻게 상상하는지? 쌍둥이 로켓선처럼 생각한단다."

로렐이 말을 이었다.

그리어는 대답조차 하지 않았다가 코리를 보고 말했다.

"예일에 전화를 해봐야 할지도 모르겠어."

둘은 방으로 가서 전화를 걸었다. 전화는 계속 대기 상태였다가 마침내 정신이 없는 듯한 여자가 전화를 받았다. 그리어는 다급하게 안타까운 사연을 하소연하기 시작했고 코리는 그녀의 옆에 앉아 있었다. 그리어의 목소리는 이런 다급한 상황에서도 부드럽고 불분명했다. 코리는 그리어의 이런 면을 이해할 수가 없었다. 자신의 말투도 방어적이고 가끔은 허세를 부리는 등 불완전한 면이 있었지만, 목소리가 쉽게 나왔고, 최소한 안정적으로 내 생각을 말할 수 있었다.

여성의 설득

"제가…… 서류가 사실은 잘 안 되었고…… 저희 아빠가 그러시는데……"

그리어가 말하는 소리가 들렸다. 그는 그녀에게 말하고 싶었다. 네가 하고 싶은 말을 제대로 해! 목소리를 내라고, 그리어!

"미안합니다만 학자금 원조 결정은 이미 다 확정되었어요."

여자가 마침내 말을 잘랐다.

"그렇군요, 알겠습니다."

그리어가 재빨리 말하고서 전화를 끊었다.

"어쩌면 우리 부모님이 전화를 하셔야 할지도 몰라."

그녀가 코리에게 말했다.

"가서 여쭤봐. 너한테 중요한 일이라고 말씀드려. 진지한 목소리로, 네가 정말 심각하다는 걸 보여주는 투로 말씀드려."

그들은 아래층으로 내려가 부모님께 가서 말했다.

"누가 날 위해서 예일 사무실에 전화를 해줄래?"

로렐은 그녀를 불안한 얼굴로 그저 쳐다보았다.

"그건 네 아빠의 담당이야. 난 뭐라고 해야 하는지도 몰라."

"방금 전화하고 온 거 아니야? 그쪽에서 뭐라고 하는데?"

롭이 물었다.

"이미 다 확정됐다고 했어. 하지만 시도는 해볼 수 있잖아. 학부모니까. 어쩌면 좀 다를 수도 있어."

"난 못 한다. 그 모든 관료주의들, 그건 나한테 안 맞아."

롭이 무력하게 그리어를 보았다.

"그건 내가 편안하게 할 수 있는 일이 아니야."

그가 덧붙이고서는 강조하듯이 다시 말했다.

"난 못 해."

그들은 정말로 그녀를 도우려는 노력조차 하지 않았다. 코리는 경악하여 바라보았다. 그는 그리어의 어린 시절 전체가 눈앞에서 펼쳐지는 것을 봤고, 그 사실에 엄청난 분노와 함께 그리어를 보호하고 더욱 사랑해주고 싶은 욕구를 느꼈다.

그리어는 라일랜드 전액 장학금을 받아들였고 코리는 프린스턴을 선택했다. 예일에 가는 선택은 그리어에게는 계속적으로 날카로운 고통이 될 것이다. 그들의 길은 이제 완전히 갈라졌다. 그녀와 그녀의 부모님만이 떨어진 것이 아니라 그와도 떨어지게 되었다. 그래서 그들은 가능한 한 가까이 지내기 위해서 서로 많이 노력해야만 했다.

여름의 끝, 그들이 함께 지내던 마지막 밤에, 강한 비가 창문을 두드리는 그리어의 침실에서 그녀는 코리의 품에 안겨서 울었다. 지금까지 그녀는 대학 때문에 운 적이 없었다. 그날 부엌에서 부모님이 울었을 때 그녀는 그들과 같은 반응을 하고 싶지 않았다. 그들보다 더 나은 사람, 더 강한 사람이 되고 싶었다. 하지만 이 밤에는, 침대에서 코리와 함께 누워 울었다.

"난 이렇게 망가지고 싶지 않아."

그리어의 목소리가 목에 걸렸고 그녀는 그의 반대편으로 고개를 홱 돌렸다.

"망가지지 않았어. 넌 완전히 괜찮아."

"그렇게 생각해? 난 너무 조용해! 난 항상 조용한 애일 거야."

"난 네 조용함을 사랑하게 됐는 걸."

코리가 그녀의 파란색 머리가닥에 대고 속삭였다.

"하지만 그게 네 전부는 아니야."

"정말?"

"물론이지. 그리고 다른 사람들도 그걸 차츰 보게 될 거야. 분명히 그렇게 될 거야."

비는 계속해서 내렸고 그들은 거의 움직이지 않았다. 그러다 마침내 시간이 늦어지자 짐을 싸기 위해 나직하게 신음하며 일어나 헤어졌다. 어린 시절을 보낸 방에서 아끼는 것들, 여전히 그들의 일부라서 함께 가져갈 물건과 영원히 남겨둬야 하는 것을 고르는 임무를 수행하기 위해서였다. 그리어는 스노우글로브들과 제인 오스틴 소설들, 심지어는 한 번도 좋아한 적 없는 『맨스필드 파크』까지 챙겼다. 수많은 책들이 지난 수년 동안 그녀의 방을 장식해준 동물 인형들처럼 느껴졌다. 책은 그 정도로 그녀를 위로해주었다. 아침에 프린스턴으로 떠날 코리는 알비를 위해 NBA 버블헤드 인형들을 선반에 그대로 남겨두었다. 『반지의 제왕』 박스세트는 조금 머뭇거리다가 챙겼다. 딱히 소설을 좋아하지 않았지만 이 책은 좋아했고, 이 애정이 멈추지 않을 것 같았다. 조만간 알비도 그걸 읽고 싶어 할 거고, 그때가 되면 동생에게 책을 빌려줄 생각이었다.

다음 날, 제2차 세계대전에 참전하는 군인이라도 되는 것처럼 거창한 작별인사를 나눈 뒤에 코리는 자리가 꽉 찬 가족의 차를 타고서 뉴저지로 출발했다. 그리어는 이틀 후에 라일랜드로 갈 것이다. 코리는 프린스턴의 거대하고 웅장한 파이어스톤 도서관에서 입고 도서를 확인하는 일을 맡게 되었다. 그는 밥을 먹어도 또 다른 거대하고 웅장한 공간에서 먹었다.

그와 그리어는 매일 밤 스카이프로 통화하고 정기적으로 서로를 보러 오가는 노력을 기울였다. 그는 자신이 프린스턴에 있다는 것에 조금 주눅이 들지만 한편으로는 얼마나 만족스러운 생활을 하는지에 대해, 세상에서 가장 푸르른 필드에서 얼티미트 프리스비*를 하는 기분에 대해 이야기했다. 코리는 그리어에게 자신이 다른 여자에게 흔들릴까 봐 걱정스럽고, 더 크게는 그들이 동의했던 것들을 유지하기가 어렵지 않을까 고민된다는 이야기는 하지 않았다. 프린스턴의 여자아이들은 항상 그에게 추파를 던졌다. 이름이 붙은 저택에서 자란 백인 금발 여자, LA에서 온 근사한 흑인 플루트 연주자, 미국인이지만 네덜란드에서 살았고 치아라는 이름을 가진 보헤미안풍 천재.

그러다 어느 날 식당에서 그는 어느 여자아이가 다른 애한테 말하는 것을 들었다.

"네가 나에 대해서 모르는 게 있어. 나 기네스북 세계 기록에 올랐었어."

상대 여자애가 물었다.

"그래? 뭘로?"

"아, 난 어떤 애들보다도 많은 재활용 병을 모았거든. 그게 내 취미였어. 톨레도에서 유명했어. 나 진짜 완전 구렸어."

코리는 휙 돌아보고 먹던 코블러를 뿜어내며 말했다.

"네가 재활용 소녀 타린이야? 나 4학년 읽기 자료에서 너에 대해서 읽었어!"

그는 충격을 받아서 말했다.

짙은 곱슬머리에 짙은 눈을 가진 근사한 여자아이가 고개를 끄덕이고 웃었다. 그날 밤 코리는 그리어에게 자신이 오늘 누굴 만났는지

---

*   플라스틱 원반을 주고받는 레저스포츠 경기.

맞춰보라고 했다.

"한번 맞혀봐."

그리어는 맞히지 못해서 그냥 그가 말해버렸다. 그는 톨레도 출신 재활용 소녀 타린이 지금은 진짜 예쁘다는 부분은 빼놓았고, 언제 술 한잔하겠느냐고 그에게 물었다는 부분도 생략했다.

"플라스틱 말고 유리컵으로."

타린은 제임스 본드 같은 도발적인 말투로 그렇게 말했다.

그리고 코리의 시크릿 산타인 클로브 윌버슨도 있었다. 그녀는 뉴욕 턱시도 파크에서 마브리지라는 이름의 저택에서 자랐다.

"젠장, 코리 핀토, 넌 세상에서 제일 귀엽고 유쾌해."

클로브가 어느 날 뜬금없이 그렇게 말했다.

"둘 다야?"

그가 가벼운 어조로 대답했다.

그는 또한 그리어에게 어느 날 밤 클로브 윌버슨이 파티가 끝나고 다가와 이렇게 말했다는 것도 이야기하지 않았다.

"코리 핀토, 넌 나보다 1킬로미터는 더 커서 내가 원하는 걸 제대로 하기가 어려워."

"그게 뭔데?"

그녀는 그의 얼굴을 잡아당기고서 키스했다. 그들의 입술이 부드럽게 표면끼리 만났다.

"어때, 마음에 들었어, 코리 핀토?"

입술이 떨어진 후 그녀가 물었다. 왜인지 모르지만 그녀는 그의 이름 전체를 부르는 게 재미있는 모양이었다. 그녀가 재빨리 덧붙였다.

"대답하지 마. 나도 너한테 여자친구 있는 거 알아. 네가 개랑 같이 있는 거 봤어. 괜찮아. 그렇게 겁먹은 얼굴 하지 않아도 돼."

"겁먹지 않았어."

코리는 그렇게 말했지만 거의 즉시 손으로 입술을 문질러야 할 것 같은 의무감을 느꼈다.

가끔 불 켜진 클로브의 방을 올려다볼 때면 그는 거기 올라가서 아무 말도 하지 않고 클로브를 침대로 잡아끄는 상상을 하곤 했다. 그리어를 침대로 잡아끄는 것과 똑같은 방식으로. 클로브 윌버슨이 그에게 던지는 모든 말들은 두꺼운 추파의 막을 통과해서 넘어왔다.

재활용 소녀 타린을 만날 때마다 그녀도 말했다.

"그래서 우린 언제 플라스틱컵 말고 유리컵으로 한잔하는 건데?"

어떻게 대학 4년 동안 그리어 말고 다른 사람과 섹스를 하지 않고 버틸 수 있을까? 그는 항상 여러 여자애들로 인해서 흥분했고, 이제 그리어와 매일 함께 있지도 않았다. 그녀에게 일주일에 하루씩은 각자의 캠퍼스에 있는 사람과 뒹구는 날로 정하자고 말할 수 있으면 좋겠다는 생각이 들었다. 우리에게 아무 의미도 없지만 얄팍한 호르몬의 필요성을 충족시켜줄 만한 상대와 엮이는 거야. 너도 네 그 드러머 친구하고 자도 돼. 걔 완전히 너한테 빠진 게 다 보여. 하지만 그리어는 충격을 받을 거고, 그녀에게 상처를 주고 싶지는 않았다.

1학년 봄방학에 매코피의 집으로 돌아와서 파이랜드에 함께 앉아 공부를 하다가 그리어가 탁자 너머로 손을 내밀어 무심하게 코리의 얼굴을 만졌다. 그녀의 손이 그의 뺨을 쓰다듬었고, 이제 1년이 넘은 그 자리의 조그맣고 창백한 흉터에 잠깐 머물렀다. 그는 그들이 더 나이 들고 인생의 다음 단계에서 그린포인트나 레드후크, 아니 레드포인트와 그린후크였나, 그런 곳의 아파트에 함께 사는 것을 상상했다. 그

여성의 설득

때쯤이면 어쩌다 얼굴에 이 상처가 생겼는지 그녀에게 털어놓고 싶었다. 한 무리의 고등학교 남자아이들이 너에게 6점을 주는 수모를 줬고 그때 내가 너를 구하다가 다쳤다는 작지만 용감한 이야기.

"난 항상 네가 9점이라는 걸 알고 있었어."

그는 그렇게 말할 계획이었다. 하지만 이제 그는 조금 더 나이를 먹었고, 변했다. 최근에 그리어는 세상에서 여자들이 받는 대우에 대해서 약간 머뭇거리면서도 열렬하게 말하기 시작했다. 그는 마침내 자신의 고백이 얼마나 한심하게 들릴지를 이해했다. 가늘고 하얗고 이제는 거의 보이지도 않는 이 흉터는 그가 그녀에게 하고 싶은 이야기를 증명할 영광의 훈장이었다. 하지만 이제는 절대로 말하지 못할 거라는 사실도 알았다.

졸업 시즌이 다가오자 코리는 사람들이 술에 취해서 한 모든 행동에 대해서 적어놓은 '알코올이 한 일'이라는 책이 있어야 한다고 생각하게 되었다. 문제는 그걸 적을 때가 되면 자신들이 뭘 했는지 기억하지 못할 가능성이 높다는 거였다. 프린스턴은 술에 취해서 내린 결정들로 가득했다. 코리는 2학년 때 클로브 윌버슨과 두 번 자고 3학년 때 또 한 번 잤다. 그건 알코올이 한 일이었고, 매번 그런 일이 생길 때마다 그는 후회와 자책을 가득 느꼈다. 클로브 탓을 하는 건 아니지만, 어느 날 밤에 그녀는 거의 그의 무릎 위로 기어 올라와서 몸을 흔들었다. 코리는 다리가 굉장히 길어서 의자에 앉으면 항상 다리가 벌어지곤 했다. 몇 년 후 뉴욕의 지하철에서 여자들이 그를 짜증스러운 눈길로 쳐다보곤 했고 그는 그 이유를 모르다가 어느 날 러시아워 때 한 여자가 그를 내려다보고 이렇게 말했다.

"쩍벌남 진짜 질린다."

그는 굉장히 창피해서 기계 부품처럼 다리를 황급히 오므렸다.

하지만 한 프린스턴 2학년생이 과하게 꾸민 방의 버터플라이체어에 앉아 있을 때는 클로브가 그의 위로 시럽처럼 달라붙는 것을 그냥두었다. 과두 정치인의 아들인 발렌타인 세메노프라는 선배가 준 보드카를 마시고 난 후였다.

"이런, 맙소사."

조명이 낮아지고 그녀가 그의 지퍼를 내릴 때 그가 중얼거렸다. 지퍼가 열리는 건 좀 충격적이었고, 특히 지퍼를 내리는 손이 그리어의 것이 아니라는 게 더더욱 충격이었다. 그 존재만큼이나 부재도 강렬하게 느껴졌다. 수량화할 수 없는 그 소중한 사랑에 부유한 과두 정치인보다 더 부자가 된 기분을 느끼도록 만들어주는 그리어.

미안해, 그는 생각했다. 정말로 미안해. 하지만 그 생각을 하는 동안에도 알코올은 그저 생각만 하는 게 아니라 사실상 행동을 했다. 사랑스럽고 소중한 그리어, 파란 머리카락 가닥에 조그맣고 섹시한 몸, 갈수록 외향적이 되고 세상에서 의미 있는 일을 하고 싶어 하는 그녀의 커져가는 욕망 전부가 그에게서 멀리, 멀리 바닥에 난 작은 문 아래 지하실로 뚝 떨어졌다. 클로브 윌버슨은 지하실 문을 가볍게 피해 코리에게 다가갔다. 의자에 앉은 코리의 위로 올라오더니 결국에는 자신의 침대로 이끌었다. 클로브의 방을 올려다보던 코리는 마침내 안에서 보게 되었다. 필드하키 상장과 트로피가 가득하고, 부유한 여자아이의 것인 장식품들이 가득한 방. 침대에 있는 동안 그녀의 부모님이 두 번 전화했고, 그녀는 두 번 다 전화를 받았다. 그녀는 그에게 그해 여름에 사라토가 경주에 나갈 '남자친구감'이라는 이름의 경주마가 있다고 이야기했다.

"그 녀석한테 걸어. 걔가 이길 거라고 나는 확신해."

그녀는 코리의 귀에 대고 달콤하게 말했다.

다음 날 그가 말했다.

"클로브, 할 말 있어. 이런 일, 다시는 없을 거야."

"나도 네가 그러지 않을 거라는 거 알아."

그녀는 별로 화나 보이지 않았고 그는 내가 별로였나? 라고 생각했다. 그러면서도 자신이 나쁘지 않았다는 건 알았다. 그는 완전히 취하지도 않았고, 강하고 정력적이었다. 대체로는 그리어 덕택에 그는 자신이 어떻게 해야 하는지 잘 알았다. 클로브는 그를 보고 미소를 지으며 말했다.

"걱정하지 마, 코리 핀토."

그래서 그는 걱정하지 않았다. 그러나 대학에 다니는 동안 두 번 더 그녀에게 돌아갔고 수치와 사면이라는 패턴 속을 불행한 기분으로 빙빙 돌았다. 하지만 그건 매번 알코올이 한 일이었다. 그리어와 떨어져 있기 때문에 이런 변화가 일어난 거였다. 그리고 다른 변화도 있었다. 대통령 선거가 있던 가을에 그와 그리어는 서로 만나기로 되어 있는 주말에 따로 따로 선거 운동을 보러 갔다. 그리어는 라일랜드 버스를 타고 펜실베이니아로 갔고, 코리는 프린스턴 버스를 타고 미시건으로 갔다. 클로브도 같은 버스 어딘가에 있었으나 그는 앞쪽에 라이오넬과 함께 앉았고 통로 건너에는 윌이 었었다. 미래의 소액금융 스타트업의 파트너 두 명이었다. 그들은 전부 다 선거에 과도하게 흥분한 상태였고 그 나이에만 뒷감당이 가능한 방식으로 밤이고 낮이고 깨어 있을 수 있었다.

선거 후 몇 주 동안 코리는 굉장히 의기양양했다. 마음을 놓고 안도했으며 미래에 대해서 아무 걱정도 하지 않았다.

"어이, 코리. 윌이랑 내가 할 이야기가 있어."

어느 날 저녁 세 명이 캠퍼스를 걷고 있을 때 라이오넬이 말했다.

"생각해보면, 학교를 졸업하고 곧장 스타트업을 시작할 수는 없어. 일이 년 정도는 시간이 필요해. 그때쯤이면 자금이 좀 더 생길 테니까."

"문제는 말이야, 경제 상황 때문에 우리 아버지들이 별로 관대한 상태가 아니야."

윌이 말했다.

"그래서 졸업을 하면 우선 세상에 나가서 우리가 직접 돈을 왕창 벌고, 나중에 그걸 쓰겠다고 맹세하자고. 겨울에 대비해서 도토리를 모으는 것처럼 말이야. 윌이랑 나 둘 다 금융이나 컨설팅 쪽에서 일자리를 찾아볼 생각이야. 너도 그렇게 하는 게 좋을 거야."

라이오넬이 말했다.

처음에 이 소식에 코리는 낙담하고 그들의 제안을 고려조차 하지 않으려고 했다. 하지만 한참 후에, 졸업이 더 가까이 다가오자 그는 일이 년 정도 컨설팅을 한다는 생각에 점점 익숙해지게 되었다. 계획했던 진로가 전혀 아니었지만 말이다. 주위의 많은 이들이 컨설턴트를 선택했다. 은행과 경영대학원과 함께 가장 저항감이 덜한 선택지 중 하나였다. 일류 회사들은 일류 캠퍼스를 샅샅이 훑었고, 많은 학생이 기꺼이 그쪽으로 갔다.

코리가 4학년이 되던 해, 컨설팅 회사와 벤처 회사, 은행에서 나온 채용 담당자들이 고급 맞춤정장 차림으로 프린스턴을 습격했다. 그들은 배낭을 메고 구겨진 옷을 입은 학생들과 오트밀색 트위트와 너무

나 헐렁해서 푹 꺼진 엉덩이가 고스란히 드러나는 코듀로이 바지를 입은 종신재직권을 가진 남자 교수들 사이에서 눈에 띄었다. 그리고 수수하고, 얌전하고, 학구적이고, 한물간 스티비 닉스 드레스를 입고 남은 평생 (그리어가 지적했듯이) 힘들게 종신재직권을 따내기 위해 기나긴 길을 걸어가는 여자 교수들과도 구분이 되었다.

첫 번째 면접을 본 후 아미티지&리스트에서 나온 남자와 여자가 코리를 멀리 떨어진 고향에서 온 부모님이 자식들을 데려가는 프린스턴 도심의 구식 레스토랑으로 데려가 저녁을 샀다. 그들은 코리에게 우선 애피타이저를 먹으라고 했다. 내가 배가 고프다고 생각하는 걸까? 그는 의아했다. 내가 인종이 약간 모호한 장학생 표본 A라고 생각하는 걸까?

"먹고 싶은 걸로 골라요."

코리보다 열 살 정도 많고 세련된 정장에 좁은 비틀 부츠를 신은 남자가 말했다. 슬쩍 만져보고 싶은 머리카락과 피부를 가진 그의 여성 동료는 빨간 가죽 치마에 몸에 꼭 맞는 재킷을 입고 있었다.

"학생이 앞으로 어떻게 되는지를 보는 건 굉장히 재미있는 일일 거예요."

코리가 식사를 하는 동안 여자가 그에게 말했고, 두 사람은 실제로 뭔가를 먹기보다는 그저 그가 먹는 걸 쳐다보기만 했다. 주문을 하는 것과 먹는 것은 다른 문제였다.

"설령 우리랑 같이 할 마음이 없다는 걸 이미 안다고 해도, 벌써 수많은 제안을 받았고 다른 쪽으로 마음이 쏠리는 상태라고 해도 말이에요, 코리."

남자가 덧붙였다.

"그런 건 아니에요."

입안의 음식 때문에 '그언건아이에어'처럼 나왔다.

"학생 앞에 세상이 활짝 열린 거예요. 바로 눈앞에서 변화를 보게 되겠죠. 우리 회사의 입사설명서를 보면 알겠지만 당신들에게 지금은 아주 중요한 시기예요. 난 당신들이 부러워요, 코리. 당신들의 모든 선택지에 내가 다 흥분되는군요."

그들이 말하는 '당신들'이라는 건 무슨 뜻일까? 2000년대생인 그를 의미하는 걸까? 아니면 그의 성 때문에 다시금 소수자로 묶어 넣는 걸까? 1학년 때 누군가가 캠퍼스 라틴계 학생들의 모임에 초대하는 전단지를 그의 방문 아래로 넣은 적이 있었다.

"찰루파 제공합니다."

전단지에는 그렇게 쓰여 있었다.

레스토랑 구석 자리를 간신히 밝히는 촛불 속에서 아미티지&리스트에서 온 남자와 여자는 셋이서 섹스를 하자고 제안하는 두 명의 연인처럼 코리 핀토를 유혹했다. 그래서 코리는 조그맣고 바삭바삭하고 둥그런 검은 빵 위에 올린 짭짤한 훈제 연어와 「고인돌가족 플린스톤」에 나올 것 같은 고기 덩어리, 숟가락 끝으로 불에 그을려 딱딱하게 굳힌 층을 깨뜨리면 꿈꾸던 집을 짓기 위해 첫 삽을 뜨는 것처럼 만족감이 느껴지는 크렘브륄레 한 접시를 먹었다. 그들은 구체적인 조건에 대해서는 전혀 말하지 않으면서 저녁 먹는 내내 칭찬을 늘어놓았다. 회사는 뉴욕, 런던, 프랑크푸르트, 마닐라에 사무실을 갖고 있다고 했지만, 코리는 뉴욕에 있고 싶다고 단호하게 말했다.

"잘 알겠어요."

여자가 대답했다.

\

기숙사 방으로 돌아와서 발효된 생선과 머스터드 냄새가 나는 트림을 하며 코리는 라일랜드의 그리어와 스카이프를 연결했다.

"음, 그거 알아? 그 사람들 말에 나 넘어갔어."

그가 말했다.

"그래?"

"응. 그 사람들이 나한테 엄청난 양의 붉은 고기를 먹였는데 그게 효과가 있었어. 넌 내가 먹은 걸 아마 싫어할 거야. 아마 오늘 저녁 시간 전체를 완전히 혐오할걸. 하지만 내가 넘어갔다는 건 인정해야겠어. 내 말은, 이 단어도 좀 이상하게 느껴지긴 하는데, 소위 '회사'에서 나온 낯선 사람들이 내가 대단한 사람이라도 되는 것처럼 나한테 알랑거리는 게 진짜 웃겼어. 자본주의 자체가 나를 찾아와서는 내가 그쪽에 뭔가 줄 만한 게 있다고 생각한다는 사실이 말이야! 겨우 1년이나 최대 2년 정도겠지만, 솔직히 말해서 너도 찬성한다면 나 정말로 해볼까 싶어, 그리어."

"너 뭔가 위험한 일에 뛰어드는 것 같은 말투야."

"모든 것에 위험요소가 있지."

"여기서의 위험요소는 뭐라고 생각해?"

"아, 네가 선량한 사람이 되는 반면에 내가 컨설팅하는 개자식이 되는 거지."

"왜 그런 말을 하는지 모르겠어. 난 아직 일자리도 없는데."

그리어가 말했다.

"찾게 될 거야."

"사실 나 지원하고 싶은 곳이 있긴 해."

그녀가 놀랄 만큼 수줍은 어조로 말했다.

"얘기해봐."

"싫어. 아직은 안 돼. 아마 안 될 가능성이 높고, 우선은 좀 알아봐야 하거든. 하지만 어쨌든 말이야……"

그리어가 카메라를 똑바로 보고서 말을 이었다.

"네가 설령 개자식이 되고 내가 경건한 사람이 된다고 해도 말이야, 우린 서로의 앞에서, 서로를 위해서만 그렇게 하게 될 거야. 마침내 말이지. 그게 중요한 거 아니겠어?"

그는 즉시 대답하지 않았다. 그녀는 그를 똑바로 보았고, 그는 자신이 했던 모든 일, 좋은 일과 수치스러운 일 전부에 관해서 그녀가 다 알고 있다고 맹세할 수 있었다. 잠깐 동안 그는 중요한 순간에 가끔씩 그러는 것처럼 스카이프 연결이 좀 깜박거리면 좋겠다고 생각했다. 하지만 연결은 강했고 그리어는 그저 그를 보고 미소를 지으며 화면에 손가락 하나를 올렸다. 아마도 분명히 그의 입술이 있는 위치였을 것이다.

2부
쌍둥이 로켓선

4

그녀는 버스를 타고 오는 내내 잠을 자지 않고 꼿꼿하게 앉아 있었다. 자기도 모르게 잠들어 옷이 구겨지거나 얼굴에 자국이 남을까 봐 걱정이 됐다. 앞쪽의 휘어진 길을 보며 그녀는 부모님이 자신이 태어나기 전 스쿨버스에서 살던 모습을 상상했다. 그녀는 이제 절정기를 지나서도 한참 동안 살아남은 이 소박한 페미니스트 잡지가 고용할 만한 사람처럼, 책임감 있고 깔끔한 사람처럼 보여야 했다. 페이스 프랭크를 위해서 일할 만한 사람처럼 말이다.

그리어는 아주 소수의 사람에게만 면접에 관해서 이야기했지만, 그중에서도 그녀가 『블루머』를 딱히 사랑하지 않는다는 걸 아는 사람은 더 적었다. 처음에는 꽤 강렬한 읽을거리로 시작되었지만, 40년이 지나며 잡지는 어느 정도 누그러졌고 개인 에세이에서 인종차별, 성차별, 자본주의, 동성애 혐오 등에 대해 급진적인 비판까지 껴안게 된 「펨 파탈」 같은 블로그들과 힘겹게 경쟁하고 있었다. 최근에 「펨 파탈」은 아멜리아 블루머가 자신의 이름을 따서 만들어진 블루머*를 입고 있는 만화를 올렸다. 블루머에는 '블루머'라고 쓰여 있고 말풍선에는 "이성애자 백인 중산층 여자들에게 또 다른 격려의 말을 할 때가 됐어."라고 쓰여 있었다. 「펨 파탈」의 직원은 젊었고, 시애틀에 있는 예전 사탕 공장 건물에 만든 사무실에서 동성애자의 권리, 트랜스젠더의 권리, 출산의 정의 같은 문제들에 대해서 글을 쓰고 운동을 조직했다. 『블루머』도 노력은 했다. 다양한 편집자들이 모여 다양한 주제를 다뤘음에도 불구하고 잡지는 다소 형식적이고 불편한 지점이 있었다. 잡지는 미래를 향해 우아하게 도약하지 못했다. 심지어 홈페이지도 금세 촌스러워졌고 업데이트도 거의 없었다.

『블루머』 사무실은 현재 웨스트 써티즈 구석의 작은 상업용 건물에 자리하고 있었다. 좁은 복도를 걸어가며 그리어는 '의학박사 L. 래그니'라고 쓰인 문 안쪽에서 치과용 드릴이 돌아가는 소리를 들었다. 그리어는 맞은편 『블루머』의 문을 두드렸다. 안에서 웅웅거리는 소리가 들렸지만 아무도 대답을 하지 않아서 그녀는 서서 기다렸다. 도움이 되기라도 할 것처럼 기침을 해보고, 누군가가 의학박사 L. 래그니의 문으로 다가가자 즉시 문이 열리는 것도 보았다. 뉴욕 시티의 맑은 평일 봄날이었고, 이유는 모르겠지만 아무도 『블루머』의 문을 열어주지 않았다.

그리어는 손잡이를 돌려보았으나 문은 잠겨 있었다. 다시 두드려보았지만 여전히 아무도 나오지 않았다. 당황스러웠지만 대답이 없는 것보다 더 중요한 건 자신이 여기서 얼마나 일하고 싶어 하는지를 깨달았다는 점이었고, 여기서 일자리를 얻지 못하면 굉장히 실망스러울 것 같았다. 페이스 프랭크는 3년 반 전에 여자화장실의 흐린 불빛

---

*   발목을 매어 입는 여성용 바지.

아래서 뭔가 특별한 것을 제안하는 듯했고, 이제 그리어는 치과와 보험사와 스타트업들이 자리한 이 복도에서 한참이나 문을 두드리며 서 있었다. 『블루머』 문 뒤에 사람이 있다는 건 분명했다. 그들이 움직이고 이야기하는 소리가 들렸으니까. 벽 뒤로 쥐가 움직이는 소리가 들리는데 잡을 방법을 찾지 못하는 것과 비슷한 기분이었다.

지난주 수요일에 그리어는 대학 시절 내내 지갑에 꽂혀 있던 명함에 있는 번호를 보고 잔뜩 긴장하여 전화를 걸었다. 엄청나게 지루한 시간에만 하는 지갑 정리 때에도 언제나 살아남은 명함이었다. 그걸 볼 때마다 그녀는 그것을 받은 날 밤을 떠올렸다. 다시금 굉장히 흥분되고 정신이 맑아지는 기분을 느꼈다.

최근 몇 주 동안 그리어는 비영리 단체에 지원서를 여러 통 보냈으나 아프리카 개발도상국 사람들의 생명 유지에 꼭 필요한 영양보조제를 공급하는 단체 한 곳에서밖에 면접 연락을 받지 못했다. 스카이프를 통한 그 면접은 별로 잘 풀리지 않았다. 그녀는 이런 종류의 일에 경력이 전혀 없었고, 면접을 담당한 소아과 의사가 계속 불려가는 바람에 그리어 혼자 텅 빈 화면 앞에 1분 동안 어색하게 앉아 있어야 했다. 진료실 벽에 붙어 있는 엄마 품에 안겨 죽어가는 아이 포스터를 바라보면서.

결국, 세상에 첫발을 내딛고 특정 분야를 고르는 것에 관해서 기숙사에서 온갖 이야기를 나눈 끝에 그리어는 페이스 프랭크의 잡지에 지원을 해보겠다는 생각을 떠올렸다. 그것은 자신의 글쓰기 재주를 사용할 수 있는 의미 있는 일이 될 것이다. 낮에는 기본적으로 페미니스트라는 사실만으로 돈을 받고, 밤에는 자신의 글을 쓸 수 있을 것이다. 지는 그게 시도해볼 만한 일이라는 데 동의했다.

"너한테는 아마 잘 맞을 거야. 난 글로 쓰는 일에는 완전히 형편없어서 말이야. 안타까운 일이지. 페이스 프랭크를 위해서 일하는 건 정말 굉장할 텐데."

지가 말했다.

그리어는 『블루머』에서 전화를 받은 사람에게 자신이 언제, 어디서 페이스를 만났는지 설명했다. 놀랍게도 다음 날에 그녀는 다시 전화를 받았고, 이렇게 말했다.

"페이스가 당신을 기억하더군요."

이 말은 정말로 충격적이었다. 그리어는 페이스 프랭크가 3년 반이 지났는데 어떻게 자신을 기억할 수 있는지 알 수 없었지만, 실제로 페이스는 기억하고 있었다.

이제 아무도 『블루머』의 문을 열어주지 않는 걸 보니 모든 게 정교하고 서글픈 장난처럼 느껴졌다. 마침내, 엄청나게 긴 시간 끝에 젊은 여자가 문을 살짝 열고서 그리어를 쳐다보고 무례한 투로 물었다.

"뭐죠?"

"페이스 프랭크와 면접을 보러 왔는데요."

"음, 그거 참 안됐네요."

"뭐라고요?"

여자는 그저 몸을 돌리고 사람 없는 접수처를 지나 좁고 빽빽한 사무공간 안쪽으로 들어갔다. 멀리 복도에 여자 두어 명이 모여 서 있었다. 그리어는 페이스를 찾아보았으나 그녀는 보이지 않았다. 뭔가가 굉장히 잘못된 것 같았다. 문을 열어준 불친절한 사람, 모여 있는 직원들, 상실과 걱정과 충격의 분위기. 그때 여자들 무리가 마치 커튼이 갈라지는 것처럼 반으로 나뉘고 그 사이로 짧은 복도 끝에 문이 열린 작은 사무실의 모습이 고스란히 그리어의 눈에 들어왔다. 그 안에서 두 여자가 서로 껴안고 있었다. 한 명이 상대방의 등을 두드렸다. 등을 두드리는 여자가 바로 페이스 프랭크였다. 이 우울한 순간에 모두가 쳐다보고 있는 것이 바로 그녀였다.

"누가 죽었어요?"

그리어는 근처에 서 있는 중년 여자에게 물었다.

여자가 그녀를 냉랭하게 쳐다보았다.

"네. 아멜리아 블루머요."

그녀가 말했다. 그리어가 이해하지 못하겠다는 얼굴로 빤히 쳐다보자 여자가 설명했다.

"우린 문을 닫아요. 코머 출판사에서 완전히 손을 떼기로 했어요. 우리의 행복한 장례식날이죠."

"유감이군요."

그리어가 할 수 있는 말은 이게 전부였다. 나중에 생각하면 창피한 일이지만, 가장 먼저 머리에 떠오른 생각은 이게 잡지의 목표나 직원들에게 어떤 영향을 미칠지가 아니라 자신에게 어떤 영향을 미칠까 하는 거였다.

『블루머』에 가장 오래 있었던 페이스는 이제 60대 중반이었고, 사람들이 그녀에게 느끼는 사랑은 무엇보다도 과거에 대한 감정과 관련되어 있다는 걸 그리어도 잘 알았다. 「펨 파탈」이 『블루머』보다 일하기에는 훨씬 나은 곳이겠지만, 블로그에서는 돈이 나오지 않았다.

이제 그녀에게는 페이스 프랭크를 위해서 일할 자리가 없었고, 앞으로도 없을 것이다. 하지만 이 소식을 마음속으로 받아들이고 있는 동안에 사무실 안이 점점 조용해지는 것이 느껴졌다. 무슨 일이 일어나려는 거였다. 페이스는 몸을 더 꼿꼿이 세우고 주위를 둘러보며 말할 준비를 했다.

"잘 들어요, 나의 친구들."

그녀가 입을 열었다. 거들먹거리고 지친 선생처럼 "잘 들어요, 여러분!"이나 최근에 사람들이 집단에 이야기할 때처럼 "내 얘기 잘 들어봐요, 형씨들."도 아니었다. 특히나 여기는 대부분이 여자들이니까.

"아, 난 오늘 비탄에 잠겨 있어요. 우리 모두 그렇다는 거 잘 알아요. 하지만 우리는 다 함께 비통해하고 있죠. 우린 많은 일을 했어요. 함께 행진을 하고, 함께 축하를 하고, ERA(남녀평등 헌법수정안)와 출산권을 위해서, 폭력에 저항해서 싸웠죠. 그리고 바로 여기, 우리 사무실에서 거기에 대해서 전부 썼어요. 그리고 서로의 거실에 앉아 세상 모든 것에 관해 이야기하고 함께 새싹요리를 먹었죠. 수없이 많은 새싹들을요. 우리가 새싹 시장을 만든 사람들이라고 난 믿어요."

감상적인 웃음소리가 울렸다.

"자, 우리가 했던 일 중 일부는 성공했고, 일부는 참담하게 실패했죠. ERA 이야기예요. 하지만 나도 알고 여러분도 아는 건 그 모든 것들이 중요했었다는 거예요. 지금도 여전히 중요하죠. 우리는 역사의 일부예요. 여성의 평등을 위한 투쟁 역사의 일부죠. 물론 내가 이런 말을 할 필요는 없겠지만. 우린 이 일을 영원토록 해왔고, 앞으로도 계속 할 거예요."

그녀가 시선을 들었다.

"아, 제발 울지 말아요. 그러면 우리 모두 울게 될 거고 18세기 여자들처럼 눈물바다 속에 녹아버리게 될 테니까요."

몇몇 사람들이 눈물을 흘리며 웃었고, 약간이나마 분위기가 바뀌

여성의 설득

었다. 페이스가 말을 이었다.

"아니, 그 말 취소하죠. 모두들 다 함께 울어요! 우리 몸에서 이걸 완전히 털어내고, 다시 원래대로 돌아가도록 하죠."

페이스는 라일랜드에서 강연하던 때와 똑같았다. 상냥하고, 지적이고, 다른 사람들의 감정을 고려했다. 솔직히 그녀가 드물거나 특별히 독창적인 사상가인 건 아니었다. 하지만 그녀는 자신의 매력과 재능을 이용해서 다른 여자들에게 영감을 주고 가끔은 마음을 위로해주는 사람이었다. 『블루머』가 더 이상 어떤 형태로도 존재하지 않을 테니 그리어는 『블루머』에서 일자리를 얻을 수는 없을 거고, 페이스 프랭크와 면접 볼 기회조차 얻을 수 없을 것이다. 결과가 어떻든 굉장히 짜릿한 일이었을 텐데.

"이 일은 끝났고, 이제 우리는 흩어져야 해요."

페이스가 모두에게 말했다. 그러고는 자신의 주위를 손짓했다.

"하지만 이건 끝나지 않았고, 절대로 끝나지 않을 거라는 걸 우리 모두 알아요. 우리는 사라지지 않을 거예요. 저 바깥에서 여러분 모두를 보게 될 거예요."

여자들이 박수를 쳤고, 몇 명은 울었고, 다수가 동시에 서로 말을 하기 시작하고 단체 사진을 찍었다. 누군가가 샴페인을 땄고, 음악이 울렸다. 딱 어울리게도 오퍼스의 오래된 히트송 「강한 여자들」이었다. 그리어는 이곳을 나가야 할 때라고 생각했고, 밖으로 나올 때 노래의 시작 부분 가사가 들렸다.

내가 쉽게 패배할 거라고 절대로 생각하지 마요
나의 조그만 발에 루부탱을 신었다고 해서 말이죠

우리는 강한 사람들이에요

우리는 유연한 사람들이에요

우리는 교묘한 사람들이에요

우리는 현명한 사람들이에요……

그리어는 실망감과 동시에 그보다 더 무겁고 뭔가 다른 것이 가득 차는 기분을 느꼈다. 그녀는 다른 문틈 사이로 일상생활의 소리가 들리는 복도를 다시 걸어갔다. 치과 드릴 소리, 덥스텝 음악소리, 사무적인 사람들의 재잘거림과 중얼거림. 소박하지만 한때는 중요했던 페미니스트 잡지가 덜컹거리다가 죽어가고 있지만 세상은 계속해서 돌아가고 있었다.

코리는 약속대로 웨스트 30번가 모퉁이의 커피숍에서 그리어를 기다리고 있었다. 면접이 몇 시에 끝날지 확실하게 말해줄 수 없다고 들었을 때 그는 이렇게 대답했다.

"걱정하지 마. 그냥 거기 있을 테니까."

그는 뒤쪽 자리에 오렌지색 프린스턴 후드티를 입고 앉아 경제학 교과서를 펼쳐놓고 있었다. 최근에 그의 입술 위치를 강조하는 장치로 가느다란 콧수염과 턱수염을 길렀다. 그리어는 말없이 그의 옆자리로 들어가 앉았고 그가 팔을 벌리자 품에 안겼다.

"잘 안 됐어?"

그가 물었다.

"문을 닫는대."

"이런. 운이 나빴네. 이리 와."

그가 말했고 그녀는 그를 향해 고개를 들어올렸다. 그가 그녀의 입, 뺨, 코에 키스했다. 그는 그녀가 원하는 걸 얻기를 바랐다. 그는 페이스 프랭크를 만나본 적도 없었다. 그리어가 1학년 강연 이후로 페이스 프랭크에 대해서 끝없이 이야기하고 페미니즘을 공부하는 동안 실시간으로 그에게 강의를 하긴 했지만 말이다. 이것은 코리가 그리어에게 소액금융에 대해서, 정확히는 그 개요에 대해서 가르친 것과 똑같은 방식이었다. 코리는 이제 여기서 그녀를 기다리다가 위로를 해주고 있다.

"뭔가 찾을 수 있을 거야. 그리고 그쪽은 널 고용하는 걸 행운으로 여길 거고."

그가 말했다.

"그쪽이 누군데?"

"누가 되든."

그녀가 잠시 후에 말했다.

"이건 정확히는 그저 취업에 대한 게 아니야. 그분과 그분이 상징하는 것에 관한 거지. 그리고 내가 그분을 만났을 때 그분이 어떻게 행동했는지에 관한 거고. 페이스 프랭크 말이야."

"그래, 나도 알아. 내 라이벌."

그가 손을 내밀어 그녀의 머리카락 가장자리를 잡고 손가락으로 문질렀다. 그는 그녀를 어떻게 달래야 할지 잘 모를 때 종종 이렇게 하곤 했다. 그녀는 대런 틴즐러가 그녀의 셔츠 깃을 만지작거리던 것을 떠올렸다. 그녀를 달래기 위해서가 아니라 자신의 쾌락과 흥미를 위한 손짓. 그녀가 불행해하는 걸 보면 코리는 긴장했다. 그가 끼어들어 뭔가 해주고 싶어 한다는 걸 그녀는 알 수 있었다. 물론 그가 그저 그녀를 만지는 걸 좋아한다는 것도 사실이었다. 그녀는 더 가까이 몸을 기댔고 코리는 그녀의 머리 전체를 커다란 손으로 감쌌다. 그가 그녀의 머리와 얼굴을 쓰다듬었다. 그리고 곧 그의 손이 그녀의 목으로 내려가고 엄지손가락이 쇄골뼈 위쪽의 움푹한 부분을 문질렀다. 그녀는 그의 옆얼굴에 키스했다. 버스와 열차를 타고 여기까지 오느라 두 사람 다 약간 퀴퀴한 냄새를 풍겼다. 그와 함께 욕조에 들어가고 싶었고, 그녀는 문득 그들이 함께 목욕을 해본 적이 한 번도 없다는 사실을 깨달았다. 이 모든 일이 정리되고 나서 함께 살면 해볼 수 있을 것이다. 그녀는 그의 긴 다리가 욕조의 물을 넘치게 만드는 모습을 상상했다.

"오늘 깨달았어. 분명하게 알게 되었는데, 난 그분을 알고 싶어."

그리어가 말을 이었다.

"그리고 그분이 나를 알았으면 좋겠고. 교만한 소리라는 거 알아. 맬릭 교수님이 좋아할 만한 단어네."

그녀가 잠깐 말을 멈췄다가 다시 말했다.

"어쩌면 페이스 프랭크에게 일종의 감사편지 같은 걸 써야 할지도 모르겠어. 괜찮을까?"

"괜찮은지 아닌지는 네가 더 잘 알 거라고 생각해."

"지가 나더러 페이스 프랭크의 편지 친구가 되어야 한다고 말한 적이 있는데, 물론 말도 안 되는 소리인 거 알지만 최소한 지금은 그분에게 할 말이 있으니까 괜찮겠지."

그날 밤, 그리어는 페이스에게 이메일을 보냈다.

프랭크 선생님께,

오늘 오후 면접을 보러 갔다가 선생님께서 모두에게 작별인사를 할 때

여성의 설득

그 자리에 있게 되었습니다. 선생님이 말씀하시는 걸 들으면서 선생님을 잘 아는 것 같은 기분을 느꼈어요. 모두가 그렇게 느꼈을 거라고 생각합니다. 수십 년 동안 여성을 위해서 해주신 모든 일에 감사드립니다. 선생님이 계셔서 저희는 정말 행운이에요.

진심을 담아,

그리어 카데츠키

그리어는 자신의 이력서를 더 많은 곳에 보내기 시작했다. 2주 후에 있을 학위 수여식 이후에 그녀와 코리는 매코피에 있는 집에서 한 달 정도 시간을 보낸 후에 브루클린에서 아파트를 찾아볼 계획이었다. 하지만 그리어에게는 여전히 확정된 일자리가 없었다. 그녀는 앞으로 어떻게 될지 걱정되기 시작했고 그 불확실함에 약간은 겁까지 났다. 그러다가 어느 날 코리 역시 나름의 실망스러운 소식을 받았다. 아미티지&리스트에서 제안을 바꿔서 이제는 그가 마닐라 사무소에서 일하기를 바란다는 거였다. 그들은 더 많은 돈을 주겠다고 제안했지만 그 소식은 충격적이었다.

"우리가 함께 사는 날이 오긴 하는 걸까?"

그녀가 물었다.

"물론이지."

"안 가겠다고 하면 어떻게 되는 거야?"

"그러면 일자리도 없는 거지. 모든 신입 컨설팅 자리는 지금은 다 찼고, 난 돈을 많이 주는 자리가 필요해. 라이오넬이랑 윌이랑 다 같이 여기에 동의했어. 있지, 나도 기분이 최악이야. 우리만의 집에서 둘이 함께 살고 싶어. 나도 모든 걸 상상했어. 벽에 붙일 그림이랑 부엌의 커다란 숟가락들까지.”

“숟가락? 우린 그런 건 의논하지 않았잖아. 숟가락을 상상했다고?”

그녀가 물었다.

“응.”

그가 약간 수줍게 대답했다.

대학은 시작할 때와 똑같이 균열되고 다급한 방식으로 끝이 났다. 그리어와 지는 기숙사 방의 짐을 싸기 시작했고, 두 명 다 그들을 기다리고 있는 것들이 딱히 마음에 들지 않았다. 지는 스카스데일에 있는 부모님 집으로 돌아가 지내며 법률보조 교육을 받을 것이다. 그녀의 부모님이 그렇게 하라고 지를 강력하게 설득했다.

“거의 반쯤 강요였다니까.”

지는 그렇게 말했다. 그녀에게 다른 계획도 없고, 다른 기술도 없기 때문이었다. 그녀는 지역사회 조직가처럼 사회운동가로 돈을 받을 만한 자리를 찾고 싶었고, 조심스럽게 말을 꺼내봤지만 부모님은 단박에 반대했다.

“이제 좀 진지해져야지. 장기적으로 생각해. 그런 일자리에는 비전이 전혀 없어.”

그녀의 어머니는 그렇게 말했다.

마지막 날 밤에, 라일랜드의 4학년생 전체가 버스를 타고 캠퍼스에서 한 시간 떨어진 지저분한 해변으로 가서 모닥불을 피웠다. 도그는 다시 우쿨렐레를 꺼냈고 서글프고 감상적인 노래를 끝없이 불렀다. 그리어와 그녀의 친구들 무리는 한데 모여 앉았다. 지는 모래밭 위에서 원형으로 돌면서 말했다.

“정말이야? 이제 다 끝난 거야? 이거 정말 우울하다. 호스피스 병동에 있는 사람들의 마지막 소풍 같아."

그리어는 매코피의 집으로 다시 돌아와 이제 무엇을 해야 할지 고민하기로 했다. 코리는 케세이퍼시픽의 비즈니스 클래스를 타고, 푹신한 담요를 덮고, 기내 조명이 어두웠던 내내 싱글벡 맥라렌 베일 시라즈 와인을 마시며 마닐라까지 갔다.

"내 새로운 생활에 관해서 네가 알아야 할 건 그들이 나한테 비행기에서 입을 잠옷을 줬다는 것뿐이야."

도착하고 나서 그는 그녀에게 이렇게 문자를 보냈다.

매코피에서 그리어는 고등학교 때 아르바이트를 했던 바로 그 스케이트페스트에서 풀타임 아르바이트를 찾았다. 그녀는 이제 낮에는 스케이트를 나눠주었고 저녁에는 이력서를 보냈다. 대체로는 소설책을 앞에 놓고 혼자 우울한 저녁식사를 했다. 마침내 예전만큼 부모님에게 화가 나지는 않는다는 것을 깨달았다. 부모님은 화를 내기에는 너무 미미하고, 너무 약한 사람들이었다. 하지만 그들과의 연결 관계는 그 두 명이 정확히 누군지를 기억해내야 하는 것처럼 모호하게 느껴졌다. 여기 있는 건 일시적인 거야, 그녀는 그렇게 생각했다. 연잎 위에 앉아 있는 것처럼 말이야. 대학을 졸업하고 나면 일어나는 일이지. 조만간 여기서 도약할 수 있을 거야.

코리는 그리어가 스케이트 대여 카운터에 앉아 있는 대낮에 가끔씩 전화를 걸었다. 그가 있는 마닐라는 12시간 뒤였다. 그들의 삶은 모든 면에서 정반대였다.

"난 외롭고 지루하고, 아플 정도로 네가 보고 싶어."

그가 말했다.

"나도 네가 보고 싶어. 아플 만큼. 그 말 마음에 든다."

그녀가 마지막 말을 덧붙였다.

"지금 이 순간 네 침대에서 같이 있고 싶어, 스페이스 카데츠키. 나를 아주 작게 만들어서 전화기 구멍 안으로 기어들어갈 수 있다면 좋을 텐데."

"그럴 수 있을지도 몰라."

그녀는 말을 멈추고 한숨을 쉬었다. 그 역시 한숨을 쉬었다.

"어젯밤에 꿈을 꿨어. 우리가 '중간에서 만나자'고 합의하는 내용이었어. 바다 한가운데에서 뗏목을 타고서."

그리어가 그에게 말했다.

"근사했어?"

그가 물었다.

"아주. 하지만 갑자기 우리 엄마가 광대 복장을 하고 거기 나타난 거야. 그게 분위기를 망가뜨렸지."

"상상이 되네. 있지, 어쩌면 우리 전화로 뭔가 섹시한 걸 할 수 있을지도 몰라."

그가 잠시 후에 말했다.

그들은 대학 때 정기적으로 폰섹스와 스카이프 섹스를 했다. 그리어는 언제나 약간 긴장하고 누군가가 화면을 가로챌까 봐 두려웠다.

"NSA는 네 절정에 관심이 없어. 내 말 믿어."

코리는 그렇게 말했지만, 실제로 섹스를 할 때조차 그녀는 조용한 편에 속했다.

"수녀와 쥐가 아기를 낳았어. 그게 바로 나야."

어린 시절 침대에서 함께 잔 다음에 그렇게 말한 적이 있었다.

현재로 돌아와서, 그녀가 말했다.

"전화로 섹시한 걸 하자고? 못 해, 코리. 일하는 중이야. 여긴 사람들이 있다고."

그 생각만으로도 목 뒤가 따끔거리는 느낌이었다. 멀리서 십대들과 어린 애들을 데려온 부모들이 아이스링크를 오가고 있었다. 스케이트 타는 사람들이 가까워졌다 멀어지면서 소리가 마치 바다에서 지지직거리는 파도음처럼 들렸다. 그녀는 코리가 몸 위에 올라와 자신의 온몸을 마치 자기 것인 듯이 손으로 더듬는 것을 떠올렸다. 흥분으로 사람들의 발 냄새와 빙빙 도는 사탕 같은 모양의 핫도그 유리 상자가 머릿속에서 사라졌다.

"더 중요한 할 일이라도 있어, 카데츠키?"

그가 물었다.

"응."

"뭔데?"

"빡빡머리들에게 스케이트를 빌려주는 거."

"아."

"나도 그럴 수 있었으면 좋겠어. 정말, 정말로 그러고 싶어."

그녀가 서글프게 말했다.

"알아."

슬픔, 흥분, 그리고 다시 슬픔. 그 모든 것이 얼음 바닥을 긁고 지나가는 스케이트 타는 사람들의 소리처럼 다가왔다 사라졌다 했다. 버텨! 그녀는 그렇게 생각하며 이 기분을 자신과 코리 모두에게 전달하려고 노력했다. 침대에 함께 있는 그들을 생각하고, 커플이 되고 커플로 남기 위해서 그들이 기울여야 하는 공동의 노력을 생각했다. 한 명이 포기하면 그걸로 끝이다. 두 사람 다 무너진다. 꼭 버텨! 그녀는 그의 몸과 거기에 기댄 훨씬 작은 자신의 몸을 상상하며 생각했다.

"이제 자야지. 네가 있는 곳은 시간이 늦었잖아."

그리어가 마침내 말했다.

"나 데크 페이지를 좀 살펴봐야 돼."

"안타깝게도 그게 무슨 뜻인지 잘 모르겠어."

"안타깝게도 나도 잘 몰라. 아는 척하는 거야. 아침에 회의가 있어서 방콕으로 갈 거야. 네가 보고 싶어. 웃기는 하얀 셔츠에 넥타이를 맨 날 상상해 봐."

"근사해 보일 거야. 오렌지색 스케이트페스트 유니폼에 작은 모자를 쓴 날 상상해봐."

그렇게 그리어는 끈적끈적하고 수지를 칠해놓은 스케이트 대여 카운터에 기댄 채로 다른 대륙에 있는 코리와의 대화를 계속했다. 저녁에 일이 끝나고 그녀는 부모님의 오래된 도요타를 타고 고속도로를 따라 집으로 돌아갔다. 시간이 멈춘 듯한 그 여름에 그리어는 워번가에 차를 세워놓고 이제 여덟 살이고 잘생기고 영리하고 종종 밖에서 레이저 스쿠터를 타고 경사도로를 달리는 코리의 동생 알비와 이야기를 나누었다.

"내가 한 블록 도는 동안 시간 좀 재줘, 그리어 누나."

어느 날 저녁 그녀가 부모님의 차를 타고 직장에서 집으로 돌아오자 알비가 말했다. 알비는 차가 길에 들어설 때까지 빙빙 돌면서 그녀를 기다리고 있었던 것이다. 그래서 그녀는 그가 손에 들고 있던 스톱워치를 받아들고 시간을 재주기로 했다.

"내 최고기록을 깨고 싶어. 그게 무슨 뜻인지 알지? 그건 여태까지 그 사람이 낼 수 있었던 최고의 기록을 뜻하는 거야."

여성의 설득

알비가 말했다.

"네가 방금 '여태까지'라는 단어를 썼다는 걸 믿을 수가 없어. 아니, 사실은 믿을 수 있어."

"마일스 레깃이 그러는데, 자기 아빠가 날 멍청한 학자라고 불렀대."

"흠, 걔네 아빠는 자기가 무슨 말을 하는지 전혀 모르는 모양이네."

"언젠가는 알게 되겠지. 내가 노벨상을 탈 때쯤 말이야."

그녀가 웃음을 터뜨렸다.

"목표가 좀 높네. 어떤 분야에서 탈 생각인데?"

"음, 분야가 필요한 줄은 몰랐어. 지금 꼭 결정해야 돼?"

알비가 이 말을 하는 동안에도 그녀는 내일 스카이프로 이 대화를 코리에게 전부 다 전해줘야겠다고 생각했다.

"아니. 지금 결정할 필요는 물론 없지. 좋아, 출발해. 내가 시간을 잴게."

"느림보도 잘 좀 살펴줘."

알비가 밀했고 그제야 그리어는 알비의 거북이가 도로 가장자리 풀밭에 웅크리고 있는 것을 발견했다.

"준비됐어?"

그리어가 물었고 알비가 고개를 끄덕였다.

"준비."

그녀가 말을 멈추고 그가 몸을 앞으로 기울이는 것을 보았다.

"땅!"

그리어는 시작 버튼을 눌렀고 알비는 도로를 따라 달려갔다. 곧 그가 시야에서 사라졌다. 핀토 주택의 현관문이 열렸고 그리어는 몸을 돌려 베네디타가 계단으로 내려와 아들을 찾는 것을 보았다. 그녀와 그리어 사이에는 언제나 좀 어색한 분위기가 있었다.

"알비의 시간을 재주는 중이에요, 아줌마. 레이저를 타고 이 블록을 돌고 있거든요."

그리어가 설명했다.

"그렇구나."

코리의 어머니가 대답하고 그녀 쪽으로 다가왔다. 두 여자는 침묵 속에 서 있었다. 누구도 움직이지 않았다. 둘 다 작고, 발치의 거북이처럼 꼼짝도 하지 않았다. 그들은 선원의 아내들이 남편이 바다에서 돌아오기를 기다리던 것처럼 알비를 기다렸다. 침묵이 너무 오래 지속되는 느낌이었고, 곧 소리의 장막이 갑자기 깨지는 것처럼 길에서 바퀴 굴러가는 소리가 들렸다. 두 사람 다 동시에 고개를 들고 알비가 워번가로 접어들어 그들이 있는 쪽으로 오는 것을 보았다. 알비가 다가오는 것을 보며 두 사람은 설명할 수 없는 공통의 행복을 느꼈다.

알비는 경사진 길을 다시 올라와서 그리어와 어머니의 발치에서 멈췄다. 숨이 턱까지 찼고 얼굴은 벌겋고 좁은 어깨가 들먹거렸다.

"누나, 어때? 얼마나 걸렸어?"

알비가 숨을 헉헉거리며 물었다. 어느 시점에 그녀는 자신이 조그만 은색 스톱워치를 멈추는 것을 잊어버렸음을 깨달았다. 스톱워치는 그녀의 손바닥 위에서 여전히 흘러가고 있었다.

그해 여름 어느 날 밤늦게 그리어가 컴퓨터를 들고 침대에 앉아 있는데 그녀가 모르는 주소의 이메일이 도착했다는 메시지가 떴다. FF@scvc.com이었다. 그녀는 스팸일 거라고 생각하며 멍하니 그것을 클릭했다. 나중에 그녀는 코리에게 이렇게 말했다.

　　　　　　　　　　　　　　　　여성의 설득

"내가 그걸 그냥 삭제하고 답장을 안 썼으면 어떻게 됐을까? 그 생각만 해도 속이 울렁거릴 지경이야."

　　그리어 카데츠키에게,
　　두 달 전 내가 우울하던 순간에 굉장히 상냥한 편지를 보내주었더군요. 곧장 답장을 쓰지 못했던 것에 대해 사과의 말을 전합니다. 내가 받은 편지의 양을 아마 상상할 수 있을 거예요. 나는 위대한 새 여정을 시작할 팀을 꾸리기 위해서 소수의 사람들에게 개인적으로 연락을 하고 있고, 『블루머』의 자리에 관심을 갖고 지원했던 걸로 보아 당신이 이 면접을 보러 올 마음이 있지 않을까 궁금했어요. 굉장히 다른 일이 될 테지만, 지금으로서는 약간 비밀스럽게 유지해야만 할 것 같군요.
　　　　　　　　　　　　　　　　　　따뜻한 마음을 담아,
　　　　　　　　　　　　　　　　　　페이스 프랭크

　따뜻한 마음! 그것은 그리어에게는 새로운 거였다. 그녀는 이메일에 이런 식으로 서명하는 사람을 한 번도 본 적이 없었고, 어쩐지 어른스러울 뿐만 아니라 그 이상으로 느껴졌다. 부유하고, 세련되고, 박식한 것처럼. 그녀도 페이스에게 보내는 자신의 답장에 그렇게 서명하고 싶었지만, 그건 엄마의 파티용 드레스를 입어보는 어린 여자아이처럼 보일 것 같았다. 그리어는 재빨리 답장을 썼다. 눈꺼풀에서 맥박이 쿵쿵 뛰었다.

　　페이스 프랭크에게,
　　앉아서 이메일을 확인하던 중에 갑자기 선생님의 메일이 도착했습니다. 이메일 주소는 달라졌지만 같은 분이네요. 물론 저는 선생님의 위대한 새 여정이 설령 비밀스럽다고 해도 굉장히 관심이 있습니다. 아니, 비밀스러워서 더욱 그렇습니다. 언제 어디서 면접을 보면 될지 알려주세요. 저를 떠올려주셔서 정말로 감사합니다.

진심을 담아,
그리어 카데츠키

페이스가 곧장 답장을 보낸 것은 더더욱 충격적인 일이었다.

그리어에게,

그거 잘됐군요! 내 조수 이파트 칸이 아침에 연락을 줄 거예요.

따뜻한 마음을 담아,
페이스

추신. 왜 우리 둘 다 아직 안 자는 걸까요? 우리 어머니는 나에게 빨리 자게 하려면 프라이팬으로 머리를 한 대 때려줘야 한다고 말씀하시곤 했죠!

그리어는 이렇게 답장을 썼다.

페이스에게,

할 일 메모: 프라이팬 구매. 이제는 아예 잘 수 없을 것 같아요. 위새여(위대한 새 여정)를 생각하니 너무 흥분이 됩니다. 좋은 밤 되세요!

그리어

여성의 설득

사흘 후에 그녀는 다시 뉴욕으로 가는 버스를 탔다. 이번에 받은 주소는 미드타운에 위치한 스트로드 빌딩이라는 유리 고층건물이었다. 로비에서 그리어는 방문증을 만들면서 콧물을 흘리는 것처럼 보이는 끔찍한 사진을 찍었다. 더 나쁜 건 그 사진을 배지처럼 달고 다녀야 한다는 거였다. 그녀를 집어삼킬 듯이 입을 벌리는 회전문을 지나갔다. 거기서 26층으로 올라갔고, 엘리베이터 문이 열리자 아직 공사 중인 건지 아니면 영원히 이렇게 보이는 게 계획인지 알 수 없는 텅 비어 있고 하얗고 널따란 공간이 나타났다. 멀리 떨어진 곳에 기하학적으로 복잡한 칸막이 사무공간들이 살짝 보였다. 텅 빈 들판이나 떠 있는 우주 정거장 같았다. 모든 것이 하얗고, 접수처 위쪽에 굵은 활자로 회사 이름이 쓰여 있지도 않아서 그녀는 여전히 자신이 정확히 어디 있는 건지 알 수가 없었다.

"페이스 프랭크와 약속이 있는데요."

그녀가 상냥하지만 신중하게 자신의 중요성을 강조하는 어조로 접수원에게 말했다. 젊은 여자는 고개를 끄덕이고 헤드셋에 대고 말을 했고, 잠시 후 또 다른 젊은 여자가 나타났다. 우아하고, 차분하고, 코에는 씨앗 크기의 조그만 피어싱이 박혀 있었다.

"난 이파트 칸이에요. 페이스의 조수죠. 만나서 정말 반가워요. 안쪽으로 들어와요. 페이스는 다른 사람들과 계세요."

두 번째 여자가 말했다. 그리어는 그녀를 따라 강의 지류 같은 하얀 복도를 지나 넓고 하얀 사무실로 들어섰다. 문을 재활용해서 만든 길고 하얀 책상은 오래전에 은밀한 여성 참정권 모임이 열렸던 건물의 잔재라는 것을 그리어는 일하게 되는 첫날 알게 된다. 페이스 프랭크는 거기 앉아 있었고 방 여기저기에 다양한 나이대의 여자들 여러 명과 남자 두 명이 앉거나 서 있었다.

페이스가 일어나서 그녀를 맞았다. 라일랜드 교회에서의 그날 밤보다 당연히 몇 살 더 먹었고, 가까이서 보니 그 변화는 작지만 눈에 띄었다. 그녀는 근사하게 나이 들었다. 페이스는 여전히 진지하고 화려하고, 지적이고, 눈에 띄고, 따스하고, 위대한 사람이었다. 그 모든 것이 합쳐져서 다시금 흥분을 불러일으켰다. 페이스는 그녀를 모든 사람에게 소개했지만 그리어는 이름에 거의 주의를 기울일 수가 없었고 곧 사람들이 다들 일어나서 나갔기 때문에 그들이 누군지는 별로 중요하지 않았다. 고용이 되면 그 즉시 그들의 이름을 외울 것이다.

"내가 이메일을 보낸 이후에 잠은 좀 잤어요?"

페이스가 물었다.

"네, 선생님은요?"

"별로 많이 자진 못했죠."

"음, 그러면 제가 이걸 가져온 게 다행이네요."

그리어가 가방에 손을 넣어서는 화려한 동작으로 집 근처 마트에서 사서 도시까지 들고 온 조그만 프라이팬을 꺼냈다. 아마도 그럴 일은 없을 거라고 생각했지만, 혹시라도 페이스에게 이걸 주는 게 적절해 보일 경우에 대비한 거였다. 그러나 지금은 위험을 감수하기로 했다. 페이스는 놀란 표정이었으나 곧 미소를 지었다. 갑자기 그들 사이에 은밀한 농담거리가 생겼다.

"아, 훌륭해요. 굉장히 재미있군요. 잠이 안 올 때면 이걸로 내 머리를 한 대 쳐야겠어요. 그리고 그렇게 할 때마다 당신을 생각할게요, 그리어."

그녀가 프라이팬을 사이드 테이블에 내려놓고 말했다.

여성의 설득

"누가 또 다른 긴급한 일을 들고 들어오기 전에 업무 이야기부터 하죠."

그들은 평일의 스카이라인이 내다보이는 하얀 소파에 함께 앉았다. 9년이 지났지만 9/11을 잠깐이라도 떠올리지 않고서 이렇게 높은 데서 도시를 내려다본다는 건 불가능했다. 도시의 전체적인 풍광은 잠깐 동안 숭고한 침묵을 부르는 것 같았다. 높은 굴뚝에서 연기가 피어올랐다. 빛이 번쩍거렸다. 길을 따라서 사람들이 움직였다. 지금 이 조용한 순간은 그리 불쾌하지 않았다. 끔찍한 일에서 탄생했지만, 지금은 거기서 분리된 진지한 순간일 뿐이었다.

페이스는 앞에 놓인 찻잔을 집어 들었다. 근처에는 우롱차와 얼그레이 홍차, 재스민차의 조그만 깡통이 있었다. 차 거름망이 옆으로 놓여 있고, 이미 물에 우렸던 찻잎 줄기가 노인의 콧구멍에서 튀어나온 코털처럼 구멍 사이로 비죽비죽 튀어나왔다.

"『블루머』가 문을 닫은 후에 난 멍한 상태였어요. 어쩌면 약한 우울증이었을 수도 있죠. 정신을 다시 가다듬기 위해서 주말용 별장으로 갔어요. 그러다 어느 날 오랜 친구에게서 전화를 받았죠. 우린 수십 년간 친구였지만, 우리의 길은 굉장히 달랐어요. 벤처 투자가인 에밋 슈레이더죠."

페이스가 잠깐 말을 멈췄다.

"내가 누구 이야기하는지 알죠?"

그리어는 고개를 끄덕였지만 확실하게 아는 건 아니었다. 에밋 슈레이더가 누군지 대충은 알았다. 한때 페이스 프랭크에 대해서 대충이나마 알았던 것처럼 말이다. 처음에 페이스에게 했던 것처럼 지금은 그 벤처 투자자이자 백만장자에 관해 구글 검색을 할 수 있으면 좋으련만. 그러면 이 면접에 좀 더 배경지식을 갖고 임할 수 있을 텐데.

"그 사람이 나한테 제안을 하고 싶다고 하더군요. 난 『블루머』를 사고 싶다는 뜻이라고 생각했어요. 힘들겠지만 잡지에 다시 한 번 생명을 주겠다는 뜻이라고요. 하지만 그 사람은 그게 아니라고 하더군요. 『블루머』는 오늘날의 세상에 더 이상 생존 가능하지 않다면서요."

"웹사이트로도 안 되나요? 제 말은, 당연히 손을 좀 봐서 말이죠. 물론 모욕하려는 건 아니에요. 다만 전 그게 좀 궁금했거든요."

그리어가 재빨리 뒷부분을 덧붙였다. 페이스는 고개를 흔들었다.

"아뇨. 그 사람은 지난 수십 년 동안 해온 우리의 임무와 결단력을 존중하지만, 더 큰 계획이 있다고 하더군요. 페미니즘의 이상 몇 가지를 새로운 방식으로 세상에 펼치고 싶다고 그랬어요. 그래서 지금 이런 일이 생기게 된 거죠."

페이스가 말을 이었다.

"그 사람 회사에서 여성 재단을 인수하는 중이에요. 우리가 할 일은 주로 강연자들을 청중과 연결해주는 거죠. 우리는 오늘날 여성들이 걱정하는 가장 다급한 문제들에 대해서 다루고 싶어요. 세미나를 주최하고, 이야기를 하고, 컨퍼런스를 열 거예요. 그 사람은 상당한 자금을 제공하기로 했죠."

그녀가 잠깐 말을 멈췄다가 이었다.

"우리가 비판을 받을 거라는 건 알아요. 슈레이더니까요."

"네?"

"아, 슈레이더는 슈레이더죠. 늘 자기 돈을 좋은 용도로 사용한 건 아니거든요. 꽤 의심스러운 사업에 투자하기도 했고요. 거기에 대해서 한번 찾아봐요. 난 읽어봤어요. 별로 마음에 들지는 않지만, 그 사

　　　　　　　　　　　　　　여성의 설득

람은 종종 자기 돈으로 훌륭한 일도 했고 이 일을 성공시키겠다는 마음은 진짜처럼 보여요. 위험요인이죠. 하지만 정말로 끝까지 가겠다고 약속했으니까요. 물론 그게 우리가 받게 될 비판의 전부는 아닐 거예요. 내 문제도 있죠."

그리어는 누가 당신을 비판한다는 건가요? 묻고 싶었지만, 누구일지 잘 알았다. 블로그에서도 봤고, 당연히 「펨 파탈」의 논평란에서도 본 적이 있었다.

"난 내가 할 수 있는 일을 해요. 여자들을 위해서 일을 하죠. 모두가 내가 일하는 방식에 동의하는 건 아니에요. 힘 있는 지위에 있는 여자들은 비판으로부터 절대 안전하지 않죠. 내가 하는 종류의 페미니즘은 페미니즘의 한 가지 방식이에요. 다른 방식도 많이 있고, 다 훌륭해요. 세상에는 여러 가지 이야기를 하는 열정적이고 급진적인 젊은 여자들이 있어요. 난 그들에게 갈채를 보내요. 우리에겐 그들이 필요하죠. 가능한 한 많은 여자들이 나서서 싸워야 해요. 나는 훌륭한 글로리아 스타이넘에게 일찌감치 세상은 평등을 위해 싸움의 각기 다른 여러 측면을 강조하고 싶어 하는 사람들, 다시 말해 여러 종류의 페미니스트들이 공존할 수 있을 만큼 크다는 사실을 배웠어요. 불평등은 끝이 없다는 걸 알아요. 난 내가 아는 방식으로 싸우기 위해서 내가 쓸 수 있는 모든 자원을 전부 사용할 거예요."

"계속 선생님 부츠를 신을 수 있는 한은 말이죠."

그리어가 충동적으로 끼어들었다. 문득 「펨 파탈」에서 일하는 게 페이스 프랭크 밑에서 일하는 것보다 더 짜릿할 것 같다고 생각한 적이 있었음을 떠올렸고, 이제는 그렇지 않을 거라는 걸 깨달았다.

그때 페이스가 말했다.

"내가 이야기하고 싶은 모험의 또 다른 측면이 있어요, 그리어. 이게 내가 에밋의 제안을 거절했다가 결국 이 자리를 받아들이게 된 이유죠."

그녀가 몸을 좀 더 가까이 기울였다.

"바로 이거예요. 굉장히 자주 우리는 일부 여성들의 삶에 즉각적인 변화를 일으킬 특별하고 긴급한 프로젝트를 실제로 시행할 수 있게 될 거예요."

그녀가 말했다.

"멋질 거 같은데요."

그리어가 말했지만, 이 모든 것들이 투자금의 소나기 아래 있는 강인한 여성들과 아마도 관계가 있는 것 같다는 사실을 제외하면 실제로 어떤 의미가 있는 건지 잘 이해할 수 없었다. 하지만 그녀도 그 속에 함께 서고 싶었다. 종종 굉장히 조용하고 어색하게 행동하지만, 그녀도 이 일에 적절하고 꼭 필요해서 선택된 사람으로 보이고 싶었다. 그리어 카데츠키, 달아오른 얼굴이 암시하는 것만큼이나 열렬하게 일하는 젊은 여성.

저 정말 선생님을 위해서 지독하게 열심히 일할게요, 페이스 프랭크. 그녀는 그렇게 말하고 싶었다.

"우리는 이미 이 일을 시작했어요. 최근에 에밋에게 남부 시골에 사는 이주 여성의 건강과 복지를 개선하는 데 초점을 맞춘 조직에 투자하게 만들었죠. 아 참, 우리 이름은 로사이Loci예요."

페이스가 말했다.

"뭐라고요?"

그리어가 물었다.

여성의 설득

"알아요. 나도 똑같은 반응을 했죠. 하지만 익숙해질 거예요. 장소 locus의 복수형으로서 로사이죠. 여성에 관련해서 집중해야 하는 문제가 아주 많고, 우리 에너지를 쏟아야 하는 장소도 아주 많기 때문이에요. 아주 훌륭한 이름은 아니지만, 마감 날짜까지 더 나은 이름을 찾지 못했어요. 사람들은 페이지에서 L-O-C-I라는 철자를 보면 이렇게 생각하겠죠. 맙소사, 이걸 어떻게 발음해야 하는 거지? 로-키인가? 로-카이? 로-사이? 사전에도 세 가지 선택지가 다 나오거든요. 내 경우에, 나는 확실하게 '사이' 진영이에요."

"그럼 저도요!"

그리어가 말했다.

"에밋은 빠르게 우리 팀을 완성시키기를 원해요. 난 이미 여러 사람들을 끌어들였고, 벌써 일을 시작했죠. 에밋이 우리한테 이 넓은 공간을 빌려줬어요. 맙소사, 내가 전에 하던 거랑은 굉장히 달라요. 『블루머』 사무실 봤죠? 난 세 명이 책상 하나를 공동으로 쓰고, 엘리베이터는 항상 고장 나 있는 그런 곳에 익숙해요. 그게 나한테는 자매애의 의미죠. 하지만 지금은 엄청난 성공을 거뒀어요. 슈레이더캐피털은 우리를 가까이 두고 싶어 해서 바로 위인 27층에 있죠."

그녀가 힐끔 위쪽을 본 다음 손을 깍지 끼고서 그리어를 똑바로 쳐다보았다.

"그래, 어떻게 생각해요?"

"굉장한 것 같다고 생각해요."

"그래요, 그렇죠? 당신의 인생 계획에도 잘 맞나요?"

페이스가 물었다.

"저한테 그런 계획이 있는지 잘 모르겠는데요."

"정말로요? 당신 나이에는 모두들 갖고 있다고 생각했는데. 내 계획은 가능한 한 부모님에게서 멀리 떨어지는 거였죠."

그리어는 자의식을 느꼈다.

"여기서 일하고 싶어요. 그게 제 계획이에요. 그리고 밤에는 글을 좀 쓰고 싶고요. 어쩌면 언젠가는 작가가 될 수도 있겠지만, 지금은 세상에 녹아들 수 있는 그런 일자리를 원한다고 생각해요. 그리고…… 의미를 만드는 걸 도와줄 수 있는 그런 일자리요. 그게 선생님을 만났을 때 선생님이 하셨던 말이에요. 어쨌든, 이 일자리가 그걸 해줄 수 있을 것 같아요."

페이스가 진지하게 고개를 끄덕였다.

"좋아요. 솔직하게 말할게요, 그리어. 당신의 뛰어난 지성 때문에 내가 당신을 면접보기로 한 건 아니에요. 당신이 영리하다는 건 알아요. 성적도 훌륭하고, 솔직히 타고난 글재주를 갖고 있고, 그 분야에서 정말로 좋은 성과를 낼 수 있을 거라고 생각해요. 하지만 당신은, 뭐랄까, 스물두 살쯤인가요? 난 스물두 살에 아무것도 몰랐고, 계속 세상 속으로 도망치기만 했죠."

"라스베이거스에서 칵테일 웨이트리스가 되는 걸로 말이죠."

그리어가 기억을 떠올리고 말했다.

"그래요, 맞아요. 그리고 난 당신에게 무엇보다도 가능성이 있다고 생각해서 면접을 보는 거예요. 나한테 오늘 프라이팬을 가져온 것도 그렇고요. 그건 꽤 재치 있었어요. 그러니까 당신이 원한다면 당신을 받아들이고 싶어요."

"와, 페이스, 고맙습니다. 저도 정말로 하고 싶어요."

그리어가 얼굴을 붉히고 말했다.

여성의 설득

"물론 이 일은 신입 수준일 거예요. 대부분이 아마 지루하고 반복적인 일처럼 느껴질 걸요."

"설마요."

"아니, 사실이에요. 내 말 잘 들어둬요. 당신은 우리의 예약담당 중한 명이 될 거예요. 나중에는 여기서 일어나는 다양한 일들에 더 많이 끼게 되겠지만요. 얼마나 빨리 그렇게 될지는 당신에게 달렸어요."

그리어는 페이스가 일의 특성에 대해서 설명하는 동안 가만히 앉아 있기가 힘들었다. 그녀는 역도선수처럼 바닥에 웅크리고 앉아서 기다란 하얀 소파를 페이스 프랭크가 여전히 앉아 있는 상태로 들어 올려 뭐든 할 수 있다는 것을 보여주고 싶었다.

2주 후, 지는 그리어가 브루클린의 프로스펙트 하이츠의 원룸 아파트로 이사하는 것을 도와주었다. 에밋 슈레이더가 로사이의 모든 직원 봉급에 놀랄 만큼 관대하지 않았다면 절대로 혼자서 이런 곳에 살 수 없었을 것이다. 원룸은 작은 건물에 있는 단순하고 지저분한 상자 같은 곳이었고 그리어나 지가 하고 싶은 마음이 전혀 없는 대청소가 필요했지만, 독특한 몰딩과 압축해서 만들어진 주석 천장이 있고 그녀 이름으로 빌린 것이었다. 친구들을 통해서 그리어는 침대를 구해 L자형 원룸 한쪽 구석에 배치했다. 친구가 머물 때면 펼쳐서 잠자리로 쓸 수 있는 작은 소파도 샀다. 그녀는 방 맞은편 모서리에 딱 맞게 소파를 밀어 넣었다. 벽에는 평범한 인쇄물만 몇 개만 붙여놓았다. 꽃이자 성기를 그린 조지아 오키프의 그림도 있었다.

"혹시 궁금해할까 봐 하는 말이지만, 원본은 아니야."

그녀가 노트북을 들고 방을 돌아다니며 코리에게 스카이프로 집

구경을 시켜주면서 말했다.

지가 그녀를 위해 이케아 의자를 조립하는 동안 그리어는 전화기를 들고 바깥으로 나가서 코리에게 동네 구경까지 시켜주었다. 걸어갈 수 있는 거리에 있는 파머스 마켓과 그랜드 아미 플라자, 공원, 커다란 금빛 문이 있는 브루클린 공공 도서관에 대해서 말로 상세하게 설명했다. 근처에 거대한 브루클린 박물관과 식물원도 있고 워싱턴과 프랭클린 사이에는 카리브식 소고기 패티 상점과 수표 교환점, 택시 운행소도 있다고 그녀는 말했다.

"내가 소고기 패티 가게에 절대로 발을 들일 건 아니지만, 너는 조만간 그럴 수도 있을 테니까."

그 첫날 오후 늦게, 짐을 다 풀고 지낼 수 있을 정도로 정리를 마친 다음에 그리어와 지는 현관 앞에 앉았다.

"이 동네 마음에 든다."

날이 추워질 동안 지는 계속해서 이렇게 말했다.

"나도 그래. 하지만 기분이 되게 이상해."

그리어가 그렇게 말하고 지를 쳐다보았다.

"넌 스카스데일에서 잘 지내? 별로 외롭지 않아?"

"난 괜찮을 거야. 한 가지 좋은 건 얼음이 만들어지는 냉장고야. 그리고 난방이 되는 변기 시트랑 뭐 그런 것들."

"네가 원하는 만큼 나랑 같이 있어도 돼. 정말로. 그냥 아무 때나 와. 열쇠 줄 테니까."

그리어가 말했다.

"고마워."

"나야말로 정말로 모든 게 다 고마워. 안 그랬으면 오늘 일이 훨씬

더 힘들었을 거야. 정리하는 거 말이야. 내 말은, 넌 최고야, 지. 항상
그래. 그냥 그 말을 하고 싶었어."

이제 여러 가지 이유로 눈물이 나올 것 같았다. 우정, 두려움.

"별것도 아닌데, 뭐."

지가 말했다. 그들은 좀 더 앉아 있었다. 둘 다 오늘을 끝내고 싶지
않았다.

"음, 난 이제 지하철을 타러 가야겠다."

지가 마침내 말했다.

"웬디 판사님께서 오늘 밤에 특별 라자냐를 만드실 거라 그랬고,
나도 식탁 앞에 앉아 있어야 할 거라고 하셨거든. 너도 여기 혼자 좀
있고 싶을 것 같고."

그리어는 아직 가지 말라고 말하고 싶었다. 그녀는 혼자 살 예정이
아니었다. 코리가 여기 있을 계획이었고, 희망 가득한 20대 초반의 달
콤한 방식으로 집을 정리할 계획이었다는 생각을 멈출 수가 없었다.
지는 떠났고, 그날 밤늦게 외롭지만 흥분한 상태로 그리어는 몇 블록
떨어진 얌 코티지 타이라는 가게에서 저녁밥을 포장해왔다. 여기가
내가 사는 동네가 될 거야, 그녀는 그렇게 생각하다가 문득 깨달았다.
우리 동네가 생겼어. 그리어는 작은 부엌 싱크대 앞에 서서 채소 팟타
이를 음울하게 기계적으로 떠먹었다. 혼자 있고 마음대로 해도 되기
때문에 그녀는 시끄럽게 쩝쩝 소리를 내며 먹고서 팔뚝으로 얼굴에
묻은 오렌지 오일과 땅콩가루 흔적을 닦았다.

나중에, 잠자리에 들 준비를 마쳤을 때 위층에서 쿵쿵 덜컥덜컥
소리가 들렸다. 뭔가를 끌고 가는 것 같은 소리였다. 그녀는 그 소리가
뭔지 전혀 몰랐지만 코리가 함께 살았다면 이것에 대해 이야기를 나

눌 거라고 상상할 수 있었다.

"위에서 볼링을 치는 거 같아."

그녀는 그에게 그렇게 말할 거고, 함께 침대에 누워 위층 사람과 그들의 실내 볼링장에 대한 시나리오를 짜볼 것이다.

"그 사람들 리그 이름은 뭘까?"

그녀가 그에게 묻겠지. 코리는 순식간에 "고급주택거주자들." 같은 대답을 할 것이다. 그리고 물론 그리어와 코리도 나름의 은밀한 소리를 내기 시작하리라.

사흘 안에 일을 시작할 것이다. 그녀가 처음 로사이에 일자리를 얻었을 때 코리가 그녀에게 물었다.

"슈레이더캐피털이랑 슈레이더에 대해서 전부 알아봤어?"

"어느 정도는."

그녀가 대답했다.

"다 읽어봐야 돼. 모두들 그렇게 해."

그녀는 에밋 슈레이더에 대한 기사가 엄청나게 많다는 걸 알게 되었다. 일부는 그가 관련된 도덕적으로 문제가 있는 회사들을 소재로 했고, 일부는 그의 자선활동에 초점을 맞추었다. 그리어는 사람들이 종종 'VC'라고 부르는 벤처 투자나 백만장자의 사업 방식 같은 것에 대해서 전혀 모르기 때문에 그가 엇갈리는 평판을 갖고 있다는 것 말고는 별로 이해할 수가 없었다. 그리고 그런 평판을 갖는 건 드문 일도 아니었다. 페이스가 슈레이더를 좋아하고 그를 '오랜 친구'라고 했으니까 그쪽이 훨씬 더 중요했다.

그리어가 일을 시작하기 전날 밤에 지가 브루클린에서 그녀와 한잔하러 왔다. 지도 쉥크, 드빌러스라는 법률회사에서 법률보조 일을

여성의 설득

시작해서 내일 일을 하러 가야 했다. 그들은 불안정한 의자에 앉아 낮은 꿀빛 조명 아래서 맥주를 마시고 와사비맛 콩을 씹어 먹었다.

"이제 너도 전부 다 시작이네. 이 순간을 기억해둬. 네 머릿속에 스냅샷을 찍어봐."

지가 말했다.

"무슨 순간?"

"모든 게 시작되기 전의 순간. 말하자면, 네 삶을 시작하기 전의 순간."

"이게 내 삶이 될지 어떨지 잘 모르겠어. 어쩌면 난 이 일을 잘 하지 못할 수도 있어."

"잘 하는 법을 배우게 될 거야. 넌 많은 걸 잘 하잖아, 그리어. 글쓰기, 문학 읽기, 사랑."

"그건 언급하기에는 좀 애매한 기술인데."

"넌 놀랍도록 능력자야. 넌 무려 페이스 프랭크의 재단에 고용됐다고. 완전 짱이지. 너에게 경의를 표한다."

"그리고 난 너한테 경의를 표해. 네가 날 페이스 프랭크에게로 이끌어줬어. 네가 날 그 강연에 데려갔잖아. 안 그랬으면 난 아마도 수업 메모장을 들고서 기숙사 방에 틀어박혀 있었을 거야. 그러면 이 모든 일이 일어나지 않았겠지."

그리어가 잠깐 말을 멈췄다가 이었다.

"넌 내가 많은 일을 하게 만들어줬어. 최소한 상황을 다르게 생각하게 만들어줬지."

"오.오.오."

"어쨌든 우리의 우정에 대해서는 라일랜드 대학에 감사해야겠지.

우리 재산을 전부 학교에 남기자."

"1센트도 안 남길 거야. 동창회보를 볼 때마다 내가 왜 이딴 걸 읽고 싶을 거라고 생각하는 건지 모르겠다니까. 81학번 머저리 멍청 씨가 이제 전략계획실에서 일하게 되었음, 같은 거 말이야."

"그 머저리 아내 샐리랑 함께 말이지."

그리어가 덧붙였다.

"하지만 졸업생 명단에서 너에 관해 써줄지도 몰라. 2010년 졸업생 그리어 카데츠키, 현재 페이스 프랭크 밑에서 일함."

지가 말했다.

"그거 괜찮을 거 같다."

그리어가 대답했다. 그리고 갑자기 대화가 오로지 자신에 관한 것뿐이라는 것을 깨닫고 말했다.

"너도 일이 잘 풀리게 될 거야, 지. 그럴 거라고 난 확신해."

"저기, 나 줄 게 있어."

지가 이제 좀 더 조용하게 말했다.

그녀가 재킷 주머니에 손을 넣었을 때 그리어는 지가 예쁘게 포장된 작고 감상적인 선물을 꺼낼 거라고 생각했다. 그 안에는 그리어가 최초의 진짜 일을 시작할 때 갖고 다니거나 목에 걸고 다닐 수 있는 일종의 부적 같은 게 들어 있을 것이다.

하지만 지가 꺼낸 것은 선물상자도 아니고, 줄에 걸린 부적도 아니었다. 대신 그녀가 꺼낸 건 봉투였다. 그들의 우정이 얼마나 의미 있는지 적은 감상적인 편지일까? 그건 굉장히 감동적일 것이다. 여자들은 자신이 느끼는 감정을 서로에게 억누르지 않고 말할 자유가 있었다. 여자들은 머뭇거리거나 불편해하지 않으면서, 설령 한 명이 동성애자라고 해도 둘 사이에 성적인 함축이 전혀 없이 "널 사랑해."라고 말할 수 있었다.

"아. 고마워, 지."

그리어가 그것을 받으려고 손을 내밀었다.

"실은 페이스에게 보내는 거야."

이제 그 편지는 그리어가 받고 싶은지 아닌지 알 수 없는 불확실한 물건이 되었다. 자신도 모르는 상태로 교활하게 속아 넘어가 호출당한 것 같은 기분이었다.

"그게 무슨 뜻이야?"

"음, 어젯밤 우리 부모님 집에 있는 내 침실에서, 아주 늦게까지 앉아서 머릿속으로 자신의 삶에서 어떤 일을 해야 하는지 깨닫기 위해서 만들어야 하는 목록을 내가 만들어봤어."

지가 대답했다.

"이게 그거야? 목록?"

"아니, 아니, 마저 들어봐. 어쨌든 이 목록을 만들 때는 우선 자신의 삶에 절대로 포함시키고 싶지 않은 것들부터 생각해야 돼. 그러다가 내가 얼마나 법률보조가 되고 싶지 않은지를 깨달았어. 전혀 흥분되지 않는 일이거든. 그리고 난 변호사도 절대로 되고 싶지 않아. 최소한 기업 변호사 같은 종류는. 난 젊은 신입 변호사들을 많이 보거든. 아주 늦게까지 일하고, 기업법을 담당하고, 의사처럼 하루 24시간 연락을 받아. 그런데 그 사람들 일은 가끔씩 하는 무료 상담 말고는 전혀 인류를 위한 서비스 같은 게 아니야. 내 말은, 그 사람들은 국경 없는 의사회랑은 정반대라고. 영혼 없는 변호사회, 난 그런 식으로 생각해. 하지만 회사는 그들에게 엄청난 봉급을 주면서 처음에는 그들을 흥분시키고 약간 혼란스럽게 만들기 위해서 야구경기랑 저녁식사에 데려가고, 타이즈를 입고 얼굴에 온통 다이아몬드 그림을 그려놓은 사람들이 나오는 태양의 서커스 티켓을 주지. 내 생각에 그건 선물이 아니라 벌인 것 같지만. 할리퀸보다 더 끔찍한 게 있을까? 하지만 그런 것들이 사람에게서 너무나 많은 것을 뽑아가고, 그걸 방어할 만한 도구는 없어. 기분을 좋게 만들어주지도 않아. 지구에서 보내는 짧은 생애 동안에 뭔가 괜찮은 일을 했다는 기분도 선사하지 않고. 그리고 그거 알아? 난 그렇게 살고 싶지 않아."

"그럼 넌 뭘 원하는데?"

"음, 솔직히, 나도 페이스 프랭크의 재단에서 일하고 싶어. 그분이 날 써준다면."

지가 부드럽게 말했다.

그리어는 충격을 받았고, 뭐라고 말해야 할지 알 수가 없었다.

지는 바에 있는 소용돌이무늬를 손가락으로 따라 그렸다.

"내가 갑자기 이런 말을 해서 네가 놀란 거 알아. 전에는 내가 이런 얘기를 한 적이 없으니까. 우리 부모님은 뭔가 커리어가 될 만한 걸 하라고 날 엄청 몰아붙이셨지. 하지만 네가 하는 일, 그건 실제로 커리어가 될 수 있어. 그리고 나도 페이스에게 자산이 될 수 있을 거라고 생각해. 난 일종의 사회운동가였잖아. 난 환상 속에서 내가 뭔가 젊고 급진적인 곳에서 일하는 걸 늘 상상했어. 이건 그런 건 아니지. 하지만 페이스는 페미니스트 운동에서 엄청난 인물이고, 그분에게서 많은 걸 배울 수 있을 것 같아. 어쨌든, 그런 생각을 해봤어."

"그렇구나."

그리어가 멍하니 말했다.

여성의 설득

"어디서 일을 하든 나도 뛰어들어서 뭔가 진정한 일을 하고 싶어. 내가 정말로 열정을 가질 수 있는 걸로."

지의 목소리가 약간 가늘어지고 목멘 듯이 변했다.

"우리 부모님은 판사 일을 사랑하셔. 아침에 일어나면 마치 '우와, 해가 빛나네. 얼른 우리 판사실로 가자고, 달링', 이런 식이야. 그리고 네가 네 일을 시작하는 것에 대해서 얼마나 흥분했는지 좀 봐. 나도 그런 기분을 느끼고 싶어. 너희 재단에는 할 일이 굉장히 많을 거고, 그건 봉급을 주는 정상적인 일자리니까 우리 부모님도 찬성하실 거야. 난 그냥 돌아다니면서 페이스 프랭크가 필요로 하는 일은 뭐든지 할 수 있어. 찻잎을 빻는다든지 뭐 그런 것도. 그런 것도 일이잖아? 그리고 가끔씩 그분이 나이 든 여성의 놀라운 지혜를 조금 던져주고, 과거 이야기를 해줄 때 나도 그 방에 같이 앉아 들을 수도 있겠지.

그리고 너랑 나랑 같은 곳에서 일하는 거 근사하지 않겠어? 대학을 졸업한 다음에 친구들이 어떻게 멀어지는지 너도 잘 알잖아. 삶이 완전히 달라져서 더 이상 이야기할 게 별로 없게 되지. 우린 그런 일이 생기는 걸 막을 수 있을 거야."

그리어는 맥주를 한 모금 마시고 최대한 가벼운 어조로 말하기 위해서 노력했다.

"그래서 편지에다가 뭐라고 쓴 거야?"

"아, 그분에게 내가 누구고 왜 그분이 하는 일에 끼고 싶어 하는지에 대해서 설명했어. 최선을 다해서. 내 하찮은 글솜씨에 대해서 경고하고, 널 만났던 바로 그날 나도 있었다는 걸 상기시켰어. 대학교 여자화장실에서. 그런 다음 지 아이젠스타트의 역사에 대해서 이야기했지. 요약 버전이니까 걱정하지 마."

"걱정 안 해."

그리어가 대답했다. 오늘 밤의 분위기가 완전히 달라졌고, 지는 그 이유를 이해하지 못하는 것 같았다. 그녀는 평소처럼 차분한 지만의 방식으로 거기 앉아서 격려의 말을 기다리며 그리어를 쳐다보고 있을 뿐이었다. 대신에 그리어는 지의 편지가 사라지기를 바랐다. 물론 그런 일은 없을 거고, 의무적으로 그걸 페이스에게 건네줄 거라는 건 잘 알지만 말이다. 그리어는 이제 그것을 만지작거리며 맥주병에 기대 세웠다. 봉투는 불투명해서 지가 뭐라고 썼는지 보이지 않았다.

"당신의 가장 친한 친구잖아요, 그리어."

페이스는 그걸 읽고 나서 이렇게 말할 것이다.

"어떻게 생각해요? 그녀를 데려와야 할까요?"

그러면 그리어는 "당연하죠."라고 대답할 것이다.

갈색 유리병에 비스듬하게 기대 세워진 편지는 나름의 빛을 발산하는 것처럼 보였다. 그리어는 병을 들어 올렸고 편지는 쓰러지듯이 바로 떨어졌다.

"그래서, 내일 몇 시까지 일하러 가야 돼?"

지가 물었다.

5

로사이 재단의 조명기구들은 아직 실험 단계인 특수 에너지 절약 코일로 만들어졌고, 현재의 일을 하는 데 걸맞을 정도로 밝지 않아서 거기서 일하는 모든 사람들이 중세의 원고를 눈을 가늘게 뜨고 보는 것처럼 지나치게 눈에 힘을 줘야 했다. 그리어는 상관하지 않았다. 26층에 있는 그녀의 사무공간을 비추는 거의 셀러리 색깔 같은 창백한 빛은 그녀가 사치스럽게, 거의 경건하게 늦게까지 남아 있는 동안 낮고 독특한 색조를 선사했다. 그녀의 열의와 노력이 좀 극단적으로 보일 수 있다는 걸 뒤늦게야 깨달았지만 말이다. 그녀는 열정을 갖고 일했지만 거의 즉시 일의 한도를 파악했고, 그녀가 로사이에서 하는 일이 엄청나게 흥미롭지는 않다는 걸 알게 되었다. 페이스가 그녀에게 면접 때 이 부분을 경고했지만, 그때는 그럴 리 없으리라고 생각했다. 그리고 일은 사실 지루하지는 않았다. 그건 좀 가혹한 묘사일 것이다. 그리어는 여전히 직업이라는 개념 자체를 사랑했기 때문이다. '직업 세계'라는 단어가 딱 정확하게 느껴졌다. 회의실과 생수 기계와 재활용 종이 쓰레기통으로 이루어진 사무 환경은 나름의 행성 같았다. 하지만 이 직업의 난이도는 가볍고 반복적이었으며, 여성을 돕는다는 크고 거대한 모험으로부터 동떨어져 있는 느낌이었다. 거기서 일을 하는 첫날 아침 어느 시점에 그녀는 이 일이 기업체 파티 계획을 짜는 일이나 다름없는 일이라고 생각했다.

자기 책상 앞에서 그리어는 전화를 받거나 인터넷을 하면서 강연 후보자들이나 그들의 보조, 대변인들로부터 "그래요." 나 "어쩌면요." 같은 답을 받고, 여행 계획을 세우고, 전세계 공항의 약어를 익혔다. 몇 개는 전혀 말이 되지 않았다. 왜 뉴어크는 NWR이나 심지어는 NWK가 아니라 EWR인 걸까? 그리고 왜 로마는 전혀 기억할 수 없는 FCO여야 하는 거지? 코리의 동생 알비라면 알지도 모른다. 이것은 그 애가 좋아하는 종류의 정보였다.

월요일 점심시간에 누군가가 테이크아웃 메뉴를 돌리고서 원하는 음식에 동그라미를 치라고 했고 돈을 모았다. 그날 테이크아웃은 중동 음식점이었기 때문에 그리어는 채식란을 훑어보고 팔라펠 랩을 주문했다. 그들이 음식을 들고 다 함께 둘러앉아 재단과 그들이 바라는 것과 영감에 대해서 이야기를 할지도 모른다고 생각했지만, 모두들 그냥 자기 점심을 갖고서 자기 자리로 돌아갔기 때문에 그리어 역시 코리와 지의 사진을 붙여놓고, 부모님이 그녀에게 떠넘기신 콤셀 뉴트리클 단백질 바(반쯤 먹을 만한 라즈베리 익스플로전과 모래처럼 버석거리는 더블 바닐라)를 쌓아놓은 공간에서 혼자라는 것을 의식하며 점심을 먹었다. 코리는 그 첫날 그리어에게 사진을 보내달라고 문자를 보냈다. 그녀는 그에게 엘리베이터와 작은 부엌의 사진, 여러 사람들의 뒤통수가 포함된 층 전체가 나오는 원거리 사진을 보냈다.

"네 삶에서 벌어지는 여러 가지 얘기들도 보내줘. 기억해, 난 컨설팅 일을 하고 있어서 굉장히 지루하다고."

그가 말했다. 하지만 지금까지 그녀는 중요한 일로부터 밀려나 있는 기분이었다. 조만간, 아니 지나치게 금방 여기서 더 많은 일을 하고 싶어질 거라는 느낌이 들었다. 로사이의 다른 사람들은 이미 훨씬 더 많은 일을 하고 있었다. 그녀와 다른 예약담당, 테드 라모니카라는 머리를 짧게 민 동성애자 남자는 일간 회의에 참석하지 못했고, 그녀는 종종 유리로 된 회의실을 넘겨다보곤 했다. 페이스가 탁자 상석에 앉아 있는 게 보였다. 회의실에는 세 명의 연구원들도 있었다. 여러 외국어를 구사하는 섹시한 스물세 살 마르셀라 박스맨, 서른다섯 살에 세련된 전직 조합 조직자이자 페이스의 팀에서 유일한 아프리카계 미국인인 헬렌 브랜드, 잘생기고 단호한 턱선을 가졌으며 스탠포드를 졸업한 지 5년 됐고 가장 최근에는 기아 방지 스타트업에 있었던 벤 프로슈노이어. 거기다 60대이자 확실한 창단멤버인 제2의 물결 세대 보니 뎀프스터와 이블린 행본도 있었다. 보니는 여전히 예전에 무례하게 쥬프로*라고 불렸던 스타일을 하고 본인이 직접 금속 조각으로 만든 나뭇가지 모양 촛대 같은 귀걸이를 한 레즈비언이었다. 이블린은 귀족적이고 비꼬는 표정에 좋은 모직 수트를 입었다. 두 사람 다 『블루머』를 시작할 때부터 페이스와 함께 있었다.

사흘째 되던 날, 회의 도중에 그리어는 커다란 목소리가 회의실 바깥까지 들리는 것을 알아챘다. 그녀는 고개를 들고 유리 뒤로 움직이는 팔 하나를 보았다. 사무실 맞은편에서도 알아볼 수 있는 페이스

---

*   유대인이 하던 곱슬곱슬하고 덥수룩한 아프로 스타일 머리 모양.

의 팔이었다. 긴장감으로 가득했지만 목소리 역시 페이스의 것이었다. 그녀가 말하는 소리가 들렸다.

"아니, 내가 말하는 뜻은 사실 그게 아니에요. 다시 시작해보죠. 마르셀라, 해봐요."

마치 두려워하는 척 신중하게 말하는 마르셀라 박스맨의 목소리가 뒤이어 들려왔다. 그리고 아직 짜증 난 상태의 페이스가 다시 비난을 했고, 또 다른 사람이 조심스럽게 마르셀라의 편을 들었다. 그러다 마침내 페이스가 원하는 방식으로 회의가 흘러가게 되었다. 화가 진정된 페이스가 드디어 이렇게 말하는 소리가 들렸다.

"드디어 해냈군요!"

모두들 안도감에 지나치게 큰 소리로 웃었다.

초록빛의 유리문이 마침내 슛 소리를 내면서 열렸을 때 다들, 심지어 마르셀라까지도 즐겁고 만족한 얼굴이었다. 실제로 페이스는 마르셀라에게 모두 다 괜찮고, 안 좋은 순간은 지나갔으며, 더 이상은 중요치 않다고 알려주듯이 그녀에게 팔을 두르고 있었다.

페이스는 다들 말하는 것처럼 조급하고 쉽게 화를 내기도 했지만, 대부분의 경우에는 태평하고 관대했다. 특히 조수인 이파트와 다른 보조들에게 그랬다. 그리어는 그녀가 쓰레기를 비우는 나이 많은 관리인에게 상냥하게 말을 거는 것을 본 적이 있었다. 관리인이 미네소타 대학에서 그녀에게 명예 학위로 주었던 졸업장을 실수로 버렸는데도 말이다.

페이스는 거의 모든 사람의 마음을 유혹하는 종류의 사람이라는 것을 그리어는 깨닫기 시작했다. 유혹은 페이스에게 강력한 무기이자 거의 강박 같은 거였으나 손쉽게 일어나고 더 큰 선을 위해 사용되

여성의 설득

는 것처럼 보였다. 그녀는 선동가나 선지자가 아니었다. 그녀의 재능은 달랐다. 그녀는 아이디어를 거르고 증류해서 다른 사람이 듣고 싶어 하게 잘 다듬어놓을 수 있었다. 그녀는 특별했다. 하지만 그럼에도 불구하고 아무도 페이스의 사생활에 대해서는 별로 알지 못했다. 심지어 그녀의 배경에 대해서도. 수많은 인터뷰를 했음에도 그녀는 따뜻함과 신비로움이 섞인 존재로 남았다. 아마도 그녀 자신이 그런 방식을 좋아하는 것이리라. 인생의 특정한 부분에 사람들을 들여놓지 않으면 이런 사람이다 저런 사람이다 하는 비판을 받지 않을 수 있고, 그러니까 어떤 사람으로든, 심지어는 전인적(全人的) 사람으로 여겨질 수도 있을 것이다.

모두들 그녀를 알고 싶어 했다. 그리어는 이것이 조용하게 존재하는 사무실 전체의 바람이자 비밀이라는 것을 감지했다. 그리어는 페이스가 오래전에 다시 독신이 되었고 장성한 아들이 있다는 걸 알았지만, 그게 전부였다. 남자친구는 있나? 그녀를 설명할 때 쓰기엔 터무니없는 단어였다. 그녀는 남자친구 같은 것에서 한참 넘어선 존재였다. 그들보다 훨씬 커서 그들을 왜소하게 만들었다. 그리고 그녀는 주말용 별장이 있다고 말한 적이 있었다. 어떤 모습일까? 박공이 있는 집일까? 그런데 박공이 뭐지? 리버사이드 로에 있는 그녀의 아파트는? 그녀의 조수인 이파트만 거기에 가봤고, 페이스가 거기에 대해서 아무 말도 하지 않기를 바란다는 걸 잘 아는 것처럼 이파트는 절대로 그 집 이야기를 꺼내지 않았다.

긴장된 회의가 끝나고 오후에 페이스가 그리어의 자리로 다가와서 말했다.

"그리어, 오늘 잠깐 나 좀 봐요, 응?"

그리어는 불안해졌고 자신이 뭔가 실수를 해서 지적을 받게 되는 건가 걱정스러웠다. 페이스의 마음을 상하게 만든다는 건 끔찍했고, 그녀를 기쁘게 만드는 건 정말 좋았다. 맬릭 교수라면 이 방정식이 절대적이라고 말했을 것이다. 페이스 프랭크를 기쁘게 만들거나 불쾌하게 만드는 기분이 어떤 건지 다들 절대로 잊지 못한다. 하지만 페이스는 지금 웃고 있었다. 그리어는 그녀의 사무실로 들어가면서 파일에 지가 준 편지를 넣어서 들고 갔다. 월요일에 일하러 올 때 의무적으로 그걸 갖고 와서 그녀에게 건네기에 적당한 타이밍을 기다리고 있었다. 그러나 처음에는 너무 이른 것 같았고 친구를 여기에 넣어주려 한다는 게 좀 뻔뻔한 행동 같았다. 하지만 지가 어떻게 됐는지 결과를 기다리고 있으니 지금이 시도해볼 만한 때일지도 모른다.

페이스의 거대한 사무실에서 그들은 기다란 하얀 소파 양끝에 앉았다. 빛이 비스듬하게 들어와서 페이스의 뺨 위로 떨어져 정확하게 이 각도에서만 보이는 거의 희미하고 투명한 솜털들을 드러냈다. 물론 그걸 봤다고 그리어가 다른 사람들에게 말할 것도 아니었다. 페이스가 몸을 앞으로 기울이자 그녀의 근사하고 독특한 향기가 났다. 향 이름은 쉐르쉐이라고 그녀가 마르셀라에게 말하는 걸 엿들은 적이 있었다. 마르셀라 역시 굉장히 세련되었으니 조만간 분명히 쉐르쉐이를 뿌리기 시작할 것이다.

"우리가 여기서 하는 일에 대해서 당신이 받은 인상을 말해줘요. 솔직하게요. 내 자존심에 관해서는 걱정하지 말아요. 지금까지 당신에게는 어떻게 보였는지가 궁금하거든. 위대한 새 여정. 정말로 위대한 것 같아요?"

페이스가 말했다.

"지금으로서는 위대함의 아장거리는 시작 같아요."

페이스가 그녀를 보고 미소를 지었다. 그렇게 재미있는 말도 아니었는데! 하지만 재미의 이웃 동네쯤에는 있었고, 그리어는 즉시 다양한 제안을 내놓기 시작했다. 페이스가 전부 다 싫어할 수 없게 제안은 모두 다 완전히 달랐다. 3월에 예정되어 있는 힘을 주제로 한 첫 번째 세미나에서 열릴 행사 두 가지의 순서를 바꾸면 어떻겠느냐는 제안도 했다.

말투를 바꾸지 않은 채 그리어는 가볍게 또 다른 아이디어로 넘어갔다.

"그리고 새로운 페미니스트 블로그 몇 개를 살펴보고 거기서는 어떤 걸 하는지 알아보면 좋지 않을까 생각해봤어요."

그 말을 하자마자 그녀는 거기의 기고자들이 가끔씩 페이스를 공격한다는 사실을 떠올렸다.

"『여성의 설득』의 저자는 우리에게 슈레이더캐피털과 한 침대에 드는 게 완벽하게 괜찮다고 설득하려고 한다. 기업적 페미니즘인가요, 페이스 프랭크?"

페이스는 그저 그리어를 보고 고개를 끄덕였다.

"그래요, 살펴볼 수 있겠죠. 하지만 당신도 알다시피 나는 내가 할 줄 아는 일을 해달라고 여기에 온 거예요."

페이스가 고용한 다른 모든 사람들처럼 그리어도 페이스를 위해 일하는 것과 급진적 조직을 위해서 일하는 것의 차이를 잘 알았다. 하지만 그들 모두 이 강하고 매력적이고 우아하고 나이 많은 페미니스트를 따라가는 것을 사랑했다. 그리고 그들은 그녀가 상징하는 것을 사랑했다.

대화가 거의 끝났고 모든 것이 굉장히 순조롭게 흘러갔기 때문에 그리어는 지의 편지를 어색하게 내밀어서 이 분위기를 망치고 싶지 않았다. 그래서 그녀는 이번에도 이야기하지 않기로 했다. 조만간 얘기할 거야, 그녀는 스스로에게 말했다. 조만간. 하지만 이제 거의 쾌활한 기분으로, 춤추듯이 복도를 따라 돌아오면서 그리어는 사실 지의 편지를 페이스에게 주고 싶지 않다는 것을 깨달았다. 페이스를 지와 공유하고 싶지 않았다. 그녀는 로사이에서 자신의 위치를 여전히 파악하려고 노력 중이었다. 자신이 어디에 맞고 어디에 맞지 않는지 알아내려고 하고 있었다. 물론 내일이라도 페이스에게 편지를 줘야겠지만, 그건 순전히 의무감에서 하는 행동일 것이다.

금요일 오후, 그리어는 여전히 페이스에게 편지를 줄 적당한 시간을 찾지 못했다. 그녀는 이제 그 편지를 절대로 주지 못할 것임을 깨달았다. 5시 반쯤, 아직 책상 앞에 앉아 있다가 그리어는 멀리서 들리는 목소리에 깜짝 놀랐다.

"재킷 챙겨, 박스맨."

누군가가 외쳤다. 벤이었다. 남자들은 여자에게 집적거릴 때 성으로 부르는 경향이 있는 것 같았다.

"당신한테는 박스우먼이야, 프로슈노이어."

마르셀라가 장단을 맞추며 말했다.

"누가 자리 예약해놨어?"

익숙하지만 누군지 정확히 알 수 없는 목소리가 말했고, 곧 그게 27층의 COO의 비서인 킴 루소의 것임을 깨달았다. 그리어가 이번 주 초에 슈레이더캐피털에 구경 갔을 때 잠깐 만난 적이 있었다.

"내가 했어. 우리가 너무 시끄러울 경우에 대비해서 안쪽으로."

확실하게 보니 뎀프스터의 목소리였다.

"아, 우린 당연히 너무 시끄럽겠지. 거기는 최고의 더티 마티니를 팔아. 올리브 주스랑."

또 다른 사람이 말했다. 이블린 같았다.

"모든 유대인*이 어떻다고? 모든 유대인이 다…… 할례를 했다고?"

벤이 말했다.

"아니, 실은 그렇지 않아요. 그리고 우연하게도 난 그걸 알죠."

테드가 말했다.

"'올리브 주스'라고 했어."

마르셀라가 말했고 다 함께 미친 듯이 웃어댔다. 엘리베이터가 날카로운 땡 소리와 함께 도착했고 모두가 함께 아래층으로 내려가면서 목소리가 사라졌다. 함께 우르르 바에 가는 그들의 모임에 그리어는 초대받지 못했다. 갑자기 여기 앉아 늦게까지 일하는 즐거움이 사라졌다. 그녀가 특정한 회의에 들어가지 못한다는 사실에는 이제 익숙해졌지만, 테드도 마찬가지였고 페이스는 그게 개인적인 일이 아니라고 분명하게 말했다. 그러나 테드는 지금 다른 사람들과 함께였고, 아무도 그리어에게는 같이 가자고 하지 않았다.

이제 사무실은 완벽하게 고요했다. 마치 계시처럼 그리어는 자신이 여기서도 외롭다는 것을 깨달았다. 지금까지는 알아채지 못했던 사실이었으나 지금은 명확하게 느껴졌다. 넓은 공간 위로 저녁이 창문을 물들이기 시작했다. 그리어는 꼼짝 않고 앉아 있었다. 갑자기 연약해진 기분이었다. 그때 멀리서 소리가 들렸다. 발소리였다. 어쩌면 뒤

* All of Jews. 올리브 주스와 발음이 비슷하다.

처진 사람이 뒤늦게 따라가고 있는 걸지도 모른다. 발소리는 무겁고 남자의 것이었다. 그리고 곧 휘파람 소리가 들렸다. 그리어는 가만히 앉아서 귀를 기울였다. 발소리가 가까워지다가 멈췄다. 그리어는 고개를 들었다가 자신을 내려다보고 있는 에밋 슈레이더를 발견하고 깜짝 놀랐다. 그녀는 화요일 아침에 그가 로사이 직원들과 어색한 인사를 하러 26층으로 내려왔을 때 딱 한 번 보았다. 그는 그의 주위에서 정령처럼 종종거리는 젊은 비서들과 살짝 뒤에서 따라가는 차분하고 아마도 오랫동안 견딘 것 같은 나이 든 비서를 데리고 두 개의 회의실 중 더 큰 곳으로 들어갔었다.

일흔 살인 슈레이더의 약간 긴 은발머리는 덥수룩한 사자머리 같았고, 그날 아침에는 짙은 색깔의 윤기 흐르는 정장에 비싼 넥타이를 매고 있었다.

"안녕들 하신가!"

그는 억지로 유쾌한 투로 모두에게 인사했고, 보조직원까지 모두 그에게 자신을 소개했다. 하지만 반쯤 소개가 지나갔을 때 그가 더 이상 지체되는 것을 견디지 못하고 있으며 이 자리를 빨리 뜨고 싶어 한다는 게 보였다. 그 결과 다들 긴장해서 점점 더 빠르게 이름을 말하기 시작했고, 소개가 다 끝나자 그는 사라졌다. 오늘 밤 그는 겉옷과 넥타이 없이 와이셔츠 차림이었으나 편안하게 있는 권력자의 모습이란 어딘지 모르게 경계심을 불러일으키는 데가 있었다. 무슨 일이든 일어날 수 있으니까.

"자네는 누구지?"

그가 그리어의 파티션 안에 아예 들어와서 물었다.

"그리어 카데츠키입니다."

그녀는 자신의 좁은 공간에 갇혀서 다급하게 주위를 둘러보았다. 그녀의 싸구려 플라스틱 빗이 책상에 덩그러니 놓여 있었다. 아까 전에 빗질을 한 탓에 머리카락 몇 가닥이 끼어 있는 게 보였다. 그녀는 이 부유한 남자의 향기가 확실하게 흥분된다는 것을, 최소한 이국적이라는 것을 깨달았다. 그녀 나이 또래의 남자들, 연기와 치즈 프라이와 스타버스트와 마키아토 냄새를 풍기는 힙스터들이나 어린 소년들과는 전혀 다른 향기였기 때문이다. 코리는 종종 그녀가 상자째 주는 단백질 바와 발삼향이 나는 샴푸이지만 아무 관심이 없어서 한번은 "발사 샴푸."라고 말한 적도 있는 편의점에서 산 싸구려 샴푸 냄새를 풍겼다. 그녀는 그에게 이렇게 말했다.

"너 발사나무로 머리를 감고 있다고 생각하는 거야? 연살 만드는 그 나무 말이야."

그는 어깨를 으쓱이면서 사실 별로 생각해본 적이 없다고 대답했었다.

하지만 에밋 슈레이더의 향기와 옷차림과 겉모습에 대해서는 누군가가 깊게 생각을 한 것 같았다. 그는 재산과 부동산과 절대적인 확신을 드러내는 외모와 냄새를 갖고 있었다. 그와 이렇게 가까이 있으니 그리어는 자신의 지저분한 빗을 미친 듯이 숨기고 싶었다.

"그래, 여기서는 무슨 일을 하나?"

에밋 슈레이더는 정말로 꽤 관심이 있는 듯한 투로 물었다.

"예약이요."

"그게 무슨 뜻이지? 자네가 서글픈 이야기를 늘어놓을 강연자들을 고르나?"

"아뇨, 저는 그냥 그들이 무사히 오도록 도와주는 것뿐이에요. 강연자를 고르는 건 다른 사람들이에요."

"재미있을 것 같군. 왜 이렇게 늦게까지 여기 있는 거지?"

"회장님도 여기 늦게까지 계시잖아요."

그녀가 지적했다.

"난 그럴 만한 이유가 있지. 자네의 보스 레이디와 어울리고 있었거든. 그녀와 나는 가끔씩 둘만의 파티를 하거든. 업무시간 끝나고 그녀와 앉아서 이야기할 일이 없다면 난 뭘 해야 할지 모를 거야. 나한테는 그게 필요해."

"근사한 분이시죠."

그리어가 자발적으로 말했다. 그녀의 목소리가 하도 숭배조라서 슈레이더는 웃음을 터뜨렸다.

"그렇지."

그가 동의했다. 그는 생각에 잠긴 새로운 표정으로 그녀를 쳐다보았다.

"자네 페이스 프랭크의 팬이로군, 그렇지?"

그리어는 불편한 기분으로 머뭇거렸다.

"음, 그건 잘 모르겠어요. 전 그분이 하시는 일을 존경해요."

"아, 솔직하게 말해 봐. 자네 그녀를 숭배하지, 응? 그녀는 절대로 잘못을 저지를 리 없다고 생각할 거야. 그녀를 기쁘게 만들고 온갖 일들을 다 하고 싶을 테지."

"음, 맞아요. 하지만 정말로 그분이 하시는 일을 존경해요."

"뭐, 나도 그렇다네."

슈레이더가 말했다.

그들은 잠시 편안하게 침묵을 지켰다. 그가 그녀의 책상 위로 손

여성의 설득

을 내밀어서 그녀의 빗을 빙 돌렸다. 어쩌면 손으로 뭔가 만지작거릴 게 필요해서일 수도 있었다. 그리어는 슈레이더캐피털의 창립자가 가만히 있지 못하고 종종 금방 질리고 엄청나게 짧은 집중력을 가졌다는 기사를 읽은 적이 있었다. 수년 후에, 그리어가 유명해진 이후에, LA의 디너파티에서 누군가가 성공한 여성들이 공통적으로 가지고 있는 자질이 뭐냐고 물었을 때 그녀는 잠시 생각해본 다음 이렇게 대답한다.

"난 그런 여성 다수가 ADD(주의력 결핍증)를 가진 남자들과 어떻게 대화해야 하는지 안다고 생각해요."

그 자리의 모두가 이게 굉장히 재미있는 대답이라고 생각했지만, 실제로 사실이었다.

"그래, 자네는 한 주의 끝에 다른 사람이랑 어울려 나가는 걸 좋아하지 않는 모양이지? 그 친구들이 엄청난 양의 술을 마시기 위해 안주로 감자튀김과 양파튀김이나 뭐 그런 걸 먹으러 나가는 거 말이야."

"아무도 저를 초대하지 않아서요."

그녀는 자신의 말투에 자기연민이 어려 있는 것을 느낄 수 있었다.

"아무도 초대할 필요가 없어. 이리 오게."

에밋이 그녀에게 따라오라고 손짓을 했고, 그녀는 어리둥절하면서도 조심스러운 기분으로 그의 뒤를 따라 사무실을 가로질러 로사이의 공용 주방으로 들어갔다. 거기, 커피 머신 위에 손으로 쓴 메모가 눈에 띄게 붙어 있었다.

"금요일 술 파티!"

그렇게 쓰여 있고 그 아래로 언제 어디서 만나는지가 나와 있었다. 자신만의 생각에 빠져서 그녀는 그걸 보지 못했던 것이다.

"금요일 오후는 정해져 있지. 모두들 함께 나가. 우리 층 사람들이랑 자네 층 사람들."

에밋이 말했다.

그녀는 자신이 일 그 자체를 제외하면 모든 걸 잘못해왔다는 것을 깨달았다.

"아직 따라갈 만한 시간이 있어."

슈레이더가 말했다.

그리어는 자기 자리로 돌아와서 옷걸이에서 재킷을 꺼냈다. 그리고 서둘러 길을 건너 납땜유리창이 달린 오래된 갈색 장작헛간 스타일의 건물로 향했다. 거기 안쪽에, 26층의 팀 거의 대부분과 27층에서 온 젊은 직원들과 관리자 몇 명이 앉아 있었다. 그리어가 사람 많은 인기 바를 가로질러서 사람들이 몰려 앉아 있는 자리에 도착하자 헬렌 브랜드가 한 손을 들어 인사를 하고 말했다.

"모두들 자리 좀 만들어."

모두가 움직여서 그녀를 위한 공간을 내주었고, 그녀는 벤과 위층의 킴 루소 사이에 끼어 앉았다.

"안녕."

킴이 말했다. 그녀는 그리어에게 잔을 들어 보이고서 마셨다.

"코스모예요. 완전 구식이죠, 나도 알아요. 하지만 이 망할 한 주의 끝을 맞아 뭔가가 필요했거든요. 당신도 뭐 좀 강한 걸로 마셔요."

"그럴게요. 하지만 난 그렇게까지 강한 게 필요할 것 같진 않아요. 내 일은 그렇게까지 스트레스가 많지 않거든. 솔직히 차라리 그랬으면 좋겠어요."

"이 말 들었어요? 자기 일이 '그렇게까지 스트레스가 많지 않아서'

여성의 설득

차라리 일이 많았으면 좋겠대요."

킴이 다른 사람들을 향해 말했다.

"곧 그렇게 될 거예요, 그리어."

헬렌이 맞은편 끝에서 말했다.

"난 당신보다 겨우 2주 먼저 왔을 뿐이에요. 금방 일이 쌓이기 시작하더라고요."

"음, 당신 일은 다르잖아요. 할 게 더 많으니까요."

"더 많은 일을 하고 싶으면, 더 많이 해요. 그게 어떤 직장에서든 통하는 경험의 법칙이죠."

킴이 말했다.

"알려줘서 고마워요."

그리어가 말했다.

"당신을 필수적인 존재로 만들어요. 난 COO에게 내가 다른 사람들보다 더 뛰어난 능력을 갖고 있다고 설득시켰고, COO는 거기 넘어갔어요. 이제 그 사람은 주말마다 나한테 여분의 일을 맡기고, 난 '아뇨, 됐어요, 더그, 안 할래요.'라고 할 수가 없죠. 어쨌든 올해 보너스는 받았으니까."

"여성 재단에는 보너스가 없어요. 하지만 들어올 때부터 알고 있긴 했죠."

헬렌이 말했다.

"보너스는 페이스가 당신한테 지어주는 웃음이지. 그러면 신이 미소를 지어준 것 같은 기분이 들거든."

벤이 말했다.

그리어는 자신의 앞에 나타난 차가운 음료를 한 모금 마시고서 말했다.

"나도 신이 미소를 지어주는 쪽을 보고 싶어요."

"신이 실제로 남자라면 아마 윙크를 해줄 걸요."

킴이 말했다.

"아니면 살해되든지."

마르셀라가 끼어들어 말을 이었다.

"정말이지, 왜 남자들은 여자들을 증오하죠? 영어에는 남자가 여자에 대한 미움을 표현하는 데 쓰는 단어가 정말로 많아요. 개년. 창녀. 보-로 시작하는 단어들. 에스키모와 눈에 대해 맨날 쓰이는 그런 말 같아요. 하지만 우린 이 문제에 대해 절대 이야기하지 않죠. 실제 이유에 대해서요. 벤과 테드, 난 지금 두 사람을 보고 있어."

"어이, 마르셀라, 난 여자들을 증오하지 않아. 날 보지 말라고."

벤이 양손을 들어 올리며 말했다.

"그리고 나도 쳐다보지 말아요. 대부분의 경우에 나는 '왜 내가 너랑 같은 성별을 갖고 있어야 하는 거야, 이 망할 자식아?'라고 생각하니까요. 같은 성씨를 가진 형편없는 친척이 있는 거랑 비슷하죠."

"페이스는 남자들이 여자들을 두려워한다고 그랬어. 그리고 그게 모든 것의 핵심이지."

보니가 말했다.

"맞아. 그리고 그 말을 한번은 TV에서 그 망할 소설가 앞에서 했지. 70년대쯤이었던가."

이블린이 말했다.

"이블린이랑 나 둘 다 그 스튜디오에서 방청객으로 앉아 있었어. 그 뒤에 우리 모두 퐁듀를 먹으러 갔지. 여러분 대다수는 내가 무슨 이야기 하는지 모르겠지만, 당시는 퐁듀의 시대였거든."

보니가 말했다.

"어디를 봐도 퐁듀 먹는 데 쓰고 난 꼬치가 널려 있었어. 남자들이 뭘 두려워한다고 그녀가 말했는지 정확하게 기억이 안 나네."

이블린이 말했다.

"그게 뭐든 간에 페이스의 말이 옳겠죠. 남자들은 여자들이 우리를 손에 쥐고 있다는 걸 알아요. 말하자면 여자들이 우리를 꿰뚫어볼 수 있고……"

벤이 말했다.

"맞아. 자네 점심에 햄버거 먹었지?"

보니가 웃어대며 말했다.

"우리가 헛소리로 가득하다는 걸 다 아는 것처럼 말이죠. 하지만 세상은 우리를 계속 떠받쳐주고, 여자들은 그걸 알고, 우리도 당신들이 그걸 안다는 걸 알죠. 당신들이 우리 약점을 알기 때문에 그래서 우리가 당신들을 싫어하는 걸 수도 있어요. 당신들은 근본적으로 범죄의 목격자들인 거예요."

그리어는 이야기를 들으며 지가 여기에 함께 있으면 얼마나 좋을까 생각했다. 그러다가 지가 왜 여기 없는지를 떠올리고 새롭고 묘한 부끄러움을 느꼈다. 또한 굉장히 잘생기고, 여자들 편이고, 여자들에게 전혀 위협을 느끼지 않는 벤이 젊은 페미니스트들의 꿈 같은 존재라는 생각을 했다. 코리 역시 그런 식으로 묘사할 수 있을 것이다. 벤의 다리가 지금 그녀에게, 아마도 무의식 중에 닿아 있었다. 그의 반대쪽 다리는 마르셀라의 다리에 닿아 있을 것이다. 짧은 치마에 팬티스타킹에 하이힐 차림의 마르셀라. 마르셀라 박스맨은 로사이나 슈레이더캐피털이 아니라 『보그』에서 일할 것 같은 외모였다. 어렴풋이 그리어는 마르셀라가 세상을 헤쳐 나가는 방식을 자신이 부러워한다는 것을 깨달았다. 마르셀라는 벤의 흥미를 사로잡았고, 페이스의 비판을 견뎠고, 결국에는 일종의 힘 있는 유명인이 될 것이었다. 첫 번째 세미나가 힘에 관한 것이라는 건 잘된 일이었다. 마르셀라는 그녀의 삶에서 필연적인 일을 앞당길 만한 몇 가지 정보를 얻을 수 있을 것이다.

사람들이 웃었고 바 안쪽 공간은 더욱 후끈해졌다. 그리어는 여기 있다는 사실에 굉장히 흥분했고 이야기는 점점 더 시끄러워지다가 절정에 도달했고 분위기는 사색적이고 심지어 약간 피곤해졌다. 술 주문이 멈췄고 저녁 시간이 끝나가기 시작했다. 벤과 마르셀라는 이제 저녁 시간 제2부를 시작하게 될 거라고 그리어는 생각했다. 둘 중 한 사람의 집 침대로 가게 되겠지. 그룹의 다른 사람들에게도 기다리고 있는 상대가 있을까? 혼자인 것은 그리어뿐일까?

"이제 각자 갈라질 시간이에요."

헬렌이 말했다.

사람들이 돈을 내기 위해서 지갑을 꺼내기 시작할 때 누군가가 다급하게 말했다.

"페이스."

그 자체는 별다른 의미가 없었다. 페이스의 이름은 항상, 끊임없이, 심장박동처럼, 식수 냉각기에서 꿀렁꿀렁 하는 소리처럼 언급되니까. 하지만 잠시 후 그리어는 고개를 들었다가 페이스가 자리로 걸어오는 것을 발견했다. 지갑이 가방과 주머니 안으로 다시 들어갔다. 오늘 밤이 아직 끝나지 않은 게 분명해졌으니까.

"페이스, 여기예요!"

보니가 외쳤다. 안쪽에 앉은 다른 자리의 사람들 몇 명이 고개를 들고서 서로에게 뭔가 속삭였다. 그들이 미소를 지었고, 한 명이 인정하는 듯한 말투로 "페이스 프랭크!"하고 외쳤고 곧 모두가 다시 원래의 대화로 돌아갔다. 여기는 유명인들이 같은 술집에서 술을 마시는 뉴욕이고, 페이스는 그렇게까지 유명한 것도 아니기 때문이었다. 꽉꽉 끼어 앉은 긴 탁자는 최대 인원까지 찼지만 모두들 더욱 바싹 붙어 앉았고 그리어는 벤 쪽으로 더 달라붙게 되었다. 그의 주머니에 있는 열쇠고리까지 느껴졌다. 그리어의 맞은편에 페이스가 앉았고 거의 즉시 그녀의 앞에 완벽하게 물방울이 맺히고 올리브가 더 들어간 마티니가 나타났다.

"이렇게 해줘서 정말로 고마워요. 세상은 굉장히 넓은 곳이지만 자기가 어떤 음료를 좋아하는지 아는 곳이 있다면 그걸로 다 괜찮아지죠."

모두가 그녀에게 가볍게 말을 붙였으나 아무도 그녀를 독차지하고 싶어 하지 않았다. 그리어는 페이스가 눈동자를 움직이는 그림액자 속 인물처럼, 실제로 움직이지 않으면서도 그 자리의 모두를 아우르는 것을 알아챘다. 그녀는 각각에게 뭔가 말을 하고, 동정하거나 흥미로운 듯한 표정을 지어주었다.

그리어가 킴과 이야기를 하고 있는데 페이스가 끼어들었다. 킴은 기업 환경에 있는 여자들이 항상 서로에게 잘해주는 건 아니라는 이야기를 하던 중이었다.

"위층에 이름을 밝힐 수 없는 어떤 여자가 하나 있어요. 벤처 투자 업계에서 엄청난 거물이고, 다른 여자들에게 굉장히 끔찍하게 굴죠. 항상 그런 이야기들을 들어요. 그 여자랑 같이 엘리베이터에 탔는데 그 여자는 말 한 마디 안 하고, 심지어 인사조차 안 해요. 문만 쳐다보면서 서 있더라고요. 난 그 여자한테 이렇게 말하고 싶었어요. 내가 그냥 보조일 뿐이라는 거 알지만, 우리가 서로에게 예의는 지켜야 한다는 거 몰라요? 당신이 위협받는 기분이라는 거 잘 알아요. 그런 식으로 느끼도록 만들어졌으니까요. 여자들의 자리는 굉장히, 굉장히 적어서 모두들 자신만 그 자리에 허락받은 사람이라고 느끼기 때문에 다른 여자들에게 상냥하게 행동할 여유가 없는 거예요, 라고 말이죠."

쌍년, 그리어는 그렇게 생각했다. 그게 여자를 싫어하는 여자를 지가 부르는 단어였다. 그녀는 지가 한때 불러주었던 그 노래 가사를 기억했다.

갑자기 페이스가 말했다.

"그리어, 여기서 친구는 좀 사귀었어요? 당신 길을 찾았나요?"

일부는 술 때문이었을 것이다. 그게 나중에 그녀가 생각한 거였다. 술과 늦은 시간, 그리고 바로 그 순간에 지를 생각하고 있었다는 우연이 겹쳤기 때문이었으리라. 물론 그녀는 편지 때문에 한 주 내내 지를 너무 많이 생각했다. 킴이 몸을 돌려 이파트와 이블린의 대화에 끼어들며 그리어에게 페이스와의 시간을 주었다. 벤은 옆자리의 누군가와 이야기를 하고 있었다. 아무도 페이스와 그리어의 대화에 귀를 기울이지 않았다.

"여기서 일하고 싶어 하는 친구가 있어요."

그리어는 거의 속삭이듯이 갑작스럽게 페이스에게 말했다.

"걔가 선생님한테 자신에 대해서 설명하는 편지를 써서 저한테 좀 전해달라고 했어요. 선생님은 대학에서 저랑 같이 그 친구를 만나셨었고요."

여성의 설득

"아."

페이스가 말했다.

"하지만 제가 정말로 솔직하게 말을 하자면, 아직까지 그걸 선생님께 드리지 않은 이유가 있어요."

"그렇군요."

"전 사실은 걔가 여기서 일하는 걸 바라지 않는 것 같아요."

"일을 제대로 하지 못할 것 같은가요?"

"아주 잘할 거라고 확신해요. 그 애는 사회운동가였어요. 많은 일에 뛰어들죠. 게다가 애초에 선생님에 대해서 저한테 말해준 게 그 애였어요. 그 앤 근사해요. 그저 이 경험을 다른 사람이랑 공유하고 싶지 않은 것 같아요. 저 혼자만의 것으로 누리고 싶은가 봐요."

그리어는 페이스가 자신을 비난하거나 용서하기를 기다렸다. 편지가 들어 있는 그리어의 지갑이 핵무기 발사 장치만큼이나 위험하게 느껴졌다.

"그렇군요. 그 이유는 알고 있나요?"

"대충은요. 하지만 소리 내서 말하면 어떤 식으로 들릴지 잘 모르겠어요."

그리어가 대답했다.

"한번 해봐요."

"저희 부모님은 부모가 되는 법에 대해서 전혀 모르셨죠."

그리어가 말했고 페이스는 고개를 끄덕였다.

"집은 늘 엉망이었고, 저는 저희 모두가 기숙사에 사는 기숙생 같다고 느끼곤 했어요. 저희는 함께 밥을 먹는 일이 별로 없었어요. 제 삶의 특정한 일들에 거의 끼어들지도 않으셨죠. 제 학교 숙제나 친구들에 대해서요. 그런 건 그분들에게 별로 흥미 있는 일이 아니었어요. 그분들은 '대안적' 삶이라는 개념을 갖고 계셨지만, 솔직히 저는 그분들이 대체로 주변인적 삶을 살았다고 생각해요. 그분들은 마약 중독자셨죠. 지금도 그렇고요."

"정말 유감이군요."

페이스가 진지하게 말을 이었다.

"누군가가 상황을 알아채고 당신의 가족이 좀 더 가족적이 되도록 도와주었다면 좋았을 텐데요. 굉장히 혼란스러웠을 거예요. 아이는 부모를 사랑하고 사랑받고 싶어 할 뿐이고, 그건 굉장히 간단한 일일 것처럼 보이지만 가끔은 그렇지 않죠."

그 말을 과거형으로 듣는 것은 일종의 계시 같았다. 페이스는 굉장히 혼란스러웠을 테지만 더 이상은 그리 중요하지 않다고 말하는 거였다.

"부모님은 저한테 실망하셨던 것 같아요. 전 그분들이랑 굉장히 달랐거든요. 하지만 전 더 많은 걸 원했어요."

그리어가 말했다. 그녀는 페이스에게 얼마나 쉽게 말을 하고 있는지 깨달았다. 여자 화장실에서의 그때와는 달랐다.

"전 정말 야심만만했어요. 미친 듯이 공부했죠. 그리고 밤낮으로 소설을 읽었어요. 저한테는 임무가 있었거든요."

"그게 뭐였죠?"

페이스가 술 안의 올리브를 찍어서 잇새로 밀어 넣었다.

"세상의 모든 것을 흡수하는 거요. 도망치기 위해서이기도 했고요."

"이해가 되네요."

"제 친구가 여기서 일하는 것에 대한 제 기분을 변명해주길 바라

여성의 설득

고 이런 얘기를 하는 건 아니에요. 하지만 이게 사실인 것 같아요. 그 애가 여기 있는 걸 원치 않는다고 말하는 걸 들으면 개는 충격을 받을 거예요."

그리어가 잠깐 말을 멈췄다가 이었다.

"개는 어느 쪽이든 어떻게 됐냐고 물을 거고, 저도 뭔가 말을 해야 해요."

그리어는 잠깐 생각을 해보고서 말했다.

"제가 선생님께 편지를 드렸지만 공석이 없다고 말할 수도 있겠죠. 그렇게 하면 저는 형편없는 사람이 되는 걸까요?"

페이스는 대답하지 않고 그저 그녀를 계속 쳐다보았다.

"그리어, 내가 그 편지를 읽고 당신 친구가 면접을 보러 와야 할지 어떨지 결정을 내리면 어떨까요?"

그녀가 상냥하게 물었다. 그리어는 대답할 수가 없었다.

"아니면 그냥 없던 일로 하고 싶어요?"

"잘 모르겠어요."

"음, 그걸 읽어보겠다는 내 제안은 유효해요. 월요일에 내 책상에 올려놔요. 안 그래도 되고."

"고맙습니다."

그게 그리어가 비참하게 대답할 수 있는 전부였다.

침묵이 흘렀고, 그리어는 페이스가 이제 어쩌면 못마땅한 듯이 몸을 돌리고서 다른 사람과 이야기를 할 거라고 생각했다. 하지만 대신에 그녀는 이렇게 말했다.

"당신이 상황을 파악하려고 노력하는 방식이 좋아요, 그리어. 당신은 순수하고 생각이 깊어요. 심지어는 당신 스스로 자랑스럽게 여기지 않는 부분에 대해서도요. 날 위해서 뭔가 좀 써보고 싶은 생각 있어요?"

"그럼요. 정말로 그러고 싶어요."

그리어가 대답했다.

"좋아요. 첫 번째 세미나 전 몇 달 동안 도시 여기저기서 작은 행사를 열 예정이에요. 미디어를 상대로 하는 점심과 저녁식사가 될 거예요. 최대 25명 정도의 손님이 올 거고, 아주 친밀한 분위기일 거예요. 내가 염두에 두고 있는 강연자들은 불평등을 직접 겪고 그걸 어떻게 해보려고 했던 여성들이에요. 아무도 말재주가 좋지 않죠. 아무도 대중을 상대로 말하는 데 익숙하지 않고요. 그들을 우리 세미나에 부르진 않을 거지만, 일종의 홍보 차원에서 사람들을 이 행사에 내보내고 싶어요. 그래서 그들이 무슨 말을 해야 할지 제대로 아는 게 정말로 중요해요. 당신의 훌륭한 글을 읽고, 또 오늘 밤에 말하는 걸 듣고 나니까 당신이 그들의 이야기를 좀 더 멋있게 바꾸는 걸 도와줄 수 있는 사람이라는 생각이 들어요."

"그거 멋질 거 같아요. 고맙습니다, 페이스."

그리어가 말했다.

"뭘요. 그럼 그러기로 하는 거예요."

그렇게 결정이 났다. 그리어는 로사이를 위해서 소규모 연설문을 쓰게 될 것이다. 이렇게 조금씩 그녀는 자신을 필수적인 사람으로 만들 것이다. 오늘의 저녁 전체가 엄청난 시간이 되었다. 심지어 지의 편지에 대해서 고백한 그 어려운 순간마저도. 그리어는 그날 밤이 오랫동안 자신의 머릿속에 남을 것임을 알았고, 긴 탁자에 앉아서 술을 마시고 세상에 좋은 일을 하고 싶어 하는 다른 사람들과 점점 더 편

여성의 설득

안하게 이야기를 나누던 것을 기억할 것이다. 그리고 그중 한 사람이 페이스였다는 것도. 그리어를 인정해준 페이스. 그 인정은 벨벳처럼 부드러웠고, 그 인정을 바라는 욕구 역시 벨벳처럼 약간 저속했다. 오늘 밤에 페이스가 정말로 특별한 밤이라고 생각할 만한 일이 전혀 없었다는 건 중요하지 않았다.

이 젊은 그리어 카데츠키와 이야기하는 게 정말 좋아. 나에게 전해달라고 맡긴 친구의 편지에 관해서 그리어가 도덕적인 선택을 할 거라는 걸 알고, 그녀가 그 문제로 분투하는 것도 봤어. 젊은 그리어는 자기 길을 찾고 있고, 난 여기서 그걸 바라보고 필요하면 도와줄 수 있다는 게 기뻐. 오늘 밤은 근사하고, 상쾌하고, 기억에 남을 만한 밤이야. 페이스가 이렇게 생각하지는 않을 것이다. 페이스는 오늘 밤이 딱히 특별하다고 생각하지 않을 것이다. 하지만 그리어는 그랬다.

그날 밤 뎀프스터가 말했다.

"페이스! 우리가 ERA 행진에서 외쳤던 그 재치 있는 말이 뭐였는지 기억해?"

페이스가 보니를 쳐다보고 말했다.

"그거 '하나, 둘, 셋, 넷'으로 시작하는 거 아니었나?"

보니가 말했다.

"그래, 맞아! 그다음이 뭐였지?"

그 말에 페이스가 다시 대답했다.

"아, 보니, 나도 전혀 기억이 안 나."

그리고 페이스가 모두를 향해서 말했다.

"늙으면 이래요."

웃음이 터졌다.

여전히 그리어의 지갑에 들어 있는 지의 편지가 즉시 별로 중요하지 않게 변했다. 월요일에 다시 일하러 나왔을 때 그리어는 거기에 대해서 완전히 잊어버렸다. 단 한 번도 생각하지 않았고, 페이스도 편지에 대해 언급하지 않았다. 페이스에게는 시간을 들여야 하는 일이 아주 많고, 하루 온종일 그녀에게 질문하고 조언을 구하고 그녀를 호출하고 이메일을 보내는 사람들이 수두룩했다.

며칠 후, 갑자기 다시 편지 생각이 났을 때 그리어는 이제는 너무 늦었다고 생각했다. 너무 많은 시간이 지났다. 페이스는 아마 거기에 대해서 완전히 잊어버렸을 거고, 그리어도 그냥 넘겨야 할 것이다. 그녀는 스스로 그렇게 믿었다.

하지만 그날 밤 지가 스카스데일에 있는 어린 시절의 침실에서 오래된 스파이스 걸스, 소닉 유스의 킴 고든, 툰드라나 들판이나 숲에 웅크리고 있는 멸종위기 새끼동물들의 포스터 아래에 앉아 전화를 걸었다.

"페이스에게 편지를 줄 기회는 있었어?"

그녀가 물었다. 그리어는 속이 울렁거리는 기분으로 미친 듯이 머리를 굴렸다.

"미안하지만, 지금 자리가 없대."

그리어는 그렇게 말했다.

"아…… 아쉽네. 나도 이게 가능성이 낮다는 건 알고 있었어. 편지에 대해서는 뭐 다른 말씀은 없으셨어?"

"아니, 미안해."

"걱정할 거 없어!"

지는 그들 사이의 농담인 그 말을 던졌다. 그러고서 덧붙였다.

여성의 설득

"노력해준 것만 해도 고마워. 난 조만간 어떤 식으로든 이 법률회사에서 빠져나갈 거야."

페이스에게 털어놓은 고백, 그다음의 꼼짝 안 함, 그리고 거짓말. 이것은 순차적인 사건이었고, 이제 끝났다. 그리어는 사람들 모두가 각자의 내면에 어느 정도 지독한 면을 갖고 있을 것이라고 생각했다. 쓰고 난 변기나 티슈를 멍하니 보다가 갑자기 이게 바로 항상 몸 안에 갖고 다니는 것이라는 사실을 떠올리는 순간이 있다. 언제나 밖으로 나갈 때만 기다리고 있는 존재인 것이다. 전화를 끊고 나서 편지는 그녀의 화장대 제일 아래 서랍으로 들어갔다. 그녀는 거기에 정확히 뭐라고 쓰여 있을까 궁금했다. 절대로 읽지 않을 거고 다른 사람에게 자신이 한 일을 절대로 말하지 않을 거지만. 오로지 페이스만 알 것이다.

다음 날 출근한 그리어는 소규모 행사에 이야기를 하러 올 여자들에 관한 출력물이 든 폴더를 이파트가 그녀의 책상에 올려놓은 것을 발견했다. 이후 두 달 동안 이 여자들은 차례차례 사무실로 와서 그리어와 인터뷰를 하게 되었다. 그들은 괴롭힘을 당하거나 동등한 급료를 받지 못하거나 스포츠를 할 기회를 빼앗기고 이를 어떻게든 해보려고 했던 자신들의 이야기를 들려주었다. 그들은 이야기를 시작하고서 그리어가 얼마나 신중하게 듣는지를 깨닫고 좀 더 솔직한 이야기를 털어놓았다.

그들이 공통적으로 이야기한 것은 깊고 끝없이 계속되는 불공평함이었다. 불공평함은 사람을 불붙게 만들 수 있다. 가끔 여자들은 이야기를 시작하자마자 완전히 타오르는 것 같았고, 어떤 때에는 그저 지친 것처럼 보이기도 했다. 그리어와 함께 회의실에 앉아서 그들은 손에 얼굴을 묻고 울었다. 그들의 얼굴이 벌게졌고, 그녀는 그들이 너무 노출되어 있는 느낌이라 막아주고 싶었다. 유리로 둘러싸여 있어서 그들의 푸르뎅뎅하고 흐릿한 모습이 지나가는 사람에게 보일 수 있기 때문이었다. 그들이 울 때 가끔은 그녀도 함께 울었으나 메모를 적거나 조그만 녹음기를 돌리는 걸 멈추지는 않았다. 차례가 진행될수록 그리어는 자신이 별로 말을 하지 않아도 된다는 것을 알게 되었다. 자신이 말하지 않는 편이 더 나았다. 여자들이 떠나고 난 뒤에 그리어는 앉아서 그들이 자신의 귀에 말해준 것처럼 연설문을 썼다.

그리어가 쓴 첫 번째 연설문은 주 북부에 있는 신발공장에서 일하는 비버리 콕스의 것이었다. 그 공장은 남자들이 돈을 더 받을 뿐만 아니라 여자들은 멸시받고 괴롭힘을 당하면서, 연기로 흐릿한 뜨겁고 좁은 공간에서 함께 일해야만 하는 곳이었다. 그들이 거기서 만든 제품은 앞부분이 뾰족하고 굽은 무기 같은, 부유한 여자들을 위한 고급 신발이었다. 그리어는 책상에 앉아서 헤드폰을 쓰고 테이프를 다시 돌려 비버리가 머뭇머뭇 여자들이 줄을 서서 굽을 만들고 그 맞은편에서는 한 무리의 남자들이 바닥을 만들고 돈을 더 받는 장면을 묘사하는 것을 들었다. 비버리는 이 불공평함을 알아채고서 매니저에게 불평을 했고, 그 뒤 남자 직원들에게 괴롭힘을 당하고 협박을 받았다. 그들은 그녀가 열 수 없도록 사물함 열쇠를 바꾸고, 그녀의 차 타이어를 찢어놓고, 그녀의 작업대에 협박 및 외설적인 메시지를 남겨놓았다. 가죽과 풀 냄새는 그런 모멸감과 연결되었다. 그것들은 그녀의 머릿속과 옷에 항상 달라붙어 있었다. 그녀가 도움을 청한 변호사가 그녀를 재단과 연결시켜 주었다.

"난 매일 아침 주차장에서 차에서 내려서 사형대로 걸어가는 것처럼 공장으로 들어가요."

비버리가 말하고서 울음을 터뜨렸고, 그리어가 말했다.

"천천히 하셔도 돼요."

테이프에서는 굉장히 한참 동안 비버리의 겁에 질리고 떨리는 숨소리만이 들렸고, 가끔씩 그리어가 "괜찮아요. 당신이 여기에 대해서 이야기하는 게 정말 대단하다고 생각해요. 정말로 당신을 존경해요."라고 말하는 소리가 들렸다. 그리고서 비버리는 "고마워요."라고 말하고 요란하게 코를 풀었다. 그다음 다시 침묵이 흘렀다. 그리어는 그것을 짧게 줄이려고 애쓰지 않았다. 정말로 힘들었던 일에 대해서 말을 하려면 시간이 필요한 법이다. 그리어는 자신의 자리에 앉아서 숨소리를 들었고, 곧 이야기가 다시 시작되었다.

도심에 있는 이탈리안 레스토랑에서 모인 점심 자리에서, 비버리가 지역 미디어에서 나온 소수의 사람들에게 이야기를 했을 때, 모두가 충격을 받고 침묵에 잠겼다. 연설문을 쓴 당사자인 그리어는 당연히 굉장히 흥분했고, 그녀가 이 연설문을 썼다는 걸 그 자리에 함께 있던 페이스가 안다는 사실 역시 짜릿했다. 페이스가 나중에 그리어에게 다가와서 가볍게 속삭였다.

"해냈군요."

하지만 지금 그리어를 흥분시키는 건 단순히 페이스의 칭찬만이 아니었다. 페이스 프랭크의 감탄을 샀다는 사실은 언제나 특별한 일이겠지만, 그리어를 흥분시킨 또 다른 것은 자신이 쓴 연설문들이 그걸 읽는 여자들에게 야망을 품을 기회를 줄 수도 있다는 사실이었다. 자기만큼 야심을 가질 수 있다는 것.

겨울이 흘러가고, 사무실은 더 시끄러워지고, 시험용 조명은 더욱 오래 타오르고 심지어 더 푸르뎅뎅해졌고, 일은 종종 한밤중까지 계속되었다. 종종 늦은 시간에 피자를 주문해서 밤새는 대학생 같은 분위기가 연출되었다. 한번은 페이스가 새벽 2시에 손에 피자 한 조각을 들고서는 사무실 전체에 대고 티켓을 더 팔아야 한다고 말하기도 했다. 첫 번째 세미나에서 이목 끌기용으로 장애인 사회에서의 성폭행에 대해 강연하기로 했던 장애인이면서 인지도 높은 전(前) 시장의 연설이 막 취소되었다.

"여긴 완전 난리야."

그날 밤 더 늦은 시간에 그리어는 스카이프로 코리에게 말했다.

"아무도 개인적인 생활을 하지를 못해. 우린 기본적으로 전부 다 이 일만 하고 있어."

하지만 그녀는 흥분했고, 그도 그것을 알아챌 수 있었다.

"운이 좋네."

그는 마닐라에 있는 자신의 책상 앞에서 말했다. 그곳은 오후였고 그는 관심도 없는 회사들을 위한 서류를 뒤적거리는 중이었다. 사무실의 다른 사람들은 관심을 가질 수도 있겠지만, 그는 관심이 없었다. 최소한 충분할 정도로는 아니었다.

"나도 이 일을 더 좋아해야 할 거 같은데. 너처럼."

그가 한번은 그렇게 말했다.

모든 것이 첫 번째 세미나의 성공에 달려 있다고 페이스는 말했다. 이게 실패하면 슈레이더캐피털은 손을 뗄 수도 있었다. 티켓 판매량이 좀 걱정되긴 했지만 언론은 벌써 깊은 관심을 보였다. 카메라맨들이 사무실에 나타났고 인터뷰 담당자들이 한 명씩 끝없이 페이스의 사무실로 들어갔다.

3월의 어느 월요일, 회의까지 일주일이 조금 넘게 남은 상황에, 밤이 늦도록 모두들 사무실에 남아 있을 때 페이스가 선언할 게 있다고 말했다. 그녀는 사람들 앞에 서서 말했다.

"여러분 모두 피곤하다는 거 알아요. 뼛속까지 지쳤을 거라는 것도 알고요. 여러분이 실제로 세미나가 어떻게 진행될지 전혀 모른다는 사실도 잘 알죠. 나도 그래요. 하지만 여러분이 내가 아는 최고의 사람들이라는 걸 말하고 싶어요. 그리고 다들 엉덩이가 짓무르게 열심히 일해왔고, 결국에 그런 엉덩이 짓무름은……"

웃음이 터졌다.

"누군가가 신경쇠약을 일으키는 걸로 끝나죠. 내가 바로 그 사람일 수도 있어요. 그래서 우리 모두에게 필요한 건 여기서 나가는 거라는 결론을 내렸어요."

"지금 당장요? 택시!"

누군가가 외쳤다.

"아, 그랬으면 좋겠군요. 사실 내가 하려는 말은 이번 주말에 북부에 있는 우리 집에 여러분 모두를 초대하겠다는 거예요. 음식과 와인이 있을 거고, 다들 재미있을 거라고 생각해요. 어때요?"

굉장히 늦은 공지였고, 명령이 아니었음에도 불구하고 모두가 당연히 가겠다고 했다. 성에 들어가 신비로운 내부를 구경하는 기회와 비슷할 것이다. 그들은 자신에 대해서 거의 실마리를 흘리지 않는 페이스에 대해서 좀 더 알게 될 것이다. 토요일에 사람들은 같은 열차를 타고 그다음에는 각기 다른 택시에 나누어 타고서 페이스의 집으로 향했다. 숲속에서는 핸드폰 신호가 드문드문 잡히는 모양이었다.

"사랑하는 사람들에게 연락이 안 될 거라고 말해둬요."

페이스가 말했다.

그리어의 택시는 주도로에서 빠져나가 잡초가 우거진 좁은 길로 들어섰다. 택시는 뒤엉킨 숲을 쭉 가로질러 갔고, 갑자기 숲이 성글어지고 갈라지며 가운데에 빨간색 장식이 달린 갈색 지붕의 주택이 나타났다. 페이스가 현관에 서서 손을 흔들고 있었다. 그녀는 실제로 앞치마를 두르고 밀대를 들고 있고 머리는 흩날려서 아름답고 용감한 개척자처럼 보였다.

별장의 내부를 한눈에 다 파악할 수는 없었다. 장식품들은 다양한 의미를 발산하는 것 같았지만 그저 그리어의 머릿속 상상일 뿐이었다. 밤색 가죽 의자가 독서용 램프 옆에 자리하고 있고, 수십 년간 페이스가 머리를 기댔던 자리는 가죽이 움푹 패고 색이 바래 있었다. 잠깐, 아무도 보지 않을 때 그리어는 거기 앉아 머리를 잠깐 기대본 다음, 엄청난 일도 아닌데도 불구하고 가구 위에 올라가면 안 되는 걸 아는 개처럼 재빨리 다시 일어났다.

처음에는 단순한 손님 방 같던 그리어의 방은 알고 보니 그 이상이었다. 좁은 하얀색 철제 침대 맞은편에 오래된 화장대가 있고 그 위에 몇 가지 장식품이 있었다. 그중에 하나인 작고 먼지 쌓인 트로피에 다음의 글자가 새겨 있었다.

1984년 피위 하절기 축구대회

링컨 프랭크-랜도

최고의 협력상

페이스의 아들이 이 방에서 여름을 보냈다. 금박 트로피에 새겨진

여성의 설득

그 이름은 이제 현실로 이어졌다. 그리어는 영원히 외동이었던 자신에게 형제가 있었으면 어땠을까 하는 상상을 했다. 최소한 자신이 페이스 프랭크의 자식이었다면 형제가 있는 게 어땠을까 하는 생각을 하게 만들었다. 둘 다 아주 운이 좋았으리라. 아주 특별한 엄마를 공유해야만 한다는 사실만 빼면. 그러나 링컨은 늘 엄마를 공유해야 한다고 느꼈을 수도 있다. 페이스는 여성과 여자아이들을 위해서 싸웠다.

"세상이 그들을 돌봐주지 않는다면 우리가 해야죠."

그녀는 그렇게 말했다. 그러니까 링컨은 그들과 경쟁을 해야 했을 수도 있다.

어쩌면 링컨은 일터에 있는 사람들하고도 엄마를 공유해야 한다고 느꼈을 수도 있다. 지금도 페이스는 로사이 사람들과 강력하게 얽혀 있으니까. 그녀는 가끔씩 일부러 나와서 그리어를 자신의 사무실로 부르거나 그녀를 포함해 두어 명과 함께 앉아 무릎에 종이 접시를 올려놓고 점심을 먹었다. 그리어에게 그녀의 삶에 대해 물었고, 그리어는 수줍게 지구 반대편에서 살고 있는 코리에 대해 이야기했다. 페이스는 그리어가 쓰는 연설문에 대해서 칭찬을 아끼지 않았다. 가끔 그리어에게 자기 이야기를 한 여자들은 그 후로도 그녀와 연락을 유지하며 자신들의 삶에 대해서, 새로운 일자리나 걸림돌에 관해서 이야기했다.

"당신이 여성들의 목소리를 끌어내고 있어요."

페이스는 최근에 이렇게 말했다.

"당신이 가끔씩 목소리를 내서 말하는 게 굉장히 힘들다는 이야기를 했던 거 기억해요. 하지만 당신은 다른 방식으로 그걸 보완하고 있는 것 같아요. 당신은 이야기를 아주 잘 듣거든요. 그건 말하는 것만큼이나 중요한 일이에요. 계속 귀를 기울여요, 그리어. 마치⋯⋯ 땅에 청진기를 댄 지진 연구자처럼요. 진동에 집중해요."

별장 아래층에서 페이스의 목소리가 멀리서 들려왔다. 그녀가 뭔가를 외쳤고 누군가가 웃으면서 대답을 외쳤다. 문을 쿵쿵 두드리는 소리가 났고, 마르셀라가 외쳤다.

"페이스가 칵테일 마시고 음식 준비하게 아래층으로 내려오래요!"

모두들 재빨리 아래층으로 내려왔다. 미적거리는 사람은 한 명도 없었다.

부엌에서 페이스가 칼을 들어 올리고 말했다.

"보조쉐프 할 사람?"

모두가 번쩍 손을 들어올렸지만 그리어의 손이 제일 빨랐다.

"좋아요, 카데츠키 씨, 이 일은 당신 거예요. 우선 양파부터 썰어줄래요?"

페이스가 말했다.

"그럴게요."

양파 정도는 썰 수 있었다. 만약 페이스가 "페르마의 마지막 정리 좀 풀어줄래요?"라고 물었어도 그리어는 "아, 그럼요, 할 수 있죠."라고 대답하고 칠판 앞에 서서 분필을 손에 들고 풀었을 것이다.

페이스는 그녀에게 불룩한 양파 망을 건넸다. 그리어는 여기에 속한 사람처럼 보이기를 바라며 카운터 앞에 자리를 잡았다. 여러 가지 색깔의 수공예로 만든 유리잔과 함께 피노누아가 서빙되었다. 그리어의 잔은 탄산가스처럼 안쪽에 불완전하게 조그만 거품들이 갇혀 있는 바다 같은 초록색 잔이었고, 그녀는 반갑게 와인을 한 모금 마시고 술이 머리와 허벅지로 동시에 돌격하는 것을 느꼈다.

여성의 설득

"오늘 밤은 스테이크의 밤이에요."

페이스가 부엌에 대고 선언했고 직원들이 환호했다.

그리어는 "전 그냥 사이드 요리만 먹을게요."라고 말하고 싶었지만 금세 화제가 바뀌어버렸다. 나중에 페이스에게 자신의 고기를 먹지 않는 취향에 대해서 말해야 할 것 같았다. 이제 모두들 화요일에 시작되는 회의에 대해서 이야기하기 시작했다.

"난 여전히 맥컬리 의원을 데려올 수 있으면 좋을 거라고 생각해요. 그 생각을 떨칠 수가 없어요."

헬렌이 말했다. 그리고 신중한 침묵이 흘렀다. 의원의 이름이 나올 때마다 마치 무너지듯이 모두들 조금 우울해지곤 했다. 인디애나주의 앤 맥컬리 의원은 임신중절에 반대하는 증기기관차 같은 사람이었고 여성의 생식권에 관해, 특히 가난한 여성들의 생식권을 조금씩 무너뜨리는 데에 수많은 일을 한 강력한 권력이자 두려운 존재였다. 이제 60대 후반임에도 불구하고 앤 맥컬리는 전혀 멈출 조짐을 보이지 않았다.

"나도 노력했어요. 사무실에 비굴하고 설득력 있는 편지를 보냈다고요. 내 모든 미사여구들을 다 늘어놨지만, 소용이 없었어요."

테드가 말했다.

"그녀가 오겠다고 동의하는 것도 좀 이상한 일일 거예요. 그녀는 여자들의 친구가 아니니까요."

이파트가 말했다.

"아니, 그렇게 이상한 일은 아닐 거예요. 그녀는 많은 행사에서 강연을 하니까. 그녀는 제대로 된 논쟁을 좋아하죠."

헬렌이 말했다.

"분명히 그 여자는 대통령 선거에 나가려고 할 거야. 그 자리까지 가려고 몇 년 동안 노력해왔잖아."

이블린이 말했다.

"그 여자를 보면 소름이 끼쳐."

보니가 말했다. 그리고 마르셀라가 끼어들었다.

"전 인디애나폴리스에서 자랐고 그 사람이 재선에 나가던 때를 기억해요. 임신중절 찬성자들을 상대로 엄청난 운동을 벌였죠. 태아 사진들이 있었던 게 기억나요."

그들은 낙태권, 상원의 구성, 페이스가 특히 강력하게 의견을 갖고 있고 나올 때마다 목소리가 날카로워지는 주제인 인신매매에 대해서 이야기를 나누었다. 그러다가 잠깐 삼천포로 빠져서 섹시한 여성 캐릭터인 젬마 브레이트웨이트 형사가 주인공인 영국 TV 범죄드라마 이야기를 나누었다. 이 캐릭터는 부서 내에서는 성차별에, 관할구역 내에서는 폭력에 시달리는 인물이었다. 파티에 있는 모든 이들이 젬마를 사랑했다. 페이스를 포함한 모두가 일종의 캐치프레이즈가 된 최근 화의 대사를 커다랗게 인용했다.

"전 누가 하든 그런 개떡 같은 소릴 참아주지 않을 겁니다. 반장님."

그리고 그들 모두 웃음을 터뜨리고 술을 마셨다.

헬렌은 대단히 불공평해서 모든 걸 완전히 무너뜨려야만 고칠 수 있는 경제구조의 일부가 된 여자들에 대해서 이야기를 시작했다.

"하나하나 전부 무너뜨려야 돼요."

그녀가 말했고 벤이 잔을 들어올렸다. 페이스는 이 말을 일축했다.

"설령 여기서 그런 일이 벌어진다고 해도, 여자들은 여전히 부당한 대우를 받을 거예요. 쿠바와 베네수엘라를 봐요. 거기 여자들은 여전

여성의 설득

히 동등하지 않잖아요."

"선생님 생각은 어떠신데요?"

그리어가 자신도 모르게 물었다. 모두가 그녀를 쳐다보았다. 마르셀라는 마치 이렇게 생각하는 것처럼 입을 꾹 다물고 있었다. 이 멍청이, 누가 그런 무식한 질문을 해? 하지만 다른 사람들은 아무도 그리어를 그렇게 쳐다보지 않았다. 기꺼이 대답을 해주는 페이스도 물론 마찬가지였다.

"남자가 어떻고 여자가 어떤지, 근본적으로 그들이 어떤 존재인지라는 개념은 굉장히 깊이 들어가는 거라고 생각해요. 여자가 종속적이라는 거. 여자는 항상 좌절하게 될 거라는 거. 이런 개념들이 사방에 자리를 잡고 있죠. 경제적인 부분도 물론 있고, 그것도 항상 사실이에요. 하지만 정신적인 부분도 있어요. 이걸 잊어서는 안 돼요."

전에도 그녀에게서 이런 내용의 이야기를 들은 적이 있음에도 불구하고 몇 명이 고개를 끄덕였다. 특히 이 이야기를 수많은 버전으로 들었을 게 분명한 보니와 이블린은 몇 번을 들어도 여전히 즐거운 것 같았다.

페이스가 말을 이었다.

"사람들이 페미니즘에 대해서 이야기할 때에는 이쪽 방침이나 저쪽 방침, 하나만 고르곤 하더군요. 우리 재단은 그 모든 것들을 다 봐야 해요. 경제가 하는 역할에 대해서 계속 생각해야 하고요. 왜냐하면 사회가 아무리 공정해도 여전히 여자들이 아기를 갖게 되겠죠. 그리고 그건 여자들을 전업주부 일과 이중근무에 빠뜨려요."

그녀는 높은 선반으로 손을 뻗어 오래된 채소 탈수기를 꺼냈다. 양상추를 씻어서 넣은 다음 페이스는 마치 보트의 모터라도 되는 것처럼 줄을 다시, 또 다시 세게 잡아당기며 소음보다 더 크게 말했다.

"스웨덴과 노르웨이처럼 진보적인 곳에서도 여자들은 대부분의 쓸데없는 일을 도맡게 되죠. 그들은 그걸 이케아에서 가구에 붙이는 이름처럼 더 근사하고 귀여운 이름으로 부르지만요. 난 '레이파르네'라는 이름의 의자가 집에 있어요. 하지만 우리는 여전히 그 상황의 실체를 봐야 해요."

그녀는 기구의 작동을 멈추고서 주위를 둘러보았다. 모두들 귀를 기울이고 있었고, 사람들이 단체로 모여 술을 마치고 있을 때 꼭 한둘은 그러듯이 물러나서 딴생각을 하고 있는 사람은 한 명도 없었다.

"보니와 이블린과 나는 굉장히 늙어서 60년대 일을 어제 일처럼 기억하죠."

페이스가 말했다.

"혹은 오늘 아침 일처럼."

이블린이 덧붙였다.

"그리고 이걸 경고성 이야기라고 생각해요. 그 시절의 여성운동은 남자들이 지배하는 좌파운동과 분리되어야만 했어요. 왜인지 알아요? 좌파는 우리에게 별로 관심이 없었거든요. 내가 예상하건대 우리는 그런 모습을 또 보게 될 거예요. 여성의 문제는 현재의 체계 아래서 해결될 수가 없다고, 먼저 이 체계가 바뀌면 여성들의 문제도 전부 다 자동적으로 해결될 거라고 말하는 진보들을 상대하게 될 거예요. 또한 우리가 반-인종차별을 지지한다는 것도 보여줘야 할 거예요. 여러분도 내가 에밋에게 생식 정의 단체와 젊은 흑인 여성 작가들을 지지하는 조직에 긴급 프로젝트 자금을 투자하게 한 거 알 거예요. 하지만 그걸로는 부족해요. 어쨌든 우리의 첫 번째 세미나가 큰 파문을 일

여성의 설득

으키면 좋겠군요. 우리가 변화를 만들기를 바라요."

모두가 침묵했고, 그녀가 이야기를 마치자 테드가 말했다.

"우리를 초대해주셔서 고마워요, 페이스. 정말 영광이에요."

"그런 식으로 생각하지 말아요. 편안하게 생각했으면 좋겠어요."

페이스는 자조하는 것 같은 특유의 미소를 짓고 덧붙였다.

"그래서 내가 여러분 술에다가 약을 탄 거죠."

"페이스 프랭크가 데이트 강간약 스캔들에 휘말리다. 이건 뉴스거리가 되겠는데요."

벤이 말했다.

"그리고 로사이에 더 많은 관심이 쏠리고요."

그리어가 덧붙였다.

"그 말이 나와서 말인데, 우리가 틀게 될 음악에 대해서 누가 나한테 좀 말해줘요. 나한테 맡겨두면 난 몇 년 전 릴리스 축제에서 만난 페미니스트 포크 가수들을 데려올 거니까. 그건 굉장히…… 음, 쌈박한 것과는 거리가 멀 거예요!"

모두가 웃었고, 헬렌이 말했다.

"아, 페이스, 그거 아세요? 당신을 정말 사랑해요."

"나도 여러분을 사랑해요."

페이스가 대답했다.

"우리 릴 너즐*을 섭외했어요."

마르셀라가 말했다.

"정말로요?"

---

*   Li'l Nuzzle. li'l은 little의 줄임말이다.

테드가 물었다.

"L 다음에 아포스트로피가 있고 I-L이에요? 아니면 L-I 다음에 아포스트로피가 있고 L이에요? 매번 까먹어요."

벤이 물었다.

"나도 몰라요."

그리어가 대답했다. 그가 그녀를 보고 미소를 지었고 그녀도 마주 미소를 지었다. 그런 다음 두 사람은 수줍게 시선을 돌렸다.

"미안하지만 난 그게 누군지조차 잘 모르겠군요."

페이스가 말했다.

"힙합 가수예요. 굉장하죠. 당신도 사랑하게 될 거예요, 페이스."

이파트가 말했다.

"빅 너즐은 섭외가 안 됐던 모양이네요."

그리어가 말했다. 그녀는 양파를 내려다보고서 피라미드 모양의 조각들이 도마에 쌓여 있는 것을 발견했다. 언제 이렇게 많이 잘라놨지? 초록색 잔에 있던 와인도 어느새 바닥이 보인다는 것을 알고서는 어리둥절해졌다.

"내가 말했듯이 우리한테는 멋진 후보자들이 있어요. 우리의 해군 사령관. 우리의 사회운동가 수녀님."

페이스가 말했다.

"우리가 그들의 이름조차 기억하지 못한다는 게 정말 좋아요."

마르셀라가 말했다.

"나는 그들의 이름을 기억하고, 당신도 그래야 해요."

페이스가 말을 하고서 덧붙였다.

"하지만 오늘 밤에는 아니에요. 오늘 밤 우린 와인을 마시고 스테이크를 먹고 긴장을 풀고 즐길 거예요."

그리어는 잔을 다시 채우고 주위를 둘러보며 자신이 이 사람들, 나이가 많고 적고, 뚱뚱하고 마르고, 흑인에 남미계에 백인에 동성애자와 이성애자, 어쩌면 양성애자까지 뒤섞인 이 핵심 그룹과 함께 있는 것이 얼마나 행운인지를 생각했다. 지는 이 모든 것들이 사람을 완전히 낮추어보는 방식이라고 말할 거고, 실제로도 그럴지 모른다. 하지만 오늘 밤에 그리어는 여기 있는 모든 사람들과 동료애를 느꼈다. 유명한 사람, 무명인 사람, 쓰고, 짜고, 달콤하고, 심지어는 조미료 역할을 하는 사람들. 페이스가 일종의 조미료라고 그리어는 생각했다. 특별한 맛을 갖고 있어서 한번 맛보면 더 많이 원하게 되는.

이야기를 하고 웃고 술을 마시는 동안 그리어는 코리에게 이 모든 이야기를 해줘야겠다고 생각했다. 그리어가 자신과는 거울에 비춘 것처럼 정반대의 삶을 사는 그의 마닐라 생활 이야기를 좋아하듯이 그 역시 그녀의 뉴욕 생활 이야기를 좋아했다. 그녀는 이번 주말에 대해 그에게 이야기할 것이 아주 많았다.

나 페이스의 아들 침실에서 묵었어, 이렇게 이야기할 것이다. 페이스가 우리 엄마라면 과연 어떨지 상상해봤어.

복잡했겠지, 코리는 그렇게 대답할 것이다.

응, 확실히 복잡했겠지.

그리어는 이제 코리의 시각을 통한 것처럼 자신을 볼 수 있었다. 문가에 선 그가 은은한 방 안의 조명 아래 있는 자신의 모습을 바라보는 것을 상상했다. 그때 약간 무모하고 자신만만하게 양파를 썰던 그녀의 손이 미끄러져서 페이스 프랭크의 식칼이 그녀의 엄지손가락을 깊게 벴다.

"이런 젠장, 젠장!"

그리어는 자신의 상처에서 도망치려는 것처럼 펄쩍 뒤로 물러나
며 울부짖었다.

모두가 그녀 주위로 달려왔고 멀리서 이블린이 중얼거리는 소리가
들렸다.

"피 좀 봐. 아, 난 피라면 질색이야."

모두들 주위로 달려왔지만 페이스 말고는 아무도 뭐가 어디에 있
는지 몰랐다. 페이스가 차분하게 주도권을 잡고 냉장고 뒤 서랍 안쪽
에서 오래되어 노르스름해진 응급처치세트 상자를 꺼냈다.

"아무도 여기서 엄지손가락 없이 떠난 적은 없어요."

이 순간을 망친 스스로에게 너무 화가 나고 창피해서 양파 때문이
아니라 진짜 눈물을 흘리고 있는 그리어에게 페이스가 달래듯 말했다.

"정말로요? '엄지 없는 맥기'는요?"

테드가 말을 했고 뒤이은 침묵에 그가 재빨리 덧붙였다.

"미안해요. 난 긴장하면 형편없는 농담을 하거든요."

페이스가 그들을 돌아보고 차분하게 말했다.

"다들 가서 옆방에서 술을 마시지 그래요. 그리어는 괜찮을 거예
요. 내가 있을 테니까."

"정말 괜찮으시겠어요? 제가 할 일은 없을까요?"

이파트가 비서 모드로 변해서 물었다.

"내가 다 통제하고 있어요. 고마워요, 이파트."

페이스는 움푹한 스테인리스 싱크대 앞에 그리어와 나란히 섰다.
페이스는 흐르는 찬물에 피투성이 엄지를 넣었다 빼고 물을 닦은 다
음 상처를 꾹 누르고서 항균 연고를 듬뿍 짜고 거즈와 접착제로 그리

여성의 설득

어의 엄지를 꽁꽁 쌌다. 이 강력한 여자의 가벼운 손길은 심오했다. 이런 상냥한 방식으로 자신의 힘을 사용하는 그녀의 선택 역시 마찬가지였다. 어쩌면 이게 우리가 여자들에게 원하는 걸지도 모른다고 그리어는 엄지에서 맥박이 뛰고 피가 번지는 동안 생각했다. 여자가 우리를 이끌면 아마 이럴 거야. 여자들이 권력자 위치에 가면, 다정함과 힘을 계산하고 다시 계산해서 조절하고 수정하지. 힘과 애정은 나란히 존재하는 일이 별로 없어. 하나가 들어오면 다른 하나는 사라지지.

페이스가 말했다.

"잠깐 이렇게 놔두고 피가 멎는지 좀 보죠. 위로 들어 올려요. 심장보다 높이. 꿰맬 필요까지는 없을 것 같아요."

"제가 울었다니 믿을 수가 없어요."

"우는 게 잘못인가요? 난 눈물이 너무 과소평가됐다고 생각해요."

페이스가 대답했다.

"하지만 지금 전 엄마가 아픈 데를 호호 불어주는 어린 여자애가 된 기분이에요. 정말 창피해요."

"엄마한테는 창피할 게 없어요. 내 아들이 어릴 때 이렇게 해주던 게 기억이 나요."

페이스는 머리카락을 얼굴 뒤로 쓸어 넘기고서 말을 이었다.

"내 경험상 자식들의 경우에는 생각하는 것처럼 보상이 꼭 따라오지는 않아요. 그리고 가끔 그런 보상들은 굉장히 드물게 오죠."

그리어는 위층 침실에 있던 축구대회 트로피와 그걸 받은 대단히 협조적인 소년에 대해서 다시금 떠올렸다. 지금은 30대일 거고 어디다른 곳에 있을 것이다.

"그럼 언제 그런 보상이 오나요?"

"아, 생각해볼까요. 애들이 행복할 때죠. 다들 그렇게 말하지 않나요? 아니면 애들이 잘 때. 가끔 내가 애가 자는 걸 너무 좋아한다는 게 부끄럽기도 했어요. 그 애는 착한 아이였지만, 손 가는 일이 너무 많았거든요. 최소한 애가 자고 있으면 그 애가 어디 있고 정확히 무슨 일이 벌어지고 있는지 내가 알 수 있으니까요."

"지금은 어떤가요? 어떤 사람이죠?"

그리어가 가볍게 물었다.

"지금? 지금은 나도 그렇게 잘은 모르겠어요. 그 애 삶은 그 애 삶이니까. 그 애는 세무사고, 나하고는 굉장히 달라요. 나를 그리 필요로 하는지도 잘 모르겠고요. 그리고 이젠 그 애가 자는 걸 볼 일이 절대로 없어요. 1년에 한 번, 부모가 다 자란 자식들을 잠자리에 눕히고 이불을 덮어주는 국경일이 있어야 해요."

그녀가 입을 다물었고, 그리어는 딱히 서둘러 말을 하지 않았다. 페이스는 자신에 관한 이야기를 솔직하게 해주었고 그리어는 그녀를 조금 더 알게 되었다. 그들 사이에 희미한 상호관계가 생겼고 그리어는 그것을 무너뜨릴 만한 일을 하고 싶지 않았다. 그들은 싱크대 앞, 투광조명 하나만 켜져 있는 어두운 뒤뜰이 보이는 창문 옆에 함께 조용히 서 있었다. 큐 사인을 받은 것처럼 사슴 한 마리가 뒤뜰로 들어왔다. 녀석은 빛줄기 속에 멈춰서 주위를 둘러보았다.

"아. 단골손님이군요."

페이스가 말했다.

사슴은 풀밭을 가로질러 가려고 하다가 갑자기 생각에 잠겨서 멈춘 것처럼 한쪽 다리를 위로 들어 올린 모습이었다. 딸기나 나뭇잎, 작은 창문 안쪽에 서 있는 나이 든 여자와 젊은 여자의 흥미로운 모습에 대해서 생각하고 있는지도 모른다. 페이스가 살짝 움직이자 사슴은 깜짝 놀라서 쏜살같이 뛰어가 버렸다.

그리어가 기운을 차리고 모두에게 소박한 영웅 대접을 받은 후, 그릴에 불이 켜지고 스테이크에 대한 질문이 다시 나왔다.

"다들 고기에 별 문제 없는 거죠? 만약 있다면 지금 말하거나 영원히 침묵하시오."

페이스가 말했다.

"당신의 콩 요리를 먹으라는 뜻이겠죠."

이파트가 말했다.

그리어는 자신의 채식주의에 대해서 말할 생각이었다. 점심을 함께 주문하는 그 수많은 시간 덕택에 다른 사람들도 다 알고 있을 텐데, 지금 아무도 그녀 쪽을 보는 사람이 없었다. 사람들은 각자가 생각하는 것만큼 상대방에게 그리 주의를 기울이지 않는 모양이다. 싱크대에서 페이스와 방금 전에 그런 친밀한 시간을 보낸 터라 그녀는 페이스의 약간 실망스러운 아들을 떠올리고 페이스의 고기를 거절하는 건 페이스에게 실망스러운 일이 될 거라는 확신을 느꼈다. 그리어는 절대로 그녀를 실망시키고 싶지 않아서 결국 아무 말도 하지 않았다.

"좋아요. 바깥이 좀 쌀쌀하긴 하지만 그릴에 불을 피우고 구워 먹을 생각이에요. 다들 레어 좋아하죠?"

"네!"

모두가 합창을 했고, 그리어도 마찬가지였다. 스스로도 놀랐다.

창문으로 벤과 마르셀라가 그릴용 도구를 들고 민첩하고 장난스럽게 칼싸움을 하는 모습이 보였다. 오늘 밤에는 두 사람이 한 침대를 쓸지도 모른다. 그들이 사랑을 나누는 소리가 놀랍고도 민망하게 벽을 타고 들릴지도 모르지. 그릴에서 연기가 피어오르고 탁탁 소리가 났다.

탁자에 긴 포크에 꿰인 스테이크가 나타났고 페이스가 직접 그리어의 접시에 하나를 쿵 하고 내려놓았다.

"짜잔. 꽤 잘 구워진 것 같아요. 너무 피투성이는 아니었으면 좋겠군요."

페이스가 말했다.

"코피 나게 근사하네요."

테드가 말했다.

억지웃음을 띤 채 그리어는 거대한 스테이크 덩어리를 보았다. 지붕에서 막 뛰어내린 사람의 머리라도 되는 것처럼 주위로 피가 고이기 시작했다. 페이스는 그리어의 스테이크 위에 허브 버터 덩어리를 올려놓았고, 버터는 즉시 가오리 크기의 표면 위로 퍼지며 죽음을 맞이했다.

"먹어요, 그리어. 전쟁의 상처를 안고 있긴 하지만."

페이스가 말했다.

"네, 제 잘린 팔 말이죠."

그리어가 말했다.

"그리고 다들 나 때문에 기다리지는 말아요."

페이스는 그다음 사람에게 음식을 주러 갔다.

그리어는 상처 난 손으로 포크를 집어 들고 어설프게 쥐었다. 그녀는 포크와 나이프를 들고 대기한 채로 어떻게 이 스테이크를 먹을 수 있을까 고민했다. 안쪽은 부자연스럽고 괴상한 검붉고 푸르스름한 색

여성의 설득

깔이었다. 멋져, 그렇게 말하는 소리를 들은 것 같았다.

사람들이 고기를 먹으면서 감탄했다.

"이런, 이 고기 좀 봐."

마르셀라가 나지막하게 신음했고 그리어는 그녀가 벤과 침대에 있는 모습을 상상했다.

"이거 정말 근사해요, 페이스."

"먹어본 스테이크 중에서 최고예요."

테드가 말했다.

"저기요, 페이스, 재단이 잘되지 않으면 레스토랑을 열어서 페이스 프랭크의 페미니스트 스테이크 하우스라고 이름을 붙여요. 모든 스테이크는 구운 감자와 크림소스 시금치, 성평등의 가능성을 곁들여서 나오는 거죠."

헬렌이 말했다.

페이스의 고기를 칭송하지 않는 사람은 그리어뿐이었다. 그녀는 곧 자신의 침묵에 자의식을 느끼고 뭔가 해야만 할 것 같은 기분에 사로잡혔다.

"그리고 페미니스트 스테이크 하우스의 모든 스테이크에는 샐러드 바가 공짜인 거죠!"

그녀가 덧붙였다. 페이스는 이 말이 웃기려는 의도라는 것을 알아채고 그녀를 보고 미소를 지었다.

그리어는 완벽한 정육면체 모양으로 고기를 열심히 자른 다음 포크로 찍었다. 불빛 속에서 고기를 보다가 그녀는 인간 조직 단면도 그림을 문득 떠올렸다. 4년 동안 고기를 먹지 않던 사람에게 이것은 거의 인육을 먹는 것과 같은 일탈행동이었다. 하지만 이건 사랑에서 나온 행동이라고 그녀는 스스로 다짐했다. 이 고기를 먹으면 그녀는 페이스가 계속해서 고백을 하고 이야기를 들어주고 의지하고 싶은 그런 사람이 되는 것이다. 그녀가 고기를 요리해주고 싶은 그런 사람. 그리어는 조각을 혀에 올려놓고서 각설탕처럼 녹기를 바랐지만, 그것은 완고하게 그 모양을 온전하게 유지하며 근육이나 지방을 하나도 포기하려 하지 않았다. 그녀의 입 안쪽은 약간 삼나무 벽장이나 소형 도축장처럼 느껴졌다. 혐오스러웠다.

구역질하지 마, 구역질하지 마. 그녀가 엄하게 자신을 다그쳤다.

그리어는 고기를 먹는다는 개념을 재정립하려고 노력했다. 이게 그러니까, 말하자면 섹스를 하는 경우와 딱히 그렇게 다른가? 코리와 처음 사귀기 시작했을 때 그리어는 흥분되면서도 두려웠다. 하지만 곧 덜 두려워졌다. 내가 아닌 동물이 그리 싫지 않다는 걸 그녀는 배우게 되었다. 코리는 그저 다른 사람, 기다란 세포막 안에 든 영혼일 뿐이었다. 그는 그녀가 깊이 사랑하게 된 동물이었다. 목숨을 잃은 애통한 소의 이 2세제곱센티미터의 살덩이가 그렇게 나쁘지 않은 것처럼 말이다.

잘 가, 소야, 그녀는 멀리 떨어진 푸르른 초원을 떠올리면서 생각했다. 네 짧은 삶이 최소한 행복했기를 바라. 그녀는 힘겹게 삼키고서 도로 토하지 않으려고 애를 썼다. 스테이크는 넘어가서 아래쪽에 그대로 있었다.

"맛있네요."

그리어가 말했다.

일요일 아침 기차역 플랫폼에서 그들을 첫 번째 세미나가 시작되

여성의 설득

기 바로 전날로 실어다줄 10시 4분 열차를 기다리면서 모두들 핸드폰을 다시 켜고 기계가 더듬더듬 전파를 잡는 것을 지켜보았다. 전화기에 불이 들어오고, 애플 로고가 뜨고, 로사이 팀은 그들이 없는 사이에 뭘 놓쳤는지 엄청난 흥미를 갖고 쳐다보았다. 그들은 서로에게서 등을 돌리고 플랫폼을 어슬렁거리며 음성메시지를 듣고 문자메시지를 읽었다.

그리어는 페이스 프랭크의 집에 도착한 이후로 34개의 음성메시지와 18개의 문자메시지가 들어온 것을 혼란스럽게 쳐다보았다. 이건 말이 되지 않았지만 어쨌든 사실이었다. 이 사치스러울 정도의 다급함의 물결은 거의 다 마닐라에서 날아온 것이었다.

6

새벽녘 니노이 아키노 국제공항에는 입구 바깥으로 말도 안 될 만큼 긴 줄이 서 있었다. 탑승객뿐만 아니라 모든 방문객이 지나야 하는 금속탐지기로 이어지는 줄이었다. 지난 두 시간 동안 돌발적으로 울다 말다 하던 코리 핀토는 다른 사람들을 따라서 느릿느릿 걸어갔다. 그의 눈은 작은 불씨처럼 타올랐다. 꾹 참으려고 애를 썼지만 별로 효과는 없었다.

탐지기를 지나자 확성기에서 102편 비행기의 소식을 알렸고, 코리는 빨리 움직여야 한다는 걸 깨달았다. 그는 앞에 몰려 서 있는 사람들을 헤치고 가면서 외쳤다.

"실례합니다! 마키키란 포(죄송합니다)!"

하지만 아무도 움직이지 않았다. 사람들은 일곱 명, 또는 열두 명씩 모여서 짐가방이나 배낭을 움켜쥐고 있었고, 테이프를 칭칭 감은 상자들이 아무렇게나 쌓여 있었다.

코리에게는 짐이 없었다. 뭘 가져오는 것조차 잊었다. 한밤중에 그 소식을 들은 이후로 모든 합리적인 계획이 머릿속에서 사라졌다. 그는 전화를 받았고, 바로 룸메이트인 맥브라이드에게 이렇게 말했다.

"나 가야 돼."

서로 다른 사교 그룹에 속해 있었고 친구였던 적이 없었으나 프린스턴에서 얼굴 정도는 알았던 맥브라이드가 둥근 팔걸이에 차갑고 미끈미끈한 표면의 가죽 소파에 앉아 아미티지&리스트에 처음 고용되었을 때 부모님 집에서 여기로 부친 엑스박스로 레드 데드 리뎀션의 임무를 수행하다가 반쯤 졸던 상태에서 고개를 들었다.

"뭐? 지금 새벽 3시야. 어딜 간다는 거야?"

그의 흉측하게 생긴 스피커에서 음악이 나왔다. 가운데가 볼록 튀어나온 검정색 스피커를 볼 때마다 코리는 늘 집파리의 눈 같다고 생각했다. 퍼그네이셔스의 멍청한 랩 가사가 흘러나왔다.

> 네가 한국식 발마사지 가게에 앉아 있는 걸 봤어
> 네가 뻔뻔하게 거기에 앉아 있는 걸 봤지

와튼 스쿨에서 금융 학위를 따고 갓 졸업한 그들의 세 번째 룸메이트 로플러는 사가다 여행에서 사온 싸구려 마리화나 냄새를 풍기는 자기 방에서 자고 있었다. 그는 룸메이트들과 같이 하려고 위험하게 마리화나를 가져왔다. 그들 모두 엄청난 돈을 벌고 있었고, 그걸 함부로 뿌려서 위험에 노출되고 싶은 마음은 없지만 그렇다고 짠돌이처럼 살고 싶지도 않았다. 그들은 사람 많은 지역에서 떨어진 마카티지구에 있는 편안한 고층건물에서 살았고, 외국인들이 살고 일하고 놀고 돈을 쓰는 고급스러운 지역에서 쉬었다.

"일이 좀 생겼어."

코리가 멍하니 말했다.

"그거 참도 자세한 설명이네. 뭔지 맞혀야 되는 거야?"

맥브라이드가 말했다. 코리가 다시 울기 시작했고, 그의 얼굴이 고통으로 일그러졌다. 맥브라이드는 뭘 해야 할지 모르는 얼굴이었다.

"얘기를 좀 해봐. 집에 누가 죽었어?"

코리는 비참한 얼굴로 고개를 끄덕였다.

"할머니나 뭐 그런 분?"

그는 고개를 흔들었다.

한밤중에 핸드폰이 울렸을 때 코리는 침대에서 일어나 앉아서 부모님의 번호를 확인했다. 부모님이 미국 동부와 마닐라 사이의 시차를 잘 기억하지 못한다는 사실에 짜증이 났다. 이제 완전히 밤잠을 설치게 되었다. 그는 부모님에게 자신은 이제 어른이고, 할 일이 있어서 잠을 꼭 자야 한다는 사실을 알리고 싶은 마음에 부루퉁한 목소리로 전화를 받았다. 하지만 아버지는 울고 있었고 포르투갈어로 말도 안 되는 이야기를 하셨다.

"수아 마이 마토우 세우 이르마오(네 엄마가 네 동생을 죽였어)!"

"네?"

그가 해석을 잘못한 것이 분명했다.

"무슨 말씀 하시는 거예요?"

"네 엄마가 네 동생을 죽였어."

아버지의 목소리는 무시무시할 정도로 비통에 차 있었다. 아버지는 코리의 어머니가 집 앞길에서 후진을 하다가 거기서 놀고 있던 알비를 미처 보지 못하고 실수로 치었다고 이야기했다. 알비의 등이 짓

여성의 설득

눌리면서 뼈가 부러져 폐동맥을 찔렀다. 아이는 잠깐 동안 버텼지만 스프링필드의 수술실에서 사망했다.

"네? 확실해요?"

코리는 다급하게 물으며 어둠 속에서 머리카락을 긁어 올리고 그 다음에는 얼굴을 문지르며 이제 위아래로 퍼덕거리고 있는 손으로 뭘 해야 하나 생각했다.

"그래. 네 엄마가 그랬어. 난 차마 쳐다도 못 보겠다."

그의 아버지가 말했다.

"엄만 어디 계세요?"

"진정제를 투약했어. 병원에서 주사를 놔줬어."

"알았어요. 알았어요."

코리는 생각을 하려고 노력했다.

"아버지도 진정제를 좀 드시는 게 좋을지 몰라요. 지금 공항으로 갈게요. 아침에 가는 비행기를 찾아볼게요. 여긴 지금 밤이에요. 하루가 꼬박 걸릴 거예요."

그 말을 하면서도 그 역시 어머니를 어떻게 봐야 할지 알 수가 없었다. 코리는 항공사에 전화를 걸고 앉아 계속해서 반복되는 「강한 여자들」의 관악 연주 버전을 들었다. 예약을 한 다음 당장, 새로운 어른만의 방식으로 그에게 필요한 그리어에게 연락을 했다. 마치 그녀가 실제로 뭔가 해줄 수 있다고 생각하는 것만 같았다. 하지만 전화는 곧장 음성메시지로 연결되었다.

"어디 있어? 네가 필요해."

그가 전화기에 대고 말했다. 그는 그녀에게 한 번도 그 말을 한 적이 없었다. '사랑한다'는 말은 늘 했지만 '필요하다'는 말은 한 번도 한 적이 없었다.

그는 계속 조급하게 전화를 걸고서 그녀의 녹음된 목소리에 대고 점점 더 크게 이야기를 하다가 마침내 전화를 끊었다. 그녀에게 "전화 해줘."라는 문자도 여러 번 보냈지만 답이 없었다. 알비에 대한 소식을 결코 녹음 메시지로 남겨놓을 수는 없었다. 텅 빈 허공에 대고 그 말을 차마 할 수가 없었다. 그가 그 말을 할 때 그리어가 실시간으로 들어야만 했다. 그래야 그가 내뱉는 사실을 그녀가 일종의 인공호흡처럼 빨아들일 테니까.

"제발 전화해줘."

목소리의 변화가 그녀의 주의를 끌 수 있을 거라고 생각하는 것처럼 그가 속삭였다.

"몇 시든 상관없어. 아주, 아주 끔찍한 일이 일어났어."

여전히 답이 없자 그는 그녀가 주말 동안 페이스 프랭크의 집에 갈 거고 핸드폰 전파가 안 잡힐 거라고 말했던 것을 떠올렸다. 그녀에게 슈퍼히어로 같은 존재인 페이스 프랭크. 페이스 프랭크처럼 대단한 인물이라면 집에 전파가 들어오게 할 수도 있을 텐데. 그의 물건들과 종이가 넘쳐나는 쓰레기통, 책상에 우르르 놓여 있는 산미그 스트롱 맥주병들이 뒤섞여 있는 작은 방에서 그는 서성거렸다. 온 방이 어수선하고 악취가 가득했다. 스스로를 돌볼 줄 모르는 고액연봉의 젊은 미국인 세 명을 위해서 청소를 해주는 가정부 자이 마타팡이 전부 다치울 것이다.

"남자애들이란."

그녀는 아파트에 와서 집 안을 둘러보고 고개를 흔들며 그렇게 말했다.

"항상 돼지우리라니까."

하지만 그녀는 한 번도 불쾌해하는 것 같지 않았다.

어둠 속에서 배가 조여드는 상태로 코리는 그린벨트 몰에서 산 끈 달린 바지를 벗고 서랍을 뒤져 사각팬티를 찾았다. 가정부는 남자들 세 명 모두가 한 번도 가본 적 없는 지하실로 빨래를 가져가곤 했다.

"안녕, 자이."

세 남자는 항상 그렇게 말하며 빨래를 넘겼고, 그녀는 말없이 그 것을 전부 받아서 그들의 소변과 정액이 묻은 속옷을 빨고 셔츠를 다려서 그들이 필리핀에서 가장 높은 철제골조 건물인 루피노 퍼시픽 타워에 있는 아미티지&리스트 사무실에 당당하고 자신만만해 보이는 모습으로 들어갈 수 있게 만들어주었다.

코리는 스물세 살에 미치광이가 되어서 마닐라의 길거리를 떠돌아다니게 될 수도 있다는 생각을 했다. 자이가 그를 길에서 보고 그 지저분하던 남자아이들 중 하나가 미쳐버렸구나, 그 키 큰 아이가! 하고 불쌍하게 여기겠지.

다른 것을 찾아볼 시간이 없어서 코리는 의자에 아무렇게나 올려 놨던 검은 정장 바지를 입은 다음 바지 앞주머니에 여권을 집어넣고 문으로 향했다. 망가진 안전벨트가 허우적거리는 팔처럼 그의 무릎 위에 쓸모없이 늘어진 택시 뒷자리에 앉아 공항으로 가면서 그는 마카티의 조용한 분위기와 반짝임이 사라져가는 것을 바라보았다.

그는 여기서의 삶에 아직 적응하지 못했다. 처음부터 여기는 굉장히 낯설었다. 대학을 졸업하고 얼마 지나지 않아 캐세이퍼시픽을 타고 필리핀까지 올 때 승무원은 그를 오랜만에 만나는 친구처럼 환영했다. 그는 누워서 자신이 그렇게 엉뚱한 곳에 있는 건 아닌 것 같은 느낌을, 사기꾼 같지는 않은 느낌을 받았다. 그뿐만 아니라 자신의 기다란 몸이 바다를 건너는 동안 요람처럼 그를 감싸주던 비행기 좌석에서는 이곳까지의 거리도 그리 멀지 않게 느껴졌다. 매사추세츠주 매코피 출신의 코리 핀토는 여러 종류의 딤섬과 얇게 저민 스테이크를 먹었다. 자신이 얼마나 먹는지 걱정하지 않고 먹었다. 프린스턴에서의 삶은 그가 당연히 얻을 자격이 있는 것처럼 느껴지기 시작한 새로운 삶에 대해 그를 대비시켰다. 가끔은 그가 어떤 것도 자신의 힘으로 얻지 않았다는 걸 깨달을 때도 있었지만 말이다. 그의 뒤쪽 멀리서 이코노미 클래스의 불평 불만 소리가 들렸다.

마닐라에서는 그와 다른 사람들을 위해 아파트가 준비되어 있었다. 건물은 컨티넨탈 아치스라는 우스꽝스러운 이름이었다. 마카티는 부유하고 화려한 지역이었으나 그 구역을 벗어나면 특유의 분위기를 가진 빠르게 움직이는 마닐라가 나타났다. 코리가 거기서 만난 대부분의 사람은 훌륭한 영어를 썼으나 여전히 그는 타갈로그어를 배우려고 노력했다. 그 나라의 많은 사람이 영어를 잘 하지 못했고, 그는 자신의 조그만 소굴 밖으로 나갔을 때 잘난 척하는 사람이 되고 싶지 않았기 때문이다. 그는 노력을 하고 싶었다. 가끔씩 그와 룸메이트들은 시내 바에 가서 술을 마시고 아미티지&리스트의 오리엔테이션에서 특히 피하라고 경고했던 지역의 싸구려 식당에서 싼 음식을 먹었다.

그들은 화려한 색깔에 반은 버스고 반은 지프인 필리핀의 교통수단 지프니를 탔다. 지프니에 그려진 그림은 악마나 독수리 같은 것들이었고 괴물-자동차라든지 '예수님은 당신을 아주 많이 사랑하십니다', '미스 로사와 형제들' 같은 단어나 문장이 함께 쓰여 있었다. 승객들은 서로 마주보는 두 개의 기다란 의자에 무릎이 서로 맞닿게 앉았고, 차가 심하게 덜컹거려도 전혀 놀라지 않았다.

"바야드 포(계산해주세요)."

코리는 처음 지프니를 탔을 때 긴장해서 그렇게 말하며 돈을 건넸다. 나중에는 그 모든 행동이 제법 자연스러워졌다.

마닐라는 가벼운 방식과 무거운 방식, 양쪽 모두로 코리에게 깊은 인상을 주었다. 마카티에 집중되어 있는 부, 일급호텔 입구로 들어오는 차 주위로 냄새를 맡고 다니는 경찰견, 경비원들이 플래시로 안을 비춰볼 수 있도록 트렁크를 연 차들, 이국적이고 뒤틀리고 사치스럽게 흐드러진 나뭇잎들, 생선과 과일이 달린 스탠드, 노점에서 파는 향기로운 음식들, 사방을 뛰어다니는 예쁜 아이들, 충격적인 가난, 그리고 쇼핑몰, 맙소사, 에어컨 바람이 나오기 때문에 수많은 활동이 일어나는 쇼핑몰. 마닐라는 가마 같았고 모두들 함께 그 안에서 구워지고 있었다.

이곳에서 몇 달간 돈을 벌었고, 필리핀 음식인 아도보와 바삭바삭한 파타를 먹었으며 고객들과 늦게까지 밖에서 파티를 했다. 그런데 이제는 감당할 수 없는 슬픔 속에서 안전벨트가 망가진 택시를 타고 마닐라 공항으로 달려가고 있었다. 동생이 죽었기 때문이었다. 안전벨트가 없어서 기뻤다. 안전벨트를 하고 싶지도 않았다.

"원한다면 이 차를 어디다 처박아도 돼요. 난 신경 안 쓰니까."

그가 운전사에게 말했다.

"네? 뭐라고 했어요?"

운전사가 상황을 파악하려고 백미러를 쳐다보며 말했다.

"길 바깥으로 차를 몰아도 돼요. 난 죽고 싶어요. 죽어버리고 싶어요."

"나는 죽고 싶지 않아요. 단단히 미치셨군."

운전사가 긴장된 웃음을 터뜨리며 그렇게 덧붙였다. 하지만 호기심이 이겼는지 좀 더 상냥한 목소리로 물었다.

"왜 죽고 싶은 거죠?"

"내 동생이 차에 치여 죽었어요. 우리 어머니가 운전하고 계셨죠."

"안됐군요."

택시 운전사가 반사적으로 말했다.

"당신 동생이요. 어린애인가요, 어른인가요?"

"어린애예요."

코리는 동생의 영리하고 생기발랄한 얼굴을 떠올리며 시간이 지나면 그 얼굴에서 점차 생기가 희미해지다가 사라질 것임을 깨달았다. 그렇게 될 수밖에 없었다.

"아, 끔찍한 일이군요."

그러고는 말없이 운전사가 고속도로 갓길에 차를 세웠다. 하늘은 막 떠오르는 햇살로 얼룩졌다. 그들은 움직이지 않는 차에 함께 앉아 있었고 운전사가 잭팟 멘톨향 담배갑을 꺼내서 코리 쪽으로 한 대를 내밀었다. 그는 플라스틱 칸막이의 작은 구멍으로 그것을 받았다. 운전사는 그에게 라이터를 건넸고, 다시 돌려받은 다음 자신도 한 대불을 붙였다. 조용한 비참함 속에서 그들은 담배를 피웠다.

밤이 아침이 되고, 혀에 여전히 멘톨향이 남아 있는 상태로 그는 공항 터미널을 지나갔다. 이번에는 비즈니스 클래스 좌석이 남아 있지 않고, 회사가 돈을 대줄 것도 아니었다. 그의 크고 갑자기 연약해진 몸을 안아줄 침대는 없을 것이다. 코리는 구할 수 있는 유일한 좌석이었던 화장실 옆 가장 끝줄에 뚱뚱한 거구의 남자와 뚱뚱한 거구의 여자 가운데 자리에 끼어 앉았다. 그는 울면서 자막 없는 필리핀

여성의 설득

영화를 보았다. 영화는 그의 머리를 그가 이해할 수 없는 단어들로 채우고 그의 눈을 움직이는 밝은 색깔과 번쩍이는 사람들로 채웠다.

영화에서는 어린아이의 죽음 같은 건 나오지 않는, 사랑과 결혼과 간통과 섹스가 뒤얽힌 드라마였다. 언제나 섹스 이야기였다. 섹스는 모든 대륙의 모든 사람의 관심을 끄니까. 영화가 끝나자 그는 양옆의 사람 사이에 비좁고 불행하게 끼어 있는 자기 자신으로 돌아왔다. 어느 쪽인지 모르겠지만 한 명에게서 향신료와 이스트와 뭔가 불쾌하고 이름 붙일 수 없는 냄새가 났다. 하지만 쉬지 않고 오열하며 유독하고 걱정스러운 화학물질을 쏟아내고 있는 것은 코리였다. 그 냄새는 코리에게서 나는 것일 수도 있었다.

그가 도착할 무렵 그리어는 이미 매코피에서 코리를 기다리고 있었다. 그는 LA를 거쳐 다시 뉴욕으로 갔고, 그다음에 버스를 타고 스프링필드까지 와서 택시를 타고 동네로 왔다. 눈이 쌓인 동네는 추웠고, 그는 코트를 입고 오지 않았다는 것을 그제서야 깨달았다. 하루 동안 이도 닦지 않고 씻지도 못했다. 코리에게서는 냄새가 나고 얼굴과 입에는 백태가 낀 상태였다. 비행기를 타고 오는 동안 계속 울어서 몸이 아팠다. 이런 종류의 아픔은 앞으로 항상 그를 따라다니며 그날그날에 따라 예리하거나 또는 둔하게 고통을 줄 것이었다. 알비를 다시는 볼 수 없다는 사실, 불안정한 불꽃처럼 엉뚱한 방향으로 흘러가곤 하던 대화를 둘이 다시는 할 수 없다는 사실을 믿을 수가 없었다.

택시가 핀토 주택 앞에서 멈췄다. 앞쪽에는 차 여러 대가 서서 입구를 막고 있었다. 그는 마리아 이모와 조 이모부의 초록색 폰티악을 알아보았다. 코리는 열려 있는 문으로 집으로 들어갔고 친척들이 그에게 몰려들었다. 몇 명은 울고 있었다. 그러다가 그들이 갈라지며 거기 혼자 서 있는 그리어가 나타났다. 그녀는 그가 없는데도 용감하게 핀토 가족 무리에 들어와 있었다. 그가 도착할 때까지 부모님 집에 숨어 있지 않았다. 그의 친척들은 둘만 거실에 놔두고 사라졌다.

"아, 코리."

그녀가 말했다. 그게 딱 올바른 단어였다.

"오, 코리, 이리 와. 널 사랑해. 자기야, 사랑해."

그녀는 그를 거의 '자기'라고 부르지 않았다고, 그는 생각했다. 이거 참 묘하네. '자기'라는 말은 극단적인 순간을 위한 거였다. 그녀는 그들의 평소 단어장에서 빠져나와서 다른 세대의 단어장에서 선택을 했다. 평소에 쓰던 단어는 효과가 없을 테니까. '자기'는 낯설었지만, 그들이 예전에 있었고 지금 있는 자리 사이의 무시무시한 공터를 넘어서는 다리가 되어주었다. 그들을 최대한 앞으로 나아가게 만들어주는 근사한 다리. 그들은 함께 앉았다. 그에게서는 스스로도 고약하다 느낄 만큼의 냄새가 났고 그리어는 겁을 먹었지만 정말로 상냥했고, 그녀의 눈은 선명한 빨간색이었다.

동생이 태어났을 때 그는 십대 초반이었고, 집에 아기가 있다는 건 참으로 수치스러운 일이었다. 자려고 하거나 숙제를 하거나 섹스 생각을 하고 있는데 앙 하며 울음을 터뜨리던 아기. 오랫동안 코리는 배에 계속 가스가 차는 아기를 무시했으나 아기가 기기 시작하자 관심이 생기게 되었고, 곧 말을 하기 시작하자 아주 큰 관심이 생겼다. 그 애가 하는 말이란! 그 애가 묻는 것들이란! 두 살에는 두아르트에게 이렇게 물었다.

"비료 얘기를 해주세요."

여성의 설득

그리고 네 살에는 접시에 있는 나선형 마카로니 하나를 쳐다보며 베네디타에게 이렇게 물었다.

"애가 긴장했다고 생각하세요? 완전히 꼬여 있잖아요. 형은 긴장하면 이런 기분이라고 그랬어요. '나 몸이 비비꼬여.'"

"믿을 수가 없어."

코리가 손에 얼굴을 묻은 채 그리어에게 말했다.

"내가 뭘 해야 되지?"

그가 고개를 들고 그녀를 보며 물었다.

"무슨 뜻이야?"

"이걸 사실이 아닌 걸로 만들려면."

"그렇구나. 내가 도와줄게."

그녀가 진지하게 고개를 끄덕이며 대답했다.

"어떻게 도와줄 건데?"

그리어는 생각에 잠겨 잠시 침묵을 지켰다.

"잘 모르겠어. 하지만 내가 도와줄게."

그녀가 말했다.

둘은 함께 미끈거리는 비닐 소파에 앉아 있었고, 코리는 곧 그리어의 무릎에 머리를 대고 누웠다. 두 사람 다 아무 말도 하지 않고 한참 동안 울었고, 얼마 후에 가스 버너가 켜지는 치이익 소리가 들렸다. 누군가가 저녁을 먹는 게 적절한 일이라는 생각을 한 모양이었다.

"여기 오느라고 직장에 빠진 거야?"

그가 이제서야 생각하고 물었다.

"아, 별거 아니야. 신경 쓰지 마."

"잠깐만."

그는 집중하려고 노력했다. 쉽지 않았지만, 그래도 곧 뭔가를 기억해낼 수 있었다.

"지금 네 일 시작될 때 아니야? 로사이 일? 컨퍼런스 센터에서 사람들이 연설을 하고? 내가 날짜를 잘못 알고 있는 거야?"

그리어는 어깨를 으쓱였고, 그게 사실을 드러내주었다. 첫 번째 세미나, '여성과 힘'이라고 그녀가 설명한 적이 있었다. 그녀는 그 제목이 약간 부끄러운 것 같았지만 흥분한 것 같았다. 로사이에서 일을 시작한 이래로 그게 그녀가 계속해온 일이었고, 내일 아침에 시작될 거고, 그녀는 거기에 있어야 했다. 그런데 거기 있지 않았다. 그녀는 세미나를 놓칠 것이다.

"거기 안 있어도 정말로 괜찮은 거야?"

그가 끈질기게 물었다.

"당연하지."

그녀가 잠깐 입을 다물었다가 물었다.

"언제 위층에 올라가서 어머니를 만날 거야?"

"모르겠어."

"코리, 만나야 해. 너희 어머니께서 원하신다고 네가 생각하면 나도 올라가서 뵐 거야. 하지만 넌 분명 지금 올라가야 돼."

그는 위층으로 올라갈 힘을 간신히 냈다. 그의 아버지는 삼촌들 중 한 명과 술집에 갔고 거의 하루 종일 나가 있었다. 부모님의 침실은 커튼이 쳐져 있어 어두웠다. 그는 노크도 하지 않고 안으로 들어가서 보초병처럼 뒷짐을 진 채 침대 옆에 가만히 서 있었다. 어머니는 코리와 알비가 깔고 앉아 실을 잡아당기곤 했던 셔닐 이불을 덮고 모로 누워 있었다. 튀어나온 조그만 덩어리와 실밥들은 형제의 쉬지 않고

여성의 설득

움직인 손이 한 일을 드러내주었다.

어머니는 당연히 엉망이었고, 고개만 겨우 조금 움직일 수 있었다.

"왜 그 애가 집 앞길에 있는 걸 못 보셨던 거예요?"

그가 마침내 잔인하게 그렇게 물었다.

어머니가 그를 향해 고개를 들어 올렸다.

"코리, 왔구나."

"네, 저 왔어요."

"백미러에 안 보였어."

어머니가 말씀하셨다.

"보기는 했던 거예요?"

"그래, 맹세해! 어떻게 된 일인지 나는 모르겠구나."

어머니는 그렇게 말하고 다시 고개를 돌렸다.

그는 너무 쉽게 튀어나오는 자신의 잔인함에 창피해져서 좀 더 차분하게 말했다.

"네, 알았어요. 알았어요. 어쨌든, 저 왔어요."

그러고서 그는 재빨리 방을 나갔다.

코리의 아버지는 하루 종일 돌아오지 않았고, 이모들이 베네디타를 돌봤기 때문에 코리는 길 건너편 카데츠키 집에서 그리어와 함께 머물렀다. 그리어의 부모님 두 분 모두 그를 껴안고 상냥한 말을 건넨 다음 둘만 놔두고 나갔다. 그는 위층 욕실에서 한참 동안 샤워를 했고, 그 뒤 그녀의 침대에 누워서 노력을 기울여 강렬한 섹스를 했다. 그녀를 만진 지 몇 달이 지났고 그는 거의 즉시 반응을 보였다. 마치 섹스를 통해서 죽음이라는 해결할 수 없는 문제를 이해해보려는 것만 같았다. 그의 골반뼈가 익숙한 방식으로 그녀에게 부딪쳤고, 그는 그녀가 전보다 말랐다는 것을 알아챘다. 이건 뉴욕 버전의 그리어였다. 그의 것이 아닌 삶을 살고 들이킨 버전의 그리어.

넌 정말로 섹스를 좋아했을 거야, 알비, 그리어가 그의 페니스를 만지는 동안 그는 그렇게 생각했다. 넌 정말로 좋아했을 거야. 여자가 실제로 네 거기를 만지고, 네가 그 여자를 만지는 거! 그걸 공개적으로, 서로에게 하는 것. 의식적으로 말이야. 알비는 모든 것에 관심이 있었다. 그 애는 탐험하는 것을 좋아했다. 언젠가는 어떤 여자아이한테, 그와 비슷할 정도로 영리한 여자아이한테 홀딱 빠졌을 것이다.

관을 열어놓은 채 밤이 지나갔다. 동생의 조그만 시신이 있는 상태에서 하루를 보내는 건 말로 차마 설명할 수 없는 일이었다. 가톨릭 교회에서 장례 미사가 열렸다. 그의 어머니는 무덤가에서 기절했고 아버지는 마지못해 어머니를 부축했다. 두 분은 거의 말을 하지 않았다. 장례식 이틀 후에 코리의 아버지가 카데츠키 집 앞에 나타나서 그 집에 자리를 잡은 아들을 좀 만나볼 수 있겠느냐고 정중하게 묻고난 뒤 부엌에 단둘이 앉아서 코리에게 한동안 리스본에 가 있을 거라고 말한 것도 그리 놀라운 일은 아니었다.

"지금이요?"

"그래. 잠깐 좀 떠나 있어야겠구나."

아버지는 떠났고, 며칠 동안 연락 한 번 없었다. 아버지가 매일 연락할 거라고 생각했던 코리는 깜짝 놀랐다. 정신적 고통에 잠겨 있는 어머니는 이제 또 다른 버릇이 생겼다.

"두아르트는 어디 있어?"

어머니가 침대에서 물었다.

"리스본에 잠깐 갔어."

여성의 설득

이모들과 삼촌들과 코리가 이미 여러 번 그녀에게 그렇게 말했다.

하지만 언제 돌아올 거라는 말은 없었다. 코리는 부엌 서랍에 있던 전화카드를 써서 아버지에게 전화를 걸었다.

"뭐가 어떻게 되어가는 거예요?"

"여기에 좀 더 머무를 생각이야."

"'좀 더'가 얼마만큼인데요?"

"잘 모르겠구나."

"좋아요, 솔직하게 말해주세요. 돌아오지 않으시려는 거죠, 그렇죠?"

코리가 말했다. 잠깐 전파 소리가 들리고 곧 한숨 소리에 이어 그래, 앞으로 한동안은 거기에 머물 거라는 인정이 들렸다.

"엄마는 아무 일도 못하세요. 그냥 침대에만 누워 계세요."

코리가 말했다.

"그 사람한테는 자기 자매들이 있어. 그리고 나도 돈을 보낼 거고. 게다가 차도 남겨뒀어. 이제 그걸로 원하는 사람 아무나 죽이고 다니라지."

"이건 심각한 상황이에요."

"네가 보고 싶을 거다. 하지만 그 사람과 더는 같이 살 수 없어. 내 사촌이 여기서 일자리를 제의했어. 넌 훌륭한 아들이야."

두아르트는 감정을 억누르지 못한 채 덧붙였다.

코리가 그리어에게 이 이야기를 하자 그녀가 말했다.

"어떻게 그러실 수가 있어?"

"다시 아버지를 만날 일이 생기면 네가 직접 물어봐야 할 거야."

"네가 원하는 만큼 여기서 나랑 같이 있어도 돼, 알지? 우리 부모

님은 네가 이 집에 있다는 것도 거의 모르시니까. 내가 있다는 것도
마찬가지고."

그녀가 말했다.

"뉴욕에 가야 하지 않아? 네 일은 어쩌고?"

그가 그녀에게 물었다.

"일은 괜찮을 거야."

"그리어, 넌 세미나에 빠졌잖아. 네가 그랬다는 걸 믿을 수가 없어.
내가 널 그렇게 만들었다는 걸."

"네가 그렇게 만든 게 아니야. 내가 원한 거지."

"하지만 그쪽에 네가 필요했을 거 아냐, 안 그래?"

그녀는 아무 대답도 하지 않았다.

"그쪽에서 다 괜찮았다고 그랬어?"

"응, 아주 잘 진행됐대."

그녀가 대답했다.

"페이스 프랭크가 너한테 화냈어?"

그가 계속해서 물었다.

"코리, 난 내 자유의지로 여기에 있는 거야, 알겠어? 걱정하지 마."

그리어가 말했다.

다음 날과 그 다음 날 오전 동안 자신의 집으로 돌아가서 그는 유
튜브 클립으로 세미나에 관해 찾아보았다. 패널들과 연설과 로사이
해시태그와 댓글들이 보였다. 몇 개는 재단이 슈레이더캐피털로부터
'피 묻은 돈'을 받았다고 비난하는 끔찍한 내용들이었지만, 대부분은
열정적이었다. "센타우리 센터에서 엄청난 에너지가 솟구치다."라고
쓴 사람도 있었다. 누군가는 '근사한 행사'라고 썼고, 연사들이 얼마나

열정적이었으며 청중들이 얼마나 열렬하게 반응했는지에 대해 더 자세한 설명들이 있었다.

그는 페이스 프랭크의 기조연설 동영상을 보았다. 예순여덟의 나이에도 명백하게 섹시한 여성이었다. 그는 독특한 성적 취향을 암시하는 듯한 그녀의 부츠가 마음에 들었다. 강렬하고 진지하고 재치 넘치는 그녀의 연설은 열광적인 호응을 끌어냈고, 그는 왜 그리어가 그렇게 그녀에게 빠졌는지 이해할 수 있었다. 여자들은 가끔 다른 여자들에게 홀딱 반하곤 하니까. 자신이 여자였다면 역시 페이스 프랭크에게 빠졌을 거라고 생각했다.

그리고 그는 다른 사람들의 연설도 보았다. 모두 여자들이었다. 우주비행사, 해군 사령관, 힙합 아티스트, 미국에서 가난에 관한 시집으로 중요한 상을 수상한 시인. 연사 중 몇 명은 성실하고 선의로 가득했다. 시인 같은 나머지 사람들은 환상적이었다. 게다가 멀티미디어적인 측면에서도 굉장히 인상적이었다. 연사들의 일상적 모습을 틀어주는 거대한 광각 스크린, 시카고 남부에서 온 소녀 합창단이 노래할 때의 훌륭한 음향 시설. 에밋 슈레이더는 이 행사에 엄청난 돈을 썼고, 그리어는 그 모든 것을 놓쳤다. 그녀는 괜찮다고 했지만 그는 끔찍한 기분이었다.

어느 날 아침에 그의 어머니가 침대에서 일어나서 그리어와 코리가 마리아 이모와 함께 앉아 있는 부엌으로 들어왔다.

"무슨 일이에요, 엄마? 뭐가 필요하세요?"

그가 조심스럽게 물었다.

"알비의 영혼을 느꼈어. 제니우 도이스. 그 애가 여기 있어. 그 애는 내 피부를 벗겨내고 싶어 해."

어머니가 팔을 내밀어 피부를 잡아당기고 할퀸 자국을 보여주었다. 코리는 나중에서야 인터넷에서 남은 사람들이 죽음을 애도할 때 생기는 정신착란 증세에 대해서 읽었다. 지금은 어머니에게 뭐라고 해야 하는지 전혀 알 수 없었다.

어머니에게는 관리가 필요했다. 그게 이모들과 외삼촌들이 결정한 거였다. 그들은 할 수 있는 일을 하고, 어머니의 고용주에게 전화해서 일을 하러 갈 수가 없다고 이야기했다. 하지만 이모들과 외삼촌들에게는 각자의 삶과 가족이 있었고, 아무도 더 이상은 매코피에 머물 수가 없었다. 그리어조차도 마침내 일을 하러 돌아가야 할 때가 되었고, 코리는 당연히 가도 된다고 말했다.

"넌 어쩔 거야?"

단둘이 남았을 때 그녀가 물었다.

"여기 좀 더 있으려고."

"정말? 그럴 수 있어?"

"무슨 뜻이야? 그게 내가 할 일이야."

"알았어."

그녀는 망설이며 대답했다.

"왜? 뭐가 문젠데?"

그가 물었다.

"네가 걱정돼서, 코리. 이런 식으로 전부 다 네 책임이 되어서는 안 되는 거잖아."

"하지만 그렇게 됐어, 그리어."

"난 네가 훌륭한 아들이라고 생각해."

그녀는 그렇게 말했지만, 그에게는 딱히 칭찬처럼 들리지 않았다.

여성의 설득

"그래, 난 훌륭해. 어마어마하게 훌륭하지. 그리고 이제 난 여기 남아야 돼."

그가 무뚝뚝하게 말했다.

동굴 깊숙한 곳에서 나오는 신비롭고 강렬한 음파처럼 알비의 방이 코리를 불렀다. 코리는 지금까지 그 방을 무시했지만 친척들이 다 떠나고 회사에 일을 그만둔다고 말해서 고용주들에게 충격을 준 다음 (그의 직속상관은 이렇게 말했다. "정말로 이 모든 걸 포기한다고? 아무도 그런 일은 하지 않아.") 공식적으로 집으로 다시 들어오자 동생이 머물렀던 방이 그를 저절로 이끌고 있었다.

일단 방에 발을 들이고 나니 떠날 수가 없었다. 코리는 파란 러그에 한참 동안 앉아 있었다. 그의 오래된 버블헤드 농구선수 인형들이 위쪽 선반에 놓여서 약간의 발소리에도 머리를 격렬하게 흔들었고, 알비의 액션 피규어들은 사방에 널려 있었다. 하나는 한 팔이 올라가 있고, 하나는 허공을 걷어차고 있고, 하나는 상체가 불가능한 자세로 완전히 비틀려 있었다. 전부 다 마지막 순간의 자세로 그대로 남아 있었다.

코리는 알비의 학교 숙제와 그림과 공책들을 꺼내서 강박적으로 모든 것을 읽었다. 거기서 뭔가 실마리를 찾아서 해독하면 지금까지 밝혀지지 않은 세상의 어느 구석에 실은 아직까지 동생이 살아 있다는 사실을 밝힐 수 있을 것처럼. 이것이 코리가 만들어낸 환상이었고, 그 안에 있으면 안도감이 느껴졌다.

알비의 손글씨는 크고 불규칙적이었고, 선생님은 빨간 펜으로 단어에 동그라미를 치며 그를 꾸짖었다.

"좀 더 깔끔하게 쓰도록 노력하세요, 알베르트."

알비의 숙제 내용은 세련되고 종종 장황했다. 학급 리포트에서 알비는 공룡과 잉카인들과 빅뱅에 대해서 자세히 설명하고 통계를 사용해 뒷받침했지만, 어쨌든 논제에서 벗어났다.

"주제에만 집중하세요, 알베르트."

똑같은 선생이 그렇게 써놓았고, 코리는 선생의 코에 한 방 날리고 싶었다.

그리고 공책들도 있었다. 처음에는 그게 뭔지, 무슨 목적으로 쓴 건지 이해할 수가 없었다. 어떤 학교에서나 쓰는, 까만 달걀이 떨어져 깨진 듯한 무늬의 흔하고 낯익은 공책 세 권이 쌓여 있었다. 첫 번째 공책을 열자 직접 만든 것 같은 표가 나타났다. 커다랗고 서툴지만 정제된 동생의 글씨체로 수수께끼 같은 기록과 메모가 쓰여 있었다.

8월 6일

오전 10시

기온: 24도

15분 관찰

움직임: 약간

거리: 4센티미터

속도: (4센티 나누기 15 = 0.25)

8월 7일

비!! 관찰 못 함

대신 집에서 플레이스테이션 함

8월 8일

오전 10시

기온: 27도

움직임: 없음

거리: 없음

속도: 없음

메모: 기온이 거리와 속도에 영향을 미칠까? 채널 22번 뉴스에서 주말에 아마도 무더위가 올 거라고 한다! 걔네는 종종 100% 틀린다. 어떻게 될지 두고 봐야 할 듯.

그리고 주말 동안 더 많은 기록이 있었다.

"왼쪽 앞다리를 움직임. 괴로워서? 확실치 않음."

왼쪽 앞다리. 코리는 알비가 무슨 뜻으로 쓴 건지 알 수가 없었다.

그러다가 깨달았다. 그 깨달음에 사로잡히자마자 그 즉시 그는 집에서 몇 시간이나 운전을 해서 왔다가 갑자기 스토브 위에 냄비를 올려놓고 왔다는 걸 기억한 사람처럼 공포에 질렸다. 코리는 벌떡 일어나 앉아 다급하게 방 안을 둘러보았다. 알비가 죽은 뒤 이모들 중 한 명이 방 정리를 하러 들어온 것 말고는 아무도 여기 들어오지 않았다. 창문 옆 바닥 구석에 상자가 있었다. 그는 그 앞에 웅크리고 앉아서 열어보았다. 안에는 텅 빈 그릇과 오래되어 마른 고기 몇 조각만 들어 있었다. 여기가 알비의 애완거북 느림보의 집이었다. 완전히 잊히고 지금은 어디 갔는지 사라진 느림보.

이제 코리는 알비가 그날 아침 집 앞길에서 뭘 하고 있었는지, 왜 바닥에 그렇게 납작 엎드려 있었는지를 깨달았다. 왜 어머니가 알비를 보지 못했는지도.

"이런 맙소사."

그는 공책을 떨어뜨리고 아래층으로 달려가서 코트도 입지 않고 나가 집 앞길 양옆의 갈색 잔디바닥을 뚫어지게 살폈다.

거북이는 풀밭 사이에 손쉽게 위장하고 있었다. 녀석이 거기에 내내 있었지만 아무도 찾아볼 생각을 하지 않았던 것이다. 코리 말고는 아무도 녀석이 존재한다는 걸 기억하지 못했다. 코리는 이제 녀석을 집어 들고 뺨에 대고서 중얼거렸다.

"느림보야. 느림보야."

등껍질이 건조하고 차가웠다. 느림보가 죽은 거라고 그는 생각했다. 그건 딱 어울리고 적절한 것 같았다. 느림보와 알비는 로미오와 줄리엣 같은 사이였고, 같은 관에 묻혀야 마땅했다. 소년과 거북이가 영원히 함께 있는 것이다.

거북이의 평평한 바닥 부분을 얼굴에 대고 서 있다가 코리는 껍질 안쪽에서 지하철이 다가올 때 발밑으로 느껴지는 진동처럼 뭔가가 우르릉거리는 것을 느꼈다. 거북이는 동면에서, 혹은 깊은 슬픔에서 깨어나고 있었다. 녀석이 창백한 감촉의 팔을 내밀어서 코리를 길고 불편한 잠에서 깨우려는 것처럼 그의 뺨을 가볍게 긁었다.

다음 날 그는 리스본의 친척네 카펫 가게에 있는 아버지에게 연락해서 크고 흥분한 목소리로 알비의 죽음이 베네디타의 잘못이 아니었다는 걸 설명했다.

"그 애는 느림보를 연구하느라고 바닥에 엎드려 있었어요."

코리는 이렇게 말했고, 아버지가 이렇게 대답할 거라고 확신했다.

"그 얘기를 들어서 기쁘구나. 다음 비행기로 집으로 돌아가마."

하지만 두아르트는 그저 지금은 포르투갈에 머무를 거고, 가능할 때 다시 연락하겠다고 말할 뿐이었다.

이후 몇 주 동안 아버지는 아주 가끔씩 연락을 주었다. 코리는 느림보를 꼼꼼하게 보살피고 녀석의 상자를 깨끗하게 청소하고 충분한 물과 음식을 주고 알비의 방 카펫 위에, 코리가 이제 매일 밤 잠드는 침대 옆에 꺼내 놓았다. 성인이 된 자신의 몸이 침대 머리부터 끄트머리까지 꽉 채웠지만 여전히 슈퍼히어로가 그려진 이불을 덮고 누워 있는 것이 어느 정도 위안이 되었다. 아침이면 그는 자신과 어머니를 위해 아침식사를 만들었다. 어머니에게 밥을 먹이지 않으면 아무것도 드시지 않을 거라는 생각이 들어서였다. 그는 어머니가 처방받은 약을 챙겨 먹도록 돕고, 팔의 상처를 확인하고, 빅와이 슈퍼마켓에서 식재료를 사오고, 사회복지사인 리사 헨리를 보러 어머니를 태우고 갔다. 그리고 어머니의 말동무가 되어주고, 부엌 식탁에서 포르투갈 카드 게임인 비스카를 하며 종종 어머니에게 져주었다.

어느 날 저녁 카드 게임을 하고 있을 때 전화가 울렸다.

"여보세요. 난 엘레인 뉴먼이에요. 베네디타 있나요?"

"죄송하지만 지금은 전화를 받으실 수 없습니다."

코리가 대답했다. 그녀는 더 이상 전화를 받고 싶어 하지 않았다.

"남편 되시나요?"

"아들입니다."

"아. 목소리가 참 굵네요. 어머님께서 전에 우리 집을 청소해주셨죠."

여자가 설명했다.

"난 암허스트 대학에서 수업을 하고 있어요. 안식년을 맞아 가족들이랑 안트베르펜에 갔다가 이제 돌아왔거든요. 돌아오면 연락하겠다고 말했었고요.”

그녀가 걱정스럽게 살짝 웃으며 말을 이었다.

“전에 말한 것처럼 목요일 아침에 우리 집에 와줬으면 해서 전화했어요. 미리 말씀은 드려야겠네요. 집은 완전 엉망진창이에요.”

정말로 그랬다. 코리는 목요일 오전 9시에 그 집에 도착했다. 어쨌든 그들에게는 돈이 필요했으니까. 마닐라의 청소부 자이는 코리가 분홍색 고무장갑을 끼고 변기를 문질러 닦는 걸 봤으면 충격을 받았을 것이다. 그는 자기가 만든 난장판을 청소하는 법은 절대로 배운 적이 없었으니까. 그는 뉴먼 가족의 변기와 욕조의 얼룩을 닦고 거대한 사주식 침대 아래의 먼지덩어리를 집중적으로 청소하느라 많은 시간을 보냈다. 침실의 협탁에는 두 종류의 책이 쌓여 있었다. 뉴먼 교수 쪽에는 ‘반 에이크와 네덜란드식 미학’이라는 제목의 두툼한 하드커버 책이 있었고, 남편 쪽에는 표지에 볼록하게 인쇄된 글자에 피투성이 칼 그림이 있고 ‘쥐들이 나와 놀 것이다’라는 제목의 미스터리 소설 책이 놓여 있었다. 사람들의 결혼은 이해하는 게 불가능한 2인의 사이비 종교 같은 것이다. 집 청소를 끝내고 그가 와이먼 스테인리스 세척제로 신중하게 표면을 닦은 냉장고 옆 카운터에 놓인 현금을 챙길 무렵 그는 이 업계에 완전히 들어선 기분이었다.

“어머니를 꼭 닮았네요.”

그날 밤 전화해서 뉴먼 교수가 감탄했다는 듯 말했다.

이제 매주 목요일 아침마다 그 일은 그의 것이 되었고, 그는 전에는 제대로 생각해본 적이 한 번도 없던 청소라는 단순한 행위에서 놀랄 만큼 자부심을 느꼈다. 이건 평생 동안 어머니가 그를 위해 해주었던 일이었고 그 후에는 잠깐 동안 자이가 맡았던 일이었다. 그리고 가

여성의 설득

끔씩, 고등학생 때나 대학 방학 때 그리어가 집에 오면 자연스럽게 코리가 아무 데나 벗어놓은 양말과 음료 캔을 치워주곤 했다.

평생 동안 여자들이 그의 청소를 대신해주었고, 그는 여자들로부터 보살핌을 받았다. 이제야 그 사실을 깨닫게 되었다.

가끔씩 뉴먼 교수의 페르시아산 러그를 청소하거나 먼지를 털기 위해서 오래되고 너덜너덜한 프린스턴 티셔츠를 조각내면서 그는 자이를 떠올렸다. 마닐라에서 그의 모든 물건을 만지고 그의 모든 더러움을 용감하게 견뎠던 그녀에게 거의 말도 붙인 적이 없다는 사실에 설명할 수 없는 미안함을 느꼈다. 그녀와 대화를 시도한 적이 한 번 있었지만 그건 굉장히 불편한 경험이었다. 그녀가 공용 욕실 변기 위로 몸을 구부리고 그들 모두의 소변과 대변, 래플스 마카티 호텔의 롱바에서 고객들과 너무 늦게까지 술을 마셨던 날 밤에 맥브라이드가 쏟아낸 구토가 남긴 분홍-갈색 자국들을 닦아내는 동안에 코리가 그녀에게 다가가서 말했다.

"어, 자이?"

그녀는 깜짝 놀라서 물이 줄줄 떨어지는 원형 솔을 들어 올리고서 그를 쳐다보았다.

"네, 코리 씨. 무슨 일이신가요?"

자이는 언제나 회색빛 윈드브레이커를 입고 머리는 패스트푸드점 튀김기 앞에서 일하는 사람처럼 뒤로 당겨 그물망을 씌워 묶은 덩치 작고 닭처럼 마른 여자였다.

그는 얼굴을 붉혔다.

"아, 그냥 다 괜찮은지 좀 확인하고 싶어서요."

그녀가 그를 빤히 보더니 입을 열었다.

"아뇨. 어떤 것들은 괜찮지 않아요. 어떤 것들은 사악해요. 어떤 사람들이요. 민다나오의 테러리스트들처럼요."

그녀는 그의 질문을 문자 그대로 받아들였다. 모든 것이 '괜찮은지'에 대한 일상적인 질문을 한 번도 들어본 적이 없는 탓이었다. 그는 어색하게 고개만 끄덕였고, 그녀는 다시 맡은 일로 주의를 돌려 코리와 로플러와 맥브라이드가 어느 정도는 너무 바쁘고, 어느 정도는 그래도 되기 때문에 이 상태로 유지하고 있는 아파트의 변기를 솔로 다시 문지르기 시작했다.

이제 자신이 자란 집에서 코리는 엘레인 뉴먼을 위해서 하는 것과 같은 방식으로 집을 청소하는 법을 익혔다. 그는 매일 밤 어머니를 위해서 저녁식사를 만들었다. 전에는 한 번도 자신이 어지른 것을 청소해본 적이 없을 뿐만 아니라 평생 동안 제대로 된 저녁밥을 만들어본 적도 없었다. 론조니 스파게티와 마트에서 파는 라구 소스를 데우는 정도를 제외하면. 매일 그는 어머니의 포르투갈어로 쓰인 레시피 카드를 살피기 시작했다. 처음에는 알비의 과학 메모처럼 그것도 이해할 수가 없었다. 그러다가 이 암호도 마침내 해독해냈다. 'OL'은 올리오óleo, '기름'이었다. 'UP'는 움 포코um pouco, '조금'이었다. 이런 줄임말이 계속되었다. 코리는 자신의 암호 해독 능력이 대단히 만족스러웠고, 음식은 놀랄 만큼 맛있게 만들어졌다. 그는 이제 청소부, 말동무, 요리사였다. 그는 적은 돈을 벌었고, 집의 상태는 훌륭했으며, 꽤 괜찮은 음식을 먹을 수 있었다. 어머니는 완전히 낫지 않겠지만 끼니는 제대로 챙기며 살아갔다.

가끔 이모와 이모부가 폴 리버에 들렀고, 종종 사촌 사브를 데려왔다. 사촌들은 십대 시절 포르노에 대한 이견 이후로 서로를 싫어하

여성의 설득

게 되었다. 사브는 여전히 친척들 사이에서 가망 없는 사례로 여겨졌을 뿐만 아니라 안 좋은 영향을 미친다고 알려졌다. 어린 아이들은 그의 옆에 가지 못했다. 상황은 미묘했다. 마리아 이모와 조 이모부 집에서 가족 모임이 열릴 때면 사브는 대체로 근처에 있었고 다른 부모들은 주의를 기울였다.

"사브 형한테 가지 마라."

그게 어린 사촌들에게 반복되는 조언이었다. 아니면,

"사브는 피곤해."

"사브 형 방은 들어가면 안 되는 곳이야."

열아홉 살에 사브와 그의 친구들이 코카인과 자낙스를 하는 것은 물론이고 판매까지 한다는 소문이 돌았다. 그의 부모님은 괴로워하며 아들을 집에서 쫓아냈다가 다시 받아들였고, 그는 그 집에서 머물렀다.

코리가 집에 찾아오는 매년 겨울방학 때마다 사브는 점점 더 망가져 있었다. 유일하게 봐줄 만한 부분은 그가 더 이상 비열하지 않고 그저 망가진 것처럼 보인다는 점이었다. 그는 셔츠 깃 안쪽을 간신히 채울 만큼 살이 빠졌고, 내적인 리듬에 맞춰 고개가 앞으로 흔들거리는 상태에 항상 흔들리는 미소를 반쯤 띠고 있었다.

"어이, 코리! 한번 안아주지 그래, 대학생."

가족이 함께 모일 때마다 사브는 이렇게 말했다.

"잘 지냈어, 사브?"

코리는 지친 투로 말하고 이카보드 크레인* 같은 모습의 첫째 사

---

* 『슬리피 할로우의 전설』에 나오는 등장인물로 키가 크고 비쩍 말랐다고 묘사된다.

촌에게 팔을 둘렀다.

"별로야, 별로. 크리스마스 무드를 가지려고 하는 중이지. 내 말뜻 알지?"

알비가 죽고 두 달 후인 어느 일요일, 코리는 우울하고 멍한 어머니에게 약간이나마 기운을 불어넣어주기를 바라며 폴 리버의 페레이라 가족의 집에서 저녁식사를 하기로 했다. 코리는 어머니를 이모들과 어린 사촌들이 돌아다니는 서재의 안락의자에 앉혔다. 그런 다음 2층 계단을 올라가 몇 년 동안이나 가지 않았던 방의 문을 두드렸다.

"열렸어!"

사브가 외쳤고 코리는 사촌이 두꺼운 티크나무로 된 침대에 대자로 누워 초록색 마리화나 물담배를 피우고 있는 악취 나는 방으로 들어갔다. 사브가 손가락 하나를 들어 올리고 잇새로 연기를 내뿜은 다음에 말했다.

"네가 이 방에 들어오다니. 집에서 살다 보니 친구가 정말로 절실한가 봐."

"뭐 그런 거지."

"네가 아이비리그 대학에 가 있는 내내 우리 가족들보다 더 우월하다는 기분을 느꼈어? 솔직히 말해봐."

"전부? 아니, 그냥 너보다만."

사브는 고개를 뒤로 젖히고 웃었다. 그는 코리가 방에 들어온 것에 대해서 어울리지 않을 정도로 우호적이었다.

"날 완전 파악했네. 난 그런 대우를 받아도 싸지. 앉아."

코리는 안락의자에 앉아서 물담배로 마리화나를 피웠다. 담뱃대에 든 오래된 물이 로마 분수처럼 부글거렸다. 곧 이 방이 그리 불쾌하

여성의 설득

지 않게, 사촌도 그렇게 끔찍하지 않게 느껴졌다. 사브가 서랍장에서
글라신지로 된 조그만 봉투를 꺼낼 무렵 코리는 꽤나 편안해진 상태
였다.

"이제 오늘의 본편이야. 『비버라마』보다 훨씬 낫지."

그것은 헤로인이었다.

"헤로인을 들이켜는 건, 말하자면 초콜릿을 마시는 거랑 비슷해.
들이켜라고 만들어진 거고 주사로 투약하는 게 아니야. 그윽하게 즐
기는 거지."

사브가 마치 소믈리에처럼 말을 이었다.

"어떻게 할래? 한번 해볼래?"

이미 약에 취한 코리가 대답했다.

"좋아."

"와, 폴 리버의 엄청난 날이로군."

사브가 갈색 가루를 유리 위에서 잘게 쪼개면서 말했다.

"위대한 코리님이 인생 말아먹은 찌질이 사촌이랑 약을 한다니."

"위대한 코리, 그거 좋네."

"어쨌든 1분 안에 위대해진 기분이 들 거야."

사브가 그렇게 말하고 네모난 유리와 짧은 플라스틱 빨대를 건넸
다. 코리는 똑같은 종류의 빨대로 스트로베리 퀵을 마시던 기억을 떠
올렸다. 상자에는 서커스 빨대라는 이름이 쓰여 있었다. 왜 이걸 기억
하는 건지 모르겠지만 수많은 슬픔과 후회와 함께 기억이 떠올랐다.
서커스 열차 창살 뒤에 갇혀 있는 코끼리 사진이 붙어 있던 빨대 상자
와 분홍색 우유 콧수염을 달고 함께 앉아 있던 두 남자아이들.

이제 헤로인 가루가 프린스턴의 파티에서 가끔 등장하던 코카인

처럼 가볍게 그의 콧구멍으로 들어왔다. 목에서 MSG 같은 맛이 느껴졌다. 생선맛과 소금물 맛이 섞여 있고, 화학적이고 가짜지만 흥미로운 그런 맛이었다. 거의 즉시 그의 뇌는 소금통 구멍에서 격렬하게 쏟아져 나오는 유독한 소금 가루들로 절여졌다. 그는 격하게 몸을 앞으로 기울이고서 사촌의 카펫에 호박색 액체를 죽 토해냈다.

"이런 세상에, 미안해, 사브."

그는 한 손으로 입을 막았지만 손가락 사이로 다시 좀 더 토했다. 처음에는 울렁거리는 느낌 말고는 아무것도 느낄 수가 없었다. 약이 잘 맞지 않는 것 같은 기분이었다. 손 세정제의 과다사용 때문에 생긴 새로운 종류의 박테리아처럼 슬픔에 절여진 그에게 약물 저항성이 생긴 게 분명했다. 하지만 곧 이런 생각을 떠올리는 것이 지금 상황에서는 너무 이상하다는 사실이 떠올랐다. 그러니까 결국에는 헤로인이 작동하기 시작한 건지도 모르겠다. 코리는 고개를 약간 들어 올렸다. 모래 구덩이에 지어진 집인 것처럼 방이 휘어지고 가라앉았다. 코리는 방과 함께 가라앉아 북슬북슬한 카펫에 옆으로 쓰러져서 한 팔로 몸을 지탱했다.

한참 동안 눈을 감고 그러고 있는데 멀리서 사브가 크게 말했다.

"이제 떠도 돼."

그는 입술을 핥고서 말뜻을 떠올리려고 잠깐 노력했다. 그가 뭘 떠야 하는 거지? 물?

아니, 물이 아니라 눈이다.

눈을 떠, 코리. 그가 눈을 떴다.

놀랍게도 세상은 말끔하고 깨끗하고 더 부드러우면서 말할 수 없이 나아져 있었다. 사브는 침대에 비치는 햇살 같은 것 속에서 상냥하

여성의 설득

게 미소 짓고 있었고 코리도 그를 보고 미소를 지었다. 길거리에서 축구공을 차고 조그만 면봉 크기의 성기를 세우고 포르노를 보며 언젠가 둘의 앞에 펼쳐지게 될 세상을 상상하던 그 시절에 느꼈던 애정 속에서 선량한 두 사촌이 마침내 재결합했다.

이제 다시 함께 스트로베리 퀵을 마셔야 한다고 코리는 생각했다. 그들은 서커스 열차를 타고 대륙을 가로질러야 할 것이다. 인내심을 갖고 창살 뒤에서 바깥을 내다보는 상냥하고 느릿한 코끼리의 목에 팔을 두르고서 말이다. 코리는 알비가 여전히 죽은 상태임을 기억했지만, 매일 매 시간 그 생각과 씨름할 필요는 없다는 것을 알았다.

지금은 알비의 죽음과 별 관계가 없는 시간이었다. 화학적 밀물과 썰물의 수영장에서 쾌락의 물길이 그를 흔드는 동안 그는 콧노래를 불렀다. 그는 사브에게 얼마나 기분이 편안한지 말하고 싶었지만 말할 능력을 완전히 잃었고 혀는 입안에 누워 있는 축축한 물고기처럼 느껴졌다. 그래서 말을 하는 대신 코리는 다시 눈을 감고 고요함과 움직임이 없는 시간에 감사했다.

두 사촌은 그렇게 몇 시간 동안 침실에 틀어박혀 있었다. 가족들이 문을 두드리며 소리 쳐도 무시했다.

"양고기 다 차렸다! 일요일 양고기야!"

그다음에는,

"양고기 다 식는다!"

그러다가 마침내,

"코리, 너희 엄마가 지금 당장 떠나고 싶어 하는구나."

그가 아래층으로 내려올 무렵에 하늘은 어둡고 어린 꼬마 사촌들은 잠이 들어서 제 아빠들의 품에 안겨 차로 옮겨졌고 그의 어머니는 그날 아침에 앉혀드린 안락의자에서 졸고 있었다. 마리아 이모는 양 뼈를 쓰레기통에 버리고 식기세척기에 그릇을 채워 넣었고 조 이모부는 이미 잠자리에 들었다.

"그 방에서 뭘 했니? 내가 차린 밥을 먹지도 않고."

마리아 이모가 의심스러운 눈으로 그들을 쳐다보며 물었다.

"너희들 술 마셨니?"

"죄송해요, 엄마."

물론 두 사람 모두에게서 술 냄새는 나지 않았지만 사브는 그렇게 말했다.

"술을 마셔봤자 아무것도 얻을 수 없어. 주정뱅이가 될 뿐이지."

"알아요. 다시는 이런 일 없을 거예요."

바깥의 가로등 아래서 코리는 어머니를 차에 태웠다. 그는 억지로 정신을 바짝 차린 채 40킬로미터로 밟았다. 오래 걸리긴 했지만 안전하게 집까지 온 것이 기적이었다.

다음 날 오후에 13시간을 자고 난 후 코리는 뇌출혈 수준의 끔찍한 두통을 느끼며 깨어나서 사촌이 유리조각 위에 놓고 잘게 썰어서 건네주었던 먼지 같은 가루를 떠올렸다. 평생 한 번도 헤로인을 해본 적이 없어서 후유증으로 두통이 올지는 전혀 예상하지 못했다. 사브가 보낸 문자가 와 있었다.

"나중에 또 할래? 아직 꽤 남아 있는데."

그들이 이제 친구이고 중간에 갈라진 기간에 대해서 전혀 이야기하지 않고 폴 리버 초기 시절로 되돌아갈 수 있기라도 한 듯한 말투였다. 코리는 메시지를 무시했다. 하지만 그때 그리어가 전화를 했고 그는 생각 없이 전화를 받고 말았다.

여성의 설득

그녀는 놀랄 만큼 똑부러지게 말을 걸어왔다. 한동안 끔찍한 상실을 겪은 사람에게 말할 때 쓰는 조용하고 우울한 어조로 그가 어떻게 지내고 있는지 묻는 걸로 대화를 시작했던 것과는 다른 분위기였다. 코리도 더 이상 그녀와 그런 이야기를 하고 싶지 않았다. 요즘 그에게는 다른 고민거리가 있었다. 말하자면 어머니와 집을 관리하고, 엘레인 뉴먼의 집을 관리하는 것 말이다. 아미티지&리스트에서의 짧은 직장생활 동안에 고객에 대한 프레젠테이션을 하던 때처럼 진지하게 그 모든 것들을 처리하는 게 그의 주된 문제였다.

코리의 대답이 신통치 않자 그리어는 자신과 자신의 삶으로 화제를 돌렸다. 그녀는 그들 사이의 모든 것이 정상인 것처럼 이야기했다.

"페이스가 올 소울스에서 특별 강연을 하셨어. 어퍼이스트 사이드에 있는 유니테리언 교회 말이야. 일상생활에서의 성차별에 대한 이야기였어. 선생님은 누구에게든 무슨 이야기든 하실 수 있어. 『뉴욕 타임스』 기자도 왔어. 선생님은 사람들의 관심을 끄는 중이야. 이런 종류의 일을 하기에 상당히 좋은 시기라고 하시더라고. 「펨 파탈」과 새로운 웹사이트들에다가 오퍼스도 아직까지 꽤 인기가 있고, 이제는 우리 로사이까지 있으니까. '여자들이 함께 모여 중요한 것들에 대해서 이야기할 수 있는 장소'라고 그분은 말씀하셔. 그게 정확한지는 잘 모르겠지만, 이제는 그게 정확한 말이 되도록 우리가 만들어야겠지."

"으흠."

"그게 전부야?"

"내가 무슨 말을 하길 바라는지 모르겠어, 그리어."

"왜 그렇게 이상하게 말해? 너 괜찮아?"

"피곤해서."

"사실은 나도 그래. 굉장히 피곤해. 일을 아주 많이 하고 있어."

그녀가 계속해서 말했다.

"첫 세미나가 끝났으니 이제 두 번째 세미나를 준비해야지. 있잖아, 나 할 말 있어."

그녀가 잠깐 뜸을 들이다가 말했다. 그가 아무 말도 하지 않자 그녀가 말했다.

"별로 듣고 싶지 않은 거야?"

"물론 듣고 싶지."

그가 대답하고 나서 이런 생각이 들었다. 내가 정말로 듣고 싶은가? 그는 그녀의 소식을 듣는다는 생각만으로도 지친다는 사실을 깨달았다. 그녀가 하려는 말이 뭐든 간에 미리 지쳐버렸다.

"우리가 하려던 멀티미디어 이벤트 알지?"

"아니."

"전 세계 여자아이들과 안전 학교에 대한 거 말이야."

"응."

그는 그런 이벤트에 대해서 전혀 기억이 나지 않았지만 갑자기 부르카와 사리와 킬트와 누더기를 입은 여자아이들이 책가방을 메고 위태롭게 가느다란 자전거를 타고 햇살이 뜨겁게 비추는 흙길을 따라서 멀리 있는 나지막한 학교 건물로 가는 모습이 눈앞에 그려졌다. 이미지가 하도 선명해서 헤로인으로 혼란에 빠져 착오를 일으킨 몇 개의 신경세포들이 타오르며 만들어낸 산물이 아닐까 하는 생각이 들었다.

"사실 우리가 컨설턴트를 좀 고용해야 할 것 같거든. 이거 네 전문 분야잖아. 네가 관심이 있으면 좀 더 얘기를 해줄 수 있어."

그리어가 말했다. 그리고 그가 이 제안에 대해서 생각해보고 그녀는 그에게 생각할 시간을 주는 동안 두 사람 모두 침묵에 잠겼다. 그가 아무 말도 하지 않자 그녀가 조용히 말했다.

"어떻게 생각해?"

"아니. 고맙지만 됐어."

"진짜? 너무 빨리 대답하는 거 아니야?"

"미안. 난 그런 일을 할 수 없는 상태야."

"왜? 벌써 두 달이나 집에 있었잖아, 코리. 이제는 네 삶에 대해 다시 생각해볼 때가 됐어. 조금이라도. 집을 나오는 게 그렇게 끔찍한 일이야? 그런다고 너희 어머니한테서 도망치는 건 아니야."

"이게 내 삶이야."

"그렇지. 단기적으로는."

코리가 날선 어조로 대꾸했다.

"난 그런 구분을 하지 않아. 모든 게 다 단기적이지. 전부 다. 내 동생이 죽었어, 그리어. 아버지는 떠났고, 어머니는 무너졌어. 그게 현재 상황이야. 세상은 내 컨설팅 기술을 필요로 하지 않아. 내 말 믿어."

"그건 너도 모르는 일이야."

"아미티지에서 내 일을 맡아 나만큼 하거나 훨씬, 훨씬 더 잘할 사람이 차고 넘쳐. 이미 누군가가 대체했겠지. 난 아시아에서 정장을 입고 넥타이를 맨 가짜였을 뿐이야. 최근의 대학 졸업생을 데려다가 '좋아요, 와서 컨설턴트가 되세요.'라고 말하는 건 쉬운 일이고, 거기에도 분명히 장점이 있긴 해. 하지만 어느 시점에 그 대학 졸업생도 컨설팅을 넘어서서 세상을 조금씩 파악해야만 할 거야. 회사가 아닌 부분, 인간적인 부분을 말이야. 구석들을. 알지?"

"그러니까 너희 어머니 집에서 하루 온종일 요리하고 알비의 방에 앉아서 네가 하는 게 그거란 말이지? 세상과 그 구석구석을 파악하는 거?"

"그래, 바로 그거야."

그가 대답했다.

"내가 네 옆에서 함께 세상을 알아가게 될 거라고 생각했는데."

그녀의 목소리가 조금 떨렸다.

"그랬었지. 그리고 그렇게 될 거야. 그리고 나도 너랑 같이 그렇게 하게 될 거고."

그가 재빨리 뒷부분을 덧붙였다.

두 사람 다 불쾌한 상태로 전화를 끊었고 코리는 비틀거리며 일어나서 어머니에게 음식을 먹인 후 느림보에게 밥을 주었다. 그는 잠깐 동안 거북이를 알비의 카펫에 두었다. 마침내 녀석이 눈을 뜨고 마치 코마 상태의 환자가 "나 아직 살아 있어요."라는 메시지를 보내려고 하는 것처럼 눈을 두 번 깜박였다.

죽은 사람이 더 이상 이 세상 어디에도 없다는 건 어떤 걸까? 코리는 계속해서 그것을 생각했다. 온 세상을 다 뒤져도 그들을 찾을 수가 없다. 육체가 더 이상 작동하지 않고 시트에 덮인 채 실려 가는 것은 그렇다 해도, 그 사람이 증발해버린 것 같은 기분은 다른 문제이다. 강력하지만 기체처럼 특정하기 어려운, 조직적이고 부인할 수 없는 감각. 코리는 동생의 공책 하나를 펴고 깨끗한 페이지를 찾은 다음 적기 시작했다.

여성의 설득

날짜: 5월 23일 월요일

상태: 멍청하게 헤로인을 하는 바람에 참을 수 없는 슬픔이 더욱 악화됨. (젓지 않고 흔든 헤로인. 다시 말해 주사 대신 흡입함. 계속해서 남아 있는 슬픔에도 불구하고 나는 사실 자기파괴적인 망할 놈이 아니기 때문이다.)

관찰: 알비는 어디서도 찾을 수 없다. 어디서도. 여기도, 다른 모든 곳에서도. 넌 여기 없어, 그렇지, 동생? 네 오래된 파워레인저 운동복에도 없지? 그래, 없어. 이건 정교한 장난 같은 게 아니야. 아무리 그런 식으로 느껴진다 해도 말이지.

오늘 여기에 대해서 생각한 시간: 45분

알비에 대한 직접적인 생각으로 줄어든 참을 수 없는 슬픔의 정도: 0.0000%

닷새 동안 매일 코리는 기록장에 관찰 결과를 적었지만 곧 자신의 어떤 부분도 달라지지 않고 진전이라고는 눈곱만큼도 없다는 사실을 깨닫고서 주말이 될 무렵에 기록장을 책상 위에 놔두고 침대에 앉아 플레이스테이션을 켰다. 알비가 사랑했던 모든 비디오게임들은 침대 옆 신발상자에 들어 있었고 그는 그것들을 쭉 살펴보았다.

알비와 함께 있을 수 없다면 최소한 알비가 되는 것이 어떤 느낌인지는 알아볼 수 있을 것이다. 그는 작은 침대에 책상다리를 하고 앉아서 알비가 했던 게임을 차례차례 해보았다. 핍핍, 그로스 스퍼트, 믹스드업 키즈와 다른 모든 게임을 플레이 했다. 대부분은 시끄럽고 우스꽝스럽고 플레이어를 완전히 사로잡아서 이 세계를 떠나서 전혀 다른 세계로 들어가는 것 같은 느낌을 받게 만들었다. 알비가 사랑했던 성인용 게임 칼릭스처럼 몇 개는 신비롭고 은은한 세상을 보여주었다.

베네디타가 자거나 혼잣말을 중얼거리고 자기 몸을 할퀴는 동안에 코리는 게임을 했다.

"달려, 달려, 달려!"

그는 조그만 차가 뫼비우스 띠 모양의 트랙을 달리는 동안 화면을 보며 조용히 외쳤고, 화려한 색깔과 음악 덕분에 기운이 나는 것을 느꼈다. 그리고 기운이 충분히 났다 싶으면 한 시간 동안 칼릭스를 해서 마음을 가라앉혔다.

사브와 함께 한 번 더 헤로인을 했지만, 두 번째로 한 직후에 그는 끔찍한 반응과 이후 지난번보다 더 오래 걸린 회복기간을 통해서 이걸로 충분하다고, 이 이상 하면 거기에 완전히 빠져들 거라는 것을 깨달았다. 거기에 사로잡혀버릴 것이다. 대신에 그는 알비의 비디오게임과 공책이라는 작고 버려진 세상에 몰입했다.

그리어는 캠브리지에서 로사이의 이벤트가 열리기 전에 한 번 더 매코피에 들렀다. 뉴욕과 매코피 사이의 거리는 라일랜드와 프린스턴 사이만큼 엄청난 거리가 아님에도 불구하고 방문 횟수는 훨씬 줄었고, 오로지 그리어가 코리를 보러 오는 것뿐 그 반대의 경우는 없었다. 그녀가 그를 보러 올 때마다 집 안의 리듬이 깨졌다. 그의 어머니는 그리어가 옆에 있으면 불안해했고 그녀의 앞에서 안 좋은 상태를 보이는 것에 자의식까지 느꼈다. 그래서 방에 틀어박혀 식사도 하지 않았다.

그리어가 그에게 계속해서 뉴욕으로 오라고 설득하고, 그도 그러겠다고 약속했음에도 불구하고 그는 설령 이모 중 한 명이 주말에 온다 해도 어머니를 두고 가고 싶지 않았다. 이모는 이 집에서 뭘 해야 하는지 전부 다 알지 못하니까. 그래서 그리어가 왔고, 그것도 별로 좋

여성의 설득

지 않았다. 이번 주말에 로사이는 하버드의 케네디 행정 대학원에서 성과 법률에 대한 소규모 세미나를 공동 주최할 예정이었다. 그녀는 하루 일찍 렌트카를 몰고 와 코리의 집에 들러 내부를 둘러보았다. 핀토 주택은 다시 깨끗해지고 잘 정돈되어 있었다. 코리는 그런 일에 능숙해졌다. 하지만 그녀는 거기에 대해서 말 한 마디 하지 않았고 그래서 그의 기분이 조금 상했다.

그의 어머니는 의자에 앉아 졸고 있었다. 스토브 위의 끓는 냄비 안에서 달걀들이 살짝 부딪치며 삶은 달걀 특유의 냄새를 풍겼다. 모든 것이 잘 통제되어 있었지만 그리어는 그저 조용히 이렇게 말했다.

"코리, 어떻게 된 거야?"

그녀는 꼭 울 것 같았고 그는 그 사실에 살짝 화가 났다. 여기의 뭐가 그렇게 끔찍해서 울려고 하지? 뭘 봤기에? 그가 어머니의 삶의 모든 면을 관리하기 위해서 이렇게 애를 쓰는데 그리어가 들어와서는 자신이 부탁하지도 않은 모든 것을 또렷하게 드러내고 있었다. 그가 어떻게 어머니를 보살피지 않을 수 있겠는가? 어떻게 마닐라로 돌아가서 컨설턴트를 할 수 있겠는가? 그의 컨설팅 능력을 필요로 하는 사람은 바로 여기서, 파인애플 무늬 실내복을 입고 불안과 혼란에 사로잡혀 아파하는데.

그가 어떻게 그리어와의 '관계'에 다시 관심을 가질 수 있을까? 관계란 삶이 위기에 처하지 않은 사람들을 위한 사치인데.

이유는 모르겠지만 그리어는 이런 것을 전혀 이해하지 못했다. 십대 시절에 그녀의 2층 방에 함께 누워 공개 행사에서 선보이는 기념비처럼 서로에게 처음 몸을 드러냈던 때 이래로 코리의 모든 것을 늘 이해해주었던 그녀답지 않은 행동이었다. 그는 자신의 약간 구부러진 페니스와 갈망으로 가득하고 또한 그간 채워놓았던 사랑으로 부푼 심장을 그녀에게 드러냈었다. 손가락 같은 그의 발가락도. 언젠가 뭔가 유용한 일을 하고 싶고, 자라는 동안 돈이 별로 없었고 경제학 수업에서 모든 것이 복잡한 체계를 통해서 연결되어 있다는 것을 배웠기 때문에 전 세계에서 돈을 쓰고 싶은 자신의 욕망도. 그리고 그리어도 그에게 자신의 모든 것을 보여주었다. 작고 따스한 몸, 조용했지만 요즘에는 좀 더 개방적으로 바뀐 것 같은 그녀 자신의 모습을. 그녀는 좀 더 겁이 없어졌다. 페이스 프랭크가 그가 할 수 있었던 것보다 훨씬 그녀를 많이 끌어냈다.

하지만 그는 더 이상 그녀가 자신을 이해하지 못한다는 뚜렷한 느낌을 받았다. 이것은 새로운 사실이었다. 수년 동안 그들은 항상 서로를 이해하는 걸 당연하게 여겼기 때문이다.

"어떻게 된 거냐니, 무슨 뜻이야?"

그가 물었다.

"우리한테는 삶이 있었어. 함께 살지는 않았지만, 서로에게 여러 가지 이야기를 했고 함께 버텼어. 봐봐, 내가 왜 이런 얘기를 일일이 해야 돼? 내가 무슨 이야기 하는 건지 너도 알잖아. 넌 말 그대로 나를 밀어내버렸어."

그는 그녀를 그저 쳐다보기만 했다.

"이건 일방적인 게 아니야, 그리어."

"내가 너를 밀어냈다고 생각하는 거야? 난 항상 너한테 전화하고 문자도 했어. 난 모든 걸 듣고 싶어."

"그래, 넌 굉장히 책임감이 강하지."

"뭘 원하는 거야, 코리? 나도 여기로 와서 너랑 함께 있어야 되는 거야? 그럴지도 모르겠네. 그게 내가 느끼는 감정을 너한테 보여줄 수 있는 유일한 방법일지도."

그녀가 다급하게 말했다.

"아니. 이건 의무에 대한 게 아니야, 그리어."

그가 말했다.

"하지만 넌 위로가 필요할 때 나한테 오지 않잖아. 나한테서 어떤 것도 바라지 않지. 심지어는 정신을 돌리기 위한 연락조차 안 해. 우리 삶은 완전히 분리돼버렸어. 넌 노력조차 안 하잖아! 네가 충격 받은 거 알고, 마음이 부서졌다고 느낀다는 것도 알아. 하지만 뉴욕으로 와서 우리 둘이서 진짜로 이야기하고 함께 있을 수 있는 곳에 단둘이 있자고 설득할 때마다 너는 그럴 수 없다고 하잖아."

"그래. 왜냐하면 그럴 수 없으니까."

"나 이제 아파트가 있어, 코리. 커다란 수저 세트도 있고. 거기에 그저 너만 없을 뿐이야."

그는 아무 말도 하지 않았고, 그래서 그녀가 계속 이야기를 하며 상황을 악화시켰다.

"너희 어머니한테 보호와 보살핌이 필요하다는 거 알고, 당연히 그래야지. 네가 그런 걸 살펴야 한다는 것도 알아. 하지만 최소한 가끔씩은 다른 사람들의 도움을 받을 수도 있잖아. 그게 너라는 존재 전부는 아니야. 요즘은 네가 다른 이야기를 하는 걸 들은 적이 없어. 넌 바깥 세상에 전혀 관심이 없는 것 같아."

"네 세계 말이겠지."

그가 말했다. 이건 좀 비열한 말이란 걸 그도 알고 있었다. 하지만 사실이었다. 그녀의 세계는 그에게 추상적인 곳이 되었다. 하지만 그녀는 거기에 확실하게 뿌리박고 머무르고 있었다. 아니, 그녀가 여기로 옮겨와야 한다고 생각하지는 않았다. 그녀가 로사이와 페이스 프랭크와의 일을 그만두고 여기 와서 함께 살아야 한다고 생각하지도 않았다. 물론 잠깐 상상은 했다. 그녀가 그렇게 하면 그들은 마침내 함께 살게 될 것이다. 그들은 그리어의 침실에서 살 수 있었다. 그녀의 부모님은 그들을 단둘이 놔둘 것이다. 그들은 거기서 살고, 그의 어머니도 회복되고, 그도 회복되고, 그들은 일종의 삶을 누릴 수 있을 것이다. 하지만 그리어는 그렇게 할 수 없을 거고 그는 절대로 그런 걸 요구하지 않을 것이다. 그녀가 너무나 많은 것을 포기해야 할 테니까. 삶의 이 시기는 스스로에게 뭔가를 덧붙여야 하는 때이지, 포기해야 하는 때가 아니었다. 지금 모든 것이 거꾸로 흘러가고 있는데 그는 계속해서 점점 더 빨라지는 이 거꾸로 된 흐름을 멈출 방법을 알지 못했다.

"좋아, 그래, 내 세계. 하지만 너의 세계이기도 하잖아. 네가 전에 살던 세계."

"더 이상 거기 살지 않아."

"조금은 살 수도 있어. 가끔 한 번씩은. 넌 그럴 자격이 있어. 너도 사람이고, 여전히 살아가야 하잖아. 주말 동안만 뉴욕에 온다고 큰일이라도 나? 너 브루클린에 있는 내 아파트에 한 번도 안 왔잖아. 이런 말 하는 게 좀 웃기게 들린다는 거 알지만, 난 그게 정말 싫어. 미안해, 하지만 난 머릿속에서 이 모든 걸 상상하고 있었단 말이야. 내가 자주 가는 가게에서 함께 태국 음식을 사다가 먹고, 침대에 앉아 있고, 프로스펙트 공원을 산책하는 거. 하룻밤 정도는 마리아 이모에게 어머니를 맡길 수 있다고 그랬었잖아. 하룻밤. 그래놓고서는 항상 네가 취소했어."

여성의 설득

"실제로 하려면 복잡하니까."

"나도 알지만, 네가 나랑 만나는 걸 짊어져야 하는 엄청난 짐이라고 생각하는 것 같은 느낌이야. 너희 어머니를 보살피는 것보다 더 무거운 짐처럼. 너도 이걸 하고 싶어 해야만 돼. 네가 원하도록 내가 만들 수는 없어. 그게 연애의 중요한 부분이야. 더 냉담한 사람이 항상 조건을 정하게 돼."

"이제는 나더러 냉담하다는 거야?"

"음, 응, 약간은."

그는 아무 말도 하지 않고 그저 이 말을 곱씹으며 앉아만 있었다. 그리어는 그를 설득하려고 애를 썼다.

"코리, 여전히 모든 일에 마음을 써도 괜찮아. 그런데 넌 그걸 믿지 않는 것 같아. 언제까지 모든 일로부터 완전히 떨어져 나온 이런 상태로 있을 거야? 몇 달이나 이런 식으로 계속할 수 있을 것 같아?"

"14개월."

"뭐?"

"그냥 만든 숫자야. 이런 식으로 생각하는 게 얼마나 말도 안 되는 건지 너한테 보여주려고. 내가 어떻게 여기에 기한을 정할 수가 있겠어, 그리어? 난 여기에 필요하다고."

"다른 데에서는 필요하지 않고?"

"다른 곳에서는 날 얼마든지 대체할 수 있어."

"넌 계획이 있었고, 그건 그럴듯했어. 컨설팅 일을 하면서 돈을 모으고, 그다음에 네 앱을 만든다는 거. 거기에 굉장히 흥분했었잖아."

"바뀐 상황에 적응해야만 했어. 그리고 적응을 못하는 쪽은 너라는 생각이 들기 시작하는데."

그가 말했다.

"어디 다른 데서 얘기할 수는 없을까?"

그리어가 초조하게 물었다.

그래서 그들은 그의 어머니를 한 시간 동안 혼자 두고 그들이 사랑에 빠지거나 심지어 서로를 참아줄 수 있게 되기 전에, 그가 미즈 팩맨 게임을 하고 그리어가 몰래 그를 쳐다보곤 했던 피자집 파이랜드로 갔다. 당시 그는 곁눈질로 그녀를 보고서 학교에서의 라이벌인 그녀를 위한 것처럼 더 잘, 더 열심히, 더 오래 게임을 하곤 했었다.

여름의 평일날 저녁에, 성인 버전의 그들이 식사 손님보다 포장 판매를 더 많이 하는 텅 빈 그때 그 가게로 들어갔다. 지금은 심지어 모바일 주문을 위한 파이랜드 앱도 있었다.

"뭘로 하실래요?"

직원이 물었다.

"크리스틴, 안녕."

그리어가 인사했다. 같은 거리에 살았고 매해 스쿨버스에 함께 타던 크리스틴 벨스였다. 제일 열등한 독서 그룹인 코알라팀에 있었던 크리스틴. 그녀는 이제 빨간색 파이랜드 원피스를 입고 피자와 음료 주문을 받고 있었다.

"부모님 집에 아직 살아?"

그리어가 그녀에게 물었다.

"그래. 그렇게 나쁘진 않아."

크리스틴의 눈이 두 사람 사이를 스쳤고, 그녀가 코리에게 말했다.

"너도 부모님 집에서 살잖아, 그렇지? 너 봤어."

마치 그에게 경고하는 것 같은 말투였다. 너희 두 똑똑이들이 늘 생각하던 것처럼 나보다 그렇게 더 잘났다고 생각하지 말라고.

"그래."

그가 대답했다. 그는 크리스틴 벨스보다 더 잘나지도, 못나지도 않았다. 코리는 이제 미즈 팩맨 게임기가 사라졌다는 걸 깨달았다. 집에서 게임을 할 수 있는 세상이니 밖에서 게임을 할 필요가 없었다. 최근 몇 년 동안, 자기 자신의 안으로 대규모 철회가 시작된 이래로 코리는 이 변화가 당연하게 생각됐다. 사실 지금도 집에서 알비의 비디오 게임이나 하고 싶다고 생각했다.

그와 그리어는 자리에 앉았고 그녀는 소스가 줄줄 흐르는 피자 조각을 멀리 들고 한 입 먹으면서 말했다.

"옷에다 뭘 떨어뜨리면 안 돼. 옷을 몇 벌 안 갖고 있거든."

"그리어. 나 좀 봐."

그가 말했다. 그녀의 눈은 걱정스럽게 접시에서 그의 얼굴로 움직였다.

"우리 삶이 앞으로 어떻게 될지는 나도 몰라. 왜냐하면 알비에게 이런 일이 생길 거라고 누가 예상했겠어?"

코리가 떠오르는 대로 말했다.

"아무도 예상 못 했지."

그리어가 조그만 목소리로 대답했다.

"하지만 이렇게 됐지. 그래, 이렇게 됐어. 그리고 우리 엄마도 이렇게 되어버렸고, 이제 나도 또 이런 식이 되어버렸어."

"이런 식이라니?"

"너한테 신뢰를 잃었지."

그의 목소리가 긴장으로 고통스럽게 나왔다. 그가 말을 이었다.

"이제 내 경우엔 상황이 달라졌어."

"알아."

"하지만 여러 가지 방식으로 달라졌지."

"어떤 식으로 말이야?"

"나도 모르겠어. 나에게 어울리지 않는 것 같은 방식으로. 예를 들자면, 나 헤로인을 했어."

전에 그리어에게서 본 적 없는 얼굴 표정이 빠르게 지나가고 시간이 끔찍하게 멈춘 듯한 느낌이 들었다. 잠시 후 그녀가 말했다.

"지금 농담하는 거지?"

"있잖아, 지금 네가 엄청난 충격을 받는 건 우리 둘 다한테 별 도움이 안 돼."

"음, 미안해. 내가 충격 받지 않은 척하길 원해?"

"척하는 것도 좋지. 그게 사실 가장 좋을 거야. 내가 너한테 말하려는 건 난 기본적으로 예전에 겪었던 그 어떤 상태와도 다른 상태에 있다는 거야. 그리고 넌 나한테 샌프란시스코에서 열리는 무슨 유명 이벤트에서 컨설턴트 일을 맡아야 한다고 말하고 있는데, 그건 네가 지금 내 상황을 전혀 이해하지 못한다는 뜻이야. 이 일이 벌어진 이래로 내 머리가 어디에 있는지를 말이지."

"나도 알비를 사랑했어, 코리. 나도 항상 그 애를 생각하고, 내 마음도 무너졌어. 그 애가 나랑 같이 앉아서 『과학탐정 브라운』을 읽는 모습이 눈에 선해. 그 애가 거기 있는 모습이 계속 떠오르고 너무 괴로워서 어떻게 해야 할지도 모르겠어."

그녀의 목소리가 높아지고 딱딱해졌다.

"나도 그건 알아. 하지만 내가 말하려는 건 그게 아니야. 난 우리가 동의했던 것처럼 한동안 수습 컨설턴트 노릇을 했지만, 그건 예상보다 빨리 끝났고 대신 이제 여기에 있어. 그리고 너, 넌 근사한 곳에서 일을 하고, 찬란한 선례가 되는 사람을 위해서 일을 하고 있지. 중요하고 감동적인 연설문을 쓰고, 아주 잘하고 있어. 그걸 계속해, 그리어. 끝까지 가봐."

"그럼 넌 이제 뭘 할 건데?"

그녀가 마침내 딱딱하고 낯선 말투로 물었다.

"아, 지금 하고 있는 일을 하겠지. 여기 살면서 엄마를 보살피고 교수의 집을 청소하고, 그리고 엄마가 청소하셨던 다른 집도 청소하고 거북이랑 놀며 현재를 사는 거."

"코리, 네가 말하는 것 좀 봐. 넌 너처럼 말하고 있지도 않아."

이것은, 그가 보여주는 다른 사람 같은 모습은 그녀에게는 너무 과했다. 그녀는 참을 수가 없었다. 그렇지만 절대로 말하지 않을 것이다. 절대 "이만하면 됐어, 코리."라고 말하지 않을 거고 대신에 코리라는 존재가 굉장히 복잡한 학교 프로젝트라도 되는 것처럼 계속해서 노력할 것이다. 즉시 그는 오래전 과학 박람회의 응결 프로젝트를, 그 모든 각얼음과 깔때기와 물풍선, 그의 어머니가 그 앞에 서서 서툰 영어로 말하던 것을 떠올렸다. 그는 그리어의 프로젝트가, 그녀의 힘겨운 노력의 음울한 대상이 되고 싶지 않았다. 전에는 절대로 힘겨운 노력이 필요하지 않았었다.

카운터 뒤에서 모든 것을 듣고 있던 크리스틴이 포장 주문을 받고는 공격적인 서브를 넣는 운동선수처럼 편편한 나무판을 앞쪽으로 밀어서 옅은 색깔의 파이 한 판을 오븐에 넣었다. 빗방울이 유리창을 가볍게 두드렸고 코리가 아주 오랫동안 살아왔고 다시 살게 될 거라고는 상상도 하지 않았던 이 동네의 하늘이 어두워졌다.

"더 이상은 이 이야기를 할 수 없어. 널 집에 내려주고 우리 부모님 한테 작별인사를 한 다음에 보스턴으로 가야 돼. 캠브리지에 있는 찰스 바에서 페이스를 만나서 브레인스토밍을 하기로 했어. 내일이 이벤트야."

그리어가 말했다.

"그러면 당연히 가봐야지. 비도 오고."

그들은 의무적으로 함께 비가 오는 것을 쳐다보았다. 비는 빠르게 거세졌다. 그는 그녀가 조그만 빨간색 렌트카에 앉아서 와이퍼가 움직이는 동안 이를 악물고 차를 모는 모습을 떠올렸다. 그녀는 보스턴으로, 좋은 호텔과 여성의 권리와 확고한 미래와 그가 더 이상 줄 수 없는 기분전환을 시켜주기 위해 거기서 기다리고 있을 페이스 프랭크에게로 갈 것이다.

두 사람은 탁자 위에 크리스틴에게 줄 돈을 좀 올려놓았다. 두 사람 다 그녀에게 팁을 주는 임무를 거치고 싶지 않았다. 그 덕분에 그들이 그녀에게 남긴 돈의 액수는 지나치게 컸고, 그것은 어떤 식으로 보느냐에 따라서 모욕적인 행동일 수도 있고 관대한 행동일 수도 있었다.

7

뉴욕주 스카스데일 교외의 담쟁이덩굴로 둘러싸인 커다란 집. 매일 아침 아주 이른 시간에 지는 어머니 웬디 아이젠스타트 판사가 블루베리와 키위, 단백질 파우더와 스테비아, 얼음으로 약간 신문지 색깔이 나는 스무디를 만드는 동안 비타믹스 터보블렌드 4500의 요란한 소리를 듣는다.

"딕, 아마씨 넣을까요?"

곧 리처드 아이젠스타트 판사가 그날의 선호도에 따라 대답한다. 그러고 나서 두 판사 모두 웨스트체스터 카운티 최고법원으로 일을 하러 가기 전에 이 비싼 동네의 조경도로를 따라서 두 마리 말처럼 나란히 달리기를 하러 나갔다. 지도 언제든지 함께 달려도 된다는 제의를 받았지만 생각만으로도 끔찍했다. 자란 동네에서, 다 큰 어린애처럼 다시 부모님과 함께 살며 원하지 않는 일을 하고 있는데, 부모님과 함께 달리기를 하라고? 달리고는 있지만 어디로도 갈 수 없는 기분일 것이다.

가끔 지와 뉴욕 금융가에 있는 거대한 법률회사 쉔크, 드빌러스에서 일하는 다른 법무보조들은 늦게까지 남으라는 요구를 받았다. 변호사들은 각자의 사무실에 앉아서 노트북이나 전화기, 검정 플라스틱 도시락 상자 위로 몸을 구부리고 있었다. 하지만 복도 제일 끝에 있는 임시 공간은 작은 집시 야영지였다. 서로가 똑같이 느슨하게 이루어진 부족의 일원이라는 걸 잘 알면서도 서로 동떨어져 있고, 지치고, 조심스럽고, 복잡한 배경 이야기를 가진 법무보조들이 모이는 곳이었다. 지는 이런 이야기들을 적당히 귀 기울여 들었고, 이게 그녀의 직업에서 유일하게 관심을 가질 수 있는 유일한 부분이었다.

법무보조 무리에서 그녀의 맞은편에 있는 뚱뚱한 여자는 쉬는 시간이면 예전에 영안실에서 일했던 경험을 이야기했다. 모두들 주위에 몰려서 그 이야기를 들었다. 그들 중에는 손가락이 길고 손목도 긴 남자도 있었다. 최근에 지는 몰래 구글에 '비정상적으로 긴 손가락'을 검색해보았고 첫 번째 검색결과에서 이게 거미손가락증이라는 사실을 알게 되었다. 거미 같은 손가락. 그는 확실하게 그런 손가락을 갖고 있었다.

그리고 분명히 다른 법무보조들은 지를 직장의 또 다른 독특한 캐릭터 중 하나라고 생각할 것이다. 이 경우에는 중성적이고 성적으로 매력적인 동성애자 여자라고 여기겠지. 이 아주 추운 겨울날 밤에 쉔크, 드빌러스의 난방이 제대로 되지 않는 사무실에서 그녀는 피코트를 입고 비니를 쓰고 있어서 신분을 감추려고 하는 남자 아이돌 가수 같은 분위기를 풍겼다.

"누가 난방을 이렇게 내리라고 결정한 건지 궁금하네요. 쉔크인지 드빌러스인지."

여성의 설득

지는 복도 구석 자리에 함께 있는 수염 난 젊고 형편없는 시인 타입 남자에게 말했다.

"분명히 드빌러스일 걸요."

그가 대답했다.

"난 쉔크라고 생각해요. 여기에는 일종의 쉔크스러운 추위가 있거든요."

그가 웃었다. 그들은 종종 이런 식으로 서로를 웃기려고 하곤 했다. 이러면 시간이 잘 갔다. 그러고 나서 모든 법무보조가 차가운 손가락으로 차가운 키보드를 누르느라 길게 침묵이 흘렀다. 눈을 감고 있을 때 갑자기 그 모든 타이핑 소리가 귀에 들리면 그게 뭔지 잘 알 수 없다. 시골에서 졸졸 흐르는 개울물 소리 같기도 하다. 마치 사람들이 자연에서 사랑한 모든 것을 포기하고 전자기기 화면의 희미한 빛을 선택한 건 아니라는 듯이 말이다.

지는 여기서 일하는 걸 싫어하지만, 최소한 로봇 원숭이 같은 옷을 입어야 하는 곳이 아니라 그나마 다행이었다. 평소 옷차림에서 살짝 깔끔하게만 입으면 됐다. 간간이 부모님이 언젠가는 돌아가실 것을 두려워하지만, 그 불가피한 일에서 유일하게 긍정적인 부분은 그녀에게 "치마 좀 입으면 죽기라도 하나?"라고 말할 사람이 세상에 아무도 없게 된다는 거였다.

그동안 그녀가 부모님을 위해서 입었던 치마들, 격자무늬 킬트와 인도식 무늬의 면 치마, 옆이 트인 치마, 러플 달린 허벅지 중간 길이 치마, 가랑이까지 올라오는 범죄에 가까운 초미니, 그녀가 '보스턴 심포니 오케스트라 제1 바이올리니스트'라고 부르는 길고 얌전한 진한색 치마 등은 옷이 성별의 낙엽처럼 금방이라도 그녀에게서 떨어져

나가 알몸만 남겨놓을 것처럼, 비정상적인 가짜처럼 느껴지곤 했다.

　대학의 기나긴 겨울방학 때 부모님 집에 머물던 어느 날 한번은 매사추세츠에 있는 그리어에게 "치마 좀 입으면 죽기라도 하니?"라는 설명이 달린 엽서 시리즈를 보냈다. (물론 그리어는 치마 입는 것을 좋아해서 꼭 입어야 할 때가 아니라도 늘 입었고, 코리는 그리어가 치마를 입으면 굉장히 섹시해 보인다고 말했다.)

　첫 번째 엽서에서 지는 치마를 입고 있다가 치맛자락에 걸려 넘어져서 절벽 가장자리에서 떨어지는 여자 그림을 그렸다.

　두 번째 엽서에서는 날카롭고 작은 칼 패턴이 그려진 치마를 입은 여자가 피웅덩이 위에 누워 있는 모습이었다.

　그리고 마지막 엽서에서는 치마를 입은 또 다른 여자가 쓰러져 있었다. 치마를 가리키는 화살표 옆에 '스텔라 맥카트니의 가장 인기 없는 디자인, 독을 바른 미니'라는 설명이 달려 있었다.

　지가 자신을 남자라고 생각하는 것은 아니었다. 그저 여성성이라는 덫을 싫어할 뿐이었다. 그녀의 바트 미츠바* 때에는 어쩔 수 없이 커다랗고 하얀 야생화가 그려진 초록색 미니드레스를 입고 공기도 안 통할 것 같은 팬티스타킹을 신었다. 그날 하루 종일 그녀가 바란 건 드레스를 청바지로 바꿔 입거나 최소한 스타킹을 벗고 맨다리로 돌아다니는 것이었다. 스타킹이 다리를 하도 조여서 지는 어머니처럼 스타킹을 신고 평생을 살 수는 없을 것임을 깨달았다. 어머니는 그 치렁치렁한 법관복 때문에 사실 맨다리로 다녀도 되지만 말이다. 아무도 눈치채지 못할 거였다.

* 　유대교 여성 성인식.

법률회사에서 지는 남들의 눈길을 끌었다. 반대로 지의 눈길을 끈 한 명은 최근에 조지타운 법학대학을 졸업한 1년차 직원이었다. 가무 잡잡하고 입술이 가늘었으며 희한하게도 갓 자른 잔디 냄새를 풍기던 그녀는 지에게 딱히 관심이 있는 건 아니었다. 그러나 지도 지금은 아 무하고도 연애를 하고 싶지 않았다. 스카스데일에 살면서 연애를 하 는 건 너무 힘들 것이다.

"난 내 정체성을 숨기고 있는 게 아니야."

처음 라일랜드에서 만났을 때 그녀가 그리어에게 설명했지만, 단 지 부모님께 누군가를 소개하는 게 마음이 편하지 않았다. 그리고 어 차피 그 상대에게 자신의 방에 걸린 스파이스 걸스와 멸종 위기의 친 칠라 포스터를 보여주고 싶은지도 확신이 서지 않았다.

동물권을 지지하고 채식주의자가 된 것은 학교에서 쓰다듬기 동 물원에 소풍을 갔을 때부터였다. 지는 깃털이 꽃가루처럼 떠다니는 사육장 안에서 아기 병아리들 사이에 웅크리고 앉아 있었다. 병아리 들은 부드럽지만 끈질기게 울어댔고 동물보다는 곤충과 더 비슷해 보 였다. 하지만 손바닥 사이에 바들바들 떠는 조그만 병아리 한 마리를 들어 올린 순간 갑자기 사랑에 푹 빠져버렸다.

다음 날 그녀는 스카스데일 공공 도서관에서 동물 사진이 가득한 커다란 책을 빌렸고, 그날 밤늦게 침대에 앉아서 무릎 위에 책을 펼치 고 아기 병아리와 수달과 사슴의 컬러 사진들을 보기 시작했다. 세상 에서 가장 사랑스러운 사진들과 어울리지 않게 놀랍고 아주 끔찍한 사진이 하나 있었다. 아기 바다표범이 덫에 걸려 순수한 고통 속에 입 을 벌리고 있는 사진이었다. 바다표범의 눈은 지 아이젠스타트의 마 음에 직접적으로 호소했다. 그녀는 처음에 충격을 받고 울다가 그다음에는 그 불공평함에 분노했다. 이 동물들은 생명이라고, 그녀는 입을 꾹 다문 채 생각했다. 이들은 생명체고, 무엇보다도 이들에게는 영혼이 있다. 그렇기 때문에 뭔가 해야만 했다.

부모님이 다른 두 판사 부부와 테니스를 하러 나간 사이에 지는 컴퓨터 앞에 앉아서 '나와내동물친구들'이라는 다소 유치한 아이디로 동물권 게시판에 글을 올렸다. 곧 그녀는 여러 응답을 받았다. '대니스할머니'는 '나와내동물친구들'에게 '동물의 권리 공동체'에서 활동을 하려면 어떻게 해야 하는지 조언을 해주었다. '바이킹팬22'는 그녀가 혹시 트윈시티에 사는지 물었다. 만약 그렇다면 만나서 '시원한 맥주 한두 잔'을 하자는 거였다. 아무도 그녀가 열한 살짜리 여자아이라는 걸 몰랐고, 그 익명성이 그녀에게 용기를 주었다. 그녀는 아기 병아리였지만 또한 아기 병아리가 아니었다. 그 게시판에 있는 다른 모든 사람처럼 그녀는 연약한 것이 파괴되고 있다는 생각에 나서게 된 거였다.

그 이후 지의 마이스페이스 페이지에는 동물의 권리에 대한 단호한 주장과 동물에 대한 잔인한 행동을 보여주는 충격적인 사진들이 가득해졌고, 공평을 기하기 위해서 장난치는 강아지와 고양이 사진들도 몇 개 올라왔다. (다른 사람들의 강아지와 고양이들이었다. 엄마에게 알레르기가 있기 때문이었다.) 그녀는 계속해서 사진을 올렸고, 고등학교 때에는 토요일에 몇 번 동네 모피 가게 주차장에서 시위를 했다. 하지만 그 무렵 그녀는 인간 세계와 사람들이 서로를 어떻게 억압하는지에까지 관심 범위를 넓힌 상태였다.

온갖 종류의 사회정의 운동이 그녀를 자극했고, 그녀는 온라인과 오프라인에서 열렬한 활동가가 되었다. 대학에서는 이라크 전쟁에 반

여성의 설득

대하는 전단을 나눠주며 자신이 활기 없는 라일랜드가 아니라 카발라에 있다고 열심히 상상하곤 했다. 그녀는 자신의 마음이 끌리는 방향을 따라갔고 그 결과 고등학교 때처럼 성적은 엉망이었다. 그녀의 SAT 수학 성적은 굉장히 낮았고, 그녀가 쓴 논술은 대단히 읽기가 어려워서 상담선생은 인상을 찌푸린 채 한참 동안이나 교육평가원에서 내놓은 인쇄물을 펜으로 두들기며 그녀에게 어떻게 입시 조언을 해야 하나 고민했다.

지는 자신이 항상 정치적일 거고 결국에 자신의 목소리가 필요한 미래적 목표, 즉 제트팩 연료 분사로 인한 오염, 로봇의 평등권 같은 것에 항의하는 혈기왕성한 늙은 여자들, 그런 '할망구' 중 한 명이 될 거라는 걸 잘 알았다. 그러나 가끔 사람은 정치적 존재가 아니라 그저 성적인 존재일 뿐이다. 이 버전의 지는 쉔크, 드빌러스의 섹시한 1년차 직원을 눈여겨본 다음 그녀를 쫓아다니거나 따라오게 만들지 않기로 결정했다. 지는 자신이 변화의 타이밍에 있다고 생각했다. 이게 지금 자신의 삶이지만, 진짜 삶은 아니었다. 앞에 뭔가 다른 것이, 혼자 브루클린에 살며 로사이에서 일하고 코리하고만 연애하는 그리어처럼 더 좋고 더 몰두할 만한 것이 있을 것이다.

불규칙적인 업무 시간 때문에 지는 가끔 늦게 잠자리에 들었고, 일어나보면 커다란 집에 혼자 남아 있었다. 가끔, 쉔크, 드빌러스에 오후 늦게 출근해도 되는 날이면 그녀는 오후 토크쇼를 보기도 했지만 이런 쇼를 보고 나면 우울해졌다.

"낮 시간 토크쇼는 여자를 멍청하고 수동적으로 만들려는 음모인 것 같아. 그런 쇼를 볼 때마다 내 뇌가 분해되는 느낌이거든. 오늘의 주제는 '내 아들이 갱단의 일원이다'였어."

그녀는 그리어에게 전화로 이렇게 말했다.

"그럼 보지 마."

"근데 엄청 재미있단 말이야!"

"음, 핵심을 짚었네."

"나 뭔가 할 일이 필요해. 뭔가 몰입할 수 있는 걸로. 난 어른이 될 때까지 내내, 네가 제인 에어가 쓴 온갖 책을 읽는 동안에……"

"제인 오스틴이야!"

"그래, 내 말이 그 말이었어. 네가 그러는 동안에 난 나가서 시위를 했단 말이야."

"지금도 나가서 시위를 해도 돼."

그리어가 말했다.

"나도 그러고 싶어. 하지만 집에 오면 너무 피곤해. 내 일은 업무 시간이 엉망이란 말이야."

지가 한숨을 쉬고 말을 이었다.

"나도 재단에서 너랑 같이 일하면 좋을 텐데. 그건 일하러 가는 거랑 정치적 활동을 하나로 합쳐놓은 것 같을 거야. 난 심지어 '재단'이라는 말까지 좋아."

"음, 모든 게 그렇게 굉장한 건 아니야. 내가 기본적으로 보조라는 거 너도 알잖아."

그리어가 말했다.

"글쎄다. 어쨌든 내가 하고 있는 일보다는 훨씬 낫지."

지가 대답했다.

그리어는 처음에 로사이에서 그녀의 일자리를 얻어주려고 했었다. 페이스에게 자신이 쓴 편지를 전해주었지만, 별 소용이 없었다고 했다.

"걱정할 거 없어."

지는 그리어에게 그렇게 말했다. 그것은 그녀와 그리어 둘 다 싫어하는 표현이었기에 반어법으로 말한 거였다. 부티크 카운터 뒤에 서있는 젊고, 비쩍 마르고, 무료해 보이는 여자가 거의 모든 것에 대해서 이 문장으로 단조롭게 대답을 하곤 한다.

"핵무기 대학살은요?"

"걱정할 거 없어요!"

이 표현은 어처구니가 없었다. 누구에게든 언제나 그럴듯한 걱정거리가 있다는 걸 모두가 알고 있으니까. 이 위태로운 순간에 갓 대학을 졸업하고 세상에 들어선 사람이라면 특히 어떻게 걱정이 없을 수 있겠는가? 미국 경제는 불구덩이에 떨어지기 직전에 아슬아슬하게 구조되었지만, 2010년 말까지 여전히 위태로웠다.

필요한 사람이 되는 것이 지가 원하는 거였다. 필요한 사람이 되거나 사랑받는 것. 둘 중 하나나 둘 모두를 원했다. 둘 모두면 더욱 좋지! 두 가지는 같지 않았지만 서로 연관된 범위에 있었다. 그녀에게도 사랑이 올 수 있겠지만, 어쩌면 오지 않을 수도 있다. 어쩌면 그녀의 삶은 일에서든 사랑에서든 절대로 안정되지 않고, 절대로 순조롭게 해결되지 않을지도 모른다. 그래도 어쨌든, 걱정할 거 없어!

지가 페이스 프랭크에게 써서 브루클린의 바에서 그리어에게 주었던 편지는 이렇게 시작되었다.

프랭크 선생님께,

대학 시절 최고의 친구인 그리어 카데츠키를 통해서 직접 이 편지를 선생님께 보냅니다. 선생님 밑에서 일하기에 그리어만큼 훌륭하고, 영리하고, 조용하지만 성실한 사람은 없을 겁니다. 그리어는 집중력이 엄청나고 조직적이고 책도 많이 읽었습니다. 제 경우는 좀 다르지만요.

지는 자신에 대해서 약간 설명하고는 재빨리 자신의 정치적 활동에서 중요한 부분들로 넘어가서 다음 번 로 대 웨이드 사건*이 될 결혼의 평등권을 포함하여 여러 가지 페미니스트 문제와 동성애자의 권리에 관해서 자신이 얼마나 열정적인지를 이야기했다. 편지는 짧았고 그녀는 페이스에게 두 판사의 자식으로서('농담이 아니에요!' 그녀는 그렇게 적었다.) 부모님이 법을 해석하는 것을 보고 자랐으며 6학년 때 반베트르 모피 전문점 앞에서 동물의 권리에 대한 시위를 하다가 정학을 당했다고 이야기하는 걸로 마무리를 지었다.

어릴 때부터 지는 판사인 부모님이 모든 가족사에도 판결을 내리는 경향이 있음을 잘 알았다. 거기에는 모든 자식이 포함되어야 하지만, 아이젠스타트가의 남자아이들은 그런 평가에서 제외되었다. 지의 어머니는 남자아이들은 길들일 수 없고, 그러니까 그런 노력을 할 이유도 없다는 생각을 갖고 있었다. 웬디 아이젠스타트 판사와 리처드 아이젠스타트 판사는 대부분의 아이들이 수학 과외나 유대인 율법 토라 공부, 바순 연습, 라크로스를 하러 갔을 시간이 한참 넘도록 알렉스와 해리가 동네에서 돌아다니도록 놔두었다.

한 살 반 차이가 나는 알렉스와 해리는 둘 다 좋은 학생도 아니고 히브리어 알파벳을 잘 알거나 음악이나 운동에 뛰어나지 않았다. 그

---

*   사생활의 권리에 낙태권이 포함되는지에 대한 미국 대법원의 판례.

여성의 설득

저 스케이트보드를 타고 다니는 것을 좋아했다. 아이젠스타트 일가는 수영장과 온실이 딸리고 잔디밭이 하도 넓어서 이웃한 저택의 잔디밭과 경계를 알 수 없는 350만 달러짜리 튜더식 저택에 살았다.

아이젠스타트가의 심판은, 다시 말해 대체로 웬디 판사의 심판은 오롯이 지에게 향했다. 당시 지는 아직 지가 아니었다. 처음에는 프래니였다. 프래니 아이젠스타트. 왜냐하면 부모님이 둘 다 예일 법대에 다니던 시절, 뉴 헤이븐에서 사랑에 빠졌을 때 리처드 아이젠스타트가 소송법 수업 때 옆에 앉은 웬디 니더만에게 이렇게 말했기 때문이었다.

"나에 대해서 꼭 알아야 하는 거 한 가지는 내가 J.D. 샐린저의 열성팬이라는 거야."

"J.D는 '법학박사'의 줄임말인 거야?"

그녀가 말했다.

"너 되게 재밌다."

"노력하고 있어."

"샐린저에 관해서 나한테 뭐든 물어봐. 글래스 일가에 관해서 뭐든지 말이야. 월트와 웨이커처럼 가족 중에서 가장 눈에 안 띄고 아무도 들어보지 못했던 일원에 관해서라도 괜찮아."

그 말에 웬디가 환호를 질렀다.

"월트와 웨이커 글래스! 네가 개네들을 안다는 게 믿어지지 않아. 나도 사실 샐린저를 정말 좋아해."

얼마 지나지 않아 그들은 밤낮으로 붙어 다녔다. 동거라고 말하지는 않았지만 사실상 함께 살게 되었다. 그리고 리처드는 뉴 헤이븐의 중고책방에 가서 웬디에게 커버를 씌워놓아 살짝만 얼룩진 『프래니와 주이』초판본을 사주었다. 그러니까 딱히 누구 이름을 따라 짓지 않은 남자아이 두 명을 낳은 후 부모님이 연애 초기 시절, 책을 선물받은 웬디가 포장지를 벗기고서 눈에 띄는 폰트로 제목이 인쇄된 하얀 표지를 보고 이 남자가 자신이 뭘 좋아하는지 안다는 사실에 감동해서 가슴에 껴안았던 때를 감상적으로 떠올린 건 그리 놀랄 일도 아니었다. 그들은 딸을 낳은 다음 그 순간을 떠올렸고, 그래서 분홍색 담요에 싸여 있는 조그만 아이에게 프래니라는 이름을 붙였다. 꽃향기가 나는 피부를 가진 아이에게 딱 맞는 완벽한 이름이었다.

하지만 아이가 자라면서 프래니라는 이름은 더 이상 맞지 않았다. 그 이름은 그녀에게 너무 화려했다. 분홍색 담요에 싸인 프래니는 이제 존재하지 않았다. 그녀는 이제 자신의 이미지를 완벽하게 통제하고 싶었다. 모나고 혼란스럽고 흥분되는 인간 퍼즐로 여겨지고 싶었다. 바트 미츠바 때 그녀는 어머니가 삭스에 쇼핑을 데려가서 억지로 구매한 초록색 드레스를 입고 있는 게 부끄러웠다. 바트 미츠바의 다른 여자들 모두가 보통의 여성적인 드레스를 입고 있었고 그 모습이 편해 보였다. 금발에 가슴이 크고 종종 하이힐을 신고 얼굴이 가릴 만큼 높게 쌓인 파일 뭉치를 안고 비틀비틀 아이젠스타트 저택에 들어오는 웬디 판사의 서기 린다 마리아니 같은 여자들. 유대교 회당에서 린다의 신축성 좋은 노란색 드레스가 가슴 위로 팽팽하게 늘어났다.

"축하한다, 프래니."

그날 린다는 지에게 그렇게 말했다. 형식적인 포옹을 하면서 몸이 눌리자 마치 린다에게서 아주 여성적인 향수가 뿜어져 나오는 것만 같았다. 소파 쿠션 위에 앉으면 공기가 새어나오듯이 말이다.

식이 끝난 후 어른들은 기다란 파티장 한쪽에 모이고 아이들은 반대편에 모였다. 접이식 문이 두 무리 사이로 닫혔다. 아이들 쪽에는 노래방 기계가 있었고 모두들 한 번씩 노래를 부르고 싶어 했다. 아이들은 열세 살이고 2001년이었기 때문에 동성애자에 대한 농담이 아주 웃기는 얘기였고 모두들 동성애자에 대한 말장난이나 이중적 의미가 담긴 노래방 노래를 전부 다 부르려고 했다. 오렌지색과 금색에 트럼펫 무늬가 있는 카펫 위에서 두 여자아이가 지난 주말에 열린 바트 미츠바나 바 미츠바, 결혼식 때 쓴 스탠드에 꽂힌 마이크를 잡고서 1970년대 오래된 남매 듀오 도니 앤 마리의 노래를 가사만 바꿔 부르기 시작했다.

한 아이가 노래했다.

"난 약간 호모 같아요……"

그리고 다른 아이가 노래했다.

"그리고 난 약간 레즈-비-언 같아요."

그러고서 한 여자아이가 다른 아이를 뒤로 젖히며 프렌치 키스를 하는 시늉을 했다. 그것은 혐오스러우면서 동시에 굉장히 웃겨야 했다. 한참 후에, 집에 돌아온 아이젠스타트 가족이 거실에 앉아 선물들을 뜯어볼 즈음에 프래니는 하얀 포장지 더미 속에서 일어나 발목까지 쌓인 포장지들을 헤치고 자기 방으로 올라가서 침대에 누워 끔찍한 옛날 노래를 부르던 같은 학급의 두 여자아이를 생각했다.

그녀가 계속해서 생각한 것, 계속 머릿속에 남은 것, 선물받은 액자 안에 넣어놓은 것처럼 특별하게 여겨진 것은 두 여자아이가 키스하던 모습이었다. 그 외에는 그날 하루 전체가 그녀의 토라 낭독부터 다른 파티장 한곳에서 나중에 친구들과 했던 진실게임에 이르기까지 죄다 가짜투성이 축제였다. 그녀는 좋은 학생이었던 적이 한 번도 없었기 때문에 낭독은 형편없었고, 진실게임 때문에 지는 미국 대통령이 치과에서 아산화질소를 마신 걸 흉내 내는 재주로 유명해진 라일 해프너와 프렌치키스를 해야 했다. 라일은 뱀이 쥐를 삼키는 것처럼 그녀를 집어삼킬 것 같은 괴상한 모양의 입을 갖고 있었다. 그녀는 그와 함께 있으면 마치 몸 전체를 채우지 못하는 것처럼 작아진 기분이었다.

바로 그거였다. 왜 내가 삶을 반밖에 못 채우는 것 같은 기분으로 살아야 하는데? 어떤 사람들은 완전히 채워진 기분으로 사는 건지, 아니면 안에 든 근사한 것을 이미 반쯤 먹어버린 봉투가 된 기분이 인간으로 산다는 의미라고 받아들이는 게 모든 사람들의 운명인 건지 의문이 들었다.

어느 밤 화려한 집에 누운 채 굉장히 성공한 두 판사의 아주 사랑받는 막내로서, 그녀는 '충족'을 향한 자신의 임무를 시작했다. 그것은 '진실'과 같은 것일지도 모른다. 여기에 대해서는 아직까지도 딱 맞는 단어가 없다. 단어는 나중에, 수두룩하게 나타날 것이다. 다른 여자들에게, 침대에서나 뒷골목 벽에 기댄 채로, 그녀에게 충격을 주는 새로운 목소리로 발화되는 단어들. 그녀가 항상 느꼈던 강력한 감정이 이걸 의미한다는 사실에 그녀는 충격을 받게 된다. 그 감정 = 동성애자라는 사실이다. 누가 생각이나 했을까? 지를 제외하고서는 아무도 몰랐을 것이다.

열세 살에 떠올리게 된 임무는 열여섯 살에 프래니가 시내의 이스트 빌리지에서 벤허라는 여성 전용 바에 갔을 때에 본격적으로 시작되었다. 그녀의 부모님은 그날 그녀가 학교에서 친구 두 명과 「위키드」를 본다고 알고 있었다. 프래니는 브로드웨이 쇼에 관해서 그럴듯한

여성의 설득

이야기를 해서 부모님을 속여 넘겼다. 누군가가 그녀에게 쇼에 대해 물어보면 그녀는 이렇게 대답했을 것이다.

"난 특히 '널 만났기에'라는 노래가 좋았어. 정말 머릿속에서 떠나지 않아."

하지만 친구들이 다 함께 거쉰 극장에 가는 사이에 그녀는 「펨 파탈」의 '여자들이 있는 곳: 미국 최고의 레즈비언 술집 목록'이라는 기사에서 읽은 바로 향했다. 술집watering hole이라는 단어 자체도 혼란스러웠다. 여성의 신체 일부를 연상시켰기 때문이다. 친구들이 그녀의 바트 미츠바 때 노래를 불렀던 것처럼, 그녀는 고향 별에서 메시지를 받은 외계인처럼 관심을 요구하고 싶었고, 어떤 갈망을 느꼈다.

그래서 미성년자인 그녀는 뭘 보게 될지 전혀 준비가 안 된 상태로 벤허에 들어섰다. 봄밤의 열기 속에서, 전에는 폴란드 음식 가게였던 좁은 공간 앞쪽까지 탱크탑과 다른 얇은 옷을 입은 여자들이 꽉꽉 들어서서 얼굴을 맞대고, 가슴을 맞대고, 다들 키스하지 않는 한 가장 친밀한 자세로 붙어서 이야기를 나누고 있었다. 프래니는 호주머니 달린 티셔츠에 컷오프 청바지를 입고 닥터마틴 부츠를 신었다. 그녀는 섹시한 부치* 걸스카우트나 섹시한 펨** 보이스카우트, 그 어느 쪽으로도 보였다. 그녀의 금발 머리는 눈에 띄게 섹시했고, 은근히 이런 스타일의 여자들이나 더 여성적인 다른 여자들까지 매력을 느낄 만한 중간 길이의 단발로 깔끔하게 잘려 있었다. 그녀는 여자들의 여자다움뿐만 아니라 여자에 대한 그들의 더욱 비밀스럽고 수수께끼

* 중성적인 스타일에 남성적 역할을 하는 레즈비언.

** 부치와 비교하여 상대적으로 여성적인 외모나 성격을 가진 레즈비언.

같은 욕망에 압도되어 더욱 흥분했다. 바에서는 숲과 향신료 냄새가 났다. 지는 친구의 언니에게 빌린 신분증을 내밀어 바텐더에게 보여주었다.

"뭐 마실래, 귀염둥이?"

바텐더가 물었고 프래니는 이런 식의 말을 들었다는 사실에 행복으로 몸을 떨었다.

"맥주요."

그녀는 특정 브랜드를 말해야 한다는 사실을 모른 채 대답했다. 바텐더는 그녀에게 적당한 맥주를 주었고, 프래니 아이젠스타트의 평생에 걸친 맥주 사랑을 확고하게 다져주었다. 특히 손에 들린 하이네켄의 곡선을 언제나 상상할 수 있다는 이유로 하이네켄 사랑이 강력해졌다. 프래니는 구석의 흔들거리는 의자에 앉아서 맥주를 마시며 주위의 인류학적 장면들을 바라보았다. 음악은 부모님의 20대 시절에 유행한 유리드믹스의 오래된 고전 「스위트 드림스」가 몸부림치는 여자들로 가득한 조그만 공간에 시끄럽게 울렸고, 그녀는 머리를 젖혀 벽에 기대고 그냥 바라만 보았다. 곧 누군가가 자신을 관찰하고 있는 것이 느껴졌고, 그녀는 수줍어져서 얼굴을 붉히고서 고개를 돌렸다가 다시 쳐다보았다. 상대가 그녀의 어머니의 법률 서기인 금발의 린다 마리아나라는 사실이 드러나자 수줍음은 깨지고 혼란이 솟구쳤다. 린다는 한참 그녀를 쳐다보다가 마침내 여자들의 벽을 헤치고 다가왔다.

"프래니? 프래니 아이젠스타트? 네가 여기에 있는 거야?"

그녀가 소리쳤다.

린다는 프래니의 손을 잡고 그녀를 바 옆에 있는 작은 현관으로

여성의 설득

데리고 나왔다. 두 사람 다 땀을 흘리고 있었다. 린다는 실크 셔츠까지 푹 젖었고 화장이 무너진 얼굴이 번들거렸다. 그녀는 마흔 살에 레즈비언이었다.

"전에 여기 와본 적 있니?"

"아뇨."

"그럴 것 같았어. 전엔 여기서 널 본 적이 없거든. 너희 어머니도 아시니?"

"아뇨."

프래니는 강조해서 대답하고 물었다.

"전에 여기 와보신 적 있어요?"

린다가 웃었다.

"아, 그럼. 있지, 넌 바에 오면 안 돼. 너무 어리잖니."

"제가 알아서 결정할 수 있어요."

으쓱거리면서 말을 하고는 있어도 프래니는 부끄러웠다. 그녀는 여기서 완전히 새로운 자신을 보여주려 하고 있었고, 그 경험은 점점 더 기묘해졌다.

"허세 부리지 마. 다칠 수도 있어."

린다는 자신의 얼굴을 티슈로 닦았고 프래니는 피부 색깔 화장이 닦여나가는 것을 보았다. 갑자기 린다 마리아니가 섹스를 하다가 베개에 화장을 묻히는 모습이 불편하게 상상됐다.

또 다른 날 밤에 벤허에 들렀다가 프래니는 처음으로 성적 모험을 겪었다. 지금 이 순간 힘을 가진 여자가 상대였다. 그녀가 힘을 가진 것은 오로지 프래니가 그녀에게 끌렸기 때문이었다. 알라나는 열여덟 살이고 아래턱이 튀어나왔으며 머리카락을 지나치게 많이 펴서 가라

앉힌 머리 모양을 하고 있었다. 그녀는 소매점에서 일한다고 했고, 평범하게 생긴 데다가 딱히 말을 잘하는 편도 아니었지만, 바 모퉁이 다세대주택에 있는 언니의 원룸 아파트로 프래니를 데려갔을 때 알라나가 여자이고 프래니를 원한다는 사실만으로도 그 경험을 기념비적으로 만들기에 충분했다. 엘리베이터 없는 6층 아파트는 잡다한 장식품과 대나무 가구로 꾸며져 있었다. 선반에는 책은 없고 여러 문장이 적힌 티셔츠를 입은 봉제인형들로 가득했다. 너구리는 '난 멍청이랑 같이 있어요.'라고 쓰인 옷을 입었고, 그 옆에 있는 조그만 얼룩말 인형은 '멍청이'라고 적힌 옷을 입고 있었다. 예술작품들과 책으로 가득한 커다랗고 세련된 집에서 자랐고 심지어 책에 나오는 인물에게서 이름을 따온 프래니는 약간 속물이 된 기분을 느꼈다.

프래니가 나중에야 성적 흥분으로 꽉 찼을 때 나오는 목소리임을 알게 된 그 목소리로 알라나가 "누워."라고 말을 하자 그녀는 그대로 따랐다. 그녀의 위에서 알라나가 팔을 교차해 셔츠를 머리 위로 벗고는 살짝 작은 가슴을 드러냈다. 그런 다음 그녀는 프래니의 셔츠와 딱 붙는 청바지를 벗기고서 상냥하게 말했다.

"이번이 처음이야?"

"응."

프래니는 유쾌하고 즐거운 투로 말하려고 노력했지만 그녀의 목소리는 놀랄 만큼 미숙하게 나왔다.

"좋아. 음, 그럼 이것만 말해둘게. 말하자면 이건 좋은 기분을 느끼자는 거야, 그렇지? 안 그러면 할 필요가 없지. 이게 어떤 의미인지, 우리가 연애를 하게 될지 어떨지 파악하느라고 애쓰지 마. 그런 일은 없을 거라고 지금 말해둘 테니까."

여성의 설득

"알겠어."

프래니가 대답했고, 무슨 일이 벌어지는지 깨닫기도 전에 알라나가 그녀의 위로 올라와서 그녀의 다리 사이에 입술을 댔다. 꺄악, 여자는 지식과 인내심과 욕구를 담아 핥았다. 마취용 마스크를 얼굴에 얹은 순간처럼, 아니, 감각을 덜 느끼는 게 아니라 더 느끼게 만드는 마스크를 얹은 것처럼 강렬한 감각이 즉시 치솟았다. 그녀는 금세 거기에 빠져들었다.

프래니는 다시는 알라나를 보지 못했지만 벤허에 세 번 더 갔다가 부모님한테 들키고 말았다. 3학년 어느 날 밤에 그녀는 평소처럼 맨해튼에서 지하철을 타고 집에 돌아왔다가 어머니가 복숭아색 목욕가운 차림으로 부엌에서 기다리고 있는 것을 발견했다. 검은 판사복을 입고 있는 편이 더 어울렸을지도 모르는 상황이었다. 웬디 아이젠스타트 판사는 조용한 확신이 어린 얼굴로 말했다.

"너 브로드웨이 쇼를 보러 간 게 아니지? 「오페라의 유령」 끝부분에서 울었다는 것도 거짓말이었어. 확실하게 말해보자. 네가 가짜 신분증을 사용해서 여성 전용 바에 갔다는 거 알고 있어. 그리고 그건 불법이지."

"어떻게 아셨어요?"

프래니가 약간 흐느끼면서 물었다.

"린다 마리아니가 그간 사무실에서 사무용 집기를 훔쳤어. 대단한 건 아니고 대부분은 휴렛패커드 잉크젯 카트리지 몇 개였지만 결국 그녀를 잘라야 했지. 경비원이 데리고 나가는데 린다가 모두의 앞에서, 다시 말하지만 '모두'의 앞에서 나를 돌아보고 이렇게 말하더구나. '그나저나 판사님, 댁의 따님은 동성애자예요. 도시에 나갈 때마다 그 애가 어디에 갔는지 한번 물어보시죠.'"

그러니까 전부 들통이 났다. 프래니와 판사의 눈에 눈물이 고였다.

"내 법률 서기한테 그런 사실을 알게 되지 않았다면 좋았을 거야."

어머니가 말했다. 마침내 '모든 것을 바로잡기 위해서' 프래니는 정신과 의사를 만나기로 했다. 대화가 끝난 후 서재에 숨어 있었던 프래니의 아버지가 살짝 그녀에게 다가왔다.

"네 엄마의 방식은 약간 완벽주의적이지. 위로가 될지 모르겠다만, 네 엄마는 법정에서도 그런 식이란다. 하지만 우리 둘 다 너를 믿고 굉장히 사랑한다는 건 알아주렴. 넌 괜찮을 거야."

아버지는 살짝 웃으며 그녀를 껴안아 주었다.

며칠 후 프래니는 근처에 있는 라치몬트의 집 지하실에서 정신과 상담을 하는 마저리 알브레히트를 보러 가기로 했다. 알브레히트 선생은 전직 트리스테이트 현대무용단 소속이었고 지금은 정신과 상담의로 일하고 있었다. 그녀는 가녀리고 햇볕에 바짝 탄 여자로 항상 레오타드를 입었고, 상대의 이야기를 들을 때에도 태연하게 머리 위로 팔을 쭉 뻗어 스트레칭을 하곤 했다. 그녀의 고객 대부분은 십대 여자아이들이었다. 식이장애를 가진 여자아이, 분노조절장애를 가진 여자아이, 기분이 좋아지기 위해서 얕게, 하지만 의미심장하게 자기 몸을 긋는 여자아이, 엄마나 아빠를 미워하는 여자아이, 자기혐오의 늪에 빠져 머리카락으로 얼굴을 가리는 여자아이, 형편없는 남자친구를 사귀는 여자아이. 알브레히트 선생은 또한 성 정체성 문제를 가진 환자들도 많이 받았다.

프래니는 처음에 그녀를 만나러 가는 것에 저항심을 가졌지만, 곧 이른 저녁 시간의 상담을 좋아하게 되었다. 어머니는 그녀를 도로 가장자리에 내려주고 스타벅스로 가서 업무 관련 서류를 읽었고, 프래니는 안으로 들어가 의사와 이야기를 했다. 의사는 프래니의 머리에 떠오르는 모든 이야기를 의논하다가 어느 시점에 "진전을 좀 이룰 수 있을 것 같다."라고 말했다.

"전 프래니라고 불리는 게 정말 싫어요."

어느 날 매끄러운 나무 바닥에 거울과 발레용 바가 설치되어 있는 원룸 형태 지하실을 가로지르면서 그녀가 고백했다. 머리 위 어디선가 알브레히트 가족의 발소리가 들렸다.

"이름을 바꾸는 건 어때?"

의사가 방 대각선으로 펄쩍 뛰어 고양이처럼 착지하며 말했다.

"그럴 수 없어요. 부모님이 아주 좋아하시는 책 『프래니와 주이』에서 이름을 따온 거예요. 이름을 바꾸면 두 분이 너무 서운해하실 거예요."

"아, 괜찮으실 거야."

"어쩌면 '주이'로 하는 건 괜찮을지도요."

그녀가 수줍게 말했다. 알브레히트 선생이 그녀의 손을 잡았고 두 사람은 빙글빙글 돌았다. 그래서 일주일 동안은 주이가 되었다. 하지만 그 이름은 너무…… 주이스러웠다. 너무 동물적이고, 결국엔 지나치게 흉측했다. 알브레히트 선생의 도움으로 그녀는 자신이 여자라는 것을 싫어하지 않는다는 사실을 깨달았다. 그저 모든 여성을 대표하는 이 가벼운 여성적인 이름이라는 환유가 싫을 뿐이었다. 프래니라는 이름을 들으면 그 사람에 대해 뭔가를 연상하게 되는 법이라고 그녀는 생각했다. 예컨대 굉장히 여성스럽고 얼굴을 잘 붉힌다든지. 그게 아닐 수도 있는데 말이다. 다음번에 지하실에서 춤을 추면서 그녀는 '주이'를 '지'로 줄이기로 결정했다.

그녀의 이름이 알브레히트 선생과의 상담에서 나왔다는 건 놀라운 일이었지만, 더 놀라운 것은 배신도 거기서 일어났다는 거였다. 이것을 알게 된 건 몇 년이 지난 후였다. 중간 정도 성적의 고등학교 시절을 지나 라일랜드 대학에 들어간 후 지는 심리학 수업을 위해 책을 빌리러 도서관에 갔다가 우연히 책등에 커다란 금박으로 저자 이름이 찍혀 있는 책을 발견했다. 의학박사 마저리 알브레히트라는 이름을 보고 그녀는 충격을 받았다.

"우와."

지는 서고에서 커다랗게 외쳤다. 책은 길고 지루한 심리학적 제목을 달고 있었다.

그녀는 책을 펼치고 읽기 시작했다. 매 장마다 각기 다른 사례연구가 담겨 있었다. 3장의 제목은 '큐라는 소녀: 가면이자 거울로서의 동성애'였다.

"와……"

그녀가 다시 말했다.

큐는 부모 역할보다 자신의 직업에 몰두하고 아마도 나름의 성차별 문제로 힘겨워했을 일중독자 어머니와 상냥하지만 허약하고 수동적이며 거리감이 느껴지고 냉담하여 어린 소녀의 미래에 본보기가 되기 힘든 아버지 밑에서 자랐다.

그러니까 이 어린 소녀가 자신의 성에 굉장히 혼란스러워 하고 자신의 여성성을 받아들이기 힘들어하는 상태로 나의 상담실에 와서는 불쌍하게도 여성성을 전혀 드러내지 않는 옷을 고르듯이 자기 이름을 바꾸겠다고 선언한 것도 놀라운 일은 아닐 것이다.

자신의 여성적인 면의 경이를 즐기려 하지 못하고 남자에 대한 사랑을 받아들이지 못하는 이 어린 환자를 보며 내 마음은 미어졌다. 이 아이는 너무 늦게 치료를 받으러 왔다. 그녀는 받지 못한 것, 심지어 느껴보지도 못한 굶주림에 대한 갈망을 무의식적으로 거부하기 때문에 이제는 '동성애적' 라이프스타일을 살아가는 것밖에는 방법이 없어 보였다.

우리, 큐와 나는 함께 상당한 진전을 이루었고, 그녀의 격렬한 행동 속에서 나는 가끔 드러내고 싶지만 슬프게도 방법을 알지 못하는 진정한 이성애적인 모습을 엿볼 수 있었다.

이걸 다 읽을 무렵 지는 이 부당함과 모욕에 조용히 울었다. 금속 책장 사이의 좁은 통로에서 조명이 갑자기 숨을 뱉는 것처럼 나지막한 소리를 내며 꺼지자 지는 안도했다. 퀴퀴한 냄새가 나는 어둠 속에서 기절할 것만 같았다. 평생 이렇게 말도 안 되는 비평을 받았다고 느껴본 적이 없었지만 그래도 이 기분을 떨쳐낼 수가 없었다. 마저리 알브레히트가 쓴 내용 일부가, 아니 전체가 사실이 아닐까 하는 의문이 들었다. 자신이 만들어낸 공간, '지'나 '큐' 같은 이름을 갖고 턱시도 셔츠를 입지만, 복장도착자나 남자를 어설프게 따라하는 것이 아니라 스스로를 위해 세상에 존재하는 가장 자연스럽고 우아한 방식을 찾으려는 사람을 위한 장소를 점유하려는 자신의 욕구가 실은 심리학적으로 무언가가 잘못된 결과일지도 모른다. 그녀는 책에 대해서 그리어 말고는 아무한테도 말하지 않았고, 책을 책장에 도로 꽂아놓지도 않았다. 대신에 도서관에서 그걸 태연하게 대여해 기숙사로 가져왔다. 지는 화재안전 기준을 무시하고 그 책을 그리어 앞에서, 라이터로 불을 붙여 차분하게 태웠다.

"우린 함께 춤을 추곤 했어."

지는 그 방을 가로질러 날아가는 것 같던 근사한 기분을 떠올리며 조용히 말했다.

"그래서 내가 이렇게 훌륭한 댄서가 된 거야. 하지만 그 사람이 이걸 썼다는 걸 믿을 수가 없어."

"나도 그래. 넌 이런 대접을 받을 이유가 없어, 지. 누구든 마찬가지야."

불길이 책 표지를 삼킬 때 마치 멀리서 사람이 우는 듯한 소리가 났으나 곧 기숙사의 복도를 따라 울리는 화재 경보 소리에 묻히고 말았다. 알브레히트 선생은 잔인하게 행동하려고 한 건 아니었다. 그녀는 자신이 쓴 대로 믿었다. 그리고 무시무시한 일이지만 지도 약간은 그걸 믿었는지도 모른다.

지는 요즘 세상에는 적절한 지역에 살고 있다면, 원하는 만큼 동성애자스럽게 살아도 된다고 생각했다. 하지만 책을 불태우고 메처 도서관에 도서 분실로 벌금 65달러를 지불했음에도 불구하고, 대학에서 여자들 두엇과 엮여봤음에도 불구하고, 가끔 의미 없는 투쟁을 하는 느낌이 들었다. 그녀는 이미 살면서 두 명의 나이 많은 여자들에게 배신을 당했다. 그 '쌍년' 린다 마리아니, 그리고 지하실에서 춤을 출 때는 굉장히 상냥하고 믿음직스럽게 느껴졌던 알브레히트 선생.

지는 책에 관한 사건을 교내의 끔찍한 즉흥극 극단에 가입하는 걸로, 금발에 세련된 유럽 출신 단원인 하이디 클라우젠과 자는 걸로 잊으려고 노력했다. 그녀는 지에게 취리히에서 자랄 때 만들곤 했던 스위스 쿠키 슈바벤브뢰틀리에 대해서 이야기해주었고, 언제 지에게

여성의 설득

함께 그걸 굽자고 말했다. 그래서 어느 날 지는 그녀의 아파트에 가서 "나한테 그 슈바벤 어쩌고 하는 쿠키 만드는 법을 가르쳐줘."라고 말했다. 그들은 하이디의 이불에 누워 서로에게 따뜻한 쿠키를 먹여주었다. 며칠 뒤 지는 무엇 때문인지 스스로도 이해할 수 없었으나 이전 기숙사 학생대표였던 자신감 넘치는 쉘리 브레이와 하룻밤을 보냈다. 이 사실을 하이디에게 금방 들키고 말았는데, 쉘리 브레이가 비밀을 지키지 못했기 때문이었다. 하이디는 불같이 화를 내며 학교 안뜰 한가운데에서 지에게 고함을 질렀다.

"나가 죽어버려, 아이젠스타트. 난 너한테 내 모든 것을 보여줬어. 너한테 슈바벤브뢰틀리 만드는 법도 가르쳐줬다고!"

그 대답으로 지는 잔인하게 이렇게 말했다.

"그랬지, 네 나치 쿠키 말이지."

하지만 하이디는 독일인이 아니라 스위스인이었고 어쨌든 그녀가 잘못한 건 전혀 없었다.

지는 여자들을 이리저리 섭렵했다. 아니면 여자들이 그녀를 섭렵했다고 할 수도 있을 것이다.

"난 난잡해."

그녀는 어느 날 밤 인류학 세미나에서 만난 여자를 만나러 캠퍼스를 가로질러 가면서 그리어에게 가볍게 말했다. 그녀는 한 번도 사랑에 빠진 적이 없고 잠깐씩 열정을 불태울 뿐이었다. 육체적 쾌락, 순식간에 사라지는 별똥별만이 그때그때마다 폭발했다.

지의 좋은 친구 도그는 그녀가 여자만을 거쳐가는 동안 대학 시절 내내 그녀를 갈망 어린 눈으로 쳐다보았다. 그는 모든 여자를 갈망 어린 눈으로 쳐다보았지만, 지에게 특히 약한 면이 있었다. 그는 항상 그녀의 방을 어슬렁거리며 침대에 주저앉곤 했다. 그는 과하게 수염을 기르긴 했어도 객관적으로 굉장히 미남이었다. 왜 아무도 남자들에게 여자들이 그런 수염을 좋아하지 않는다고 말해주지 않는 걸까? 익명으로 이런 쪽지를 남겨둘 수도 있을 텐데.

"친구라면 네가 콧수염도 없이 턱수염을 기르도록 놔두지 않는 법이야."

도그는 지가 만나본 사람 중 가장 상냥한 사람이었고, 그녀의 하룻밤 연애에 관한 이야기를 전부 다 들어주고 고개를 끄덕이고 굉장히 사려 깊고 이해심 있게 행동했다. 라일랜드에 들어온 이래로 그 역시 많은 여자들과 하룻밤 관계를 가졌지만 그는 자기 이야기를 하는 걸 좋아하지 않아서 항상 지에게 순서를 양보하곤 했다. 그리고 그녀의 장광설 끝에 그가 물었다.

"그래서 나한테도 기회를 줄 거야?"

"기회? 아니."

"내가 빨간 머리라서 그런 거야?"

그가 장난스러운 미소를 지으며 물었다.

"도그, 진심이야? 내가 방금 여기 앉아서 동성애자로 사는 것에 대해서 이야기를 했는데 너한테 기회를 달라고 그러는 거야?"

"이런저런 것들을 좀 해볼 수도 있잖아."

그가 긴 속눈썹을 내리깔고서 수줍게 말했다.

"안 돼. 미안해."

하지만 어느 금요일 그리어는 코리를 보러 프린스턴에 가고 클로에는 파티에 가버린 밤에, 하이디 때문에 완전히 지쳐 있었다. 지는 자신의 침대에 누워 반쯤 잠이 든 도그를 바라보다가 애정과 지루함을 느끼고는 그의 옆에 누웠다. 그가 기뻐하며 그녀에게 한 팔을 둘렀다.

"봐, 그리 나쁘지 않잖아."

그가 말했다.

그녀는 만약에 이런 상태에서 잠이 들 수만 있다면, 그러면 그냥 함께 잘 수도 있을 거라고 생각했다. 그때 그가 그녀에게 말했다.

"괜찮겠어?"

그는 그녀의 손을 자신의 훨씬 커다란 손으로 잠깐 동안 잡고 있다가, 그녀가 거부하지 않자 그 손을 티셔츠 위쪽으로 덥수룩한 털이 살짝 드러난 자신의 가슴에 올려놓았다. 그의 심장박동이 느껴졌고, 그녀는 손을 빼지 않았다. 그러다가 마침내 그가 그녀의 손을 세상에서 가장 단단하고 뜨거운 사타구니에 올렸다. 커다랗고 뜨거운 바위. 그녀는 거의 펄쩍 뛰며 물러났다.

"미안. 난 널 진짜 원해. 항상 이 상태로 캠퍼스를 돌아다닌다고. 거의 신체장애 수준이야."

그녀는 그와의 우정을 생각해서 다시 손을 올려놓았으나 쳐다보지는 않았다. 그저 그의 바지 속, 그의 수염만큼 빨간 털이 뭉쳐진 둥지를 상상했다. 그는 세상에서 가장 상냥한 남자였고 그녀는 인형뽑기 기계의 팔처럼 기계적으로 손을 움직이며 그 사실을 생각했다. 그는 굉장히 흥분했고 그녀는 하나도 흥분하지 않았다. 그와 뭔가를 하는 건 실수라고, 바로 깨달았다.

"여기서 자면 안 돼."

그가 커다란 소리로 절정에 오르자 그녀가 말했다. 그들은 그가 거친 숨을 가라앉힐 동안 함께 누워 있었다.

"왜? 밤새 이야기만 해도 돼. 나한테 뭔가 더 얘기해도 돼. 난 그래도 좋아."

"난 밤새 이야기하고 싶지 않아, 도그. 넌 최고야, 정말로. 하지만
난 여자들한테만 끌려. 그게 신이 나를 만들어놓은 방식이야."

그녀가 확신 없는 어조로 덧붙였다. 바트 미츠바 이래로 그녀는 거
의 먼지가 쌓이도록 신을 버려두었지만 말이다.

결국에 그는 복도를 천천히 걸어 켈빈과 함께 쓰는 위층 방으로
돌아갔고, 지는 침대에 누워 약간의 부끄러움과 혼란을 느꼈다. 시간
이 흐르며 도그는 캠퍼스 내의 온갖 여자아이들과 연애를 했고, 지와
의 우정은 예전처럼 강하게 유지되었다. 두 사람 모두 그날 벌어진 일
에 대해서는 입도 벙긋하지 않았다. 가끔씩 지는 자신이 꿈을 꾸었던
게 아닐까 생각할 정도였다. 그녀는 여자에게 끌렸지만, 여자들과 문
제가 있다는 것도 잘 알았다. 그녀와 여자들 사이에는 종종 뭔가 골치
아픈 일이 일어났고, 그녀는 그게 뭔지, 왜 일어나는지도 잘 몰랐다.

대학을 졸업한 후 그녀는 그리어와 함께 페이스 프랭크의 재단에
서 일을 하면 근사할 거라고 생각했다. 그러나 그런 일은 아무래도 없
을 모양이었다. 그녀는 졸업 후 첫 직장인 쉔크, 드빌러스에서 방향을
잃고 떠도는 기분이었다. 겨울 즈음에 그녀는 여기서 떠나 자신을 필
요로 하는 다른 곳으로 옮겨야 한다는 걸 깨달았다. 그러다가 법률회
사에서 어느 날 늦은 밤에 로니라는 이름의 거미손가락증 남자가 지
에게 자기 여동생이 최근 대졸자들을 교육해 전국의 공립 및 대안학
교에 자리를 찾아주는 비영리재단 티치 앤 리치에서 일한다고 말했
다. 선생님 예비그룹을 위한 교육 과정은 여름의 6주간 진행됐고, 지
금은 학기 중간이라 모두가 자리를 찾았지만, 최근에 그만둔 사람이
몇 명 있어서 단체에서 다급하게 구인을 하고 있다고 로니가 설명했

여성의 설득

다. 그리고 지에게 여동생의 이메일 주소를 알고 싶냐고 물었다.

티치 앤 리치에 고용되는 것은 놀랄 정도로 쉬웠다.

"솔직히 말하죠. 우린 무엇보다도 열정을 중요하게 여겨요."

전화를 받은 여자가 그녀에게 말했다. 그렇게 지는 지난겨울에 시카고로 자리를 옮기게 되었다.

"너랑 같은 도시에 있지 못하는 게 정말 싫어."

지가 그리어에게 말했다. 두 친구가 원하는 만큼 자주 서로를 만나지는 못했었지만 말이다. 지는 가끔씩 브루클린에 들렀지만 그들의 일정은 별로 겹치지 않았다. 지는 왜 지금 선생 자리가 비어 있는지, 왜 자신이 그렇게 쉽게 들어갈 수 있었는지에 대해서 별로 고민하지 않았다. 법무보조 일에서 벗어나는 게 급했기 때문이었다. 대신 그녀는 이 일자리를 얻은 것에 으쓱한 기분을 느꼈다. 돌이켜보면 그렇게 느낄 이유가 전혀 없었음에도.

교육은 평소의 6주에서 2주 반으로 압축되었다.

"당신이 빠르게 배울 수 있을 거라고 믿어요."

교육생들을 총괄하는 팀이라는 남자는 그렇게 말했다.

"그거 좀 적어서 우리 부모님께로 보내줄래요? 부모님이 굉장히 기뻐하실 거 같은데."

지가 말했다.

시카고에서 지는 부모님이 마지못해 월세를 내주는 평범한 아파트에 살았다. 티치 앤 리치의 봉급은 우스울 정도로 적었기 때문이다.

"거기서 일해서 버는 돈으로 살려면 중국의 바지선에서 살아야 할 거다."

웬디 판사가 말했다.

"하지만 거기서는 통근이 불가능하잖아요, 판사님."

"프래니, 농담이 하고 싶으면 얼마든지 하렴."

"지예요."

"좋아, 지. 하지만 네가 그 일을 하지 않으면 좋을 거 같다고 명확하게 말해두고 싶구나."

이 일이 가치 있고 심지어 고결하다는 것을 인정하면서도 변함없이 그녀의 이사를 반대하는 어머니는 그렇게 말했다.

지는 교육 센터에서 2주 반 동안 번갯불에 콩 구워 먹듯 준비 과정을 거치고서 러닝 옥타곤 대안학교 한 곳에서 역사를 가르치기 시작했다. 지가 대체하게 된 티치 앤 리치의 선생은 수업 도중에 양손을 들어 올리고서 "대체 뭘 배우는 거야? 옥타곤은 또 어디 있는데?"라고 외치며 굉장히 드라마틱하게 그만두었다. 그 후에 잠깐 동안 대체선생이 있었으나 그는 방법론을 교육받지 않았고 러닝 옥타곤 네트워크의 7개 학교 전부가(옥타곤이라는 이름에 걸맞게 8개가 아니라 7개만 있다는 건 부자연스럽지만, 건물 하나에 납이 들어간 페인트 문제가 생겨서 학기 시작하기 겨우 며칠 전에 무기한으로 사용이 금지되었다.) 티치 앤 리치와 제휴를 맺게 되었다. 그래서 공식적인 교육 계획으로 무장한 지가 사우스 사이드의 학교에서 일을 시작하게 되었다.

그녀는 교실이 혼란 그 자체일 거라고 상상하며 9학년 1교시 수업에 들어갔으나 학생들은 수면제라도 먹은 것 같은 모습이었다. 아침 8시 20분에 아이들이 바람이 술술 들어오는 3층 교실에 앉아 반쯤 엎어져 있었다. 대부분은 아프리카계 미국인이었고 몇 명은 히스패닉이었고 두어 명만 백인이었다. 아무도 그녀를 보고 반가운 표정을 짓지 않았고, 심지어는 잠을 깰 만큼의 열의도 없었다. 그녀도 그들을 비난

여성의 설득

하지 않았다. 자신도 고등학교 때 이런 기분이었던 것을 기억했고 즉시 동병상련을 느꼈다. 그래도 그들은 그나마 그들에게 공감하는 선생이라도 있는 셈이었다.

"좋은 아침이야."

그녀는 책상 위의 몇몇 물건들을 쓸데없이 바로잡고 그 뒤에 있는 요란하게 삐걱거리는 초록색 의자에 앉으며 말했다. 아무도 대답을 하지 않았다.

"음, 별로 좋은 아침은 아닐지도 모르겠다. 오히려 개떡 같은 아침일지도."

"존나 맞는 말이네."

어떤 남자아이가 말했다. 누군가 킥킥거렸고 지가 그 웃음에 동참하자 아이들이 조금 놀라는 것 같았다. 사실 지는 그 말이 그렇게 재미있다고 생각하지 않았지만, 로마에 가면 로마법을 따르는 법이라고 생각했다. 사실 나도 내가 여기서 뭘 하고 있는 건지 모르겠으니까.

"교실에서 가끔 뭘 해야 할지 모르겠다는 기분이 들 때가 있을 거예요. 처음에는 특히 그래요. 그건 완벽하게 정상적인 일이에요."

팀은 그녀에게 그렇게 말했다. 지금 교실을 둘러보며 그녀는 그 생각을 했다.

"난 아이젠스타트이고 오늘 밤 너희를 가르칠 선생이야. 우리의 특별메뉴에 대해서 이야기해줄까?"

지가 충동적으로 말했다. 아이들은 별로 감탄하지 않은 얼굴로 그녀를 쳐다보았다.

"오늘 밤이라는 게 무슨 뜻이에요?"

여자아이 한 명이 물었다.

"그리고 특별메뉴란 게 무슨 뜻이죠?"

뒤쪽의 또 다른 여자아이가 물었다.

지는 자신의 농담이 창피했다. 무슨 생각을 했던 걸까? 저 애들은 사치스러운 레스토랑에, 아니 어쩌면 아예 레스토랑이라는 곳에 전혀 가본 적이 없을 것이다. 대부분의 아이들이 무상 급식을 먹었다. 그녀가 아이들과 가질 수 있는 어떤 종류의 연대감은 그들을 즐겁게 해주려고 한다든지 그 애들을 저버린 예전 선생과 완전히 달라 보이려는 형편없는 시도로 얻어지지는 않을 것이다. 그녀는 아이들이 자신을 필요로 하기를, 아니면 최소한 자신을 참아주기를 바랐다. 아이들에게 압도당하는 것, 수업 중간에 떠나야 할 것 같은 기분을 느끼고 싶지는 않았다.

성인으로서 세상을 산다는 건 그냥 관두어서는 안 된다는 뜻이다. 상황을 '회피할' 수는 없는 법이다. 라일랜드 대학 2학년 때 지의 룸메이트 클로디아는 몸에서 냄새가 나고 위생의 중요성이라는 걸 전혀 모르는 듯한 아이였다. 지가 학생처장 비서에게서 그냥 좀 참고 살라고, 기숙사 방을 바꿔줄 방법은 절대로 없다는 통명스러운 말을 들은 후 리처드 아이젠스타트 판사는 학생처장에게 전화를 걸었다. 판사가 전화를 하자 새 1인실 방이 뚝딱 나타났다. 상황은 회피할 수 있다. 많은 상황, 대부분의 상황을 말이다. 하지만 그녀는 이 상황에서 도망치고 싶지 않았다. 그녀는 이 학생들에게 자신이 필요하다고 결론 내렸다. 아이들의 알 수 없는 얼굴을 둘러보고서 그날 준비한 제2차 세계대전에 대한 수업을 시작했다. 거의 즉시 교실은 무관심의 도가니가 되었고 종종 반란의 불길이 솟구쳤다. 어떤 날에는 아무도 수업을 듣지 않았다. 그녀는 아이들에게 들어달라고 애원을 하고, 매수

여성의 설득

를 하려고도 해보았다. 학생 두어 명은 노골적으로 위협하기도 했고, 그중 덩치 큰 여자아이는 시험이 끝나고 연필을 내려놓으라는 말에 대한 대답으로 어울리지 않게 아기 같은 목소리로 이렇게 말했다.

"당신 조져놓을 줄 알아."

하지만 그러고는 즉시 울면서 사과를 했다. 언제나 교장실로 가는 일이 생겼고 가끔은 경비원인 빅 데이브가 오기도 했다. 그러면 상황은 더욱 악화되고 어떤 난동이든 더 과격해졌다.

그리어가 전화해서 말했다.

"그만둬! 그만둬!"

하지만 지는 거의 울기 직전의 상태로 말했다.

"이 애들한테 그럴 수는 없어. 그러지 않을 거야."

대부분의 날은 두려움이 아니라 믿을 수 없을 정도의 좌절감, 심지어는 분노로 점철되었다. 자신에 대한 분노였다. 하지만 한편으로는 학생들이 갖지 못한 것, 알지 못하는 것, 할 수 없는 것에 대한 동정심으로 속이 울렁거릴 지경이었다. 끔찍한 입냄새가 나던 한 남자아이는 결국 선생에게 칫솔이나 치약이 없고 그걸 살 돈도 없다는 사실을 수줍게 고백했다. 그래서 지가 그 아이한테 사주었다. 지의 부탁으로 그리어는 부모님의 단백질 바를 여러 상자 보내주었고, 지는 나가서 두꺼운 양말과 장갑을 뭉치로 샀다. 언제나 장갑이 필요했다. 그러나 지가 무엇을 해도 아무 소용이 없었다. 자신이 물건으로 무장하고 아이들을 화산에 집어던지는 또 다른 멋모르는 사람이 된 것 같다는 기분이 들곤 했다.

그러다가 그해 봄 어느 날 아침에, 지가 열차를 기다리고 있는데 그리어에게 문자가 왔다.

"잠깐 얘기 좀 할 수 있어? 긴급 상황이야."

곧 그들은 전화통화를 했고, 그리어는 쉰 목소리로 아주 끔찍한 소식을 전했다. 코리의 동생이 그의 어머니가 운전하던 차에 치어 죽었다는 거였다. 그 아이를 만나보지 않았어도 그 아이의 죽음이 들어본 중 최악의 일이라는 건 쉽게 알 수 있었다. 스물두 살에 지는 아이와 부모, 형제 모두의 관점에서 죽음을 상상할 수 있었다. 그리어가 흐느꼈고 지는 친구에게 해줄 말이, 친구를 달래줄 만한 방법이 있으면 좋겠다고 생각했다. 하지만 그들은 다른 도시에서 이제 서로 다른 삶을 살고 있었기에 지가 이후 몇 주 동안 해줄 수 있는 최선의 일이라고는 자주 문자를 보내서 "어떻게 지내고 있어?"라고 묻는 것뿐이었다. 답은 이미 알고 있었지만.

매일 점심 때, 힘들거나 미칠 것 같은 아침 시간이 지나고서, 지는 교사 휴게실에 혼자 앉아서 대체로 다른 교실 경험담을 들었다. 사소한 비극이나 긴장된 위기 상황, 또는 관료적 행정에 관한 일화, 온라인 데이트나 볼링 같은 관련 없는 주말 활동 이야기 등이었다.

그녀는 가끔 상담교사 노엘 윌리엄스를 특별히 눈여겨보곤 했다. 윌리엄스는 첫날부터 특히 쌀쌀맞았기 때문이었다. 그녀는 점심 때 지에게 한 번도 말을 붙이지 않고 행정담당자들과 함께 앉아 요거트를 우아하게 먹곤 했다. 요거트를 뜨는 숟가락이 달칵달칵 소리를 냈다. 그녀의 자세는 놀라울 정도로 꼿꼿했다. 다 먹고 나면 그녀는 쓰레기를 깔끔하게 작게 뭉쳐서 손 안에 들어갈 정도로 만들었다. 절대로 흔적을 남겨놓고 가지 않았다. 노엘 윌리엄스는 스물아홉 살이었고, 머리는 두피에 닿을 정도로 바싹 깎아서 완벽하고 근사한 모양의 두개골이 드러났다. 그녀의 섬세한 귀에는 조그만 귀고리가 가득했고 옷은 깔끔하고 주름 하나 없었다. 지는 언제나 자신의 스타일에 자부심이 있었음에도 불구하고, 노엘의 완벽함을 자신을 향한 비난으로 느꼈다.

어느 날 정오에 지는 푹 꺼진 소파에 앉은 상담교사 옆에 대담하게 자리를 잡았다. 지를 알고 싶은 마음이 전혀 없는 게 분명했지만 그 사실이 더더욱 그녀의 마음을 얻고 싶게 만들었다. 자신이 어쨌길래 노엘 윌리엄스가 그렇게 불쾌해하는 걸까? 지는 그녀에게 물었다.

"시카고에서 얼마 동안 일하셨어요?"

여자가 지를 똑바로, 평가하듯이 쳐다보았다.

"3년요. 이 학교가 시작할 때부터 있었어요."

"아, 멋지네요."

"그리고 그 전에는 석사 학위를 땄죠. 그런 다음에 교외에 있는 학교에서 일을 했고요."

"거기는 여기하고는 굉장히 달랐겠네요."

"맞아요."

노엘이 대답했다. 그녀는 얄궂은 미소를 짓지도 않았고, 여기서 일하는 것이 굉장히 힘들긴 하지만 두 사람 다 똑같은 상황에 있고 이걸 감당하는 유일한 방법은 비꼬는 것뿐이라는 걸 드러내는 농담을 덧붙이지도 않았다. 그녀는 비꼬는 것도 아니었고 딱히 환영하는 것도 아니었다.

"전 이제 막 시작한 참이에요. 가르치는 것에 대해서 뭔가 조언해 줄 만한 게 있나요? 교실에서는 뭔가를 지속하기가 꽤 어렵거든요."

지가 말했다.

"당신이 당신 학급을 어떻게 가르쳐야 하는지 나한테 조언을 해달라고요?"

노엘이 물었다.

"첫째로 난 선생이 아니에요. 그리고 당신은 필요한 모든 조언을 다 받았을 것 같은데요. 그렇지 않나요?"

그렇지 않나요? 지는 그녀의 말을 그대로 흉내 내서 대꾸할 뻔했다. 진짜 쌍년이네, 그녀는 생각했다.

"음, 전 교육에 관해 단기 특강을 듣긴 했어요. 하지만 진짜 고등학교 학생들을 가르치는 건 전혀 다른 일이라서요. 그리고 이 아이들을 가르치는 건 거의 뭐 하지도 못하고 있어요. 온갖 비명에 귓등으로도 안 듣는 애들까지. 굉장히 낙담한 상태예요."

"이해해요."

노엘은 그 이상 말을 하지 않았다.

지가 그날 아침 조그만 부엌에서 대충 만든 샌드위치를 먹는 동안 잠시 차가운 침묵이 흘렀다. 같이 넣어서는 안 되는 속재료들이 부드럽고 늘어진 빵에서 뚝뚝 떨어졌다. 저민 사과, 세상 밖으로 뛰쳐나오려고 하는 미니 당근 몇 개, 뻣뻣한 케일, 그 모든 것이 일본 된장과 그녀가 아는 사람 하나 없는 이 도시에 이사 온 외로운 첫날 밤 모퉁이의 식료품점에서 산 저지방 마요네즈로 대충 달라붙어 있었다.

노엘이 지의 무릎 위로 떨어진 채소들을 바라보았다. 저거 진짜로 웃는 건가? 아니면 약간 기분 나쁘게 웃는 건가? 지는 통에서 거친 갈색 종이타월을 뽑아 셔츠를 닦았고, 옷에는 기름얼룩이 길게 남았다. 노엘에게 뭔가 말을 하려고 고개를 들어보니 교직원 휴게실 문이 닫히고 있었다. 노엘은 이미 뭔가 새로운 문제를 해결하러 가버리고 없었다.

여성의 설득

상담선생은 무례하고 쌀쌀맞을 테고, 지는 계속해서 그녀의 마음을 얻으려 할 테고. 이런 식으로 한동안 계속되다가 어느 날 노엘은 이렇게 말하겠지.

"지, 도대체 뭘 하는 거죠? 그만 좀 하지 그래요? 내가 당신을 좋아하지 않는다는 거 모르겠어요?"

그 대신 다른 일이 벌어졌다. 일을 시작하고 한 달쯤 된 어느 날 오후에 지의 학생 샤라 픽이 말했다.

"아이젠스타트 선생님?"

지는 칠판에 1939년부터 1945년까지 이어지는 기다란 연표를 만드는 중이었다. 관심을 보이는 것 같은 아이들이 몇 명 있었다. 특히 그중 한 명인 데릭 존슨은 이미 전쟁에 관해 모든 것을 알고 있었고 논의에 열성적으로 참여했다.

"응?"

지가 대답했다.

"화장실 좀 가도 될까요?"

샤라는 자리에서 일어나자마자 휘청거렸다. 화장실이 몹시 급해 보였다. 샤라는 호박벌 같은 몸매의 백인 여자아이였고 어디를 가든 혼란이 따라다녔다. 구겨진 종이들, 잉크가 새는 펜, 어디서 나왔는지 알 수 없는 조그만 플라스틱 소형비즈들. 그 애는 대체로 학급에서 무시당했고, 불쌍한 아이 취급을 당했으며 어디에도 어울리지 못하는 것 같았다. 점심시간이면 혼자 앉아 밥으로 도리토스를 먹으며 허공을 바라보았다. 지는 교감에게서 샤라가 '위험군'으로 여겨진다는 이야기를 들었다. 부모는 회복했다 나빠졌다 하는 마약 중독자들이고, 그 애와 여동생들은 최근부터 자상하지만 반쯤 눈이 먼 할머니와 함께 살게 되었다고 했다.

작년에 부모 둘 다 완전히 약에 취한 채로 공개수업에 나타났다.

"엉망진창이었죠."

지는 그런 이야기를 듣고서 어릴 때 부모님이 듣던 폴 사이먼 음반 커버를 연상시키는 에스키모 후드 같은 코트를 항상 입고 있는 샤라를 눈여겨보게 되었다. 이 취약한 상황의 여자아이가 마약을 한다는 징조를 계속해서 찾아보는 지로서는 걱정스럽게도 샤라는 종종 졸았다. 하지만 수업 중에 논술을 쓸 때면 샤라는 늘 혀를 내밀고는 몸을 구부려 팔꿈치를 책상에 대고 집중했다. 그러고는 놀랍도록 감동적인 글을 써내곤 했다. 어쩌면 거기에는 숨겨진 관심사가, 숨겨진 가능성이 있을지도 모른다.

"그래, 갔다 와."

지는 샤라에게 그렇게 말하고 칠판에 전쟁을 일으킨 요인을 계속해서 썼다. 조그만 글씨로 하도 많은 것을 써서 칠판이 철망으로 뒤덮인 것처럼 보일 정도였으나 몇몇 학생들만 따라 적을 뿐이었다. 나머지는 이해하는 표정이나 전혀 이해하지 못하는 표정, 멍한 표정으로 그녀를 쳐다보았고 앞쪽에 있는 앤서니라는 남자아이는 공책에 화려하게 낙서를 하고 있었다. 해골과 악마의 세밀한 그림이 제법 인상적이어서 악마 숭배에 관한 강렬한 관심의 증거로 학교에 알려야 할지도 모른다는 생각이 들 정도였다.

마지막 줄의 여자아이는 공책을 깔고 아크릴 손톱을 붙였다. 교실 앞쪽까지 독한 냄새가 퍼졌고, 지가 쓰고 있는 펠트펜이 끽끽 소리를 냈다. 교실의 십대들은 자세를 바꿔서 앉았다가 다시 자세를 바꿨다. 누군가가 친구들을 웃기려고 길게 늑대처럼 울부짖었다. 저혈당을 일

여성의 설득

으킬 것 같은 수업이 끝나기까지 13분밖에 안 남았다. 지는 아이들에게 몇 분간 일지를 쓰라고 하고, 한 명에게 핸드폰으로 노래를 틀게 했다. 이것은 교실 전체를 집중시키는 효과가 있곤 했다. 하지만 그때 그녀는 냄새처럼 강렬하게 샤라가 아직 화장실에서 돌아오지 않았다는 사실을 알아차렸다. 지는 테일러 클레이튼에게 확인해보라고 시켰고, 테일러는 평소 소심한 여자아이였지만 겨우 몇 분 만에 교실로 뛰어 들어오다가 문틀에 몸을 부딪치면서 말했다.

"샤라가 아픈 것 같아요!"

샤라는 화장실 칸막이 안 바닥에 웅크리고 있었고, 지와 마지못해 따라온 앤서니는 샤라를 양호실로 데려갔다.

"너무 아파요."

샤라가 울면서 배를 잡고 몸을 앞뒤로 흔들었다.

양호선생은 하필 다른 학급에 마약 관련 영화를 보여주고 있었고 보조선생만 작은 초록색 책상 앞에 앉아서 병에 혀 누르개를 하나씩 탁 탁 탁 넣고 있다가 두 사람이 샤라를 거의 질질 끌고 들어와서 침대에 눕히자 사색이 되었다.

"진을 데려올게요."

보조가 그렇게 말하고 혀 누르개를 쏟아놓고 양호실에서 달려 나갔다.

"쟤도 나가라고 하세요."

샤라가 앤서니 쪽을 가리키면서 말했다.

남자아이는 안도해서 달려 나갔고 지는 샤라 옆에 앉아서 그 애의 팔을 문지르며 생각나는 아무 말이나 했다.

"아마도 맹장염일 거야"

그녀는 빠르게, 멍하니 말했다.

"우리 오빠도 맹장염을 일으킨 적이 있어. 밤새도록 비명을 질렀지. 하지만 그걸 절제하고 나니까 괜찮아졌고, 너도 그럴 거야. 맹장이 아무런 기능도 하지 않는다는 거 아니?"

그녀가 덧붙였다. 왜냐하면 달리 할 말이 전혀 생각나지 않았고 샤라가 고통에서 정신을 돌릴 수 있게 해주고 싶었기 때문이다.

"아뇨."

아이가 울면서 말했다.

"음, 그렇단다."

그때 누군가가 서성거리는 게 느껴졌고, 그들의 위쪽으로 노엘 윌리엄스의 모습이 나타났다.

"무슨 일이니, 샤라?"

상담선생이 차분한 목소리로 물었다.

"저 아파요."

"맹장염인 것 같아요."

지가 덧붙였다.

"그걸 어떻게 알죠? 하버드 의대에서 교육받은 덕택인가요?"

노엘이 물었다.

"음……"

"아니면 티치 앤 리치의 부서에서 배워서?"

지는 화가 났지만 아무 말도 하지 않았다. 아이가 아픈 상황에서는 적절하지 않았으니까. 노엘은 무릎을 구부리고 샤라의 코트를 열어주었다. 지가 미처 생각지 못했던 거였다. 상담선생은 부드럽게 지퍼를 내리고 옷을 양옆으로 벌려 샤라 픽의 복부를 드러냈다. 배는 스웨터 아래로 놀랄 만큼 둥글었다. 코트를 젖히자 안 볼 수가 없었다.

"스웨터 좀 올려도 되겠니?"

노엘이 물었고 샤라는 고개를 끄덕였다. 복부의 피부는 팽팽하고 반짝였고, 배꼽은 연필 지우개처럼 튀어나왔고 그 아래로 임신선이라고 하는 짙은 줄이 피부를 양분하고 있었다. 지는 나중에 컴퓨터 앞에 앉아서 그리어가 여기에 있었다면 했을 것처럼 열심히 모든 사실, 모든 순간을 하나하나 찾아보고서 그 단어를 알게 되었다.

하지만 지금, 양호실에서는 아무 지식도 없이 오로지 본능만으로 무장한 채 지와 상담선생은 바짝 긴장해서 서로를 쳐다보았다. 그리고 노엘이 샤라에게 부드러운 목소리로 말했다.

"꼬마 아가씨, 너 아기를 낳을 거라는 거 알고 있니?"

"그런 것 같아요. 네, 아마도요."

"음, 맞아. 아이젠하워 선생님이랑 내가 널 도와줄 거야."

지는 그녀의 말을 정정하지 않았다. 그 순간부터 모든 일이 너무나 빠르게 진행되었다. 응급구조대에 전화를 하고, 샤라는 목 안쪽으로 낮은 소리를 내며 다리에 힘을 주고 등을 휘었다.

"뭘 해야 하는지 좀 찾아볼게요."

노엘이 말했다. 지는 샤라에게 힘을 주지 말고 다리를 꼭 붙이고 기다리라고 조언했다. 노엘은 양호선생의 책상 앞에 앉았다. 양호선생인 진은 도대체 왜 아직 안 오는 거지? 오래된 껌 색깔 델 데스크톱 컴퓨터에 노엘이 비밀번호를 넣었고, 성공했다. 그녀는 생각할 수 있는 가장 명확하고 경제적인 단어들을 구글에 넣고 검색했다. 그녀는 알고 보니 검색에 아주 출중했다.

노엘은 긴급 상황에서 훈련도 받지 않고 장비도 없이 아이를 받는 방법에 대한 온라인 영상 가이드를 아주 빠르게 찾아냈다.

"좋아요, 여기 설명이 있어요."

그녀가 말했다. 그러고는 조용하고 통제된 목소리로 읽었다.

"산통 중인 사람을 어떻게 도와야 하는가?"

간신히 샤라는 훈련받지 않은 손에 아기를 내놓지 않아도 되었다. 마침내 진이 돌아왔고 그 즉시 구급팀이 따라 들어왔다. 젊고 유능한 남자 한 명과 여자 한 명이 재빨리 와서 임무를 떠맡았다.

"힘줘요, 샤라."

상황을 파악한 다음 그들이 그녀에게 말했다.

그리고 곧 머리가 보이더니 얼굴이 살짝 보였다. 그 분명한 인간으로서의 모습이 드러나자 다른 모든 것이 멈춘 것만 같았다. 얼굴이 나타나자마자 모두가 감탄했다. 죽음과 마찬가지였다. 모두가 죽음이 존재한다는 걸 안다고 지는 생각했다. 대부분의 사람이 어릴 때부터 그걸 안다. 신문에는 광고비를 내야 하는 부고 기사와 진짜 사망 기사들이 조그만 글씨로 가득하다. 가끔 지의 부모님 중 한 명이 법원으로 가기 전에 스무디를 마시면서 신문에서 눈을 떼고 다른 한 명에게 가볍게 말하기도 했다.

"아 참, 칼 세이건이 사망했다는 소식 봤어?"

지는 코리 핀토의 남동생이 죽었다는 사실을 떠올렸다. 아는 모든 사람의 얼굴을 떠올리고는 그들의 일시적 존재성에 몸을 떨었다. 우리 모두 얼굴에 압도되어 있어, 지는 그렇게 생각했다. 떠난 사람들의 얼굴과 올 사람들의 얼굴. 그리고 그녀는 지금 이 얼굴에 압도되었다.

갑자기 지는 아기의 목에 뭔가 두꺼운 것이 감겨 있다는 걸 깨달았다. 그것은 라일랜드 캠퍼스 전체를 누비고 다녔던 지의 슈윈 자전

여성의 설득

거를 묶어놨던 자전거 케이블처럼 생긴 탯줄이었다. 그녀는 구급대원들이 신중하게 그것을 자르는 것을 보았다. 마치 빗속에서 미끌미끌한 자전거 체인을 잘라내는 것처럼 보였다. 바큇살 사이에서 뭔가 복잡한 것을 암시하는 것을 빼내는 것 같았다. 머리가 다 빠져 나왔다.

"잘 하고 있어요, 샤라."

남자 구급대원이 상냥하게 말했다.

"한 번만 더, 샤라."

양호선생 진이 말했다.

"넌 할 수 있어."

지가 말했다. 그러고 나서 노엘이 말했다.

"정말 잘하고 있어!"

샤라는 용맹하게 힘을 주었고, 마침내 부츠로 진흙을 밟는 것 같은 소리가 나면서 아기의 어깨가 중요한 약속에 늦은 것처럼 튀어나왔다. 그리고 인간의 얼굴이 연결되어 있는 인간의 몸이 나타났고, 부풀어 오른 성기가 성별을 선언했다. 여자아이였다.

서로를 좋아하지 않음에도 불구하고 노엘 윌리엄스와 지 아이젠스타트는 둘 다 긴장을 풀어야 한다는 다급하고 떨리는 욕구에 휩싸여 있었다. 샤라의 할머니가 도착하고 최소한 의학적으로는 모든 것이 안정되었다는 사실이 밝혀지며 급작스럽게 하루 일이 끝나자 둘은 근처 레스토랑에서 아주 이른 저녁식사를 먹기 위해 함께 자리에 앉았다. 지는 겁에 질린 학생과 함께 병원으로 가려고 했지만 양호선생이 대신 가겠다고 말했다. 그들이 할 수 있는 일은 더 이상 없었다.

노엘은 나무 패널로 꾸며져 있고 스모키 로빈슨 앤 더 미라클스의 근사한 음악이 흘러나오는 미스 마리스라는 남부 흑인 음식 전문 레스토랑을 골랐다. 탁자에는 초록색 토마토 피클이 담긴 그릇이 있었고, 지는 껍질이 밀려나는 것을 느끼며 하나를 힘주어 잘랐다. 칼이 무디다 해도 이 정도는 자를 수 있을 것이다. 그녀는 오늘 거의 아이를 받을 뻔했단 말이다. 아이가 낳은 아이.

불쌍한 샤라 픽. 불쌍한 어린 아기 픽. 그녀가 학생들에게 해줄 수 있는 건 칫솔과 양말을 사주고 아기 낳는 걸 도와주는 정도밖에는 없었고, 계속해서 슬픔, 또는 분노나 두려움이 느껴졌다.

"이제 어떻게 되는 거죠? 그 애 가족은 완전 엉망이잖아요."

그녀가 물었다.

"아, 나도 알아요. 정말 슬픈 일이죠. 그 애 부모님이 한 번 학교에 온 적이 있는데 제대로 서 있지도 못했어요. 지금은 어떤지 모르겠네요. 사회복지사가 오늘 밤에 병원으로 갈 거예요. 우린 내일 알게 되겠지만, 상당히 절망적이에요."

노엘이 대답했다.

"그 애가 학교로 돌아올 수 있을까요?"

"그럼요. 여러 가지 선택지가 있어요. 하지만 그 애가 어떻게 할지는 나도 모르겠군요. 우리한테는 애 엄마들을 위한 프로그램이 있지만, 솔직히 마음이 너무 아파요. 왜 아무도 그 아이가 임신했다는 걸 몰랐던 거죠? 아, 이건 수사학적인 질문이에요. 다음번에 모든 교직원을 만나서 물어봐야 할 질문이죠. 긴급 회의를 열자고 하려고요. 우리 중 누구도 눈치채지 못했으니까요. 실제로 배가 별로 안 나오긴 했지만, 그렇다고 그냥 "아기가 너무 작았어요."라고 넘어갈 순 없잖아요. 그 아기는 손가락에 끼우는 인형 같았어요. 그래도 구급대원 말이 애

여성의 설득

는 괜찮다고 하더군요. 작지만 괜찮다고요. 울음소리로 봐서 폐도 괜찮은 것 같았고요."

"그걸 알아채지 못해서 나도 기분이 정말 끔찍해요. 정말 아무것도 볼 수가 없었어요. 샤라는 학교에 매일 파카를 입고 왔거든요."

지가 말했다.

"그거 자체가 경고 신호죠."

"난 몰랐어요."

"물론 몰랐겠죠."

그쯤 되자 지는 상담선생에게 자신이 얼마나 더 쓰레기 취급을 받아야 하나 의문이 들었다. 왜 노엘은 이렇게까지 열심히 자신을 싫어하는 걸까? 오늘 이 모든 일을, 생생한 드라마를 함께 겪었는데도.

"내가 당신한테 도대체 뭘 했어요, 노엘?"

그녀가 물었다.

그때 웨이트리스가 나타나서 대결은 미루어졌고, 그들은 메뉴를 주문했다. 노엘은 치킨, 지는 채소 믹스였다. 채식주의자에게 레스토랑 식사는 대체로 믹스인 법이다.

그 후에 노엘은 놀랄 만큼 전혀 적대감 없는 표정으로 지를 쳐다보았다.

"지, 당신 탓이 아니에요. 음, 당신 탓이긴 하군요. 남을 잘 믿는 당신의 성향 때문이에요. 당신의 이상주의하고."

"그게 나쁜 자질이라고는 생각하지 않는데요."

지는 맥주잔을 흔들며 갑자기 이 냉담한 여자 대신 그리어와 맥주를 마시고 싶다는 충동을 느꼈다. 모든 사람들이 시카고가 아주 멋진 도시라고 말했다.

예술학교, 밤 문화, 음악 그리고 호수.

하지만 지는 본 것도 없고 한 것도 없었다. 도시에서 완전히 혼자일 때면 그 도시를 사랑하는 게 어려운 법이니까. 최소한 지에게는 어려웠다. 어쩌면 그리어에게 어느 주말에 놀러오라고 해야 할지도 모르겠다. 둘이 함께 반짝이는 호숫가를 걷고 돌을 던지고 그들의 삶에서 고통스러운 것, 희망적인 것에 대해 이야기할 수 있을 것이다. 그러나 여기 있는 쌀쌀맞은 여자가 지를 꼼짝 못하게 만들었다. 그럴 만한 이유가 없었지만 그랬다. 노엘의 섹시한 목이 눈에 들어왔다.

"외부적 요인이 없을 때는 그게 나쁜 자질은 아니죠."

노엘이 인정하고서는 덧붙였다.

"하지만 내 아이들이 관련될 때면 난 그 자질이 별 도움이 안 된다고 생각해요."

"당신 아이들이요? 그 애들이 지금 내 아이들이 아니라는 건가요?"

지가 말했다.

"당신도 당신 학생들을 당신 아이들이라고 생각해요?"

"안 그럴 이유가 있어요? 있잖아요, 나한테 좀 관대해지세요. 난 새로 왔고, 혼란스러운 상태이고, 오늘 그런 일까지 겪었어요. 난 좋은 일을 하고 싶어서 티치 앤 리치에 들어갔어요. 정말로요. 좋은 일을 할 수 없다면 내가 달리 뭘 해야 할까요? 하지만 내가 이 학교에 온 이래로 당신은 계속 나를 싫어했죠."

"이게 당신에 관한 거라고 생각해요? 당신은 티치 앤 리치라는 바퀴에서 톱니 하나일 뿐이에요. 그러니까 당신 위치를 너무 부풀려 생각하지 말아요. 우리가 함께 힘든 하루를 보냈지만, 내가 당신을 정말로 싫어했다면 지금 여기 앉아 있지 않았을 거예요. 당신에게서 아주 멀리 떨어져 있었겠죠."

노엘이 말했다.

"아, 그러니까 나를 좋아한다고 하는 건가요? 그거 참 헷갈리네요. 좋아한다는 느낌은 전혀 들지 않던데요."

"내가 당신을 좋아하길 바란다면 더 열심히 노력해야 할 거예요. 하지만 그게 당신의 다른 목표보다는 더 가능성이 있을 것 같군요. 러닝 옥타곤 네트워크에 있는 학생들을 구제하겠다는 거 말이에요."

노엘이 말했다.

"그 애들은 받을 수 있는 모든 도움을 받아야 해요."

"당신에게서는 아니에요, 꼬마 아가씨."

그 말은 거의 혼잣말에 가까웠고, 노엘이 출산할 때 샤라에게 썼던 것과 똑같은 애칭이었다. 그때는 상냥하게 던졌지만 지금은 날카롭게, 애정이라고는 없이 쓰고 있었다.

"그럼 누구한테서요? 겨우 학교 7개로 이루어졌고 모두가 가진 거 없이 시작하는 옥타곤을 누가 도울 수 있을까요? 나도 내 특권을 잘 알아요. 난 뉴욕의 스카스데일에서 자랐어요. 하지만 내 계급적 환경이 왜 내 자격을 박탈하는 건데요? 내 경험이 꼭 학생들의 것과 똑같아야 하나요?"

"우리 엄마는 여기 시카고에서 견고한 중산층이고, 알레르기 전문 의사의 사무 매니저로 일하세요. 엄마는 혼자 힘으로 나와 동생을 키우셨어요. 아빠는 내가 다섯 살 때 심장마비로 돌아가셨죠. 하지만 당신처럼 우리도 필요한 모든 걸 다 가졌어요. 음악 교습, 치아교정, 책장의 수많은 책, 일관성 있는 삶. 그건 우리 엄마의 장기였죠. 난 누군가의 경험이 학생들과 꼭 똑같아야 한다고 말하는 게 아니에요."

노엘이 말했다.

"그럼 무슨 말을 하려는 건데요?"

노엘이 탁자 앞쪽으로 몸을 기울였다. 갑자기 거리가 가까워지자 지는 새로운 관점을 가질 수 있었다. 그녀는 노엘에게 위협을 느끼거나 육체적으로 감탄하지 않아도 괜찮았다. 이건 과거에 그녀를 충격적으로 배신했던 린다 마리아니와 마조리 알브레히트 의사선생의 경우나 배신하지는 않았지만 지의 진심 어린 편지에도 불구하고 그녀를 고용할 마음이 전혀 없었던 페이스 프랭크의 경우와는 아무 관계도 없었다. 노엘 윌리엄스는 그녀에게 어떠한 기대감도 주지 않았다. 지는 그녀에게 상처를 입을 이유가 없었다. 원한다면 노엘에게 맞설 수 있었다.

"우리는 헌신적인 교사들이 헌신의 횃불을 들고 뛰어 들어와서 우리 학교를 구해줄 거라는 이야기를 들었어요. 하지만 실제로는 에어컨 수리기사가 되기 위해 받는 것보다도 짧은 특강 말고는 사실상 아무 교육도 받지 않은, 전혀 준비가 되지 않은 대학 졸업생들이 우리 학교로 부임했죠. 그리고 우리는 고마워해야 한다는 소릴 들었어요. 이걸로도 충분하다고, 당신 같은 사람들이 가치 있는 일을 하기 위해서 기꺼이 저임금 일자리를 받아들였다는 사실에 존경심을 가져야 한다고 하더군요. 실제로는, 최소한 나한테는 그걸로 전혀 충분하지 않은데 말이죠. 내 동료들 몇 명은 나와 전혀 다르게 느껴요. 그 사람들은 티치 앤 리치를 인정하고, 지지를 해줄 가치가 있는 존경스러운 조직이라고 생각하죠. 하지만 티치 앤 리치가 온 이래로도 상황이 전혀 달라지지 않았다는 점을 지적하고 싶군요.

자, 난 우리 대통령에게 위안을 받아요. 흑인이고, 영리하고 상냥

여성의 설득

하죠. 난 온 마음을 다해 대통령을 사랑해요. 하지만 고질적으로 안 좋은 것들이 그렇게 빠르게 바뀌지는 않을 거예요. 그리고 여러 가지 면에서 티치 앤 리치는 모든 걸 더 악화시키고 있어요. 거기는 어떤 비판도 받아들이지 못하고, 그러니까 전혀 바뀌지 않을 테죠. 그리고 거기서 계속하는 일이라고는 우리 학교들을 쥐어짜서 기업체적 형태로 바꾸려고 하는 것뿐이에요. 베테랑 선생들이 그만두는데도 티치 앤 리치는 똑같은 짓을 반복하고 있어요. 교사라는 직업을 깎아내리고 있어요. 그리고 물론 이 프로그램은 흑인과 남미계 사회를 목표로 하고 있죠. 절대로 백인 학교에는 적용되지 않을 거예요. 그러면 어떤 일이 벌어질지 알아요? 세상에는 언젠가 때가 올 거라는 사실을 알고서 서두르지 않고 가만히 기다리고 있는 세력이 있어요. 당신과 다른 몇몇 사람들은 나쁘지 않아요. 나도 알아요. 하지만 당신들은 기술도 없고, 준비도 되지 않았으니 여기에 잠깐 동안 머무르겠죠. 여기에 오래 있지 않아요. 아무도 당신들이 오래 있을 거라고 생각도 안 하고요. 당신들은 대학을 졸업한 다음 뭔가 좋은 일을 해보겠다고 여기 있는 거고, 그 경험을 얻고 나면 돌아서서 다른 일을 하러 갈 거예요. 좀 덜 좋은 일이지만 돈을 더 많이 주는 그런 일일 테죠. 당신들을 비난하지 않아요, 지. 내가 당신들이라도 똑같이 했을 거예요. 하지만 우리한테는 여기에 오래 있을 사람들이 필요해요. 상황이 훨씬 더 나빠질 테니까요. 그러면 어떤 일이 벌어질까요?"

"그러니까 나더러 지금 관두라는 건가요?"

노엘이 그녀를 차분하게 쳐다보았다.

"정말로 그렇게 생각해요? 아니, 물론 그렇게 말하는 건 아니에요. 이 아이들에게, 학기 중간에 그래서는 안 되죠. 어떤 사람들처럼 말이에요. 애들한테는 안정이 절실해요. 여기 남아서 학기를 끝내고, 최선을 다하고, 그다음에 결정해요. 저기, 당신은 분명 괜찮은 사람일 거고 당신이 굉장히…… 당신은 '관여하는' 걸 뭐라고 하는지 모르겠는데 그런 사람일 거라고 생각해요. 나도 그 느낌 알아요. 나도 그랬으니까요. 하지만 가끔 관여한다는 건 그냥 당신의 모든 가치를 온전하게 가진 채 당신 자신으로, 당신의 삶을 사는 거예요. 그리고 당신 자신으로 있다 보면 그렇게 될 거예요. 대단하게는 아니겠지만, 어쨌든 그렇게 되는 법이죠."

"난 다르게 생각했어요."

지가 조용히 말했다. 노엘은 고개를 끄덕였다.

"어쨌든 간에 굉장히 빠르게 일어난 일이었어요. 난 부모님 집에 살면서 법무보조로 일했죠. 그게 정말 싫었어요. 내 가장 친한 친구는 페이스 프랭크 밑에서 일해요. 페이스 프랭크는 여성 재단을 갖고 있고, 나도 거기서 일할 수 있을지도 모른다고 생각했죠. 하지만 그런 일은 생기지 않았어요. 난 부모님 집은 말할 것도 없고 법률회사에서도 나와야만 했어요. 하지만 웬디 아이젠스타트 판사님께선 내가 뭘 하든 먹고살 만한 돈을 벌어야 한다고 분명하게 말씀하셨죠."

"누구요?"

"우리 엄마요."

"어머니를 웬디 아이젠스타트 판사님이라고 불러요?"

"네. 아니면 웬디 판사님이나요. 그건 엄마를 미치게 만들죠. 엄마는 엄마라는 말을 더 좋아하거든요. 하지만 솔직히 엄마는 내 평생 그야말로 재판관처럼 행동하셨어요. 꿈에 엄마가 나오면 가끔은 판사복을 입고 있어요. 아빠도 그렇고요. 아빠는 또 다른 아이젠스타트 판사님이신데, 그래도 좀 절제하는 편이세요."

노엘이 미소를 지었다. 저게 첫 번째 미소인가? 최소한 분명한 미소로는 처음이었다.

"그러니까 당신 이름이 아이젠하워가 아니었군요."

그녀가 말했다.

"네."

"그런데도 내 말을 정정하지 않았네요."

"굳이 뭐 하러 그래요. 당신이 창피할 수도 있잖아요."

"당신 학생들이 뭔가 틀린 얘기를 하면 고쳐주나요?"

노엘이 물었다.

"네. 티치 앤 리치에서 그렇게 해야 한다고 했거든요."

"늘 모든 사람들이 당신한테 말하는 대로 따라요?"

"그 사람들이 상냥하게 부탁하면요."

"음, 그럼 당신에게 상냥하게 부탁하는 법을 익혀야겠군요. 잘 기억해둬야지."

노엘이 말했다.

지는 이 상황을 이해하려고 잠깐 침묵을 지키다가 마침내 말했다.

"좋은 생각이에요. 심지어는 진짜 내가 그렇게 하는 모습을 보게 될 수도 있어요. 이 말 알죠? '어떤 여자도 남겨두고 가지 마라.'"

이제 그들 사이에 솔직하게 쾌활한 분위기가 흘렀다. 그들은 서로 부딪치는 사이에서 출산으로, 성난 독백으로, 그리고 이 새롭고 불확실한 단계로 넘어왔다. 진짜 헷갈리네! 지는 노엘의 작고 장식이 가득한 귀를 쳐다보며 생각했다.

"당신 어머니는 모성애가 넘치셨나요?"

지는 갑자기 알고 싶었다.

"적당히요. 엄마는 유람선의 승무원에 더 가까우셨죠. 아주 고급 크루즈이긴 했지만요. 당신 어머니는요?"

"우리 엄마는 자기 일에 뛰어나셨죠. 불평할 수는 없죠. 오늘 샤라를 보고 나니까 그 애가 막 그 거대한 행렬에 들어섰다는 생각이 들더군요. 안 그래요?"

"무슨 행렬이요?"

"아, 조그만 미래의 애 엄마를 낳은 애 엄마의 행렬이요. 그 애는 심지어 자기가 아이를 낳을 거라는 사실조차 잘 몰랐잖아요."

지가 그렇게 말하며 접시 위의 음식들을 쿡쿡 찔렀다.

"난 상상도 가지 않아요."

지가 덧붙였다.

"뭐가요? 아이를 낳는 거요?"

"맞아요, 그거요. 내 몸, 내가 갖고 있는 이 모든 장비들 중에서 생식에 관한 건 별로 생각해본 적이 없거든요. 십대 시절에 내가 내 여성성을 부인하고 있다고 생각하는 치료사가 있었어요. 하지만 난 그런 게 아니었어요! 그랬던 적도 없고요. 난 여자라는 사실이 좋아요. 그저 그게 어떤 의미인지 내가 직접 결정하고 싶을 뿐이에요. 내가 생각하는 지옥은 갑자기 무슨 일이 벌어지고 있는지 모른 채 아이를 낳는 게 됐어요."

"누구든 지옥이라고 생각할 만한 일이죠."

갑자기, 다급하게, 지가 물었다.

"우리가 샤라와 그 애의 아기가 어떻게 될지 알 수 있을까요? 우리가 가서 그 애를 봐도 되나요? 그 애가 학교로 돌아오지 않는다면 그

여성의 설득

게 우리가 듣는 마지막 소식이 될까요?"

"어떻게 되어가는지 내가 알아볼 거예요. 그리고 가능하다면 그 애를 도울 방법을 찾아보고요. 그 애가 시스템의 틈새로 빠지지 않도록 노력할 거예요."

"샤라는 엉망이지만, 역사를 좋아해요. 연도도 잘 외우고요."

지가 말했다. 이건 좀 과장일 수 있지만, 그래도 말을 하고 싶었다. 누군가가 샤라 픽을 대변해주고, 그 애가 조만간 다른 사람의 품에 넘길 아기를 품었던 바구니 이상이고, 통제 불가능한 부분들의 집합체 이상으로 가치가 있다고 주장해주어야 했다.

"그 애는 정말로 두려웠을 거예요."

지가 말했다. 몸은 항상 자신이 요구하는 대로 움직이지는 않는다. 그 나름의 생각과 그 나름의 방향성을 갖고 있다. 지금도 그녀는 자신의 몸이 노엘이라는 특정한 파장에 반응하는 소리굽쇠가 된 느낌이었다.

"당신이야말로 두려운 얼굴인데요."

지가 시선을 들었다.

"정말 두려운 일이었어요. 너무 충격적이었고요."

"그 말이 아니에요. 지금 말이에요."

노엘이 긴장되고 거의 정중한 말투로 덧붙였다.

"나 때문에요."

"아. 당신이 약간 무시무시하긴 하죠."

지가 인정했다.

"내가 당신에게는 오로지 그런 존재인가요? 무서운 사람?"

지는 지금 무슨 일이 벌어지는 건지 이해하려고, 노엘이 쓰는 새로운 말투와 그 의미를 알아내려고 잠시 뜸을 들였다. 뭔가 낯익은 기분이 들었다. 노엘도 그것을 분명히 인지하고 있을 것이다. 생각해, 생각해, 지는 자신이 뭔가 잘못 해석하고 있나 고민했다. 하지만 달리 아무것도 떠오르지 않았다. 대체로 위기가 지나가면 차분해지는 법이지만 이번 위기는 또 다른 종류의 위기로 바뀌었다.

"아뇨, 그것만은 아니에요."

지가 대답했다.

"그럼 뭐죠?"

노골적인 도전 같은 말투였다. 지가 대답할 수 있는 말은 이것뿐이었다.

"이거 참 어색하네요."

"이게 마음에 안 들어요?"

"이게 뭔지도 모르겠어요."

"정말로 몰라요?"

"좋아요, 아마 아는 것 같아요."

지가 대답했다.

"그러면 괜찮은 건가요?"

노엘이 물었고 지는 고개를 끄덕였다.

두 사람 다 이제 무슨 말을 해야 할지 몰랐다. 그들은 다시 저녁을 먹기 시작했고 차가운 맥주를 마시고 디저트로 바나나 푸딩을 나눠 먹었다. 두 개의 숟가락이 똑같은 베이지색 덩어리를 뜨는 모습을 보며 지는 노엘이 교직원 휴게실에서 플라스틱 위에 말발굽이 부딪치는 것처럼 달각달각 소리를 내며 요거트를 먹던 모습을 떠올렸다. 그것은 자제력 강한 여자가 세계적으로 여성적인 음식의 상징인 요거트를 먹는 소리였다. 칼슘을 필요로 하는 여자들이 먹는 음식. 전 세계 수 많은 곳에서 요거트 먹는 여자들을 찾을 수 있다.

"계산할까요?"

노엘이 물었다. 그녀가 웨이트리스를 향해 한 팔을 흔들었다. 그녀 는 약간 취해 있었다. 지는 노엘이 단지 술에 약해서 자신에게 관심을 보이는 게 아닐까 하는 걱정이 들었다. 어쩌면 노엘이 오로지 맥주 때 문에 취해서 유혹을 하는 거고, 뒤늦게 자신의 행동에 경악할지도 모 른다. 어쨌든 그녀는 대안학교에 근무하고 그야말로 이성애자인 상담 선생이니까.

"취한 것 같아요. 그래서 이런 식으로 행동하는 건가요? 맥주 세 잔 때문에?"

지가 물었다.

"아뇨. 이런 식이 되기 시작했기 때문에 일부러 세 번째 맥주를 마 셨던 거예요."

"이런 식이요?"

"당신에게 끌리는 거요."

"아."

노엘이 맥주잔 옆쪽을 손가락 하나로 내리그어 잔에 서린 김을 반 으로 갈랐다. 왜 '당신에게 끌린다'는 말이 벼락 맞은 것처럼 느껴지는 걸까? 고압적인 상담선생이자 말도 안 되게 우아한 태도를 가진 연상 의 아프리카계 미국인 여성 노엘 윌리엄스가 자신에게 끌린다는 사실 이 지를 무너뜨렸다.

"그럼 됐어요."

지가 대답했고 두 사람 다 웃음을 터뜨렸다.

그 웃음이 그날 밤 이래로 그들이 한 수많은 일들을 대변한다는 사실은 참 묘했다. 그중 일부는 어쩔 수 없는 것을 마주했을 때 나오는 무력한 웃음이었지만. 학교에서는 또 다른 안 좋은 일들이 일어났다. 남자아이 하나가 집에 가다가 심하게 구타를 당해서 눈알이 하나 빠졌고, 또 다른 티치 앤 리치 선생이 일을 그만두었으며 보일러가 고장이 나서 이틀 동안 학교에 아무도 나올 수가 없었다.

하지만 샤라의 아기가 태어난 날 밤에 그들은 레스토랑에서 나가 갑자기 내리기 시작한 눈 속에서 조용한 길거리를 걸었다. 봄눈이었다. 어쨌든 여기는 시카고니까. 그리고 열차를 타고서 지의 아파트로 향했다. 40분은 족히 걸리는 노엘의 집보다 지의 집이 더 가까웠다. 40분이면 마법이 깨질 수도 있었다. 다행스럽게도 집이 깨끗하다고 지는 불을 켜면서 생각했다.

"학생스럽네요."

노엘이 선언했고 지는 노엘의 눈으로 방을 바라보았다. 평범한 인도풍 무늬의 천으로 덮여 있는 소파, 라일랜드에서의 페이스 프랭크 강연 전단지를 넣어둔 액자, 파란색 그릇에 담아놓은 귤. 지와 그녀의 친한 친구가 분명한 다른 여자가 졸업 가운을 입고 있는 사진. 지 아이젠스타트가 여기 시카고에서 이루려고 하는 새로운 삶.

"네, 나도 어쩔 수가 없어요. 너무 오랫동안 학생으로 있어서 이게 내가 아는 유일한 방식이거든요."

지가 말했다.

"나도 이랬던 걸 전부 기억해요."

노엘은 지의 어깨를 잡고 단호하게 끌어당겼다. 그것은 굉장히 안도감이 드는 동시에 짜릿했다. 그들은 한참 동안, 느긋하게 키스했다.

여기로 이사 온 다음 창고세일에 구입해서 집까지 일곱 블럭을 셰르파처럼 등에 짊어지고 가져온 좁은 매트리스에 눕자 지는 힘에 대해 약간 생각하지 않을 수 없었다. 지금 연상의 여자와 연하의 여자 중 누가 힘을 갖고 있는지. 힘이란 가끔 이해하기 어려운 것이었다. 그 양을 잴 수도 없고 측정할 수도 없다. 그것을 똑바로 바라보고 있어도 제대로 볼 수가 없다.

"그게 로사이의 첫 세미나에서 모두가 이야기했던 거야. 힘의 의미와 사용."

그리어는 최근 그 주제가 나왔을 때 전화로 그렇게 말했다.

"네가 코리의 동생 때문에 놓친 세미나 말이지."

"응. 하지만 거기 갔던 모두가, 우리 팀 나머지 사람들 전부가 그게 우리가 다시 해야 다뤄야 주제가 확실하다고 그러더라. 아무도 충분히 얘기를 못했거든. 그래서 다들 흥분했어. 힘! 그 단어까지도 힘 있게 느껴지잖아."

"맞아. 그 안에 펑pow이라는 단어가 들어가 있잖아. 만화책에서처럼."

지가 대꾸했다.

여성이 힘을 가진, 서로가 힘을 가진 세상에 산다는 건 지에게 가치 있는 꿈처럼 느껴졌다. 힘을 갖는다는 건 세상이 문이 활짝 열린 목초지 같아서 어떤 것에도 가로막히지 않고 마음껏 달릴 수 있다는 뜻이었다.

노엘은 옷을 입어도, 벗어도 대단하게 보였다. 물론 옷을 벗은 노엘 앞에서 더 약해지긴 했지만 말이다. 그들의 손이 서로를 더듬었다. 깔끔한 소년 같은 외모의 지와 신중하게 여성적으로 꾸몄지만 바싹 깎은 머리와 툭 튀어나온 골반뼈와 조심스러운 행동거지 때문에 예술가의 마네킹 같은 느낌이 들어 약간 그 인상이 누그러지는 노엘. 팔과 다리가 순차적으로 마음에 드는 방식으로 재배열되었다. 이것이 힘이 유동적일 때의 섹스의 형태이다. 다른 사람을 재배열하고, 그 사람도 당신을 재배열할 수 있다.

눈이 꾸준하게 내렸고, 새로운 사람과의 섹스라는 길고 의미심장한 행위가 끝나고서 두 여자는 마침내 잠이 들었다. 조금 전까지 존재하던 힘이 이제는 사라졌다. 지는 그게 참 묘하다고 생각하다가 갑자기 별 상관 없다는 결론을 내렸다. 그날 하루가 말도 안 될 정도로 길고 힘들었고, 지금 필요한 것은 그저 쓰러져 자는 것뿐이었다.

"꼬마 아가씨."

노엘이 잠들기 전에 그녀를 불렀다. 노엘이 세 번째로 부른 그 애칭은 이번에는 전혀 다른 느낌이었다.

여성의 설득

3부
결정을 내리다

8

마사지숍의 빨간 차양에 쓰인 '기공 추나 이완 활력 마사지'는 2014년 가을 온화한 밤에 웨스트 90번가의 길모퉁이를 지나가는 뉴요커 대부분의 관심을 끌지 못했다. 하지만 페이스 프랭크는 일주일에 한 번씩 그곳을 찾았다. 그녀는 중국 마사지를 굉장히 좋아했다. 그녀는 이 상쾌하고, 어리둥절할 정도로 원기를 북돋우는 마사지가 생각을 정리해서 좋은 결정을 내리게 해주고, 자신을 찾아오는 모든 사람에게 차분히 조언해주는 것을 도와준다고 느꼈다.

2년 전, 집으로 돌아오다가 심하게 굳은 목을 풀기 위해 운전사 모리스에게 마사지숍에 내려달라고 말한 것이 시작이었다. 로사이와의 계약에는 그녀가 운전사와 차를 쓸 수 있다는 조건이 포함되어 있었다. 페이스는 침침한 마사지숍에서 쿠션을 댄 받침대에 얼굴을 대고 누웠다. 조그만 여자가 팔꿈치로 페이스의 척추 아래쪽을 누르는 동안 수많은 아이디어가 억류되어 있다 풀려난 것처럼 머릿속에서 뛰쳐나오기 시작했다. 그래서 오늘 밤 또다시, 목이 굳은 상태로 여기에 와 있는 거였다. 주치의에게 전체적인 검진을 받았고 건강 상태가 좋다는 결과를 얻었지만, 이제는 몸을 섬세하게 돌봐줘야 하는 나이였다. 마사지숍 입구 계단을 오르려 할 때 핸드폰이 제2의 심장처럼 가슴 위쪽에서 부드럽게 진동했고 그녀는 코트 안쪽으로 손을 넣었다.

화면에는 '링컨'이라고 떠 있었다.

"어머, 안녕, 얘야."

그녀는 링컨이 전화하면 늘 그렇듯 기운이 나는 것을 느끼며 인사를 건넸다.

"안녕하세요, 엄마."

아들 링컨 프랭크-랜도의 목소리는 어릴 때부터 인생에서 너무 많은 것을 기대하는 게 두려운 것처럼 신중했다.

"뭔가 하던 중이세요?"

아들이 물었다. 그 답은 언제나 '그렇다.'였다. 그녀가 아들에게 꼭 그렇게 대답하는 건 아니었지만.

"음, 하려던 참이란다. 중국 마사지를 받으려고."

"또 목이 당기세요? 엄마, 좀 느긋해지셔야 돼요. 그렇게 여행을 많이 다니시는 건 안 좋아요."

"아, 내 일정은 그 정도로 나쁘진 않아."

"솔직히 전 엄마 말 안 믿어요. 엄마 웹사이트에서 일정을 봤어요. 곧 할리우드에서 행사가 있잖아요. 그리고 누가 거기 올 예정인지도 봤어요. 오, 하느님!"

"아니, 하느님은 거기 안 오실 거야, 링컨. 그분을 모실 능력은 우리도 없거든."

"음, 어쨌든 엄마가 처음 로사이에서 부르던 사람들과는 천지차이잖아요. 여성 함장들요.”

페이스가 웃었다.

“슈레이더캐피털에서 더 유명 인사들을 불러야 한다고 그러더구나. 모든 게 이미지에 달렸다는 거야. 물론 굉장히 비열한 일이지. 그말은 사실 모든 것이 회사에 관한 거라는 뜻이니까. 하지만 우린 지금미국에 살고 있잖니. 「그래비터스 2: 어웨이크닝」의 여자 액션스타를부르게 된 건 어쩔 수 없었어. 혹시 강연 사이에 쇼를 해줄 페미니스트 심령술사도 봤니?”

“아뇨.”

“아, 정말 말도 안 되는 일이야. 그 여자가 수많은 여자 앞에 서서눈을 감고 으스스한 목소리로 ‘언젠가…… 당신은…… 곧…… 그만하게…… 됩니다…… 생리를.’이라고 말하는 장면을 상상해봐.”

페이스가 말했다. 링컨이 웃음을 터뜨렸다.

“거기다가 무료 네일아트도 해주고, 유행하는 음식도 나오고 말이죠. 최근에 인스타그램 사진을 하나 봤어요. 대체 무슨 음식을 내놓으신 거예요? 완전히 이국적이던데요. 펠리컨 버터라도 되나요?”

페이스도 웃음을 터뜨리고 말했다.

“그 비슷한 거지.”

사실 4년째 계속되는 재단의 낭비에 관한 이야기는 그녀를 우울하게 만드는 주제였다. 특히 지난 2년 동안 재단은 슈레이더캐피털의 점점 커지는 영향력 때문에 계속해서 휘둘리는 중이었다.

“에밋에게 마사지와 근사한 음식 때문에 회의에 참석하는 부유층여자들은 아무 소용도 없다고 계속 말하고 있어. 출산휴가, 아동보육,평등한 월급 같은 구조적 문제를 전혀 고민하지 않을 거라고. 그런 사람들은 변화를 일으키지 못해. 하지만 그는 우리가 성장해야 한다고 말하지. 마치 달래듯이. 자기들이 그동안 관대한 편이었다는 점도 상기시키고."

그녀는 통화를 하며 좁고 어두운 골목에 난 계단을 올라가기 시작했다. 희미하게 중국풍의 음악이 들려왔다.

"그쪽에서도 전혀 관심이 없는 것들에 투자해주기도 했어. 시간이 흐를수록 그런 게 점점 줄고 있지만. 그래도 최근에 우리가 돈을 댔던 구조 임무에 대해서 내가 말했었지? 우리가 가끔씩 하는 긴급 프로젝트 중 하나 말이야. 이걸 하기 위해서 엄청 싸워야 했어. 그쪽에서 점점 더 안 해주려고 하거든."

"에콰도르였죠?"

"그래. 인신매매에서 구출된 젊은 여자들. 100명이나 돼. 그 사람들을 여성 멘토들과 연결시켜줬지. 우린 그들에게 직업기술을 가르쳐 줄 여자들을 만나게 해줬어. 그러니까 우리가 심령술사를 부르고, 네일아트를 해주고, 펠리컨 버터가 나오는 사치스러운 점심을 대접한다고 해도 이런 일들도 해. 그러니 공평한 걸지도 모르지."

"그럴지도요."

아들이 대답했다.

"사실 구조된 젊은 여자들 중 한 명이 LA 행사에 참석하러 올 거야. 내가 그 사람을 소개하게 될 거고."

"엄마가 꼭 직접 하셔야 돼요? 목도 아프고 피곤하시잖아요."

"링컨, 난 널 진심으로 사랑하지만 나한테 이래라저래라 하지는 마라. 난 너한테 이래라저래라 하지 않으려고 노력하잖니."

냉정한 침묵이 흘렀고 그녀는 그걸 빨리 깨뜨리고 싶어서 물었다.

여성의 설득

"그래, 세법은 좀 어떠니?"

"여전히 분투 중이에요."

"여전히 끔찍하게 불공평하고?"

"그건 본인의 과세 등급에 달려 있죠."

이 마지막 부분은 아들이 세법 변호사가 된 이래로 수년 동안 오직 그들끼리 주고받는 일종의 연극적 대화였다. 링컨은 서른여덟 살이고 덴버에 살았다. 독신이고, 헌신적이며 아빠를 닮았다. 그의 아버지인 게리 랜도는 이민 옹호자였고, 페이스와 결혼한 지 겨우 몇 년 만에 정확히 지금 링컨의 나이에 충격적으로 사망했다. 게리는 창백한 피부의 온화한 남자로, 비행사 스타일 안경을 벗으면 약간 햄스터를 닮았지만, 안경을 쓰면 사려 깊고, 영리하고, 산만한 본연의 모습이 되었다. 그녀는 그를 본 순간 좋아하게 되었다. 그가 처음 페이스를 자신의 오래된 노란색 닷지 다트에 태웠을 때 그녀를 앉히기 위해 조수석에서 우스울 정도로 많은 종이와 책과 베이글 봉지를 치워야 했다.

"반전 회의에 갔을 때 이야기 좀 많이 했어요?"

그녀가 게리에게 물었다.

"농담해요? 그 사람들은 내게 입도 벙긋할 기회도 안 줬어요. 내가 말할 때에는 계속 끼어들었고요."

그가 대답했다.

"나도 마찬가지였어요."

그녀가 말했다.

링컨은 당시의 게리를 닮았지만 몸이 훨씬 더 떡 벌어지고 머리숱은 적었다. 아들의 머리카락은 세법의 복잡함에 밀려난 것처럼 어느새 머리에서 빠져나가버렸다. 그녀는 여전히 자신의 내성적이고 온화한 아들이 사랑에 빠지기를 고대하고 있었다. 소년 시절 링컨은 독립적이었고 항상 기지가 넘쳤다. 하지만 아버지의 갑작스러운 심장마비와 죽음 이후로 링컨은 자기 속으로 침잠했고 그 이야기를 하기보다는 그런 일이 없었던 척 행동하려고 했다. 페이스는 링컨 때문에 훨씬 더 마음이 아팠다. 그녀는 다시는 결혼하지 않을 거고 아이한테 다른 아버지를 만들어주지 못할 것을 잘 알았다. 그녀는 사랑 넘치고 바쁜 엄마였고, 『블루머』에서의 격무와 정치활동, 그 시절에 요청받던 온갖 인터뷰로 정신이 없었다. 가끔씩 스테이크를 굽는 것 말고는 거의 요리도 하지 않았다.

링컨이 열 살이었을 때 한번은 그녀에게 소리를 질렀다.

"왜 엄마는 다른 엄마들처럼 될 수 없어요?"

"무슨 뜻이니?"

그녀가 물었다.

"왜 나는 맨날 미세스 스미스*의 음식만 먹어야 돼요?"

"미안하지만 네가 무슨 말을 하는 건지 엄마는 잘⋯⋯"

"왜 난 사라 리** 음식만 먹어야 돼요?"

아이가 지나치게 흥분해서 물었다.

"뭐라고? 그 여자들이 대체 누군데?"

그러다가 즉시 그녀는 깨달았다.

"아, 링컨, 엄마는 이런 사람이야. 너한테 있는 엄마는 나뿐이고, 난 내가 할 수 있는 최선을 다하고 있어."

---

*　　즉석식품 브랜드.
**　　냉동식품 브랜드.

그녀가 말했다.

"그럼 더 열심히 해요!"

아이가 소리를 질렀다. 그녀는 더 열심히 노력했지만, 링컨이 자라며 그들은 더욱 더 달라졌다. 링컨은 진지하고, 건실하고, 꼼꼼하고, 어떤 것들이 특정한 방식으로 흘러가는 것을, 오로지 그 방식으로만 흘러가는 것을 좋아했다. 유명한 페미니스트 엄마를 가진 것은 그를 격렬하게 정치적으로 만들지도, 성차별자로 만들지도 않았다. 링컨이 십대 시절 어느 기자가 그에게 페미니스트냐고 물었고 그는 그 질문에 화가 나서 이렇게 대답했다.

"분명히 그렇겠죠."

하지만 그게 전부였다. 그는 보수적이고, 내성적이었지만 둘은 확실히 서로를 사랑했다. 가끔 다른 곳에 정신을 팔기는 해도 서로의 사랑은 의심할 여지가 없었다.

그녀는 어리고, 약하고, 자신이 소유할 수 있었던 때의 아이가 그리웠다. 자식을 마지막으로 안아 드는 순간이 언제가 될지는 절대로 모르는 법이다. 아이를 안아 들 때는 그냥 당연한 일처럼 느껴지지만, 나중에 돌이켜볼 때에서야 그게 마지막이었다는 걸 깨닫게 된다. 링컨이 점점 더 자신을 필요로 하지 않게 된 것은 페이스에게 매우 힘든 일이었으나 그가 혼자서도 괜찮다는 생각이 때로는 위안이 되기도 했다. 이런 면에서 그들은 사실 닮아 있었다.

"이제 너한테 무슨 일이 있었는지 얘기해봐."

그녀가 말했다.

"다음에 할게요. 가서 마사지 받으세요, 엄마."

그녀는 전화기가 어두워지는 것을 보고서 몇 초 동안 더 손에 들고 있었다. 요즘에는 이게 링컨을 직접 껴안는 것에 가장 가까운 일이었다.

페이스는 마사지숍의 유리문을 밀고 대기실로 들어갔다. 젊은 중국인 여자들이 소파에 앉아 예약손님이나 지나가다 들르는 손님을 기다리고 있었다. 여자 중 한 명이 일어서서 고개를 끄덕였고 페이스도 마주 고개를 끄덕였다.

"30분, 60분, 90분 중 뭘 원하세요?"

"60분이요."

여자는 앞장서서 불 꺼진 기다란 복도를 걸어갔다. 커튼으로 가려진 공간에서 손으로 피부를 두드리는 소리가 들렸다.

수라는 이름의 마사지사는 타월을 덮고 그녀의 척추와 어깨, 목, 특히 목을 따라 마사지를 했다. 전부 다 절실하게 관심이 필요한 부분이었다. 등을 타고 길게 문지르고 가끔씩 날카롭게 찌르는 동안 페이스는 자신의 얼굴을 대고 있는 구멍이 터널이라고 생각하고 멍하니 바라보았다. 이 터널을 통과하면 과거에 일어난 모든 일이 자신을 기다리고 있는 장소에 닿을 수 있을 것 같았다.

그들은 쌍둥이로 자궁을 공유했고, 나중에는 침실을 공유했다. 브루클린 벤슨허스트의 웨스트 8번가에 있던 그 침실은 그들의 커진 몸을 고려할 때 자궁보다 딱히 크지 않았고, 봉에 매달린 빨간색 깅엄 커튼으로 방을 둘로 나눠 서로의 사생활을 보호해주기로 했다. 하지만 밤에 커튼으로 나뉜 공간에 누워 있을 때면 둘 다 딱히 사생활을 보호받고 싶은 기분이 아니었다. 그들은 그저 이야기가 하고 싶었다. 쌍둥이는 1943년 겨울, 전쟁 시절 6분 차이로 태어났다. 페이스가 먼

여성의 설득

저였고 다음이 필립이었다. 둘의 차이는 뚜렷했다. 그녀는 진지하고, 아름답지만 냉랭한 학생이었다. 그는 쾌활하고 다가가기 쉬운 타입이었고 인기가 많았다. 그녀는 열심히 공부했고, 그는 매력과 운동 신경으로 대충대충 넘어갔다.

밤이면 커튼을 사이에 두고 페이스와 필립은 서로에게 데이트에 관한 조언을 구했다.

"음, 내가 해주고 싶은 말은 오웬 랜스키와 데이트하지 말라는 거야. 그 녀석은 분명히 끝까지 가고 싶어 할 거거든."

필립이 말했다.

그녀는 그의 보호본능에 감동받았고 오웬 랜스키에 대한 그의 말은 역시나 옳았다. 극도로 강압적이고 머리가 기름으로 번들거리던 랜스키와 꼭 끌어안으면 얼굴에 기름 자국이 남을 정도였다.

그들은 자주 밤이 늦도록 수다를 떨었고, 그럴 때면 로브 차림의 엄마가 문가에 나타나 말했다.

"너희 둘! 좀 자!"

"그냥 얘기만 하고 있었어요, 엄마. 할 얘기가 아주 많거든요."

필립이 대답했다.

"너희를 재우려면 어떻게 해야 하니? 프라이팬으로 머리를 때려줘야 하니?"

"프라이팬은 요리할 때 쓰셔야죠. 안녕히 주무세요, 엄마!"

페이스가 말했다. 엄마가 사라지자마자 페이스와 필립은 다시 은밀하고 열띤 대화로 되돌아갔다.

둘은 그저 친한 남매 사이 정도가 아니었다. 프랭크 가족은 4인으로 구성된 한 팀이었다. 그들은 활기 넘치는 저녁식사를 하고, 제스처 게임을 했다. 네 명 다 뛰어난 참가자였다. 손님들이 저녁에 놀러오면 가족은 그들에게 묻곤 했다.

"제스처 게임 할래요?"

싫다고 대답한 손님은 대부분 다시 초대받지 못했다.

쌍둥이의 어린 시절 내내 지나치게 과로하는 가정주부 엄마 실비아와 인내심 많고 잘 웃는 재단사 아빠 마틴은 둘에게 용기를 주었다. 엄마 아빠는 그들이 한 일, 그들이 고른 길, 세상에서 그들이 존재하는 방식이 훌륭하다고 느끼도록 만들어주었다. 어린 시절은 행복했고, 성인으로의 변화 과정도 행복해야 마땅했다. 하지만 어느 날 밤 부모님이 그들에게 '가족 회의'를 하자고 말했다.

"다들 거실에 좀 앉자."

마틴이 말했다. 실비아는 그의 옆에 앉았다. 엄마가 분주하게 돌아다니거나 오븐에서 뭔가를 꺼내지 않고 가만히 앉아 있는 모습을 보는 경우는 드물었다.

필립이 페이스를 가리켰다.

"저 아니에요. 쟤가 했어요. 전부 다 쟤가 했어요. 전 아무 상관도 없어요."

페이스는 눈을 굴렸다.

"그런 얘기가 아니야. 이 집에서 밤늦게까지 이야기를 나누는 사람이 너희만은 아니란다. 우리도 이야기를 하지. 그리고 우리가 밤늦도록 이야기를 나누는 내용은 너희 교육에 관한 거야. 우리 둘 다 너희가 아주 자랑스럽단다. 하지만 부모로서 걱정되는 게 있어."

마틴이 말했다.

"무슨 걱정이요?"

페이스가 물었다. 그녀는 자신에 관한 이야기임을 직감했다.

"매일 신문에 끔찍한 이야기들이 실린단다."

실비아가 말했다.

"예전에는 이 나라가 안전했었지. 하지만 바로 지난주에도 신문에서 어떤 남자가 대학 캠퍼스에서 여자아이를 다치게 했다는 기사를 읽었어. 여자아이는 밤늦게 기숙사로 돌아가던 길이었지. 우리는 네가 그런 상황에 처하는 걸 바라지 않는단다, 페이스. 그런 건 견딜 수가 없을 거야."

마틴이 말했다.

"대학에서 친구들과 함께 다닐게요. 둘이나 셋이서요. 약속해요."

페이스가 말했다.

"중요한 건 그게 아니란다."

실비아가 그렇게 말하고 마틴을 쳐다보았다. 두 사람 다 굉장히 불편해 보였다.

"섹스. 그걸 생각을 좀 해봐야 돼, 얘야."

마틴이 마침내 말을 하고서 시선을 내렸다.

아, 걱정 마세요, 페이스가 생각했다. 그건 확실하게 둘이서 할 거니까요.

"너한테 압박이 생길 거야. 넌 지금까지 굉장히 보호받으면서 살았고, 그래서 대학생 남자애들이 뭘 원하고 기대하는지 잘 몰라."

아빠가 말했다.

1년이 넘게 페이스는 사회학이나 정치과학, 인류학 같은 주제를 공부하러 대학에 가는 것에 대해 생각했었다. 그녀는 가끔 대학 이야기를 했었고, 부모님 두 분 다 그녀가 집을 떠나 대학에 가는 것을 반대하려는 인상을 준 적이 한 번도 없었다. 그 주제에 대해서 의아할 만큼 모호하게 말하긴 했어도 그녀는 때가 되면 다 잘 풀릴 거라고 생각했었다.

"제발 저한테 이러지 마세요."

그녀가 말했다. 그녀가 원하는 것이 바로 부모님이 두려워하는 것이었다. 그녀는 공부도 하겠지만, 책을 내려놓고 남자를 껴안고 그 남자에게 안기는 모습도 상상했다.

"전 좋은 학생이잖아요."

그녀가 목이 메어 말했다.

"그래, 그렇지. 그리고 우린 널 보호하고 싶단다. 네가 집에서 살기를 원해. 시내에 훌륭한 학교들이 있잖니."

아빠가 말했다.

"필립은요?"

페이스가 물었다.

"필립은 멀리 있는 학교에 가도 된다."

아빠가 가볍게 말했다. 페이스는 동생을 힐긋 보았고 필립은 시선을 돌렸다.

"그건 필립한테 좋을 거야. 자, 자, 너희는 서로 다른 사람이고, 서로 다른 게 필요해."

페이스는 앉아 있는 부모님을 내려다보면 자신의 목적에 도움이라도 될 것처럼 일어섰다.

"전 집에서 살고 싶지 않아요."

그녀가 그렇게 말하고 동생을 돌아보았다.

"너도 나한테 동의한다고 말씀드려."

"난 잘 모르겠어, 페이스. 난 여기서 빠져 있는 게 좋을 것 같아."

그날 밤 침대에서 페이스가 하도 심하게 울어서 필립은 직 소리가 나게 봉에서 커튼을 젖힌 다음 가로등 불빛이 들어오는 그녀의 공간으로 들어왔다. 그는 이제 그저 그녀의 남동생이 아니었다. 세상으로 나갈 남자였다.

"있잖아, 우리 부모님은 정말 좋으셔. 이보다 더 행복한 가족은 찾아볼 수 없을 거야. 약간 구식이긴 하지만, 완전히 틀린 건 아닐 수도 있어. 넌 좋은 교육을 받게 될 거야. 우리 둘 다."

그날 이후 그들은 다시는 아주 친밀한 사이로 돌아가지 못했다. 미네소타 대학으로 떠난 필립은 그녀에게 자신이 가입한 여러 가지 클럽에 대해서 편지를 쓰다가 잠시 생각을 한 뒤, 자신이 듣는 수업에 대해 덧붙였다.

"요즘 만나는 시델이라는 여자애가 있는데, 내 공부를 도와주고 있어. 걘 똑똑해. 너만큼 똑똑하지는 않지만."

그 말을 꼭 덧붙여야 할 것 같았다.

나중에, 중년이 된 이후로도 그들은 매년 같은 날짜인 생일에 이야기를 나누었다. 하지만 먼저 전화하는 쪽은 언제나 필립이었고 그 반대의 경우는 한 번도 없었다. 페이스는 전화기를 들고 그에게 이야기를 해야 할 의무감을 전혀 느끼지 못했다. 그는 멀리 있는 대학에 갔지만 평생 지적인 사람이 되지 못했다. 그는 그녀에게 자신이 가장 최근에 읽은 책이 『부동산 업자 영혼의 닭고기 수프』라고 자랑스럽게 말한 적도 있었다. 그들은 생일 말고는 더 이상 공통점이 없었다.

대학에 가고서도 집에서 살아야만 했던 페이스는 브루클린 대학에서 사회학을 전공으로 삼았고, 수업들, 특히 모두가 말을 해야 하는 종류의 수업들을 굉장히 좋아했다. 그녀는 가끔 학교에서 만난 남자들과 데이트를 했지만, 부모님은 잠에 들지 않고 딸이 신데렐라의 통금 시간에 맞춰 귀가하는지를 확인했다. 둘 중 한 명이 거실에 앉아서 연신 하품을 하며 마치 아직도 처녀라는 외적인 징후를 확인하는 것처럼 집에 들어오는 자신을 살피는 모습은 페이스에게는 미치도록 화가 나는 일이었다. 그녀가 파티에서 너무 늦게까지 놀았던 날 아빠는 플랫부시에 있는 파티 장소로 찾아왔다. 아빠는 코트 아래로 보이는 줄무늬 잠옷바지 차림으로 가로등 아래 서서 딸을 기다렸고, 그녀는 너무 어이가 없어서 아빠와 나란히 집까지 걸어가며 단 한 마디도 하지 않았다.

사실 페이스는 처녀성을 지켰다. 파티나 쉐보레 뒷좌석에서 은밀하고 야한 행동을 하고 싶지 않아서가 아니었다. 연구논리 수업을 함께 듣는 애니 실베스트리와 함께 그녀는 학교 근처 바에 술을 마시러 가곤 했고, 럭키 스트라이크를 피우며 근사한 모습으로 앉아 있었다. 그러면 언제나 몇 분 안에 남자 무리의 관심을 끌었고 그녀는 거기에서 자신의 힘을 발견하곤 했다. 거기서 걸어 나오는 것으로 발현되는 종류의 힘이었다.

하지만 섹스를 원한다는 것, 은밀함을 원한다는 것, 부모님으로부터 동떨어진 경험을 원한다는 것, 섹스에 관한 전체적인 생각 자체가 곧 바뀌었다. 세상은 변화하고 있다고 부모님은 말했고, 계속해서 더 많이 변화했다. 케네디 대통령이 암살당한 날에 페이스와 애니는 껴안고 서로의 축축한 목에 얼굴을 묻고 울었다. 몇 달 동안 그게 그들이 생각하고 이야기할 수 있는 전부였다. 그 시기 동안 페이스는 수업 때 더 많이 이야기하고, 시험에서 더 열심히, 더 열성적으로 답안을 적었다. 그녀는 뭔가를 원했다. 섹스도 그 일부였지만, 그것만은 아니었다. 마침내 페이스는 졸업했다. 부모님은 그녀가 당연히 집과 가까운 곳에서 일하며 결혼할 사람을 찾을 거라고 생각했으나 1965년 봄에 그녀는 두 사람을 거실로 부르고서는 애니와 함께 라스베이거스에 갈 거라고 선언했다. 이번에는 두 사람을 앉혀놓고 소식을 전하는 사람이 자신이라는 사실이 기뻤다. 그녀와 애니는 목적지를 라스베이거스로 정했다. 둘 다 새로운 경험을 하고 싶었고, 그곳은 브루클린과 엄청나게 다를 것 같았기 때문이다.

"절대 안 된다. 허락 못 해. 생활비를 끊을 거다. 진심이야, 페이스."

아빠가 말했다.

"좋아요, 그렇게 하고 싶으시다면 그러세요."

페이스가 딱딱하게 대답했다.

부모님은 위협을 실행에 옮기지 않았지만 그녀는 부모님에게 절대로 돈을 달라고 하지 않았다. 그동안 여러 아르바이트를 하며 모은 돈으로 페이스와 애니는 그해 여름에 투엔티센추리 리미티드 열차를 타고 시카고로 간 다음 거기서 그레이하운드 버스로 갈아타 라스베이거스에 갔다. 도시에 도착하자마자 둘 다 스완 호텔 앤 카지노에서 칵테일 웨이트리스 일자리를 얻었다. 네페르티티처럼 머리를 틀어 올린 칵테일 웨이트리스들은 팔을 뻗어 쟁반의 균형을 잡고서는 모호한 미소를 지으며 카지노를 돌아다녔다.

스물두 살의 페이스 프랭크는 키가 크고 허리가 길면서 뼈대는 가는 타입이었다. 그녀의 얼굴은 나름의 모순을 갖고 있었다. 이마는 높고 코는 특이할 정도로 톡 튀어나와 거의 매부리코 같았으나 그 강인함 속에 굉장한 아름다움과 빠뜨릴 수 없는 지성과 연민이 자리했다.

그녀는 커다란 회색 눈에 검고 긴 곱슬머리를 갖고 있었다. 1965년의 여성 패션 스타일은 머리를 최대한 위로 한껏 띄우고 거기서 꼼짝하지 않도록 스프레이를 범죄에 가까울 정도로 왕창 뿌리는 식이었지만 말이다.

"아쿠아넷*을 궤짝으로 사야 할 것 같아."

웨이트리스들이 함께 쓰는 직원 숙소에서 저녁에 나갈 준비를 하는 동안 애니가 말했다.

잃어버린 시간을 벌충하듯 페이스는 몬티스의 블랙잭 딜러와 연애를 했다. 그와 함께 마침내 침대로 갔을 때 그녀는 실망했다. 그가 그녀의 위에서 힘없이 느릿느릿 움직일 때 그녀는 생각했다. 이게 섹스야? 이게? 뒤집힌 차 안에서 꼼짝 못 하는 사람처럼 그의 아래 누운 채로 그저 그렇게 생각했다. 일터에서는 정반대의 문제가 있었다. 페이스는 남자들을 계속해서 거절해야 했다. 그들은 사실 그녀에게 그리 관심이 없었고 그 사실이 약간 혐오스러웠다. 이런 식으로 행동하는 주제에 어떻게 여자들이 자기들을 좋아할 거라고 생각할 수 있지? 이런 남자들이 어떻게 고개를 빳빳이 들고 다니는 거야? 하지만 그들은 그랬다.

어느 날 밤, 카지노에서 평소처럼 딩동 소리와 유리 부딪치는 소리, 떠다니는 연기 속에서 쟁반을 들고 돌아다니다가 페이스는 블랙잭 테이블에 앉아 찰싹 달라붙어 있는 남자와 여자를 발견했다. 그들은 페이스보다는 나이가 많지만 거기 있는 거의 모든 사람보다는 젊어 보였다. 여자는 남자 옆에 바짝 붙어 그의 귀에 뭔가를 속삭였다.

---

* 　유명한 헤어스프레이 브랜드.

　\

남자는 검은 눈에 머리는 짧았고, 날씬했다. 여자는 계속해서 그에게 뭔가 속삭였고 남자는 고개를 끄덕였지만 정신은 다른 데 있는 것 같았다. 마침내 여자가 화장실로 사라졌고 남자는 그 기회를 틈 타 페이스를 쳐다보았다.

"이쯤에서 접어야 할 것 같군요. 꽤 많이 잃었어요. 하지만 그냥 일어나기가 상당히 힘들어요."

그가 말했다.

"그래도 일어나야죠. 이길 가능성이 낮으니까요."

그녀가 말했다. 이것은 그녀가 대놓고 말하면 안 되는 종류의 말이었고, 남자는 놀란 얼굴로 그녀를 보았다.

"제 말은, 전 매일 밤 여기에 있거든요. 기본적으로 '여기 들어오는 자, 모든 희망을 버려라.'라는 간판이 있어야 해요."

페이스가 덧붙였다.

스텟슨 모자를 쓴 융통성 없는 남자 딜러가 페이스를 의심스럽게 쳐다보았다.

"저 사람이 무슨 얘기를 하고 있나요?"

그가 남자에게 물었다.

"문학작품을 인용했어요."

남자가 말하고서 다시 페이스를 돌아보았다.

"그럼 내가 어떻게 해야 한다고 생각하죠?"

그가 물었다.

"이미 말씀드렸는데요."

그가 미소를 지었다.

"당신은 여러 가지 주제에 대해 많은 의견을 갖고 있을 것 같군요."

"제가 손님 스카치를 갖다드리는 또 다른 여자일 뿐이라고 생각하신 건가요?"

"아니에요. 그럼 나를 여기에 긴장을 좀 풀러 왔을 뿐인, 쿠키와 크래커가 넘쳐나는 회사의 하급 임원이라고 생각하는 건 아니겠죠?"

"쿠키와 크래커는 중요해요. 특히 굶주린 사람에게는요."

페이스가 대답했다. 그가 미소를 지었다.

"음, 혹시라도 당신이 굶주리고 있다면 나한테 와요. 내가 먹여줄 테니까."

그가 말했다. 그 순간 그와 함께 있던 여자가 갑자기 나타났다. 그는 페이스에게 아쉬움의 미소를 지어 보이고 몸을 돌리고는 여자의 허리의 오목한 부분에 손을 올렸다. 왜 그 부분을 오목하다고 하는 걸까? 페이스는 갑자기 궁금했다. 참 희한하다.

페이스는 라스베이거스에서 6개월 동안 있었고, 한동안 샌즈 카지노에서 일하는 해리 벨이라는 트럼펫 연주자와 만났다. 그는 그녀에게 원하는 어떤 쇼든 와서 봐도 된다고 했다. 그는 샌즈의 메인 나이트클럽에 그녀를 초대했다. 춥고 커다란 공간에서 두 사람은 무대에 올라갔고 그녀가 말했다.

"이러다 문제 생기는 거 아니야?"

"전혀."

페이스는 모든 일류 예술가가 섰던 이 어두운 무대에 서서 어둠 속을 쳐다보며 사람들이 자리에 앉아서 홀린 듯이 자신을 쳐다보고 있다는 것은 어떤 기분일까 상상해보았다. 하지만 그녀에게는 재능이 없었다. 그녀는 노래든 어떤 식의 공연이든 하지 못하니까 그런 일은 절대로 없을 것이다.

"거기 있으니까 근사해 보이는데."

해리가 그녀를 쳐다보며 말했지만 페이스는 재빨리 무대에서 내려왔다.

그 이후 며칠 동안 그녀는 사람 많은 클럽에서 자리에 앉아 그를 기다렸고, 그 뒤에 함께 그의 아파트로 가서 수많은 네온사인 위로 하늘이 분홍색으로 물들 때까지 침대에서 시간을 보냈다. 어느 날 아침 해리의 호텔 방에 함께 누워 있을 때 그가 페이스의 코를 가볍게 두드리며 말했다.

"자기 코는 진짜 크단 말이지. 그래도 자기는 엄청 섹시하니까 이런 코가 있어도 괜찮아."

그녀는 아무 말도 하지 않았다. 그 말은 상처가 되었는데, 그게 틀린 말이라서가 아니었다. 그녀는 실제로 눈에 띄는 코를 가졌고 그건 그녀에게 아주 잘 어울렸다. 그녀가 상처를 받은 이유는 그녀가 그와 함께 편안하게 누워 있었기 때문이다. 그녀가 어린 시절에 키운 개 럭키가 가끔 등을 대고 누워서 발을 들어 올리고 발목을 꺾은 채 깊은 잠을 자던 것처럼 말이다. 그렇게 누워 있던 럭키는 개 특유의 열린 태도로 행복한 상태였다. 누군가와 침대에 들 때면 자신이 정말로 원하는 것이 그거라고 페이스는 생각했다. 자신을 드러낸 채 자유롭게, 자의식을 느끼지 않고 누워 있는 것.

하지만 그녀의 코는 너무 컸고, 남자가 그것을 지적했다. 그것도 침대에서. 그녀는 절대로 잊지 않을 것이다.

라스베이거스에서의 6개월 동안 그녀가 절대로 잊지 못할 사건은 그녀의 친구이자 룸메이트인 애니 실베스트리에게 생긴 일이었다. 애니는 바비 대린의 무대의 시작 전에 관객들의 바람을 잡는 코미디언

하키 브릭스와 사귀고 있었다. 어느 날 밤 숙소에서 자려고 막 불을 껐을 때, 옆 침대에서 울음소리가 들렸다.

"애니, 무슨 일이야?"

애니는 작은 등을 켜고 일어나 앉아 우울하게 고백했다.

"나 생리를 안 해, 페이스. 어떻게 해야 할지 모르겠어."

다음 날, 하키 브릭스는 긴장한 채 두 여자를 태우고 낙태를 해줄 사람을 찾아 이 의사 저 의사를 만나고 다녔다. 하지만 그럴 사람을 찾는 건 어려웠고, 해준다는 의사 한 명은 너무 많은 돈을 요구했다. 결국에 애니는 친구의 친구에게서 사람을 하나 알아왔다. 애니는 페이스에게 함께 가달라고 부탁했고, 페이스는 겁이 났지만 같이 가겠다고 말했다. 정해진 시간에 두 여자는 숙소 앞에 멈춘 지저분한 파란색 포드 갤럭시에 올라탔다.

그들이 차에 타자 머리에 스카프를 두르고 선글라스를 쓴 나이 든 여자가 그들에게 말했다.

"고개 숙여요."

그리고 기다란 천으로 두 사람의 눈을 가리기 시작했다.

"이런 이야기는 못 들었는데요."

천이 얼굴을 가리자 애니가 반발했다.

"의사를 만나고 싶어요, 아니에요? 만나고 싶으면 가만히 있어요."

그들은 한참 동안 차를 타고 가다가 마침내 약간 거칠게 차에서 끌려 내린 다음 건물 뒷문으로 들어갔다. 거기서 눈가리개가 풀렸다. 애니는 간호사, 혹은 간호사처럼 꾸민 누군가를 따라서 진료실로 들어가라는 말을 들었다.

"친구도 함께 가도 되나요?"

애니가 물었다.

"안 돼요, 아가씨."

간호사가 말했다.

페이스는 솔직히 안도했다. 거기서 뭘 보게 될지 두려웠기 때문이다. 그녀는 대기실에서 한참을 기다렸다. 잠시 후 사무실 안쪽에서 울음소리가 들렸다. 마침내 간호사가 다시 나타나서 말했다.

"집으로 데려가서 침대에 눕혀줘요. 몸조심해요, 아가씨."

그녀가 애니에게 덧붙였다.

한밤중에 엄청나게 피가 나오기 시작했고 강하고 간헐적인 수축이 있었다. 숙소의 웨이트리스들이 애니 주위로 모였으나 (다른 사람들은 그냥 엄청 심한 생리통이라고 생각했다.) 아무도 뭘 어떻게 해야 하는지 몰랐다. 결국 다른 사람들이 전부 다시 잠든 후에 페이스는 애니를 병원에 데려가야겠다는 결론을 내렸다. 거의 새벽쯤 그녀는 애니를 부축해서 숙소 주인에게 빌린 차에 태우고 병원까지 갔다. 응급실에서 간호사 한 명이 애니를 거의 거지 취급을 했다.

"당신 때문에 이 깨끗한 바닥이 더러워지겠군요, 실베스트리 부인."

그녀가 빈정거렸다.

"수축을 막아줄 만한 것 좀 없나요?"

애니가 헐떡이며 물었다.

"그건 의사한테 물어요. 내 분야가 아니에요."

간호사는 몸을 가까이 기울이고서 덧붙였다.

"널 감옥에 집어넣을 수도 있는 거 알아? 당장 경찰에다가 연락할 수도 있어, 이 창녀야."

그때 다른 간호사가 들어오자 첫 번째 간호사는 몸을 펴고 아무 일도 없었던 척 서류를 만지작거렸다.

　이틀 후, 수혈을 세 번이나 받고서 애니는 싸구려 생리대 한 박스와 상당히 젊은 남자 부인과 의사에게 "그렇게 쉽게 포기하는 거 아니에요."라는 경고를 받고 퇴원했다.

　"물론 이미 너무 늦었지만. 안 그런가요?"

　의사는 그렇게 덧붙였다.

　그날 밤, 숙소로 돌아와서 애니가 페이스에게 말했다.

　"그 사람 말이 옳았던 거 같아."

　"누구?"

　"그 의사. 너무 늦었다는 거. 여기서도 너무 늦었어."

　"무슨 말을 하는 거야? 난 잘 모르겠어."

　"집에 가자, 페이스. 제발. 그럴 때가 됐어."

　애니가 말했다.

　"지금의 당신을 만든 건 무엇인가요?"

　세월이 흐르고 나서 그녀를 인터뷰하는 사람들은 가끔 그것을 알고 싶어 했다 그들은 마치 자신들이 그걸 처음 물어보는 사람인 것처럼 질문을 던졌다.

　"한 가지 일이었나요? 아니면 깨달음의 순간이 있었나요?"

　"음, 아뇨, 딱 한 가지가 있었던 건 아니에요."

　페이스는 항상 그렇게 대답했다. 여러 가지 순간이 있었고, 대부분의 사람 역시 그런 식이 아닐까 생각하곤 했다. 작은 깨달음이 처음에 중요한 인식의 방향을 잡아주고 그다음에 거기에 대해 뭔가를 하게 만드는 것이다. 그리고 그 길을 따라가는 동안에 당신에게 영향을 미치고 여러 가지 방향으로 아주 살짝 돌아서게 만드는 사람들을 만나게 된다. 그러다 보면 갑자기 당신이 무엇을 위해서 일하고 있는지를 깨닫게 되고, 시간을 낭비하는 것 같은 느낌이 사라진다.

페이스는 1966년 맨해튼의 그리니치 빌리지의 모튼가에 있는 아주 조그만 아파트에서 애니와 함께 살았다. 그녀와 애니는 쇼 중간에 들어온 두 명의 관객 같았다. 아주 많은 일이 이미 벌어지는 중이었다. 정치적 시위는 시끄럽고 다급했지만 그들은 카지노에서 일하는 동안 시간의 터널에 갇혀 있어서 그 모든 것으로부터 차단되어 있었기에 이제 와서 따라잡아야 했다. 두 여자는 여러 가지 임시 일자리를 거치고, 할렘의 유권자로 등록하고, 페이스가 설리번가 가게 앞 사무실에서 활동하던 반전조직에서 주간지 『우리 마음의 평화』를 무급으로 타이핑해주는 동안에 계속 룸메이트로 지냈다. 페이스는 거기서 모임과 강좌와 교육에 참여했다. 전쟁 이야기가 대화를 지배했고 중간중간 그녀가 들어본 중에서 최고의 음악이 흘렀다. 다양한 친구들이 주말이면 아파트를 꽉 채웠고 실내는 마리화나 연기로 자욱했다.

"메리 제인, 너를 사랑해."

남자아이가 거실의 털이 긴 양탄자에 누워서 노래를 했다. 페이스는 주말에 종종 마약에 취해 있었지만 주중에는 절대로 하지 않았다. 그녀와 애니가 작은 식탁에 앉아 일을 조직하는 최선의 '정치적 전략'을 논의하는 데 방해가 되기 때문이었다. 페이스가 일종의 계시를 받아서 정치적이 된 건 아니었다. 그보다는 세상이 움직였기에 그녀도 움직였다는 쪽이 더 맞을 것이다.

머리 스타일도 달라졌다. 페이스는 한참 남은 아쿠아넷 스프레이통을 화장실 쓰레기통에 던졌고, 스프레이통은 쉭 소리를 내며 압축

되어 있던 내용물을 뿜어냈다. 수년 동안 그녀의 머리는 풍성하게 부푼 모양이었다. 1968년에도 그녀와 여전히 룸메이트였던 애니는 오랫동안 입어왔던 스튜어디스복 같은 원피스 대신에 청바지에 인도풍 염색 셔츠를 입었다.

페이스가 처음 반전 모임에 나갔을 때는 대체로 앉아서 듣기만 했다. 이야기를 하는 몇몇 남자는 굉장히 논리 정연했다. 페이스도 말을 할 때면 영리하고 논리 정연한 사람으로 여겨졌지만, 남자들은 자기 마음대로 끼어들어 말을 끊었다. 그녀는 낙태 개혁에 대해서 이야기해보려고 했지만 그들은 관심이 없었다.

"그 문제를 사람들이 실제로 죽고 있는 베트남이랑 비교할 순 없어요."

어느 날 밤에 누군가가 그녀의 말을 자르고서 말했다.

"여기서도 여자들이 죽어가고 있어요."

페이스가 말하자 사람들이 그녀를 향해 소리치기 시작했다.

또 다른 여자가 페이스의 편을 들어 소리쳤다.

"말 좀 하게 둬요!"

하지만 페이스는 입을 다물었고, 결국에는 노력하는 것도 그만두었다.

어느 날 페이스 편에서 소리를 질렀던 여자가 다가와서 말했다.

"가끔 미칠 듯이 화나지 않아요?"

"맞아요! 아 참, 난 페이스예요."

"안녕하세요, 페이스. 난 이블린이에요. 저기, 이번 주말에 여자들 몇 명이랑 모여서 술을 퍼마시고 편하게 놀 예정이거든요. 당신이 하고 싶은 말도 확실하게 할 수 있을 거예요. 꼭 와요."

여성의 설득

그래서 페이스는 이블린 팽본과 함께 어퍼 맨해튼에 있는 길고 어두컴컴한 아파트로 갔다. 여자들 한 무리가 둘러앉아 술을 마시고 담배를 피우고 있었다. 그들은 굉장히 심각하고 분노로 가득 차 있었고, 그렇지 않을 때면 놀랍도록 재치가 넘쳤다. 그들은 논쟁을 하고 음모를 세웠다. 몇 명은 가을에 미스 아메리카 선발대회를 망쳐놓을 계획을 세우는 그룹의 일원이라고 했다. 여러 명이 이미 시민 불복종 행위 때문에 체포된 적이 있었다. 몇몇은 반전 그룹에서 떨어져 나온 특별급진파의 일원이었다. 한 흑인 여자가 말했다.

"모임에 나가면 생색내는 태도와 적대적인 태도를 얼마나 자주 마주하게 되는지 이루 말할 수가 없다니까요."

모임에는 남편이 자신의 피로에 무심하다고 불평하는 교외에 사는 젊은 엄마도 있었다.

"엄마가 되는 것은 사회가 원하는 위치에 딱 나를 밀어 넣은 것 같은 기분이에요. 그러다가 이렇게 냉정하고 화가 나고 엄마답지 않은 기분을 느끼는 나를 혐오하게 되죠."

그 여자가 말했다.

"아, 난 수천 가지 기분을 느낄 때마다 나 자신을 혐오해요. 난 자기혐오의 신전이에요."

또 다른 사람이 말했다.

"우린 왜 자신에게 이렇게 엄격할까요?"

누군가가 엄청나게 구슬프게 말했다. 난 나 자신에게 그렇게까지 엄격하지 않아요, 그저 남자들의 시선을 나 자신의 시선처럼 받아들이는 법을 배웠을 뿐이죠, 페이스는 그렇게 생각했다. 라스베이거스 시절에 트럼펫 연주자 해리가 페이스에게 코가 크다고 말했을 때 그녀는 그 의견을 그대로 받아들였다. 남자들이 방 안 가득 시끄럽게 떠들며 그녀에게 낙태는 중급에 부차적인 문젯거리라고 주장했을 때 그녀는 자신의 관점을 변호하려고 노력했지만 결국 지쳐버렸다.

페이스는 여자들에게 라스베이거스에서 친구가 낙태할 때 따라갔던 이야기를 꺼냈다.

"우리는 눈가리개를 해야 했고, 차를 타고 빙빙 돌았어요. 그리고 그 애가 과다출혈로 거의 죽을 뻔했는데 간호사 한 명은 그 애를 범죄자 취급했죠. 우리가 문자 그대로, 그리고 비유적으로 눈가리개를 계속 하고 있는 한, 우리는 정말로 문제에 빠져 있는 거예요."

"더 이상 남자들이 우리 의견을 좌우하게 할 수는 없어요."

또 다른 사람이 말했다.

"내 몸으로 뭘 하든, 내 시간을 어떻게 보내기로 하든 전부 다 내 결정이에요. 내가 결정을 내려야 해요."

"그거 마치 노래 가사 같네요. 내가…… 결정을…… 내려야…… 해."

아파트 주인인 여자가 말했다.

"내가…… 결정을…… 내려야…… 해."

곱슬곱슬한 머리에 슬로건이 적힌 티셔츠를 입은 사람부터 비서처럼 정장을 차려입은 사람, 가정주부의 편하고 실용적인 의상을 입은 사람, 또는 비싼 디자이너 옷을 입은 사람 등 다양한 여자가 모인 무리가 전부 장난스럽게 노래를 불렀다. 페이스는 그들 전부를 좋아할 필요는 없다고 생각했으나 모두가 함께 이것을 당하고 있다는 것 역시 깨달을 수 있었다. '이것'이라는 건 그들이 대우받는 방식을 뜻했다. 여자들이 대우받는 방식. 수세기 동안 이어져온 방식. 꼼짝달싹할 수 없는 위치. 그녀는 그들과 함께 노래를 불렀다. 그녀의 목소리가 크

여성의 설득

게 떨렸다. 하지만 떠는 것은 중요하지 않았다. 자신의 목소리를 내는 것이 중요할 뿐이었다.

다 끝나고 나서 길거리로 나와 열차를 타러 가며 젊은 엄마가 페이스에게 말했다.

"당신 정말 훌륭한 연사예요! 조용하면서 매력적이고 굉장히 열정적이에요. 우리 모두 당신 이야기를 듣는 게 좋았어요. 약간 최면을 거는 느낌이에요. 당신에게 그런 얘기 한 사람 없었어요?"

페이스가 웃음을 터뜨리며 대답했다.

"없었어요. 맹세하는데 한 명도요. 다시는 그런 말을 들을 일도 없을 것 같고요."

그것은 기쁘면서도 페이스에게 큰 영향을 미친 칭찬이었고, 갑자기 그녀는 샌즈의 나이트클럽 무대에 섰던 자신의 모습을 떠올렸다. 그 어두운 무대에 가만히 서서 수많은 관객 앞에 나서는 자신을 상상하던 때를.

여자의 이름은 셜리 페퍼였고, 아기가 태어나기 전에는 『라이프』에서 일했으며 적당한 보육시설을 찾는 대로 다시 직장에 돌아가고 싶다고 말했다.

"그게 이 망할 나라에서 또 다른 핵심적인 문제예요. 싸고 좋은 보육시설을 찾을 수가 없죠."

셜리가 말했다. 나중에 출판업계로 돌아간 후에 셜리 페퍼는 『블루머』의 아이디어를 내놓은 사람이 된다.

"싱글 여성들은 관심을 갖지 않겠지만 우리가 할 수 있는 일들이 있어요."

그녀가 말했다.

"우린 좀 더 꾸밈없이 행동할 수 있죠."

한동안 여성을 위한 소규모 출판물들이 돌았고, 이런 게 더 나오기를 바라는 사람들이 있었다. 그 무렵에 여성운동은 완전히 출항했는데 페이스도 거기에 끼게 되었다. 1970년 8월에 그녀는 엄청난 숫자의 군중과 함께 5번가를 따라 행진했다. 그날의 세 가지 요구사항은 원하는 사람을 위한 자유로운 낙태, 24시간 아동 보육, 고용과 교육에 있어서의 동등한 기회였다. 나중에 그녀는 자신이 든 피켓에 뭐라고 쓰여 있는지 기억해낼 수 없었다. 그 세 가지 중 하나였던가? 전부였나? 그녀는 분노와 짜릿함을 느꼈다. 그날의 분위기가 그랬고, 당시에 그 분위기는 당연히 사방에 존재했다. 성차별, 가부장제, 질 오르가즘이라는 신화에 관한 이야기도 나왔다.

셜리는 그동안 많은 여성 활동가들과 친해지게 되었고, 몇 명을 끌어들여 잡지의 시작을 돕게 만들었다. 그녀는 IBM에서 일하는 남편의 자발적인 도움을 받아서 포기하지 않고 투자자들을 모았다. 결코 쉽지 않은 일이었다. 페이스는 차분하고 기분 좋게 말하는 스타일과 잘 들어주는 능력, 기꺼이 일하려는 의욕 때문에 잡지의 일원으로 합류하게 되었다. 물론 페이스에게 있는 그 설명하기 어려운 부분 때문이었을 수도 있다. 그녀를 잘 모르는데도 그녀의 곁에 있고 싶게 만드는 바로 그런 분위기 말이다.

『블루머』 초기에 휴스턴가의 사무실에는 고뇌에 찬 눈을 하고 야근하는 사람이 가득했다. 사무실은 불길할 만큼 느리고 계속 고장이 나는 엘리베이터를 타고 올라가야 했다. 밀튼 산티아고라는 남자는 엘리베이터를 수십 번이나 점검하고서는 낯익고 기울어진 글씨체로 다시, 또다시 엘리베이터가 멀쩡하다고 서명을 하곤 했다.

"밀튼 산티아고, 당신은 엘리베이터 점검 업계의 수치야."

여자들은 그렇게 말했다.

"밀튼 산티아고, 당신이 만약 밀리 산티아고였으면 이 망할 일은 진작 끝났겠지!"

그들은 웃음을 터뜨렸다. 그들은 크고 먼지 낀 창문이 있는 넓은 공간에서 일하며 자신의 임무와 계획과 아이디어의 불가피성을 확고하게 다져갔다. 미국과 세계 전역에서 여자들이 겪는 불공평함에 대한 좌절감과 분노는 그것을 없애기 위해서 할 수 있는 모든 것에 관한 자선바자회적인 낙관주의와 함께 존재했다.

"내가 여러분의 길을 안내하는 셰르파가 될게요."

어느 날 밤늦게 퇴근하던 날, 엘리베이터가 당연하게도 작동하지 않자 페이스는 어둠 속에서 계단을 앞장서서 내려오며 다른 편집자들과 젊은 보조 무리에게 말했다.

"얼른 와요, 모두들!"

그녀가 지퍼 라이터로 불을 켜면서 말했다. 그날 밤 불빛은 그 좁은 공간에 있는 여자들의 얼굴을 플랑드르파 그림처럼 빛과 어둠으로 깜박깜박 밝혔다. 온통 반짝이는 눈과 대위법적 그림자와 장밋빛 뺨과 곡선으로 된 손. 플랑드르파 화가들이 남자 없이 여자들로만 이루어진 그룹을 그린 적이 있다면 말이지만.

그들은 좁은 계단참에서 발을 좀 헛디디기도 하고, 서로를 붙잡고는 웃음을 터뜨리기도 하며 그녀를 따랐다. 누군가의 손이 다른 사람의 어깨나 허리를 잡았고, 그 모든 여성적으로 튀어나온 볼록한 선들이 가파른 복도 한곳에 가득 찼다. 그들은 계단을 내려가며 이 회사가 지구만큼이나 오래갈 거라고 확신하면서 미래의 잡지에 대한 계획을 세웠다. 여자들은 행복으로 달아올랐고 더욱 노력했다. 그것이 공동의 들뜸이었기 때문이다. 1층에 도착하자 여자들은 잘하지만 남자들은 최소한 25년쯤 더 절대로 하지 않을 친구들 사이의 편안한 포옹을 나누었다.

곧 그들은 전부 탄원을 하고, 워싱턴으로 가서 거칠게 논의하고 떠들썩한 행사에 참석했으며 깡통을 두드리면서 시끄럽게 소리를 질렀다. '브래지어 불태우기.' 기자들은 여성 운동에 대해서 그렇게 적었다. 실제로는 브래지어를 불태우는 행사가 아니었는데도 말이다. 페이스는 이 시기를 회상하며 그때 벌인 일들이 다소 요란했다고 생각했으나 더 나이 많은 운동가들의 선봉이 극단적으로 행동해야 더 온건한 사람들이 목표를 이어받고 받아들일 수 있다는 것을 상기했다. 페이스는 그 시기에 종종 지쳐서 시청 건물 복도에서 다른 사람 무릎에 기대 잠에 들곤 했다. 그녀는 여러 가지 천을 이어 만든 부드러운 숄더백을 갖고 있었고 그걸 어디에나 들고 다녔다. 처음에는 전단지, 담배, 초콜릿, 정책 문서, 전화번호부만 들어 있었지만 나중에는 아기 우유병과 헐렁한 기저귀 핀까지 넣어 다녔다.

그러나 그 모든 일이 벌어지기 전에, 『블루머』 이전에, 페이스 프랭크가 페이스 프랭크가 되기 이전에, 그 첫 번째 밤에, 할 말 많은 여자들로 가득한 어퍼 맨해튼의 아파트에서의 저녁이 끝난 후에 페이스는 흥분해서 빌리지에 있는 자신의 아파트로 돌아왔다. 수년 동안 계속 그녀의 룸메이트로 있었던 애니 실베스트리가 오렌지주스 캔으로 머리를 말고 잠자리에 들 준비를 하고 있었으나 페이스는 굉장히 흥분한 상태라서 오늘 저녁에 무슨 일이 있었는지 이야기하고 싶었다.

"그 사람들에게 네 낙태 이야기를 했어."

그녀가 말했다. 애니가 홱 돌아보았다.

"뭐? 정말로?"

"음, 당연히 네 이름을 말하거나 네가 누군지 말하진 않았어. 하지만 주장을 명확히 하기 위해서 그 얘기를 했어. 우린 명확하게 의견을 제시해야 해. 수많은 의견을."

"이런 맙소사, 페이스, 난 의견을 내고 싶지 않아."

애니가 말했다.

"나도 이해하는데, 세상에는 똑같은 경험을 한 다른 여자들도 있어. 우린 거기에 대해서 이야기를 해야 해."

"우리?"

"그래, 우리. 여자들은 이미 이걸 하고 있어. 난 그 사람들을 돕고 싶어. 모두가 시민권을 주장하고 전쟁을 막기 위해서 나서고 있어. 몇 년 동안 다들 나서왔다고. 우리도 합법적인 낙태를 위해서 그런 식으로 나서야 해. 다른 여자들이 네가 겪은 것 같은 일을 겪지 않아도 되게 너도 이 일부가 되고 싶지 않아? 난 이해가 안 되는데."

애니가 페이스의 말에 대답했다.

"그게 우리 사이의 차이점이야. 난 겪을 만큼 겪었고, 그 일을 해석하거나 거기에 대해서 이야기하고 싶지 않아. 그 일은 네가 아니라 나한테 일어났어, 페이스. 나한테 일어난 일이고, 정말로 끔찍했고, 난 출혈을 일으키고 쓰레기 취급받았던 그날 밤으로부터 나를 분리하기 위해서 오랫동안 노력했어. 넌 우리에게 낙태 개혁이 필요하다고 말하고 그 일부가 되고 싶다고 그러지. 그래, 좋은 일이야. 하지만 난 그 경험에 대해서 다시는 말하고 싶지 않아. 이건 진심이야. 그러니까 네가 계속해서 내 룸메이트로 있고 싶다면, 우리가 계속 여기서 같이 살 거라면, 그게 기본규칙 중 하나야."

몇 달 더 같은 아파트에서 살았지만, 그들의 우정은 달라졌다. 둘 다 그 변화에 대해서 말하지 않았고, 둘 다 집에 있을 때면 TV를 켜놓고 함께 식사를 했지만 대화에는 한계가 있었다. 페이스는 거의 전적으로 정치적인 일에 매진했고, 법대생과 사귀기 시작한 애니는 남자친구가 공부하는 책들을 조용히 읽었다. 처음에는 그래야 그와 대화를 나눌 수 있기 때문이었으나 나중에는 그녀도 관심이 생겨서 계속 읽었다. 그녀는 자신이 법률 용어를 읽고 해석하는 데 뛰어난 능력이 있다는 것을 발견했다.

애니는 그 법대생과 결혼했고 남자는 퍼듀에서 학부생을 가르치는 교수 자리를 얻었다.

"우린 중서부로 가기로 했어."

애니가 말했다. 처음에는 엽서가 몇 번 오갔으나 곧 그것도 끊겼고 아주 오랫동안 그녀에게서는 다시 소식을 들을 수 없었다. 페이스는 계속해서 반전 행진에 나갔고, 점차 낙태 개혁에도 깊게 관여하게 되면서 작은 모임들에 참석했다. 전부 다 여자뿐이었고, 모두가 이야기를 했지만, 한꺼번에 떠드는 경우는 없었다. 다른 사람들과 함께 페이스는 가벼우면서도 강한 바람에 올라타서 떠오르기 시작했다. 그녀는 이 바람이 자신의 의지인지 아니면 전혀 다른 무언가인지 알 수 없었지만, 그게 뭐든 간에 그것은 그녀를 함께 끌고 갔다.

『블루머』 초기 몇 달 동안, 작고 소박한 발간물에 실을 광고를 조금 따낼 수 있었다. 잡지에 대해 기사들이 우르르 나온 후에 페이스와 다른 두 여자는 앞으로의 잡지를 위해 광고주들을 찾아 나섰다.

여성의 설득

"더 많은 광고 자리를 팔지 못하면 우린 순식간에 완전히 파산하게 될 거야. 우리는 약자야. 이 일을 정말로 죽어라 열심히 해야 한다고 생각해."

셜리가 말했다.

1973년 여름 어느 날 아침, 나비스코*와의 만남에서 페이스와 셜리 페퍼, 이블린 팽본은 세 명의 남자와 함께 회의실에 앉아서 평소 같은 장광설을 펼치며 광고를 팔려고 애를 썼다. 딱히 잘되지는 않았다. 잘되는 경우는 거의 없었다. 조만간 실패할 가능성이 높고 이 격동의 시기에 별난 부차적 존재일 뿐인 여성해방 운동가들을 위한 삼류 잡지에 왜 광고를 해야 하는지 대기업을 설득하기란 어려웠다.

나비스코의 남자들은 "좀 두고 보자."라고, "생각해보겠다."라고 말했다. 마침내 그중 한 명이 일어서서 말했다.

"고맙습니다, 여성분들. 우리가 함께 의논을 해보고서 결정을 내리죠."

그들은 몇몇 다른 사람보다 훨씬 더 정중했다. 사실 대부분의 사람보다 훨씬 더 정중했다.

회의실을 나오는데 남자 중 한 명이 페이스에게 말을 걸었다.

"잠깐만. 나 당신을 알아요."

"네?"

그가 그녀를 옆으로 당겼고 그녀는 그를 보았다. 그는 이야기하는 내내 구석 자리에 앉아 있었다. 삼십대 중반에 늘씬하고, 맞춤정장을 입고, 구레나룻이 있고, 가무잡잡하고 매력적인 사무직 남자였다. 남

---

*   오레오, 리츠 등을 만드는 미국 대형 제과업체.

자의 어딘가가 그녀의 눈에도 낯익어 보였지만, 어디서 봤는지는 알수가 없었다.

"우리 오래전에 만난 적이 있지 않나요? 라스베이거스에서? 스완에서?"

그가 조용히 물었다.

그녀는 충격을 받은 채 그를 빤히 보다가 갑자기 기억을 떠올렸다. 그는 어느 날 밤 여자와 함께 카지노에 와서 페이스에게 살짝 수작을 걸고 자신이…… 쿠키와 크래커가 넘쳐나는 분야에서 일한다고 말했던 남자였다. 정확히 그렇게 말했었다.

"어떻게 날 기억해요? 거의, 가만 있자, 7년이나 8년쯤 됐는데요. 기억을 한다는 사실이 대단하네요."

페이스가 말했다.

"난 그런 부분에 뛰어나거든요. 나한테 도박장이 언제나 이긴다고 경고했었죠. 당신이 나를 파산에서 구출해줬어요. 고마워요."

"뭘요. 하지만 난 이제 완전히 달라 보일 텐데. 유니폼도 안 입었고요. 그리고…… 머리 모양도요."

"맞아요, 그 당시에는 좀 더 수직으로 서 있었던 거 같은데. 나도 좀 달라 보이나요?"

그녀는 그를 한참 동안 즐겁게 살펴보았다. 그는 동료들보다 훨씬 더 세련되고, 공격적인 대기업 임원 같은 면이 덜했으며, 더 날씬하고 젊었다. 그의 검은 머리는 1965년보다 당연히 좀 더 길었다. 재단이 훌륭한 값비싼 정장을 입었고, 결혼반지가 없는 게 눈에 띄었다. 그리고 그에게서는 코를 톡 쏘는 묘한 향기가 났다.

알고 보니 그의 말대로 그는 그런 부분에 뛰어났다. 모든 순간의

여성의 설득

모든 것을 기억했다. 문제는 그가 주의를 기울이는 것만 기억하는데, 항상 주의를 기울이고 사는 건 아니라는 점이었다.

"광고 문제에 대해서 좀 더 이야기를 해볼 수 있을까요? 내 동료들이 당신의 연설에 마음이 움직인 것 같지 않거든요. 솔직하게 말하면 전혀 넘어가지 않았다고 확신해요."

그가 말했다.

"나랑만요? 아니면 다른 사람들까지요?"

"당신만요. 일대일 쪽이 더 많은 걸 얻을 수 있을 거예요."

카지노 때처럼 이번에도 유혹하는 분위기가 강하게 느껴졌다. 그것은 은밀하지 않고 그의 톡 쏘는 향수처럼 노골적이었고, 그가 하는 말의 진실성을 가리지도 않았다. 페이스와 셜리, 이블린은 아직까지 광고 지면을 파는 데 별로 성공적이지 못했다. 여기 일이 끝나면 그들은 염색약 회사에 영업하러 갈 예정이었지만, 그들의 프레젠테이션이 별 효과가 없다는 사실은 명백했다.

"아무래도 좀 더 긴 대화가 필요할 것 같은데요. 오늘 밤에 나와 저녁 먹는 건 어때요? 아직 머릿속에 그 내용이 생생할 때 말이죠."

"머릿속에 내용이 생생할 때요."

그녀가 별 의미 없이 말을 따라했다. 그는 그녀와 자고 싶은 거였고, 그걸 모른다면 그녀는 말도 안 되게 멍청한 것이리라.

그녀는 나비스코의 임원과 자지 않을 것이다. 그의 얼굴이 어느 정도 고려해볼 만한 가치가 있고, 옷 아래로 그의 몸매를 상상할 수 있다 해도 말이다. 그걸 상상할 수 있는 것뿐만이 아니었다. 그의 몸매를 상상하자마자 그녀는 그와의 잠자리를 상상하고 있었다. 하지만 그와 잘 수는 없었다. 그럴지도 모른다고 그가 생각하게 놔두자. 그게 사업적인 거래다. 그녀는 그의 얼굴을 빤히 보다가 마침내 말했다.

"좋아요."

"왜 그 사람이 당신과 그걸 더 의논하고 싶어 하는 거죠?"

시내로 돌아가는 IRT 안에서 손잡이를 잡고 선 채 셜리가 짜증스럽게 물었다.

"내가 도표를 그려줄게요, 셜리."

이블린이 중얼거렸다.

"맙소사, 난 그 사람과 자지 않을 거예요."

페이스가 말했다. 그녀는 그들에게 오래전에 만난 적이 있는 사이고, 놀랍게도 그가 그 만남을 기억하고 있었다는 것, 그리고 더 놀랍게도 자신 역시 그걸 기억해냈다는 건 말하지 않았다.

"하지만 그 사람이랑 저녁식사는 해도 괜찮잖아요. 안 그래요? 그 사람에게 잡지의 목표에 대해서 얘기하려고요."

"어쩌면 은밀한 여성해방론자일지도 모르죠. 그래서 우리가 전략을 세우는 걸 도와주고 싶을지도요. 그리고 페이스가 마법의 거미줄을 자아내 그 사람을 사로잡고 계약을 맺을 수 있으면 뭐 괜찮겠죠."

셜리가 말했다.

"아, 그럼요. 난 마법의 힘을 갖고 있으니까요."

페이스가 가볍게 말했다.

"사실 정말로 그래요. 당신은 다른 사람이 호감을 갖게 되는 사람이에요. 그건 재능이죠."

이블린이 말했다.

페이스가 그날 밤 7시에 쿠커리에 도착했을 때 그는 이미 안쪽 자리에서 기다리고 있었다. 이 그리니치 빌리지 클럽에는 형광등 대신에 촛불만 있어서 그는 나비스코의 중역 회의실에서보다 인상이 부드러워 보였다. 그는 네루 재킷을 입고 있었고 검은 머리는 실크 같아 보였다.

"와줘서 기뻐요."

그녀가 도착하기 전에 그가 미리 주문한 레드 상그리아를 함께 마시며 그가 말했다. 그녀는 이런 행동이 약간 남성우월적이라고 생각했지만, 그는 아마 그렇게 생각하지 않을 것이다. 그들은 각각 조그만 종이우산이 꽂힌 잔을 부딪쳤다. 달콤한 알코올 음료가 대체로 머리를 둔하고 느리게 만드는 편임에도 불구하고 그녀는 재빨리 술을 들이켰다. 오늘 밤에는 와인이 그저 긴장을 푸는 도구일 뿐이었다.

에밋 슈레이더는 잔에서 종이우산을 들어 올려서 물기를 살짝 털고 말없이 재킷 주머니에 넣었다. 그녀는 그에게 "집에 종이우산 컬렉션이 있나요?"라고 묻고 싶었지만 그러지 않았다. 그건 너무 유혹하는 말처럼 들리고, 그녀는 진지해 보이고 싶었기 때문이다. 그가 그녀의 '모든 이야기'를 해달라고 하자 그녀는 브루클린과 부모님의 과보호와 거기서 빠져나가야겠다는 욕구에 대해서 전부 다 이야기했고, 그는 평생 어떤 남자도 한 적 없는 방식으로 그녀의 이야기에 귀를 기울였다.

"계속해요."

그는 연신 그렇게 말했다. 그는 그 모든 이야기에 관심이 있다고 말했고 그녀는 그의 말을 액면 그대로 받아들여 자신이 어떻게 여성 인권에 대해서 열의를 갖게 되었는지 말했다. 그녀는 일종의 말싸움을 할 마음의 준비를 했다. 남자들과는 대개 그런 식이었기 때문이다. 하지만 에밋은 그저 이렇게 말했다.

"당신과 다른 여자들이 하는 일은 필수적이라고 생각해요."

그 말은 그녀의 머리를 핑 돌게 만들었다. 그가 말을 이었다.

"하지만 덧붙이고 싶은 말이 있는데, 혹시 부적절하다면 그만하라고 해도 돼요. 난 당신이 좀 더 지배적이었으면 좋겠어요. 우리가 광고지면을 사도록 만들어요. 강요해요."

"소용없을 거예요."

페이스가 대답했다.

"왜죠?"

"남자가 그런 식으로 얘기하면 사람들은 그 남자가 권위 있다고 그러죠. 여자가 그렇게 하면 다들 그 여자에게 화를 내고 자기 엄마 같다고, 아니면 잔소리하는 마누라 같다고 여기죠."

"아. 무슨 말인지 알겠어요. 좋아요, 그럼 그냥 절박하게 행동해요. 난 광고 일을 하고 있으니까 내가 무슨 말을 하고 있는지 대충은 알아요. 그리고 한 가지 더 말해주자면 말이죠, 주로 말을 하는 사람은 당신이 되어야 해요. 다른 사람들보다 당신이 더 나서야 돼요. 당신한테는 뭔가가 있거든요."

"음, 고마워요."

그녀는 불편하면서도 좀 기뻤다. 그러고 나서 그녀가 물었다.

"당신은요? 당신 이야기도 알고 싶은데요."

"아. 내 이야기요. 어디 보자. 난 그냥 얌전히 나비스코에서 일만 하고 있고, 뭐 그리 나쁘지 않아요. 하지만 대체로는 그리 놀라운 일 같은 게 없고, 그건 좀 아쉽죠. 난 놀라는 걸 좋아하거든요. 당신은 놀라운 일이었어요."

그가 덧붙였다.

여성의 설득

그때 그가 그녀의 손을 잡았다. 그것은 충격적인 일이면서도 한편으로는 아니었다. 그녀는 이미 예상하고 있었고, 드디어 그 일이 벌어진 거니까. 그는 엄지손가락으로 그녀의 손을 한 번, 그리고 두 번 쓰다듬었다. 이건 대체로는 업무상 저녁식사였지만, 완전히 그런 건 아니었다. 그녀는 제안이 올 순간에 대비해 계획을 세웠고 이제 그 순간이 왔으나 더 이상은 그를 거절해야 한다는 확신이 들지 않았다. 성적 욕망은 그녀를 약하게 만들거나 머리 대신 몸이 생각하도록 만들지 않았다. 그것은 그녀를 전혀 약하게 만들지 않았고, 오히려 그녀의 생각을 바꿔놓았다. 그녀는 생경함이, 탄화한 흥분이 몸을 휘감는 것을 느꼈다. 이 감정은 자리를 잡기 전까지는 언제나 약간 속을 울렁거리게 만들었다.

　　"나랑 자요. 난 정말로 그러고 싶어요."

　　그가 말했다.

　　"광고 지면을 사는 것보다 더 말이죠."

　　"맞아요."

　　그는 계속해서 그녀의 손을 쓰다듬었고 그녀는 움직이지 않았다.

　　"당신의 아파트로 가도 돼요. 근처에 사는 거 알아요. 전화번호부에서 당신 이름을 찾아봤거든요."

　　그가 말했다. 그녀는 촛불을 내려다보았다. 그녀의 얼굴이 촛불 그 자체가 된 것처럼 뜨끈해졌다.

　　"그게 당신의 명령조의 말투겠죠. 그리고 나는 그 말을 그대로 따라야 하고요."

　　"페이스, 난 명령하는 게 아니에요. 당신도 원했으면 좋겠어요."

　　그들은 그녀의 아파트로, 애니 실베스트리가 중서부로 떠난 이후 혼자 살고 있는 웨스트 13번가의 조그만 원룸으로 왔다. 에밋이 의자에 자신의 옷을 개켜서 놔두는 동안 페이스는 그가 자신과 자는 첫 번째 회사원이라는 사실을 곱씹었다.

에밋은 작은 구멍들이 난 근사하고 격식 있는 구두를 신었고 그녀는 그가 신발을 벗어서 벽가에 있는 그녀의 장미색 스웨이드 부츠 옆에 놓는 것을 보았다.

"꼭 나비스코 크래커처럼 생겼네요."

그녀가 말했다.

"네?"

"당신 구두요. 위에 조그만 구멍들이 있잖아요."

그가 쳐다보았다.

"그러네요."

그가 미소를 지었다.

"소셜 티 비스킷이요. 우리의 대표 상품 중 하나죠. 참, 나도 당신 부츠가 마음에 들어요."

그가 덧붙였다.

그는 구두를 깔끔하게 정리해놓았다. 그의 반짝이는 검은 구두와 그녀의 부드러운 파스텔 색깔 부츠는 굉장히 대조적이어서 그 자체만으로도 뭔가 흥분이 됐다. 그의 속옷은 돛처럼 빳빳해 보였다. 그의 몸은 멋졌고, 거의 파충류처럼 보이면서도 약간 달랐다. 그는 완전히 온혈동물은 아니었으나 그녀는 지금 거기에는 신경 쓰지 않았다. 그의 검고 살짝 긴 머리와 그녀가 아빠 이후로 만난 그 어떤 사람보다도 남성적으로 느껴지게 만드는 감귤향 때문에 말도 안 될 만큼 그에게 끌렸다. 물론 그는 그녀의 아빠와 전혀 달랐다.

여성의 설득

침대에서 에밋은 느긋하게 미소를 지으며 팔을 벌리고 그녀를 끌어안았다.

"이리 와요."

그는 그녀가 이미 거기 있지 않은 것처럼 말했다. 그는 그녀가 더 가까이 다가오기를, 즉시 그녀의 안으로 들어가기를 바랐고, 지금 이 순간에는 그녀도 그 생각을 이해할 수 있을 것 같았다. 그녀도 그가 자신의 안으로 들어오기를 바랄 뿐만 아니라 그녀도 어떤 면에서 그의 안으로 들어가고 싶었으니까. 어쩌면 그가 되고 싶은 걸지도 모른다. 그녀는 그의 자신감, 그의 스타일, 자신과는 전혀 다른 방식으로 세상을 거니는 그의 방식을 소유하고 싶었다.

이렇게 해, 저렇게 해. 그들은 사람들이 예의를 잊고 섹스할 때 말하는 방식으로 서로에게 명령했다. 그는 그녀를 자신의 위로 올리고서 흥분으로 가득하지만 그 위에 경탄이 뒤덮여 있는 표정으로 그녀를 올려다보았다.

"아, 맙소사."

그녀가 떠도는 천사처럼 그의 위에서 버티자 그가 말했다. 페이스는 자신이 이런 식으로, 환영으로 보인다는 사실이 전혀 신경 쓰이지 않는다는 것을 깨달았다. 그들은 공통된 순간에 멈췄고 그의 눈은 거의 머리 위로 넘어갈 지경이다가 곧 그가 무슨 일이 벌어지는지 기억해낸 것처럼 정신을 차렸다. 그녀의 안으로 하도 깊이 들어와서 그녀는 둘로 갈라질 것만 같은 느낌이었다. 그러나 그는 아무 상처도 주지 않았다.

절정에 오르자 그는 요란하게 신음하고서 말했다.

"아, 페이스."

그의 모든 말끔하고 날 선 면은 다 사라진 모습이었다. 끝나고 나서 그는 평정을 되찾고 다시 원래 모습으로 돌아갔고, 오로지 그녀에게만 주의를 기울였다. 충격처럼 잇달아 세 번이나 온 그녀의 절정에 두 사람 모두 흥분을 느꼈고 그가 조용히 그녀에게 말했다.

"그건 아주 마음에 드는 부분이었어요."

그들은 침대에 누운 채 피로라는 후유증에서 벗어났다. 그리고 마침내 그가 침대 옆 탁자에 손을 뻗어서 시계를 집어 손목에 채웠다.

"음. 이제 갈 시간이군요."

"어디로요? 지금은 새벽 2시예요."

페이스는 고개를 돌려 분홍색 빛이 나는 타이멕스 시계를 보았다.

"집에요."

길고 끔찍한 침묵이 흘렀고, 마침내 그녀가 말했다.

"당신 결혼했군요."

역시나 끔찍한 또 다른 침묵이 흘렀고, 페이스는 뭔가 성난 말을 하려고 했다. 하지만 그녀는 화가 나지 않았고 그저 음울하게 슬플 뿐이었다. 왜냐하면 결혼반지가 없었어도 그녀는 이미 직감적으로 그가 결혼했다는 걸 알았고, 그래서 일부러 그와 침대에 들어가기 전에 그 질문을 하지 않았다는 걸 스스로 알고 있었기 때문이다. 질문의 답을 확실히 알았다면 절대 이런 일을 할 수 없었을 테니까.

카지노에서 만난 여자가 그의 아내였을지도 모른다는 사실이 떠올랐다. 그녀는 에밋의 손이 여자의 허리 오목한 부분을 잡고 있던 것을 기억했다. 그들이 서로에게 보이던 소유욕 어린 행동. 하지만 무엇보다도 그녀는 그가 최소한 한 명 이상의 아이를 둔 애 아빠라는 것을 알았다. 오늘 밤 쿠커리에서 에밋이 음료에서 조그만 종이우산의 물기를 털고 재킷 주머니에 넣는 것을 보고 무의식적으로 알아챘다.

집에 가서 아이에게, 어쩌면 딸에게 선물로 주려는 아빠가 아니고서 누가 그러겠는가? 페이스는 에밋에게 화를 낼 수 없었다. 자신도 내내 알면서 무시했던 거니까.

그녀는 침대에서 일어나 앉아 그가 옷을 입고 어두운 방에서도 셔츠 단추 하나하나를 조그만 구멍에 정확하게 끼우는 것을 보았다. 그가 단추를 중간쯤 채우다가 고개를 들었다.

"저기, 난 당신에게 거짓말을 하진 않았어요. 당신이 물었다면 말해줬을 거예요."

그가 지적했다.

"그렇겠죠."

"내 아내와 나는 그렇게 친밀하지 않아요. 우린 그런 사이가 아니에요. 당신과 나는 완전히 다른 관계를 맺을 수 있어요. 오늘 밤을 보건대 굉장히 멋진 관계를요. 내 말은, 우리가 함께 한 것, 우리가 느낀 것, 난 가짜로 꾸미지 않았어요. 그런 걸 더 가질 수도 있어요. 그렇게 될 수도 있다고요."

"난 그런 일은 하지 않아요. 최소한 알면서. 내 자매들에게는 그러지 않아요."

이제 냉정해진 페이스가 말했다.

"자매들?"

그가 혼란스러운 듯이 물었다.

"무슨 말을 하는 거예요? 아. 모든 여자들이 자매들이라는 그런 뜻이군요. 여성해방 뭐 그런 거. 하지만 내 말 믿어요. 내 아내는 당신의 자매가 아니에요."

"하지만 내 말뜻을 이해했잖아요. 난 다른 여자들을 배신하지 않아요."

"당신은 도덕적이라는 뜻이겠죠."

"그 비슷한 거예요."

그녀가 대꾸했다.

"확실히 알아들었어요. 내일 연락하죠."

"그러지 말아요."

"광고에 관해서만요. 사무실 사람들이랑 얘기를 해볼게요. 약간 설득하면 당신 잡지에 광고 지면을 좀 살 수 있을 거예요."

에밋이 말했다.

"그러시든지요."

그녀가 냉랭하게 대답했다.

다음 날 아침에 그가 그녀에게 전화를 걸었다. 전화가 왔을 때 그녀는 아직 집이었다.

"저기, 당신한테 할 말이 있어요."

에밋의 목소리는 차분하지만 묘하게 긴장되어 있었다.

"내 아내가 당신에 관해서 알아요."

페이스는 충격을 받아서 그냥 듣기만 했다.

"어젯밤에 내가 집에 갔을 때 아내가 날 추궁했고 '나한테 거짓말하지 말아요.'라고 하는데, 정말로 거짓말을 할 수가 없더라고요. 당신 이름과 모든 걸 다 말하라고 해서 다 말했어요."

"맙소사, 에밋, 왜 그랬어요?"

페이스가 물었다.

"아내가 여기 있고 당신과 이야기를 하고 싶어 해요. 바꿔줘도 될까요?"

그가 말했다.

"당신 미쳤어요?"

"아뇨."

그가 애처롭게 말했다. 페이스는 자기도 모르게 전화를 그냥 받고 있었다. 다른 사람에게 전화기가 넘어가는 소리가 들리고 곧 여자 목소리가 전화선을 타고 들렸다.

"페이스 프랭크, 난 매들린 슈레이더예요."

여자의 목소리는 부드럽고 평이했다. 페이스는 아무 말도 하지 않았다.

"내 남편은 당신이 가질 수 있는 상대가 아니라는 걸 말하고 싶었어요. 그이가 그런 식으로 행동했을 테니 당신은 가질 수 있을 거라고 생각했을지도 모르겠어요. 하지만 우리 결혼식에서 그이는 내 옆에 서서 우리 둘 다 살아 있는 한 나를 사랑하고 존중하겠다고 약속했어요. 그리고 그거 알아요, 페이스 프랭크? 난 아직 안 죽었어요."

페이스는 더 이상 이런 말을 들을 수가 없어서 조용히 전화를 끊었다. 그녀는 아내와 함께 있는 에밋을 떠올렸다. 남편과 아내, 아이라는 3인방이 눈앞에 보였다. 다섯 살쯤 되었고 손에 든 뭔가를 만족스럽게 만지작거리고 있는 어린 여자아이. 아마도 제 아빠의 음료에 꽂혀 있었던 종이우산이겠지.

페이스는 자신이 끔찍하게 싫었고, 문득 첫 번째 여성 모임에서 여자들이 서로에게 말하던 방식을 떠올렸다. 왜 우리는 우리 자신에게 이렇게 엄격할까? 그들은 서로에게 그렇게 물었다.

가끔은 스스로에게 엄격하게 구는 게 적절할 때도 있다고 그녀는 생각했다.

"나비스코에서는 어떤 광고비도 따낼 수 없을 거예요."

월요일에, 엘리베이터가 또다시 고장 나서 계단을 올라간 뒤 사무실에서 그녀가 셜리 페퍼에게 말했다. 숨이 턱까지 차오른 그녀가 벽에 몸을 기댔다.

"그래요? 왜죠?"

셜리가 트랙터만큼 무거운 IBM 타이프라이터를 치고 있다가 고개를 들어 올리고 물었다.

"좀 복잡해요."

페이스가 대답했다.

"알았어요. 저기, 그렇게 비극은 아니에요, 페이스. 어쨌든 닥터 숄에서 계약을 딸 수 있을 것 같아요. 하루 더 살아남아 투쟁할 수 있을 거예요."

셜리가 차분하게 말했다.

잡지는 잔잔한 관심을 얻었고 30년이 넘게, 약간 얌전한 버전으로 지속되었다. 『블루머』의 초기 몇 년 동안 편집부원이었던 초창기 멤버 세 명은 정기적으로 토크쇼에 나가서 진지하게, 열정적으로 이야기를 했고 그들이 해야만 하는 일을 했다. 은색 넥타이를 맨 토크쇼 진행자들은 아무도 데이트하고 싶어 하지 않는 화나고 털 많은 페미니스트에 관한 농담으로 여자들을 깔아뭉개는 망할 자식들이었다. 셜리와 페이스, 이블린은 절대로 그들과 함께 웃지 않았지만, 설령 조롱당한다 해도 그들이 중요하다고 생각하는 것들에 대해 말하기 위해 계속해서 출연했다.

어느 시점에 페이스는 그들 무리에서 떨어지게 되었다. 그녀는 다른 사람들보다 훨씬 말을 잘했다. 그녀가 아이디어가 넘치는 사람인 건 아니었다. 사실 전혀 그렇지 않다는 편이 더 옳았다. 그녀가 훨씬 더 논리적인 것도 아니었다. 뭔가 다른 거였다. 사람들은 페이스의 말을 듣고 싶어 한다. 그녀가 사람들이 딱히 듣고 싶지 않은 이야기를 할 때에도 그녀의 곁에 있고 싶어 한다. 페이스의 이런 자질은 심야 토크쇼에 출연해 1975년에 베트남에 관한 소설 『클라우드 커버』로 유명해진 소설가 홀트 레이번과 토론하게 되면서 드러났다. 넓은 옷깃이 달린 재킷을 입고 페이즐리 무늬 넥타이를 하고 위는 좁고 아래는 넓은 구레나룻이 항상 싸움을 걸고 싶어 근질근질한 것 같은 얼굴을 뒤덮고 있는 레이번은 줄담배를 피워댔다. TV 쇼 세트는 낮게 걸린 연기 구름으로 뒤덮여 있었다.

"여자들의 문제는 말이지."

그가 입을 열었고 진행자인 베네딕트 로어링이 몸을 기울였다.

"네, 네? 여자들의 문제요? 아, 이런 식으로 시작되는 문장이 정말 좋다니까요. 안 그런가요?"

로어링이 음란한 표정을 지었고 관객들이 웃음을 터뜨리며 박수를 쳤다.

"여자들의 문제는 말이지."

홀트 레이번이 다시 말했다.

"자기들을 위해서 모든 일을 다 해주길 바란다는 거지. '이 병 좀 열어줘요, 난 아무것도 못해요. 나랑 같이 침대로 가요, 나 완전 흥분했거든요. 저녁식사 비용 좀 내줘요, 내 돈은 필요할 때를 위해서 저축해야 하니까요.' 하지만 그러다가 TV에 나와서 갑자기 성난 여성해방론자가 되어서는 '우린 우리 힘으로 직접 모든 일을 하고 싶어요.'라고 말해. 내 말은, 좀 한 가지만 하라고. 둘 다 할 수는 없는 거야, 아가씨들. 우리가 보살펴줘야 하는 어린 애들이 되든지, 아니면 모든 걸 혼자 할 수 있는 강압적인 잡년이 되든지 둘 중 하나라고. 그리고 두 번째가 되겠다고 하면, 뭐 좋아. 당신네들 일부가 이미 그러는 것처럼 당신네들끼리 침대로 가라고. 당신네들한테는 분명히 남자가 필요하지 않으니까. 그리고 그 짓거리를 하면서 우리 없이 애를 한번 만들어보시지. 집세도 내고. 얼마나 잘되는지 나한테 알려달라고."

관객들의 반응은 엄청났다. 더 큰 웃음, 더 큰 박수. 그러다 모두가 이제는 페이스에게 주의를 돌려야 한다는 걸 즉시 깨달은 것처럼 진정했다. 그의 맞은편에 앉아 있는 페이스. 어떻게 반응해야 할까? 그녀는 오로지 여성해방론자라는 역할을 채우기 위해 쇼에 불려나온 사람이었다. 그녀가 무슨 말을, 또는 어떤 행동을 해야 할까? 페이스는 무릎에 손을 올리고 앉은 채 꼼짝하지 않았다. 그녀는 자신이 음울한 학교 선생님처럼 보인다는 사실을 깨닫자 짜증이 났다. 하지만 함께 있는 남자들이 여자에 대해 이런 식으로 말하기 시작할 때 어울리는 적절한 모습 같은 건 없었다. 고지식하게 보이거나 화난 것처럼 보이거나 아니면 그들과 함께 웃는 것뿐인데, 마지막은 최악이었다.

그녀는 홀트 레이번을 완전히 무시하고 넘어가기로 했다. 그는 문학계에서 돈을 많이 받는 개자식이었다. 그와 같은 남자들은 온 세상을 휘젓고 다녔고, 그의 자유나 안정감을 빼앗을 수 있는 방법은 전혀 없었다. 그녀는 그를 무시하고 카메라를 똑바로 보았고, 그것이 그와 진행자 둘 모두를 당황하게 만들었다. 카메라맨 한 명이 그녀를 향해 손을 흔들며 입모양으로 말했다.

"남자들을 봐요. 남자들을 보라고요."

그녀는 그 남자의 말도 무시했다.

"난 여자들이 의사나 변호사나 병을 여는 사람이 되면 남자들이 두려워한다고 생각해요. 그러면 남자들이 소위 여자들의 일을 해야 되고, 그게 얼이 빠질 만큼 무서운 거죠. 우리가 하지 못하는 일은 없지만, 남자들이 두려워하는 일은 아주 많아요."

페이스가 말했다. 이제 관객은 그녀의 편이었다. 홀트 레이번의 말에 박수를 쳤던 바로 그 사람들이 이제 그녀에게 박수를 쳤다.

"예를 들면 아이의 생일파티를 열어주는 거요. 아, 아니면 애를 낳는 거요."

환호가 이어졌다.

"우린 항상 도와줄 남자들이 없으면 일을 해내기 위한 방법을 찾아내죠. 우린 임기응변 능력이 넘치고 단호하고 인내심이 있어요."

이제 그녀는 홀트 레이번을 쳐다보았다. 홀트의 손가락 사이에 낀 담배가 그대로 타들어가 아슬아슬한 담뱃재 기둥이 되어 있었다.

"홀트, 당신이 한 가지 타당한 문제를 언급하긴 했어요. 하지만 그 문제를 어떻게 해결해야 할지 내가 알아냈죠."

페이스는 아름답고 차분하고 밝은 웃음을 짓고서 하늘색 스웨이드 부츠를 신은 긴 다리를 꼬고서 말했다.

"난 오늘부터 다시는, 절대로 병에 든 음식은 사지 않기로 결심했어요."

그 인상적인 말은 수십 년 동안 반복해서 방송되다가 마침내 거의 나오지 않게 되었다. 쇼가 방영되고 몇 년 후에 홀트 레이번은 출간파티에서 술에 취해 나와 몇 번의 음주운전 기록이 있는 상태로 어두운 길에서 여자를 치었다. 그 결과 여자는 한쪽 다리를 절단해야 했다.

그는 감옥에서 2년을 보냈고, 출소할 무렵에는 그 경험에 관한 소설 『뉴 피시』를 완성했다. 이 책은『클라우드 커버』만큼은 아니지만 어쨌든 베스트셀러가 되었으나 그 무렵 그는 지치고 얼굴은 누렇게 떠 있었다. 그는 왜 세상 돌아가는 게 달라지고 있는지, 왜 세상이 여자들에게도 달라지고 그에게도 달라지고 있는지 잘 이해하지 못하는 작고 땀 흘리는 남자인 채, 그해에 심장발작으로 사망했다.

훌륭하고 매력적인 대중 강연자라는 사실이 페이스 프랭크를 띄워주었고 말뿐만 아니라 행동할 기회까지도 늘려주었다. 페이스는 남녀평등 헌법 수정안을 위한 행진에 참여했다. 그녀는 모임이 끝나고도 밤늦게까지 남아서 많은 여자에게 이야기했다. 낙태 병원이 목표물이 되었을 때 그녀는 사람들이 안전해질 수 있도록 판사들을 설득하려는 사람 중 한 명이었다. 홀트 레이번과 열기 어려운 병이라는 이미지가 이 모든 일을 할 수 있도록 어느 정도 기여했다.

페이스는 함께 있는 모든 스타일의 여자들과 편안하게 어울렸다. 레즈비언들도 마찬가지였는데, 그중 몇 명과는 몹시 친해지게 되었다. 가장 강하게 의견을 내는 사람 중 한 명이었던 수키 브록은 행진 도중에 페이스에게 키스한 적이 있었고, 페이스는 그저 미소를 지으며 그녀의 팔을 쓰다듬고서 굉장히 기쁘다고 말했다.

"있잖아요, 페이스. 만약에 혹시 이쪽으로 전향하게 된다면 나한테 제일 먼저 넘어와야 돼요, 알겠죠?"

수키가 말했다.

"물론이죠."

페이스는 그렇게 대답했고 그것은 그럴 일 없다는 뜻이었다. 그녀는 수키나 다른 여자에게 키스를 받고 싶지 않았다. 스스로를 분리주의자라고 자랑스럽게 부르는 사람들이라 할지라도 말이다. 페이스는 「아메리칸 고딕」*처럼 보이는 두 여자 농부의 사진을 본 적이 있었다. 한 명은 상의를 입지 않은 채 멜빵바지를 입고 있었다. 멜빵 양옆으로 괄호처럼 가슴이 튀어나와 있었다. 오늘날 여자들은 농장과 공동체, 집단농장으로 이주하기 시작했다. 거기가 유토피아일까? 누군가와 함께 사는 것은 꽤 힘든 일이라는 걸 페이스는 잘 알았다. 살아가는 완벽한 방법이라는 건 없었다.

페이스는 뭔가를 배우고 싶어서 급진파 여자들 사이, 가정주부들 사이, 학생들 사이를 수월하게 돌아다녔다.

"당신은 뭘 대표하죠?"

학생신문에서 나온 아주 젊은 인터뷰 진행자가 그녀에게 물은 적이 있었다.

"난 여자들을 대표해요."

페이스는 그렇게 말했다. 초반에는 이게 적당한 대답이었지만, 나중에는 가끔 충분하지 않을 때도 있었다.

그 시절에 그녀는 사람들로부터 완벽하게 설명하기는 어려운 감정을 끌어내는 페이스 프랭크라는 존재로서, '자신이 되어야 하는 사람'이 되었다. 홀트 레이번을 상대로 토크쇼에 나온 이후에는 완전히 떠서 자신이 편집자로 있는 잡지보다 더 유명해졌다. 그녀의 책들은 베스트셀러가 되었고, TV에 나오면 수많은 시청자를 끌었다. 시간이 흐르며 그녀는 일부러 에밋 슈레이더에 대해서 자주 생각하지 않으려고 했지만, 그의 성공 이야기는 계속 찾아 들었다. 그는 나비스코의 하급

* 고딕풍의 농가를 배경으로 서 있는 남녀를 그린 그랜트 우드의 작품.

임원으로 시작했다가 아내이자 트래트 금속의 재산을 받은 트래트가의 상속녀 매들린 슈레이더의 돈으로 벤처캐피털 회사 슈레이더캐피털을 차렸다. 그게 어떤 결과를 내놓았는지는 모두가 알았다. 그는 억만장자가 되었다.

그러나 모두가 그의 비도덕적인 행동에 대해서 이야기했다. 그 위치에 있는 다른 이들보다 유난히 악질적인 건 아닐지 몰라도 그의 진보적 성향 때문에 더욱 충격적으로 다가왔다. 사람들은 그의 놀라운 연줄과 그가 투자한 수상쩍은 프로젝트에 대해서 이야기했다. 그중 하나는 미국총기협회가 광고하는 총기 소제 회사와 관련이 있었고 또 하나는 엄청나게 높은 가격으로 개도국에 제품을 파는 아기 음식 제조사와 관련된 것이었다. 하지만 이 모든 것이 선행으로 상쇄되는 것처럼 보였다. 그런 기업체에 대한 여러 소문은 페이스에게는 딴 세상 이야기로 들렸다.

1973년도의 로 대 웨이드 재판으로 임신 중절 반대파가 들고 일어났다. 여기에 대응하고 싸워야 했기에 페이스는 이 일에 전념했다. 3년 후 인디애나주의 앤 맥컬리가 갑작스럽게 인기를 얻어 낙태에 반대하는 노골적인 주장으로 상원의원에 당선되었다.

"우리는 매일 로와 싸울 겁니다. 계속해서 조금씩 조금씩 그 판례를 부숴버릴 겁니다."

그녀는 차분한 목소리로 침착하게, 놀랍도록 훌륭한 자세로 마이크에 대고 말했다.

텔레비전에서 맥컬리 의원을 볼 때마다 페이스는 그녀에 관한 사실을 공개적으로 말하는 게 얼마나 쉬운 일일까 생각하곤 했다. 11년 전에 맥컬리 의원은 합법적 낙태의 강력하고 확고한 지지자였고, 그녀 자신도 라스베이거스에서 불법 낙태를 받았다고 언론에 성명서만 내면 됐다. 그러면 그녀의 낙태 반대에 관한 영향력과 정치적 부상을 완전히 가로막을 수 있을 것이다. 페이스는 다른 누구보다도 가난한 여자들이 도움을 받지 못해 생명이 위태로워질 수 있도록 만든 애니의 행동에 격분했다. 불법 낙태에 관한 애니 자신의 경험으로 합법적 낙태가 얼마나 절실한지 알 법도 한데 왜 이렇게 변해버렸는지 그녀는 이유를 알지 못했다. 하지만 다른 사람의 마음속에서 무슨 일이 벌어지는지 누가 알겠는가. 세월이 흐르면서 생각은 집착으로 바뀔 수 있고 새로운 껍데기가 생겨 그 주위로 굳어질 수도 있다. 페이스는 애니가 신실한 종교인이라는 내용을 읽었다. 낙태의 악몽을 견디는 방편으로 종교를 찾은 걸까? 아니면 전혀 다른 것 때문일 수도 있다. 지금 페이스가 앤 맥컬리를 만난다면 아마 이렇게 말할 것이다.

"애니, 진짜 이럴 거야?"

수십 년이 지나서 로사이는 계속해서 맥컬리 의원에게 세미나에서 강연해달라고 연락했다. 처음에 연락했을 때 페이스는 잔뜩 긴장해서 아무 말도 하지 않고 어떻게 될지, 애니가 어떤 선택을 할지 기다렸다. 의원 사무실에서는 예상대로 참여할 수 없다고 대답했다. 그게 아마 최선이었을 것이다. 왜냐하면 페이스가 그녀와 단둘이 남아서 "애니, 진짜 이럴 거야?"라고 묻는다 해도 애니는 분명히 "그래, 페이스, 진짜 이럴 거야."라고 대답할 테니까.

두 사람 다 자신이 믿는 것을 확고하게 믿었다. 그들의 신념이 그들을 가득 채우고 있었다. 하지만 애니가 자신의 과거를 절대 공개적으로 밝히지 않을 것처럼 페이스 역시 그걸 밝히지 않을 것이다. 그것은 그녀가 공개해도 되는 정보가 아니었다. 개인적인 거였다. 내가 결정을 내려야 해, 여자들은 그때 모임에서 그렇게 노래했다. 모든 상황에도 불구하고 페이스는 아무한테도 그 이야기를 하지 않았다.

페이스는 꽤 일찍부터 자신에게 다른 여자들의 특정 자질을 끌어낼 수 있는 능력이 있다는 것을 알아챘다. 여자들은 그녀의 무리에 끼고 싶어 했고, 그 무리에서 자신이 더 발전하기를 바랐다. 그녀는 여자아이들과 젊은 여자들이 링컨과 비슷한 방식으로 자신을 정말로 사랑한다는 것을 깨달았다. 그들은 약간 갈피를 잃었거나 영감이 필요한 것일 수 있었다. 어쩌면 그녀가 그들에게 준 가장 중요한 것은 승인이었는지도 모른다는 생각이 들었다.

"삶에서 뭘 원하는지 말해봐요, 올리브."

그녀는 『블루머』의 고등학생 인턴인 수줍음 많은 소녀에게 그렇게 말했다.

올리브 미첼은 16년 동안 그 질문만을 기다렸던 것처럼 고마운 표정으로 그녀를 보았다.

"항공우주공학이요."

그녀가 숨 가쁘게 대답했다.

"멋지군요. 음, 그러면 전력을 다해서 그걸 추구해봐요. 그 분야를 뚫고 들어가는 건 분명히 굉장히 힘들 테죠, 안 그래요?"

여자아이는 고개를 끄덕였다.

"그러려면 끈기와 확고한 의지를 갖고 있어야 하는데, 난 올리브가 그렇다는 걸 이미 잘 알아요. 해낼 수 있을 거라고 믿어요."

그녀가 덧붙였다.

올리브를 떠올려본 지는 몇 년이 흘렀지만 페이스는 올리브가 항공우주공학을 공부하러 갔다는 걸 알았다. 그 아이가 극단적이면서

여성의 설득

도 거의 한 편의 시 같은 감사 편지와 순수하고 행복한 미소를 지으며 실험실에서 찍은 사진을 페이스에게 보냈기 때문이다. 그것도 아주 오래전 일이었다. 페이스가 만난 젊은 여자들의 삶을 계속해서 추적하는 건 어려운 일이었다. 수많은 아이가 가능성으로 반짝거리며 앞으로 달려나갔다.

젊은 여자들은 페이스 프랭크가 어디 살고 무엇을 하고 있든 그녀의 문을 지나쳐 사라졌다. 그중 일부는 금세 친해져서 그녀는 외로울 때가 별로 없었다. 수십 년의 세월 동안 가끔 그녀는 남자가 함께 있었으면 하는 특정한 욕망을 느꼈고, 그럴 때면 1980년대 말 행사에서 만난 민주당 전략기획가 윌 켈리와 약속을 잡았다. 잘생기고, 어설프고, 덥수룩한 수염을 기르고, 결혼한 적이 없는 그는 정책에 전념하는 일벌레 겸 한량이 뒤섞인 존재였다. 그런 그에게 그녀는 매력을 느꼈다. 윌은 텍사스주 오스틴에 살았지만 페이스와 함께 있기 위해 비행기를 타고 왔다. 그들은 저녁을 먹고 다정하면서도 약간 에어로빅 같은 섹스를 하고 근사한 대화를 나누었다. 그러고 나서 몇 달 동안 다시 그런 식으로 만나지 않는다 해도 괜찮았다. 혼자 있는 것은 페이스가 오랫동안 완벽하게 다듬어온 행위였다. 혼자 있으면 자신의 몸의 세세한 부분까지 걱정할 필요가 없다. 예를 들어 다리가 선인장 같지는 않은지, 칵테일 파티가 끝나고 입에서 브리 치즈 같은 냄새가 나는 건 아닌지 같은 것 말이다. 그녀가 아는 많은 사람과 달리 그녀는 혼자 있는 것을 선호했다.

2010년 『블루머』가 폐간된 것은 엄청난 타격이었다. 몇 달 동안 페이스는 우울했고, 불필요한 사람이 된 기분이었다. 그런데 갑자기 그녀의 과거에서 나타난 억만장자 유령 에밋 슈레이더가 전화를 걸었다. 아니 정확히는 그의 비서가 전화를 했고, 페이스는 점심 만남을 위해 그의 사무실로 가기로 했다. 도착해보니 환상적인 전망을 가진 거대한 영국식 남성 클럽 같은 사무실에 자리가 만들어져 있었다.

그녀가 들어오자 에밋이 일어나서 반겼다. 그녀는 수년 동안 다양한 그의 사진을 검색해보면서 그의 머리가 검은색에서 은빛으로 변한 과정도 보았다. 문가에서 그녀는 그가 여전히 살 찐 구석이라고는 없고 트레이너와 집사, 건강을 염려하는 요리사를 가진 억만장자에게만 가능한 방식으로 늘씬하다는 것을 알 수 있었다. 하지만 그가 가까이 다가오자 페이스는 또 다른 감정을 느끼기 시작했다. 에밋의 사라진 젊은 모습에 대한 향수와 자신의 사라진 젊은 시절에 대한 향수가 뒤섞여서 솟구쳤다. 합쳐진 두 가지 향수는 즉시 감정적이고 약간은 성적인 기분을 만들어냈다. 거기 서서 그녀는 보편적인 갈망의 감정을 느꼈다. 자신이 원하는 게 뭔지 즉시 파악할 수는 없었지만.

그를 원하는 걸까, 아니면 젊을 때의 그와 젊을 때의 자신을 원하는 걸까? 그냥 다시 젊어지고 싶은 것뿐일까? 그녀는 그들이 침대에서 보낸 밤을 떠올렸고, 그 불쾌하고 충격적인 종결도 떠올렸다. 그의 얼굴은 여전히 강인했고, 단어가 하나 머리에 생각났다. 힘, 우락부락함과 연관된 단어였다. 여성 유명인사가 우락부락한 얼굴을 갖는 건 하늘이 금지한 일이지만. 트위터에서 그녀는 얼굴에 봉지를 뒤집어쓰고 가려야 한다며 조롱을 받곤 했다. 그의 몸은 여전히 탄탄하고 인상적이었고, 아주 부유한 남성의 아름다운 옷으로 싸여 있었다. 넥타이는 고드름처럼 대롱거렸다. 성적 매력은 섬 하나가 아니라 장식과 배경을 포함하는 군도의 일부 같은 거였다. 그는 말도 안 되게 거대한 사무실이라는 배경과 그들이 마지막으로 본 이래 대형동물 전문 사냥꾼처럼

여성의 설득

자신의 승리를 쌓아놓은 세월이라는 배경 속에 있었다.

"페이스."

그의 목소리는 부드러웠고 눈은 거의 촉촉하게 젖어 있었다. 그가 그녀의 손을 잡았다가 놓아주고 양팔로 그녀를 껴안았다. 포옹은 깜짝 놀랄 만한 행동이었다. 맨해튼에서 흔히 볼 수 있는 뺨에 입술을 대지 않는 키스와 전혀 달랐다. 포옹은 순수했고 그래서 마음이 놓였다.

"만나서 정말로 반가워요."

포옹을 풀고 뒤로 물러나서 에밋이 말했다. 그러고는 버팔로만 한 크기의 갈색 가죽 소파에 그녀를 앉힌 후 맞은편에 앉았다. 그가 자신의 회사에서 인수해서 그녀에게 운영을 맡기고 싶어 하는 여성 재단에 관한 이야기를 하는 동안 그의 말에 귀를 기울였다.

"우린 선택한 주제에 관한 세미나와 강연, 대규모 모임을 열고 대중을 초대하려고 해요. 외부 자금을 요청하지도 않을 거예요. 참가비는 있겠지만, 그것 외의 모든 경비는 우리가 댈 거예요."

그가 말했다.

"진정해요."

그가 몇 분 동안 말을 한 번도 끊지 않고 이야기하자 마침내 페이스가 말했다. 뒤쪽에서는 하얀 옷을 입은 사람들이 점심을 준비하고 있었다.

"우선 나를 선택해줘서 몹시 기쁘다는 말부터 할게요."

"그런 말 하지 말아요. 사람들은 뭔가 거절하려고 할 때 그런 식으로 말을 하니까."

그가 말했다.

"음, 오늘 여기 오기 전에 주변에 물어보고 전후사정을 알아보려고 했어요. 당신은 많은 면에서 굉장히 뛰어난 사람이더군요, 에밋. 하지만 도덕적인 면에서는 손쉬운 길을 택하는 경향이 있기로도 유명하고요."

"이봐요, 페이스. 내 회사는 많은 프로젝트에 연관되어 있어요. 내가 성자는 아니죠. 그건 사실이에요. 우린 많은 것을 시도하고, 모든 게 다 잘 풀리지는 않지만 아주 잘 하고 있어요. 당신이 우리의 기부금 역사를 본다면 안심할 거라고 생각해요. 우린 여성을 위한 일에 기부를 많이 해요."

그들은 몸이 오싹해질 만큼 긴 침묵 속에서 서로를 응시했다. 그녀는 거기 앉아 있는 상태로 그를 불안하게 만들고 싶었다.

"여자들의 삶에 관심이 있나요?"

그가 마침내 물었다.

"당신이 그 답을 알 거라고 생각하는데요."

"존 힝클리 기억해요? 로널드 레이건을 쏜 남자요. 그 사람은 조디 포스터에게 깊은 인상을 심어주고 싶어서 그랬다고 했죠."

그녀가 말했다.

"내가 당신에게 깊은 인상을 주고 싶어서 이런 제안을 한다고 생각해요?"

"어쩌면요."

"그런 건 아니지만, 설령 그렇다고 해도 이 재단은 대통령을 불구로 만드는 일에는 절대로 관련되지 않을 거라고 보장할게요."

에밋이 말했다. 피곤하다는 듯이 그가 손으로 눈을 비볐다. 어쩌면 정말 그럴지도 모른다. 페이스가 너무 까다롭게 굴어서 그녀를 괜히 불렀다고 후회하고 있는지도 모른다. 하지만 이걸 바닥까지 파헤쳐

봐야만 했다.

"저기, 난 그저 좋은 일을 하고 싶을 뿐이에요."

그가 말했다.

"여자들과 관련된 그런 일로요."

"음, 맞아요."

좀 더 조용히 그녀가 말했다.

"나와 관련된 그런 일로 말이죠."

페이스는 에밋의 돈과 자원을 활용할 수 있다는 생각에 굉장히 흥분했다. 전에는 한 번도 가져본 적이 없었고, 원한다는 생각도 해본 적이 없었다. 그게 과연 어떨지 상상하기도 힘들었다. 『블루머』 시절에 그는 필자들에게 조금이라도 돈을 주기 위해서, 또는 화장실에 2겹 화장지를 놓기 위해서 코머 출판사와 계속 싸워야 했다.

제안을 받아들이면 자신이 돈에 넘어가는 건 아닐까 의문이 들었다. 셜리 페퍼는 관상동맥 질환으로 오래전에 사망했으니 그녀에게 물어볼 수는 없었다. 보니 뎀프스터는 『블루머』가 폐간한 뒤로 당황스럽게도 스터프러제트Stuffragette*라고 하는 여성으로만 이루어진 작은 집 청소 회사에서 일하며 전혀 생각도 못 했던 삶을 살고 있었다. 에밋에게 생각을 좀 해봐야겠다고 말하고 사무실을 나온 뒤에 페이스는 보니에게 연락해서 의견을 물었다. 보니는 페이스에게 이렇게 말했다.

"자기는 약간 잘 속아 넘어가는 경향이 있다니까, 페이스. 자기가 냉소적인 사람이 아닌 건 참 좋은 일이지만, 나라면 좀 조심하겠어. 그

* 여성 참정권 운동가인 서프러제트suffragette를 변형해 만든 이름.

리고 이게 자기가 정말로 하고 싶은 일이야? 내 말은, 그럴 만큼 좋은 일이야?"

페이스는 다음 날 아침 에밋에게 전화해서 말했다.

"우리가 정말로 세상을 좀 바꿔놓을 수 있을지까지는 잘 모르겠어요. 재단은 일종의 고급 강연 단체가 될 것 같고, 난 그런 데에는 경험이 없어요. 그런 걸 맡고 싶지도 않고요."

그는 침묵을 지켰다.

"우리가 여자들과 어떻게 관계를 맺을 건가요? 사람들의 삶을 어떻게 바꿔놓을 수 있죠?"

그녀가 물었다.

"우린 할 수 있다고 내가 장담해요. 당신은 할 수 있어요."

"고마워요. 하지만 아무래도 안 되겠다고 말해야 할 것 같아요."

그녀가 한참 후에 말했다.

그는 좀 놀란 것 같았고 통화는 금방 끝났다. 페이스는 리버사이드 파크로 가서 한참 동안 산책을 했다. 터벅터벅 걸으며 제안을 거절한 결정에 대해서 생각을 해보았다. 그가 제안한 것이 그녀에게는 공허하게 느껴졌다. 뭐가 더 필요한 걸까? 어떻게 하면 그게 해볼 만큼 좋은 일이 될까? 한 시간 후에 그녀는 택시를 타고 약속도 하지 않고 그의 사무실로 다시 갔다. 그는 거기 있었고, 그녀는 그에게 말했다.

"다른 요소가 더 있어야 돼요."

"그게 뭔지 말해 봐요."

에밋이 말했다.

"매일 나는 전 세계에서 여성들의 고난에 대한 이야기를 들어요. 강연자들을 찾는 것과 더불어서 우리가 거기에 가서 뭔가를 할 수도

여성의 설득

있었으면 좋겠어요. 우리가 즉각 도움을 제공할 수 있을 것 같은 긴급 상황이 있으면 행동을 취해서 여자들을 즉시 구제할 수 있는 자금이 있었으면 해요."

그녀가 그를 쳐다보며 물었다.

"벌써 거부하는 거예요?"

"물론 아니에요."

"말하자면 80퍼센트 정도는 강연자와 세미나에 집중하고, 20퍼센트 정도는 뭐랄까, '긴급 프로젝트'에 집중하면 될 것 같아요."

"그럽시다."

그가 말했다.

차츰 로사이의 두 개의 팔은, 불균등한 두 팔은 굉장히 생산적으로 발전했다. 여자들은 허리에 로프를 두르고 피톤*을 휘두르며 세미나라는 정상을 향해 끊임없이 올라갔다. 세미나는 야심 찬 주제들을 다뤘다. 예를 들자면 최근에는 리더십에 관한 것이었다. 세상이 오로지 리더로만 이루어져 있고 따르는 사람은 없는 것처럼, 아이들이 모두가 소방관이고 모두가 발레리나인 사회를 원하는 것처럼 지금 모두가 갖고 싶어 하는 것이 리더십이기 때문이었다. 그리고 몇 년 동안 여러 개의 긴급 프로젝트도 수행했다. 로사이는 나미비아 시골 마을에 지역 의료인을 고용하는 돈을 지불했고, 십 년간 학대당하고 공포에 질려 살다가 남편을 살해한 여성이 재판을 받을 때 변호사 비용을 대기도 했다.

하지만 로사이가 출범한 지 4년이 흐른 지금, 로사이가 제시하는

---

*   암석에 박아 넣어서 로프를 고정할 수 있는 고리.

긴급 프로젝트에 관한 아이디어들은 위층 사람들을 통과하기가 굉장히 어려워졌다. 그들이 이 프로젝트들을 말도 안 되는 일이자 돈 잡아먹는 괴물이라고 생각하는 게 빤히 보였다. 로사이 출범 이래로 슈레이더캐피털이 더 인색해진 것만 문제가 아니었다. 일부 업무에 대해서 외부적인 저항도 있었다.

"아프리카는 당신들의 도움이 필요하지 않다."

영향력 있는 온라인 잡지에 누군가가 이렇게 썼고, 그 글은 다른 곳에 재게시되며 끊임없이 퍼져나갔다.

페이스는 비판 받고 미움 받는 데에 익숙했다. 『블루머』가 가장 잘 나가던 시절에 항상 그런 일들이 있었으니까. 하지만 로사이는 아주 초기 때부터 그랬다. 트위터에서 사람들이 #피묻은돈과 #망가진페이스라고 썼다. 그리고 곧 페이스와 에밋 슈레이더와의 협력보다 재단 그 자체에 관한 우려의 목소리가 점점 커졌다. 이제는 로사이가 페미니즘의 빠른 변화를 따라잡지 못하는 것뿐만 아니라 재단이 대표하는 것 그 자체가 비방의 이유가 되었다. 로사이는 훌륭한 사업체였고 그래서 사람들은 트위터에 #백인여자페미니즘과 #부잣집마나님들 같은 말들을 썼고, 왠지 모르게 페이스를 가장 짜증 나게 만드는 해시태그는 #고급페미니즘이었다.

그녀는 그들의 불만을 이해했다. 정말로 이해했다. 그들이 다른 기업체와 돈 많은 기부자들을 유혹하기 위해서 여는 이런 행사와 파티 때문에 낭비되는 것이 엄청나게 많았다. 사람들은 억만장자가 후원하는 재단에 돈을 기부할 이유가 없다며 정당한 불만을 제기했다. 로사이는 외부 자금을 구할 필요가 없어야 했다. 슈레이더캐피털이 모든 경비를 다 대니까. 하지만 어느새 그 부분도 달라졌다. 에밋이 내부에서 압박을 받은 탓이었다.

그래서 지금 현재의 로사이는 불편한 혼종이었다. 그녀는 21세기에 어느 정도 적응했지만, 그녀가 예전에, 아주 초기에 배운 방법들을 가장 잘 알았다. 그 시기가 그녀에게는 광산이자 뿌리, 깊숙하게 자리한 장소였다.

트위터와 다른 곳에서 괴롭힘을 당하고 있어도 세미나는 성공적으로 진행되었고, 위층 사람들은 더 자주 세미나를 열고 스터디 그룹과 포커스 그룹을 만들어야 한다고 생각했다. 그들의 관여 때문에 재단은 유명인사들을 더 많이 부르는 방향으로 흘러갔다. 링컨도 이걸 알아챘으니 대부분의 사람들도 그럴 것이다. 천박함이 슬그머니 끼어들었다. 이런 행사에서 벌어지는 너무 많은 일이 하찮다는 걸 페이스도 알았다. 초기에는 그런 경우가 거의 없었다.

팀의 일부는 의욕을 잃은 것 같았다. 몇 달 전에 회진을 도는 의사처럼 페이스는 그들을 쭉 살펴보았고, 직원들의 사기가 위험하리만큼 떨어졌다는 것을 알게 되었다. 거의 처음부터 로사이에 있었던 그리어 카데츠키의 자리에 갔을 때 그녀는 그리어가 책상에 머리를 대고서 오전 11시부터 졸고 있는 것을 발견했다. 그리어는 대체로 굉장히 집중력 있고 예리했다. 요즘 들어 그런 모습을 보기 힘들기는 했지만. 최근에 그리어는 위층에서 내려온 지시에 불만을 품고 다른 사람들과 뭐라고 속삭이고는 했다. 페이스는 로사이의 변화가 돌이킬 수 없는 지점까지 오지는 않은 척하려고 애를 썼지만, 그 변화를 막을 수가 없었고 막아서도 안 된다는 사실 역시 잘 알았다.

"아침 해가 밝았어요, 잠꾸러기."

페이스는 알람이 울렸는데도 일어나지 못하는 링컨을 학교에 보내기 위해 깨울 때 이렇게 부드럽게 속삭였었다. 당시에도 지금처럼 말투에 은근히 짜증이 어려 있었을까. 그리어는 크게 당황했다.

"페이스, 정말로 죄송해요."

그녀는 재빨리 일어나 앉아서 얼굴의 눌린 자국을 펴려는 것처럼 손을 올렸다.

"업무시간에 자다니. 일반적인 일은 아니군요. 정말로 여기 상황이 그렇게 나쁜가요?"

페이스가 묻고서는 스스로 덧붙였다.

"그럴지도 모르겠군요. 커피 한 잔 들고 내 사무실에 가서 얘기 좀 해요, 그리어."

하얀 소파에 앉아서 햇살 한 줄기에 눈을 가늘게 뜨고서 그리어가 말했다.

"오늘 아침에는 정말로 별로 할 일이 없었어요. 최소한 제가 즉시 처리해야 하는 그런 일은 없었어요. 그래서 이렇게 되어버린 거예요. 요즘은 완전히 기업체가 된 것 같아요. 이제 우리가 자금을 구해 와야 되니까 돈에만 굉장히 많은 주의가 쏠려 있어요. 전 슈레이더캐피털이 모든 것에 대한 돈을 지불하는 줄 알았는데요. 예전 방식이 그리워요. 규모가 더 작았던 때가요. 점심 강연을 위한 연설문을 쓰는 일이 그리워요."

그리어가 솔직하게 말했다.

"당신은 그걸 아주 잘했죠. 그걸 중단하게 되어 유감이에요. 내가 결정한 건 아니에요."

"그 여자들이 사무실에 오던 것도 그리워요. 제 조그만 테이프 레코더를 갖고서 그들과 함께 앉아서 그들에 관해 알아가고 우리가 뭘 하는지를 확인하던 것도요. 전 그걸 확인했어요. 제 눈앞에 있었죠. 누군가의 인생이요."

"잘 알겠지만 나도 당신의 모든 말에 동의해요."

"전 우리가 뭔가를 하고는 있는 건지 잘 모르겠어요, 페이스."

그리어가 황급히 덧붙였다.

"우리가 뭔가 하고 있다고 생각하고 싶어요. 우리가 뭘 얼마나 했는지 양적으로 알기는 어렵죠. 우리한테는 생산품이 없으니까요. 그리고 금전적인 면에서 우리가 지금 큰 성공을 거두고 있다는 건 알아요. 처음 시작할 때는 그렇지 않았죠. 하지만 우리가 상투적인 틀에 갇힌 것 같은 기분이 들어요. 최소한 저는 그래요."

페이스가 그 부분을 살짝 찌르기만 했을 뿐인데 그리어는 자신이 느끼는 모든 것을 털어놓았다. 그녀는 언제나 이런 식이었고, 이제는 덜 머뭇거리면서 말하긴 해도 그런 점은 달라지지 않았다. 다른 사람들, 최소한 처음부터 거기에 있었던 사람들의 경우와 마찬가지로 그리어 카데츠키는 재단의 화려한 장식을, 자신이 직접 누군가를 돕지 못한다는 사실을 힘들어했다. 그리어는 여전히 많은 글을, 페이스가 보기에 강력한 글을 썼지만, 전부 다 회보나 연례 보고서 용도였고 이것이 그녀가 말하는 기업체적 분위기를 더 가중시켰다.

"그리고 우리가 마지막으로 긴급 프로젝트를 한 게 언제였죠? 그건 여기의 모든 사람에게 힘을 북돋웠어요. 실시간으로 일이 진행되는 걸 볼 수 있었으니까요. 우리 돈이 정확히 어디로 가는 거죠? 에밋이 재단에 자금을 대고 있으니까 엄청난 돈일 테죠. 『블루머』에서 선생님의 경험과는 전혀 다를 거라는 것도 알아요. 하지만 엄청난 돈이 들어온다는 건 선생님한테 영향력이 있다는 뜻이잖아요, 안 그런가요? 저한테 그만 말하라고 하셔도 되는데요, 그저 가끔 모든 일이 자기만족에 관한 것 같아요. 선생님도 아니고, 우리도 아니고, 행사 그 자체에 대해서요. 요즘 저는 여기가 별로 근사하게 느껴지지 않아요. 앞으로 바뀔 수도 있겠지만, 잘 모르겠네요. 어쨌든 그래서 잠이 든 거예요. 죄송해요."

그녀가 덧붙였다.

"알아요. 정말로 나도 알아요."

페이스가 대답했다. 그리고 더 이상 무슨 말을 해야 할지 떠오르지 않아서 그녀는 그리어 카데츠키의 어깨에 한 손을 올리고 말했다.

"내가 해결해볼게요."

"뒤집으세요, 고객님."

기억 속에 깊이 잠겨 있던 페이스는 그 말에 신음소리를 내며 모든 기억에서 빠져나와 현재로 돌아왔다. 현재가 뭔지 떠올리는 데에는 잠깐 시간이 걸렸다. 베이비오일 냄새가 제일 먼저 느껴졌다. 그런 다음 「당신은 나에게 꽃을 주지 않아요」의 연주곡 버전 음악이 들렸다. 타월이 미끄러져서 빠진 비닐 받침대 쪽으로 얼굴이 눌리고 있는 게 느껴졌다. 마사지 덕택에 완전히 정신을 잃고 있었다.

그녀는 얌전히 등을 대고 돌아누웠다. 한쪽 가슴이 타월 아래로 잠깐 빠져나왔다. 그녀는 눈을 떴다가 마사지사의 얼굴이 눈앞에 너무 가까이 있다는 것을 깨달았다. 여자가 얼마나 젊은지를 확인하고 그녀는 좀 놀랐다. 거의 어린이 수준이었다. 어쩌면 정말로 아이일지도 모른다. 미성년자 노동일 수도 있다. 이런 세상에. 즉시 페이스는 온몸의 근육이 수축되는 것을 느꼈고, 꿈처럼 몽롱하던 상태가 단단

여성의 설득

하게 굳어졌다.

"몇 살인지 혹시 물어봐도 될까요?"

페이스가 차분하게 물었다. 여자가 그녀를 내려다보며 말했다.

"난 어린애가 아니에요. 애가 둘이에요. 남자애랑 여자애죠. 열심히 일해서 젊음을 유지하는 거예요."

이런 질문을 숱하게 받아본 것처럼 여자가 느릿하게 웃었다.

"여기서 일하는 거 어때요?"

페이스가 물었으나 여자는 대답하지 않았다.

이게 이제 그녀의 머리에서 떠나지 않는 질문이었다. 그리어 카데츠키가 사무실에서 잠을 자고 그 후에 업무에 대한 좌절감을 표현한 다음 날에 페이스는 회의실에서 모임을 소집했다. 그것은 과거의 의식 고취 모임처럼 몇 시간에 걸친 토론이 되었다. 모두가 탁자에 둘러앉았고, 그녀는 한 사람씩 차례로 왜 로사이에 합류하기로 결정했으며 지금은 여기가 왜 다르게 느껴지는지 이야기를 들었다. 그들은 그녀에게 세미나가 엘리트주의적이고 일종의 기분만 좋게 만드는 페미니즘 분위기가 흐르는 것 같아 걱정이라고 말했다.

"페미니즘이 '기분 나쁘게 만드는' 것만 있는 게 아니라는 건 저도 알아요."

새로 고용된 사람 중 한 명으로, IT 부서의 상당히 영리한 트랜스젠더 여성 카라가 말했다.

"하지만 모든 것이 이렇게든 저렇게든 어떤 식으로 느껴져야 하는지만 지나치게 강조되고, 우리가 뭘 해야 하는지에 대해서는 관심이 부족해요."

이 이야기가 여러 가지 방식으로 계속 반복되었다.

다른 사람은 긴급 프로젝트가 그립다고 말했고, 모두가 맞장구를 쳤다. 그래, 즉각적인 결과를 가져오던 긴급 프로젝트들. 어떤 면에서 페이스는 또 다른 긴급 프로젝트가 그들이 거기서 하고 있는 모든 것들을 상기시켜줄 수 있다는 걸 알았다. 나중에 페이스는 에밋을 만나러 위층으로 올라갔다. 아래층 사람들이 얼마나 불만스러워 하는지 말할 수는 없었다. 그건 너무 위험하게 느껴졌다.

"다들 그렇게 불만이 많다면 이쯤에서 그만하죠."

슈레이더캐피털의 누군가가 그렇게 말할까 봐 걱정스러웠다. 그래서 그녀는 대신 그에게 긴급 프로젝트에 관해 좋은 생각이 있다고 말했다.

"꽤 됐잖아요, 에밋."

그녀는 가볍게 말했으나 강하게 염원했다. 그리고 그에게 자신이 염두에 둔 프로젝트에 대해서 설명했다. 수년 동안 사무실에서는 반복적으로 인신매매에 관한 소식을 전하는 회보가 있었다. 그녀는 그 주제에 관해 아무것도 할 수가 없다고 생각했었다. 로사이에서 전에 강연자를 불러왔었지만, 이제는 좀 더 많은 것을 할 때가 되었다는 느낌이 들었다.

페이스의 비서에서 이제는 팀의 조사원이 된 이파트 칸은 페이스에게 에콰도르의 코토팍시주에서 젊은 여자들, 많은 경우에 아직 어린 여자아이들이 속아서 집을 나와 과야킬로 가서 창녀가 되는 사태에 관한 자료를 보여주었다. 이것은 확실하게 긴급 상황으로 볼 수 있었다.

"우리가 그 사람들을 몇 명 구할 수 있다면 더 큰 관심을 집중시킬 수 있을 거예요. 어쩌면 다른 기업체와 자선단체들도 참여할 수도 있고요. 지속적인 구출 작전이 될 수도 있어요."

슈레이더가 비관적이고 별로 납득이 안 가는 것 같은 얼굴이라서 페이스는 그에게 나머지 아이디어를 이야기했다.

"구출한 다음에 이 젊은 여자들에게 멘토를 연결시켜주면 어떨까 싶어요. 그들에게 유용한 직업기술을 가르칠 나이가 좀 있는 여자들을요. 필요하다면 우선 글을 읽는 법부터요. 그리고 컴퓨터 쓰는 방법과 직업기술도요. 직물 짜는 법 같은 게 괜찮겠죠. 천 짜는 법을 배워서 결국에 일종의…… 직물 조합을 만들 수도 있을 거예요. 여성 직물 조합이요."

페이스는 마지막 세 단어를 말하면서 점차 형태가 잡히는 자신의 아이디어에 흥분했으나 에밋은 여전히 납득이 가지 않는 얼굴로 그녀를 바라볼 뿐이었다.

"그리고 이 젊은 여자들 중 한 명을 여기로 데려와서 그 일에 대해서 이야기를 해달라고 할 수도 있을 거예요. 어떻게 생각해요?"

페이스가 물었다.

"그 여자를 여기로 데려오자고요?"

"네, 괜찮지 않아요?"

에밋은 약간 관심이 생긴 듯 입을 다물고 생각에 잠겨서 고개를 양옆으로 까딱거렸다. 그는 위층의 관련자들에게 이 이야기를 해보겠다고 약속했고, 2014년 6월에 위층에서 일을 진행해도 된다는 승인이 내려왔다. 페이스는 굉장히 흥분했다. 멘토 제도는 현재까지도 꽤 인기 있는 개념이었고 모두가 거기에 대해서 이야기를 했다. 이 아이디어는 놀라울 정도로 좋은 평가를 받았다. 슈레이더캐피털의 누군가가 퀴토에 있는 그 지역 연락책을 찾아냈다. 알레한드라 소사는 개도국에서 인권 문제와 관련해서 활발하게 활동하는 리더로 평가되었다. 그녀의 이력서에는 자신이 자문했던 NGO 단체 이름 같은 대문자들이 가득했다. 종이 한 장에 모여 있는 그 모든 대문자를 보는 건 아주 비상한 사람만이 풀이할 수 있는 암호를 보는 것 같았다.

서둘러 스카이프 회의가 잡혔다. 뉴욕에 있는 슈레이더캐피털과 로사이 팀의 팀원들은 27층에 있는 돌로 된 커다란 회의용 탁자에 둘러앉아서 소박한 퀴토 사무실에 있는 여자들과 영상으로 마주보았다.

"페이스 프랭크! 정말로 영광 중의 영광이에요. 당신은 여성으로서 나에게 정말로 중요한 사람이었어요."

알레한드라 소사가 말했다. 소사는 마흔 살에 자신만만하고 섹시했다. 페이스는 즉시 그녀가 마음에 들었다. 그들은 공통의 임무에 관해서 편안하게 대화를 주고받았다. 알레한드라 소사는 100여 명의 젊은 여자들과 아이들을 구출해서 장소를 옮긴 후에 그들을 가르치고 그들의 멘토가 되어줄 노련한 중년 여성들을 알았다. 슈레이더캐피털은 자금을 댈 거고, 퀴토에서 알레한드라 소사가 감독하는 에이전시가 돈을 분배하고 준비 과정을 감독할 것이다. 그녀는 굉장히 믿음직스러웠다. 마침내 그녀가 말했다.

"당신과 함께 일하게 되어 정말 기뻐요, 페이스 프랭크. 당신은 선을 추구하는 힘이에요."

페이스는 에밋과 그의 팀에게 말했다.

"그녀가 정말 마음에 들지만, 당연히 그녀에 대해 빠짐없이 조사해야 해요. 감독하지 않을 때 원조 기구 내에서도 사기가 일어난다는 얘기를 들었어요. 그런 일에 엮이고 싶지는 않아요."

"물론 꼭 필요한 일이죠."

여성의 설득

COO가 말했고, 뒤쪽에서 비서 중 한 명이 말했다.

"걱정할 거 없어요."

26층의 조사원들은 소사가 훌륭한 결과를 낸 전적이 있다는 것을 알아냈다. 유니세프의 이사회 비서가 그녀에게 거의 눈물이 나올 듯한 감동의 추천서를 써주었다. 그리고 2주 후에 소규모 구출 작전에 성공했고, 구출된 젊은 여자 100여 명이 연상의 여자들과 짝이 되었다. 젊은 여자들은 퀴토의 아파트 건물에 잠깐 동안 숙소를 얻었고, 거기서 시련으로부터 회복되고 직업기술을 배워 돈을 벌고 새로운 삶을 시작하게 될 예정이었다. 페이스가 제안했던 대로 그해가 끝나기 전에 구출된 젊은 여자들 중 한 명이 여기로 와서 LA에서 곧 열리는 멘토십 세미나에서 무대에 오르게 될 것이다.

페이스는 이미 그 세미나의 기조연설 준비를 시작했으나 10월 중반인 지금은 타월 아래로 알몸인 채 이 테이블에 누워서 무례하게 몸을 당기고 밀리는 상태로 생각에 잠겼다. 기조연설은 그리어 카데츠키에게 맡겨야 해. 그리어에게 연설문을 쓰는 것뿐만 아니라 발표까지 시켜야겠어. 그리어는 미래를 내다보고, 똑똑하고, 열정적이었다. 그녀는 귀 기울여 듣고 사람들의 말을 끌어내는 능력이 있었다. 사람들은 그녀와 금세 친밀해지고 그녀를 신뢰했다. 그녀가 썼던 그 훌륭한 점심 연설들을 보라. 게다가 그리어는 진정한 자기 자신으로 자라나기 직전이었고 이게 그녀가 더 앞으로 나아가는 것을 도와줄 것이다. 그녀는 에콰도르에서 온 젊은 여자를 위한 연설문과 자기 자신을 위한 연설문 두 개를 쓰게 될 것이다. 그녀 자신의 연설문으로 그녀는 마침내 그리어 카데츠키로서 이야기하게 될 것이다.

페이스는 그리어가 새로운 자리에 몇 년 동안 있으면 맞닥뜨리는 안정기에 부딪쳤다는 것을 알았다. 그리어에게는 자신의 일이 중요하다는 모호한 희망이 아니라 확실한 증거가 필요했다. 안 그러면 그녀는 계속해서 낙담하게 될 거고, 그곳을 떠날 수도 있었다.

모두가 떠나버리면 어떡하지? 페이스는 생각했다. 물론 또 다른 사람들이 올 것이다. 사람들은 종종 떠났다. 헬렌 브랜드는 『워싱턴 포스트』의 전국 기자가 되어 지난달에 떠났다. 누구도 대체 불가능한 경우는 없지만, 그래도 그녀는 누군가가 떠나고 새로운 사람이 와서 마치 호흡수가 증가하는 것처럼 가쁘게 시작할 때면 항상 일종의 짧은 슬픔 같은 욱신거림을 느꼈다.

그리어한테 넘겨줘, 그녀는 스스로에게 말했다. 페이스는 한참 전, 제일 초반에 그리어 카데츠키와 나누었던 어느 대화를 떠올렸다. 그리어가 울면서 전화를 걸어와 개인적으로 끔찍한 일이 일어나서 그들 모두가 밤낮으로 애를 썼던 첫 번째 세미나에 참석할 수 없다고 말했다. 어린애가 죽었다. 페이스는 기억을 해냈다. 그리어의 남자친구의 동생이었던가? 하지만 하도 오래전 일이라서 구체적인 내용까지는 기억이 나지 않았다. 그저 전화를 타고 "페이스?"라고 하던 그리어의 목소리, 그다음에 터진 울음, 그리고 자신이 바로 달래주었던 것만 기억이 났다. 그리어의 전화를 끊자마자 그녀는 다급하게 직원들에게 전화를 걸어서 빠진 자리를 채울 사람을 찾아보라고 소리를 질렀다. 재단을 운영한다는 건 그런 식이었다. 달래고, 서두르고, 가끔은 소리를 질러야 한다.

그러다 어느 날, 얼마 후에 페이스는 그리어가 핸드폰을 들고 누군가에게 애원하는 것을 우연히 들었다. 페이스는 걱정이 되어서 다가가 괜찮으냐고 물었다. 그리어는 시선을 들고 고개를 끄덕였지만, 괜

여성의 설득

찾아 보이지 않았다. 그날 오후에 그리어가 페이스의 사무실 문 앞에 왔다. 놀랄 일은 아니었다. 젊은 여자들은 결국에 다들 페이스의 문 앞에 나타나니까. 그리고 안으로 들어와 소파에 앉아서 페이스에게 모든 것을 이야기했다. 고등학교 시절부터 만난 남자친구와 괴로운 결별을 했다는 거였다.

"뭘 해야 할지 모르겠어요. 우리는 아주 오랫동안 함께였고, 절대로 끝은 없을 예정이었거든요."

그리어는 그렇게 말하고 어린 링컨이 후두기관지염을 앓았을 때를 약간 연상시키는, 목 안쪽에서 그렁거리는 소리를 내며 울기 시작했다.

페이스는 이야기를 들어주었고, 해결책을 제시하지는 못했지만 그리어에게 원하면 언제든지 와서 이야기를 해도 좋다고 말했다.

"진심이에요."

그녀는 그렇게 말했고, 정말이었다. 그리어는 좋은 사람들 중 하나였으니까. 그녀는 멀리까지 왔다. 훌륭하고, 충성스럽고, 영리하고, 겸손했다. 일자리를 주고 승진을 시켜주기에 딱 맞는 사람이었다. 하지만 지금 그리어는 지쳤고, 왜 그녀가 4년이나 로사이에 있었는지를 상기시켜줄 필요가 있었다. 그리어에게 이걸 줘, 페이스는 그렇게 생각했다.

게다가 링컨이 옳았다. 페이스는 지쳤고 과로하고 있었다. 그녀는 일흔한 살이었고 몇몇 사람들은 일흔 살이 요즘은 마흔 살이나 마찬가지라고 말하지만, 그렇지 않았다. 오늘의 이 마사지는 절실하게 필요한 거였다. 그녀는 이 테이블에 6천 분쯤 머물며 이 조그만 여자가 등을 두드리고 뜨겁고 달그락거리는 돌을 척추를 따라 줄줄이 놓고

베이비오일로 목이 풍선처럼 가볍게 느껴지는 머리와 살짝 연결된 느슨한 끈처럼 될 때까지 마사지를 해주면 좋겠다고 생각했다. 자신이 움직이고 있는 속도에 진력이 났고, 요즘 같은 종류의 로사이 세미나에 나가서 연설을 한다는 생각조차 참을 수가 없었다.

더 이상 영매는 안 돼. 더는 펠리컨 버터도 싫어.

그리어가 이번 일을 하게 하자. 그것은 공생의 손길이 될 것이다.

이 모든 것들이 마사지사가 테이블 반대편으로 돌아가서 그녀의 발을 문지르기 시작하는 동안에 페이스가 생각한 거였다.

여자가 엄지발가락 아래 특정 부분을 눌렀고 페이스는 움찔한 다음 머릿속으로 두 가지 항목의 리스트를 만들었다.

1) LA 일을 의논하기 위해서 그리어와 약속을 잡을 것. 그리어가 스페인어를 하는지 확인해둘 것. 도움이 될 테니까.

2) 그리어 카데츠키를 전반적으로 격려할 것. 그녀에게는 여전히 격려가 필요하니까. 모두가 그렇다.

페이스는 그리어의 대학 캠퍼스에서 있었던 그들의 첫 번째 만남을 희미하게 떠올렸다. 그리어는 아주 똑똑하고 감정으로 가득했으나 그 너머로는 부모님에게 화가 나 있었다. 당연히 페이스도 그 나이 때에 부모님에게 화가 나 있던 자신을 떠올리게 되었다. 양쪽 부모 모두 딸을 사랑하면서도 딸의 앞길을 가로막았다. 페이스는 그리어의 이런 모습에 마음이 움직이는 것을 느꼈다. 왜 어떤 일을 꼭 해야만 한다는 생각이 드는지 누가 이유를 알겠는가? 어쨌든 페이스는 지금도 여전히 가끔씩 젊은 여자들에게 의미심장해 보이길 바라며 미소를 짓고

여성의 설득

서 명함을 건네는 것처럼, 그리어 카데츠키에게도 명함을 주었다. 그리고 분명히 의미가 있었던 모양이다. 그리어는 수년이 지난 지금까지 여기에 있으니까.

그리고 이제는 명백하게 할머니 나이가 되었음에도, 자신의 부모님을 생각하면 여전히 가슴이 조여들었다. 반세기 전 부모님이 자신에게 했던 부당한 행동. 부모님은 그게 최선이라고 생각하셨던 것이다. 그 시절에는 그랬으니까. 그녀는 그들의 상냥함과 그들이 했던 수많은 제스처 게임들, 그녀와 필립이 목욕을 하고 좋은 냄새를 풍기며 깍깍거리고 벤슨허스트의 아파트 안을 뛰어다니다가 마침내 어머니가 투우사처럼 내민 타월에 붙잡히던 것을 떠올리면 아직도 눈물이 나올 것 같았다. 두 아이들은 사방에 젖은 발자국을 남겼으나 금세 말라서 자국도 남지 않았다.

부모님은 원망스럽게도 그녀의 앞을 가로막았으나 잠깐 동안이었다. 남동생은 그녀의 편을 들어주지 않았다. 그녀는 처음에는 그것 때문에 그를 탓했고, 그를 탓하는 걸 그만둔 이후로는 삶이 그 자리를 차지했다. 그와는 굉장히 다른 그녀의 삶. 결국 그들은 쌍둥이는 고사하고 거의 친남매처럼 느껴지지도 않게 되었다. 테이블에 누워서 그녀는 몇 달 후에 있을 생일 때 그가 전화하기 전에 먼저 전화를 걸어야겠다고 다짐했다. 그날 용기를 내서 그와 시델이 동부에 조만간 올 계획이 있는지 물어보자.

"정말로 오면 좋겠어. 오랜만에 제스처 게임을 할 수도 있을 거야. 그러니까 연습해둬."

온몸의 늙은 뼈를 빠르고 격렬하게 두드리던 손길이 천천히 느려지고 있었다.

"끝났어요!"

여자가 외치고서 페이스의 다리를 힘센 두 손으로 철썩 때렸다. 의기양양한 소리가 울려 퍼졌다.

여성의 설득

9

LA의 멘토십 세미나에서 연설을 하는 오후는 12월 초라는 사실에도 불구하고 열기로 가득했다. LA는 열기와 스모그와 소음으로 이루어져 있었으나 그 어떤 것도 독립된 생태계인 문화센터 내부에서는 느껴지지도, 들리지도 않았다. 열기와 스모그와 소음은 희미한 향기의 베일과 말로 다할 수 없는 시원한 감각으로 대체되었다. 또한 남성용을 포함해서 모든 화장실이 개방되어 있었기 때문에 행사에는 길고 힘겨운 줄 서기가 없었다. 여자들은 쉽게 앞으로 나아갈 수 있었다.

"내가 죽어서 천국에 온 거야?"

한 여자가 평소보다 훨씬 즐겁게 윙 하고 돌아가는 듯한 손 건조기 앞에서 다른 여자에게 물었다.

음료와 카나페가 로비에서 서빙되었다. 날씬한 벨리니 칵테일 잔과 유자 젤리를 얹은 보석 같은 참치 타르타르였다. 여자들이 손가락을 벌리고 앉아 있는 조그만 네일아트 공간도 있었다. 여기저기서 다른 여자들이 공개적으로 아기를 돌보았고 아무도 곁눈질을 하지 않았다. 페미니스트 영매는 구석에서 몸을 흔들고 있었다. 여기 온 여자들은 부유하고 진보적이고, 평등을 믿었고, 좌파나 중도 좌파 후보들에게 돈을 기부했고, 여성 영화배우와 감독 등을 포함한 연사들의 명단을 보고는 이 행사의 표를 구매했다. 청중들의 옷차림은 훌륭했다. 연한 파스텔색 옷이 주를 이뤘고 가끔씩 기본적인 검정이 섞여 있었다. 여기가 캘리포니아이긴 해도 뉴욕의 뿌리가 깊게 박혀 있었기 때문이다. 쇄골을 드러내고, 얌전한 보석을 걸친 여자들. 진지한 목소리로 대화를 나누는 중간중간, 레스토랑에서 삼삼오오 앉은 여자들의 자리에서 들릴 것 같은 익숙한 비명 소리가 났다. 여기 있는 모두가 함께 시간을 보내는 여자들의 행복을 의미하는 그 비명을 잘 알았다.

그리어 카데츠키와 루페 이주리에타는 함께 서서 그 풍경을 바라보았다. 그들은 루페가 에콰도르에서 도착한 다음 날 아침에 뉴욕에서 여기로 날아왔다. 노란 드레스를 입은 예쁘고 20대 초반인 루페는 긴 여행으로 지쳐 있었고, 참석한 사람들의 숫자에 압도된 상태였다. 그리어가 물었다.

"뭐 좀 먹을래요?"

매코피 시절에 공부한 스페인어를 쓸 수 있어서 다행이었다. 그녀는 루페를 패션쇼장처럼 기다란 뷔페 테이블로 데려갔으나 에콰도르에서 온 이 젊은 여자에게는 이 음식들은 생소해 보였다. 그리어에게도 그랬다. 상류층의 호들갑스러운 음식이었다.

"아뇨."

루페는 세상에서 가장 부드러운 목소리로 말했고, 그것은 몇년 전의 그리어 자신의 목소리를 연상시켰다. 지금이라고 그녀가 큰 소리로 말하는 건 아니지만, 그래도 달라졌다.

여성의 설득

기술 담당자가 그들을 찾아와서 말했다.

"두 사람 다 마이크를 찰 시간이에요. 15분 후에 시작합니다."

강연을 하기 전에 무대 뒤 대기실에서 기술 담당자가 장비를 가져와서 말했다.

"누가 먼저 할래요?"

그리어는 루페에게 무슨 일이 있을지 설명하려고 노력했다. 하지만 그녀가 말을 다 끝내기도 전에 기술 담당자가 루페의 드레스 목깃 안쪽에 손을 넣고 마이크를 꽂았고, 그녀가 긴장해서 숨을 들이켰다.

"괜찮아요."

루페가 괜찮지 않다는 걸 그리어는 잘 알았다. 그러나 기술자가 너무 빨리 움직였다. 곧 그가 손을 뺐고 루페는 안도의 한숨을 쉬었다. 그녀는 그리어가 만난 사람 중에서 가장 겁에 질린 사람이었고, 뉴욕에서 LA로 오는 비행기 안에서 내내 침묵 속에 앉아 있었다. 평생 첫 비행이었을 퀴토에서 뉴욕으로 오는 아주 긴 시간 동안에도 아마 같은 모습으로 앉아 있었을 것이다.

"괜찮아요?"

그리어가 그녀에게 물었다.

"난 좋아요."

루페가 그렇게 대답했지만, 전혀 좋아 보이지 않았다.

그리어도 별로 괜찮은 기분이 아니었다. 그녀는 이 연설을 전혀 하고 싶지 않았다. 페이스가 10월에 그녀에게 이 기회를 제안했을 때 그녀는 농담이라고 생각했었다.

"내 사무실로 와요."

페이스가 말했고 그리어는 하얀 사무실로 들어가서 여자아이들과 여자들의 사진이 여기저기 붙어 있는 벽을 보았다.

"그리어, 때가 됐어요."

페이스는 그리어에게 LA로 가서 에콰도르의 젊은 여자들 중 한 명과 무대에 올라서 그녀를 소개하고, 그녀를 위한 연설문을 써주고, 그다음에 멘토십 기조연설문을 써서 그리어가 직접 발표했으면 한다고 말했다.

"그럴 수는 없어요."

그리어가 충격을 받아서 말했다.

"왜요?"

"전 연설은 하지 않아요. 다른 사람들을 위해서 써줄 뿐이죠. 최소한 전에는 그랬었어요. 짧은 연설문요."

"연설을 해본 적이 있는 사람들도 다들 한때는 해본 적 없는 사람이었죠. 지금 몇 살이죠? 스물다섯?"

"스물여섯요."

"음. 그럼 확실하게 때가 됐군요."

그리어는 페이스가 왜 자신에게 이 일을 맡기는 건지 의아했다. 페이스가 초반에 했던 말이 문득 생각이 났다.

"남자들은 여자들에게 자신들이 원하지 않는 힘을 넘겨주죠."

가정을 꾸리고, 아이들과 아이들의 친구들, 선생들을 상대하고, 집이라는 세계에 관한 모든 결정을 내리는 힘을 의미하는 거였다. 그러니까 페이스도 그런 남자들처럼 자신이 딱히 원하지 않는 것을 넘기는 걸지도 모른다. 어쩌면 페이스가 이 연설을 하고 싶은 마음이 전혀 없어서 그리어에게 준 걸지도 모른다. 힘을 없애기 위해서 그녀에게 넘기는 것이다. 그때 그리어는 페이스가 시간이 거의 끝날 때가 되

여성의 설득

어가는 정신과 상담의처럼 책상 위의 시계를 힐끔 보는 것을 알아챘다. 그리어가 환영받지 못할 만큼 오래 머무른 것이다. 왜 그냥 알겠다고 대답하지 않았던 걸까?

"좋아요, 멋지네요. 그렇게 할게요."

그리어가 억지로 활기차게 말했다.

"절 지금 쏴죽이세요."

그녀는 머리 옆에 손가락을 대며 농담하고는 웃으려고 노력했다.

끔찍한 순간은 넘어갔다. 끔찍한 순간을 넘기기 위해서는 그저 잠자코 동의만 하면 된다. 로사이가 하는 일의 핵심 대부분이 잠자코 동의하지 않는 것에 있음에도 불구하고 인생의 모든 면에서 이것은 사실이었다. 그리어가 나가려고 일어서자 페이스가 그녀를 쳐다보면서 말했다.

"이건 좋은 일이에요. 내가 약속해요."

수년 동안 그리어는 일과 상관없이 이 사무실에 수십 번쯤 들어왔다. 페이스가 뭔가가 잘못된 것을 알아채고 그녀를 불렀거나 또는 그리어가 자신이 환영받는다고 느꼈기 때문이었다. 페이스는 그녀에게 원하면 언제든지 와서 이야기를 하라고 격려했다. 페이스에게 처음 코리 문제에 관해 이야기를 하고 몇 달 뒤, 매코피에서 코리에게 헤어지자는 이야기를 듣고서 그리어는 다시 그녀의 사무실을 찾았다.

"난 널 사랑하고 앞으로도 언제나 사랑할 거야."

코리는 학예회에서 연극을 하는 학생처럼 딱딱하게 말했다.

"너에게 정말 상처를 주고 싶지 않지만, 더 이상은 할 수가 없어."

페이스는 그리어를 진심으로 달래주면서 인생의 힘든 순간에 할 수 있는 최선의 행동은 일을 하는 거라고 말했다.

"일이 도움이 될 수 있어요. 특히 마음이 괴로울 땐 말이죠. 그 여자들을 위한 연설문을 계속 써요, 그리어. 그들의 삶을, 그들이 겪은 일들을 계속 상상해봐요. 당신의 밖으로 나와서 그들에게 들어가는 걸 느낄 수 있을 거예요. 그건 새로운 시각을 제공하죠. 그리고 나와 이야기하고 싶으면 언제든지 말만 해요."

그게 3년 반 전의 일이었다. 헤어진 뒤로 그리어와 코리는 이야기를 하지 않게 되었고 이제 그녀는 매코피에 부모님을 만나러 갈 때에만 가끔씩 그에게 연락했다. 한 해 한 해 흐르며 그들은 서로에게서 점점 더 멀어졌고, 그녀는 이제 코리가 자기 어머니의 집에서 비닐 커버를 씌운 소파와 비디오 게임과 거북이와 함께 사는 키 크고 비쩍 마른 성인 남자가 되었다는 사실을 객관적으로 볼 수 있었다. 전혀 다른 사람이 되어버린 그를 볼 때마다 느끼는 감정은 만성질환이 퍼지는 것처럼 강렬했다.

헤어진 이후로 그리어는 몇 번 연애를 하고 대체로는 얌전하지만 한두 번 아주 괴로웠던 하룻밤 관계들을 거쳤다. 가끔은 젊고 혁신적인 스타트업이나 문화 관련 웹사이트에서 일하는 사람들이 가득한 종류의 바에서 누군가를 만나 한잔하기도 했다. 스물여섯 살에 마침내 그리어는 앞으로 쭉 하게 될 스타일에 정착했다. 머리의 파란 염색은 몇 년 전에 이미 잘려나갔으나 그녀의 열정적이고 가끔은 섹시한 모범생 타입의 분위기는 그대로 남았고, 이런 모습은 제법 세련돼 보였다. 그녀는 테가 두꺼운 안경을 끼고, 직장에 가든 로사이 행사에 참석하든 아니면 밤에 사람들과 술을 마시러 나가든 간에 짧은 치마에 밝은 색 스타킹, 조그만 검정 부츠를 신었다.

가끔씩 술을 마시는 사람들이 도심의 허드슨강에 정박되어 있는 낚싯배였던 스킬렛에서 모였다. 술을 마시고 소리를 지르고 이성을 유혹하는 동안 발아래에서 수면이 흔들렸다. 싱글이 된 후로 그리어는 애써 이성을 유혹하는 기술을 훌륭하게 다듬었다. 그녀가 만난 모든 남자가 "웨슬리교파에서 빠져나온 지 몇 년 되었다."라고 말하고 있는 것만 같았다. 그녀가 그들의 침대에 들 때 보면 침구가 정리가 되어 있는 경우가 절대로 없거나 정리가 되어 있어도 형편없었다. 아무도 자기 앞가림을 할 만한 시간이나 의욕이 없는 것 같았고, 언제쯤 그렇게 할 건지도 명확하지 않았다.

LA 세미나가 열리기 두 달 전에, 스킬렛에서 사무실 동료 벤 프로슈노이어가 그리어에게 자신의 마음을 내보였다. 한때 그가 마르셀라 박스맨과 그랬던 것처럼 그들은 딱 붙어서 서 있었다. 마르셀라는 오래전에 로사이를 떠나서 캠브리지에서 사회혁신 연구원으로 일했다. 벤이 그녀에게 다급하게 물었다.

"저기, 당신 날 그런 식으로 생각해본 적 있어?"

그가 물었다.

"그런 식?"

그리어가 물러나서 그를 쳐다보았다. 그들은 굉장히 오랫동안 함께 일했다. 초반에 그가 그녀에게 작업을 조금 걸긴 했지만 그건 그냥 반사작용 같은 걸로 느껴졌다. 하지만 이제, 경고도 없이 그가 정말로 그녀에게 정면으로 들이대고 있었다. 그의 얼굴에는 갓 주조한 동전처럼 낙관적인 빛이 반짝였다. 그리어는 그날 밤 포트 그린에 있는 벤의 원룸 아파트 이불에서 그와 잤다. 예상치 못했던 이 하룻밤은 이날 느낀 공허한 기분은 무시한 채 먼훗날 희미하고 감상적인 애정을 담아 추억하게 될 만한 그런 일이었다.

무대에 올라갈 시간이 되자 그리어는 마이크를 차고 약간 떨리는 상태로 밖으로 나왔다. 새 어항에 들어간 금붕어가 된 것처럼 그녀의 시선이 어둠 속에서 이쪽저쪽으로 움직였고, 어항 밖에 앉은 1000여 명의 보이지 않는 여자들이 어렴풋이 눈에 들어왔다. 무대 근처에 수화 전달자가 서서 인내심 있게 기다리고 있었다. 강연장은 조용했고, 이따금 기침 소리가 울린 뒤 가방에서 기침약을 찾아서 재빨리 포장을 벗기는 바스락 소리가 뒤를 이었다.

"제가 지금 좀 겁먹은 것처럼 보인다고 해도 이해해주세요. 제가 해본 연설이라는 건 다 머릿속으로 한 것뿐이거든요."

그리어가 입을 열었고, 따스한 웃음소리가 울렸다.

"페이스 프랭크가 아니었다면 전 여기에 있지 못했을 거예요."

박수가 울렸다.

"그분은 최고이고, 제가 그분 대신 여기 오길 바라셨어요. 여러분은 그분이 말하는 걸 더 듣고 싶으셨겠지만, 저밖에 없네요. 자! 페이스 프랭크는 처음에 아무것도 보지 않고 저를 고용하셨어요. 저를 받아주시고 여러 가지를 가르쳐주시고 무엇보다도 승인을 해주셨죠. 그게 우리 삶을 바꾸는 사람들이 항상 해주는 거 아닐까 생각해요. 우리가 은밀하게 정말로 되고 싶지만 불가능하다고 생각하는 사람이 되어도 좋다는 승인을 해주는 거죠.

이 자리에 있는 여러분 다수에게…… 여길 자리라고 불러도 되는 걸까요? 대륙처럼 넓은데 말이죠. 어쨌든 다들 그런 사람이 있었을 거예요, 그렇죠?"

동의조의 중얼거림이 들렸다.

"여러분에게 승인을 해준 사람. 여러분을 보고 여러분의 말을 들

여성의 설득

어준 사람. 여러분의 목소리를 들어준 사람. 그런 사람을 만나는 것은 정말 인생의 큰 행운이에요."

그리고 그리어는 루페의 고난과 용기, 로사이가 그녀와 나머지 여자들을 돕게 되어 얼마나 자랑스러운지 이야기하고 루페를 소개했다.

"괴로운 시기를 넘기고 새로운 시작을 위해 루페는 자신만의 멘토와 연결이 되었습니다. 자국에서 자신이 아는 모든 것을 루페에게 가르쳐줄 여자분이죠."

루페가 무대에 올라서 그리어의 옆에 섰다. 그녀는 그리어가 써준 연설문의 스페인어 버전이 인쇄되어 있는 종이를 꺼냈다. 그녀가 종이를 펼치고 특유의 사랑스러운 모습으로 킥킥 웃었다. 청중도 따스하고 관대한 모습으로 반응했다.

마침내 루페가 천천히, 신중하게 연설문을 큰 소리로 읽기 시작했다. 한 문장이 끝나면 그리어가 같은 말을 영어로 읽었다.

"저는 오늘 저 자신과 다른 사람들이 에콰도르에서 겪은 끔찍한 일에 대해서 이야기하려고 합니다. 우리는 집을 떠났고, 그 사람들이 얘기했던 것과 상황은 전혀 달랐습니다. 우리는 두려웠습니다. 그 사람들은 우리가 떠나도록 놔두지 않았습니다."

그들은 번갈아가며 절대로 나아지지 않을 것 같았던 루페의 절망적인 삶에 대한 가슴 아픈 이야기를 전달했다. 루페는 자신이 겪었던 일을 다시금 떠올리며 두려워했고 괴로워했다. 그리어 역시 그렇게 느꼈다. 점심 연설을 쓸 때 느꼈던 것과 같은 식이었다. 그녀는 본능적으로 손을 내밀어 한때 페이스가 자신의 손을 잡아주었던 것처럼 루페의 손을 잡았다. 고등학교에서 배운 스페인어로 그녀는 루페에게 천천히 하라고, 걱정할 건 하나도 없다고 속삭였다. 청중은 기다려줄 것이다. 어디에도 가지 않을 것이다. 그래서 루페는 쉬어가면서 이야기를 했고, 마침내, 함께, 번갈아가며, 그녀와 그리어는 여자들이 구출되어 모두가 억지로 머물러야만 했던 과야킬의 마을에서 빠져나온 부분에 도달했다. 그녀가 새로운 지역에 정착하자 어떤 나이 많은 여자가 와서 새로운 직업기술을 배우라고 제안했다. 루페는 배우러 가기로 했고, 그들은 컴퓨터가 있고 영어를 가르쳐주는 사람들이 있는 건물로 함께 갔다.

"저는 배우고 있어요."

루페가 영어로 말했고 청중들이 박수를 쳤다. 건물에는 섬유를 만드는 샘플 장비들로 가득한 방도 있었다. 루페는 직조기 쓰는 법과 뜨개질 하는 법을 배웠다. 그녀의 멘토는 창문 옆 구석 자리에 함께 앉아서 여러 가지 바느질 방법을 보여주었다.

"전 이걸 잘하게 됐어요. 나중에, 우린 여성 직물 조합을 만들고 싶어요."

루페의 짧은 발표가 끝났다. 루페는 끝까지 해냈다. 그리어는 그녀에게 팔을 둘렀고 박수 소리가 울리기 시작했다.

나중에, 그리어는 몇 명의 여자들이 아이폰을 들고 연설을 녹화했다는 사실을 알게 되었다. 21세기가 가르쳐준 게 있다면 당신의 말이 실제로는 아니라고 해도 모든 사람들의 소유라는 것이다. 그 순간이 그렇게 특별한 건 아니지만, 그 자리에 있는 사람들에게는 특별했다.

"너도 거기 있어야 했어."

여자들은 친구들에게 그 영상을 보여주고서 그렇게 말할 것이다. 페미니스트 세미나에서 무대에 선 두 여자 사이의 진심 어린 순간은 그리 대단한 일은 아니었다. 같은 날 여성 액션 스타가 한 연설만큼 입

여성의 설득

소문을 타지는 못했다. 청중들은 엄청난 인기를 끌었던 「그래비터스 2: 어웨이크닝」의 호주 여배우를 환영하며 연설 초반과 끝에 모두가 일어나 환호했다. 지금은 어이없을 정도로 유명해진 영화 속 장면에서 그녀의 캐릭터 레이크 스트래튼이 대기업의 슈퍼악당과 그 앞잡이들 무리에게 여성이라고 비웃음을 당한 후에 이렇게 말했다.

"맞아. 나한테 구슬은 없어."

잠깐 침묵.

"그래서 두 개 빌려왔지."

그 순간 그들이 대치하고 있던 고층 사무실 창문을 뚫고 들어온 거대한 두 개의 철거용 구슬이 악당들을 그대로 죽여버렸다.

영화에서 중요한 것은 유치하기 짝이 없는 그 내용이 아니었다. 여성이 엄청난 문화적 성공을 거두기 위해서는 과도하게 여성적이지 않은 이름을 갖고 있고, 섹시하고, 가슴이 크고, 폭력적인 여자인 게 도움이 되었다. 하지만 정말로 중요한 건 그 영화가 3억 3500만 달러의 수익을 올렸고 앞으로 영화 제작사들이 여성 스타를 캐스팅해 더 많은 영화를 만들 거라는 점이었다.

그리어와 루페의 무대에서의 순간이 그렇지는 않았다. 훨씬 더 작고 짧았지만, 박수는 굉장히 오랫동안 지속되었다. 그들이 로비에 나가자 많은 여자들이 두 사람을 둘러싸고 질문의 폭격을 퍼부었다.

"우리에게도 승인을 해주는 사람이 있었을 거라는 이야기가 정말 좋았어요."

한 여자가 그리어에게 말했다.

"당신 말이 무슨 뜻인지 알아요. 나도 딱 그런 경험이 있었거든요."

맞은편에서는 중년 여자가 루페에게 다가가서 가방에서 뭔가를 꺼냈다.

"당신에게 주고 싶어서요."

그렇게 말하며 막 뜨기 시작한 스웨터나 담요 비슷한 것에 연결되어 있는 하얀 양모 털실과 바늘 한 쌍을 루페에게 안겨주었다.

"나도 뜨개질을 한답니다. 당신이 이걸 가졌으면 좋겠어요."

여자는 루페가 영어를 이해하는 데 도움이 될 것처럼 지나치게 커다란 목소리로 말했다.

루페는 바늘과 양모를 받았지만, 그리어는 그다음에 어떻게 되었는지 알지 못했다. 그녀는 여자들 무리에 섞여 한쪽으로, 루페는 반대쪽으로 밀려갔기 때문이다.

한 여자가 그리어에게 말했다.

"나에게 그런 사람은 선생님이 아니라 이웃 사람이었어요. 팔미에리 아주머니였죠. 아주머니가 멀리 가실 때면 고양이를 돌봐드렸어요. 집에 계실 때면 나를 초대하셨고, 우린 요리에 관한 이야기를 나눴죠. 그분은 나에게 많은 조언을 해주셨어요."

또 다른 여자가 말했다.

"내 경우에는 사실 우리 할아버지셨어요. 정말 멋진 분이었죠. 한국전쟁 때 비행기 후방사수셨어요."

행사가 끝나고서 그리어가 루페에게 말했다.

"정말 훌륭했어요. 사람들이 당신을 정말 좋아하네요."

루페는 수줍게 시선을 돌렸다. 기쁜 걸까, 아니면 겸연쩍은 걸까? 구분하기가 어려웠다. 그리어는 라일랜드에서 강연할 때 페이스가 했던 말을 떠올렸다. 그녀는 사람들에게 자신이 믿는 바를 말하면 모두가 자신을 좋아하거나 사랑하는 건 아니라고 했었다.

여성의 설득

"이게 위안이 될지 모르겠지만, 나는 여러분을 사랑할 거예요."

페이스는 그렇게 말했었다.

그 말이 정말 사실일까? 그래, 아마도 그럴 거라고 그리어는 생각했다. 지금 그녀는 루페 이주리에타에게 일종의 사랑을 느꼈기 때문이다. 그리고 그리어는 페이스가 그날 강연장에 있던 모든 사람들을 잘 몰랐던 것처럼 루페에 대해 잘 몰랐다.

건물이 텅 빈 후에 그리어와 루페는 문으로 연결된 각자의 호텔방으로 돌아갔다. 그리어는 킹사이즈 침대에 누워서 뉴욕에 있는 벤과 스카이프 채팅을 했다. 그는 지난주에 두 번 자고 갔다. 그들의 관계는 전혀 발전이 없었으나 육체적으로 안도감을 주었다. 그의 몸은 묵직한 담요처럼 그녀를 기분 좋게 눌렀고, 그의 손과 입은 능수능란하고 활동적이었다.

"사람들이 좋아하는 것 같아."

그녀가 그에게 말했다. 그가 화면 쪽으로 다가오자 카메라 때문에 어안렌즈처럼 그의 모습이 굴곡져 보였고, 그걸 보자 수년 동안 코리와 스카이프를 했던 게 떠올랐다. 프린스턴에서 그의 지저분한 방을 배경으로, 그리고 밝은 미국과 반대로 한밤중이었던 필리핀을 배경으로. 몇 번을 같이 잤음에도 불구하고 화면에 비치는 벤의 얼굴은 여전히 낯설었다.

"잘 했어. 페이스랑 위층 사람들 두 명이랑 실시간 동영상으로 봤어. 우리 모두 당신이 훌륭했다고 생각해. 그리고 그 여자와 함께하던 모습 진짜 뭉클했어."

조금 후에 페이스에게서 문자가 도착했다.

해냈군요! 다시 한 번 고마워요.

당신이 최고예요.

♡♡

FF

조금 후에 그리어는 그녀와 루페의 방을 가르고 있는 방문을 조용히 두드렸다. 그리고 서툰 스페인어로 택시를 타고 LA로 나가서 저녁을 먹지 않겠느냐고 물었다. 한참 침묵이 흘렀다. 어쩌면 루페는 겁에 질렸을 수도 있다. 오늘 밤 혼자 있고 싶을지도 모른다.

"아니면 그냥 여기 있어도 돼요."

그리어가 재빨리 덧붙였다. 그때 잠금 장치가 풀리고 문이 열렸다. 두 사람은 서로를 마주보고 섰다.

"오늘을 기념해야 할 것 같아서요. 당신 정말 멋졌거든요."

그녀가 말했다. 루페는 오늘 평생 해보지 않았던 일을 했다. 무대에 올라서 청중 앞에서 이야기를 한 것이다.

루페는 미소를 짓지 않은 채 고개를 끄덕였다.

"들어가도 괜찮을까요?"

"그러세요."

그리어는 거의 사람이 머무는 것 같지 않은 방으로 들어갔다. 조그만 오렌지색 짐가방이 탁자 위에 열려 있어서 그 먼 곳에서 여기까지 가져온 소량의 옷과 물건들이 드러났다. 그리어는 그녀에게 좀 더 공간을 쓰라고, 소박한 물건들을 방 여기저기 늘어놓고, 더 많은 걸 요구하고, 더 존재감 있는 사람이 되라고 말하고 싶었다. 하지만 평생을 가난 속에 살고 그다음에는 끔찍한 1년을 보낸 사람을 그런 식으로

여성의 설득

만들 수는 없는 법이다. 세상이 그녀를 돕지 못했다. 이제 그게 바뀌고 있었다. 낙담하지 마요, 그리어는 그렇게 말하고 싶었지만 그건 이야기를 들어주는 게 아니라 부담을 주는 행동이 될 것이다.

그들은 호텔방에서 메뉴를 보고 저녁을 주문했다. 주문이 쉽지는 않았다. 루페가 무슨 음식을 받을 거라고 생각하는지 누가 알겠는가? 식사가 도착한 후에 그들은 안드로메다 은하의 적대적 식민지화에 관한 유료 영화를 보면서 먹었다. 영화는 공평하게 선택된 것 같았다. 두 사람의 실제 삶과 하도 동떨어져 있는 내용이라 둘 다 똑같이 이해를 하지 못했으니.

그리어는 중간쯤 자신이 너무 오래 머무른 것 같다는 사실을 알아챘다. 루페는 피곤해 보였다. 오늘 밤 이 낯선 침대에서 잠이 들 수 있을까? 그녀는 이 모든 걸 어떻게 생각할까? 그리어는 부탁을 받는다면 책상 의자에 앉아서 루페가 잠이 들 때까지 기다려줄 수도 있었다. 갑자기 그녀에게 강렬한 보호 본능을 느꼈다. 그들은 함께 무대에 올랐고, 왜인지 모르지만 이제 그녀는 그리어의 것이 되었다.

다음 날 아침에 두 사람은 함께 뉴욕으로 돌아왔다. LA로 가는 비행 때에도 그랬듯이 루페는 겁에 질려서 꼼짝도 하지 않았다. 난기류를 만났을 때 루페는 계속해서 가슴에 성호를 그었다. 발치에는 루페의 핸드백이 놓여 있었고 그 위쪽으로 한 청중이 선물한 털실과 두 개의 구리 바늘이 드러났다. 뜨개질은 마음을 가라앉혀 준다고 하던데. 그리어는 털실 쪽으로 손짓을 했지만 루페는 고개를 흔들고 비행 내내 앞쪽 의자를 비참하게 쳐다보기만 했다. 다음 날 그녀는 고향 에콰도르로 돌아갔다.

그리어는 벤의 집에서 그와 함께 이불 위에 누워서 그가 한가하게 노트북을 만지는 동안 마찬가지로 자신의 노트북을 만지며 주말을 보냈다. 가끔 둘 중 한 명이 노트북을 덮으면 나머지 사람이 따라 했고, 노트북은 차문 두 개가 닫히는 것 같은 텅 소리를 냈다. 이것이 최근 전희의 큰 부분을 차지했다. 일요일 아침에 벤이 자는 동안에 그리어는 밤사이에 쌓인 이메일을 확인했다. 이메일을 분류하다가 그녀는 슈레이더캐피털 COO 밑에서 일하다가 몇 달 전에 태양열 에너지 회사로 옮긴 킴 루소가 보낸 이메일을 발견했다.

안녕하세요, 그리어,

당신과 비밀스럽게 이야기를 좀 하고 싶어요. 혹시 만날 수 있을까요? 중요한 일이에요. 고마워요.

킴 루소

그리어는 벤에게 이걸 어떻게 생각하느냐고 묻고 싶었으나 그러면 안 된다는 직감이 들어 아무한테도 이야기하지 않았다. 두 여자는 다음 날 브루클린의 커피숍에서 출근하기 전에 만났다. 슈레이더캐피털 때 킴은 대기업 직원다운 보수적인 정장을 입었으나 새 일자리로 옮기고 나서는 훨씬 편안한 옷차림이었다. 그러나 킴은 긴장한 상태였다. 탁자에 놓인 커다란 메뉴판을 보며 고개를 흔들다가 블랙 커피를 주문해서 꿀꺽꿀꺽 마셨다.

"저기, 우리가 서로 그렇게 잘 아는 건 아니죠. 하지만 당신은 늘 자기 일에 정말 열정적인 것 같아 보였어요. 그걸 보며 내가 27층이 아니라 26층에서 일했으면 좋았을 거라고 생각하곤 했죠."

킴이 말했다.

"좋은 곳이니까요."

그리어가 부드럽게 대답하고서 기다렸다.

"슈레이더캐피털은 와튼을 졸업한 나에겐 당연한 경로였어요. 거기 고용되었을 때는 정말 우쭐했었죠."

킴은 시선을 내리고 컵을 빙빙 돌렸다.

"당신의 연설을 봤어요. 누가 나한테 보내줬죠. 정말 훌륭했어요."

"고마워요."

"할 말이 있어요."

"네, 하세요."

킴은 양손 가운데에 커피 컵을 놓고 그리어가 집중하고 있는지 확인했다.

"에콰도르의 멘토 프로그램은 헛짓거리예요."

그리어는 예의상 잠깐 기다렸다가 대꾸했다.

"당신의 의견 고마워요. 해외에서 이런 일을 하는 것에 대해서 타당한 비판이 있는 건 나도 알아요. 이게 사치스러운 간섭처럼 보일 수 있다는 것도 알고요. 하지만 이건 헛짓거리가 아니에요. 이 여자들에게 기회를 주는 거예요."

"내 말뜻은 그게 아니에요. 헛짓거리라는 건, 그런 게 존재하지 않는다는 말이에요."

그리어는 그녀를 빤히 쳐다보았다.

"그래요, 그건 사실이 아니에요."

그녀가 마침내 말했다. 커피숍은 주중 아침의 소음으로 나직하게 웅성거렸다. 메뉴판 덮는 소리, 유리문이 계속해서 열리는 소리. 그들 주위로 커피를 사이에 두고 좀 더 평범한 다른 대화들이 오갔다. 샤워를 해서 젖은 머리를 뒤로 넘기고 재킷과 넥타이 차림을 한 남자들이 있었고, 낙관적인 표정에 사무적인 차림새인 여자들, 유모차로 비상구를 막고 있는 엄마들도 있었다.

"사실이에요."

킴이 말했다.

"난 별로 그렇게 생각하지 않아요."

"우리가 같은 말을 계속 반복할 수도 있겠지만, 난 일하러 가야 하고 당신이 내가 하려는 얘기를 꼭 알아둬야 한다고 생각해요. 그 사람들은 그 여자랑 같이 LA에서 당신을 무대에 올렸어요. 그 사람들은 그게 사실이 아니라는 걸 알고 있으면서 당신을 거기에 보냈어요. 내 세계에서 그건 용납할 수 없는 일이에요."

그리어는 킴이 하는 말을 받아들일 수가 없었다. 말이 되지 않았고, 어떻게 해야 할지 알 수가 없었기 때문이다. 마치 개가 야생에서 잡은 무언가를 그녀에게 선물로 주는 것 같은 느낌이었다. 피투성이에 끔찍하고 여전히 따뜻한 죽은 새를 그녀의 발치에 던져주는 것 같은 느낌.

"당신은 그걸 어떻게 알아요?"

그리어가 마침내 물었다.

"몇 달 전에, 위층의 회의에서 그 사람들이 모든 계획을 짤 때 나도 참석했으니까요."

"말도 안 돼요."

그리어 자신의 목소리가 마치 주파수에서 벗어나는 것처럼 점점 희미하게 들렸다.

"그럴지도요. 하지만 사실이에요. 그 사람들이 당시에 이 일을 처

여성의 설득

리한 방식 때문에 굉장히 신경이 쓰였지만, 슈레이더캐피털을 떠나고 거기에 대해 더 이상 생각하지 않았어요. 그러다가 어제 당신의 동영상을 봤죠. 그 사람들은 당신을 거기에 내보냈어요, 그리어. 그 여자까지도 거기 내놨고요. 그 사람들은 그게 사실이 아니라는 거에 전혀 신경 쓰지 않았어요."

"정확하게 뭐가 사실이 아닌 거예요? 전부 다?"

그리어가 간신히 물었다.

"구출은 사실이에요. 보안부대가 그곳에 가서 여자들을 확실하게 구했어요."

"휴, 잘됐군요. 그건 다행이네요."

"하지만 멘토 부분은 아예 없어요. 그 사람들은 그걸 한 척했을 뿐이에요."

"하지만 왜 그렇게 된 거죠?"

"일을 망쳐놨거든요. 에콰도르의 연락책이요."

킴이 대답했다.

"알레한드라 소사 말이죠."

"아뇨, 그 사람 말고 다른 사람이요. 당신도 아는 줄 알았는데요."

"다른 사람이라뇨? 우린 그 사람밖에 고용하지 않았어요. 페이스가 그 사람을 조사했고요. 철저하게요."

킴은 고개를 흔들었다.

"그 사람은 훌륭했어요. 그 사람이었다면 일을 제대로 했을 거라고 나도 동의해요. 하지만 중간에 바뀌었어요. COO의 부인이 그 지역에 자기가 아는 여자가 하나 있다고 했어요. 그 여자가 진행을 맡아서 하길 바랐어요. 그래서 남편에게 부탁했고, 남편이 슈레이더에게 부탁했고, 슈레이더는 그러라고 했죠. 그래서 알레한드라 소사는 밀려났고. 이제 보니까 아무도 페이스에게 얘기를 안 한 모양이네요. 어쨌든 이 새로운 사람이 재앙이었어요. 멘토를 전혀 못 찾았죠. 우리가 빌린 건물은 그냥 비어 있어요. 불법거주자들이 들어가 살고 있죠. COO의 부인은 우리가 이걸 알게 되자 굉장히 창피해했고, 모두들 일이 너무 개판이 되어서 그냥 다 치워버리고 싶어 했어요. 아무도 그 얘기를 하고 싶어 하지 않았어요."

"그 사람을 고소할 순 없나요?"

"그러기에는 너무 늦었어요. 그런 건 가능하지도 않고요. 당신이 이해를 잘 못하는 것 같은데요. 우린 책자를 인쇄하고, 멘토 프로그램을 계속 진행하기 위해서 기부금도 모았어요. 기부금은 그때도 들어왔고 지금도 여전히 들어오고 있을 거예요. 그리고 슈레이더캐피털에서 사실을 알게 되었을 때 기금을 즉시 정지하고 성명을 발표하고 모두에게 돈을 돌려준 것도 아니었어요. 그러면 대외적으로 끔찍한 인상을 주게 될 거라는 결론을 내렸죠. 그래서 계속 진행되도록 놔뒀고, 당신도 상상할 수 있겠지만 이건 불법이에요. 그리고 로사이의 이름이 책자에 온통 찍혀 있고요."

그리어는 눈을 감았다. 그게 그녀가 할 수 있는 전부였다. 그녀는 페이스를, 에밋을, 돈으로 가득한 은행계좌를, 신문 기사를, 그리고 사기죄로 재판을 받을 모든 사람들을 떠올렸다. 순식간에 머릿속에 온갖 생각들이 떠올랐다. 그리어는 가슴이 조이는 것을 느꼈고, 의학용어가 떠올랐다. 불안정협심증. 난 겨우 스물여섯 살이야. 그리어는 그렇게 생각했으나 지금 그 나이는 딱히 젊게 느껴지지 않았다.

"하지만 한 가지 물어볼게요. 루페 이주리에타요. LA로 나랑 같

여성의 설득

이 가서 무대에 올랐던 사람이요. 그녀는요? 자기한테 컴퓨터랑 뜨개질이랑 뭐 그런 모든 직업기술을 가르쳐준 멘토에 관해서 스페인어로 된 연설문을 읽는 데 동의했었다고요."

그리어가 말했다.

"그래요, 동의했죠. 다른 사람이 그녀를 위해서 연설문을 써줬죠."

킴이 대답했다.

"내가 썼어요. 페이스가 시켜서요."

그리어는 충격을 받은 채 말했다.

루페가 얼마나 겁에 질려 있었는지가 떠올랐다. 그녀는 그게 자신의 끔찍한 경험을 공개적으로 말해야 하기 때문이라고 추측했다. 하지만 어쩌면 거기 서서 그들이 읽으라고 하는 거짓말을 읽어야 해서 그랬는지도 모른다. 그리어는 킴을 보며 정신이 나갔다는 신호를, 예전에 일했던 회사를 망치고 싶어 하는 불만에 찬 전 직원의 모습을 찾아보려고 노력했다. 하지만 킴은 눈길을 피하지 않고 마주보며 그녀의 반응을 기다리고 있을 뿐이었고, 그리어는 다른 것을 기억해냈다. 비행기에서 루페의 가방에서 손도 대지 않은 하얀 털실과 뜨개바늘이 튀어나와 있던 것을 떠올렸다. 그녀는 비행기에서 루페가 두려움을 가라앉히기 위해서 비행 도중에 뜨개질을 하고 싶어 할 거라고 생각했었다.

어쩌면 그녀는 뜨개질 하는 방법을 몰라서 손도 대지 않았던 걸지도 모른다. 어쩌면 그녀의 멘토는 뜨개질을 할 줄 아는 사람이 아니었는지도 모른다. 실존 인물이 아니니까.

30분 후 그리어가 페이스의 사무실에 들어가서 단둘이 이야기를 좀 할 수 있겠느냐고 단호하게 물었을 때 페이스의 얼굴은 그리어가 수년 동안 몇 차례 본 적 있는 특정한 표정을 지었다. 공감과 배려였다. 페이스가 말했다.

"미용실 예약 때문에 나가봐야 해요. 거기서 12시에 만나는 게 어때요?"

"알겠어요."

"이 얘기 다른 데에는 하지 말아요. 내가 가장 싫어 하는 게 미용실의 터무니없는 가격에 더해서 거기에 투자해야 하는 엄청난 시간이니까요. 그런 곳에서 보낸 시간들을 다 합치면 아마 전 세계를 여행할 수도 있었을 거예요. 무능력한 슈퍼히어로처럼 비닐 망토를 두르고 의자에 얌전히 앉아 있는 것보다 더 중요한 일을 할 수도 있었을 거고요. 어쨌든, 이야기할 시간은 있을 거예요. 이따 「스크린그랩」에서 프로그램 한 꼭지를 찍을 거라서 좀 괜찮게 보여야 하거든요."

그리어는 매디슨가에 있는 제러미 잉거솔 살롱에 들어가 가장 안쪽에 VIP용으로 따로 남겨두는 스크린을 세운 단독 공간에서 페이스를 찾아냈다. 길고 깊숙한 방 안에는 꽃이 가득했다. 공간을 점령한 꽃들은 강한 향기를 뿜어내면서, 죽음과 부패의 열대 향기를 내는 브라질리언 블로아웃 헤어크림의 포름알데히드 냄새와 싸우고 있었다. 그리어는 스타일리스트가 페이스의 머리를 은박지로 마는 것을 끝내기를 초조하게 기다렸다. 페이스의 두피 여기저기서 껌 포장지 같은 은박지가 반짝거렸다. 스타일리스트는 타이머를 세팅하고 두 여자만 남겨두고 나갔다.

페이스가 미소를 지었으나 진지하게 말했다.

"자, 단둘이 있을 수 있는 시간이 정확히 30분인 것 같아요. 이야기해봐요, 그리어."

망토를 두르고 반짝거리는 머리에 두피에는 전극이 아니라 젊음과 아름다움으로 향하는 도관을 꽂아놓은 것 같은 페이스가 얼마나 달라 보이는지 불안할 지경이었다. 페이스는 그리어가 자신의 모습을 빤히 보는 것을 알아챈 듯이 덧붙였다.

"아, 알아요. 좀 우스워 보이죠. 하지만 예약을 너무 미루다가 내가 정말로 어떤 모습이 되는지 보면 그쪽이 더 이상하다고 생각하게 될 거예요. 아니면 이미 봤을지도 모르겠군요."

"아뇨, 못 봤어요."

"음, 난 여기에 하도 자주 와야 해서 무슨 마약 중독 같다니까요. 제러미 잉거솔이 내 마약판매상이고 말이죠. 이 모든 일을 안 한다면 머리가 완전히 하얘질 거고, 그러면 내가 어떻게 보일지 그리 기대되지 않아요. 거울을 보면 기분이 좀 좋아져야 하는 법이잖아요."

"그럼요."

"허영이란 돈이 많이 들죠. 언제나 점점 더 비싸지고요. 처음 머리가 세기 시작했을 때 그냥 두면 내가 무슨 마법사처럼 보일까 봐 걱정이었어요. 그건 내가 원하는 바가 아니었죠. 난 그냥 나 자신처럼 보이길 바랐을 뿐이에요. 언젠가는 당신도 내가 무슨 말을 하는 건지 알게 될 거예요. 한참 동안은 아니겠지만, 언젠가는요."

그녀는 거울로 그리어를 똑바로 쳐다보았고, 그리어는 오랫동안 자신이 아주 자주 페이스와 개인적인 대화를 나누는 시간을 갈망했었던 것을 떠올렸다. 이제 또 다른 대화의 시간이 생겼는데 그리어는 킴 루소가 한 말을 전해서 그 시간을 망치려 하고 있었다. 갑자기 그 정보를 되풀이하는 대신에 자신의 삶, 자신의 연애 생활에 대해서 새로운 이야기를 할 수 있으면 좋을 텐데 싶었다. 뭔가 연약하면서도 진짜인 걸 이야기할 수 있으면 좋을 텐데.

"그래, 무슨 일이 있는 건가요?"

페이스가 가볍게 물었다.

그리어는 자신의 손을 내려다보다가 다시 거울 속으로 페이스를 보았다.

"제가 하려는 말은 이거예요. 에콰도르에 멘토 프로그램이 없는 모양이에요."

그녀는 페이스가 그 말을 이해하도록 잠깐 쉬었다가 말을 이었다.

"멘토 프로그램이 애초부터 없었대요. 하지만 우리는 있다고 말했고, 사람들의 돈을 받았고, 지금도 여전히 받고 있죠. 그리고 저는 LA의 무대에 올라서 멘토에 관해 이야기를 쏟아놨고 루페가 읽을 글도 썼어요. 하지만 그 어떤 것도 사실이 아니었어요. 전 위층의 킴 루소에게서 이 이야기를 들었고, 사실이라고 믿어요."

페이스가 입을 딱 벌리고 그녀를 보았다.

"확실한 거예요?"

"네."

"구출 부분은?"

페이스가 동요한 표정으로 물었다.

"그건 사실이래요."

"정말 다행이군요. 하지만 진짜로 멘토 프로그램이 없다고요?"

그리어는 고개를 끄덕였다. 그녀는 어떻게 된 건지, 왜 이게 사실로 여겨지는지를 설명했다. 페이스는 처음에는 아무 말도 하지 않고 그저 음울하게 입을 꾹 다물고 앉아 있다가 마침내 말했다.

여성의 설득

"젠장."

"그렇죠."

"슈레이더캐피털을 믿을 수가 없어. 아니, 믿을 수는 있어요."

페이스가 말을 이었다.

"그쪽은 종종 절차를 무시하죠. 하지만 이건 자기네들 전문 분야 잖아."

그리어는 안도감이라는 화학물질에 머리가 찔찔해지는 기분이었 다. 불안감이 거의 흥분에 가까운 것으로 바뀌었다. 페이스는 몰랐다. 그리어도 그녀가 알았을 리 없다고 생각은 했지만, 그래도 모를 일이 었기 때문이다. 그리고 무엇보다도 페이스는 화가 났고, 그리어도 그 녀와 함께 화가 났다. 두 사람은 위층 사람들에게 배신당해서 함께 열 받았다.

"난 잘 속는다는 말을 들은 적이 있어요. 그건 타당한 비판이었어 요. 내가 이 사람들과 함께 사업을 하면서 아무 문제도 없을 거라고 생각했다니."

페이스가 말했다.

그들은 그들만의 공통된 우울함 속에 앉아 있었다. 하지만 곧 페 이스는 카운터를 손으로 잡고서 의자를 빙 돌려서 더 이상 거울을 통 해서가 아니라 그리어를 똑바로 마주보았다. 그리고 말했다.

"하지만 여기에 달려와서 나한테 이 소식을 전하고서 당신이 뭘 이루고자 했던 건지는 잘 모르겠군요."

그리어는 갑자기 무방비하게 혼란의 물결 속에 푹 잠겨서 눈을 깜 박였다. 당연하게도 그녀의 얼굴이 달아올랐다.

"음, 저는 선생님께 진실을 말하는 거라고 생각했는데요."

그녀가 긴장된 어조로 말했다.

"좋아요. 그러니까 우린 지금 진실에 둘러싸여 있는 거군요."

"저한테 화가 나신 것처럼 말씀하시네요. 저한테 화내지 마세요, 페이스. 제 잘못이 아니잖아요."

페이스는 아무 말도 하지 않고 그녀를 계속 쳐다보기만 했다.

"우리가 이제 뭔가를 해야 한다고 생각했어요."

잠시 후에 그리어가 말했다.

"다음 번 행동 같은 건 없어요, 그리어."

"아뇨, 있어요. 있어야만 하고요."

"예를 들자면?"

"슈레이더캐피털과 관계를 끊을 수도 있어요."

그녀가 시험 삼아 말해보았으나, 사실 그녀도 앞일까지는 생각해본 적이 없고 지금 그냥 생각나는 대로 말하는 거였다. 그리고 말을 하면서도 그녀는 여전히 페이스가 자신에게 화가 난 건지도 모른다는 사실에 반쯤 정신이 쏠려 있었다. 그건 말이 되지 않았다. 페이스를 진정시켜야 했다. 두 사람 다 부당한 일을 당한 거고, 페이스도 그걸 이해해야 했다. 갑자기 그리어는 자신과 페이스가 두 개의 막대기에 두 개의 짐꾸러미를 매달고 로사이를 떠나 어두운 길로 걸어가는 모습을 상상했다.

"그들과 관계를 끊는다. 그럴 수도 있죠. 하지만 그건 근시안적인 행동이에요."

페이스가 말을 이었다.

"달리 내가 어디서 전 세계 여성들의 고난에 관한 이야기를 퍼뜨릴 수 있는 돈을 구하겠어요? 나한테 수백만 달러를 줄 수 있나요, 그리어?"

"아뇨."

"게다가 우리가 다른 사람이랑 협력할 수 있는 것도 아니에요."

페이스의 말이 이제 더 빨라졌다.

"난 이런 종류의 일을 오랫동안 해왔어요. 나에겐 내 방식이 있고, 모두가 지적하듯이 나만의 한계도 있죠. 훨씬 진보적인 목표를 가진 다른 새로운 재단들도 있어요. 그리고 난 그들을 존중해요. 그들은 지금 이 순간에 일어나는 일들과 관계를 맺고 있어요. 당신이 요즘의 대학 캠퍼스에 간다면 성별 대명사에 훨씬 신경을 써야 할 거예요. 난 밖에서 일어나는 일들에 대해 계속해서 가장 잘 알고 있기 위해서 최대한으로 노력했어요. 그런 일들에 끼어 있기 위해서도 노력했고요. 하지만 대부분의 재단은 우리가 가진 것 같은 돈이 없고, 그래서 여기저기서 끌어 모으죠. 그들은 평등을 위해서 싸우고 자기네 방식으로 그 일을 해요. 나는 내 방식으로 그 일을 하고요."

그녀가 숨을 들이켜고 다시 말했다.

"얻을 수 있는 건 하나라도 얻어야 해요. 좋은 일을 하는 것과 돈을 버는 건 별로 잘 맞는 짝이 아니죠. 난 성인으로서 평생 동안 이 사실을 알았어요. 바퀴에는 항상 기름칠이 필요해요."

이것은 일종의 연설이었고, 그리어는 이걸 이해하자 상황을 알 수 있었다. 그녀는 가끔씩 명백한 핵심을 반박하기 위해서 드문드문 질문을 던지는 것 말고는 별로 말할 필요가 없다는 생각을 했다.

"그걸 그냥 받아들이시겠다고요?"

그리어가 마침내 물었다.

"아뇨, '그냥 받아들이는' 건 아니에요. 내가 할 수 있는 한 눈을 부룹뜨고 살필 거예요. 내가 모든 걸 다 살필 수 없다는 건 잘 알고 있지만 말이죠. 에콰도르의 멘토 프로그램에 관한 사기는 정말 혐오스러워요. 미친 듯이 화가 나고요. 하지만 대체로는 말이죠, 대체로는 정말 서글퍼요. 그리고 세상에서 뭔가를 해내려고 노력하고 있고 특히 그 목표가 여성일 때 해야만 하는 일이 뭔지를 상기하게 돼요. 왜냐하면 4년 전이었다면 난 아뇨, 에밋, 난 당신 돈을 건드리지 않을 거예요, 라고 말했을 테니까요. 그러면 내가 지금 어디에 있을지 알아요? 집에 앉아 이케바나나 배우고 있었겠죠."

"죄송하지만 이케바나가 뭔가요?"

"일본식 꽃꽂이예요. 난 그러고 있었을 거예요. 이라크 야지디족 여자들의 고난에 대해서 수천 명의 사람들에게 알리고 있지 못했겠죠. 친아버지에게 강간당했는데도 낙태를 할 수 없는 여자들을 데려오지도 못했을 거고요. 맙소사, 내 말 좀 들어봐요. 내가 왜 늘 친아버지라는 부분을 강조하는 건지 나도 잘 모르겠다니까요. 낙태를 못 하는 여자들이라고만 말해도 충분해야 하는데. 이게 핵심이에요. 그들의 몸이고, 그들의 목숨이에요. 인디애나의 의원이 뭐라고 말하든 말이죠.

사람들이 우리 재단에 관해서 하는 얘기는 나도 알아요. 우리 표 값이 너무 비싸고, 대체로 부유한 백인들만 우리 강연을 들으러 온다는 거요. '부자 백인 여자들'이라고 그러는데, 그건 모욕적이에요. 우린 항상 더 다양한 청중을 불러오고 가격을 낮추려고 노력하고 있어요. 하지만 우리가 하는 일에 관한 내 기대치를 어느 정도 조절해야만 하고, 위층에서 요구하는 데 맞춰서 쇼를 해야만 해요. 유명인사 강연자들, 내 아들이 놀리는 고급 음식. 우스꽝스러운 예측을 하는 페미니스트 영매 안드로메다 씨.

하지만 여성 재단을 정말로 출범시키기 위해서는요, 그리어, '여성 재단'이라는 이름만으로도 대부분의 사람이 귀도 기울이지 않으니까, 가끔은 영매를 불러야만 해요."

"그럼 관계를 끊는 대신에 대안이 뭐죠? 그냥 아무 일도 없었던 척도로 일을 하는 건가요?"

그리어가 물었다.

그리어는 라일랜드 교회의, 강연단 앞에 있던 페이스를 떠올렸다. 그녀의 검고 구불거리는 머리카락, 길고 섹시한 회색 부츠, 강연장에 있던 모든 사람에게 그녀가 해주었던 격려. 그리고 그 후에 그녀가 그리어에게 해주었던 특별한 격려. 페이스는 그녀를 도와주었고 그녀에게 관심을 가져주었으며 그녀에게 일을 주었고 아주 오랫동안 그 일은 중요한 것처럼 느껴졌다. 1년 전에 자신과 자신의 동료 여직원들이 견뎌야 했던 임금 불평등과 추행에 관해서 이야기를 했던 신발 공장 직원 비버리 콕스가 겨울에 미드타운 길거리에서 그리어에게 다가온 적이 있었다.

"잠깐만요, 당신을 알아요. 내 첫 번째 연설문을 써준 사람이죠."

그녀는 함께 있던 다른 사람들을 돌아보았다. 모두들 북부에서 놀러온 사람들이었고 두툼한 겨울 코트로 몸을 둘러싸고 있었다.

"내가 이 사람 이야기한 거 기억나?"

친구들이 고개를 끄덕였다.

"난 내가 사람들 앞에서 말을 할 수 있을 거라고는 한 번도 생각해본 적이 없어요."

비버리는 다시 그리어를 쳐다보고 말했다.

"누가 내 말을 듣고 싶어 할 거라는 생각도 못해봤고요. 하지만 당신이 하게 해줬죠."

그녀는 그리어를 껴안았고, 친구들은 핸드폰으로 사진을 찍었다.

"후대를 위해서요."

비버리는 그렇게 말하고 그 다음 주에 오네온타에서 자신이 강연하는 조합 행사에 관한 전단지를 그리어에게 주었다.

페이스는 그리어가 그 모든 일을 하도록 만들어주었다. 그 여자들과 그녀의 관계는 양쪽 모두에 뭔가를 일으켰다. 그녀는 루페를 떠올렸지만 감상적인 부분은 없고 고통만이 느껴졌다. 그들이 만약 길거리에서 만나게 된다면 루페는 그녀를 보고 반가워하지 않을 게 분명하니까. 어쩌면 루페는 그리어가 전혀 알아들을 수 없는 스페인어를 쏟아낼지도 모른다.

하지만 그들은 절대로 길거리에서 만나지 못할 것이다. 길거리도 없을 것이다. 루페는 에콰도르로 돌아갔으니까. 그녀가 뭘 하고 있을까? 그녀에게 무슨 일이 생길까? 어쩌면 그녀는 여전히 갈 곳을 찾지 못하고 떠돌고 있을지도 모른다. 어디서 살고 있을까? 매일 실제로는 뭘 하고 있을까? 그녀는 여성 직물 조합의 일원이 되지 못할 것이다. 그것만은 분명했다.

이제 페이스는 아무렇지 않게 다른 대륙의 존재하지 않는 자선단체를 감독하는 척해왔던 슈레이더캐피털의 후원 아래의 재단에 머무는 것에 대해서 차분하게 이야기하는 은박지를 뒤집어쓴 화성인처럼 보였다.

"슈레이더캐피털과 계속 일한다는 결정은 도덕적이지 못한 것 같아요."

여성의 설득

그리어는 턱을 살짝 들어 올리고서 말했다.

"정말로 이게 그저 그쪽에 관한 일이라고 생각해요? 내가 전에는 타협을 해야 했던 적이 없을 것 같아요? 난 일을 하는 내내 언제나 타협해야 했어요. 『블루머』 시절에조차 말이죠. 난 로사이 이전까지는 진짜 돈을 만져볼 일이 없었고, 그래서 대규모로 움직이는 걸 본 적이 없죠. 하지만 지금은 그런 일이 벌어지고 있어요. 대의를 위해서 일하는 모든 사람이 당신에게 이 이야기를 할 거예요. 예를 들어 개도국 여성의 건강을 위해 기부되는 돈 1달러마다 10센트는 부패한 사람의 주머니로 들어가고, 10센트는 어떻게 되는지 아무도 몰라요. 모든 사람이 시작할 때부터 기부금은 실제로는 80센트밖에 되지 않는다는 사실을 알죠. 하지만 모두가 그걸 1달러라고 불러요. 그게 기부된 금액이니까."

"선생님은 그래도 괜찮다는 건가요?"

페이스는 잠깐 뜸을 들였다.

"난 항상 저울질을 해봐요. 에콰도르의 경우처럼요. 나도 이런 일이 생긴 게 부끄러워요. 하지만 그 젊은 여자들은 자유의 몸이고 최소한 위험에서 빠져나왔잖아요. 그것도 고려를 해야 돼요, 안 그런가요? 그게 이 삶이 향하는 바예요. 저울질하는 거요."

그리어는 페이스의 이런 면을 몰랐고, 페이스가 잘 속는 사람으로 여겨졌다는 것도 몰랐다. 그녀 밑에서 일했음에도 불구하고 그녀는 페이스에 대해서는 거의 묻지 않았으니까. 그래도 된다고 생각하지 않았었다. 그건 자신의 역할이 아니라고 생각했었다. 그녀는 페이스에게 하소연하듯이 "이 삶이 추구하는 게 뭐죠?"라고 묻지 않았고, 물어봤다면 페이스는 "저울질하는 거요."라고 대답했으리라.

"위층에서 그런 일을 했는데도 선생님이 로사이에 계속 머무르려고 하신다는 걸 믿을 수가 없어요."

그리어가 말했다.

"자, 난 일흔한 살이고, 골밀도를 위해서, 정확히는 부족한 골밀도 때문에 포사맥스를 먹고, 싸구려 중국 마사지에 중독되어 있음에도 불구하고, 어쩌면 그것 때문에 하루의 절반은 목이 뻣뻣해요. 일을 좀 줄여야 할지도 모르지만, 처음부터 다시 시작하지는 않을 거예요. 내가 당신에게 그 연설을 부탁했던 이유는 내가 지쳤기 때문이에요. 난 당신 나이였을 때처럼 여기저기 돌아다닐 게 아니라 나 자신을 보호해야 해요."

페이스가 재빨리 덧붙였다.

"하지만 그게 내가 연설을 부탁했던 유일한 이유는 아니에요. 당신은 그럴 자격이 있었어요. 당신에겐 뭔가 큰 게 필요했죠. 당신이 애초에 왜 여기서 일하고 싶어 했는지를 상기해줄 만한 진짜 일이요."

그녀는 말을 잠깐 멈췄다가 이었다.

"그리고 당신은 해냈어요."

그리어는 페이스 프랭크 앞에서 대단히 쉽게 솟아오르곤 하는 친숙한 감사의 마음이 또다시 슬그머니 치솟는 것을 느꼈다.

"하지만 이제 상황을 알고 나니까 당신을 LA의 무대에 올려 보낸 게 진심으로 미안하군요."

"선생님은 새로운 곳에 갈 수 없다고 하시지만, 더 나은 환경이 있을 수도 있어요."

그리어가 말했다.

페이스는 고개를 살짝 숙였고, 빠르게 이어지는 분홍색 불빛 속에

여성의 설득

서 그녀의 두피가 드러났다. 은박지가 장식용 작은 전구처럼 희미한 소리를 냈다.

"아니. 내가 말했듯이 그런 건 없어요. 설령 있다 해도 찾아볼 마음이 없고요. 이건 내 선택이에요. 그리고 내가…… 결정을…… 내려야…… 해요."

페이스는 어딘가의 대사를 인용하는 것처럼 한 단어 한 단어 똑같이 강조해서 말했으나 그리어는 그 출처를 알 수가 없었다.

"음, 전 제가 하는 일에 믿음이 있어야 해요."

그리어가 말했다.

"당신이 계속해서 믿음을 갖길 바라요. 당신이 알게 된 걸 말해줬으니까 내가 위층 사람들의 고삐를 조이는 걸 도와줄 수도 있을 거예요. 그 일에 파트너가 있으면 좋을 것 같거든요. 그렇게 해주겠어요?"

페이스는 말을 멈추고 그녀를 똑바로 바라보며 마지막 말을 덧붙였다.

그리어는 전혀 딴생각을 하고 있었다. 만약 지금 이 살롱에 불이 난다면 페이스 프랭크도 다른 모든 여자들과 함께 길거리로 뛰쳐나가야 할 거고, 그러면 모든 사람들이 이런 그녀의 모습을 보고 혼란스러워 할 것이다. 유명하고 매력적인 페미니스트 페이스 프랭크가 다른 사람들처럼 하얗게 센 머리에 연약하고, 비쩍 마르고, 거기다가 늙어가고 있으며 상황과 타협하는 사람이었다.

그때 페이스의 비서 디나 메이휴가 스크린으로 막아놓은 구역을 빙 돌아서 들어왔다.

"여기 계셨군요. 끝났나요?"

페이스는 그리어와 별로 대단치 않은 것을 의논하고 있었다는 듯이 갑자기 냉정하고 태연한 모습으로 타이머를 힐끗 보았다.

"서글프게도 안경이 없어서 안 보이네. 그리어, 좀 봐줄래요?"

"17분이요."

그리어가 멍하니 말했다.

"좋아요, 잘됐네요. 사무실로 돌아가면 보니가 녹화를 위해서 준비를 시켜줄 거예요, 페이스."

디나가 말했다. 그래, 페이스는 이따가 「스크린그랩」을 찍을 예정이었음을 그리어는 기억했다.

"사전 인터뷰에서 몇 가지 이야기할 핵심을 추려놨어요. 멘토 프로그램 때문에 지금 엄청나게 노출이 되고 있어요."

디나가 그리어 쪽을 보고 미소를 지으며 덧붙였다.

"아직도 LA 발표에 관해 좋은 반응을 듣고 있어요."

그리어는 페이스를 보았다.

"「스크린그랩」에서 에콰도르에 관해서 얘기하시는 거예요?"

"아마도요. 여러 가지 주제 중에서요."

"중요 내용을 정리해왔는데 원하시면 한번 살펴보세요."

디나가 말했다. 그리고 다시금 그리어를 향해서 덧붙였다.

"미안하지만 선생님 좀 빌려가도 될까요? 시간이 촉박해요! 잠깐만 시간을 주면 그다음에 다 같이 사무실로 돌아가죠."

그리어는 옆으로 물러나서 디나가 페이스에게 가까이 다가올 수 있게 해주었고, 두 사람은 함께 파일을 살펴보았다. 페이스는 눈을 가늘게 뜨고 뭐라고 중얼거렸고 디나가 활발하게 손짓을 했다. 그리어는 뒤에 서서 빗들이 생물 표본처럼 파란 물이 든 병 안에 잠겨서 보존되어 있는 카운터에 몸을 기댔다. 그녀는 무거운 병을 양손으로 들어 벽에 내던지는 상상을 했다.

페이스가 머리를 감고 샴푸를 하고 드라이를 하는 동안 그리어는 뻣뻣하게 서 있었고 디나는 핸드폰에 대고 말을 했다. 전화의 음성인식 기능이 직접 고쳐야 하는 오류를 줄줄이 만들어냈다.

"이것 좀 봐요."

디나는 그리어를 향해 핸드폰을 내밀고 우스꽝스러운 오류를 보여주었다.

"'비만 조롱'이라고 말했는데 그걸 '비마 졸음'이라고 해놨어요."

마침내 페이스가 아름다운 모습으로 그들에게 돌아왔다. 머리카락은 반짝이고 부츠 때문에 키는 더 커보였다. 세 사람은 전부 다 부유하고 전부 다 여성이지만 VIP 스크린이 필요하지는 않은 다른 고객들의 열을 지나쳐 제러미 잉거솔 살롱을 가로질러 걸어 나왔다.

여자들, 여자들, 여자들, 그들 모두가 여자들이 그러듯이 연약하고 허영에 차서 인내심 있게 거기에 앉아 있었다. 세상 여성들의 고난에 대해서 관심을 갖고 있다 해도 어쨌든 페이스가 말한 것처럼 다들 자신의 최선의 모습으로 보이고 싶기 때문이었다.

거리로 나오자 함께 걸어오던 두 사람이 즉시 페이스를 알아보았고, 그녀는 항상 그러듯 그들에게 미소를 지었다. 그녀는 달라지지 않았다. 아마 늘 저울질하는 것이 핵심이었는지도 모른다.

그들이 돌아갔을 때 사무실은 활기가 넘쳤고, 그리어가 머뭇거릴 동안 페이스는 곧장 앞으로 걸어갔다. 그리어는 자기 자리에 앉을 수가 없었다. 부엌으로 가서 커피를 마시며 사람들과 이야기를 나눌 수도 없었다. 지금 그녀는 뭔가 할 수도, 말을 할 수도 없었다. 그래서 그냥 숨어 있었다. 그녀를 본 벤이 다가와서 말했다.

"이봐, 어디 갔었어? 당신이 사무실 밖에서 페이스를 만난다고 들었는데. 날 위한 깜짝 파티를 준비하는 거지?"

"당신 생일인 줄도 몰랐어."

그녀가 말했다. 그건 사실이었다. 그들이 4년이 넘게 함께 일했음에도 불구하고 그녀는 그의 생일을 몰랐다. 언젠가 알았을 수도 있다. 매년, 아니면 최소한 몇 번 정도는 컵케이크를 돌렸을 테니까. 하지만 벤은 그녀가 그의 생일을 알아야만 한다거나 혹은 이미 알 거라고 생각하는 식으로 행동한 적이 없었다.

"당신 좀 이상해 보이네."

그가 말했으나 그녀는 대답하지 않았다. 앞쪽에서 페이스는 자기 사무실로 들어가고 있었다. 그리어는 따라갔고, 뒤에서 벤이 새로운 직원 한 명에게 말하는 소리가 들렸다.

"무슨 일 있는 거야? 뭔지 혹시 알아?"

그리어는 페이스의 사무실 문으로 멍하니 걸어가서 문이 완전히 닫혀 있는 법이 없음에도 불구하고 문틀을 두드렸다. 사무실은 병원의 병실 같았다. 들어가야 하면 그냥 얼마든지 들어갈 수 있었다. 이미 사무실에는 여러 명의 사람이 있었다. 페이스, 이파트, 카라, 보니, 이블린, 디나, 최근에 고용된 케이시라는 젊은 보조. 그리어는 문가에서 목이 조이는 것 같은 소리로 말했다.

"페이스, 잠깐 얘기 좀 할 수 있을까요?"

페이스는 시선을 들고 고개를 끄덕이고서 한 팔을 들어 그리어에게 다가오라고 손가락을 까딱였다. 그러자 모두가 예의바르게 흩어져 커다란 사무실 다른 쪽으로 가서 강연자가 필요한 세미나나 미니 세미나, 아이디어에 관한 이야기를 계속했다.

"정말로 TV에 나가서 멘토 프로그램에 대해서 이야기하실 생각이세요?"

그녀가 책상 앞에 있는 페이스에게 조용히 물었다.

"음, 사전 인터뷰에 있었으니까. 미치 마이클슨이 나에게 거기에 대해서 아마 물어볼 거예요."

"취소하실 수도 있어요."

그리어는 아무도 듣고 있지 않다는 걸 확인하기 위해 주위를 둘러보았다. 아무도 듣지 않았다.

"그건 프로답지 못한 일이 될 거예요. 그리고 내가 이야기를 하고 사람들의 주의를 끌고 싶은 다른 문제들도 있고요. 이건 좋은 기회예요. 우리에겐 언론이 필요해요. 항상 그렇죠. 잘 알잖아요."

페이스가 말했다.

"하지만 언론의 이목을 끄는 것만이 중요한 건 아니잖아요."

그리어가 더욱 조용하게 말을 이었다.

"우린 주목을 끌 수 있든 없든 간에 우리가 하는 일을 계속 할 거예요. 우린 여자들을 위해서 이 일을 하는 거니까요. 선생님은 항상 이 점을 강조하셨잖아요."

그리어는 말을 멈추고 소매에서 뭔가를 잡아 뽑은 다음 다시 시선을 들었다.

"전 우리가 여기서 뭘 하는 건지 처음에는 이해하지 못했어요. 그저 이 일을 하고 싶다는 것만 알았죠. 저는 자석에 끌려오듯이 여기로 오게 됐어요. 선생님을 위해 일하는 방향으로 끌리듯이 왔죠."

그녀가 무거운 목소리로 말을 이었다.

"하지만 곧 이건 그저 선생님에 관한 게 아니게 되었어요. 그들에 대한 거였죠. 여전히 그들에 대한 거고요."

몸이 떨렸다. 이건 꼭 연설을 하는 것 같았다. 연설을, 특히 원고를 쓰지도 않은 연설을 하려던 건 아니었다. 연설에는 잘 기획하고, 편집하고, 수정을 거친 원고가 필요한데 이건 그렇지 않았으니까.

"그리고 이제 우리가 일하는 이곳은, 이건 더 이상 저에게 맞는 곳이 아니에요. 그래서 전 못 하겠어요."

"뭘 못 하겠다는 거죠?"

"로사이에 머무는 거요. 전 못해요, 페이스. 옳지 않아요."

페이스는 여전히 아무 말도 하지 않았고, 그래서 그리어가 공식적으로 말했다.

"좋아요, 전 이제 가볼게요."

페이스는 천천히, 뜸을 들이며 그녀를 바라보았다. 난 가도 좋다는 그녀의 승인을 기다리지 않을 거야, 그냥 갈 거야. 그리어는 그렇게 생각했다. 하지만 그녀는 잠깐 멈춰서 사진과 카툰을 붙여놓은 자신의 파티션을 떠올렸다. 세월이 흐르며 종이 가장자리가 말리고 희미해진 사진들. 여기를 그만두고 책상을 정리하면서는 그것들을 하나하나 떼고, 아무 의미 없는 모스 부호 같은 조그만 구멍들만 남겨놔야 할 것이다. 갑자기 그리어의 머릿속에 코리가 자신의 삶의 모든 것을 포기하고, 아미티지&리스트와 스스로를 위해 신중하게 계획했던 모든 것들로부터 걸어 나오는 모습이 떠올랐다.

그리어는 방 안의 모든 사람이 여기를 주목하고 있다는 것을 깨달았다. 그들은 페이스의 책상 주변 분위기가 바뀐 것을 깨닫고서 대화를 멈추고 고개를 들었다. 페이스의 얼굴에서 신경학적 폭풍으로 인

여성의 설득

한 근육수축이 보였다. 폭풍이 몰려오고 있었다. 아, 제기랄. 페이스 프랭크 주변으로 폭풍이 몰려들고 있었다.

"음, 좋아요. 그럼 이걸로 끝인 것 같군요."

모든 사람이 보는 동안 페이스가 말했다.

"그런 것 같아요."

그리어는 목 안쪽으로 담즙이 솟구치는 것을 느끼고서 꾹 삼켰다. 자신의 목소리만이 나서서 자신을 관두게 만드는 느낌이었다. 자신의 목소리가 주도권을 잡고 중요한 결정을 내리고 모든 이야기를 하고, 자신의 나머지 부분은 그냥 듣고 보기만 하는 것 같았다. 내면의 목소리로만 머무르지 않는 목소리를 갖는다는 게 이런 걸까? 개인 확성기를 쓰는 것처럼 바깥으로 목소리가 터져 나왔다. 소리 내서 말을 한 보상은 어디 있고 카타르시스는 어디에 있을까 궁금했다. 지금 그녀는 그저 토할 것만 같았다.

그녀가 겨우 문가까지 갔을 때 페이스가 말했다.

"사실 어떤 면에서 이건 꽤 우스운 일이에요."

그리어가 돌아보았다.

"뭐가요?"

"당신은 여기에 머물며 하는 일에 너무 많은 관심을 쏟고 있는 것처럼 말하잖아요. 당신이 여자들에게 너무 많은 관심을 쏟는 것처럼. 그들을 옹호하는 것에 너무 많은 관심을 쏟는 것처럼. 하지만 당신이 수년 전에 했던 일을 한번 생각해봐요. 당신의 가장 친한 친구에게. 그 친구 이름이 생각이 안 나네."

"무슨 말씀 하시는 거예요?"

그리어는 진심으로 알고 싶지 않으면서도 물었다.

"당신 친구가 여기서 일하고 싶어 했었죠. 나한테 주라고 편지를 줬고, 어느 날 밤 술을 마시면서 당신이 나한테 그 이야기를 하면서 당신은 친구가 여기서 일하는 걸 원치 않는다고 그랬잖아요. 안 그래요? 그래서 나한테 편지를 주지 않았고, 친구한테는 줬다고 거짓말을 했죠. 그렇죠? 그리고 당신은 그러고도 아마 괜찮았던 것 같군요."

정말로 기절할지도 모르겠다고 그리어는 생각했다. 그녀는 무력하게 주위를 둘러보았다. 방 안의 모든 사람들이 깜짝 놀란 것 같으면서도 멀어 보였다. 아무도 그녀를 도와주지 않을 것이다. 그리어가 지에게 했던 일에 관해서 페이스가 틀린 말을 한 건 아니었다. 그걸 말로 듣는 것은 끔찍했고, 그녀가 이야기한 행동은 변명의 여지가 없었다. 하지만 페이스가 그 얘기를 하는 것도 굉장히 부당하고, 불필요하게 잔인한 행동이라고 그리어는 생각했다. 그러면서도 한편으로는 그녀가 계속해서 가외의 일을 하고, 하녀 노릇을 도맡고, 지금 받는 걸로 충분하다고 생각하는 착한 아이로 남는 대신에, 나서서 자신만을 위한 일을 하게 된다면 결국에 이런 순간이 올 수밖에 없는 거였는지도 모른다고 생각했다. 착한 아이도 성공할 수는 있지만, 끝까지 갈 수 있는 경우는 별로 없다. 그들이 위대해지는 경우도 별로 없다. 어쩌면 페이스는 이런 대립을 그녀에게 선물로 주는 걸지도 모른다. 아닐지도 모르고. 페이스의 분노가 마침내 그녀에게 고정되었다. 길고 긴 시간이 걸렸지만, 드디어 드러났다. 어쩌면 페이스가 화를 낼 만한지도 모른다. 그리어는 그녀 혼자서 슈레이더캐피털을 상대하게 놔두고 떠나는 거니까. 그리어는 그녀에게 "당신이 상대해요, 난 못하겠으니까."라고 말하는 거였다. 그리고 또한 그리어는 페이스에게 다 알면서 머무른다고 암암리에 비난하는 거였다.

"그걸 어떻게 했죠, 그리어?"

페이스가 물었다.

"그 편지를 그냥 내버렸나요? 당신이 읽었어요? 어느 쪽이든 당신은 그걸 나에게 주지 않고, 사실을 말하지도 않기로 결정했죠. 그리 훌륭한 행동은 아니라고 생각해요."

그리어는 기절하지 않았다. 대신에 도망쳤다.

4부
외부적 목소리

10

정신적 외상에 대해 처음 관심을 가졌을 때 지 아이젠스타트는 '긴급상황의 본질 평가하기'라는 강좌를 듣고 있었다. 강사가 여러 가지 시나리오를 설명하는 동안 지는 공책에 온갖 재난에 대해서 가득 적었다. 그녀가 그 강좌에서 배운 모든 것들, 그리고 나중에 일을 하며 겪은 많은 것이 타인의 삶에서 극심하고 끔찍한 순간들이었다. 그녀는 시카고에서 위기조치 대응 상담사였고, 3년 반 전에 티치 앤 리치를 떠난 뒤로 줄곧 이 일을 해왔다. 처음에는 상담 관련 학위를 따기 위해 공부하려고 했으나 학교에 있을 때에도 호출을 받으면 당장 달려가야 하는 일이 많았다. 위기 상황이 안 좋으면 안 좋을수록 그녀는 일에 더욱 집중할 수 있었다. 지는 처음에 몇몇 사람이 그러듯이 무너지거나 물러나지 않았다.

일 때문에 그녀는 도시 전역을 돌아다녔다. 예를 들어 누가 자살했다든지, 인질극이 벌어졌다든지, 누가 갑자기 정신병 발작을 일으켰다든지 등의 끔찍한 일이 일어나면 그녀는 사람들의 집 앞에 조용히 나타났다. 그녀는 날래고, 지나치게 나서지 않고, 굉장히 유능해서 이 일에 뛰어난 사람으로 평가되었다. 가끔 정신적 충격을 주는 일이 일어나고 몇 주나 몇 달 후에 그녀는 가족들로부터 연락을 받았다.

"당신은 나만의 성자 같았어요. 당신이 누군지 전혀 몰랐는데 어느 날 갑자기 나타난 거예요."

한 남자는 이렇게 적어 보냈다. 또 다른 남자는 이렇게 말했다.

"스노우 타이어를 파는 사람입니다. 당신에게 무료로 한 세트 주고 싶어요."

지는 정신적 외상 분야에서 굉장히 귀한 몸이 되었고, 그리어에게 자랑스럽게 말한 것처럼 『외상학 국제 저널』에도 언급되었다.

"진짜 저널처럼 들리지 않는 거 아는데, 그래도 진짜야."

그날 밤에 그리어는 시카고에 있는 지의 집으로 채식주의자용 케이크를 배송시켰다.

지는 외상학 학위를 받고, 사회복지 에이전시의 따분한 참호 속에서 몇 가지 인턴십을 마쳤다. 그녀의 학생 샤라 픽이 아기를 낳던 것이 그녀가 목격한 첫 번째 정신적 외상이었다. 샤라는 학교를 그만두고 다시 돌아오지 않았고, 할머니와 동생들과 함께 아이를 키우기로 한 모양이었다. 샤라에게 여러 번 전화를 걸었지만 아무도 받지 않았다. 그러나 그 정신적 외상의 경험은 여전히 지의 가슴속에 날카롭게 살아 있었고, 그런 경험을 한 다른 사람들을 찾아서 도움을 주고 싶다는 마음을 갖게 되었다. 그런 경험은 사우스 사이드와 그 너머 전역에, 여러 가지 종류로 존재하고 있었지만, 최소한 지가 등록했고 아이젠 스타트 판사들이 관대하게 학비를 대주었던 학위를 주는 프로그램에서는 그 종류가 체계적으로 분류되어 있지 않았다. 끔찍한 것에 관해서는 전방위적 전문가가 되어야 했다.

지가 교육을 받는 동안 투입되었던 첫 번째 사건은 뉴 어프로치 여성병원에 우편으로 전달된 못 폭탄에 관한 것이었다. 폭탄은 대기실에서 터져서 단기 접수원 바버라 뱅이 시력을 잃었다. 오후의 환자들이 대기실에 앉아서 자궁경부암 검사, 첫 번째 골반 검사, 낙태 수술, 임신 테스트를 기다리고 있었다. 바버라는 아무런 의심 없이 택배 박스를 열었다. 그녀는 십자 모양으로 표면에 두껍게 발라놓은 스카치테이프 아래로 손톱을 밀어 넣으면서, 젖꼭지 아래 콩 크기의 멍울이 느껴진다는 남자에게 전화로 예약을 받았다. 남자도 진료를 봐주는지 묻는 질문에 네, 봐줄 거예요, 라고 그녀는 대답했다. 그리고 테이프를 당겨 종이를 손으로 뜯었고, 오후의 대기실의 고요함이 끔찍하게 부서졌다. 위기대응 상담사들이 호출되었을 때 지도 그중 한 명이었다.

지의 지도원 두 명은 루르드와 스티브였다. 그들은 연상이지만 나이가 많지는 않았다. 외상학 분야에서 노년까지 버틸 수 있는 사람은 별로 많지 않기 때문이었다. 상담사들과 목격자 몇 명을 위해 병원 옆 골목에 작은 천막을 설치하는 동안 그녀는 두 사람 모두 인상적이리만큼 침착하고 차분한 태도를 가졌다는 것을 알아챘다.

루르드와 스티브는 고개를 살짝 기울이고 그냥 주의를 기울이는 것 이상으로 상대의 말에 귀를 기울이는 법을 알았다. 시간이 흐르며 지도 그걸 배우게 되겠지만, 그 첫 번째 날에, 바버라 뱅이 소포를 열고 폭탄이 그녀의 얼굴을 향해 폭발했을 때 그 자리에 같이 있었던 여자들이 흐느끼는 간이 천막 안에서, 지는 그저 살짝 앉아 가만히 귀를 기울이며 자신의 지도원들이 정신적 충격을 받은 사람들을 달래

참고 살아갈 수 있을 정도의 상태로 만들려고 하는 모습을 보았다.

"우린 그들을 단단히 감싸줘야 해요. 절대로 그 사람들의 스트레스를 늘리면 안 돼요. 그들이 어떻게 대해주길 바라는지 우리에게 말하도록 놔둬요."

루르드가 말했다.

그 뒤로 수많은 간이 천막이 있었다. 시카고 전역 여기저기에 충격 받은 사람들이 머무는 곳이 만들어져 도시 전체가 천막으로 이루어진 것 같았다. 이제 지도 확실한 전문가가 되었고, 자신의 외상 담당 팀을 이끌고 자원봉사자들을 위한 워크숍에서 강의를 했다. 그녀는 의도된 상상력과 특별한 호흡법을 사용하는 새로운 외상 후 스트레스 처치법을 가르치는 추가 학위 프로그램도 듣고 있었다. 이걸 버틸 만하게 만들어주는 것은 그녀의 일상을 채우는 정신적 외상이 자신의 것이 아니기 때문에 없앨 수 있고, 최소한 어느 정도 거리를 둘 수 있다는 점이었다.

그런데 그때 그리어가 연락을 했다.

"나 일 그만뒀어."

그녀가 떨리는 목소리로 말했고, 그 소식은 놀라운 일이었다. 그리어에게 페이스 프랭크는 절대로 잘못을 저지를 수 없는 사람이었기 때문이다. 하지만 곧 울면서 그리어가 말을 이었다.

"페이스와 아주 안 좋게 끝났어. 개떡 같은 일들이 벌어졌어."

"와. 무슨 일이 있었는데?"

"만나서 얘기해줄게. 복잡해."

코 푸는 소리가 들렸다.

"오랫동안 난 내가 거기서 뭔가 실제적이고 정직한 일을 하고 있다

여성의 설득

고 생각했어. 그리고 너도 이게 약간 개판이 되었고 내가 관심을 갖고 하던 일이 많이 줄었다는 거 알지? 그래도 난 노력했어. 그리고 그 사람이 나한테 연설을 시켰고, 그게 굉장히 잘돼서 난 진짜 흥분했었어. 그게 우리가 이야기했던 결정적인 순간 중 하나였어. 하지만 알고 보니까 전혀 달랐어. 슈레이더캐피털이 잘못된 일을 하고 있는데, 페이스는 그걸 묵과하는 게 괜찮다는 거야. 평소처럼 일을 하라고. 나 심지어 그 사람의 '고기'도 먹었어. 계속."

그녀가 마지막 말을 덧붙였다.

"그 사람 고기를 먹었다니, 무슨 말이야?"

"잊어버려. 별거 아니야."

"그래서 이제 뭘 할 거야?"

지가 물었다.

"나도 모르겠어."

"시카고로 와."

지는 주말에 무슨 일이 예정되어 있는지 당장 기억이 나지 않았다. 뭐가 됐든 동료에게 대신 좀 해달라고 일정을 바꿔볼 수 있을 것이다. 그녀의 일은 유연성이 필요했다. 사람들의 긴급 상황은 일정을 잡고 일어나지 않기 때문이다.

일을 하는 몇 년 동안 지는 정신을 차리는 시간을 점점 줄여서 거의 순식간에 일할 태세를 취할 수 있게 되었다. 요즘 그녀는 한창 자다가 전화를 받아도 활기차게 대답할 수 있었다. 샤워를 하던 도중에 물이 뚝뚝 떨어지는 상태로 차를 몰고 갈 수도 있고, 가끔은 살인이나 자살, 화재, 유래 없는 절망이나 혼란의 상황으로 가기 위해서 새벽에 깨서 하늘이 낙관적인 장밋빛으로 밝아오는 와중에 열차를 타고 가야 할 때도 있었다. 또 어떤 때는 한밤중에 차를 몰고 가야 했고, 일이 끝나면 배가 너무 고파서 경찰들이 쉬러 가는 장소를 찾아 제복을 입은 남녀 사이에 끼어 앉아 달걀과 감자튀김, 버터가 녹아 있는 토스트를 주문하기도 했다. 이 음식들이 자신이 방금 목격한 것들로부터 스스로를 지탱해줄 수 있기를 바라면서 말이다.

그녀와 노엘은 꽤 많은 레즈비언 인구가 모여 사는 앤더슨빌의 클라크가 부근의 아파트에서 살았다. 노엘은 수많은 문제에도 불구하고 러닝 옥타곤 네트워크의 학교에 계속 머물렀고, 이제 일부 학생에게는 끔찍한 존재이지만 지에게는 눈부신 존재인 교장이었다. 그녀와 노엘이 가끔 손을 잡고 산책을 하는 앤더슨빌에서 그녀는 대부분의 다른 장소에서는 얼마나 은밀하게 행동했어야 했는지에 대해 생각했다. 마치 자신들의 존재 전체를 은밀하게 감추는 것 같은 기분이었다.

세월이 흐르며 그녀는 자신을 게이 대신 퀴어라고 말하기 시작했다. 퀴어는 더 강하고, 더 동성애적이고, 확실히 다르게 느껴졌다. 지에게 '레즈비언'은 카세트테이프와 함께 세월 속으로 사라졌다. 그녀는 항상 자신이 정치적이라고 말했지만, 돌이켜보면 그건 취미였던 것 같았다. 이제 그녀의 직업적 삶이 일종의 깊고 지속적인 방식으로 정치적이 되었다. 힘겨워하는 사람들의 집으로 들어가서 그들의 삶을 보는 것이 일이었으니까. 이 동네 카페와 가게들의 창문과 게시판에는 자원봉사 모집 공고가 가득했다. 지는 십대 노숙자들과 관련된 그룹에서 봉사를 했다. HIV 그룹은 언제나 도움이 필요했고, 인종 간 평등에 관한 그룹도 마찬가지였다. 지가 아는 어떤 사람은 그녀가 교회 지하에서 열리는 모임에 오기를 항상 바랐다.

지는 자유 시간을 교회 지하실에서 보내고 싶지 않았다. 처음에

\   여성의 설득

그녀는 낮은 천장과 애플&이브 사과주스 병이 가득한 기다란 탁자를 상상했었다. 접이식 의자가 눈앞에 선하고 심지어는 의자 다리가 리놀륨에 긁히는 소리, 더 많은 의자들이 펼쳐지는 끽끽 소리가 들리고 누군가가 "자리 좀 만들어요, 자리 좀."라고 말하면 원이 더 넓어지는 것도 볼 수 있을 것 같았다. 하지만 그녀는 곧 그런 모임 중 몇 개를 좋아하게 되었고, 심지어 몇 개는 운영하기 시작했다. 노엘은 일이 끝나면 피곤하다고, 할 일이 아직 많다고, 쉬고 싶다고 투정부리면서도 가끔은 함께 갔다.

지가 그리어와의 통화를 끊을 때 노엘은 소파에서 부모와 보호자들에게 보낼 주간 편지를 쓰고 있었다.

"저기, 그리어가 내일 여기로 올 거야. 우리랑 같이 묵을 거고. 자기한테 미리 말하지는 않았지만 그래도 괜찮지?"

지가 말했다.

그리어가 다음 날 이른 오후에 오헤어 공항에서 우버를 타고 와서 초인종을 눌렀을 때 지는 언제나 일하러 갈 준비를 다 해두는 것처럼 그녀를 맞을 준비를 다 한 상태였다. 그녀는 가장 친한 친구라는 긴급 상황에 만반의 준비를 했다. 그리어를 소파에 앉히고 아주 차가운 물 한 잔을 들려주었다. 수분 공급은 놀랄 만큼 도움이 된다고 그녀의 강사가 말했기 때문이었다. 게다가 물은 공짜고, 어디에나 있었다. 누군가의 불을 꺼줄 수는 없겠지만, 그 사람에게 자신이 진짜 세상의 일부이고 컵을 들고 있는 사람이라는 걸, 그런 능력은 잃지 않았다는 걸 기억하게 만들어줄 수는 있었다. 가끔 지는 상대가 컵을 들고 물을 마시는 것을 보고서 손이 움직이고, 목의 일부가 움직이고, 육체가 거기 참여하는 방식을 보며 안도하곤 했다. 지금도 마찬가지였다.

그리어는 고마운 것처럼 물을 마셨고, 다 마신 후 시선을 들었다.

"나한테 여기 오라고 몰아붙여줘서 고마워. 갑자기 이렇게 무직 상태가 될 거라고는 생각도 못 했어."

"좋아. 이제 말해봐."

그래서 그리어는 에콰도르의 젊은 여자들의 성공적인 구출과 엉망이 된 구출 후의 일에 대해서 길고 복잡다단한 이야기를 늘어놓았다. 하지만 이야기를 다 하고도 그녀는 별로 안도한 것처럼 보이지 않았다. 사실 그리어는 말하는 내내 자신의 손을 잡아 비틀고 있었다. 언제나 고객들과 함께 있을 때면 지는 손을 보았다. 주먹을 쥐고 있나, 기도하는 건가, 아니면 좌절감을 드러내고 있나?

"그리고 다른 것도 있어."

그리어가 말했다.

"좋아."

그리어는 떨리는 숨을 들이켜고 소규모 발표를 하는 것처럼 지의 앞에 일어섰다.

"난 이 이야기를 영원히 안 하려고 했어. 하지만 이제는 하려고 해. 이제는 해야만 할 것 같아."

그녀가 눈을 감았다가 다시 떴다.

"나 페이스에게 그 편지를 주지 않았었어."

"무슨 이야기 하는 거야? 무슨 편지?"

그리어는 바닥을 내려다보았다. 금방 울음을 터뜨리려는 얼굴을 암시하듯 그녀의 입이 묘하게 위쪽으로 비틀렸다.

"네 편지."

그리어가 그렇게 말하고 무슨 뜻인지 분명하다는 듯이 말을 멈추었다.

"뭐?"

"네 편지."

그리어는 이제 초조하게, 약간은 흐느끼면서 다시 말했다. 그러고는 양팔을 벌렸다. 그렇게 하면 뭔지 명확해질 거라는 듯한 자세였다.

"네가 4년 전에 너도 거기서 일하고 싶다면서 페이스에게 전해달라고 나한테 줬던 편지 말이야. 나 아직도 그걸 갖고 있어. 열어보지도 않았고 아무것도 안 했어. 그냥 갖고 있어. 페이스에게 그걸 주지 않았었어."

지는 그녀를 그냥 쳐다보기만 했다. 이게 무슨 뜻인지 이해하려고 애쓰는 동안 침묵이 길어졌다.

"좀 헷갈리는데."

지가 말했다.

"너 그때 페이스에게 그 편지를 줬다고, 그리고 그녀가 일자리가 없다고 말했다고 그랬었잖아."

"알아. 지, 내가 거짓말을 했어."

지는 이 순간이 개떡처럼 퍼지는 것을 기다렸다. 뭔가 충격적인 일이나 자신이 아끼는 사람에게서 실망스러운 면을 발견할 때마다 그녀는 깜짝 놀랐다. 그녀는 자신의 고객들을, 그들이 사랑하는 사람들의 행동에 얼마나 깜짝 놀라는지를 떠올렸다. 바깥에서 보면 그건 그렇게 놀랄 만한 일이 아니기 때문이었다. 우울증을 가진 남편이 자살을 했다. 할머니가 쓰러졌다. 불안증이 있는 딸이 정신병을 일으켰다. 지의 고객들은 이 모든 일에 굉장히 놀랐다. 거의 정신적 외상이 생길 정도로 충격을 받았다.

오늘, 그리어가 충격을 받고 시카고로 왔다. 그녀는 페이스의 조수였지만 페이스의 배신에 굉장히 놀랐다. 그리어와 페이스 사이는 절대로 동등하지 않았고 앞으로도 그렇지 못할 것이다.

하지만 그리어와 지 사이도 완전히 동등하지는 않았는지도 모르겠다. 그리어가 그것을 불균등하게 만들었고, 이제는 그들에게도 수정이 필요했다. 놀라운 것은 그리어와 지에게는 그리어와 페이스 사이와는 다르게 진짜 우정이 존재했다는 거였다. 그건 진짜였지만, 이거 봐. 그리어는 어쨌든 은밀하게 지의 뒤통수를 쳤다.

지에게는 사실 페이스를 위해서 일할 기회가, 재단이 앞으로 나아가는 것을 도울 기회가 있었을지도 모른다. 페이스가 그녀의 편지를 읽고 좋다고 말했을 가능성도 있었다.

"끔찍한 일이라는 거 알아."

그리어가 말을 이었다.

"내 말은, 네가 거기서 일하는 걸 좋아하지 않았을 거라고 말한다고 해서 상황이 나아지지는 않는다는 거 알지만, 그래도 사실이야. 처음에는 다 좋았어. 하지만 점차 비인간적이 되고, 난 우리가 도와주려고 하는 여자들을 만나는 것도 그만두게 됐어. 우리가 강연자들에게만 그냥 돈을 쏟아붓고 그걸로 끝인 것 같았어. 그리고 난 실제로 여러 번 '지는 이걸 싫어했을 거야.'라고 생각했어. 네 일을 할 때면 넌 실제로 현장에 가잖아. 그리고 우리는 거의 늘 떨어져 있었고. 난 자주 그 사실을 떠올렸어. 그게 내가 너한테 한 일을 좀 낫게 만들어줄 것처럼. 하지만 그걸로 나아지는 게 아니라는 거 알아. 내가 정말 끔찍한 일을 했어."

그녀가 다시 말했다.

여성의 설득

"그래, 맞아."

지는 조용하고 억제된 목소리로 말했다. 어쩌면 그리어가 옳을 수도 있다. 자신이 거기 있는 걸 싫어했을 수도 있다. 하지만 그게 뭐가 중요하지? 중요한 것은 그리어가 자신이 거기 가지 못하게 막았다는 거였다. 그건 너무나 괴상하고, 너무나 마음 아프고, 그들 사이의 모든 것을 이제 이상하고 달라 보이게 만들었다.

"왜 그런 거야? 내가 너한테 페이스 프랭크에 대해서 말해줬잖아. 내가 너를 사실상 모든 것으로 이끌어줬던 사람이야. 넌 페이스에 대해서 들어본 적도 없었잖아."

지가 물었다.

"그건…… 우리 부모님 때문이었던 것 같아. 누군가가 나에게서 뭔가를 봐주기를 원해서."

그리어가 대답했다.

"나도 너한테서 뭔가를 봤어. 코리도 그랬고."

"알아. 하지만 이건 달랐어."

그리어는 시선을 떨궜다. 지와 눈조차 마주칠 수 없었고, 그게 차라리 나을 수도 있었다. 그들은 서로를 똑바로 바라보는 데에서 좀 벗어날 필요가 있었다. 지가 하루 온종일 하는 일이 사람들을 똑바로 쳐다보는 거였다. 그녀의 눈은 사람들을 그렇게 바라보고, 연구하고, 공감하고, 분석하는 것 때문에 지쳤다. 그 모든 도움, 도움, 도움들.

이제 그리어는 부끄러워하고 있고, 부끄러워하게 놔두자고 지는 생각했다. 그리어는 실제로 자신에게 어떤 일을, 진짜 일을 했으니까.

지는 4년 전의 실망을 극복하고 페이스가 인정할 만한 삶을 살아왔다. 그녀는 확신했다. 다수의 사람 대신 사람들과 일대일로 일하는 것. 그녀는 긴급 상황에 대응하는 중요한 일을, 종종 여성이 엮인 문제와 관련된 일을 했다. 하지만 그리어가 한 일의 진실이 점점 와닿으면서 지는 대학 시절 이래로 그리어에게 느꼈던 오랜 애정이 얇아지고 흔들리는 느낌이었다. 몹시 피곤했고, 그리어를 주말 동안 여기로 부른 것이 후회되었다. 그들이 편지에 대해서, 그리어가 지에게 한 일에 대해서 계속해서 이야기하게 될까?

그녀가 소파로 다가와서 다급한 구혼자처럼 지의 손목을 잡았다.

"지, 난 최악의 인간이야. 나도 알아."

지는 분노 속에 침묵을 지켰다.

"네가 늘 얘기했던 것처럼 내가 여자를 싫어하는 그런 여자들 중 한 명인 줄 정말로 몰랐어. 난 초반에 페이스에게 네 편지에 대해서 이야기했었어. 그리고 페이스는 그게 대단한 일이 아닌 것처럼 반응했었고! 하지만 어제 내가 그만둘 때 페이스는 상처받고 화가 나서 갑자기 그 얘기를 모두의 앞에서 꺼냈어. 내 비밀을 폭로한 거야. 내가 나쁜 친구고, 나쁜 페미니스트고, 나쁜 여자라고. 그리고 페이스가 옳은 것 같아. 난 그 사람을 공유하고 싶지 않고, 너를 끼워주고 싶지 않았어. 난 진짜 최악의 쌍년이야, 지. 쌍년이라고. 정말이야."

그리어가 격렬하게 말했다.

지는 여전히 충격을 받고 머리가 멍한 상태였지만, 한편으로는 마음이 조여들고 편협해지는 기분이었다. 아니, 아니야, 그리어, 넌 그런 사람이 아니야, 라고 말해야 하는 건지도 모른다. 넌 멍청한 실수를 저질렀을 뿐이야. 여자들도 가끔 남자들과 마찬가지로, 또 남자들과 여자들이 서로에게 그러는 것과 마찬가지로, 정말로 나쁜 짓을 한다. 하지만 그녀는 자신이 그런 기분인지 잘 알 수 없었고, 사실 그리어의

여성의 설득

마음을 편하게 만들어주고 싶지도 않았다. 정신적 외상 훈련을 필요로 하는 이들에게 쓰는 기술을 사용할 수도 있었는데 그리어에게 그러고 싶지는 않았다. 지는 오늘 밤에 그리어가 거실의 접이식 소파침대에 누워 있는 동안 노엘에게 침대에서 모든 이야기를 하는 것을 상상해보았다.

"그리어가 나한테 무슨 고백을 했는지 믿을 수 없을걸."

지는 이야기를 그렇게 시작할 것이다. 노엘은 당연히 그녀를 대신해서 화를 내주겠지.

"네가 한 일은 정말로 이기적인 행동이었어."

지가 마침내 그리어에게 말했다. 그리어는 안도해서 열심히 고개를 끄덕였다.

"넌 그냥 나한테 내가 거기서 일하면 마음이 불편할 것 같다고 말할 수도 있었어. 그렇게 말해야 했어."

"알아."

"그리고 넌 내가 여자들에게 배신당한 전적이 있다는 것도 알고 있었잖아, 안 그래? 내 비밀을 폭로한 우리 엄마의 법률 서기부터 시작해서. 기억하지?"

지가 말했다.

"응."

그리어가 떨리는 목소리로 작게 대답했다.

"너도 그런 짓을 했어."

그리어는 눈물로 얼룩지고 엉망이고 겁에 질려서 아주 끔찍해 보였다. 좋은 친구라면 그래, 그래, 널 용서할게, 라고 말하고 두 여자들이 하듯이 포옹을 할지도 모른다. 서로에게 대단히 관대한 그런 여자들. 연인이 아니고 절대 그렇게 될 일이 없어도 신체 접촉에 익숙하고 서로를 사랑하는 여자들. 두 명의 친구는 서로를 보살펴줘야 한다는 암묵적이지만 확고한 합의가 언제나 존재했다. 지와 노엘이 가끔씩 보는 멍청한 리얼리티 TV 쇼, 각기 다른 폐쇄적인 공동체에서 온 부유한 여자들이 1년간 대형 마차에서 동고동락하는 프로그램에서 여자들은 서로 싸우고 머리채를 잡아 뜯지 않을 때면 서로에게 "내가 네 뒤를 지켜줄게."라고 말했다. 그 여자들조차, 콜라겐과 돈으로 꽉꽉 채운 그 우스꽝스러운 여자들조차도 서로의 뒤를 봐주는데 그리어는 그녀의 뒤를 지켜주지 않았다.

지는 작은 정신적 충격을 느끼며 소파 반대편 끝으로 물러났다.

"페이스가 화장실에서 너한테 더 많은 관심을 보였을 때 난 약간 마음이 아팠어. 정말로! 왜냐하면 대학에 가기 전부터 나는 어린 사회운동가였고 넌 사실상 집에서 책을 읽고 남자친구와 섹스만 했으니까. 하지만 괜찮았어. 그건 그냥 서로 다른 거니까. 난 널 도와주고 싶었어. 넌 기숙사 파티에서 끔찍한 경험을 했었지. 수줍음도 많았고. 하지만 유순한 사람들이 지구를 물려받지, 안 그래? 모든 일에 수줍어하고, 자신에게 필요한 걸 요구하지 못했던 사람치고 넌 사실 너에게 필요한 모든 걸 요구하며 살아왔어. 그야말로 나가서 네가 원하는 걸 차지했고, 너 자신을 알렸지. 그날 밤 라일랜드 교회에서 넌 손을 들었어. 나보다 빨리 들었고, 네 질문에 대한 답을 들었지. 그 뒤에 넌 페이스에게 전화를 걸었고, 마침내 그녀와 함께 일하게 됐어. 심지어 그녀에게 프라이팬도 줬지. 그건 대담한 행동이었어. 그리고 물론 내 편지도 그녀에게 주지 않았고. 내가 장담하는데, 이런 것들은 전형적인 수줍음 많은 사람의 행동이 아니야, 그리어. 이건 달라. 교활한 걸지도

여성의 설득

모르지."

지가 덧붙였다.

"넌 권력 앞에서 어떻게 행동해야 하는지 잘 알아. 전에는 그걸 다 합쳐서 보지 못했지만, 사실은 그래."

그녀는 말을 멈추고 그리어를 똑바로 쳐다보았다.

"있지, 난 너희 재단에서 일해야 할 필요가 없었어. 난 내가 좋아하는 일을 찾았어. 넌 페이스 프랭크, 롤모델, 페미니스트를 위해 일하러 갔고, 난 그러지 못했지. 하지만 그거 알아? 난 두 종류의 페미니스트가 있다고 생각해. 유명한 사람들, 그리고 그 나머지. 그 나머지는, 조용히 가서 자신이 해야 하는 일을 하지만 별로 인정은 못 받고, 훌륭한 일을 하고 있다고 매일같이 말해주는 사람을 갖지 못한 그런 사람들이야. 나한테는 멘토가 없어, 그리어. 가져본 적도 없지. 하지만 내 인생에는 내 주위에 계속 두고 싶고, 날 좋아하는 것 같은 다른 종류의 여자들이 있어. 난 그들의 승인이 필요하지 않아. 그들의 허락도 필요하지 않아. 어쩌면 내가 그런 걸 좀 더 받았어야 했는지도 몰라. 그게 도움이 됐을지도. 하지만 난 그러지 않았고, 뭐, 괜찮아, 좋아. 네가 옳아. 난 거기 있는 걸 분명히 싫어했을 거고, 그렇게 오래 머물지도 않았을 거야. 하지만 그걸 알아볼 기회를 가졌으면 좋았겠지."

"정말 미안해."

그리어가 말했다.

"내가 페이스 프랭크를 위해 일할 기회를 얻지 못했다는 사실을 내가 얼마나 자주 생각하는지 알고 싶니? 거의 생각 안 해."

"정말?"

그리어는 그 말에 엄청나게 고마워하는 얼굴이었다.

"그래."

"날 용서해줄래?"

그리어가 물었다.

"시간이 필요해."

지가 대답했다.

11

　그날 밤 늦게 시카고에서 비행기를 기다리며 그녀는 왜 집에 전화를 걸기로 했는지 정확히 알 수 없었다. 하지만 머리 위에서 CNN이 떠들고 있는 오헤어 공항에서 비행기를 타기 위해 한 시간을 더 기다려야 한다는 게 너무 외로웠다. 엄마가 전화를 받았다.

　"괜찮아?"

　잘 지냈냐는 평범한 인사를 주고받은 다음 로렐이 물었다.

　"왜 물어봐?"

　"네 목소리가 약간 그래서."

　"사실은, 별로야. 나 지금 시카고 공항에 있어. 지의 집에 묵을 예정이었는데 안 그러기로 했어. 오늘 밤에 뉴욕으로 갈 건데 그다음에 뭘 해야 할지 잘 모르겠어."

　그녀의 목소리가 갈라졌다.

　"집으로 와."

　엄마가 말했다.

매코피 공공 도서관은 조용했고, 도서관은 원래 조용해야 하는 곳이긴 하지만 여기는 조만간 폐업할 것 같은 레스토랑 분위기였다. 대낮인데도 내부는 어두침침했고, 고등학생 여자아이가 서비스가 사실상 별로 필요하지도 않은 대여 카운터에서 졸고 있었다. 안쪽에는 엠마뉴엘 길랜드 어린이 방이라는 공간이 있었다. 엠마뉴엘 길랜드가 누군지 모르지만 말이다. 거기가 그리어가 어린 시절 『시간의 주름』을 찾아내, 금색 나무로 된 탁자에 앉아 그 진짜 같은 세상에 푹 빠져들어 읽었던 방이다. 근처에는 플라스틱 조각이 흘러나온 비닐 빈백 의자 두 개가 놓여 있었다. 오늘, 갈 길을 잃고 둥둥 떠버린 그리어는 가발과 코, 점박이 의상과 90 사이즈 신발로 된 완벽한 광대 복장을 한 엄마를 따라 들어가며 쇼를 기다리고 있는 아이들과 부모들의 목소리를 들었다.

그리어는 숨을 죽이고 있었다. 우연히도 시내 도서관에서 쇼를 할 예정이라서 엄마가 오늘 그녀에게 함께 오자고 말했다. 엄마가 상처를 회복하기 위해 며칠 집에 와 있으라고 할 때, 대부분의 시간 동안 대단히 형편없는 집이었던 바로 그곳으로 오라고 할 때, 왜 좋다고 말했는지 모르겠는 그리어는 역시나 이번에도 좋다고, 로렐의 도서관 광대 쇼를 구경하겠다고 대답했다. 하지만 슬슬 엄마가 실패자처럼 보일까 봐 걱정되고 불편해지기 시작했다.

아이들이 카펫에 앉았고 그리어는 구석에 있는 빈백에 앉았다. 의자는 그녀를 불안정하게 받쳐주었다. 기다란 창문으로 빛이 들어와 춤추는 먼지가 보였고, 그 속에서 로렐은 관객 앞으로 풀쩍 뛰어나가서 말했다.

"반가워요, 신사 숙어 여러분."

여성의 설득

그리어는 촌스러운 농담이 또 다른 먼지 덩어리처럼 허공으로 날아가는 동안 최대한 빨리 시선을 돌렸다. 하지만 놀랍게도 웃음소리가 들렸다.

"숭어라고 했잖아, 광대야! 숙녀라고 하는 거 아니야?"

네 살을 넘지 않았을 것 같은 남자아이가 외쳤다.

"난 그렇게 말했어! 신사 숭어 여러분!"

로렐이 외쳤다.

"또 그랬잖아!"

남자아이가 소리쳤고 이번에는 다른 아이들도 함께 말했다. 다들 그리어의 광대 엄마를 향해서 소리를 질렀고, 로렐은 아무것도 모른다는 표정을 지은 채 그리어에게는 낯선 방식으로 상황에 재치 있게 대처했다.

단순히 로렐이 훌륭한 연기자이기 때문만이 아니었다. 물총과 늘어나는 지팡이, 일부러 엉망으로 하는 공 던지기와 엉덩방아 찧기 등을 거쳐 마침내 글자 없는 그림책 『농부와 광대』를 보며 순식간에 한 시간이 지나갔다. 쇼가 끝난 후에도 아이들은 도서관 광대를 만나기 위해서 계속 남아 있었다. 그리어는 엄마가 남자아이와 여자아이를 하나씩 동시에 무릎에 올려놓는 모습을 보았다.

"나도 크면 광대가 되고 싶어요."

여자아이가 말했다.

"나도."

남자아이가 꿈꾸듯이 말하며 고개를 뒤로 젖히고 눈을 감았다.

아이들이 엄마의 연기를 좋아한다는 걸 어떻게 그리어는 전혀 몰랐던 걸까? 아이들이 도서관 광대를 존경하고, 엄마가 그 애들한테 뭔가 의미가 있다는 걸? 그리어는 이제 후회만 남았다. 후회가 그녀의 목을 조이고 온몸을 휘감는 것 같았다.

"엄마, 진짜 대단했어. 연기를 이렇게 잘하는지 전혀 몰랐네."

길가에 주차해놓은 차로 돌아오면서 그녀가 말했다.

"음, 이제 알았잖아. 별거 아니야."

엄마가 열쇠를 꽂고 시동을 걸면서 신중하게 말했다.

"아니야. 정말로 굉장했어."

그리어가 말했다. 그리고 회색빛 오후 풍경 속에서 그녀가 구슬프게 덧붙였다.

"왜 그걸 몰랐던 걸까?"

"뭘? 내가 공던지기를 할 수 있다는 거? 아니면 물총 쏘는 거?"

"아니, 그런 거 말고."

갑자기 자신이 참을 수 없이 불쌍하게 느껴진 그리어가 물었다.

"왜 내가 어릴 땐 날 위해서 그런 쇼를 해주지 않았던 거야?"

엄마는 시동을 껐다. 코와 가발, 의상은 뒷자리 가방 안에 넣어놓았고, 코트 윗부분 아래로 목깃만이 반쯤 드러났다.

"네가 좋아할 거라고 생각하지 않았어. 넌 조용하고 아주 진지했잖아."

엄마가 마침내 말을 하다 멈추었다.

"계속 말해봐."

그리어가 말했다.

"네 아빠와 난 늘 물러나서 네가 하려는 걸 하게 놔둬야 한다고 느꼈단다. 그리고 네가 코리와 만나게 되면서 더더욱 그랬고."

아무 경고도 없이 그의 이름이 튀어나온 건 충격이었다.

여성의 설득

"난 예전에 너희를 쌍둥이 로켓선이라고 생각하곤 했었지. 기억나?"

로렐이 말했다. 그리어도 기억했다. 하지만 엄마와 코리 이야기를 하고 싶지 않아서 그녀가 말했다.

"왜 엄마 아빠는 정말로 하고 싶은 걸 찾아보지 않았던 거야? 열심히 할 수 있는 그런 거."

로렐은 조용해졌다. 그녀의 입술이 약간 꿈틀거렸다.

"어떤 사람들은 영영 그러지 않아. 그 이유는 나도 잘 모르겠어."

그녀가 시선을 돌리고서 말을 이었다.

"우린 한 번도 편안하게 산 적이 없지. 우리 둘 다 약간 물러나는 경향이 있어. 그래도 우리가 몇 가지 하긴 했어. 그리고 너를 가졌지. 그건 별거 아닌 게 아니야."

그러고서 엄마의 표정이 바뀌었다. 로렐이 물었다.

"뉴욕에서 무슨 일이 있었어, 아가?"

조수석에서 그리어는 목 멘 소리로 에콰도르의 가짜 멘토 프로그램에 대해서, 로사이와 페이스에 관해서 이야기를 털어놓았다.

"떠나야 했어. 거기 머물 수는 없었어. 잘 모르겠어. 내가 너무 순진했던 걸까? 떠난다고 했더니 페이스는 나를 공격했어, 엄마. 난 믿을 수가 없었어. 정말 수치스러웠다고. 난 완전히 망가졌어."

"아니, 그렇지 않아. 그렇게 되지 않을 거고. 하지만 정말로 마음이 상했겠네. 그건 알겠다."

"페이스도 마음이 상했어. 우리 둘 다 그랬지."

그리어는 고개를 흔들었다.

"난 이제 뭘 해야 되지? 엄마, 나 일을 그만뒀어."

그리어가 말했다. 엄마가 그녀를 보았다.

"지금 즉시 뭘 할지를 알아야 해?"

"음, 아니."

"돈을 좀 모아두지 않았어?"

로렐의 질문에 그리어는 고개를 끄덕였다.

"그럼 좀 쉬어. 천천히 해."

"난 그러는 거 싫어."

그리어가 말했다.

"뭐가? 천천히 하는 거? 왜? 서두를 필요가 뭐 있다고?"

"모르겠어. 그냥 난 그런 타입이 아니야."

그리어가 대답했다.

"천천히 하면 네 아빠와 나처럼 될까 봐 겁이 나는 거야?"

"그렇게 말하지 않았어."

"그렇게 말하지 않았다는 거 알아. 하지만 넌 절대로 우리처럼 되지 않을 거야. 그런 일은 없을 거야. 그리고 애쓰는 그 자체만을 위해서 계속해서 애써야 한다는 그런 강박을 항상 느낄 필요도 없어. 그러지 않는다고 해서 아무도 너를 하찮게 여기지 않을 거야. 더 이상 성적을 매기지 않는다고, 그리어. 가끔 네가 그걸 잊어버리는 것 같아. 남은 평생 다시는 성적을 받을 일이 없으니까 이제 그냥 네가 하고 싶은 일을 하면 돼. 겉보기에 어떤지 같은 건 잊어버리고. 어떤 일인지만 생각해."

그리어는 다시 고개를 끄덕였다.

"하지만 지금은 뭘 하면서 쉬지? 할 게 아무것도 없어."

"바로 그거야. 누가 알겠어? 아직은 알아야 할 필요가 없어. 그냥 좀 두고 보는 게 어때?"

로렐이 말했다.

그들은 잠시 침묵을 지켰고, 잠시 후 그리어가 불쑥 말했다.

"사실 뉴욕에서 있었던 일 때문만이 아니야. 지 일도 있어. 내가 개를 배신했어."

"뭐?"

"나도 내가 왜 그랬는지 잘 모르겠어. 어떻게 그걸 지워버릴 수 있을지도."

이쯤에서 그녀가 울기 시작했다.

로렐은 글로브박스의 꽉 붙어 있는 잠금장치를 더듬거리다가 열고서 납작한 티슈 봉투를 꺼냈다.

"자."

그리어는 광대 코처럼 빨개질 정도로 계속해서 코를 풀었다.

"해결할 수 있을 거야. 넌 모든 걸 아주 열심히 해내잖아."

로렐이 말했다.

그들은 조용한 회복 상태 속에서 도서관에서 집으로 돌아왔다. 집 앞에 차를 세우고 로렐이 뒷좌석으로 몸을 기울이고 가방을 집을 때 차창 밖으로 코리가 보였다. 그는 자기 집 현관 밖으로 나오고 있었다. 여기 있는 동안 그를 보게 될 줄은 알고 있었다. 시간문제일 뿐이었다.

매번 집에 올 때마다 그를 보면 그리어는 언제나 깜짝 놀라고 마음이 조금씩 부서졌다. 그가 바로 거기 있지만 더 이상 자신과 연결되어 있지 않다는 사실 때문이었다. 이제 20대 중반, 오래 가지 않을 이 희망의 정점에서 서로 따로따로 나이를 먹어가고 있다는 사실 때문에. 그는 육체적으로도 점차 변하고 있었다. 방문하는 기간이 길어지면 길어질수록 그 사실도 점점 더 명확해졌다. 여전히 잘생겼지만 완전히 성인이 되었고, 이제 젊은 교외 지역의 아이 아빠처럼 보였다. 언제나처럼 말랐고, 다운 베스트와 청바지를 깔끔하고 평범하게 차려입었다. 코리가 여기서 살아가는 삶에 완전히 적응했고 더 이상은 그런 척하는 사람으로 보이지 않는다는 사실이 놀라웠다.

엄마가 차에서 내려 그에게 손을 흔든 다음 집으로 들어갔다. 그리어는 그에게 다가갔고 그들은 헤어진 이래로 하는 상체만 닿는 방식으로 포옹했다. 그의 머리카락은 그녀가 기억하는 것보다 약간 길었다. 새롭네, 라고 말하고 싶었지만 어쩌면 새로운 건 아닐지도 모른다. 어쩌면 한동안 그의 머리는 길었을지도 모른다.

"어디 다른 데로 갈까?"

그녀는 생각 끝에 물었고 그는 잠깐 머뭇거리다가 갈 데가 있지만 잠깐이면 괜찮다고, 대답했다. 그래서 그들은 파이랜드로 걸어갔다. 크리스틴 벨스는 더 이상 거기서 일하지 않거나 최소한 오늘은 일하지 않는 모양이었다. 피자와 플라스틱 소다 컵을 사이에 두고 코리가 그녀에게 물었다.

"그래, 어쩐 일로 여기에 온 거야? 일 때문에 출장 온 거야?"

"아니."

그가 그녀를 좀 더 자세히 쳐다보고 예전에 스카이프 채팅을 할 때 하던 식으로 머리를 살짝 기울였다.

"너 괜찮아?"

"별로. 일을 관뒀어."

"그랬구나. 그 얘기 더 하고 싶어?"

"아니. 그래도 물어봐줘서 고마워."

여성의 설득

그에게 말을 하는 것은, 그녀에게서 그에게로 정보가 넘어가고 그의 뇌에 자리를 잡아 그도 생각을 해보게 되는 것은 굉장히 마음이 놓이는 일이다.

"너는 어떻게 지냈는지 얘기해줘."

그녀가 말했다.

"관심 돌리기네. 아주 능숙한데."

"노력 중이야."

"좋아. 나한테도 새로운 일이 몇 가지 생겼어. 나 노스햄튼에 있는 컴퓨터 가게 밸리 테크에서 일하고 있어."

코리가 대답했다.

"거기서 일하는 거 좋아?"

"응, 그래. 그리고 아직도 집 청소하러 다니고."

"아."

"사람들이 얼마나 지저분한지 아마 너도 감탄할걸. 정말로 감탄할 만해. 하도 피부 껍질들을 흘리고 다녀서 모든 사람들의 집 바닥은 사실상 숲 바닥 같아. 조각들. 분비물. 알아, 아주 아름다운 이미지지. 하지만 흥미로워. 밸리 테크도 흥미롭고. 매일이 마치, 오늘은 누가 어떤 괴상한 문제를 들고 찾아올까 싶은 거야. 그리고 우리 몇 명은 일이 끝나고 함께 모여서 비디오 게임을 해."

그리고 그가 부끄러운 듯이 덧붙였다.

"사실 직접 게임을 만들어보는 중이야. 가게의 누가 나한테 해보라고, 같이 개발하자고 하더라고. 그 친구는 프로그래머야."

"정말로? 어떤 건데?"

그는 잠깐 뜸을 들였다.

"소울파인더. 약간 촌스러운 이름이지만, 나 원래 작명에 재능이 없잖아. 내용이 뭐냐 하면, 잃어버린 사람을 찾는 거야. 잘 설명을 못하겠다. 아직 사람들이 할 만한 수준은 아니야. 앞으로도 그런 날이 올까 모르겠지만, 그렇게 될 거라고 생각하고 싶어."

"그랬으면 좋겠네. 어머니는 어떠셔? 상태가 좀 어떠시니?"

그녀가 뭔가 말할 것을 찾아서 마침내 물었다.

"괜찮으셔. 내 말은, 때가 되면 약을 드시고 계셔. 그건 아주 잘된 일이거든. 한동안은 약을 안 드시려고 해서 꽤 힘들었어. 요즘은 사실 집이 꽤나 안정적이야."

"장기적으로 여기에 있을 생각이야?"

그리어가 가볍게 물었다.

"이게 장기적이 아니라면 뭐가 장기적이겠어?"

그리어도 그렇다는 걸 알았다. 20대는 아직 젊게 느껴지는 때이지만, 표면 아래로 확고하게 십자 형태로 기반을 단단히 다지는 시기이다. 자고 있을 때도 그 기반은 다져진다. 당신이 한 일, 당신이 사는 곳, 당신이 사랑하는 사람, 이 모든 것들이 한밤중에 숨은 일꾼들에 의해 놓이는 보도블록 조각들 같은 것이다. 며칠 전까지 그리어는 믿고, 또 좌절하는 바쁜 삶을 살았다. 20대의 코리는 망가진 어머니를 구출하러 와서 쭉 머무는 사람이었다.

자리에서 일어나며 그리어가 말했다.

"혹시라도 도시에 올 일 있으면 브루클린에 있는 우리 집에 있어도 돼. 소파침대가 있거든."

"고마워. 정말 친절하네. 거기 가게 될 수도 있겠지."

그가 대답했다.

여성의 설득

"좋아. 오면 만나자."

그녀가 말했다. 사실은 그에게 이렇게 말하고 싶었다. 한때 우리는 쌍둥이 로켓선이었는데.

그들은 집 앞길로 돌아와서 두 사람의 집 사이 중간 지역에서 멈췄다.

"느림보는 어떻게 지내?"

그리어가 갑자기 물었다.

"아, 잘 지내. 음, 내 말은, 녀석이 정말 잘 지내는 건지는 나도 잘 몰라. 알 방법이 없지. 하지만 어쨌든 기본적으로는 늘 똑같아."

며칠 후 그리어가 집에서 보내는 마지막 밤에, 그리어와 부모님이 저녁식사를 준비하러 동시에 부엌에 들어왔다. 그들은 매일 밤 함께 식사를 했다. 부모님이 그리어가 지금은 혼자 먹고 싶지 않다는 걸 이해하는 것 같았다.

아빠가 말했다.

"코리 만났니? 뭐 새로운 일이 있대?"

"노스햄튼에 있는 컴퓨터 가게에서 일을 한대. 그리고 컴퓨터 게임을 만들고 있다는 것 같아. 하지만 대체로는, 아시다시피 여전히 어머니랑 살고 있지. 심지어 어머니가 청소하시던 집들 두 군데도 계속 청소하고 있고. 그러니까 그게 걔가 하고 있는 일이야. 특별한 건 없어."

그리어가 대답했다.

"그리어, 우리가 어떻게 해야 하지? 고개를 흔들면서 그 애가 아무것도 이루지 못하고 있다고 할까?"

로렐이 말했다.

"아냐. 그런 거 아니야."

하지만 속마음을 들켜서 그녀의 얼굴이 달아올랐다.

"나한테는 그렇게 보이는구나."

엄마가 말했다.

"페미니스트 재단에서 일한 사람은 내가 아니니까 내 지식 범위 밖에 있는 거긴 하다만, 그 애는 가족이 무너졌을 때 자기 계획을 포기한 사람이야. 어머니와 함께 있기 위해서 집에 돌아와서 어머니를 보살피고 있지. 아, 그리고 자기 집을 청소하고, 어머니가 청소하던 집들까지 도맡아 일하고 있어. 난 잘 모르겠다만, 코리가 일종의 대단한 페미니스트 같은데. 안 그러니?"

여성의 설득

12

　페이스 프랭크가 에밋 슈레이더에게 자신의 아파트로 오라는 이메일을 보냈을 때 그는 마지막으로 그녀의 집에 간 지 41년이 되었고, 그녀가 절대로 다시는 부르지 않을 거라고 생각했다는 농담으로 답할까 잠깐 생각했다. 하지만 그녀의 이메일에 어린 긴장감, 심지어는 차가움으로 보아 뭔가가 잘못되었다는 것을 감지했다. 그녀는 그와 이야기를 해야 했고, 사무실 바깥에서 하고 싶은 거였다. 심지어 더 이상한 건 이게 평소 문지기 역할을 하는 코니와 디나가 끼지 않고 잡힌 약속이라는 거였다. 항상 누군가가 에밋에게로 왔지, 그 반대의 경우는 절대 없음에도 불구하고 그는 즉시 가기로 했다.

　그래서 일요일 저녁에, 그는 리버사이드 드라이브에 있는 페이스의 버터 색깔의 넓은 거실에 있었다. 약간 빛이 바랜 게 눈에 들어왔다. 커다란 창밖으로 허드슨강이 달빛 아래서 어둡게 반짝였다. 방 여기저기에 꽃병이 놓여 있고 가끔 잊혀지는 찻잔도 있었다. 그녀는 그에게 음료를 권하지 않았다. 심각한 대화임이 분명했다.

그는 안락의자에 앉았고 그녀는 그의 맞은편에 앉아서 격식을 갖춰서 말했다.

"난 당신한테 굉장히 화가 난 상태예요."

그가 그녀를 똑바로 쳐다보았다.

"나한테 그 이유를 말해줄 건가요?"

"아뇨, 당신이 직접 알아내길 원해요."

그는 노력했다. 여러 가지 시나리오가 화면을 엮어놓은 것처럼 그의 눈앞에서 지나갔으나 어떤 것도 확실하게 느껴지지 않았다.

"루페 이주리에타. 좀 생각나는 게 있어요?"

페이스가 마침내 말했다.

"누구요?"

"루페 이주리에타요."

그녀가 다시 말했으나 별로 도움이 되지는 않았다.

"무슨 얘기를 하는 거예요?"

에밋은 굉장히 혼란스러워서 뇌졸중을 일으키면 이런 기분일까 생각할 정도였다. 루-페-이-주-리-에-타-요, 그 음절을 계속해서 반복해서 생각해봐도 전혀 이해가 가지 않았다.

"에콰도르요."

그제야 그 음절들이 정확하게 재편성되며 그는 그녀가 한 말을 이해할 수 있었다. 루페 이주리에타. 그래, 아, 그래. 그들이 LA에서 강연을 하라고 데려왔던 여자. 그들이 구출을 위해서 엄청난 돈을 지불했던 100명의 여자아이들 중 한 명.

"아."

그가 말했다.

여성의 설득

"그래서 정말로 멘토 프로그램은 존재하지 않는 건가요?"

그는 당황해서 잠시 입을 다물고 신중하게 행동하려고 노력했다.

"존재할 예정이었죠. 우리는 그럴 용의가 충분히 있었어요. 그것도 중요하게 쳐줄 수 있을까요?"

"어떻게 된 거예요? 그냥 말을 해줘요."

그녀가 말했다.

"내 말을 믿지 않을걸요, 페이스. 하지만 위층에서 의논을 했을 때 많은 얘기들이 나왔어요. 이렇게 말하는 게 부끄럽지만, 난 당시에 별로 주의를 기울이지 않았어요."

사람들은 언제나 에밋 슈레이더의 집중력이 콩이나 벼룩만큼의 시간 동안 유지된다고 말하곤 했다. 그렇게 말하라지, 그는 항상 그렇게 생각했다. 그는 신경 쓰지 않았으니까. 하지만 그의 지루함을 처리할 방법을 찾아야 했고, 그건 꽤 어려웠다. 가끔 고객이나 이사진들과의 회의 때 그는 절벽에서 떨어지는 것처럼 지루함의 모래밭으로 떨어져 내리는 것 같다고 느끼곤 했다. 그는 이런 상황을 피하기 위해서 뭐든 했다. 거기에는 무릎 위에 몰래 꺼내놓은 핸드폰으로 벽돌 깨기 게임을 한다든지, 그의 널찍한 검은색 책상 위에 오로지 인테리어 디자이너가 가져다놓았기 때문에 그 자리에 있는 철사 장식품을 만지작거리는 일 등이 포함되었다. 디자이너는 '철사로 작업하는' 바르셀로나의 젊은 예술가가 만들었다고 흥분해서 이야기했었다.

그는 그 장식을 거의 알아채지도 못하고 있다가 어느 날 회의 때 멍하니 있던 도중에 그게 거기서 그가 만지기만을 기다리고 있음을 깨달았다. 그는 당시에 손으로 만질 수 있는 것을 갖다놓은 인테리어 디자이너에게 키스할 뻔했다. 그에게 그 여자는 설탕조림 같은 향기가 나고 근사한 가슴을 갖고 있었다는 사실로만 기억되었다. 그는 여자들이 옷을 입고 있을 때면 하나의 가슴이라는 존재를 갖고 있지만, 옷을 벗으면 엄지손가락을 넣어서 오렌지를 반으로 가르는 것처럼 별개의 조각, 두 개의 젖가슴으로 나뉜다는 사실을 좋아했다.

핸드폰 게임이나 장식품에 싫증이 나면 에밋은 뭘 해야 할지 몰랐다. 그래서 종종 생각이 현재와 동떨어진 곳까지 흘러갔다. 예를 들면 인테리어 디자이너와 섹스하는 거나 브라이언 쉐프가 그날 밤에 저녁 식사로 뭘 준비할지를 상상하고, 종이에 싼 넙치가 아니기를 바랐다. 요즘은 너무 많은 것들이 종이에 싸여 나오고, 그 고결한 작은 포장을 벗기는 것은 크리스마스 날 아침 어린애와는 사실상 정반대의 기분이기 때문이었다.

이제 그는 실패와 그 후의 속임수로 끝나버린 에콰도르에 관한 수차례의 회의를 떠올려보려고 노력했다. 처음에 페이스가 거기서 일어나는 인신매매와 관련된 긴급 프로젝트를 하자는 아이디어를 가져왔다. 물론 그는 그녀를 기쁘게 해주고 싶어서 즉시 그것을 두 명의 동료들에게 넘겼다. 퀴토의 연락책이 정해져서 고용되었고, 두 갈래의 계획이 마련되었다. 첫 번째는 과야킬에서 억지로 창녀로 일하고 있는 100명의 여자들을 구출하는 거였다. 그 지역의 용감한 보안팀이 그 임무를 수행했다. 여자들을 구출한 다음에는 멘토 역할을 하고 그들에게 직업기술을 가르칠 연상의 여자들과 연결시켜주어야 했다. 여자들로부터 배우는 여자들, 존경할 만한 프로젝트였다.

"굉장해 보일 거예요. 이런 일을 더 많이 해야 할 겁니다."

슈레이더캐피털의 누군가가 말했다.

모든 것이 결정되고 시작할 준비가 되었다. 하지만 두 번째인가 세

여성의 설득

번째 회의에서, 모든 중요한 세부사항들이 결정되어야 하는 때에 에밋은 반쯤 흘려듣고 있었다. 거기서 COO인 더그 폴슨이 얘기할 게 있다고 말을 꺼냈다.

"시작이 코앞인데 이런 걸 끼워 넣고 싶지는 않은데 말이죠, 브릿이랑 내가 아이들을 데리고 갈라파고스에 갔을 때 그 사람이 트리나 델가도라는 여자를 만났어요. 남아메리카에서 자선단체를 조직하는 여자죠. 브릿은 이 사람이 진짜배기라고 생각해요. 그래서 우리가 에콰도르에서 무슨 일을 하려고 하는지 얘기했더니 트리나를 불러오면 좋을 것 같다고 그러더군요."

"불러온다니, 무슨 뜻이죠?"

슈레이더캐피털 고위직 중 유일한 여성인 모니카 벤들러가 물었다.

"음, 페이스가 고용한 사람을 밀어내기에 너무 늦었는지 궁금하다는 거예요. 트리나와 함께 일할 수 있다면 제 아내에게는 큰 의미가 있을 것 같아서요."

"그 여자가 괜찮을 것 같다고 생각한다면 그렇게 하죠."

그레그 스튜팩이 말했다.

"난 잘 모르겠는데요."

모니카가 말했다.

"브릿이 이 여자를 정말로 좋아해요. 다른 여자들을 돕는 게 로사이의 주요 임무 아니었나요?"

더그가 말했다.

그래서 첫 번째 여자가 두 번째 여자로 대체되고, 모든 일이 진행되었다. 하지만 구출 작전을 며칠 앞두고서 갑자기 회의가 소집되었다. 얼굴이 좀 벌게진 더그 폴슨이 그들이 이미 돌려받을 수 없는 엄청난 금액을 지불한 트리나 델가도가 실은 '임무 수행'에 그리 뛰어나지 않다는 사실을 알게 되었다고 머뭇머뭇 설명했다. 이야기가 빠르게 쏟아져 나왔다.

"그 사람은 자기가 할 수 있는 모든 일을 다 한 척하는데, 실은 빌어먹을 사기꾼인 것 같아요."

그가 마침내 말했다.

"브릿도 끔찍한 기분이고, 나도 마찬가지예요."

트리나는 멘토를 전혀 고용하지 않고 슈레이더캐피털의 돈만 가져갔다. 어떤 일도 이루어지지 않았다. 단 하나도.

"왜 난 전혀 놀랍지 않은 걸까요?"

모니카가 신랄하게 말하고서 물었다.

"그래서 우리에게 멘토가 없다면, 그래도 구출을 계속 진행할 건가요?"

"이건 겉보기에 좋은 일이에요. 대단히 의미 있는 일이죠. 게다가 이미 돈도 지불했잖아요."

그레그가 말했다.

"그 사람들이 이 여자들에게 뭘 가르치기로 되어 있었는데요?"

COO의 예쁘고 금발에 어깨가 넓은 젊은 비서 킴 루소가 물었다.

"모든 종류의 것들이요. 영어. 컴퓨터 기술. 그리고 직업기술도요. 뜨개질. 직조."

이 마지막 말이 대화를 더 끔찍한 곁길로 빠지게 만들었다. 맙소사, 직조라니! 에밋 슈레이더에게 섬유와 옷감보다 더 지루한 것도 없었다. 패브릭 상점이나 공예품점에 들어간다는 생각만으로도 공포로 정신이 혼미해졌다.

여성의 설득

"계획의 첫 번째 부분만 하고 두 번째에 관해서는 잊어버리는 방법도 있어요. 후속에 관해서는요."

그레그가 말했다.

"우리가 멘토 프로그램을 위해서 받은 기부금은 어떡하고요? 우린 1톤 가까운 책자를 찍었고, 페이스 쪽 사람들이 지난 세미나에서 그걸 나눠줬어요. 놀랄 만한 금액의 기부금을 받았고, 그 돈이 그냥 가만히 있다고요. 그걸 돌려주기엔 이미 늦었어요. 우리가 무능해 보일 거예요."

모니카가 말했다.

"음, 그걸 다른 데다가 쓸 수는 없죠, 안 그래요? 사용처가 한정된 기부니까요."

비서가 말했다.

"그걸 아주 훌륭하고 비슷한 곳에다가 쓸 수도 있어요. 다음번에 페이스가 긴급 프로젝트를 하려고 할 때 말이죠. 그쪽에 이 자금을 투입하면 돼요. 그걸 개인적으로 유용할 것도 아니잖아요. 내 말은, 맙소사, 아무도 여기서 한 푼의 이득도 보지 않았다고요. 로사이에 대한 우리의 후원은 오로지 자선이 목적이라고요."

더그가 말했다.

"네, 우리가 참으로 성인이죠."

모니카가 말했다.

"하고 싶은 말이 뭐예요?"

"이게 갱생을 위한 것이기도 하다는 거요. 당신도 잘 알잖아요. 이건 우리 행동을 깨끗하게 만들어줘요. 씻어주는 거죠."

그레그가 팔짱을 끼고 말했다.

"오늘 여기서 이야기한 모든 내용은 집파리 같은 방식으로 처리되어야 한다는 거 유념들 하세요."

"무슨 뜻이죠?"

모니카가 짜증을 내며 물었다.

"이 방 밖으로 새어나가면 안 된다는 거요."

겸연쩍고 낮은 웃음소리가 들렸고, 곧 그들은 약식으로 투표를 하고는 멘토가 없다 해도 계획은 진행한다는 결정을 내렸다. 구출을 진행하고, 원래 계획대로 에콰도르 여자 한 명을 LA로 부르고, 들어오는 기부금을 계속 받고, 그걸 다음번을 위해서 보관해두고, 나중에 조용히 기금을 폐쇄한다. 성공적인 프로젝트였다고 평가할 것이고, 목표에 도달했으므로 종료한다고 말한다.

"페이스와 아래층 사람들은 다 어떡하고요? 그 사람들한테는 뭐라고 하죠?"

킴이 물었다.

슈레이더는 철사 작품을 만지작거리며 앉아 있다가 방 안의 모두가 자신을 쳐다보며 기다리고 있음을 깨달았다. 정말로 마지못해서 그는 철사, 은, 자석들을 손에서 내려놓았고, 달칵거리는 조각들이 우수수 떨어졌다.

"그건 여러분에게 맡겨두도록 하죠."

그가 말했다.

어둠 속에서 구출 작전이 진행되었고, 성공을 거뒀다. 그 나머지, 멘토 부분은 '아직까지 제대로 진행되지 않고' 있지만, 어쨌든 여자들은 자유의 몸이 되었고 그게 제일 중요한 거였다. 슈레이더캐피털의 누구도 그 이후 그 여자들이 어떻게 되었는지 알지 못했다. 콩이나 벼

여성의 설득

룩 같은 크기의 집중력을 가진 에밋 슈레이더는 이 회의 이후 어떤 진행상황도 알아보지 않았고, 페이스에게 상황을 알리지도 않았다. 그리고 페이스의 연락책이 폴슨의 부인의 연락책으로 바뀌었다는 사실조차 아무도 페이스에게 알리지 않은 걸로 봐서 그녀는 보고체계에서 완전히 빠져 있었던 것 같았다.

작전이 수행되고 몇 달이 흘렀고, 대부분의 사람이 그것에 대해서 잊었다. 기부금은 아직까지 들어오지만 다행스럽게도 그렇게 많지는 않았다. 얼마 후 모두가 긴장을 풀었고, LA 행사 준비 기간에는 누군가가 구출된 여자들 중 한 명을 초대하는 임무를 맡았다. 여행사 직원이 모든 걸 예약했고, 그리어 카데츠키가 여자를 세미나에서 소개하고 연설문을 써줬고, 훌륭한 기조연설을 했다. 모든 것이 완벽하게 괜찮고 딱히 특별할 게 없었다. 페이스의 말에 따르면, 이틀 후에 그리어가 익명의 누군가로부터 멘토 프로그램이 애초에 없었다는 이야기를 듣고 올 때까지는 말이다.

"그게 누군지 말해줘요."

에밋이 말했으나 페이스는 대답을 거부했다.

그는 재단의 초기 시절을 떠올렸다. 자신이 얼마나 활기가 넘쳤었는지를. 다시 젊어진 것 같은 기분이었고, 페이스와 다시 한 번 섹스를 하는 것 같은 기분이었다. 진짜 섹스만 없을 뿐이었다. 마치 일종의 정신과 육체가 전부 다 투입된 섹스 같았다. 자기 자신을 전부 다 쏟아서 몰두할 때 느끼는 기분이 그런 거였다. 그게 집중을 할 때의 기분이었다.

처음 페이스가 그와 계약을 했을 때, 그는 당시 골조뿐인 공간이었던 26층에 코니 페쉘을 보내서 뭐라도 좀 꾸미라고 시켰다.

"프랭크 씨를 위해서 사방에 창문을 내요."

그가 코니에게 말했다.

"전 벽에 구멍을 뚫을 수 없어요, 슈레이더 씨."

그녀가 불평했다. 사사건건 불평뿐인 사람이었다. 그녀는 그가 1970년대에 회사를 창립할 때부터 그와 함께 일했다. 그의 아내 매들린이 그녀를 좋아했기 때문이고, 모두가 그 이유를 코니 페쉘이 너무 못생겼기 때문이라고 했다. 못을 박아도 될 것 같은 두꺼운 목에 100만 년쯤 전에 사춘기 여드름이 있었던 울퉁불퉁한 얼굴에 어째서인지 그녀는 서커스 피넛캔디 색깔의 파운데이션을 한 겹 바르고 다녔다.

하지만 매들린은 코니의 못난 외모에 딱히 안심한 게 아니었다. 에밋이 자신의 비서와 놀아나고 싶어 하는지 어떤지에도 신경 쓰지 않았다. 그녀는 남편이 여러 여자와 잤다는 걸 알았다. 바람기는 그의 타고난 성향이었고, 그들의 무언의 계약 중 일부였다. 하지만 계약은 그가 그들을 존경하거나 존중하지 않는 경우에만 자도 괜찮고, 그들을 존중할 때에는 잘 수 없다고 암암리에 명시되어 있었다. 등식은 간단했다. 이렇게 하면 결혼에 진정한 위협이 되지 않았다. 에밋 슈레이더는 온갖 종류의 여자와 섹스하는 걸 좋아하지만, 지적으로 흥미를 느끼지 못하는 상대에게 평생을 내던지는 타입의 남자는 아니었다.

매들린이 초반부터 모든 것을 주도했다. 그녀는 부유하고 그는 가난했기 때문이다. 슈레이더캐피털을 세운 돈은 전부 다 그녀의 집안에서 나왔다. 시카고의 우유배달부 아들이 부유한 뉴욕 트래트가 출신과 결혼하는 것은 엄청난 스트레스였다. 트래트가의 모든 행사에서 그는 무시당했다. 당시에는 아무도 그와 얘기하거나 쳐다보려고 하지 않았다. 결혼생활 초반에 에밋은 아내의 부에 무관심하다는 인상을

여성의 설득

보여주기 위해서 나비스코에서 지루한 일을 했고, 매들린은 자선단체에서 자원봉사를 했다. 그들은 정기적으로 유럽 여행을 가고 도박을 하러 라스베이거스에 가는 지루한 젊은 부부였다. 나중에, 애비가 태어난 다음에야 집안에 활기가 조금 돌았다. 매들린은 적극적이고 타고난 좋은 엄마였지만, 유모의 손에 자란 그녀는 당연하게 애비를 위한 유모를 고용했고, 그래서 여전히 하루하루가 한가했다.

에밋은 종종 바람을 피웠다. 이것은 딱히 특별한 일이 아니었다. 그가 아는 많은 남자가 자주 바람을 피웠다. 그것은 그들의 배터리를 재충전하는 일일 뿐이었다. 하지만 1973년 어느 따뜻한 밤, 나비스코에 광고 지면을 팔려고 애쓰는 젊은 페미니스트 페이스 프랭크와 단 한 번의 엄청난 섹스를 하고 집으로 돌아왔을 때 에밋은 이게 다르다는 걸 알았다. 그는 자신에게 일어난 일에 굉장히 흥분하고 마음이 산란한 상태로 브롱크스빌의 집 거실의 어둠 속에 앉아 이제 어떻게 움직여야 하나 고민하며 나지막이 혼잣말을 했다. 페이스와의 섹스는 활기 넘치고 역동적이고 깨달음을 얻게 만들었다. 쿠커리에서 저녁식사를 하는 내내, 그리고 그녀의 작은 아파트로 택시를 타고 가는 내내 그는 섹스를 갈망했다. 마침내 그녀의 침대에서 그 갈망이 격렬하게 해소되었다. 자신의 긴 페니스 끝이 그녀의 깊숙한 곳을 건드리는 것이 시스티나 성당 천장화 「아담의 창조」에서 손가락 끝과 손가락 끝이 만나는 것처럼 중대하게 느껴졌다. 그것은 그저 섹스가 아니라 연결되는 거였다. 모든 신경 말단이 실체가 있고 연민을 가진 이 사람에게 접합되는 것. 그녀는 독립적이었고 그래서 그는 그녀에게 의존하고 싶었다.

하지만 그때 그녀가 그 말을 했다.

"당신 결혼했군요."

그 자리에서 그녀를 다시 만날 가능성이 끝장났다. 그날 밤 집에
와서 어두운 거실 의자에 앉아 페이스의 눈부신 몸과 느낌과 맛과 향
기를 생각했다. 쉐르세이라는 향수를 뿌린다고 했지만 단순히 그런
것 이상이었다. 그녀의 향수는 염분과 섞여 있었고, 그 염분은 오로지
페이스에게만 존재하는 무언가와 섞여 있었다. 그는 그녀를 호기심
많고 예리하고 절묘하게 매혹적으로 만드는 아름다운 머리 안에 든
뇌를 상상했다.

그는 페이스에 다음 날 나비스코 광고 건으로 전화하겠다고 말했
고, 그때 자기를 다시 만나달라고 애걸할 계획이었다.

"날 꼭 다시 만나줘야 돼요."

전화를 해서 이렇게 말했을 것이다. 그녀에게 애원하고, 그와 그의
아내가 각자의 삶을 살고 있으며 아내는 별로 신경 쓰지 않을 거라고
말했을 것이다. 실제로는 전혀 사실이 아니지만 말이다.

매들린은 그가 들어오는 소리를 듣고 새틴 가운 차림으로 조용히
거실로 나와서 그가 걱정과 흥분으로 망가진 상태로 앉아 있는 것을
보고는 알아챘다. 대체 어떻게 알아낸 걸까? 어쨌든 그녀는 알았다.

"어떤 여자야?"

매들린이 물었다.

"아."

그게 낙담한 그가 말한 전부였다.

"맙소사, 에밋, 그냥 말을 해. 아는 편이 더 나으니까."

그는 형편없는 거짓말쟁이였고 여전히 페이스가 불러일으킨 강렬
한 감정 속에 있었기 때문에 대답을 했다.

"사무실에서 만난 여자야."

"이름을 말해."

"페이스 프랭크."

"나비스코에서 일해?"

"아니. 자기네 잡지의 광고 지면을 우리에게 사달라고 왔어."

"그 여자가 편집자라는 거야?"

"응."

"『레드북』? 아니면 『맥콜스』? 『레이디스 홈 저널』?"

"『블루머』야."

"뭔지 몰라."

"여성 해방 같은 거. 당신도 알잖아."

그가 힘없이 설명했다.

아내는 그를 빤히 쳐다보며 침묵을 지켰다.

"그 여자는 나보다 훨씬 아름답겠지. 하지만 나보다 더 흥미로워? 나보다 더 똑똑해?"

그녀가 물었다.

"매들린, 이러지 마."

"그냥 말을 해, 에밋."

그는 깍지 낀 자신의 손을 내려다보았다.

"그래."

"어느 쪽이? 더 흥미로운 거야, 더 똑똑한 거야?"

"둘 다야."

아내는 그 말을 곱씹었다. 그녀는 질문을 했고, 이제 그 답을 받아들여야만 했다. 그가 의도하지 않은 방향으로 잔인했지만 말이다.

"그 여자는 성공할 것 같은 사람이야?"

그녀는 알고 싶어 했다.

"그래, 그런 느낌을 받았어."

"그렇군."

처음 매들린을 만났을 때 그는 그녀가 섹시하고 재치 넘치고 영리하다고 생각했지만, 결혼하고 몇 달 만에 그녀가 한정된 대화 목록을 갖고 있으며 하나하나 뜯어보면 그리 재치 있는 편도 아니라는 것을 깨닫게 되었다. 그녀에게는 열정이 없었고, 지성은 한정적이었다. 그는 이제 그녀에게 싫증이 났고 그녀도 그걸 알았다. 그것은 두 사람 모두를 꼼짝달싹할 수 없게 만드는 안 좋은 상황이었다.

"정말 미안해. 내 어디가 잘못된 건지 모르겠어. 난 그 사람을 원했어. 뭔가…… 내 전부를 흥분되게 만드는 그런 걸 원했어. 이게 형편없는 짓이라는 거 알아. 하지만 매들린, 난 늘 억눌리고 있는 기분이야. 망할 놈의 비스킷 회사 사람들. 거기에는 이야기를 하거나 입씨름을 할 만한 사람이 아무도 없어."

에밋이 말했다.

"그래서 그 여자랑 그랬다는 거야? 입씨름을 했다고?"

"말이 그렇다는 거야."

"사전에 그 단어에 그런 뜻이 있다고 나올 것 같진 않네."

매들린은 입을 다물고 결혼생활을 지켜낼 만한 공정한 해결책을 찾기 위해서 생각에 잠겼다. 그러다 마침내 말했다.

"좋아. 난 이렇게 결정했어. 당신이 다시는 그 여자를 만나지 않길 원해."

"당신 운이 좋군. 그 사람도 사실 그러고 싶어 하거든."

"하지만 당신은 그 여자를 설득할 계획이잖아, 안 그래? 그 여자가 당신을 만나게 만들려고 하잖아. 당신의 설득력은 유명하지. 당신은 요즘 지루해, 에밋. 당신이 지루하면 나와 우리 모두에게 위험해. 말해 봐. 어떻게 하면 지루하지 않겠어? 일을 하면?"

"난 일을 해. 오레오와 로나둔, 치킨인어비스킷으로 일을 한다고."

"내 말은 당신이 사랑하는 일을 하면 어떻겠느냐는 거야. 위험부담이 높은 종류로."

그녀가 말했다.

"그런 건 상상도 안 되는데."

"섹시하고 흥미로운 여자들만큼 당신을 흥분시키고, 승부욕을 불러일으키면서, 사무실에서 당신과 입씨름할 수 있는 사람들이 있는 그런 일. 당신이 결정할 수 있는 거래. 당신을 살리거나 죽일 수 있는 그런 큰 거래. 어떻게 들려? 좀 솔깃하고 흥분돼?"

그는 감정을 드러내지 않고 태연히 아내를 보았다.

"무슨 이야기를 하는 거야?"

그 다음 주에 매들린은 트래트가의 엄청난 돈을 그의 이름으로 된 계좌에 넣었다. 그것은 그들이 결혼하기 전에 그녀의 구세대적인 부모님의 고집 때문에 맺은 계약에 반하는 행동이었다. 그것은 마치 인질금, 즉 몸값 같았다. 그걸로 그는 1974년에 슈레이더캐피털을 세웠다. 자신의 이름을 붙이는 것은 지극히 당연했다. 그는 이 모든 것에 노골적으로 '슈레이더'라는 이름을 붙이고 싶었다. 그것은 그녀의 부모님에게, 그녀에게, 모든 사람에게 자신을 증명하는 방편이었다. 한참 후에, 벤처캐피털 회사들과 헤지펀드들은 칼과 칼집 같고 성채 같은 이름을 갖게 되었다. 맨사드(이중경사 지붕) 펀드, 배스천(요새) 펀드, 스플릿 오크 신탁. 목표는 회사나 펀드가 침공하는 적군을 막을 수 있는 성채처럼 느껴지도록 만드는 거였다. 이런 이름들이 급증하면서 나중에는 연상 가능한 단어가 하나도 남지 않게 되었다. 그것은 마치 작가들이 소설 제목으로 셰익스피어 극본에서 좋은 구절을 오래전에 다 뽑아내서 쓸 수 있는 구절은 아무 의미도 없는 것뿐인 것과 비슷했다. 사람들이 곧 '들어오게, 근위병'이라고 불리는 소설을 쓰게 될 거라고 에밋은 생각했다.

엄청난 기억력을 가진 데다가 빨리 배우고 조급한 성격의 에밋은 처음부터 자신에게 조언해줄 현명한 금융 전문가들을 곁에 두었다. 곧 슈레이더캐피털은 놀랄 만큼 성공했고, 시간이 흐르며 에밋은 매들린 가족의 재산보다도 훨씬 더 많은 재산을 갖게 되었다.

"난 트래트가를 아침, 점심, 저녁으로 먹어치울 수 있지."

그는 영원토록 고마워해야 할 아내에게 종종 이렇게 말했다. 매들린도 기뻤다. 자신이 부모님을 약간 미워한다는 사실을 깨달았기 때문이다. 너무나 허세 가득한 사람들. 그녀의 아빠는 가끔 외알안경도 꼈다.

하지만 그전에 다른 일이 있었다. 어두운 거실에서, 매들린이 에밋에게 자신의 회사를 시작할 만한 돈을 조건부로 주기로 한 심판의 밤 다음 날 아침에 그녀가 그에게 말했다.

"지금 그 여자한테 전화해. 그 페이스 프랭크라는 사람."

"뭐?"

식탁에 앉아서 아침식사를 하던 중에 그녀가 이야기를 꺼냈다. 가정부는 반으로 자른 그레이프프루츠를 내놓았고 애비는 이렇게 말하고 있었다.

"포도 맛도 안 나는데 왜 그레이프프루츠라고 하는 거예요?"

"그 여자와 이야기를 하고 싶어."

매들린이 말했다.

그래서 그는 어쩔 수 없이 서재로 가서 페이스에게 전화를 걸고 아내에게 바꿔주었다. 매들린이 페이스에게 네가 가질 수 있는 상대가 아니라고 이야기하는 동안 수치스럽게 앉아 있었다.

"우리 결혼식에서 그이는 내 옆에 서 있었어요."

매들린이 날카롭게 말했고 에밋은 결혼식을, 그날 네모난 스타일의 정장을 입고 서 있었던 자신이 얼마나 불편했는지를 떠올렸다. 다행히 페이스는 즉시 매들린의 전화를 끊었으나 그녀 역시 수치스러웠을 것이다. 오랫동안 에밋은 매들린이 페이스에게 그런 행동을 하게 놔두었던 것에 죄책감을 느꼈다. 그의 앞에서 한 여자가 다른 여자를 상대로 자신의 지배력을 입증하고 싶어 하고, 그걸 보고만 있었던 비현실적이고 비뚤어진 순간. 그는 너무 약했고, 그래서 부끄러웠다.

매들린은 전화를 끊고 나서 곧장 위층 침실로 올라가 식사 자리로 돌아오지 않았으나 에밋은 돌아왔다. 애비는 혼자 앉아 음식을 찔러대고 있었다. 에밋은 갑자기 무언가를 떠올리고서는 어젯밤에 문 옆 의자에 걸어두었던 재킷을 가져왔다. 주머니 안쪽을 더듬어서 조그만 종이우산을 꺼내 딸에게 내밀며 말했다.

"너한테 주려고 가져왔지."

"와, 정말 멋져요, 아빠. 굉장히 작아요. 내 인형 베로니카 로즈도 좋아할 거예요."

가끔, 그리 자주는 아니지만, 그도 여자를 행복하게 만들어줄 수 있었다.

에밋 슈레이더는 거의 40년 동안 페이스 프랭크와 의미 있는 방식으로 다시 만남을 가지지 못했다. 그는 『포춘』 표지에 나오는 사업계의 거물이 되었고, 그녀는 여자들의 영웅이 되었다. 십 년쯤마다 그들은 우연히 같은 상류층 행사에 참석해서 천장이 높고 거대한 공간에 함께 있곤 했다. 하지만 언제나 그는 매들린과 함께 있었다. 세월이 흐르며 매들린은 살이 붙은 몸을 우아한 드레스로 감추어 배의 선수상 같은 외모를 갖게 되었다. 에밋은 아내가 아닌 여자들과 셀 수 없이 많이 잤지만, 나이를 먹으면서 그것은 육체적 운동에 지나지 않게 되었다. 마치 심장뿐 아니라 성기에도 유산소 운동이 필요하다는 듯이. 그러나 흥미가 생기는 여자들과는 절대로 자지 않았다. 그것이 매들린이 내건 조건이었고 그는 영원히 그것을 지킬 것이다. 어차피 그들은 페이스와 비슷하지도 않았다.

나이가 들고 점차 둘 사이가 멀어지며 매들린은 얄궂게도 더 흥미로워졌고 훨씬 더 동정심이 많아지게 되었다. 그 동정심에서 그녀의 흥미로움이 나오는 거였고, 그녀는 많은 돈을 진보적인 목표, 종종 여성의 인권과 관련된 곳에 기부했다. 그녀는 박물관 위원회의 일원이었으며 브롱크스와 오클라호마의 여성병원 위원회의 일원이기도 했다. 에밋이 참석하지 않을 때도 여기저기서 페이스와 겹쳐서 활동했고, 한 번은 두 여자가 아프리카의 산모 건강을 위한 저녁식사 자리에서 불편하게 겨우 세 자리 떨어져서 앉아 있었던 적도 있었다. 두 사람 다 서로에게 한 마디도 하지 않았다. 하지만 화면에 영사된 고통스러운 얼굴의 여자들, 수치스러운 치루로 고통 받는 여자들의 이미지가 오래전 젊은 페이스 프랭크의 이미지와 에밋이 그녀와 잤고 그날 밤 그녀를 사랑하기 시작했다는 사실을 지워버렸다.

여성의 설득

그러다가 2010년에 일흔 살의 활발하고 통통한 자선가 매들린 트래트 슈레이더는 에밋의 비서 코니에게 19세기 민영열차 풍으로 꾸민 첼시의 레스토랑 '질디드 퀘일(금빛 메추라기)'에 부부의 저녁식사를 예약해달라고 말했다. 웨이터가 분자요리의 본보기가 점점이 놓인 접시를 가져왔다. 홀스래디시 '향취', '근채류를 주입한' 수비드 송어, 고개를 젖혀 꿀꺽 마시면 얼음처럼 차갑다가 뜨거워지는 강한 풍미의 수프가 담긴 샷글라스. 웨이터가 하도 근엄하게 사라져서 마치 유령이라도 지나간 것 같은 분위기였다. 어쩌면 홀로그램으로 눈이 금색으로 번쩍이는 금빛 메추라기를 봤는지도 모른다.

어둡고 좁은 공간에서 에밋은 수천 년의 풍경을 사이에 두고 아내를 쳐다보았다. 그들이 살아온 삶, 서해안에서 금융업에 종사하고 있고, '인마'라는 말을 너무 많이 하는 서핑광 두 아들의 엄마 애비를 생각하자 경외심이 들었다. 지금의 슈레이더 부부의 결혼생활은 사실상 손에 닿지 않는 광나는 분홍색 내부를 가진 차가운 소라 껍데기 같았다.

매들린이 일부러 살짝 익힌 상추를 찍은 포크를 들어 올려 신중하게 씹고 나서 말했다.

"에밋, 당신한테 해야 할 말이 있어."

"좋아."

"나 사랑에 빠졌어."

그의 첫 번째 본능은 그게 농담인 것처럼 미소를 짓는 거였지만, 당연히 농담이 아니었다. 오늘 이 자리가 뜬금없이 느껴진 것도 사실이었다. 아내가 단둘이서만 보기 위해서 공식적으로 약속을 잡았다는 것. 그들은 몇 달이나 단둘이서 저녁을 먹은 적이 없었고, 십 년 동안 한 침실을 쓰지 않았다.

"상대가 누군데?"

그가 믿을 수 없다는 듯이, 지나치게 크게 물었다. 웨이터 한 명이 자신을 부르는 거라고 생각한 듯 앞으로 다가왔다가 실수를 깨닫고 재빨리 물러났다.

"마티 산탈젤로."

"누구?"

"우리 도급업자. 그 사람과 살고 싶어."

에밋은 쿠션에 몸을 기댔다. 그는 모욕감을 느꼈다. 결혼생활이 냉장젤리처럼 차가웠던 것은 사실이지만, 이름 붙일 수 없는 어떤 면에서 상처를 받은 기분이었다. 어쩌면 매들린이 초기에 그에게 모든 것을 가능하게 만들어주었기 때문일지도 모른다. 어쩌면 그들이 너무나 오랫동안 이런 식으로 살아왔기 때문에 설령 반가운 변화라고 해도 어떤 변화든 처음에는 마음을 불편하게 만드는 걸지도 모른다.

에밋 슈레이더는 가끔 변화를 일으키긴 했지만 대체로 사소한 것들이었고, 자신이 일으킨 게 아니라면 변화를 좋아하지 않았다. 그는 사람들이 등 뒤에서 자신에게 주의력 결핍증 환자라고 한다는 걸 잘 알았다. 한번은 엘리베이터 문이 닫히는데 "누가 저 사람한테 애더럴* 좀 줘!"라는 소리가 들렸고 곧이어 사람들의 웃음이 터졌다. 그 평가가 정확했을 수도 있지만, 매들린이 변화를 원한다는 생각은 충격적이었고 결혼생활이 끝나고 있는데 질디드 퀘일에 앉아서 여덟 코스 식사 중 겨우 두 번째 코스를 먹었다는 사실에, 장래의 전처와 여섯 코스를 더 먹어야 한다는 사실에 주먹으로 입을 틀어막고 울고 싶었다.

---

*   주의력 결핍 장애에 쓰는 약.

여성의 설득

매들린은 그날 밤 이후 순식간에 집을 나갔다. 인생 말년에 갑자기 독신이 된 에밋은 외로움에 몸부림치며 비아그라를 먹고 도시 전역에서 여자들과 섹스를 하고 다녔다. 유리창으로 둘러싸인 전망이 너무 근사해서 여자들이 언제나 "와!"하고 감탄하고 그는 그 경이감의 순간이 끝나기를 초조하게 기다려야 하는 그의 아파트에서, 칼릴 호텔 스위트룸에서, 교토의 료칸에서, 카타르로 가는 에미레이트 항공 개인 전용칸에서도 했다.

한번은 젊고 예쁜 금융 관련 블로거에게서 클라미디아가 옮았으나 아지트로마이신으로 쉽게 치료했다. 일이 끝난 후 종종 그는 코니에게 여자들을 위해 에르메스 스카프를 사오라고 시켰고, 가끔은 여자들이 이걸 원하도록 진화되었나 싶을 정도로 강렬하게, 이상하리만큼 원하는 버킨백을 사오라고 시킬 때도 있었다.

그러다 그 기이하고 지칠 정도로 활동적이었던 해의 어느 날 아침에 에밋은 『뉴욕 타임스』에서 '여성 운동의 전성기 때 최고의 순간을 맞았으나 완전한 인기는 얻지 못하고, 그래도 용맹하게 계속 출간이 되었던 『블루머』가 폐간한다.'는 단신 기사를 보았다. 잡지를 창간한 편집자 중 두 명의 말이 실렸고 그중 한 명이 페이스 프랭크였다. 에밋에게는 신문에 그녀의 이름만이 굵은 활자로 인쇄되어 있는 것처럼 보였다.

"우리는 많은 일을 해냈습니다."

인용된 그녀의 말은 그랬다. 페이스 프랭크와의 하룻밤을 떠올리자 에밋의 목과 가슴이 조여들었다. 그가 기억하는 건 그저 섹스만이 아니었다. 그녀를 자신의 인생에서 얼마나 원했었는지도 기억이 났다. 어떤 사람은 대단히 강력한 영향을 미친다. 함께한 시간이 아무리 짧았어도 그는 당신의 안에 아로새겨지고, 그에 관한 아무리 사소한 언급이라도 당신의 마음속에 갑자기 소용돌이를 일으킨다.

매들린이 엄청난 돈을 여성을 위한 일에 기부했기 때문에 에밋은 차츰 여자들의 동조자이자 지지자로 여겨지게 되었다. 가끔 그는 실제로 그 분야에 딱히 확신을 갖고 있지 않은데도 그런 사람으로 보이는 것에 죄책감을 느꼈다. 그러나 이제는 그런 확신이 있다고, 확신이 진짜가 되었다고 생각했다. 어느 쪽이든 그는 명백하게 여성의 대변인인 페이스와 시간을 함께 보낼 수가 없는 몸이었다.

이제 그녀를 다시 만나면 안 된다는 규칙이 마침내 동화 속 저주처럼 사라졌다. 매들린은 도급업자와 새로운 삶을 살았다. 한밤중에 그는 침대 옆 램프를 켜고 비서에게 전화를 연결해달라고 집사에게 말했다. 코니 페쉘은 겁먹은 목소리로 전화를 받았다.

"슈레이더 회장님? 괜찮으신가요?"

"난 괜찮아, 코니. 내일 페이스 프랭크에게 전화를 좀 해달라고."

"누구요? 페미니스트요? 그 페이스 프랭크요?"

"그래, 그 사람. 그녀의 연락처를 찾아서 약속을 잡아. 내가 사업상 제안할 게 있다고 해."

페이스는 상세한 것을 묻지 않고 사무실로 와서 그의 바로 맞은편에 앉았다. 가까이서 보니 그녀는 여전히 우아하고 흠잡을 데 없고 대단히 똑똑했고, 에밋은 훨씬 나이 든 버전의 그녀에게 다시금 욕망을 느꼈다. 하지만 자신이 더 이상 네루 재킷을 입은 검은 머리에 젊은 나비스코 임원이 아니고, 그녀 역시 달라졌다는 새롭고 울렁거리는 기분도 느꼈다. 1973년에 그녀의 침대에서 그는 지금 하는 일을 다시는 하지 못할 거라는 걸 무의식적으로 아는 것처럼 다급하게 그녀의 온

여성의 설득

몸을 따라 얼굴을 위아래로 미끄러뜨렸다. 그녀가 그의 마지막 식사인 것처럼 맛보았다. 서로를 온통 더듬었다. 그에게서는 쉐르세이 향이 났고 그녀에게서는 라임향이 났다. 그들 둘 다 끝에는 피부가 벗겨지고 엉망이 되었다. 최소한 그는 정신을 차릴 수가 없었다.

그 오래전의 밤 이래로 페이스는 그가 그랬던 것처럼 나가서 자신의 삶을 살고 엄청난 커리어를 이루었다. 두 사람 모두 수많은 타인의 삶에 진출하고, 파고들고, 영향을 미쳤다. 이제 수십 년 동안 파고든 끝에 그들은 다시 함께 있게 되었다. 이런 놀라운 결말을 가져오는 삶이란 것이 얼마나 굉장한지. 물론 이게 꼭 결말이라고 할 수는 없었다. 어쩌면 시작일 수도 있었다. 그는 이걸 어떻게 해나가야 할지, 무슨 일이 벌어질지 알지 못했다. 그저 매일 그녀를 자신의 곁에 두고 싶다는 것만 알았다.

"내가 왜 여기 있는 거죠, 에밋?"

사무실로 온 오후에 그녀가 그에게 물었다.

"이게 우리의 두 번째 데이트인가요?"

그는 기뻐서 웃음을 터뜨렸다.

"맞아요. 그러고 싶다면 말이죠."

"음, 대체로 남자가 여자에게 다시 전화를 할 때에는, 또는 그 반대일 경우에도 40년보다는 짧은 시간이 걸리죠. 우리한테는 좀 늦은 것 같은데요."

"정말 그렇게 생각해요? 당신에게 코르사주와 휘트먼스 샘플러 초콜릿 세트를 사줄 수도 있어요. 그거 기억해요? 각각의 초콜릿마다 이름표가 붙어 있었죠. '당밀맛', '체리 코디얼', '캐슈 범벅'. 근사해 보여요, 페이스. 당신 스타일이 마음에 들어요. 당신은 유럽의 우아한 여성 정치가처럼 세상을 뒤흔들고 있어요."

"당신이 말하니까 그게 칭찬인지 잘 모르겠군요."

"칭찬이에요."

"음, 그렇다면 고마워요, 에밋. 당신도 근사해 보여요."

그녀는 부츠를 신은 긴 다리를 꼬았다가 풀고 다시 꼬며 말했다.

"이제 오래전 언젠가 당신과 내가 잠깐 함께였다는 사실은 넘어가
도록 하죠."

"근사한 감정을 나눈 순간이었죠. 정말로 슬프게 끝이 났고요. 불
운한 운명이었다고 말할 수 있지 않을까요?"

페이스가 미소를 지었다.

"그럴 수도 있겠죠. 이제 내가 왜 여기에 있는 건지 말을 좀 해주겠
어요?"

그는 그녀에게 모든 이야기를 했고, 두 명의 젊은 직원을 불러서
그가 그녀에게 운영을 맡기고 싶어 하는 여성 재단에 관해 설명해놓
은 안내서를 보여주도록 했다.

"기본적으로 이건 여성 문제에 관해 가장 활발한 연사들을 위한
강연대 역할을 하게 될 거예요."

그가 말했다. 그녀는 즉시 의혹을 품었다.

"내가 당신 회사처럼 성공한 회사와 일을 해야 하는지 잘 모르겠군
요. 모욕하려는 건 아니에요. 다만 그게 남들에게 어떻게 보이겠어요?"

그녀가 물었다.

"기민한 행동으로 보이겠죠. 모두가 당신이 그 작은 잡지 때 하던
것처럼 늘 한 푼이라도 얻으려고 애걸할 필요가 없다는 사실을 질투
하게 될 거예요. 코머 출판사는 구두쇠였어요. 그쪽의 수치를 봤는데

잘 팔리는 잡지가 하나도 없더군요. 『조각 수집가』도, 『텅 빈 둥지의 새』도요. 누가 그런 잡지를 읽죠? 이해가 안 가요."

그녀는 거절했다가 긴급 프로젝트에 관한 자금과 관련된 수정제 안을 갖고 돌아왔고, 그들은 합의했다. 한동안 로사이는 의도했던 일들을 대체로 잘 해냈으나 최근에 슈레이더캐피털의 다른 사람들이 페이스에게 재단의 분위기를 바꾸라고, 누군가의 말처럼 좀 더 섹시하게 만들라고 압박을 가했다. 그런 식으로 하면 표값을 올릴 수 있고, 더 많은 언론의 관심을 받을 수 있을 테니까. 이제는 영화배우까지 된 가수 오퍼스가 곧 그들의 대형 행사에 올 것이다. 에밋은 페이스가 유명인사들과 네일아트, 그들이 고용한 영매에 의존하는 걸 싫어한다는 걸 알지만, 그녀가 뭘 할 수 있겠는가?

최근 세미나에서 그 영매 안드로메다는 장래에 여성 대통령을 보았다고 선언했다. 군중이 달아올랐다. 하지만 곧 영매가 카드인지 수정 구슬인지 자신이 쓰는 뭔가를 유심히 보고서 이렇게 말했다.

"보여요…… 인디애나로군요."

"이런 젠장."

다른 사람이 말했다. 모두가 미래에 상냥하고 말 잘하는 할머니 같은 모습을 한 앤 맥컬리 의원이 대통령에 당선되어 여자들이 다시 뒷골목에서 낙태 시술을 받아야 하고 의사들은 수감되고 수십 명의 십대 소녀들이 자신의 의지에 반해서 이 냉혹한 세계에 아기를 낳아야 하는 모습을 상상하며 음울하게 침묵에 잠겼다.

에밋이 처음 여성 재단을 운영한다는 정교한 계획을 선언했을 때 그의 CFO는 운영비용을 보고 경악했다. 하지만 잘되지 않는다 해도 뭐 어떤가. 이것은 스포트라이트를 받을 권리를 박탈당한 여자들을 위한 일이다. 지금 쏟아져 들어오는 기부금을 보라. 계속해서 보수해야 하는 회사 이미지에도 좋은 일이고, 에밋에게도 개인적으로 좋은 일이었다. 페이스를 만나지 못한 아주 오랫동안 지속적인 우울함을 느끼며 그녀를 그리워한 끝에 평일이면 매일 페이스를 볼 수 있게 되었으니까.

지난 4년 동안 그녀가 오후 5시쯤 그의 사무실로 올라간 적도 있고, 그가 그녀의 사무실로 가서 맞은편에 그녀가 있는 사치를 즐긴 날들도 있었다. 그녀는 부츠를 벗고 발을 문지르며 거기 앉아 조용히 이야기를 하고 지성을 뿜어냈다. 그녀는 그에게 자신의 하루를 이야기하고 그는 그녀에게 자신의 하루를 이야기했다. 그들은 질 좋은 말벡을 마시며 길고 행복한 침묵에 잠겼다. 가끔은 각자의 아이들, 링컨과 애비에 관해서 이야기했다. 하나는 진지하고 한결같고 자기 자식이기 때문에 제 엄마에게 특별했고, 다른 하나는 열정적인 타입이어서 꽤 성공했다. 그는 여전히 애비를 자신의 어린 딸로 생각하곤 했고, 아빠에 대한 그 아이의 순수한 엘렉트라적인 애정이 어떤 느낌이었는지 정확하게 기억했다. 화려한 드레스를 입고 아빠 무릎 위에 앉아 있던 어린 여자아이.

가끔, 그와 페이스가 함께 앉아 있을 때면 그는 자신이 최근에 잔 여자에 관해서, 그 여자가 어떻게 육체적 욕구를 해소해주었고, 노년이라는 끔찍한 지역에 들어서서 비아그라가 자외선 차단제만큼 중요해진 그에게 그게 얼마나 가치 있는 일인지 짧게 이야기하곤 했다. 페이스는 판단하지 않고 잘 들어주었고, 가끔은 자신의 삶에 있었던 일에 대해서 조금 말을 하기도 했으나 대체로는 자기 일을 거의 말하지 않았다. 그들은 옛날에 공통으로 알던 사람들에 대해서도 이야기했다. 그는 자신의 모든 분노와 좌절감을 쏟아놓았다.

그들은 많이 웃었다. 페이스는 가장 근사한 웃음을 갖고 있었다. 그리고 가장 근사한 목소리도. 그녀는 모든 면에서 완벽한 존재라고 그는 생각했다. 하지만 지금, 그녀의 거실에 앉아서, 엉망진창이 된 그 멍청한 에콰도르 멘토 프로젝트 때문에 그녀의 신뢰를 잃고 그녀의 분노와 혐오감을 사게 된 것은 완전한 고통이었다.

"당신이 회의 때 주의를 기울이지 않은 것만으로 우리가 이렇게 깊은 거짓 구덩이에 빠지게 되었다는 건 믿기 어렵군요. 이게 그 이상이라는 거 당신도 알잖아요. 주의력은 연막일 뿐이에요. 당신에게는 주의를 기울일 능력이 있어요. 난 이미 봤다고요. 당신은 나에게 주의를 기울이잖아요."

"그 회의 때 좀 더 집중했어야 했고, 그들이 당신이 좋아한 여자를 바꾸지 못하게 했어야 했고, 기금을 폐쇄하고 모든 걸 공개적으로 밝혔어야 했죠. 나한테 벌을 줘요, 페이스. 그저 날 밀어내지만 말아요."

페이스의 입가가 굳어졌고 아주 잠깐 동안 그녀는 남자에게 화가 난 세상의 모든 여자들처럼 보였다.

"내가 어떻게 하기로 결정했는지 말해줄게요. 그리고 당신이 한 마디도 하지 않았으면 해요. 그냥 듣기만 해요."

페이스가 말했다. 그는 고개를 끄덕이고 귀를 기울이는 척 과장되게 무릎 위에 손을 겹쳤다. 이것은 신이 할 법한 '모든 것을 다 듣는 능력'을 흉내 내려고 하는 거였다.

"소란을 일으키지는 않을 거예요. 그건 재단을 위태롭게 만들고 우리가 다시 어떤 것도 하지 못하게 가로막을 테니까요. 그리고 위층의 슈레이더캐피털에 도덕성이 결여되었다는 사실이 정말 마음에 안

들긴 하지만, 조용히 내 일을 그만두지도 않을 거예요. 그만둔다고 내가 달리 어디로 가겠어요? 난 계속해서 당신 돈을 받을 거예요, 에밋. 하지만 이 일을 그냥 받아들이는 건 아니에요. 난 돈을 받고 쓸 거고, 신중하게 감시할 거예요. 선택권이 별로 없으니까요. 우리는 모두 이 세상에서 우리가 노를 저어야 하는 배를 타고 계속 노를 젓고 있어요. 나는 여자들을 위해서 일해요. 그게 내가 하는 일이죠. 그리고 그 일을 계속할 생각이에요. 에콰도르 사건이 이 건물 바깥으로 새어나갔는지 어떤지는 잘 모르겠어요. 만약 그렇다면 굉장한 수치가 될 거고 우리도 문을 닫게 되겠죠. 하지만 기본적으로 난 아무 데도 가지 않을 거예요."

그녀가 말했다.

"잘됐군요. 당신이 그만둔다고 말했으면 내가 어떻게 했을지 잘 모르겠어요."

안도감이 거의 그의 이마에서 튀어나올 것만 같았다.

"아, 당신은 괜찮았을 거예요. 당신은 1퍼센트 중의 1퍼센트니까."

"당신이 여기 오기 전까지 난 굉장히 지루했어요, 페이스. 예전에 누가 『월스트리트저널』의 사설란에서 나를 '특권을 가진 나르시시스트'라고 부른 적이 있죠. 가끔은 그 말이 맞는 것 같아요."

에밋이 말했다. 그는 자기 같은 사람들에게는 특권을 가진 나르시시스트가 되어서는 안 된다는 걸 상기해주는 사람이 필요하다고, 그런 일을 해줄 페이스 같은 사람이 필요하다고 생각했으나 말을 하지는 않았다.

에밋이 충동적으로 페이스의 손을 잡았고, 몇 초 동안 그녀는 손을 빼지 않았다. 그러다가 자세를 바꾸었고 그들의 손이 떨어졌다.

"자, 됐죠? 시간이 늦었네요."

그녀가 일어섰고 그도 따라 일어섰다.

"그리어 카데츠키 말고 이 일에 대해서 아는 사람은 없는 거죠? 또 누구에게 얘기했을까요?"

그가 물었다.

"나도 잘 모르겠어요."

그들은 잠시 조용히 앉아 있었다.

"음, 그리어가 뭔가 말하지는 않겠죠?"

그가 물었다. 페이스는 고개를 끄덕였다.

"그럴 리는 없을 거라고 생각해요. 어차피 이미 그만뒀어요. 꽤나 우울한 일이었죠. 내가 좋아했고, 내가 데리고 들어온 사람이었는데."

"그렇죠, 당신은 그런 식이죠. 그들에게 관심을 보여주고."

"관심을 보이는 건 그저 한 부분일 뿐이에요. 그들이 원하는 것 같으면 그들을 내 날개 아래 품어줘야 해요. 하지만 그다음 또 다른 과정이 있어요. 결국에 그들을 보내주는 부분이죠. 날리는 거요! 그들을 날려 보내야 해요. 안 그러면 그들이 혼자서는 설 수 없다고 생각하니까요. 가끔은 그들을 너무 세게 내던질 수도 있어요. 신중해야 해요."

그녀가 잠깐 말을 멈췄다가 이었다.

"어쨌든, 당신도 관심을 좀 보이려고 노력해야 해요. 위층에 있는 사람들한테요."

"그럴게요."

그는 온갖 감정에 사로잡힌 채 말했다. 갑자기 두 젊은이가 떠올랐다. 남자와 여자, 둘 다 갓 대학을 졸업하고, 동시에 슈레이더캐피털에 입사했다. 둘 다 굉장히 영리하고 열성적이고, 각기 다른 특별한 재능을 갖고 있어서 둘 다 장래가 유망했다.

"실제로 해야 할 일은 아주 적고 그들은 굉장히, 굉장히 고마워하죠. 그들은 그 고마움을 표현하려고 노력해요. 증거도 있어요."

페이스가 그렇게 말하며 자신의 눈앞에 있는 뭔가를 향해 고갯짓을 했다.

에밋이 고개를 돌려서 보았다. 바닥에, 소파 발치에, 여러 가지 물건이 담긴 커다란 상자가 열린 채 놓여 있었다. 몇 개는 아직도 포장지에 반쯤 싸여 있었고, 몇 개는 풀어서 열어본 상태였다.

"이게 다 뭐죠?"

그가 물었다.

"감사 선물과 감상적인 물건들과 은밀한 농담 선물이에요. 개인적인 연결고리죠."

"누구로부터요?"

"아, 모두로부터요. 내가 수년 동안 알았던 사람들이요. 내가 딱 한 번 만났던 사람들도 있어요. 가끔은 우편으로 날아오고, 가끔은 세미나와 강연장에서 나한테 직접 주죠. 항상 내가 어떤 면에서 자기들을 도와줬다고 말하는 사람들이고, 우편으로 올 때에는 쪽지가 들어 있어요. 누군지 전혀 모르는 사람도 있어요. 쪽지의 이름이 낯익지도 않고, 기억이 아예 떠오르지도 않을 때조차 있죠. 하지만 쪽지에는 언제나 우리가 뭔가 중요한 만남을 가졌던 것처럼 쓰여 있어요. 그리고 아마 그랬을 거예요. 그들에게는 중대했던 게 분명하니까. 이 물건들은 여기서 너무 오랫동안 먼지만 뒤집어쓰고 있었죠. 이건 여러 개의 상자 중 하나일 뿐이에요. 빙산의 일각이죠. 디나가 이번 주에 이걸 분류하는 걸 도와줄 거예요. 일흔한 살이 되니까 이제 물건들이 나

여성의 설득

한테 다른 의미를 갖게 됐어요. 더 많은 물건을 모을 수는 없어요. 이제 좀 거를 때가 됐어요."

에밋이 몸을 구부려 상자를 가까이 끌어당겨 안을 살피며 이리저리 헤집어 보았다. 제일 위쪽에는 여자들이 좋아하는 레이스로 된 작은 베개 같은 향주머니가 있었다. 그는 그것을 코에 대보았으나 향기는 다 날아가고 없었다.

페이스가 신고 다니는 걸로 유명한 섹시한 스웨이드 부츠를 상징하는 것처럼 조그만 부츠 한 짝이 달린 열쇠고리도 있었다.

병도 세 개가 있었다. 하나는 비었고, 하나는 오래된 검은색 잼이 들어 있었다. 어쩌면 보툴리눔 포자가 되었을지도 모른다. 또 하나에는 젤리빈이 들어 있었다. 젤리빈이 든 병에 쪽지가 붙어 있었다.

페이스,

그 유명한 병 얘기 때문에 아마 병을 많이 갖고 계실 테죠, 제 말이 맞나요? 하지만 이건 여실 수 있을 거예요! (사실 당신이 뭐든 하실 수 있을 거라고 생각해요.)

사랑해요,

웬디 새들러

가재가 그려진 티셔츠도 있고, 『브래드포드 쌍둥이의 여름 깜짝 선물』이라는 오래되고 멍청해 보이는 어린이 책도 있었다. 표지에서는 형편없는 그림체의 남자아이와 여자아이가 연을 날리고 있었다. 그는 책을 펼치고 안쪽에 쓰인 글을 읽었다.

페이스에게,

제가 어렸을 때 가장 좋아한 책이에요. 당신이 가졌으면 좋겠어요.

사랑을 담아,

드니스 망구소 (시카고에서 그 저녁식사 때요!)

"시카고에서의 그 저녁식사는 어땠었어요?"

그가 물었다.

"무슨 말이에요?"

"책 안의 글이요. 드니스 망구소가 누구죠?"

"나도 몰라요."

에밋은 계속해서 상자를 뒤졌다. 대마와 구슬로 만든 팔찌도 있었다. 옆에 NASA라고 쓰인 플라스틱 우주선 장난감도 있고, 거기에도 쪽지가 있었다.

페이스에게,

전 이제 나사에서 엔지니어링 부팀장으로 일하고 있고, DC에 혹시 올 일이 있다면 기꺼이 당신에게 구경을 시켜드리고 싶어요. 당신이 아니었다면 저는 여기 있지 못했을 거예요.

애정을 담아서,

올리브 (미첼)

손수 만든 퍼지가 담긴 상자도 있었다. 설탕과 견과류로 표면이 울퉁불퉁하게 덮인 내용물이 이제는 이가 부서질 것처럼 완전히 딱딱해져 있었다.

"이건 몇 년도에 온 거예요, 페이스?"

"내가 어떻게 알겠어요?"

"그럼 몇 십 년대인지는 알아요?"

리본을 묶어놓은 공작 깃털도 있고, '펜은 페니스보다 강하다.'라는 별난 문장이 새겨진 아름다운 펜도 있었다.

한 번도 쓰지 않고 상표가 그대로 붙어 있는 프라이팬도 있었다. 이게 뭘 의미하는 걸까? 선물을 준 사람은 충동적으로 이걸 사서 애정의 징표로 줬겠지만 페이스는 기억할 수도 있고 못할 수도 있는 또 다른 은밀한 농담일 거라고 그는 추측했다. 이 여자들 전부가 페이스와의 연결고리를 바랐다. 그녀는 그들에게 플라스마*였다. 어쩌면 엄마에 대한 것일 수도 있지만, 어쩌면 '나도 당신처럼 되고 싶어요.'라는 것일지도 모른다고 그는 생각했다. 이런 여자들이 너무나 많았다. 정말 많았다. 하지만 페이스는 딱 한 명이었다.

"당신에게는 별로 중요하지 않은 사람들한테 가장 중요한 사람이 된다는 건 상당한 짐이겠군요."

그가 말했다.

"그 해석에 내가 동의하는지 잘 모르겠네요. 나도 그들에게서 많은 걸 받고 있어요."

"뭘 받죠? 궁금하군요."

그가 물었다.

"음, 그들이 나를 이 세상에 있게 해주죠."

---

* 기체 상태의 물질에 계속 열을 가하면 만들어지는 입자로, 많은 곳에 활용할 수 있는 유용한 물질이다.

그게 그녀가 말하고 싶은 전부였다.

그는 페이스 프랭크가 누구에게 마음을 열까 궁금했다. 그녀에게는 친구들이 있었다. 머리가 곱슬곱슬한 레즈비언 보니와 알록달록한 색깔 정장을 입는 사교계 인사 이블린을 포함해서 옛날부터 알던 그 나이 많은 여자들. 그들은 페이스의 절친한 동료들이었다. 모두가 지금과 완전히 달랐던 시대부터 함께 사진에 찍히곤 했다. 에밋은 갑자기 페이스와 다른 사람들이 사무실 여기저기에 서 있던 사진을 떠올렸다. 사무실은 정신없고, 난장판이고, 바빠 보였다. 하지만 그가 가장 뚜렷하게 기억하는 것은 페이스가 그 여자들 사이에서 행복하고 편안하고 만족스러워 보였다는 것이다.

갑자기 에밋은 왜 페이스가 그렇게 젊은 나이에 혼자가 된 이후로 긴 세월 동안 함께 있을 남자를 찾지 않았던 걸까 궁금해졌다. 왜 강한 여자는 스스로의 방패막이가 되어야 하는 걸까? 아니면 페이스가 그런 방식을 원했던 걸 수도 있다. 남자는 정신을 분산시키고 지나치게 신경을 많이 써야 하니까. 아니면 그녀의 삶에 남자를 들이는 건 너무 과한 일일 수도 있었다. 그와 페이스가 서로 사랑하고 있는지도 모르지만, 지금은 너무, 지나치게 늦었다는 생각이 들었다.

"내가 다 잘못했어요!"

더 이상 이 사실을 혼자만 담아둘 수가 없어서 그가 말했다.

"네?"

갑작스러운 고백에 페이스는 놀란 것 같았다.

"당신을 사랑할 수도 있었어요. 그럴 수 있었다고요, 페이스. 우린 서로를 완성시켜줬을 거예요. 둘 다 거대하고, 약간은 우습기까지 한 삶을 살고 있죠. 섹스는 해방이자 계시가 되었을 거예요. 그리고 그

여성의 설득

후의 모든 대화들. 난 한밤중에 당신에게 스크램블 에그를 만들어줬
겠죠. 난 한밤중의 스크램블 에그를 아주 잘 만들어요. 당신은 모르
겠지만. 하지만 내가 모든 걸 망쳤고, 이제 당신은 날 끔찍한 사람이라
고 생각해요."

그녀가 일어나서 여전히 충격 받은 게 분명하지만 서서히 회복하
는 얼굴로 그를 바라보고 한 손으로 자신의 목을 잠깐 주물렀다. 그러
다 결국에 이렇게 말했다.

"난 그렇게 생각하지 않아요."

시간이 늦었고 그는 곧 집에 가야 했다. 차와 운전사가 기다리고
있었고, 그와 페이스는 집으로 돌아가, 원한다면 다른 사람이 얼마든
지 누울 공간이 있지만 오늘 밤에는 그걸 바라지 않는 침대에 각각 누
울 것이다. 그들은 나이가 많았고 누군가와 친밀해질 때에는 신중해
야 했다. 에밋은 상자를 원래 있던 자리로 도로 밀어 놓았다. 페이스
가 살아오면서 알았거나 만났고 영향을 미쳤던 사람들에게서 받은 선
물이 들어 있는 상자. 그들이 어떻게 살고 있는지 그녀는 거의 알아보
지 않았지만, 그녀가 그들이 어떻게 지내는지 몰랐다는 건 중요하지
않았다. 그녀는 그들 모두에게 따뜻한 감정을 갖고 있고, 그들도 그걸
아니까.

에밋은 자신의 감정을 페이스에게 보이기 위해서 어떤 선물을 줘
야 할까 상상해보려고 노력했다. 그녀에게 의미와 울림이 있으려면 어
떤 선물을 줘야 할지 상상이 되지 않았다. 하지만 그러다가 그는 자신
이 그 선물이 뭔지 알고 있다는 걸 깨달았다. 이미 줬으니까. 그는 그
녀에게 재단을 주었다.

13

코리 핀토는 자신의 비디오 게임 아이디어를 한순간에 번쩍 떠올린 것이 아니라 수년에 걸쳐서 생각했다. 심지어 그는 그 시간 내내 자신이 비디오 게임을 상상하고 있는 것인 줄도 몰랐다. 그저 자신이 비디오 게임을 엄청 많이 하고 중간중간 동생을 잃은 것에 대해 심각하게, 강박적으로 생각하는 사람일 뿐이라고 여겼다. 하지만 게임과 강박의 조합이 결국에 그의 내부에 있는 것을 보게 만들어주었다. 그래서 게임 스토리는 거의 완벽하게 완성된 상태로 모습을 드러냈다.

오랫동안 그는 사랑하는 사람이 죽으면 남은 평생 그 사람을 찾아다니지만 아무리 많은 후미진 곳을 돌아다녀도, 아무리 많은 동굴에 들어가거나 커튼을 젖히거나 집에 들어가도 그 사람을 결코 찾을 수 없을 거라는 생각에 주기적으로 사로잡혔다. 죽은 사람은 정말로 더 이상 존재하지 않고, 과학의 측면에서 이 사실은 굉장히 단순한 것 같지만 상대가 당신이 사랑한 사람이라면 그 사실을 받아들이는 것이 설명할 수 없을 정도로 어려운 법이다.

중요한 것은, 사랑하는 사람이 죽은 후에 당신이 여전히 볼 수 있는 사람들, 다시 말해 살아 있는 사람들이 종종 당신이 보고 싶은 바로 그 사람처럼 보일 때가 있다는 사실이다. 순간적인 유사점, 낯익은 머리 모양이나 웃음소리를 느끼고는 홱 돌아보았다가 그 사람이 실은 찾던 사람이 전혀 아니라는 사실만 깨닫게 된다. 그러면 당신은 의문을 갖게 될 것이다. 왜 웃음소리가 이렇게 노골적이고, 사나운 표정의 낯선 사람이 살아 있고 내 동생은 그렇지 못한 거지?

하지만 정말로 열심히, 정말로 멀리까지 찾아보면 결국에는 당신이 찾던 사람을 찾을 수도 있다. 어쩌면 정말로 알비가 죽은 지 3년이 넘은 지금도 여전히 세상 어딘가에 있을 수 있다. 어쩌면 죽음의 비밀스러운 진실은 죽은 사람들이 현재의 삶에서 끌려나와 강제로 아주 먼 다른 곳에서 살게 되는 것일 수도 있다. 환생과 비슷한 방식이지만 미래가 아니라 지금 일어난다는 점이 다르다. 목숨을 기반으로 한 증인 보호 프로그램 같은 거랄까. 그리고 만약 당신이 그들을 찾는다면, 그들은 전과 똑같은 모습일 것이다. 어디서 찾아야 하는지만 안다면. 어디를 봐야 하는지만 안다면.

이게 코리가 만든 게임의 전제였다. 그는 알비의 죽음을 받아들이지 못하는 자신이 어린애 같다고 느꼈다. 물론 중요한 모든 면에서 그는 그 사실을 받아들였다. 그는 어머니처럼 정신적으로 유약하지 않으니까. 그리고 사람들을 만나고 술을 마시고 죽음 외의 다른 주제로 대화를 할 수도 있었고, 매코피에서 25분 떨어진 노스햄튼의 밸리 테크의 동료와 손님들과 실제로 아주 잘 지냈다. 가게는 여유로워 보이지만 할 일이 많은 곳이었다. 컴퓨터에 대한 고객들의 애착은 원초적이고 다급했다. 그들은 상처 입었거나 아픈 동물을 안고 동물병원에 오는 사람들처럼 노트북을 들고 달려왔다.

"어떻게 도와드릴까요?"

코리가 상냥하게 묻는다.

"그냥 멈췄어요! 엄청나게 중요한 프로젝트를 하던 도중에."

"백업은 해두셨나요?"

"음, 아뇨, 최근엔 안 했어요. 이게 멈출 줄 어떻게 알았겠어요?"

방어적으로 고객이 덧붙인다.

"어디 한번 보죠."

코리는 이 문제에 대해 아무 말도 하지 않는 순종적이고 성실한 기계를 갖고 안쪽에 있는 작업실로 들어간다. 결국에 이것을 아프게 만든 건 이게 기계라는 사실이다. 몇 번 정도, 혹은 굉장히 여러 번 이걸 되살릴 수 있지만, 결국에는 고객이 이걸 버리고 새 걸 사게 될 거고, 자신이 그런 행동을 유발시키는 사람이라는 사실을 이미 알고 있다.

가게를 통해서 코리는 온라인 게임 커뮤니티와 친밀해지게 되었다. 물론 이것은 진짜 공동체는 아니고 비디오 게임을 밤낮으로 즐기는 전 세계의 각기 다른 집, 각기 다른 시간대에 사는 사람들의 놀랄 만큼 거대하고 형태가 없는 모임이었다. 가끔 가게의 몇몇 사람이 각자의 집에서 팀을 이뤄 도타 2를 했다. 그리고 일주일에 한 번씩은 일이 끝나면 근처에 있는 서른 살에 덩치 좋은 로건 베리먼의 집에 모였다. 그는 밸리 테크의 기술 주임이자 프로그래머일 뿐만 아니라 파이오니어 밸리 여기저기에 생긴 절대로 작지 않은 콩트르당스* 동호회의 회원이기도 했다.

* 18세기 프랑스 사교춤.

여성의 설득

로건과 그의 여자친구 젠은 프루트가의 집 위층에서 바이올린과 고양이 한 마리, 부엌 카운터에 반짝이는 과립 형태로 놓여 있는 꿀벌 화분(花粉)이 든 통들과 함께 살았다. 저녁에 거기서 느긋하게 앉아서 밸리 테크 직원들, 즉 로건과 핼리 비티, 피터 웡, 그리고 코리까지 다 함께 털이 난 조그만 깍지에서 풋콩을 까서 맥주와 먹고 행복한 두 시간 동안 카운터 스트라이크 게임을 했다.

로건과 젠의 진짜 물리적 세계, 스미스 대학 소재지인 매사추세츠 주 노스햄튼의 진보적인 세계는 대학교수들과 정신과 의사들과 다양한 레즈비언 커플들, 거기에 커피숍과 반다나를 두른 잡종개들, 가출한 것 같은 모습의 아이들(그중 절반은 교수와 정신과 의사 사이의 자녀들이지만), 잘 시간이 되면 책으로 가득한 집으로 슬그머니 돌아가는 방황하는 십대들로 이루어져 있었다. 이곳은 성적으로 계몽적이고 평등주의적이어야 하는 세계였다. 로건과 젠의 아파트에서 해가 지면 남자와 여자들이 활기차게, 자유롭게 게임을 했다. 동등한 기회라는 꿈이 이루어진 것만 같았다. 물론 코리도 온라인 게임 세계가 혐오로 가득하다는 것을 잘 알았다. 진짜 세계의 미니어처 버전인 그 세계에서 여자들은 계속해서 괴롭힘을 당하고 위협을 받았다. 코리는 메시지 보드에 분탕질꾼들이 써놓은 두서없는 장광설을 가끔 보았다. 대강 "니년 머리랑 보지를 잘라버릴 거야."라는 내용이었다. 그리어가 오래전에, 페이스 프랭크를 만나서 페미니즘에 관심을 갖게 된 이후에 그에게 이렇게 말한 적이 있었다.

"난 신체 일부를 자르겠다는 말이 '내가 느끼는 이 분노를 어떻게 해야 할지 나도 모르겠어.'라는 뜻의 암호라고 생각해."

그는 여기, 이 아파트에서 그리어가 옆에 앉아 있는 모습을 상상했다. 여기의 다른 사람들이 그들을 커플이라고 생각한다는 사실은 울렁거리는 감각을 일으켰다. 그 생각을 하니 갑자기 그리어가 뉴욕에서 누군가를 사귄다면, 데이트를 하거나 장기적으로 누군가와 만나거나 혹은 뭐라고 부르든 간에 그런 일을 한다면, 남자는 여성혐오에 맞서 싸운 이야기로 그녀를 유혹했을 거라는 생각이 들었다. 그것은 그리어의 마음을 얻는 좋은 방법일 것이다. 잠깐 코리의 머릿속에서 생각이 깜박거리다가 곧 사라졌다. 그는 이제 그녀의 마음을 얻을 방법이 없었고, 그녀도 그의 마음을 얻을 수 없었다. 상대방과 함께 있지 않는 기간이 길면 길수록 서로의 삶은 점점 더 멀어진다. 코리는 인생 초반에 서로 알지 못했던 사람들이 어떻게 커플이 될 수 있는지 잘 이해할 수 없었다. 나이를 먹을수록 점점 더 특정한 습성을 갖게 된다. 상대 여자는 그의 상황을 기꺼이 받아들여야만 할 것이다. 어쨌든 그는 어머니와 함께 사는 성인 남자였으니까.

누군가가 코리에게 그의 거주 형태에 대해서 물을 때면 그는 "엄마랑 같이 살아."라고 말하지는 않았다. 그건 좀 「사이코」의 주인공 노먼 베이츠 같은 느낌을 주는 말이니까. 대신 그는 이렇게 말했다.

"난 고향 집에 살아."

2014년, 경제가 거의 회복되면서 고향 집에 사는 것은 딱히 어떤 의미도 갖지 않게 되었다.

오늘 밤에 늦게까지 여기 머물 수는 없었다. 집에 가서 어머니를 위해서 저녁식사를 만들고 잠자리에 눕혀드려야 하니까. 물론 자신이 왜 가야 하는지 말하지는 않을 것이다. 그들은 그에게 가야 할 곳이나 만날 여자가 있다고 생각하겠지. 그는 잘생긴 남자였다. 자신도 그걸 알았다. 하지만 사실 여자와 마지막으로 관계를 가졌던 지는 꽤 한참

여성의 설득

되었다. 상대는 크리스틴 벨스였다. 크리스틴은 워번가에서 그가 대단히 오랫동안 알았던 사람이라서 진짜 사람이라는 생각이 들지 않을 정도였다. 그저 그와 그리어가 언제나 우월감을 느낀 상대였을 뿐. 그녀는 '우리 동네에 사는 멍청한 여자애' 역할을 슬그머니 차지하고 있었다. 하지만 그러다가 그리어가 코리의 삶에서 빠져나가고 크리스틴은 고향 집에 살며 파이랜드에서 일을 했고, 코리는 가끔 오후 늦게, 하늘이 보랏빛 회색으로 물들 즈음 피자집에 가곤 했다.

가게로 들어가서 그는 자리에 앉아 한 조각을 먹었고, 크리스틴이 있으면 그들은 단음절로 된 대화를 나누었다. 그 대화는 마침내 다음 절로 이어질 수도 있고 아닐 수도 있었다. 이런 상황이 한동안 계속되었고, 그러던 어느 날 그는 문 닫는 시간까지 가게에 있다가 크리스틴과 함께 나왔다. 그들은 가까이 서서 동네로 걸어왔고, 그 새로움은 좀 신기했다. 크리스틴 벨스는 몸매가 몹시 좋았고 열린 창문으로 들어오는 달콤한 산들바람처럼 피자 도우 향기가 풍겼다.

"들어왔다 갈래?"

한때 그보다 세 등급 아래 독서 그룹에 있었던 여자에게 그가 대담하게 말했다. 성인기의 아름다움은 독서 그룹이 전혀 중요치 않다는 것이다! 최소한 그것은 어떤 것도 보장하지 않았다. 전 세계 모든 사람들 중에서 제일 위의 독서 그룹, 퓨마 중의 제왕 퓨마 팀에 있었다 해도 여전히 동생이 죽는 거나 아버지가 떠나는 것, 혹은 사랑하는 사람이 더 이상 당신의 삶에 있지 않은 것으로부터 당신을 보호해주지 못한다.

그렇게 오랫동안 같은 동네에 살고 있었음에도 불구하고 크리스틴은 평생 처음으로 코리와 함께 그의 집으로 들어왔다. 그는 약 20년 전, 그리어가 처음 여기 들어온 날을 떠올렸다. 누군가의 집에 들어가는 건 그들의 몸에 들어가는 것과 비슷했다. 그들이 무엇으로 만들어져 있고 그동안 내내 무엇을 곱씹고 있었는지를 알게 된다.

그의 어머니는 그가 크리스틴과 함께 들어갔을 때 TV 앞에 앉아 있었다.

"엄마, 뭐 필요한 거 있으세요?"

그가 물었고 어머니는 낮에 종종 앉아 지내는 리클라이너 의자에서 고개를 들었다.

"난 괜찮다, 코리."

그리고 눈을 가늘게 뜨고 불편하게 크리스틴을 쳐다보며 물었다.

"너는 누구니?"

"블록 아래쪽에 사는 크리스틴이에요. 벨스 집안이요."

크리스틴이 대답했다.

"정원에 난쟁이 인형이 있는 집?"

"그 집이에요. 그런데 사실 지금은 없어요. 한참 전에 누가 훔쳐갔어요."

코리는 크리스틴을 위층 자기 방으로 데려가서 문을 닫았다. 그녀와 함께 있으면 그는 자기도 모르게 그녀를 그리어와 비교했다. 크리스틴은 대체품이었다. 훨씬 재미가 없는 모델이지만 어쨌든 향긋하고 여성적인 여자였고, 여기 매코피에서의 삶이 어떤지 알고 코리가 왜 '이런 식으로 살기'를 선택했는지 묻지 않을 만한 사람. 게다가 그녀는 통통한 입술을 갖고 있었다. 아랫입술이 두 개의 조그만 쿠션으로 양분되었다. 그들은 대마초를 피웠다. 그게 이 순간을 견딜 수 있는 유일한 방법이었다. 대마초는 사촌 사브와 헤로인을 하는 잠깐의 모험 이후 얼마 지나지 않아서부터 그의 인생에서 중요한 조미료가 되었다. 대마초를 피우면 긴장이 풀리는 반면에 헤로인을 흡입하면 회오리바람 속에 있는 것처럼 나사가 풀려서 계속 피하게 되었다.

코리와 크리스틴은 함께 조용히 대마초를 피웠다. 그러다 그가 고개를 들어보니 그녀가 갑자기 건설현장의 크레인처럼 그의 위에 자리를 잡고 있었다. 그는 천천히 그녀를 향해 몸을 들어 올렸고, 그들의 얼굴이 마주쳤다. 그녀의 입술이 벌어졌고, 어딘가에 부패한 혈액이 있는 것처럼 그녀에게서 연기와 녹슨 냄새가 났다. 크리스틴 벨스에게 키스하면서 코리는 성적 흥분이 다른 힘, 다른 집중력에서 나온다는 것을 깨달았고, 그뿐만 아니라 육체는 누구에게 키스하고 있는지 신경 쓰지 않는다는 것도 알았다. 누군가에게 키스를 해본 지가 너무 오래 되었다.

"너 어릴 때 완전히 계집애 같았었는데."

키스를 끝내고 떨어져서 서로를 바라보면서 크리스틴이 말했다.

"그 단정한 옷차림 하며. 너희 엄마가 매번 셔츠를 다려주셨던 거야? 넌 늘 너무 단정해 보였어. 너무 깔끔하고. 마마보이처럼."

"그래. 그리고 이제는 내가 엄마 옷을 다려드리지. 쿼드 프로 쿠오* 랄까."

"뭐?"

"아무것도 아니야."

그는 더 이상 이야기할 만한 거리를 떠올릴 수가 없어서 말을 하는 대신에 모든 힘과 흥미를 끌어 모아서 그녀의 위로 올라갔다.

* 　　　대가성 거래를 뜻하는 라틴어.

그들은 한 달 동안 관계를 이어갔다. 그 한 달 동안 그들은 대마초를 피우고 침대에서 환상적인 시간을 보냈다. 어느 날 그들이 침대에 누워 있는데 방 안이 갑자기 환하게 밝아지고 쾅 소리가 났다. 코리는 고개를 들고 그의 조그만 어머니가 문가에 서 있는 것을 발견했다.

"변비가 생겼어."

베네디타가 선언했다.

"아으, 미치겠네."

크리스틴이 나직하게 말했다.

"코리, 둘코락스 좀 갖다주겠니? 어디 있는지 못 찾겠구나."

"네, 엄마. 잠깐만 기다리세요."

그의 어머니가 발을 끌며 사라졌다. 세월이 흐르며 어머니는 발을 끌며 걷게 되었다. 이제 그는 집 바닥에 어머니의 보라색 슬리퍼가 끄리는 소리에 굉장히 익숙해져서 마치 벽난로에서 불이 타닥거리는 소리를 듣는 것처럼 거의 위안이 될 정도였다. 하지만 크리스틴은 특유의 화난 얼굴로 코리를 보았고, 그는 그것을 알아채고는 화가 났다. 저여자는 나에 대한 지배력이 전혀 없는데 왜 저러지?

"너희 엄마가 저런 사적인 얘기를 너한테 하는 거 진짜 징그러워."

그녀가 말했다.

"음, 엄마한테는 달리 말할 사람이 없으니까."

"나도 우리 엄마랑 같이 살지만 우리 엄만 나한테 쥐뿔도 얘기 안 해. 난 그게 좋고."

코리는 그녀가 나가기를 바라며 어깨를 으쓱였다. 어머니를 보살피는 것이 그의 일의 일부이자 그의 존재 이유가 되었다. 그는 어머니의 삶을 보살피고, 필요 이상으로 고통스럽지 않게 만들었다. 그는 크

여성의 설득

리스틴이 그 부분에 끼어드는 걸 바라지 않았다. 그녀는 거기에 대해서 지적할 게 아니라 무시했어야 했다. 하지만 지금 그녀는 불평을 하고, 그 사실을 지적하고, 자기 의견을 내놓았다. 잠깐 동안 크리스틴 벨스에게서 에로틱했던 모든 것들, 예를 들어 발목의 조그만 개집 모양 문신과 잘 관리된 긴 머리카락, 적극적인 입 같은 것들이 이제는 혐오의 원천이 되었다. 코리는 이제 이 사람과 할 수 있는 모든 것에 관심이 없어졌다. 그녀가 자신의 경계를 넘어왔고 또 어머니를 모욕했으니까. 혹은 그 이상일 수도 있었다. 자신과 어머니를 모욕했고, 그들이 서로에게 해준 것을 모욕했다. 아니, 그냥 그를 모욕한 거다.

"크리스틴, 나 빨랑 일어나야 돼."

그가 말했다. 그녀 옆에 있을 때면 그는 자신이 다른 사람처럼 말한다는 사실을 깨달았다. 빨랑. 레알.

"뭐야, 코리, 너희 엄마 변비를 내가 징그럽다고 했다고 지금 나한테 화난 거야?"

"그 비슷한 거야."

"나가 뒈져, 핀토."

"그래, 음, 좋아. 참 상냥한 말이네."

그는 일어나서 바지를 찾고, 그다음에 셔츠를 찾았다. 옷을 입는 게 이렇게 안도감이 든 적이 없었다. 하지만 크리스틴은 움직이지 않았다. 그의 침대에 누워서 그냥 여유롭게 있었다. 담배를 피우고, TV 채널을 돌려보고, 자신의 이름 '코리'를 따온 프로그램인 「소년 세상을 만나다」 재방송을 보기 시작했다. 코리는 이 프로의 등장인물 코리가 스타킹을 신어야 한다는 것을 깨닫고 학교 연극 「햄릿」에서 빠지는 에피소드를 어릴 때 여러 번 보면서 이게 얼마나 미국스러운지 생각하고 그런 면에 굉장히 흥분했었다. 그는 이제 코리라는 이름을 두 아르트로 바꾸고 싶었다. 이제 두아르트라는 인물이 될 준비가 되었지만, 그건 그의 아버지 이름이기도 했고 그 사실이 전혀 다른 감정을 불러왔다. 크리스틴은 리모컨을 쥐고 볼륨을 높였다. 이 프로를 끝까지 볼 계획인 것 같았다.

편안하게 있으라고, 크리스틴. 그는 그렇게 생각하며 둘코락스를 찾으러 나왔다. 그것은 정확히 그가 예상했던 장소에, 욕실 선반의 나테 애프터바스 스플래쉬라는 오래되고 흐릿한 병 뒤에 반쯤 숨겨져 있었다. 그는 둘코락스를 집어서 어머니에게 가져갔다.

그날 크리스틴이 떠난 후로 그녀와 코리는 무언의 적이 되었다. 그녀가 파이랜드로 걸어가는 것을 길에서 보면 그는 마지못해 손을 흔들었으나 그녀는 마치 지금 장난쳐? 같은 투의 그르렁거리는 소리만 내고 계속 걸어갔다. 곧 그도 손을 흔드는 것을 그만두었다. 이제 그는 '그리어없음' 상태일 뿐만 아니라 '크리스틴없음'의 상태가 되었다.

어머니를 보살피고 어머니가 청소했던 두 채의 집을 청소하는 일에 더불어 시간이 흘러가는 동안에 그는 컴퓨터 수리와 게임 디자인에 관한 모든 것을 독학하기 시작했다. 코리는 빨리 배우는 편이었고, 노스햄튼의 밸리 테크는 그를 고용해서 기술을 가르쳤다. 곧 그는 타고난 재능으로 각기 다른 기계들의 취약점을 배워서 능숙해졌다. 그는 안전하고 미니멀리즘적인 가게 공간에서 동료 직원들과 있는 데에 만족하게 되었다. 밤이면 집으로 돌아와 청소하고 저녁식사를 만들고 느림보를 근처에 둔 채 알비의 침대에 책상다리를 하고 앉아서 비디오 게임을 했다. 몇 달이 흐르며 코리는 가게의 게이머들과도 교류하기 시작했다. 특히 로건은 그를 계속 눈여겨보고 그에게 보호본능을

여성의 설득

느끼는 것 같았다. 그는 종종 코리에게 자기가 디자인할 만한 게임 아이디어를 내보라고 부추겼다. 코리는 계속 노력했다.

로건과 젠의 집에서 보낸 저녁 시간 끝에 로건이 그를 배웅하면서 물었다.

"아직 생각난 거 없어?"

"약간 있어."

"좋아. 긍정적인 답으로 받아들일게. 나도 게임 작업을 하고 있거든. 난 정말 시스템과 게임 메카닉 설계하는 게 좋아. 넌 걱정할 거 없어. 내가 다 생각해놨으니까. 친구들 몇 명을 통해서 엔젤 투자자가 될 만한 사람을 찾았거든. 뉴튼에 사는데 수요일 밤에 의논하러 이쪽으로 올 거야."

"뭐 하는 사람인데?"

"구강외과 의사인데 부자래. 게이머이긴 하지만 자긴 상상력이 전혀 없어서 이 일에 끼고 싶다고 하더라고. 인디 게임을 예술작품이라고 생각하는 게 좋은 모양이야. 투자금을 돌려받을 수 있으면 성공이라고 생각하고 있어. 메이스닉의 크래프트비어 가게 홉스에서 그 사람을 만났어. 너도 원하면 와서 홍보를 좀 해."

"아. 음, 난 그럴 준비는 아직 안 됐어."

코리가 대답했다.

"수요일까지 하면 되지. 그때까지 네가 전부 잘 정리할 수 있을 거라는 느낌이 드는데."

코리는 가게에서 집으로 돌아와서 거실 탁자에 앉았다. 어머니는 평화롭게 그의 맞은편에 앉았다. 알비의 수많은 공책 중 한 권에 그는 최근에, 하지만 실제로는 훨씬 오랫동안 구상해온 게임에 관해서 알아보기 쉬운 메모를 적기 시작했다. 그리고 수요일 밤에 그는 노스햄튼 시내에 있는 래커 칠한 가게 홉스로 들어섰다. 이런 트렌디한 공간에 가면 항상 긴장이 됐다. 그가 한때, 아주 잠깐이나마 가졌던 것들, 프린스턴에서, 그다음에는 마닐라에서 그를 둘러싸고 있었으나 전부 포기해야만 했던 부를 떠오르게 하기 때문이었다.

비뚤어진 턱 및 구강악안면 전문 외과의사 윌리엄 크로니시는 서른다섯 살에 귀족처럼 보이기를 바라는 사람이었다.

"난 어릴 때 일종의 고스족이었고 또 특이한 게임을 하는 데에 집착했죠. 하지만 우리 아버지도, 할아버지도 치과의사였고, 직업을 결정할 때가 되었을 때 나도 그 방향으로 그냥 떠밀려갔어요. 내가 관심을 가진 것들은 직업이 될 만한 게 아니었거든요. 그래서 이제 난 훌륭한 병원을 갖고 있지만 여전히 내 다른 면에 대해서 생각해요. 어떤 멋진 게임의 기초를 함께 하면 정말 좋을 것 같아요. 이걸로 한 재산 벌 마음은 없어요. 이미 잘 벌고 있거든요. 하지만 당신들이 뭘 계획하고 있는지 정말로 듣고 싶어요."

로건이 먼저 자기홍보를 시작했다.

"위치 헌트예요."

그는 천천히, 한 단어 한 단어씩 말했다.

"RPG죠. 주인공은 1692년 세일럼의 여자아이예요. 그냥 평범한 여자아이죠. 보닛을 쓴 십대요."

"꼭 여자애여야 하나요? 마을 사람이면 안 됩니까?"

크로니시가 물었다.

"마을 사람이 여자아이일 수도 있죠."

코리가 지적했다.

"맞아요. 자, 제가 배경을 어떻게 만들 건지 설명을 할게요."

크로니시가 한 손을 들어올렸다.

"저기, 여기까지만 하죠. 내가 보기엔 약간 평범한 것 같거든요. 그리고 사실 세일럼 기반의 게임은 이미 몇 개 있잖아요. 게다가 말했듯이 난 무엇보다도 좀 예술적인 걸 찾고 있어요."

구강외과 의사의 시선이 코리 쪽으로 향했고, 그가 조심스럽게 물었다.

"당신의 아이디어는 좀 더 거기에 맞을 것 같은가요?"

코리는 일종의 동정으로 인한 거라 해도 어쨌든 자신에게 이렇게 친절하게 대해준 로건의 기회를 빼앗고 싶지 않았다. ("저 착한 코리 핀토 좀 도와줄 수 없을까?" 젠이 로건에게 부엌에서, 국내산 식품으로 만든 저녁 식사를 앞에 두고서 구슬프게 부탁하는 모습이 눈앞에 선했다.)

"로건과 전 이걸 함께 하고 있어요. 아이디어는 제 거고 제가 쓸 거지만, 로건이 디자이너이자 프로그래머죠. 전 그쪽에 관해서는 전혀 몰라요."

코리가 입을 열었고 로건이 덧붙였다.

"거기에 대한 제 계획을 다 말씀드릴 수 있어요. 코리가 하는 말을 들으시면 아마도 휴, 우리가 만들어야 하는 환경의 개수를 고려하면 어떻게 그걸 할 수 있겠어, 싶으시겠지만……"

"잠깐만요. 거긴 나중에 하죠. 기회가 되면요."

크로니시가 그렇게 말하고 다시 코리에게 말했다.

"우선 당신이 생각하는 바를 말해줘요."

코리는 자신의 '아이디어'에 대해서 이야기를 시작했다. 게임 디자이너들이 자신의 아이디어를 말하는 방식이라고 생각되는 대로가 아니라 그가 보는 방식대로 말했다.

"사랑하지만 이미 죽은 사람을 찾는 미션을 맡았다면 어떻겠어요?"

코리는 낮은 목소리로 두 남자에게 말했다.

"당신이 사랑하는 사람이 죽었다는 걸 알고 있고, 그래서 당신의 미션이 무의미하다는 것도 알지만, 그래도 그 미션을 수행해야 해요. 당신은 그 사람이 더 이상 존재하지 않는다는 걸 믿을 수가 없으니까요. 그러니까, 머리로는 믿지만 마음 깊은 곳에서는 믿지 않는 거예요. 자신도 모르게 당신은 찾고 또 찾으면서 꿈을 통해서, 다른 사람들을 통해서, 끝없는 갈망의 사이클을 통해서, 혹은 마약을 통해서, 어쩌면 당신이 전에는 섹스를 할 거라는 생각조차 해보지 않았던 사람들과의 짧고 흥미로운 섹스를 통해서 그 사람을 발견하려고 하죠. 당신이 찾을 수 있는 어떤 수단을 통해서든 말이에요.

하지만 그건 소용이 없어요. 절대로 소용이 없죠. 어떻게 그럴 수 있겠어요? 당신이 사랑하는 사람은 죽었는데. 그들의 몸은 작동을 멈췄고, 심장은 뛰는 걸 멈췄고, 그들의 뇌에도 더 이상 혈액이 흐르지 않죠. 그들이 여전히 존재할 수 있는 방법은 없어요. 하지만 게임 버전에서는, 우리 버전에서는, 저는 우선 '소울파인더'라고 부르고 있는데요, 실제로 그들을 찾을 가능성이 존재해요."

그는 여기서 잠깐 멈췄으나 두 남자 모두 그에게 그만하라거나 질문을 하거나 고개를 끄덕이거나 어떤 반응도 하지 않았기 때문에 자신이 망치고 있는 건지 잘하고 있는 건지 전혀 알 수가 없었다. 달리 할 수 있는 일이 없어서 코리는 그냥 계속했다.

"하지만 그건 정말, 정말로 어려울 거예요. 다시 말하자면, 거의 모든 플레이어들이 그걸 해낼 수 없을 거예요. 그게 매력의 일부가 될 거

여성의 설득

예요. 게임을 사는 대부분의 사람이 실제로 자신들이 경험하고자 하는 걸 경험하지 못할 거예요. 하지만 아주 가끔씩 몇 명 정도는 경험하게 되죠. 사람들은 알고 싶어 하겠죠. '어떻게 해낸 거야? 어떻게 그 사람을 찾았어?' 하지만 쉬운 답은 없을 거예요. 엄청나게…… 감정적이고 직관적으로 생각하는 게임이 될 거예요. 반직관적인 부분도 물론 있고요. 죽은 사람을 찾아낼 수 있는 사람은 게임 세계에서 유명해지겠죠. 모두들 이게 가능하긴 하다는 걸 알게 될 테니까요. 그저 잃은 사람을 찾기 위해서 진짜 열심히, 진짜 오래 노력해야 할 거예요. 그러면 결국에는 갈망을 기술로 바꿀 수 있게 돼요. 물론 개개의 게임들 대부분은 죽은 사람을 찾을 만한 소프트웨어적인 가능성조차 갖고 있지 않을 거예요. 하지만 몇 개는 가능하고, 그걸 갖게 되는 건 윌리 윙카의 골든 티켓 하나를 손에 쥐는 거랑 같을 거예요. 하지만 몇 달이고 게임을 하면서 시험해보기 전까지는 모르죠. 그리고 설령 그걸 갖고 있다 해도 여전히 모든 걸 올바르게 해야만 죽은 사람을 찾을 수 있을 거예요."

"어떻게 이런 아이디어를 생각하게 됐죠?"

크로니시는 감정이 드러나지 않는 목소리로 물었다.

코리는 이 이야기까지 할 계획이 없었지만 긴장해서 대답했다.

"제 동생이 죽었어요. 차에 치였고 그건 우리 가족에게 일어난 최악의 일이었죠. 그 뒤로 제가 절대로 잊을 수 없는 한 가지는……"

코리는 다른 사람들이 보통 애도를 표한다고 말할 만한 기회를 주지 않으려고 빠르게 말을 이었다.

"언제든 무슨 일이든 생길 수 있다는 거예요. 그리고 비디오 게임을 디자인하려고 할 때에는 이런 철학을 갖고 사는 게 나쁜 일은 아니에요. 수많은 게임의 핵심이, 최소한 로건과 제가 플레이했던 게임들의 경우에는요, 사람들을 놀라게 하는 거죠. 안 그런가요? 떨어지는 바위, 내리치는 벼락, 기습. 그들은…… 살아가는 것의 장식적 과장이라고 할 수 있는 진짜 바위와 벼락, 기습에 대해서 당신을 대비시켜요."

이 모든 말들이 어디서 나온 걸까? 즉시 그는 깨달았다. 이건 세련된 아미티지&리스트에서, 그곳에서의 짧은 경력에서 나온 거였다. 하지만 그 이래로 길은 구부러졌다. 급격한 방향 전환이 있었고 그는 마침내 다른 모습으로 그 길을 빠져나왔다. 이제 컨설턴트는 없었다. 소액금융 스타트업의 파트너도 영영 될 수 없을 것이다.

"사람이 죽으면 우리는 그 사람을 잃었다고 말하죠. 우린 알비를 잃었어요. 나한텐 그게, 말하자면 그 사람들이 어딘가에 있을 것처럼 느껴지더라고요. 그들이 그냥 아무 데도 없을 리는 없잖아요. 그건 말이 안 돼요."

코리는 배낭으로 손을 뻗어 신중하게 알비의 공책을 꺼내 탁자 위에 올려놓았다. 탁자 표면이 축축해서 약간 걱정이 됐다.

"메모를 굉장히 많이 해놨어요. 여기 있는 동안 이걸 살펴보셔도 되지만, 이걸 빌려드릴 수는 없을 것 같아요. 이건 제 동생 거거든요."

크로니시가 환자의 턱 엑스레이 사진을 보는 것처럼 페이지를 넘겨보기 시작했다. 그는 한참 동안 조용했다. 한참 동안 시간이 흘러서 로건은 일어나서 다트 코너로 가서 다트를 던지기 시작했다.

코리가 그의 옆으로 다가가서 속삭였다.

"개인적으로 난 위치 헌트가 근사하다고 생각해. 난 네 게임을 할 거야."

"걱정할 거 없어, 친구."

여성의 설득

모든 집중력과 에너지를 손가락의 집게 모양에 쏟아붓고 있는 커다란 남자 로건이 대답했다.

얼마 후 크로니시가 알비의 공책을 손에 들고 그들에게 다가왔다.

"이해가 돼요."

그가 코리에게 말했다.

"내가 열아홉 살 때 우리 할아버지가 심각한 뇌졸중으로 돌아가셨고, 헤어나올 수 없을 만큼 슬펐죠. 그분을 찾아서 내가 어떤 사람이 되었는지 보여드릴 수 있다면 난 뭐든 할 거예요."

그의 눈이 흥분으로 빛났다.

그들은 자리에 다시 앉아 좀 더 구체적인 의논을 했다. 각 플레이어들은 '잃어버린 영혼'을 상세하게 설정할 수 있다. 성별과 인종, 나이뿐만 아니라 성격과 관심사 같은 부분에 이르기까지 수많은 옵션이 있을 것이다. 게임을 처음 시작할 때는 플레이어가 아직 죽지 않은 그 사랑하는 사람과 시간을 보내는 장면이 나올 것이다.

"그러니까 기본적으로 게임은 죽음 '이전'과 '이후'로 나눠지는군요. 그게 당신이 하려는 말이죠?"

크로니시가 물었다. 코리는 고개를 끄덕였다.

"죽는 장면을 보여주지는 않을 거예요. 그렇게 하면 그게 핵심이 될 텐데, 전 그게 핵심이 되길 바라지 않거든요. 게다가 그러면 게임이 굉장히 평범해지고, 쓸데없이 생생해질 거예요. 플레이어는 추억에 잠기게 되고, 그건 언제든지 스크랩북 기능으로 다시 볼 수 있겠지만 대체로 게임은 '잃어버린 영혼'을 찾는 게 주목적이에요. 선택만 한다면 전 세계를 돌며 탐색을 할 수도 있어요. 아니면 촉이 오는 지리학적인 지역 한 군데에 집중할 수도 있어요. 심지어는 누군가의 집 다락에서만 찾을 수도 있고요."

"매우 독특한 기획이군요. 그러면서도 야심 찬 기획이에요."

크로니시가 말했다.

야심이라는 단어는 고향에 돌아와 코리가 한 어떤 일에도 들어맞지 않았으나 예전에는 끊임없이 들었고, 그와 그리어에게 적용되었던 단어였다. 둘은 그들 스스로를 설명할 때에도 그 단어를 쓰곤 했다.

"문제는 말이죠, 자, 드디어 당신 차례가 되었어요, 로건. 이게 실제로 가능할까요?"

크로니시가 말했다. 로건은 맥주잔을 내려놓고 대답했다.

"간단한 말로 설명을 해볼게요. 우린 배경 아티스트를 한두 명 써야 할 거예요. 비교적 적은 숫자의 구성요소를 사용해서 다량의 배경을 만들 수 있을 거라고 확신해요. 전 컴퓨터가 멋진 것을 만들도록 가르치는 시스템을 만드는 데 큰 관심이 있어요. 이게 그런 일이 될 것 같아요. 코리가 메타텍스트를 쓰고, 그걸 각기 다른 플레이어들에게 맞게 조정할 수 있을 거예요. 뭔가 현명한 조언 같은 메시지를 집어넣으면 누가 읽느냐에 따라서 각각 다르게 읽힐 수도 있고요."

"관객 참여형 연극 같은 구석이 있는 느낌이군요. 그래서 흥미가 생겨요. 아예 언제 뉴욕에 와서 그런 관객 참여형 연극 제작회사에 한번 가보는 게 어때요? 루즈벨트 섬에서 「매직 마운틴」을 하고 있고, 거기 제작 수준이 아주 훌륭하다는 얘길 들었어요."

즉시 코리는 그리어를 떠올렸다.

"우리 집에 있어도 돼."

그녀는 그렇게 말했고, 그는 그 생각에 기대가 솟는 것을 느꼈다. 하지만 그가 살 예정이었으나 실제로는 지난 수년 동안 한 번도 가보

여성의 설득

지도 못했던 브루클린에 있는 집에 간다면 너무 슬퍼질지도 모른다.

이제 엔젤투자자가 생기는 건 거의 확실하지만, 그렇다고 코리가 장래에 '성공'할 거라는 의미는 아니었다. 성공이라는 단어는 상황에 따라 전혀 다른 의미를 가졌다. 누군가가 당신의 비디오 게임에 투자하면 성공일까? 아니면 수많은 사람이 그걸 실제로 해야만 성공일까? 그렇다면 얼마나 많은 사람이 게임을 해야 성공이라고 할 수 있을까? 비디오 게임이 멍청한 시간낭비라고 생각하는 사람들, 또는 더 끔찍하게도 독서의 종말과 문명의 붕괴에 어느 정도 책임이 있다고 생각하는 사람들에게도 성공으로 여겨질까?

성공을 하든 못하든 그건 사실 코리에게 중요하지 않았다. 그러나 게임을 디자인하기 시작하면서 그의 삶에는 또 다른 변화들이 생겼다. 로건과 젠의 집에서 어느 날 밤에 그의 동료 핼리 비티가 그를 보고 전과는 다른 느낌의 미소를 지었다.

"우리 집에 갈래?"

그녀가 속삭였다. 핼리는 특이하리만큼 창백한 피부에 주근깨가 있었다. 심지어 눈꺼풀에도 주근깨가 있었다. 그녀가 빌린 그린필드의 농장주택에서 함께 침대에 있을 때 알아챈 사실이었다.

여기에는 그와 크리스틴 벨스 사이 같은 적대감이 존재하지 않았다. 시간을 낭비한다는 기분도, 점점 커지는 시계 초침 소리도 없었다. 알비가 죽은 이후로 코리는 수많은 포르노 속으로 되돌아갔다. 어릴 때 이래로 이렇게 열심히 본 적이 없었다. 포르노는 웬디스의 드라이브스루에서 받은 미지근한 점심 봉투처럼 언제나 만족스럽고 입수하기 쉽고 혐오스러운 친밀감이 있었다.

그의 방에서, 어머니가 근처에 있는 상태로, 다시 십대로 돌아간 것처럼 화면을 바라보며 은밀한 자위를 하면서 코리는 끊임없이 이렇게 생각했다. 이 여자는 나를 좋아하지 않아. 이 포르노 스타는 나한테 관심이 없고 어쩌면 약간은 경멸할지도 몰라. 하지만 그 생각이 그를 멈추게 만들지는 않았다. 그는 평생 몇 번의 하룻밤 관계를 맺었다. 첫 번째였던 클로브 윌버슨, 그리고 크리스틴은 그가 자신을 혐오하게 만들었다. 좀 더 최근인 핼리와의 관계는 그를 유연하게, 좀 더 깨어나게 만들고 그에게 그가 지니고 다니는 이 신체 일부분이 젊은 남자의 몸에 붙어 있는 것임을 상기시켰다.

어느 목요일 아침에 코리가 엘레인 뉴먼 교수의 집을 청소하러 가려고 하는데 어머니가 옷을 다 차려입고 부엌에서 그를 맞았다.

"나도 가도 되니?"

어머니가 물었다.

"무슨 말씀이세요?"

"교수님 댁에 나도 가도 되겠니? 꽤 오래 됐지. 내가 도울 수도 있을 거야."

코리는 놀란 기색을 드러내고 싶지 않았다. 어머니가 자신의 팔을 꼬집으며 알비를 봤다고 말하는 건 멈췄지만, 어딜 가거나 뭔가 하고 싶어 한 지는 몇 년이 되었다. 이런 변화는 그가 전혀 기대하지 못한 것이었다.

"그럼요. 거기에 도구들을 다 갖다놨어요."

그가 대답했다.

그들은 침묵 속에 함께 차를 타고 갔고, 뉴먼 주택에 들어가자 어머니는 주위를 둘러보고 방들을 살폈다. 현관에 놓인 의자를 손가락으로 쓸어보고 먼지가 전혀 묻지 않자 어머니가 인정하는 눈으로 그

여성의 설득

를 보았다.

"훌륭하구나. 청소 세제는 싸구려 브랜드 말고 플레지를 쓰지?"

그는 고개를 끄덕였다.

"좋아. 그게 더 잘 되지."

어머니가 이전 삶에서 청소하던 방들을 다시 살펴보는 동안 그는 복도 벽장에서 청소도구 상자를 꺼내서 어머니에게 고무장갑 한 켤레를 건넸고, 그들은 일을 시작했다.

그는 베네디타가 아주 오랫동안 뭔가에 관심을 갖거나 결정을 내리거나 혹은 슬픔을 잠깐이라도 완전히 잊는 걸 본 적이 없었다. 어머니가 뭔가 육체적인 일을 하는 것도 본 적이 없었다. 하지만 지금 어머니는 뉴먼 교수의 부엌 바닥에 무릎을 꿇고 앉아서 예전에 매주 닦았던 타일 바닥을 닦고 있었다. 다른 사람의 집을 청소하는 게 개떡 같은 일이라고 말할지도 모른다. 다른 사람의 습관과 방식을 알게 되고, 손톱과 발톱 조각, 조그만 털뭉치들과 반쯤 짠 코르티손 크림이나 윤활제처럼 별로 알고 싶지 않은 삶의 온갖 증거를 찾아내는 것은 비위 상하는 일이라고 할 수도 있다.

하지만 이건 일일 뿐이다. 아무리 힘들고 불쾌하고 가치를 인정받지 못한다 해도, 그리어가 예전에 말한 것처럼 여자일 경우에는 화날 정도로 급여가 적다 해도, 그래도 이것은 존경할 만한 일이었다. 그의 어머니는 이 일을 업신여길 만한 사람이 아니었다. 한때는 이 일을 좋아하지 않았을지 몰라도 지금은 이 일 덕분에 마음의 부담을 덜고 활기를 되찾았다. 아침 내내 어머니는 그에게 요령을 알려주었다. 여러 가지 기발한 방법으로 화이트비니거를 사용하는 방법. 맞춤이불이 리넨 벽장 선반에 딱 맞게 들어가도록 접는 방법. 그들은 집 창문을 열어서 환기를 시켰다.

"참 잘 하는구나."

어머니가 말했다.

그날부터 어머니는 좋아지기 시작했다. 시간이 지날수록 점점 더 확실하게 깨닫게 되었다. 일은 모두에게 활력제이지만 어머니에게는 특별한 비타민 음료 같았다. 어머니가 알비가 죽은 이래로 일을 아예 할 수 없었기 때문에 적어도 일은 이제 어머니의 회복 정도를 가늠하는 척도였다. 일의 종류와 상관없이 다시 일할 수 있다면 나아지고 있는 것이다.

어머니는 다음번에도, 그 다음번에도 그와 함께 오려고 했다. 나란히 서서 엘레인 뉴먼의 미술사 책들의 먼지를 털고 보나 우드클리너로 바닥을 닦으며 조용히 일하는 동안 코리는 어머니가 깊은 우물에서 천천히 올라오는 것을 볼 수 있었다. 어머니를 재촉하고 싶지 않았다. 나중에는 매주 어머니에게 함께 가고 싶냐고 물어보지도 않았다. 그래도 어머니는 갈 시간이 되면 예전에 청소하러 갈 때 입던 오래된 셔츠와 운동복 바지에 스니커즈 차림으로 그를 기다렸다.

코리는 어머니와의 청소 나들이를 좋아하게 되었다. 평화로운 드라이브, 그리고 빅토리아식 주택에서 고급 전축을 켜고 손에 닿는 아무 음반이나 틀어놓고 함께 보내는 시간. 뉴먼 일가는 손드하임을 좋아했다. "근사하지 않나요, 우린 멋진 한 쌍인가요?"라는 가사를 들으면 그는 맞아, 코리와 베네디타 핀토, 우린 멋진 한 쌍이야, 라고 생각했다. 이민자의 자식으로 자라서 부모를 능가해야 했던 그는 대신에 어머니와 동등해졌다. 진정한 한 쌍이 되었다.

어머니는 점점 더 나아지고 꼼꼼하게 약을 챙겨 먹기 시작했다. 어

여성의 설득

느 날, 어머니가 사회복지사 사무실에서 나오기를 기다리며 코리가 차에 앉아 있는데 어머니가 나오더니 그에게 오라고 손짓했다. 코리는 놀라서 수년 동안 베네디타를 보살펴준 덩치 크고 인내심 많은 리사 헨리의 조그만 재택 사무실로 가서 앉았다.

"어머님이랑 나는 오늘이 이 문제를 논의하기에 좋은 날인 것 같다고 결정했어요. 최근에 어머님이 좀 더 독립적으로 사는 게 어떨까 하는 이야기를 나눴거든요."

리사가 말했다. 코리의 어머니는 긴장한 채 고개를 끄덕이고는 침묵을 지켰다. 그는 자신이 말할 차례임을 깨달았다.

"그렇군요. 잘됐네요. 독립적인 건 항상 좋은 거죠. 그런데 어떤 종류의 독립을 얘기하는 건가요?"

"그러니까, 내가 마리아 이모와 조 이모부와 함께 살면 어떨까 해."

어머니가 말했다.

"폴 리버에서요?"

"사브가 떠나서 빈 방이 하나 생겼거든."

작은 기적으로 코리의 사촌 사브가 마약중독자 모임의 도움을 받아 약에서 빠져나와 디어필드의 엠버스에서 부주방장으로 일을 하게 되었다. 능숙하게 헤로인과 코카인을 자르고 다지던 손이 이제는 바질을 잘게 다지고, 당근과 셀러리, 양파 브뤼누아즈를 썰었다. 사브가 이런 프랑스어를 안다는 생각만으로도 놀라웠다. 사브는 근사한 우스토프 나이프와 슌 나이프 세트를 일터에 갖고 다녔고, 밤에는 마치 총을 보관하듯 집에 있는 캐비닛에 넣고 잠갔다. 몇 달 전에는 엠버스의 페이스트리 쉐프인 연상에 두 딸이 있는 이혼한 여자와 결혼했다. 헤로인으로 얼룩지고 각종 약물을 판매하던 시절은 사춘기의 마지막

흔적과 함께 끝났다. 초라한 첫 번째 콧수염처럼 다 잘려나가고 사브는 새롭게 시작했다.

"이모님께서 어머님께 한동안 이 이야기를 하셨던 모양이에요. 어머님이 코리가 예전 고용주들 집을 청소하는 걸 다시 돕기 시작하셨다는 걸 아시고서요. 그리고 생각이 정리되고, 약이 효과가 있고, 좀 더 스스로를 책임감 있게 돌보게 되셨다는 것도 알게 되셔서요. 모든 게 나아지고 있는 것 같아요."

사회복지사가 말했다.

"그런 것 같군요."

코리는 약간 멍한 상태로 말했다.

"만약 그렇게 되면 집은 어떡하죠?"

"팔면 되지. 적절한 가격을 받을 수 있을 거야."

베네디타가 대답했다. 그가 놀라 어머니를 쳐다보았다.

"어디서 그런 말을 배우셨어요?"

"어머님께서 부동산에 연락을 하셨대요."

사회복지사가 설명했다.

"내가 목요일 밤 10시마다 「집을 살 사람이 있을까?」를 보거든."

베네디타가 수줍게 덧붙였다.

그의 주위에서, 그의 발밑에서 수많은 일이 일어나고 있었다. 모래가 소용돌이치며 움직였다. 코리는 사촌과 함께 처음 헤로인을 들이켰을 때 느낀 감각을 떠올렸다. 바닥이 부드러워지고 무너지던 감각. 지금 또다시 그런 느낌이 들었다.

나는 어떡하고요? 그는 생각했다.

리사 헨리는 그가 무슨 생각을 하는지 알아챈 것 같았다.

"코리, 다음에 다시 와서 이 일을 어떻게 처리할지 이야기를 해볼 래요?"

그는 어머니를 보았다.

"방해하고 싶지는 않아요."

그가 말했으나 그녀는 아니라고 손을 내저었다. 그래서 그 다음 주에 코리는 보수사회복지사연맹 소속 리사 헨리의 사무실에 혼자 와서 엄마의 삶 대신 자신의 삶에 대해서 이야기를 나누었다. 따뜻하고 포근한 리사 헨리의 목소리만으로도 코리는 거의 울 뻔했다.

"코리? 어머니의 계획을 어떻게 받아들이고 있는지 말해볼래요?"

그는 즉시, 놀랄 만큼 그녀에게 화가 났다. 그녀의 상냥함, 그녀의 친절함 때문에 몸이 떨리고 갑자기 감정적이 되었기 때문이다. 그는 리사가 아이의 엄마이기 때문인 건지, 어린 자식이 있어서 그런 건지, 아니면 상담사로서 그저 모든 환자를 아이처럼 대하는 데에 익숙한 건지 알 수가 없었다. 커다란 키에 스물여섯 살에 지나치게 작은 의자에 앉아 있는 코리는 감정에 거의 짓눌리기 직전이었다.

"전 괜찮아요."

"너무 많은 것에 짓눌리는 느낌일 거예요. 사고 이후로 당신은 인생 전체를 조정했는데 이제 다시 한 번 모든 걸 조정해야 한다고 생각하고 있겠죠."

그의 목을 조이게 만든 것은 그녀가 말한 내용이 아니라 그녀가 뜸을 들이고 조심스럽게 말하며 걱정스럽게 고개를 살짝 기울이는 모습이었다. 자신을 코리라고 부르는 저 말투. 그녀의 목소리가 아주 먼 곳에서 들리는 것 같았다. 코리, 그녀가 계속 불렀다. 코리? 세 집쯤 떨어진 뒷마당에서 누가 이름을 부르는 것 같은 느낌이었다. 갑자기 그의 가슴속 깊은 곳에서 먼 뒷마당에 있는 것 같은 어린 시절의 향수가 느껴졌다. 하지만 곧 그는 상담사가 계속 자신의 이름을 부르고 있고, 그가 그리워하는 건 어린 시절이나 어린 자신이 아니라 여자와 가까이 있는 것임을 깨달았다. 그게 그에게 더 이상 없는 거였다.

그는 둘 다 열일곱 살이었던 시절에 처음으로 그리어의 머리카락을 손으로 빗어주었던 것을 떠올렸다. 그 부드러움에 그는 경탄했다. 마치 바람이 통하는 풀숲을 만지는 느낌이었다. 여자의 머리카락은 남자의 머리카락보다 더 가벼울 것이다. 그게 과학적인 차이여야 했다. 그녀의 가슴은 초자연적이리만큼 부드러웠다. 피부와 입술은 말할 것도 없었다. 하지만 그녀의 부드러움은 유형의 것에 국한되지 않았다. 그녀의 목소리에도 부드러움이 담겨 있었다. 그녀가 아무리 크게 이야기해도 그가 더 크게 이야기할 수 있고, 팔씨름을 하면 언제나 그가 이겼지만, 그렇다고 그녀가 약한 건 아니었다. 여자들은 약하지 않았다. 가끔 부드러움을 갖고 있지만, 항상 그런 건 아니었다. 그들이 뭘 갖고 있든 그건 그가 가진 것을 보완해주었다.

하지만 그리어와 헤어지던 때 그녀는 마치 꼬아놓은 철사가 된 것만 같았다. 그가 사랑했던 그녀의 모습은 다 어디로 간 걸까? 일부는 그 자신이 가져갔다. 왜냐하면 당연히 모든 사람이 부드러우면서도 단단하니까. 뼈와 피부. 하지만 여자들이 부드러움이라는 지역을 통째로 차지하고 남자들을 몰아냈다. 어쩌면 여자들이 부드러움을 갖고 있는 걸 좋아한다고 말하는 게 더 쉬울 수도 있다. 그러나 부드러워지고 싶지 않은 사람이 어디 있을까.

코리는 금색 금속으로 만들어진 티슈상자 안에서 계속해서 티슈를 뽑았다. 티슈를 감추기 위해서 디자인되다니, 참 슬픈 물건이다. 리

여성의 설득

사 헨리의 고객들은 항상 티슈가 필요할 텐데. 그녀의 앞에 있기만 해도 그들은 감정적으로 엉망진창이 되었다. 부드러움을 마주하면 그들도 부드럽게 녹아서 울게 된다. 코리는 자제력을 되찾는 방법인 것처럼 코를 세게 풀었다. 코 푸는 소리는 전혀 부드럽지 않았다.

"당신은 자신에 관해 말하는 데 익숙하지 않은 모양이네요."

그녀가 말했다.

"네, 별로요. 더 이상 못 하게 되었어요."

"왜죠?"

그는 어깨를 으쓱였다.

"연애가 안 좋게 깨져서요. 하지만 오래전 일이에요."

그녀는 눈을 감았다가 다시 떴다. 즉시 그는 느림보를 떠올렸다. 느림보가 그렇게 눈을 뜰 때면 뭔가를 생각하고 있는 걸까, 아니면 파충류만의 시공간에서 표류하고 있는 걸까?

"시간이 언제나 상황을 받아들이는 데 중요한 결정 요인인지 난 잘 모르겠어요. 아직도 그 사람을 생각해요?"

리사가 물었다.

"네. 그리어요."

"그리어가 당신 자신에 관해서, 그러니까 당신의 감정에 대해서 말하던 상대였던 거군요. 그런데 이제는 그런 상대를 잃었고요."

"네. 그거랑 다른 모든 것들을요."

'잃었다'는 단어가 소울파인더를 떠올리게 만들었다. 하지만 그는 영원히 알비를 찾을 수 없을 것이다. 그리어는 좀 더 평범한 방식으로 잃었다. 연애가 깨지는 식으로. 사람들은 연애에서의 결별을 비극이라고 말하지 않는다. 대신 결별은 삶의 일부라고 말한다. 하지만 상대방과 깨졌을 때에는 어디서든 그들을 찾아볼 수 있고, 실제적으로도 그들을 찾을 수 있다. 그러나 설령 그들이 똑같은 사람이라 해도 더 이상 당신을 위한 사람이 아니다. 당신의 것도 아니다. 사랑의 증발은 일종의 죽음과 같다. 리사 헨리는 이걸 분명히 이해하는 것 같았다. 그녀는 동정심이 가득한 표정으로 그를 바라보았다. 마치 그가 수천 개의 화살을 맞았다고 생각하는 것 같은 얼굴이었다.

시간이 다 됐다. 그녀가 일어서자 그도 일어섰고, 두 사람은 서로에게 고개를 끄덕였다. 이 한 번의 상담이 자신에게는 충분하다는 걸 코리는 깨달았다. 상담사를 만나는 건 분명 유용했지만, 이걸로 됐다. 코리는 그가 실내에 있던 동안 부드럽게 무두질을 한 것처럼 흐릿해진 오후의 햇빛 속으로 나왔다. 소년이 세상을 만났다고 생각하며 그는 차로 향했다.

여성의 설득

14

직업이 없으면 낮 시간은 서둘러 사라지는 게 아니라 소비해야만 하는 시간이 된다. 무직 상태의 그리어는 햇빛이 비치는 자리와 가벼운 바람이 부는 곳, 그리고 잡담 소리와 조용함이 적절하게 섞인 브루클린의 카페를 찾아냈다. 그녀는 여기에 앉아서 어린 시절에, 달리 해야 하는 일이 없고 가야 하는 곳도 없고 아무도 자신을 찾지 않던 때에 했던 식으로 책을 읽었다. 그녀는 '제멋대로' 책을 읽었다. 사실 책을 읽을 때는 전혀 제멋대로가 아니고 오히려 모든 걸 차곡차곡 쌓아두는데 말이다. 로사이와 페이스를 드라마틱한 방식으로 떠난 이후에도 책은 여전히 그 자리에 있었다. 그녀는 제인 오스틴을 읽었고 『제인 에어』를 읽었다. 두 제인을 지는 한때 헷갈려했었다. 그녀는 모든 캐릭터가 절망하는 현대 프랑스 소설을 읽었다. 따옴표가 없이 작은 줄표만 있어서 그리어를 약간 미치게 만들었지만, 그것도 프랑스다웠다.

대낮에 카페에 앉아 있는 사람들은 대체 뭐 하는 사람일까, 그리어는 일을 하던 시절 늘 궁금해했던 것을 떠올렸다. 이제는 그녀도 알왔다. 일부는 그녀처럼 직업이 없고 갈피를 잃은 사람들이었다. 그녀는 거기 앉아서 자신답지 않은 기분을 느꼈다. 두 달 정도는 버틸 만한 돈이 있었기에 서둘러 다른 일을 구할 필요는 없었다. 로사이는 끝났고, 무엇보다도 페이스 프랭크와의 관계도 끝났다. 지는 반만 끝난 상태였다. 그들은 최근에 이메일을 몇 차례 주고받았다. 그리어는 다시금 사과를 하려고 애를 썼다. 처음에는 진지하게, 그다음에는 재치 있게 글을 써보냈다. 지가 짧고 유쾌한 답장을 보냈으니 조금씩 마음이 풀리기 시작했다고 기대해도 좋을까.

어느 날 오후에 집에서 소파에 앉아 졸고 있는데 코리가 전화를 했다.

"그리어. 나 코리 핀토야."

"아, 다른 코리가 아니라 핀토가의 코리구나?"

"네가 다른 코리를 알 수도 있잖아. 그럴 가능성도 있으니까. 어쨌든 내가 뉴욕에 가게 되면 너희 집에 묵어도 된다고 말한 거 기억해?"

"물론이지."

"지금이라도 싫다고 해도 돼. 내가 연극을 보러 거기 갈 거거든. 관객 참여형 연극. 우리 투자자가 나더러 가서 보라고 표를 사줬어. 괜찮다면 이틀 밤을 묵을까 생각하고 있는데."

코리는 매코피에서 차를 몰고 와서 목요일 밤에 배낭을 들고 나타났다. 그들은 그녀의 집 문가에 서서 어색하게 포옹했다. 그녀는 타이 음식점에서 음식을 배달시켰다. 음식이 이 어색한 분위기를 가려줄 거라고 생각했기 때문이다. 그들은 그리어의 거실에 있는 작은 탁자 앞에 앉아서 밥을 먹었다. 조도가 낮은 불빛 속에서, 주위로 음식 포장상자를 열어놓은 채로 그는 그녀에게 비디오 게임의 느리고 고통스러운 창작과 밸리 테크의 친구와의 파트너 관계, 그들이 고용한 배경 아티스트들과 이 모든 돈을 대는 투자자에 대해서 이야기했다.

"이게 뭔가가 되리라는 보장은 없어. 주류도 아니고, 시장은 이미 포화상태야. 그래도, 약간 희망적이라고 말하면 좀 뻔뻔할까?"

코리가 말했다.

"전혀. 굉장하다고 생각해."

그녀가 대답했다.

"그리고 우리 엄마의 경우에는, 난 이렇게 긴 시간이 흐르고서 호전될 수 있을 줄은 몰랐는데 되더라. 엄마한테는 전과 같은 방식으로 내가 필요할 것 같지 않아."

"정말 잘됐어. 그럼 너한테는 그게 어떤 의미인 거야?"

"그게 정확히 나 자신에게 묻고 있는 거야. 난 괜찮을 거야, 그리어. 걱정할 필요 없어."

코리가 말했다.

"걱정 안 해."

그녀가 말했으나 알비가 죽은 이래로 자신이 그에 대해 걱정밖에 하지 않았다는 사실이 떠올랐다. 그가 그 자신을 잃을까 봐, 그리고 그녀는 그를 잃을까 봐 몹시 걱정했다. 하지만 그는 자신을 잃은 게 아니었다. 그는 언제나 남아서 돕는 사람이었을 것이다. 그녀는 그걸 깨닫지 못했다.

"내가 그런 식이었던 거 미안해. 너한테 말이야."

그녀가 말했다.

"음, 나도 미안해. 내 말은, 내가 그런 식이었던 거 말이야."

그가 미소를 지으며 덧붙였다.

"이보다 더 불분명하고 모호한 대화는 들어본 적이 없는 것 같아."

"참 묘하지. 가끔은 자기 인생의 안에 있고, 또 어떤 때는 관객처럼 인생을 돌이켜보게 된다는 게. 이쪽으로 갔다 저쪽으로 갔다가, 왔다 갔다 하게 되는 것 같아."

"그러다가 죽게 되고."

그녀가 살짝 웃었다.

"그래. 그러다가 죽지."

"아 참, 네가 연설하는 거 봤어."

그가 갑자기 말했다.

"그랬어?"

그녀는 충격을 받고 긴장했다. 연설은 누구나 찾아볼 수 있게 공개되어 있었다.

"잘 하더라. 네가 많은 사람 앞에서 섰다는 거 진짜 멋져."

그가 말했다.

"내면의 목소리가 아니라 외부적 목소리를 내는 나였지."

그녀가 재빨리 말하고서는 덧붙였다.

"음, 어쨌든 그건 다 끝났어. 로사이 일 전부가."

로사이에 대해 말하며 그녀가 느끼는 감정에는 불안과 분노뿐만 아니라 이상하고 옭죄는 듯한 슬픔도 있었다. 코리의 슬픔에 비하면 턱도 없겠지만, 그래도 꽤 진지한 감정이었다. 그녀의 슬픔은 일자리 때문이 아니었다. 일자리는 다시 찾을 수 있다. 어쩌면, 어디서 일하게 되든 언젠가 또 다른 연설을 할 수도 있었다. 회의실에서 열두 명을 앉혀놓고 하는 작은 연설이라 하더라도. 그리고 좋은 일을 한다는 울림을 가진 다른 일자리도 있을 것이다. 그리어가 앉을 책상이 있는 다른 사무실, 점심시간이면 풍기는 이탈리아 음식이나 중국 음식 냄새. 좋은 날과 화나는 날이 있는 동료들. 입에서 커피 향이 나고, 단순히 같은 공간에서 일하는 사람이 아닌, 본받을 만한 습관을 가진 사람들.

일을 그만뒀다는 생각을 할 때면 종종 떠오르는 것처럼, 지금 다시 생각해도 슬픔은 페이스에 관한 거였다. 그리어가 보기에 완전히 깨달음을 얻은 사람이 전혀 아니었던 페이스. 그녀는 눈물이 차오르는 것을 느끼며 생각했다. 이제 시작이군.

"페이스 프랭크에 대한 거 말이야, 내가 계속해서 생각했던 거. 그건 그 사람이 정확히는 내 친구가 아니었다는 거야. 확실하게 내 고용주였지만 그걸로 완전히 설명할 수는 없어. 그럼 그 사람은 뭐였을까? 난 그 사람이 대변하던 걸 사랑했어. 나도 그런 것들을 대변하고 싶었어. 그리고 결국엔 모든 게 무너졌고, 그 사람은 나한테서 등을 돌렸지. 어쩌면 그렇게 행동한 게 옳았는지도 몰라. 그 사람이 페이스 프랭크라고 해도 정말 안 좋은 순간, 다른 사람에게 그리 훌륭하지 않은 말을 하는 그런 순간이 생길 수도 있는 거겠지. 난 그저 그 사람이 말한 그런 사람이 되는 게 싫었어. 하지만 내가 그런 말을 할 입장은 아니지. 나 지에게 정말로 나쁜 짓을 했거든."

코리가 깜짝 놀라 그녀를 쳐다보았다.

"정말이야."

그녀가 말을 이었다.

"그래, 넌 예상 못 했겠지. 마치 사람들은 다른 사람들에게 어쩔 수 없이 뭔가를 하게 되는 것 같아. 지랑 천천히 문제를 극복하려고 노력하는 중이야. 좀 진전이 있어. 하지만 페이스는…… 페이스에 대해서 깊게 생각을 하면 가슴에 끔찍한 감각이 치밀어. 영영 회복할 수 없을 것만 같아."

"하게 될 거야. 내가 그 분야엔 확실하게 경험이 있잖아."

코리가 그렇게 말하고는 하품을 했다. 그러고는 부끄러운 듯 바로 입을 가렸다.

"피곤하구나."

그녀가 말했다.

"아니, 괜찮아. 계속 얘기해도 돼."

그리어는 벽장으로 가서 그가 쓸 타월을 꺼냈다.

"여기 있어. 네가 잘 소파 자리를 만들어줄게."

그는 작은 목욕용품 세트를 들고 화장실로 갔고 그녀는 조그만 접이식 소파 위에 시트를 깔았다. 지금은 소파침대를 정기적으로 열어서 펴는 시대였다. 이 시대에 사람들은 완전히 정착하지 않고 둥둥 떠다니고, 가끔 밤에 머물 곳을 필요로 했다. 그들은 할 수 있는 일을 하고, 여러 장소에서 밤을 보내고, 즉흥적으로 살았다. 하지만 곧 속도가 빨라지고, 삶의 유형적인 문제들이 치고 나오게 될 것이다. 조만간 소파침대는 접힌 채로 남게 될 것이다.

그리어가 시트 위에 이불을 펼치고 있을 때 코리가 화장실에서 나왔다. 편한 티셔츠로 갈아입고 나온 그에게서 낯선 스킨 혹은 비누 냄새가 났다. 그의 습관이 바뀌었다고 그녀는 약간 우울하게 생각했다. 마치 그녀가 그 변화를 미리 알았어야 했다는 듯이 말이다. 하지만 그들이 서로가 쓰는 다양한 제품을 본 지는 이제 아주 오래 되었다. 사적인 것과 일상적인 것들, 그게 합쳐져서 친밀함이 된다. 코리는 펼쳐놓은 소파로 가서 누웠다. 소파에 비해 키가 너무 커서 몸을 웅크려야 했다. 스프링이 힘겹게 삐걱거리는 소리가 들렸고, 그녀는 불을 끄고 건너편에 있는 자신의 침대로 가서 누웠다.

블라인드가 내려진 아파트 안은 완전히 어둠으로 가득했고 두 사람 다 뭘 해야 하는지 더 이상 생각하지 않았다. 대신 그들은 굉장히 어색한 기분을 느꼈다. 방 어디에선가 나는 소리 하나하나가 과하게 느껴졌고 그들을 깜짝 놀라게 만들었다. 두 사람 다 서로를 놀라게 만들거나 엉뚱한 일을 하고 싶지 않아서 한밤중에 같은 병동에 있는 환자들처럼 조용히, 얌전하게 누워 있었다.

"그쪽은 괜찮아?"

그녀가 물었다.

"괜찮아. 재워줘서 고마워, 스페이스 카데츠키."

너무 어두워서 처음에는 방 건너편에 있는 그가 보이지 않았다. 그가 팔다리의 위치를 바꾸고 다시 하품을 하는 소리만 들렸다. 그의 턱 관절이 열리고, 본의 아니게 그렇게 열려 있다가 도로 닫혔다. 그가 그쪽 어딘가에 있었다. 그것만은 확실했다. 잠깐 동안 그녀는 그를 전혀 볼 수 없었지만 곧 눈이 어둠에 적응되고, 그를 볼 수 있게 되었다.

15

　자신의 코트가 어디 있는지 절대로 찾을 수 없는 그런 파티 중 하나였다. 그게 최악의 일은 아닐지도 모른다. 아무도 여길 나가 놀랄 만큼 변한 세상 속으로 나가고 싶어 하지 않았으니까. 수년이 흐른 지금도 아무도 거기에 익숙해지지 못했다. 그리고 파티에서의 대화는 여전히 아무도 그런 게 올 줄 몰랐다는 데에 집중되어 있었다. 그들은 이 나라에 생긴 일을 도저히 믿을 수가 없었다.

　"거대한 끔찍함이요."

　키가 크고 비쩍 마르고 진지한 여자는 이 파티를 연 출판사의 온라인 영업팀 팀장이었다. 그녀는 복도에서 다이앤 아버스의 사진 시리즈 아래 벽에 기대고 서서 이야기를 하고 있었다.

　"내가 정말 이해가 안 되는 건 최악의 사람들, 당신에게 위험하다는 걸 잘 알기 때문에 당신이 절대로 단둘이 있지 않을 만한 사람들이 우리 모두의 옆에 그냥 있었다는 거예요."

　사람들이 음울하게 웃었다. 여자 무리와 남자 두어 명, 그들 모두가 음료를 마셨고 곧 잠시 조용해졌다. 연이은 모욕 세례가 그들이 소중하게 여기는 모든 것을 계속해서 후려쳤고, 그들은 행진하고 조직하고 분노했으나 한편으로는 방어막으로 종종 자기위로 모드에 들어갔다. 이제 그들은 이런 일을 수년째 하고 있었다. 술을 마시는 게 자기위로의 일부가 되었다. 축하하는 것도 필수가 되었고, 가끔은 그럴 만한 일도 있었다. 다시금 절망과 싸움이 항상 얼마나 가치 있었는지를 분명하게 말해주는 것 같았다.

"항상 약간 진전이 있다가 다시 약간 후퇴하는 법이라고 난 생각해요, 안 그런가요? 그런 다음 다시 약간 진전이 있고요. 하지만 그 대신에 진전이라는 개념 자체가 사라져 버렸어요. 그런 일이 생길 줄 누가 알았겠어요, 네?"

목소리 큰 여자가 말했다.

오늘 밤 그들은 그리어 카데츠키의 책 『외부적 목소리』가 베스트셀러 목록에서 1년을 꽉 채웠다는 사실을 축하하고 있었다. 거대한 끔찍함의 눈에 손가락을 꽉 찔러 넣는 것 같은 1년. 이런 종류의 책 중에서 처음은 아니지만, 이 책은 여자들에게 나서서 말하는 걸 두려워하지 말라고 격려하는 활기차고 긍정적인 느낌의 선언문이었고 제목 또한 여자들이 외부자라는 생각을 살짝 이용한 거였다.

서른한 살이 된 그리어는 전국을 돌며 강연했다. 그녀는 여자 교도소와 기업과 대학과 도서관을 방문했고, 어린 여자아이들이 체육관을 꽉 채우고 있는 공립학교에 가서 "여러분의 외부적 목소리를 사용하세요!"라고 말했다. 그들은 벽에 기대 서 있는 선생님들을 긴장한 얼굴로 쳐다보았다. "괜찮아."라고 선생님들이 입모양으로 말하면 어린 여자아이들은 처음에는 주저하다가 이내 목청을 높여 소리를 질렀다.

『외부적 목소리』는 물론 비판도 받았다. 그리어는 이 책이 모든 여자를 대변하지 않는다는 이야기를 들었다. 많은 여자, 대부분의 여자들이 지금 그리어 카데츠키가 갖고 있는 것보다 훨씬, 훨씬 더 특권과 접근성에서 떨어져 있었다. 그래도 그녀는 전국을 돌며 웹사이트와 게시판에 그 책이 자신들에게 어떤 의미가 있었는지 솔직하게, 따뜻하게, 흥분해서 글을 쓴 여자들을 만나고 다녔다. 재단을 만들자는 이야기도 있었지만, 아직 확실하게 정해진 건 없었다. 책은 여자들에게 강해지라고, 큰 목소리를 내라고 권했다. 강해지고, 큰 목소리를 계속 내는 게 시급했다.

몇 년 전, 거대한 끔찍함이 시작되던 때에, 그녀가 코리와 함께 살기 전에, 에밀리아가 태어나기 전에, 로사이에서 막 벗어났을 때 그리어는 DC에서 열린 여성 행진에 참여하러 갔다. 그녀는 50만 명의 사람들과 함께 활기차게 행진했다. 찬바람에 얼굴이 트고, 기운이 솟는 것을 느꼈다. 넓은 하늘로 올라가는 풍선처럼 혈관을 타고 엔돌핀이 솟구쳤다. 고양감은 버스를 타고 집으로 돌아오는 네 시간 반 동안 지속되었고 이후로도 몇 주나 이어졌다. 어느 정도는 엔돌핀이 솟구쳐서였고, 어느 정도는 좌절감 때문이었다. 그녀는 주말마다 브루클린이나 매코피에서 코리를 만났다. 그는 여전히 그 동네에 살며 어머니가 집을 팔고 이사해서 자리 잡는 것을 도왔고, 그동안 그리어는 커피바에서 일하며 스팀과 우유거품과 시나몬 향을 들이켰다.

"폐에 시나몬이 가득 찼다니까."

그녀는 지에게 그렇게 말하기도 했다. 그리고 밤늦은 자유 시간에는 책을 썼다.

하지만 책에 나오는 말을 읊고 또 읊는다는 생각에 피로, 혹은 지

여성의 설득

루함의 구렁텅이에 빠진 현재의 그리어는 자신의 책이 성공하기는 했지만 좀 말이 안 되는 게 아닐까 생각하게 되었다. 외부적 목소리를 사용해서 머리가 터지도록 비명을 지를 수도 있겠지만, 가끔은 소리를 질러도 아무도 듣지 않는 것 같을 때도 있으니까.

축축하게 젖은 차가운 오늘 밤에 출판사 대표 카렌 노드퀴스트는 자신의 사치스러운 집에서 파티를 열었다. 거실은 이층 높이의 천장으로 되어 있고 책이 가득한 벽에는 사다리가 있었다. 아까 전에 카렌은 사다리에 올라가서 그리어에게 건배를 했다. 모두들 그녀가 마티니를 든 채 사다리 꼭대기까지 올라가는 것을 걱정스럽게 올려다보았으나 그녀는 겁이 없었다. 그리고 꼭대기에 서서 파티장을 내려다보며 약간 취해서 말했다.

"와, 여러분의 가르마가 다 보이네요. 아주 깔끔한데요."

웃음소리가 울렸다.

"다들 자기 단장에 얼마나 관심이 있는지 알겠어요. 더 중요한 이야기를 하자면, 다들 이 근사하고 경이로운 책 『외부적 목소리』에 얼마나 관심이 있는지도 알겠고요. 그리고 나도 그래요. 그리어, 우린 당신을 사랑해요!"

아래쪽에서 그리어가 약간 멍하게 대답했다.

"나도 여러분 모두를 사랑해요."

주위를 둘러보자 갑자기 압도되는 기분이 들었다. 사랑에 압도된 건 아니었다. 물론 이 파티장에 있는 몇 사람은 정말로 사랑했다. 코리가 에밀리아를 안고 여기 있고, 소중한 친구들도 여기저기 있었으니까. 그러나 이건 다른 감정이었다. 그녀는 모두가 기대감에 차서 자신을 바라보는 모습에 당황했다. 사람들은 서로가 '뭔가 하기를' 바랐다.

그들은 누군가가 뭔가 말을 해서 그들 모두를 아울러 다른 존재로 변화시키기를 바랐다. 단어가 어떤 특정한 방식으로 내려앉을 수도 있었다. 아니면 단어조차 아닐지 모른다. 어떤 손짓이나 말을 듣던 순간일지도. 이 발판, 열심히 노력하고 응원하고 버팀목이 되어준 그리어의 책은 독창적이지도, 굉장하지도 않았다. 이 발판은 절대로 완벽하지 않았다. 그리어는 선동가가 아니었다. 그녀는 절대로 그렇게 될 수 없을 것이다.

"짧게 이야기할게요."

그녀가 말했고, 몇몇 사람이 안도하는 게 보였다. 아무도 작가가 자신의 책 축하 파티에서 길게 떠들기를 바라지 않는다.

"우린 오늘 밤 이 오묘한 시간에 여기 모였어요. 이 길고 오묘한 시간에요. 우리에게 충격을 주는 새로운 모든 것들은 그저 충격일 뿐이에요. 하지만 절대로 놀라운 일은 아니죠. 이 시기의 한가운데에서 이 책의 성공은 좀 혼란스러운 일이에요. 한편으로는 반가운 일이죠. 물론 내 불쌍한 고막이 고통을 겪고 있지만요. 오늘 아침에 학교에 가서 3학년 아이들을 방문했어요. 이 아이들은 피리를 갖고 있었어요. 아직까지 귀가 아프다니까요!"

웃음소리가 터졌다. 그리어가 말을 이었다.

"난 평생 큰 목소리를 내본 적이 없어요. 지금쯤이면 여러분도 알 거예요. 아, 지금쯤이면 나에 관해 모든 걸 알겠죠."

그녀가 계속 말했다.

"책에서 아주 조금만 읽어볼게요. 아뮤즈부슈*로요."

---

*   식전에 간단하게 먹는 한입 요리.

여성의 설득

그녀가 밝은 표지에 벌어진 입 그림이 있는 책을 집어 들고는 정확히 1분 40초 동안 읽고서 끝을 냈다. 모두가 박수를 쳤고 곧 그들은 다시 술을 마시며 걱정스러운 대화를 재개했다. 그리어의 얼굴은 공개 연설을 할 때면 항상 그러는 것처럼 뜨겁게 달아오른 상태였다.

코리가 다가왔다. 에밀리아는 아빠의 목에 팔을 두르고 있었지만 눈은 약간 흥분한 것처럼 보였다. 15개월 된 아이는 이렇게 늦게까지 깨어 있으면 안 되지만, 뭐 어떤가. 엄마의 책이 1년 내내 베스트셀러 목록에 올라 있었는데. 에밀리아는 저녁 내내, 거의 어지러울 정도로 원을 그리며 빙빙 돌았다. 아까 전에는 사다리에 두 단쯤 올라갔다가 베이비시터가 목깃을 잡아채서 끌어내렸다. 이제 열여섯 살에 가족과 함께 쉽스헤드 베이에 사는 고등학생 베이비시터 케이 청은 코리의 반대편에 서서 에밀리아의 머리에 손을 얹고 있었다. 케이는 두툼한 스웨터에 짧은 치마를 입은 작고 아주 맹렬한 성격의 여자아이였다. 그리어는 친구의 추천으로 케이를 고용했다. 케이는 아기를 훌륭하게 돌볼 뿐만 아니라 전반적으로 훌륭했다. 빈정거리거나 장난스러운 기색 없이 케이가 스스로를 설명한 것처럼, 케이의 대부분의 견해가 급진적이었으나 케이는 그렇다고 해서 자신이 어떤 한 가지 통설을 따른다는 뜻은 아니라고 분명하게 말했다.

"그럼 정확히 무슨 말이니?"

토요일 밤 늦은 시간에 그리어가 그녀에게 물었다. 그리어와 코리는 막 디너파티에서 돌아온 참이었다. 그들은 지금 사는 맨션 현관에서서 케이를 집에 데려다줄 차량 서비스를 기다리고 있었다.

"전 좀 회의적인 사람인 것 같아요."

케이가 대답했다. 좀 더 캐묻자 아이는 자신의 말뜻을 설명하려고 노력했다.

"제가 그리어 선생님이 굉장하다고 생각한다는 거 알아주세요. 정말이에요. 제 친구들이랑 저랑 다들 선생님 책을 읽었고 제가 선생님 댁에서 시터를 한다니까 다들 부러워했어요."

케이가 호의적인 투로 말했다.

"우리 모두 세상에서 좀 더 자신을 강하게 표현해야 한다는 말씀은 정말 맞아요. 하지만 제가 역사에서 여자들이 행동하고 말한 모든 것을 살펴봤는데, 우린 여전히 원시적인 시대에 살고 있더라고요. 그리고 그에 대한 우리의 반응은 아직도 부족하고요. 왜냐하면 구조가 계속 그대로잖아요, 안 그래요?"

케이는 그리어에게 질문을 하는 게 아니라 요점을 말하고 싶은 거였다. 케이는 학교에서 항상 운동을 조직하고, 집회와 소규모 행진에 참여했으며, '트위터 사격'이라고 부르는 것을 했다. 여기서 그 애는 모든 걸 초토화하는 말투를 사용하고 절대로 사과하지 않았다. 케이와 케이의 친구들은 과거처럼 대표자, 대의의 리더 같은 데에는 관심이 없다고 오만하게 말했다. 이런 사람들은 불필요하고, 심지어는 진짜도 아니니까.

"우리는 사람들을 우러러볼 필요가 없어요. 모두가 지도자가 될 수 있어요. 모두가 낄 수 있고요."

케이는 이런 견해가 완전히 새로운 것인 듯이 말했다. 케이의 목소리에 기쁨과 흥분이 어렸다. 그리어는 케이에게 이렇게 말할 수도 있었다.

"그래, 나도 그런 것에 대해 다 안단다. 페이스는 여자들이 1970년대에도 똑같은 얘기를 했다고 그랬지."

하지만 그것은 섬세하지 못한 행동이 될 것이다.

계층은 없어야 한다고 케이는 설명했다. 계층이 있으면 필연적으로 누군가는 억압받게 되어 있고, 그건 역사상 너무나 많이 있었기 때문에 더 이상은 그런 게 필요 없다는 거였다. 그리고 그런 체제에서는 백인에 시스젠더*, 모든 것에 이분법적 관점을 가진 사람만이 유일하게 옳은 사람으로 여겨졌다. 실은 그렇지 않은데 말이다. 그런 것과는 영원히 작별해야 한다고 케이는 말했다. 그리고 이것은 사람에 관한 것이라기보다는 아이디어에 관한 거라고 케이는 놀라운 자신감이 담긴 목소리로 재잘재잘 말했다.

그리어는 베이비시터의 독백에 뭐라고 답을 해야 할지 알 수가 없었다. 격려와 분노의 어조로 책에서 이미 말한 내용 일부를 반복하는 수밖엔 없었다. 케이가 주말마다 에밀리아를 돌봐준 이래로 그리어는 자신의 책과 관련된 모든 물품을 그 애한테 주었다. 양장본, 워크북, 탁상 달력, 그리고 코리의 말에 따르면 간식까지도. 또한 케이는 종종 "혹시 제가 읽을 만한 게 있으면……"이라고 했고 그리어와 코리는 그 애한테 수많은 책을 주었다. 소설과 에세이, 심지어는 밑줄을 죽죽 그어놓은 그들의 오래된 대학 교재 몇 권에다가 그리어가 맬릭 교수에게 빌렸다가 돌려주는 걸 잊은 책까지도. 그리어는 그 책을 결국 이해하지 못했지만 케이는 그 시대에 뒤떨어진 사고방식이 아주 흥미롭고 심지어는 정말 웃기기까지 했다고 말했다.

"우리 베이비시터가 우리보다 똑똑한 것 같아요."

그리어는 종종 사람들에게 그렇게 말하곤 했다.

* 타고난 생물학적 성과 젠더 정체성이 일치하는 사람.

"훨씬 더요. 내가 장담하는데 그 애는 굉장히 성공할 거예요."

하지만 문제는 베이비시터를 애 취급해서는 안 되고 '외부적 목소리'로 낙관을 주어서는 안 된다는 거였다. 베스트셀러 목록에 선의의 페미니스트 슬로건을 올린 이 작은 승리가, 자신에게 진짜 미래가 있다는 걸 알지만 모든 것이 계속 산산조각 날까 봐 두려워하는 여자아이에게 별로 도움이 되지는 않는 것 같았다.

이제 그리어를 위해 열린 출판사 파티를 떠날 시간이었다. 물론 파티는 그녀 없이도 계속될 것이다. 나이 많은 사람들은 떠나고 젊은 사람들은 남았다. 그리어와 코리는 케이에게 집까지 태워다주겠다고 했지만 케이는 됐다고, 자기는 여기 좀 더 남아 있어도 괜찮겠냐고 물었다. 인턴 두어 명과 친해졌기 때문이다. 베이비시터는 재빨리 에밀리아의 머리에 키스하고 말했다.

"잘 가, 우리 토끼."

그리고 인턴들에게로 돌아갔고 케이는 무리에 합류했다.

"난 '외부적 목소리'라는 표현이 정말 지겨워."

집으로 가는 차 안에서 그리어가 코리에게 말했다.

"그걸 세상에 풀어놓은 사람이 너잖아."

그녀는 좁은 공간에서 그에게 기댔다. 카시트가 공간을 많이 차지했기 때문이었다. 에밀리아는 이미 눈을 감았고 땀에 젖은 머리가 불편한 각도로 구부러져 있었다. 차가 조용한 길을 따라서 다리 쪽으로 향했다. 브루클린으로 접어들자마자 건설 현장이 보였다. 언제나 공사하는 곳이 있었다. 그들의 맨션은 캐롤 가든스에 있었다. 그들은 책이 팔리기 시작할 때부터 거기 살았다. 책은 거의 곧장 전 세계로 팔려나갔다. 코리와 그리어에게는 갑자기 돈이 생겼고, 두 사람 다 깜짝 놀라

여성의 설득

고 다소 불편한 기분을 느꼈다. 그들이 맨션을 보수하려고 할 때 코리가 갑자기 집을 그냥 두자는 의견을 냈다. 집은 이미 살 만한 상태니까 대신에 그 돈을 쓸 만한 코리의 어머니와 그리어의 부모님에게 매달 큰 용돈을 드리면 어떻겠느냐는 거였다. 그렇게 하고 나니 그들과 관계가 없는 사람들에게 그들의 돈을 더 쓰는 것이 쉽고 자연스러워졌다. 두 사람 다 돈이 얼마나 오래 있을지 알지 못했다. 영원히 보충되지는 않을 것이다. 그리어에게는 베스트셀러가 한 권밖에 없었다. 그녀가 헤지펀드 매니저도 아니고, 또 다른 베스트셀러는 영영 나오지 않을 수도 있다. 하지만 최소한 그들은 할 수 있는 일을 했다.

마침내 공개된 소울파인더는 판매량으로 성공작은 아니었지만 인디 비디오 게임 세계에서 꽤나 유명세를 얻었고, 여전히 작지만 존경받는 위치를 차지하고 있었다. 이 게임을 해본 사람들은 열광했다. 코리의 다음 게임도 계획이 잡혔고, 같은 투자자가 투자하기로 결정됐다. 코리는 예정에서 수년이 흐른 지금이라도 소액금융업을 해볼까 생각해봤지만, 절차가 바뀌었는데 그런 최신 지식을 잘 모르는 데다가 돈은 언제나 다루기 힘든 법이고 일을 망칠까 봐 걱정이 됐다. 그는 직업적으로 '안정되지' 않았다. 그렇게 될 수 있을 거라고 누가 자신할 수 있을까? 하지만 그가 안정되지 않는다고 해서 딱히 위기도 아니었다. 코리는 일을 하고 있고 일에 몰두하고 있었다. 집에서도 하는 일이 많았다. 에밀리아를 위해서는 피시핑거를, 그리어를 위해서는 채식주의 식사를 만들었고, 기본 일정 계획을 도맡았다. 그는 에밀리아에게 포르투갈어를 가르쳐주고 싶어서 포르투갈어 동요가 담긴 DVD도 사주었다. DVD를 보면 이제 폴 리버에서 매우 잘 살고 있는 어머니가 생각났지만, 한편으로는 리스본에 있는 아버지도 생각났다. 어쩌면 처음부터 아버지를 생각했는지도 모른다. 그래서 일부러 DVD를 산 걸 수도 있다. 코리는 아버지가 한 일에도 불구하고 언젠가 아버지를 보러 포르투갈에 가고 싶다고 말했다. 아버지를 만나고 그다음에는 가족끼리 관광을 할 것이다. 하지만 여행은 에밀리아가 거기서 뭔가 얻을 수 있을 만큼 클 때까지 미뤄둘 예정이었다.

파티가 끝나고 집에 와서 그들은 에밀리아를 아기침대에 눕혔고 아이는 꼼짝도 하지 않았다. 오늘 밤에는 동화책도, 물도, 천장에 춤추는 그림자를 만드는 전동 조명기구도, 또 한 번의 동화책도, 또 한 번의 물도 필요 없을 것이다. 그리어는 지가 시카고에서 보내온 문자를 발견했다.

"링크 하나 보냈어. 전화 줘. 네 반응을 실시간으로 알고 싶으니까."

그리어는 서재에 앉아서 지에게 전화를 걸었다. 두 사람은 각자의 노트북 앞에 앉았고, 그리어가 링크를 누르자 흔들리는 휴대폰으로 찍은 동영상이 나왔다. 배경은 약간 열대 같았다. 처음에 대머리에 덩치 좋은 남자가 정원이 있는 아파트의 문을 열었다. 문이 열리자마자 누군가가 젖은 쓰레기가 든 양동이를 그의 얼굴에 끼얹었고 카메라가 확 돌아가서 쓰레기를 끼얹은 사람을 보여주었다. 젊은 여자는 고함을 지르기 시작했다.

"이 쓰레기 자식, 너 같은 새끼는 당해도 싸!"

여자가 소리쳤고 자기 집 문가에서 쓰레기를 뒤집어쓴 남자는 처음에는 충격을 받은 것 같다가 곧 말했다.

"후아, 후아, 뭐 이런 씨팔."

그러다가 몇 초 만에 그가 신나게 웃어댔다.

"그러시겠지."

여성의 설득

그는 얼굴에 묻은 쓰레기를 떼어내며 여자를 향해 말했다.

"계속 던져보시지. 이건 폭행이야. 계속하라고!"

그리어는 동영상을 일시정지 시켰다.

"잠깐만. 내가 왜 이걸 보고 있는 거야?"

그녀가 물었다.

"전체화면으로 봐."

지가 말했다.

그래서 그리어는 동영상을 화면에 꽉 차게 키운 다음 남자의 정지한 얼굴에 거의 얼굴이 맞닿을 정도로 바싹 당겨서 보았다. 그 특징 없는 얼굴, 느릿한 미소, 넓은 미간을 자세히 뜯어보았다. 전부 다 어딘가 낯이 익었지만 아주 약간일 뿐이었다. 잘 생각해보니 모든 게 낯익게 느껴졌다. 모든 이야기에는 선행 사건이 있고, 모든 사람에게는 앞선 사람이 있다. 웃고 있는 쓰레기를 뒤집어쓴 남자와 분노에 찬 여자가 날씨가 따뜻한 어딘가의 주택가에서 함께 찍힌 모습. 그들은 처음에는 그저 그 낯익음 때문에 낯익어 보였다. 이미 이런 종류의 이야기를 잘 아니까. 화난 여자와 어깨를 으쓱이는 무심한 남자. 이런 이야기는 역사가 오래됐다. 그리어는 로사이에서, 전국 투어 강연에서 이런 이야기를 많이 들었고 그 이전부터도 잘 알고 있었다. 그리스 연극에서 읽었고, 여자로 자라면서 겪었다. 중대한 정보 한 조각이 아주 지치도록 머나먼 곳에서 떠올랐다. 그리어는 그 정보가 떠오르도록 놔뒀다. 그것이 떠오르기를 인내심 있게 기다리는 동안 정지된 얼굴을 관찰했다. 그러다가 기억해냈다.

"틴즐러야?"

그녀의 목소리가 충격으로 가늘어졌다.

"맞아."

"대런 틴즐러? 그럴 리가. 이거 어디서 찾았어? 이게 뭐야?"

"누가 클로이 섀너헌한테 보내줬고 클로이가 나한테 보내줬어. 대런 틴즐러는 '당해도싼년'이라는 리벤지 포르노 웹사이트를 운영하고 있어. 여자들의 동영상이랑 사진이랑 페이스북 프로필 링크까지 올리고, 엄청난 돈을 받고서야 그걸 내려준대. 돈은 실제로 존재하지 않는 시카고의 법률회사로 가고. 이 여자는 고소를 하려고 했는데 틴즐러의 신원이 감춰져 있어서 그럴 수가 없었어. 게다가 어차피 법은 개떡 같잖아. 그래서 틴즐러를 추적해서 그의 집에 가서 쓰레기를 퍼붓고 친구가 이걸 전부 찍었대. 이걸 온라인에 올리면 그에게 창피를 주고 그를 망가뜨릴 수 있을 거라고 생각하고 계획한 건데, 그거 알아? 대런 틴즐러가 그걸 리트윗했어. 창피를 당하지도, 망가지지도 않았지. 그 작자는 이게 아주 웃기다고 생각해."

둘 다 이 일에 관해서 생각하며 침묵에 잠겼다. 그리어와 지는 13년 전에 대런 틴즐러의 얼굴이 찍힌 티셔츠를 입었고, 그와 그의 서로 멀리 떨어진 눈을 보았다. 그는 지금도 비슷해 보였지만 얼굴이 좀 더 넓어지고, 머리카락은 거의 사라졌고, 야구모자 역시 사라졌다. 그들의 티셔츠 운동은 아무것도 이루지 못했고, 그날 밤 대학 여자 화장실에서 페이스가 그들에게 대런 틴즐러를 계속 따라다니며 괴롭히면 "그에게 동정표가 쏠릴 것이다."라고 경고했었다. 하지만 어쩌면 그녀가 틀렸는지도 모른다. 그들이 그걸 계속 했으면 그는 결국에 학교에서 퇴학당하고, 몇 년이나 뒤따라 다니는 기록을 갖게 되었을 수도 있다고 그리어는 생각했다. 어쩌면 세월이 흐르며 하고 싶은 일을 마음대로 하는 대신에 계속 관리받고 감시당했을지도 모른다.

여성의 설득

"우리가 계속해서 같은 규칙을 사용하려고 하는 것만 같아. 그리고 이 사람들이 우리한테 '아직도 모르겠어? 난 네 규칙에 따라 살지 않을 거야.'라고 말하는 것 같아."

그리어가 숨을 들이켜고 말을 이었다.

"그들이 항상 조건을 정하지. 그들은 그냥 나타나서 조건을 정하는 거야. 부탁하는 것도 아니고, 그냥 해버려. 그게 아직도 사실이야. 난 이런 일을 영원히 반복하고 싶지 않아. 그들이 만든 건물에서 계속 살아야만 하는 걸 원치 않아. 그들이 그려놓은 원 안에서 말이야. 내가 흥분한 거 아는데, 내 말뜻 이해하지?"

"네 다음 책을 '그들이 그려놓은 원'이라고 하는 것도 괜찮겠는데."

"말도 안 되는 헛소리를 그냥 떠들고 있는 게 아니야. 그냥 적당히 말장난을 하려는 것도 아니고. 우리가 재단을 정말로 만들 수 있을지, 그게 어떤 게 될지는 잘 모르겠어. 하지만 역경 속에서도 단순히 스스로가 자랑스럽기만 한 그런 곳은 절대로 아닐 거야."

"난 잘 모르겠다. 재단? 그게 답이야? 로사이를 봐."

"아니, 절대로 로사이 같지는 않을 거야. 그 모든 돈 문제들. 지금은 분위기가 달라졌어. 그리고 운영하는 걸 네가 와서 도와줄 수도 있잖아."

"그럼, 그럼. 내가 모든 문제를 해결해줄게."

"넌 시카고에서 경험을 많이 쌓았잖아. 그런 걸 굉장히 잘하고. 노엘은 여기서도 학교를 찾을 수 있을 거야, 안 그래? 이게 좀 '쇼를 해볼까.'라는 말처럼 들린다는 거 아는데, 그런 식이 되길 바라진 않아. 그냥 이게 뭔가 그럴듯한 게 된다면 너도 그 일부가 되었으면 한다는 거야. 그리고 난 너한테 일자리를 빚지고 있잖아."

그리어가 가볍게 말했다.

"아니, 그렇지 않아. 정말, 정말 그렇지 않아."

지가 그렇게 말하고 잠깐 뜸을 들이다 덧붙였다.

"그리고 말이지, 난 내 일을 사랑해, 그리어."

"나도 알아."

두 사람은 침묵 속에서 대런 틴즐러에 대해 생각했다. 여자를 비하하고 위협하는 남자는 당신이 할 수 있는 모든 일을 하고 싶게 만든다. 소리치고 비명을 지르고, 행진하고, 연설하고, 국회에 24시간 내내 전화하고, 제대로 된 사람과 사랑에 빠지고, 넘치는 증거에도 불구하고 어린 여자들에게 우리가 완전히 패배한 건 아니라는 걸 보여주고, 세계 어디서든 밤에 길거리를 걷는 여자가 느끼는 기분, 또는 매사추세츠주 매코피에서 대낮에 아이스크림을 들고 퀵스탑에서 나오는 어린 여자아이가 느낀 기분을 바꾸고. 그 여자아이는 가슴이 커지기는 할지, 또는 적당하게 커질지 걱정할 필요가 없을 것이다. 원치 않는다면 자신의 육체적인 부분이나 성적인 부분에 대해서 생각할 필요도 없을 것이다. 자신이 좋아하는 방식대로 옷을 입을 수 있고, 유능하고 안전하고 자유로운 기분을 느낄 수 있을 것이다. 그게 페이스 프랭크가 여자들을 위해서 원한 거였다.

페이스는 이런 순간에 다시 불쑥 나타나 그리어의 머릿속을 점령했다. 길을 걷다가 그리어는 다른 여자들과 함께 지나가는 우아하고 나이 많은 여자를 보면 다급하게 따라가곤 했다. 하지만 그 여자가 고개를 돌리면, 언제나 페이스가 아니었다. 어이없을 정도로 페이스가 아니었다. 서른 살밖에 안 됐다든지, 흑인이라든지, 한번은 여자가 아니라 남자이기도 했다. 가끔은 희미하게 페이스를 닮아서 대역을 해도 될 것 같은 사람이기도 했다. 사랑스럽고 성공한 것 같은 외모. 여성 행진 때, 모두가 올바른 일을 한다는 감정에 들떠 있을 때, 그리어는 페이스가 여기 어딘가에 있을 거고 어쩌면 그녀를 볼 수도 있을 거라고 확신했다. 페이스는 연사 중 한 명은 아니었다. 그들의 관계가 최악의 방식으로 끝났다고 해도, 얼음은 여기저기 깨지기 시작할 거고 그들 사이에 일어난 모든 일이 결국에 더 이상 중요치 않게 될 것이다. 가끔은 자신의 신념을 포기해야 할 수도 있고 최소한 스스로 가능할 거라고 생각했던 것 이상으로 느슨하게 만들어야 하는 경우도 있다. 그녀가 "페이스?"하고 부르면 고함을 지르는 여자들 무리 한가운데서 페이스가 고개를 돌리고 그녀를 볼 것이다. 그들의 오랜 헤어짐의 시간이 그렇게 끝날 것이다. 그녀는 소울파인더에서 잃었던 사람을 찾는 것처럼 그리어에게로 돌아오게 될 것이다. 지가 지적한 것처럼 소울파인더에서는 잃어버린 사람을 직접 찾아 나서야 하지만 말이다.

페이스는 이제 일흔 살보다 여든 살에 더 가까워졌다. 그녀는 여전히 재단에서 일하고 있었고, 에밋 슈레이더는 3년 전에 심각한 심장 마비를 일으켜서 사망했다. 그의 죽음은 중대한 소식이라서 신문의 뉴스란부터 비즈니스란까지 그의 프로필과 찬사 등이 광범위하게 실렸다. 하지만 온라인에는 죽음의 원인에 대한 소문이 떠돌았다. 그가 젊은 여자와 침대에 있다가 사망했고, 발기부전 약을 먹었다는 거였다. 그가 그 약을 먹어서는 안 된다는 말을 들은 건 아니었다. 하지만 더 이상은 섹스를 하지 말라고, 최소한 에밋이 좋아하는 활동적이고, 격렬하고, 전신을 쓰고, 심장이 빨리 뛰게 만드는 그런 종류의 섹스는 하지 말라는 경고는 수차례 받았던 모양이었다.

재단은 지속되었다. 그는 자신의 유언장에 그것을 명시했으나 어느 정도 수준인지 특정할 만큼 구체적인 부분에는 주의를 기울이지 않았고, 위층 사람들은 로사이의 운영자금을 조금씩 줄여나가서 사실상 수준 낮고 평범한 연사들의 강연회가 되었다. 로사이는 이 세계에서 『블루머』가 긴 인생의 마지막에 차지했던 것과 비슷한 자리를 차지하게 되었다.

그래도 운영은 멈추지 않았다. 여전히 페이스 프랭크가 훨씬 규모가 줄어든 직원들과 스트로드 빌딩의 아래층에 있는 전보다 훨씬 작은 사무실을 책임지고 이끌었다. 멘토 프로그램에 관해서는 어떤 이야기도 공개되지 않았다. 여전히 로사이에 있는 벤이 그리어에게 페이스가 종종 늦게까지 사무실에 남아서 일하고, 새 사무실이 너무 작아서 투표소 문으로 만든 책상이 들어올 수 있게 위아래를 몇 센티미터 잘라내야 했다고 말해주었다. 그리어는 페이스가 거기 앉아서 누군가가 톱으로 책상을 자르는 모습을 우울하게 쳐다보는 것을 상상했다.

로사이는 더 이상 세미나를 열지 않았으나 세미나 홍보 용도로 열었던 점심시간 강연과 같은 규모인 25~30명 정도가 참여하는 소규모 모임을 열었다. 페이스는 『뉴욕 타임스』와 『워싱턴 포스트』에 굉장히 자주 사설을 기고했으나 대부분의 공개 강연은 그만두었다. 그리어는 가끔씩 페이스의 사진을 보곤 했다. 정확히 말하자면 그리어가 인터넷에서 찾곤 했다. 목판화의 여자 어부처럼 얼굴에 주름살이 더 깊어졌지만, 페이스였다. 미소를 띠고, 지성이 빛나고, 언제나 트레이드마크인 섹시한 부츠를 신은 페이스. 하지만 더 좁은 공간에, 더 적은 운영비에, 힘겹고 불확실한 시기에 있는 페이스. 여전히 일하는 페이스. 여성혐오는 공공연하게, 전체적으로 전 세계를 공격하고 있었다.

은퇴 이후 자두 병조림을 만드는 취미가 생긴 앤 맥컬리의 의원 자리는 딸인 루시 맥컬리 게빈스가 이어받았고, 그녀의 생식권에 대한 관점은 엄마보다 훨씬 더 극단적이고 훨씬 많은 지지와 후원금을 받고 있었다. 로사이는 작아졌다. 루시 맥컬리 게빈스 의원의 입지는 점점 커지고 있었다.「펨 파탈」은 지난 2년 사이에 인기를 잃었으나 다른 사이트, 날카로운 비판과 유머, 분노를 담을 그릇을 제공하는 더 새롭고 신선한 매체가 등장했다. 작고 근사한 연극「래그타임스」는 여전히 전국 각지의 지역 극장과 고등학교에서 공연되었다. 그리고 『외부적 목소리』는 베스트셀러 목록에서 내려올 기미가 보이지 않았다.

또한 오퍼스의 오래된 히트송「강한 여자들」은 이제 유명한 텔레비전 광고에서 찢어지지도, 물에 녹지도 않는 페이퍼타월을 당기는 장면과 함께 배경음악으로 나왔다. 어떤 사람들은 오퍼스의 결정을 옹호하며 예술을 상품화하는 건 좋은 일이라고, 그러면 최소한 공유되는 문화의 물결 속에 메시지를 집어넣을 수 있지 않느냐고 말했다. 모두가 절대로 쉬어서는 안 되고, 절대로 방심해서는 안 된다는 걸 잘 알았다. 계속 일하는 것만으로는 언제나 충분하지 못하지만, 멈추는 것은 여전히 사치였다. 페이스는 밤늦게까지 조그만 사무실에서 스탠드를 켜고 사방에 종이를 펼쳐놓은 채 책상 앞에 앉아 있었다.

오랫동안 그리어는 페이스와 혹시라도 연락을 하게 된다면 자신의 최근 소식에 대해서 이야기할 거라고 생각해왔다. 그녀는 이렇게 쓰고 이야기할 것이다.

그거 아세요, 페이스? 전 한때 선생님 사무실에서 울며 얘기했던 고등학교 때의 남자친구와 결국 결혼했어요. 처음에는 망설여졌어요. 제가 결혼을 원하는지 확신이 없었거든요. 그렇지만 저희는 아이를 원했기 때문에 경제적으로 그게 합리적이었어요. 저는 그를 사랑한다는 걸 잘 알지만, 모든 사랑하는 관계가 꼭 결혼으로 끝나야 하는 건 아니라고 생각해요. 처음에는 양면적 감정을 느꼈지만, 곧 생각을 바꿨어요.

저흰 저희 둘이 자란 곳 근처의 언덕에서 결혼식을 올렸어요. 피로연에서 저희 엄마는 아이 손님들을 위해서 광대 쇼를 하셨죠. 아빠는 촉촉해진 눈으로 골짜기를 내려다보셨고, 저 때문에 정말로 행복하신 것 같았어요. 어쩌면 그냥 살짝 취하셔서 그랬는지도 몰라요. 그리고 제 친구 지는 오랫동안 함께한 파트너와 결혼했어요. 저희는 그 애가 저보다 더 결혼하는 것에 반감이 없었던 것에 대해서 농담을 하곤 해요. 그 애는 결혼하고 싶어서 안달이었거든요. 결혼해서 굉장히 행복해하고요. 그 애와 노엘이 결혼할 수 있었기 때문만은 아니에요. 이제 동성결혼이 합법적이고 평범한 일이고, 이렇게 엄청나게 진보했다는 사실 때문만이 아니라 대체로는 그들이 '결혼한다'는 사실 때문이었죠. 그 애는 결혼식의 모든 순서를 직접 준비했어요. 처녀파티, 좌석 배치, 첫 번째 춤에서 연주할 음악 전부 다 아주 좋아했죠. 판사이신 그 애의 부모님 두 분이 사회를 보셨어요. 모두가 울었죠.

코리와 저에겐 딸이 있어요. 코리의 할머니 이름을 따서 에밀리아라고 해요. 전 23시간 동안 진통을 했고, 그 애는 제가 아무 관여도 하지 않은 것처럼 코리랑 쏙 닮은 모습으로 태어났어요. 한참 지난 지금에 와서야 제 모습이 조금씩 나타나기 시작하고 있죠.

저에 관해서 가장 중요한 건 제가 굉장히 지쳤다는 거예요. 하지만 어느 정도는 책 때문에 끊임없이 홍보를 하러 다녀야 해서 지친 거예요. 원고를 책으로 만들어보자는 전화를 받았던 날에는 굉장히 흥분했어요. 가끔 다른 사람에게 뭔가 큰일이 생겼을 때 선생님이 얼마나 흥분했었는지를 생각해요. 더 많은 여자들이 자신들이 사랑하는 일을 하는 걸 보는 건 모두에게 좋은 일이라고 늘 말씀하시던 것을요. 선생님이 제 일에도 흥분하셨을 거라고 생각해요. 그렇게 생각하기로 결심했어요. 하지만 생각하셔야 하는 다른 일들, 선생님의 시간을 원하는 다른 사람들도 있고, 선생님 자신을 지키기 위해서 아주 신중하게 시간을 나눠야 하신다는 것도 알아요. 자기보호는 관대함만큼이나 중요한 거죠. (제 책에서도 이 이야기를 조금 했어요.) 스스로를 보호하고 자신을 위한 몫을 적당히 떼어두지 않으면 줄 것이 아무것도 남지 않으니까요.

감사의 말에 선생님이 제일 먼저 언급된 거 보셨나요? 그걸 보셨는지, 저한테 전화를 하시거나 쪽지로 "해냈군요!"라고 하실지 궁금했어요. 선생님이 없었다면 결코 그 책을 쓰지 못했을 거라는 건 사실이고, 그걸 알아주셨으면 해요. 우리 사이에 그런 일이 있었다 해도요. (가끔은 선생님이 마지막으로 저한테 하셨던 말을 후회하실지도 모른다고 생각해요. 조금이나마 후회하실 거라고 생각하기로 했어요.)

하지만 최근에 그리어는 페이스에게 다른 이야기를 하고 싶다고 생각했다.

선생님은 대학 때 제 머리를 활짝 열어주셨어요. 그리고 몇 년 동안 저는 선생님이 가진 것을 전부 끄집어내시는 걸 봤죠. 선생님의 힘, 의견, 관대함, 영향력, 부당한 일에 대한 분노까지 그 모든 것을요. 그리고 그걸 다른 사람들에게, 대체로는 여자들에게 쏟으셨어요. 선생님은 그런 다음에 그 여자들에게 "좋아요, 이제 당신이 해야 할 일은 그걸 다른 사람에게 전달하는 거예요."라고 하지 않으셨어요. 그럼에도 자연스럽게 그런 결과가 생기곤 했죠. 자신이 가진 것을 다른 사람에게 쏟아붓는 여자들에 관한 크고 긴 이야기가 되었어요. 반사작용일 수도 있고, 가끔은 의무이기도 했지만 언제나 필수적인 일이었어요.

편지 끝에 그리어는 이렇게 이야기할 것이다. 마지막으로 선생님 사무실에 있었을 때, 선생님이 저에게 몹시 마음이 상하셔서 제 행동을 비난하셨을 때, 심지어 그 끔찍한 순간에도 일종의 효과가 있었어요. 선생님은 제가 가장 친한 친구에게 사과해야만 하도록, 그 애한테 진실을 말하도록 만드셨죠. 왜 그게 제가 해야 하는 일이라는 걸 알아채지 못했는지 모르겠어요. 그러니까, 몇 년 동안이나 전 그걸 몰랐어요.

하지만 앉아서 페이스에게 이 모든 이야기를 하는 것을 상상하면서도 그리어는 여전히 자신의 이야기에 확신하지 못했다. 너무 과한 정보일지도 모른다. 환영받지 못할 수도 있었다. 그녀와 페이스가 몰락으로 향하는 길고 여유로운 길을 언제나 걷고 있었고, 결국에 몰락하게 된 것일 수도 있다. 연상의 사람이 어린 사람을 처음 격려하던 순간에, 어쩌면 연상의 사람은 이미 결국에는 그런 일이 생길 것을 알고 있었을지도 모른다. 젊은 사람은 알아채지 못하고 그저 흥분만 하는 사이에 연상의 사람은 알았을 것이다. 한 명이 상대방을 대체하는 법이라고 그리어는 생각했다. 그렇게 되기 마련이다. 그게 계속, 계속해서 우리가 하는 일이야.

누가 나를 대체하게 될까? 그녀는 그 생각에 처음에는 충격을 받았지만 곧 그게 우습다는 사실을 깨닫고 편안하게 받아들이게 되었다. 그녀는 다양한 여자가 그녀의 집 안을 돌아다니고, 수색영장을 가진 경찰처럼 눌러앉아 편안하게 지내며 원하는 물건을 아무거나 뒤집어보는 모습을 상상할 수 있었다. 그리고 나이 든 케이 청이 그리어의 물건들을 샅샅이 살피는 모습까지 떠올랐다. 케이가 호기심에 차서, 흥분해서 돌아다니며 책장에서 이런저런 책을 펼쳐보고 그리어가 그녀에게 빌려주지 않았지만 재미있어 보이는 것을 찾아내고, 그 뒤에 그리어가 놔둔 캐슈넛을 먹고, 부엌에 있는 호박색 병에서 그리어의 멀티비타민 두 개를 슬쩍 꺼낸다. 마치 그걸 먹으면 앞으로 나아가는 데 필요한 에너지와 힘, 위상을 얻을 것처럼. 그리고 서재로 들어가서 부드러운 안락의자와 그쪽으로 기울여 놓은 독서용 램프를 볼 것이다.

그 의자에 앉아, 케이. 그리어가 생각했다. 등을 기대고 눈을 감아. 내가 되었다고 상상해. 그렇게 대단하진 않겠지만, 그래도 상상해 봐.

로사이에서 모두 힘을 대단하게 이야기하고 그게 영원히 지속될 수 있는 정량화 가능한 물질인 것처럼 힘에 대한 세미나를 개최했었다. 하지만 그렇지 않다. 막 시작했을 때에는 그걸 모른다. 그리어는 힘을 가진 것과 한참 거리가 먼 동생의 침실에 앉아서 느림보를 상자에서 꺼내 파란색 카펫 위에 내려놓는 코리를 떠올렸다. 눈을 깜박이고, 앞다리 하나를 움직이고, 고개를 앞으로 길게 빼는 느림보. 힘은 결국에 사라진다고 그리어는 생각했다. 사람들은 할 수 있는 것을, 할 수 있는 한 가장 힘 있게 한다. 더 이상 그렇게 할 수 없을 때까지. 시간은 그리 많지 않다. 결국에는 거북이가 그들 모두보다 더 오래 살 수도 있을 거라고 그녀는 생각했다.

감사의 말

나의 뛰어난 편집자 세라 맥그래스, 그리고 지치지 않는 홍보담당자 진 마틴과 나의 오랜 발행인 제프리 클로스크의 도움과 격려, 의견과 지혜에 끝없는 감사를 표한다. 또한 그야말로 완벽한 대리인인 수잰 글룩에게도 크게 신세를 졌다.

크고 작은 방식으로 도움을 준 다음의 사람에게도 감사와 존경을 표한다. 제니퍼 바움가드너, 엘리 브링클리, 젠 데일리, 젠 돌, 델리아 에프론, 대단히 관대하고 모든 것에 대해 모든 걸 아는 앨리슨 페어브라더, 쉬리 피치, 리사 폴리겔, 제니퍼 길모어, 애덤 고프닉, 제시 그린, 제인 해밀턴, 케이티 하트맨, 리디아 허트, 사라 제퍼리스, 다냐 쿠카프카, 줄리 클램, 엠마 크레스, 로라 크룸, 산드라 렁, 사라 리틀, 로라 마머, 조애나 맥클린틱, 클레어 맥기니스, 린지 민스, 비할 데 없는 본능과 상냥함의 소유자인 수전 스카프 메릴, 앤 패커, 마사 파커, 클로리 앤 플라타, 뛰어난 페미니스트 작가이고 이 책에 관한 응원과 대화로 나에게 큰 의미가 되어주었던 카사 폴릿, 수지 로체, 루스 로젠, 귀중한 소설가로서의 눈을 제공해준 케이틀린 샤인, 재니 스코트, 클리오 세라핌, 야밤의 아이디어 회의와 우정을 제공해준 코트니 쉐인멜, 마리사 실버, 훌륭한 관찰자이자 독자이고 친구인 피터 스미스, 줄리 스트라우스-게이블, 뛰어나고 현명한 조언과 지식, 멋진 응원을 가득 보내준 코트니 설리번, 중요한 조언을 해준 레베카 트레이스터, 칼라 지몬자.

그리고 마지막으로 나의 부모님에게, 낸시와 캐시에게, 그리고 리처드, 가브리엘, 데본, 찰리에게 감사와 사랑을 보낸다.

작가의 말

젊은 작가들의 소설이 대부분 젊은 인물에 관한 것임은 별로 놀랍지 않다. 자신이 아는 걸 써라, 또는 자신이 평소에 열중하는 것에 대해서 써라. 사람들은 이렇게 이야기한다. 하지만 나이를 먹으면 아는 것과 열중하는 것 사이에 점점 틈이 벌어진다. 젊음과 나이 듦에 대해 복잡한 생각이 쌓이기도 한다. 그것들은 짐 보따리 속에 들어 있는 채로 당신을 항상 따라다니게 될 것이다. 마치 내가 작가로서의 인생을 걷는 내내 어깨에 보따리를 걸치고 다니는 것처럼.

나는 수십 년 동안 경험하고 관찰하며 지식을 모으고는 몇 가지는 버리고 몇 가지는 버리지 못하며 나만의 짐 보따리를 메고 다녔다. 그러면서 소설가는 특정한 것들을 이유가 있어서 기억하게 된다는 사실을 깨달았다. 기억에 남는 것은 언젠가 소설로 쓰이게 될 직감이 드는 소재일 테고, 반대로 기억에서 사라지는 것은 아마도 괜찮게 가공되어 소설이 될 가능성이 없는 것들이리라.

이 책의 주인공 그리어는 대학 새내기이다. 나는 나의 대학 새내기 시절을 아직도 선명하게 기억한다. 인생에서 굉장히 강렬한 시기라서,

대부분의 기억들이 어린 시절의 침실에 걸려 있는 고등학교 졸업장처럼 잘 보존되어 있다. 그리어 카데츠키는 내가 아니고, 나와 비슷하지도 않은 데다가 나와는 완전히 다른 시절에 대학에 다녔다. 하지만 그리어는 내가 그 시대에 그랬듯이 젊다. 사실 나도 처음 소설을 쓰기 시작했을 때 아직 젊었다(대학생이었다).

물론 나는 모지스 할머니(78세에 처음 그림을 시작해서 미국에서 가장 사랑받는 화가가 된 인물)의 삶을 상상해 바로 소설로 만들어낼 수 있는 뛰어난 젊은 작가 중 한 명은 되지 못했다. 대신에 나와 비슷한 나이의 인물들이 고생하는 이야기를 생생하게 썼다. 내가 2013년에 쓴 『인터레스팅 클럽』 또한 초반에는 젊은 캐릭터들에게 집중하지만 후반에 갈수록 나이에 대한 개념을 더 넓게 탐색한다.

젊음으로 시작해서 시간이 흐르며 좀 더 나이 든 시기를 상세하게 묘사하는 『인터레스팅 클럽』과는 다르게 『여성의 설득』은 다른 방식으로 나이를 다루고, 젊은 사람과 더 나이 많은 사람 사이의 상호작용과 서로가 서로에게 어떻게 영향을 미치는지를 탐색한다. 당신이 손에 들고 있는 소설은 기본적으로 세대 간 이야기이다. 연장자인 페이스 프랭크는 그리어 카데츠키가 갖지 못한 모든 것이다. 그녀는 유명한 페미니스트이고, 자신만만하고, 이미 엄청난 인생을 살았다. 그녀는 그리어의 잠재력을 알아보고 그녀를 자기 밑에서 일하라고 부른다. 그리어는 페이스가 낯선 사람에서 자신의 멘토가 되고, 자신은 페이스의 (대단히 기꺼운) 제자가 되었음을 서서히 깨닫는다.

모든 것의 시작에 서 있으면서 아직까지 형태를 갖지 않은 사람과 이미 많은 것을 보았고 어떻게 살아야 하는지에 대한 비전을 가졌으며 다른 사람의 롤모델이 되는 사람, 이 두 여자 사이의 상호작용에 관

여성의 설득

해 쓰면서 나는 변화하는 사람과 세계를 탐구하는 방식을 깨달았다.

막 이십 대에 접어들어 새로운 인생을 시작하는 내 아들들에게 조언해주며 내가 요즘 생각하게 되는 것은 나의 성인기가 시작되던 때와 지금 세상이 얼마나 달라졌는지이다. 글을 쓰면서 나는 교육을 별로 받지 못했고 "큰일을 하라."는 격려도 받지 못했으나 재능과 욕망, 제2의 물결 페미니즘 시대에 살았다는 행운의 조합 덕분에 자신의 길을 찾을 수 있었던 나의 어머니를 떠올렸다. 그 당시 페미니즘의 주안점은 지금과 차이가 있고, 사용하는 언어 역시 좀 달랐다. 하지만 그때의 여성이 갈망하던 것은 훨씬 나중에 태어난 여성이 갈망하는 것과 상당히 많은 부분 유사하다고 생각한다.

어머니는 결국 자신의 내면에 자리하게 된 자신감을 나에게도 심어주었다. 내가 가르치는 글쓰기 워크숍의 젊은 여성들에게 나 역시 같은 영향을 주고 있다면 좋겠다. 이 소설을 쓰면서 이십 대 시절의 내 모습을 돌이켜보고, 여러 세대를 엮기 위해서 나의 온갖 추억과 역사 지식(한 장이 페이스 프랭크의 초기 인생을 깊게 파고드는데 그때는 내가 태어나기도 한참 전이다)을 끌어들이기도 했지만, 이 글을 쓰는 데 가장 중요했던 작업은 사람들의 이야기를 듣는 일이었다. 대부분은 나보다 더 일찍 태어난 사람들과 나보다 나중에 태어난 사람들의 인생 이야기였다. 내가 젊은 사람들, 그리고 그리 젊지 않은 사람들과 수없이 많은 대화를 나눴던 것처럼, 이 소설이 세대 간의 대화를 계속하도록 만들 수 있기를 바란다.

메그 윌리처

옮긴이 김지원

서울대학교 화학생물공학부와 동 대학원을 졸업하고 서울대학교 언어교육원 강사로
재직했으며 전문 번역가로 활동하고 있다. 엮은 책으로는 『바다기담』과 『세계사를 움직인
100인』 등이 있고, 옮긴 책으로 『티어링 3부작』 『비하인드 허 아이즈』 『7번째 내가 죽던 날』
『루미너리스』 『리허설』 『비밀을 삼킨 여인』 『오버스토리』 『잘못은 우리 별에 있어』 등이 있다.

여성의 설득

초판 1쇄 발행 2019년 9월 5일

지은이 메그 월리처	주소 서울시 마포구 잔다리로 105 잇다빌딩 5층
옮긴이 김지원	웅진씽크빅 걷는나무
발행인 이재진	주문전화 02-3670-1595 팩스 02-3143-5508
본부장 김정현	문의전화 031-956-7208(편집) 031-956-7500(영업)
편집인 김남연	홈페이지 www.wjbooks.co.kr
편집 이혜인	페이스북 www.facebook.com/wjbook
마케팅 권영선 최지은	블로그 blog.naver.com/walkingbooks
홍보 박현아 최새롬	이메일 walkingbooks@naver.com
국제업무 최아림 박나리	포스트 post.naver.com/wj_booking
제작 정석훈	
디자인 박연미	발행처 ㈜웅진씽크빅
	출판신고 1980년 3월 29일 제406-2007-00046호
	임프린트 걷는나무
	한국어판 출판권 ⓒ 웅진씽크빅, 2019
	ISBN 978-89-01-23464-9 (03840)

걷는나무는 ㈜웅진씽크빅 단행본사업본부의
임프린트입니다.

── 이 도서의 국립중앙도서관 출판도서목록(CIP)은 서지정보유통지원 시스템 홈페이지
(http://www.seoji.nl.go.kr)와 국가자료공동목록시스템(http://www.nl.go.kr/kolisnet)에서
이용하실 수 있습니다. (CIP 2019031657)
── 책값은 뒤표지에 있습니다.